DE VERBORGEN BELOFTE

Ook verschenen van Lucinda Riley bij Xander Uitgevers

De zeven zussen (2017)
De zeven zussen – Storm (2018)
De zeven zussen – Schaduw (2018)
De zeven zussen – Parel (2018)
De zeven zussen – Maan (2019)
De zeven zussen – Zon (2020)
De zevende zus (2021)
Atlas – Het verhaal van Pa Salt (2023)

De nachtroos (2018)
De olijfboom (2019)
Het meisje op de rots (2019)
De lavendeltuin (2019)
Het Italiaanse meisje (2019)
De vlinderkamer (2020)
De orchideeëntuin (2020)
De zilverboom (2020)
De liefdesbrief (2021)
De geheimen van de kostschool (2022)

Lees meer over Lucinda Riley en al haar boeken op
www.lucindariley.nl

LUCINDA RILEY

De verborgen belofte

XANDER

MIX
Papier | Ondersteunt verantwoord bosbeheer
FSC® C104608

Uitgegeven door Xander Uitgevers
www.xanderuitgevers.nl

Oorspronkelijke titel: *The Hidden Girl*
Oorspronkelijke uitgever: Pan Macmillan
Vertaling: Erica Disco
Omslagontwerp: ZeroMedia
Omslagbeeld: Alamy en Finepic©, München
Auteursfoto: Boris Breuer
Zetwerk: Michiel Niesen, ZetProducties

Eerste druk 2024

ISBN 978 94 0162 239 4 | NUR 302

VOORWOORD

Beste lezer,

Bedankt dat je voor deze roman van Lucinda Riley hebt gekozen. Ik ben Lucinda's zoon, Harry Whittaker. Als je mijn naam kent, is dat ongetwijfeld van *Atlas: het verhaal van Pa Salt*, het slotstuk van de *De zeven zussen*-serie van mijn moeder, waar ik na haar overlijden in 2021 de verantwoordelijkheid voor kreeg.

Ik wil je graag uitleggen hoe het komt dat *De verborgen belofte* in 2024 verschijnt. Daarvoor moet ik kort iets vertellen over mams werkverleden, dus ik hoop dat je even geduld met me hebt.

Van 1993 tot 2000 heeft mijn moeder onder de naam Lucinda Edmonds acht romans geschreven. Haar carrière leek abrupt ten einde te komen door een boek dat *Seeing Double* heette. In de fictieve plot werd gesuggereerd dat er door een lid van de Britse koninklijke familie een buitenechtelijk kind was verwekt. Vanwege het recente overlijden van prinses Diana en de daaropvolgende beroering binnen het koningshuis vonden boekhandels het project te riskant. Het gevolg was dat alle orders van Lucinda Edmonds werden geannuleerd en dat haar uitgevers haar contract nietig verklaarden.

Tussen 2000 en 2008 schreef mam nog eens drie romans, die geen van allen werden uitgegeven. In 2010 kwam het keerpunt. Het eerste boek dat ze schreef als Lucinda Riley, *Hothouse Flower* (*De orchideeëntuin*), werd in de handel genomen. Onder deze nieuwe naam groeide ze uit tot een van 's werelds meest succesvolle auteurs van fictie voor vrouwen. Op dit moment zijn er al zestig miljoen van haar boeken over de toonbank gegaan. Naast het werk aan haar gloednieuwe romans herschreef mam nog drie 'Edmonds'-boeken: *Aria*, dat werd uitgegeven als *The Italian Girl* (*Het Italiaanse meisje*), *Not Quite an Angel*, dat verscheen als *The Angel Tree* (*De zilverboom*), en het eerder al genoemde *Seeing Double*, dat *The Love Letter* (oftewel *De liefdesbrief*) werd. De drie niet eerder uitgegeven romans zijn inmiddels allemaal verschenen en een groot succes geworden.

Dat brengt me op dit boek. Het kwam oorspronkelijk in 1993 uit onder de titel *Hidden Beauty* en was de tweede roman die mam schreef, op haar zesentwintigste. Ze had het vaak over hoe trots ze op het verhaal was en dat ze de wereld er graag opnieuw mee wilde laten kennismaken. Helaas heeft ze die kans nooit gekregen.

De eerste keer dat ik het boek las, was ik diep onder de indruk. Het is een ontdekkingsreis langs verijdelde ambities, verboden liefde, wraak en moord, met als hoogtepunt een noodlottige, vergeten voorspelling uit het verleden. Het viel me op dat het manuscript heel veel aspecten bevatte die we in het latere werk van Lucinda nog zouden terugzien. Glamoureuze locaties, het belang van familie, en liefde die in staat is om generaties te overstijgen. Zoals altijd ging ze daarnaast gevoelige onderwerpen als depressie, alcoholisme en seksueel geweld tegen vrouwen niet uit de weg.

Hoewel Lucinda zonder twijfel altijd een van de beste verhalenvertellers ter wereld is geweest, is haar toon gedurende haar dertigjarige carrière logischerwijs volwassener geworden. Aan de drie boeken die al eerder opnieuw zijn uitgegeven, heeft ze dan ook flink gesleuteld. Ze veranderde plots, voegde personages toe en paste haar stijl aan.

Deze keer heb ik de taak op me genomen om de tekst op te frissen en in een nieuw jasje te steken, en zo van de 'Edmonds' een 'Riley' te maken. Dat was een hele uitdaging. Natuurlijk wilde ik zo min mogelijk aan het originele verhaal tornen, maar het was wel zaak om gevoelige onderwerpen vanuit een moderne insteek te benaderen, zonder het hart van de roman aan te tasten. De afgelopen dertig jaar is er veel veranderd in de wereld, en het commentaar op internet lijkt met de dag valser te worden. Ik hoop dat ik deze koorddans tot een goed einde heb gebracht en dat ik mams werk in ere heb gehouden.

Het is goed om te weten dat mam erg vertrouwd was met de wereld waarin je zo meteen wordt ondergedompeld. In haar jonge jaren werkte ze als actrice en model, en ik ben ervan overtuigd dat bepaalde stukken van dit boek op haar persoonlijke ervaringen zijn gebaseerd.

Zoals Lucinda's trouwe lezers vast weten, koos mam er vaak voor om haar fictieve verhalen met echte historische gebeurtenissen te verweven, meestal om de minder bekende verhalen uit die periodes te vertellen. Zo beschreef ze in de *De zeven zussen*-serie de spanningen tijdens de wereldoorlogen, het conflict tussen Groot-Brittannië en Ierland, de Amerikaanse burgerrechtenbeweging en de uitdagingen waarmee de Australische Aboriginals en de Roma uit Spanje te maken hebben gehad. In *De verborgen belofte* schetst ze de gruwelen van het vernietigingskamp Treblinka in het bezette Polen gedurende de Tweede Wereldoorlog. Het onderwerp ging haar duidelijk aan het hart, zoals waarschijnlijk voor alle maatschappelijk betrokken burgers het geval zal zijn. Ik weet zeker dat ze hoopte dat de fictieve gebeurtenissen die in deze roman zijn beschreven mensen zouden aanmoedigen om zich verder in de Holocaust te verdiepen.

Zo, *De verborgen belofte* is niet langer verborgen. Mocht je een trouwe lezer van Lucinda zijn, dan wacht mam je op als een oude vriendin, klaar om je mee te trekken in het verleden en met je de wereld rond te walsen. Aan nieuwe lezers, welkom! Het maakt me intens gelukkig dat je ervoor hebt gekozen om wat tijd met Lucinda Riley door te brengen.

Harry Whittaker, 2024

PROLOOG

De oude vrouw staarde Leah even aan en glimlachte vervolgens, waardoor haar gezicht zich in wel duizend rimpels plooide. Als je het Leah vroeg, moest ze minstens honderdvijftig jaar zijn. Alle kinderen bij haar op de basisschool noemden de vrouw een heks en maakten spookachtige jammergeluiden wanneer ze op weg naar school langs haar in verval geraakte cottage kwamen. Bij volwassenen stond ze bekend als de oude Megan, die gewonde vogeltjes in huis nam en kruidenbrouwsels gebruikte om hun gebroken vleugels te helen. Sommigen beweerden dat ze gek was, anderen zeiden dat ze geneeskrachtige gaven bezat en helderziend was.

Leahs moeder had vooral medelijden met haar.

'Dat arme vrouwtje,' zei ze dan, 'helemaal alleen in dat vochtige, smerige huisje van haar.' Daarna stuurde ze Leah op pad om een paar eieren uit hun eigen ren naar Megan te brengen.

Leahs hart bonkte altijd van angst wanneer ze op de vermolmde deur klopte. Meestal deed Megan heel langzaam open, tuurde ze naar buiten en nam ze de eieren met een knikje van haar aan. Zodra de deur weer dicht was, rende Leah zo snel ze kon naar huis.

Ook nu had ze aangeklopt, maar deze keer was de deur veel verder opengegaan, waardoor ze achter Megan de donkere krochten van de cottage kon zien. De oude vrouw staarde haar nog steeds aan.

'Ik... ik... Mam dacht dat u misschien eieren zou willen.' Ze stak het doosje naar voren en keek naar de lange, knokige vingers die zich eromheen sloten.

'Dank je.'

Het verbaasde haar hoe zacht Megans stem was. Ze klonk in elk geval niet als een heks.

'Kom toch even binnen.'

'Nou, ik...'

De vrouw legde haar hand op Leahs schouder en voerde haar mee naar binnen.

'Ik kan niet lang blijven, hoor. Mama zal zich wel afvragen waar ik blijf.'

'Dan zeg je maar dat je thee hebt gedronken met Megan de heks.' Ze grinnikte en wees naar een van de versleten leunstoelen die aan weerszijden van een kleine, lege haard stonden. 'Ga daar maar zitten, ik wilde net inschenken.'

Nerveus ging Leah zitten. Ze klemde haar handen onder haar benen en keek om zich heen naar de bekrompen keuken. Aan alle muren hingen planken die vol stonden met oude glazen potten gevuld met mengsels in de gekste kleuren. Megan maakte een van de potten open en schepte twee theelepels geel poeder in een stokoude roestvrijstalen theepot. Nadat ze er water uit de ketel bij had gedaan, zette ze de pot samen met twee kopjes op een dienblad, dat ze op een tafeltje voor Leah neerzette. Langzaam liet ze zich in de andere leunstoel zakken. 'Schenk jij even in, liefje?'

Leah knikte, leunde naar voren en schonk de dampende vloeistof in de twee gebarsten porseleinen kopjes. Even snufte ze. Het brouwsel had een vreemde, scherpe geur.

'Rustig maar, ik probeer je heus niet te vergiftigen. Wacht, dan neem ik eerst een slokje, zodat je kunt zien dat ik er niet aan doodga. Het is maar paardenbloemthee. Je knapt er vast van op.' Ze pakte het kopje met twee handen vast en nam een slok. 'Proef maar eens.'

Aarzelend bracht Leah het kopje naar haar lippen. Om de doordringende geur niet te hoeven ruiken probeerde ze door haar mond adem te halen. Zonder te proeven slikte ze de vloeistof door.

'Kijk aan, dat viel toch best mee?'

Ze knikte en zette het kopje weer op tafel. Toen ze zag dat Megan haar eigen kopje leegdronk, ging ze ongemakkelijk verzitten. 'Bedankt voor de thee. Hij was erg lekker, maar nu moet ik er echt vandoor. Mama zal zich wel...'

'Ik zie je hier elke dag voorbijkomen. Later zul je een uitzonderlijke schoonheid worden, dat kun je nu al zien.'

Leah bloosde omdat Megan haar met haar doordringende groene ogen van top tot teen opnam.

'Misschien is die schoonheid niet zo'n zegen als iedereen denkt. Pas goed op jezelf.' Megan fronste haar wenkbrauwen en reikte over de tafel heen naar Leah.

Die huiverde toen de knokige vingers haar hand in een ijzeren greep namen. In haar binnenste voelde ze paniek aanzwellen. 'Ja, maar ik… ik moet naar huis.'

De oude vrouw leek nu dwars door haar heen te kijken en haar hele lichaam was gespannen. 'Het kwaad is in aantocht, dat kan ik voelen. Je moet op je hoede zijn.' Haar stem werd steeds luider en Leah liet verlamd van angst toe dat de greep op haar hand nog strakker werd. 'Onnatuurlijke dingen… boosaardige dingen… Sol nooit met de natuur, daarmee verstoor je het evenwicht. Arme ziel… Hij is verloren… verdoemd… Hij zal je komen zoeken op de heide… en jij zult uit vrije wil teruggaan. Je lotsbestemming kun je niet veranderen… Pas goed op voor hem.'

Plotseling verslapte de greep op Leahs hand en liet Megan zich met haar ogen dicht achteroverzakken in haar stoel.

Leah sprong op, rende naar de voordeur en ging de straat op. Pas toen ze aankwam bij het kippenhok achter het kleine rijtjeshuis waar ze met haar ouders woonde, minderde ze vaart. Ze maakte het luik open en liet zich op de grond zakken, waardoor de hennen uiteenstoven.

Met haar achterhoofd tegen de houten wand geleund probeerde ze haar ademhaling weer onder controle te krijgen.

De dorpelingen hadden gelijk, Megan was gek. Wat had ze nou gezegd, dat Leah op haar hoede moest zijn? Wat griezelig. Ze was pas elf, wat moest ze hiermee? Het liefst zou ze naar haar moeder toe gaan, maar haar kon ze niet in vertrouwen nemen. Ze zou denken dat ze alles verzonnen had en zeggen dat het niet aardig was om zulke lelijke geruchten over een arm, hulpeloos oud vrouwtje te verspreiden.

Ze stond op en liep langzaam naar de achterdeur. In de warme keuken kalmeerde ze weer een beetje door de veilige geur van thuis.

'Ha, Leah, je bent net op tijd voor het avondeten. Ga zitten.' Doreen Thompson draaide zich met een glimlach naar haar om, maar fronste vervolgens bezorgd haar voorhoofd. 'Wat is er? Je ziet zo wit als een laken.'

'Niets, hoor. Ik heb gewoon een beetje buikpijn, dat is alles.'

'Groeipijn, waarschijnlijk. Probeer wat te eten, daar knap je vast van op.'

Leah liep naar haar toe en omhelsde haar stevig.

'Waar heb ik dit aan te danken?'

'Ik... ik hou van je, mama.' In haar troostende armen voelde ze zich meteen een stuk beter.

Toen haar moeder haar een week later weer vroeg om eieren naar Megan toe te brengen, weigerde ze echter hardnekkig.

Een half jaar later overleed Megan, en Leah was blij toe.

DEEL 1

juni 1976 tot oktober 1977

1

Yorkshire, juni 1976

Rose Delancey zette haar dunne penseel van sabelhaar in de pot met terpentine. Nadat ze haar schilderspalet op de met verf bespatte werkbank had gelegd, liet ze zich in de tot op de draad versleten leunstoel zakken en streek ze haar dikke roodbruine haar uit haar gezicht. Ze pakte de foto die ze als voorbeeld had gebruikt en vergeleek die met het voltooide schilderij op de ezel.

De gelijkenis was treffend, hoewel in haar ogen alle merries op elkaar leken. Tot ze een collectie had opgebouwd die ze aan de galerie in Londen kon voorleggen, zou ze echter dit soort schilderijen moeten maken om rond te kunnen komen.

De opdracht kwam van een rijke boer uit de buurt die drie renpaarden bezat. Ondine, de kastanjebruine merrie die Rose met haar gevoelige ogen aanstaarde vanaf het schilderij, was nummer twee. De boer betaalde haar vijfhonderd pond per schilderij. Daarvan kon ze het dak laten vervangen van de vervallen stenen hoeve waar ze samen met haar kinderen woonde. Het steeds erger wordende vochtprobleem zou ze er niet mee kunnen aanpakken en aan de houtrot en houtworm zou ze voorlopig ook niets kunnen doen, maar het was een begin.

Al haar hoop was op de expositie gevestigd. Als ze nou maar gewoon een paar schilderijen kon verkopen, zou dat een wereld van verschil betekenen voor haar schulden, die zich maar bleven opstapelen. De beloftes die ze telkens aan de bank deed begonnen ongeloofwaardig te worden, en ze was zich ervan bewust dat ze een groot risico nam.

Het was al heel lang geleden dat haar werk tentoongesteld was, bijna twintig jaar. Misschien waren de mensen haar wel vergeten sinds die onstuimige jaren waarin zowel de critici als het publiek aan haar voeten hadden gelegen. Ze was jong, beeldschoon en enorm getalenteerd geweest… maar daarna was het allemaal bergafwaarts gegaan en had ze de fonkelende lichtjes van Londen verruild voor een teruggetrokken bestaan in Sawood, te midden van het glooiende heidelandschap van Yorkshire.

Ja, de expositie die ze volgend jaar in april zou hebben was een gok, maar die moest gewoon goed uitpakken.

Rose stond op en manoeuvreerde zich met haar forse lichaam behendig tussen de rommel in het kleine atelier door om uit het venster naar het serene landschap te staren. Dit uitzicht maakte haar altijd rustig en was de voornaamste reden dat ze de boerderij had gekocht. Die stond boven op een heuvel en had een vrij uitzicht op de vallei beneden. Het zilverkleurige water van het Leeming Reservoir, ver in de diepte, vormde een mooi contrast met de verder zo groene omgeving. Dit uitzicht zou ze niet willen missen, maar als de expositie geen succes werd, zou ze haar huis toch echt moeten verkopen.

'Verdomme!' Met haar vuist ramde ze op de grijze stenen vensterbank.

Natuurlijk was er nog een mogelijkheid. Die was er altijd geweest, maar ze probeerde die al bijna twintig jaar te vermijden.

Haar gedachten dwaalden af naar haar broer David, met zijn penthouse in New York, zijn landhuis in Gloucestershire, een villa op een exclusief Caribisch eiland en een jacht dat ergens aan de Amalfikust voor anker lag. Er waren veel nachten voorbijgegaan waarin ze naar het gedruppel van water in de metalen steelpan rechts van haar bed had liggen luisteren en had overwogen hem om hulp te smeken. Ze werd echter nog liever haar huis uit gezet dan dat ze hem om geld zou vragen. Daarvoor was er te veel gebeurd tussen hen.

Ze had haar broer al jaren niet meer gezien en was alleen door middel van krantenartikelen op de hoogte gebleven van zijn bliksemsnelle klim naar de top. Zo had ze acht maanden geleden ook gelezen over de dood van zijn vrouw, waardoor hij als weduwnaar was achtergebleven met een zoon van zestien.

Een week geleden had ze een telegram ontvangen.

BESTE ROSE STOP DE KOMENDE TWEE MAANDEN HEB IK BELANGRIJKE ZAKELIJKE VERPLICHTINGEN STOP MIJN ZOON

BRETT IS OP 20 JUNI KLAAR MET KOSTSCHOOL STOP IK WIL HEM NIET ALLEEN LATEN STOP HIJ ROUWT NOG OM ZIJN MOEDER STOP KAN HIJ BIJ JOU TERECHT STOP DE FRISSE LUCHT ZOU HEM GOEDDOEN STOP IK HAAL HEM EIND AUGUSTUS OP STOP DAVID.

Na ontvangst van het telegram was Rose vijf dagen niet in haar atelier geweest. Ze had lange wandelingen over de heide gemaakt in een poging te bedenken wat Davids beweegredenen konden zijn.

Ach, er was weinig aan te doen. Haar broer had haar voor een voldongen feit gesteld, die knul zou hierheen komen. Waarschijnlijk was hij een verwend nest dat niet zat te wachten op een verblijf in een op instorten staande boerderij waar behalve het gras zien groeien niets te doen was.

Hoe zouden haar eigen kinderen reageren op de komst van een neef van wie ze tot nu toe het bestaan niet hadden gekend? Het zou niet makkelijk worden om uit te leggen dat hij er opeens was en dat ze ook nog een oom hadden die waarschijnlijk tot de rijkste mannen van de wereld behoorde.

De lange, knappe negentienjarige Miles zou gewoon knikken en zich er zonder vragen te stellen bij neerleggen, maar haar vijftienjarige dochter Miranda... Zoals gewoonlijk voelde ze een steekje van schuldgevoel bij de gedachte aan haar dwarse geadopteerde dochter.

Ze was bang dat het aan haar lag dat Miranda zo opstandig was. Ze was verwend, onbeschoft en zocht continu ruzie met haar moeder. Hoewel Rose altijd had geprobeerd haar net zo veel liefde te schenken als Miles, leek Miranda te denken dat ze nooit tegen Rose' eigen vlees en bloed zou kunnen opboksen.

Ondanks alles wat Rose voor haar gedaan had, had Miranda niet voor een gezellige sfeer in huis gezorgd, maar vooral spanning met zich meegebracht. De combinatie van schuldgevoel en gebrek aan communicatie tussen moeder en dochter maakte dat ze elkaar hooguit gedoogden.

Rose wist dat Miranda onder de indruk zou zijn van Bretts komst en de enorme rijkdom van zijn vader. Ze zou ongetwijfeld met hem flirten, want ze was een mooie meid die al heel wat harten gebroken had. Toch wilde ze dat ze niet zo met haar schoonheid te koop liep. Haar vrouwelijke vormen waren al goed ontwikkeld en ze deed geen enkele poging om die te verhullen. Daarnaast pronkte ze graag met haar prachtige blonde haar en had Rose het opgegeven om de felrode lippenstift en korte rokjes te verbieden, want anders was Miranda al helemaal niet te genieten.

Op haar horloge zag ze dat Miranda zo uit school zou komen. Miles was onderweg vanuit Leeds omdat het semester erop zat en ze had mevrouw Thompson gevraagd om iets bijzonders klaar te maken voor het avondeten.

Rose zou bij hen aanschuiven en de komst van haar neefje aankondigen alsof het de normaalste zaak van de wereld was dat het kind van haar broer de zomervakantie bij hen zou doorbrengen.

Bij die gedachte zette ze zich schrap. Vanaf nu zou ze een rol moeten spelen, want geen van hen mocht ooit achter haar geheim komen.

2

'Leah, wat denk je ervan om me vandaag een handje te helpen in het grote huis? Mevrouw Delancey krijgt vanaf morgen een logé, dus moet ik een van de kamers boven grondig schoonmaken en voorbereiden op zijn komst. Godzijdank is het zomer. Als we de ramen openzetten, zal die muffe lucht vast snel de kamer uit zijn.' Doreen Thompson trok haar neus op.

'Natuurlijk ga ik mee,' antwoordde Leah, die haar moeder eens goed bekeek. Doreen had dik bruin haar dat ze in een praktisch kortgeknipt kapsel droeg. Aangezien het pas nog gepermanent was, zagen de krullen er ter hoogte van haar voorhoofd en in haar nek onnatuurlijk uit. Door jarenlang hard werken en piekeren was haar rijzige lichaam altijd slank gebleven, maar zag ze er met al die rimpels veel ouder uit dan zevenendertig.

'Mooi, dat is dan afgesproken. Trek je oudste spijkerbroek maar aan, want het is erg smerig in die kamer. Als je maar wel opschiet, want ik wil weg zodra ik de lunch voor je vader heb klaargemaakt.'

Dat liet ze zich geen twee keer zeggen. Ze rende de trap op, deed de deur van haar kamertje open en zocht onder in de kast naar een stokoude, afgedragen spijkerbroek. Nadat ze ook nog een oud sweatshirt had gevonden en aangetrokken, ging ze aan het voeteneinde van haar bed zitten om in de spiegel te kunnen kijken terwijl ze de kastanjebruine lokken die tot aan haar middel reikten vlocht. Door die vlecht oogde ze jonger dan vijftien, maar toen ze opstond, gaf de spiegel de gestalte van een veel volwassener meisje prijs. Net als haar moeder was ze altijd lang voor haar leeftijd geweest, maar het afgelopen jaar had ze nog eens een extra groeispurt doorgemaakt, waardoor ze nu met kop en schouders boven de andere meisjes in haar klas uitstak. Haar moeder waarschuwde haar vaak dat haar spieren die groei niet zouden kunnen bijbenen en drong er telkens op aan dat ze wat meer zou eten, waardoor Leah zich zo mager als een lat voelde.

Ze vond haar sportschoenen onder het bed en strikte snel haar veters, want ze kon niet wachten om naar het grote huis te gaan. Daar vond ze het altijd heerlijk. De boerderij was veel ruimer dan de krappe eengezinswoning waar zij woonde. Bovendien vond ze mevrouw Delancey fascinerend. Ze was heel anders dan alle andere mensen die ze kende, en ze vond dat Miranda maar bofte met zo'n moeder. Niet dat ze niet van haar eigen moeder hield, maar aangezien die voor Leahs vader moest zorgen en de hele dag moest werken, was ze soms humeurig en schoot ze snel uit haar slof. Leah wist dat dat door de vermoeidheid kwam en probeerde haar zo veel mogelijk met het huishouden te helpen.

Ze had slechts vage herinneringen aan de tijd dat haar vader nog kon lopen. Op haar vierde was hij getroffen door reumatoïde artritis en hij was al elf jaar aan een rolstoel gekluisterd. Omdat hij had moeten stoppen met zijn zware werk als arbeider in de wolfabriek was haar moeder als huishoudster voor mevrouw Delancey gaan werken om brood op de plank te krijgen. Al die tijd had ze haar vader nooit horen klagen, maar ze wist dat hij zich schuldig voelde omdat zijn vrouw voor hem moest zorgen en de kost moest verdienen.

Leah was dol op hem en hield hem zo vaak mogelijk gezelschap.

Ze rende de trap af en klopte op de deur van de voorkamer. Toen haar vader ziek was geworden, was de woonkamer verbouwd tot een slaapkamer voor haar ouders en waren er door de gemeente in de kelderkast naast de keuken een douche en een toilet geïnstalleerd.

'Kom binnen.'

Toen ze de deur opendeed, zag ze haar vader op zijn vaste plekje bij het raam zitten.

Bij het zien van zijn dochter lichtten de bruine ogen die sprekend op die van haar leken op. 'Ha, schat. Kom eens hier en geef je vader een kus.'

Dat deed ze. 'Ik ga naar het grote huis om mama te helpen.'

'Prima, meisje, dan zie ik je straks wel weer. Veel plezier.'

'Komt goed. Mama komt zo je boterhammen brengen.'

'Fijn. Dag, lieverd.'

Ze deed de deur dicht en liep naar de keuken.

Daar dekte haar moeder net een bord met *smac* belegde boterhammen af met vetvrij papier. 'Ik breng deze nog even naar je vader toe en dan gaan we.'

Het was drie kilometer lopen van Oxenhope naar het gehucht Sawood, waar mevrouw Delancey in de boerderij boven op de heuvel woonde. Normaal gesproken ging Doreen op de fiets, maar omdat Leah vandaag meeging, liepen ze stevig door, het dorp uit en de heuvel op.

De zon stond hoog aan de strakblauwe hemel en het was een warme, zwoele dag. Toch had Leah haar parka over haar schouder geslagen voor de wandeling terug, want ze wist dat het op de heide snel kon afkoelen.

'Volgens mij wordt het een bloedhete zomer,' merkte Doreen op. 'Mevrouw Delancey vertelde dat haar neefje bij hen komt logeren. Ik wist niet eens dat ze een neefje had.'

'Hoe oud is hij?'

'Een tiener nog. Het wordt dus volle bak daar in huis, nu Miles thuiskomt van de universiteit en Miranda schoolvakantie heeft. En dat terwijl mevrouw Delancey druk bezig is om die expositie voor te bereiden.'

Er viel een korte stilte.

'Mag ik iets vragen, mama?' vroeg Leah.

'Natuurlijk.'

'Wat... wat vind jij van Miles?'

Haar moeder bleef abrupt staan en staarde haar aan. 'Ik mag hem graag. Ik heb nota bene zelf geholpen hem groot te brengen. Waarom stel je van die rare vragen?'

'O, zomaar,' zei Leah bij het zien van de felle, verdedigende uitdrukking op haar moeders gezicht.

'Kijk, als je nou naar dat zusje van hem zou vragen... Wat die soms aanheeft, dat is gewoon onfatsoenlijk voor een meisje van haar leeftijd.'

Leah vond Miranda's sexy kledingstijl juist van lef getuigen. Ze keek vaak vol bewondering toe als de jongens weer eens om haar heen zwermden op de Greenhead Grammar School, waar ze in hetzelfde jaar zaten. Soms zag Leah haar na school met een groep jongens uit een hogere klas naar Cliffe Castle Park gaan. Het was haar een raadsel hoe Miranda erin slaagde om er zo mooi en volwassen uit te zien in het saaie schooluniform, terwijl dat van Leah juist haar slungelachtige figuur leek te benadrukken. Hoewel ze maar een maand jonger was dan Miranda, voelde ze zich naast haar net een klein kind.

'Jij zegt weleens dat mevrouw Delancey weinig geld heeft, maar toch heeft Miranda altijd de nieuwste kleren en wonen ze in dat grote huis.'

Haar moeder knikte veelzeggend. 'Alles is betrekkelijk. Neem nou onze familie. Wij hebben amper een rooie cent, en dat geldt volgens mevrouw Delancey ook voor haar. Het verschil is alleen dat zij vroeger steenrijk was en daarom nu denkt dat ze arm is. Begrijp je?'

'Ik denk het.'

'Miranda klaagt al als ze geen nieuwe kleren kan kopen om naar een feestje te gaan. Jij klaagt pas als je 's avonds niets te eten hebt.'

'Waarom is ze niet rijk meer?'

'Tja, ik weet ook niet wat ze met al dat geld gedaan heeft, maar ze is pas sinds kort weer aan het schilderen, dus ik vermoed dat ze heel lang niets verkocht heeft. Zo, genoeg gekletst. Loop eens een beetje door, anders komen we te laat.'

Mevrouw Thompson deed de achterdeur van de boerderij open, die in de keuken uitkwam. Die ruimte alleen al was groter dan de hele benedenverdieping van Leahs ouderlijk huis.

Miranda zat gehuld in een felroze satijnen kamerjas en bijpassende donzen muiltjes aan de lange grenenhouten tafel te ontbijten. De zon speelde met haar blonde haar. 'Ha, Doreen. Je bent precies op tijd om nog wat brood voor me te roosteren!'

'Dat feest gaat vandaag niet door, jongedame. Ik heb het al druk genoeg nu ik de logeerkamer gereed moet maken voor de gast van je moeder.'

'Dan wil Leah het vast wel doen. Toch, lieverd?' vroeg Miranda poeslief.

Met een blik op haar moeder, die duidelijk op een snibbig antwoord broedde, zei Leah vlug: 'Natuurlijk. Ga jij maar alvast naar boven, mama, dan kom ik ook zo.'

Hoewel mevrouw Thompson een bedenkelijk gezicht trok, haalde ze haar schouders op en liep de keuken uit.

Leah stopte een paar boterhammen in de broodrooster.

'Elke keer dat ik je zie, ben je weer gegroeid.' Langzaam nam Miranda haar van top tot teen op. 'Ben je op dieet of zo? Je bent wel erg dun.'

'Nee hoor, mijn moeder noemt me altijd een schrokop. Als het mocht, zou ik zelfs mijn bord nog aflikken.'

'Dan bof je maar. Ik word al dik als ik naar slagroom kijk.'

'Je hebt anders wel een prachtfiguur. Dat zeggen alle jongens in ons jaar.' Leah schrok toen de geroosterde boterhammen achter haar omhoogwipten.

'Smeer er maar dieethalvarine op, en een dun laagje marmelade. Wat zeggen ze nog meer over me?' Dat laatste voegde Miranda er nonchalant aan toe.

Leah bloosde. 'Nou, ze zeggen... dat ze je heel mooi vinden.'

'Vind jij me mooi?'

'O ja, heel mooi. Je... je hebt leuke kleren.' Ze zette het bord met toast voor Miranda neer. 'Wil je nog een kop thee?'

Miranda knikte. 'Nou, zeg dat van die kleren ook maar tegen mijn moeder. Die wordt al gek als ik rokken tot boven de enkels draag! Wat een preutse trien. Schenk anders ook een kop thee voor jezelf in en kom bij me zitten om me gezelschap te houden.'

'Beter van niet,' zei Leah na een korte aarzeling. 'Ik moet naar boven om mijn moeder te helpen.'

'Dan moet je het zelf maar weten. Als je straks tijd hebt, kom je maar naar mijn kamer, dan laat ik je de nieuwe outfit zien die ik zaterdag gekocht heb.'

'Ja, leuk. Tot straks dan.'

'Is goed.'

Leah liep twee krakende trappen op en trof haar moeder op de overloop aan, waar ze verwoed een tot op de draad versleten tapijt stond uit te schudden.

'Ik wilde je net komen halen. Je moet me helpen om het matras om te keren. Een van de hoeken is beschimmeld. Ik heb de haard al aangemaakt om te proberen het vocht uit de kamer te krijgen.'

Leah liep achter haar aan de ruime slaapkamer in en pakte het zware tweepersoonsmatras aan één kant beet.

'Goed, draai het nu maar op zijn kant... zo, ja. Hopelijk maak je er geen gewoonte van om je door die madam beneden te laten commanderen. Als je haar één vinger geeft, neemt ze je hele hand. De volgende keer moet je gewoon nee zeggen, meisje. Je bent haar bediende niet.'

'Sorry, mama. Maar wat is ze volwassen, hè?'

Doreen ving de bewonderende blik in de ogen van haar dochter op. 'Zo kun je het ook noemen, maar daar kun je beter geen voorbeeld aan nemen, juffie.' Ze slaakte een zucht en zette haar handen in haar zij. 'Zo, dat ziet er al beter uit. Met de lakens wachten we tot het laatste moment, zodat de boel nog verder kan drogen. Met een beetje geluk loopt die arme ziel dan geen longontsteking op.' Haar blik dwaalde naar het raam. 'De glasreiniger zit in die doos daar. Wil jij die smerige ruitjes blinkend schoon boenen?'

Leah knikte, liep met de fles naar het glas-in-loodraam en begon te wrijven tot haar doek zwart was. Toen ze vier vierkante ruitjes schoon had, tuurde ze naar buiten. De zon scheen en het heidelandschap baadde in het licht. Het uitzicht was hier prachtig en ze kon helemaal tot in de vallei kijken en de schoorstenen van Oxenhope aan de andere kant van het stuwmeer zien.

Haar aandacht werd getrokken door een gestalte boven op een heuveltje, hooguit een halve kilometer bij het huis vandaan. Hij zat met zijn armen om zijn knieën geslagen naar de vallei onder zich te staren. Aan zijn dikke zwarte haar zag ze dat het Miles was.

Om de een of andere reden bezorgde hij haar altijd de kriebels. Hij glimlachte nooit en zei haar nooit gedag… hij staarde alleen maar. Wanneer hij thuis was, bracht hij urenlang alleen op de heide door. Slechts heel af en toe zag ze hem, als een zwart silhouet afgetekend tegen de zon, of in de vallei, op de rug van een van de paarden van meneer Morris.

Plotseling draaide Miles zich om. Alsof hij voelde dat ze naar hem keek, richtte hij zijn donkere ogen recht op haar.

Bij het voelen van zijn priemende blik bleef ze even als aan de grond genageld staan en vervolgens stapte ze huiverend bij het raam vandaan.

Op dat moment kwam haar moeder binnen met de stofzuiger. 'Kom op, Leah, een beetje tempo. Je hebt nog geen kwart van het raam schoon.'

Met tegenzin begaf Leah zich weer naar het raam.

De gestalte op de heuvel was verdwenen.

'Doreen, ik wilde je vragen of Leah misschien wat wil bijverdienen.'

Leah zat met haar moeder in de keuken een kop thee te drinken, voordat ze aan de wandeling terug naar het dorp zouden beginnen.

Mevrouw Delancey stond gehuld in een schilderskiel besmeurd met olieverf in allerlei felle kleuren in de deuropening en glimlachte haar toe.

'Dat denk ik wel. Nietwaar, Leah?' vroeg mevrouw Thompson.

'Ja, mevrouw Delancey. Wat wilt u dat ik doe?'

'Zoals je weet komt mijn neefje Brett morgen logeren. Het punt is alleen dat ik druk bezig ben met de voorbereidingen voor de expositie. Ik zit al krap genoeg in mijn tijd zonder dat ik ook nog eens elke dag hoef te koken. Daarom vroeg ik me af of je misschien je moeder wilt helpen om het huis aan kant te houden en het ontbijt en het avondeten voor mij en de kinderen te bereiden. Mijn eigen kinderen zijn prima in staat om zichzelf te redden, maar mijn neefje... Ach, laten we het er maar op houden dat hij wat meer luxe gewend is. Natuurlijk betaal ik je voor de overuren, Doreen, en zorg ik dat Leah ook iets krijgt.'

Haar moeder keek naar Leah. 'Zolang een van ons het avondeten kan klaarmaken voor je vader, lijkt me dat een uitstekend idee. Wat vind jij ervan?'

Aangezien ze wist dat haar moeder de extra inkomsten goed kon gebruiken, knikte ze. 'Ja, mevrouw Delancey, dat zou ik heel graag willen.'

'Mooi, dat is dan afgesproken. Er staat nog een oude fiets in de schuur die je kunt lenen. Brett komt morgenmiddag aan en ik wil graag dat je iets bijzonders klaarmaakt voor het diner. Dat gebruiken we trouwens in de eetkamer. Haal het Wedgwood-servies maar tevoorschijn en maak een boodschappenlijst voor aankomende week, dan bel ik de boerderijwinkel om de boodschappen te laten bezorgen. Goed, nu moet ik echt weer naar mijn atelier. Tot morgen dan.'

'Tot morgen, mevrouw Delancey,' zei Doreen.

Rose maakte aanstalten om de keuken uit te lopen, maar draaide zich vervolgens weer om. 'Trek het je maar niet aan als mijn neefje zich een beetje apart gedraagt. Zijn moeder is niet al te lang geleden gestorven en zoals ik al zei is hij het beste van het beste gewend.' Ze kromp een beetje ineen. 'Maar goed, tot morgen.' Ze liep de keuken uit en deed de deur achter zich dicht.

'Arme knul. Zo jong je moeder al verliezen.' Mevrouw Thompson spoelde de theekopjes om in de gootsteen.

Op dat moment ging de deur open en kwam Miranda in een strakke rode minirok en een laag uitgesneden linnen topje naar binnen walsen. 'Ik dacht dat je naar mijn nieuwe outfit zou komen kijken.'

'Tja, ik...'

'Laat maar, ik kom hem gewoon aan je showen. Wat vind je ervan? Geweldig, toch?' Met een glimlach draaide ze een rondje.

'Ik vind...'

'Ik vind het hoog tijd dat we gaan, want we moeten thuis het eten nog klaarmaken,' kwam haar moeder tussenbeide.

Zonder acht op haar te slaan zei Miranda: 'Ik heb het gekocht bij dat nieuwe boetiekje in Keighley. Morgenavond trek ik het aan tijdens het diner ter ere van de komst van mijn neef.' Met een brede grijns voegde ze eraan toe: 'Je weet toch wel dat zijn vader een van de rijkste mannen ter wereld is?'

'Geen sterke verhalen vertellen, jongedame,' sprak Leahs moeder haar toe.

'Het is echt zo!' Ze ging op een stoel zitten en legde haar benen op de tafel, waardoor een groot stuk van haar roomwitte dij ontbloot werd. 'Dat heeft mijn lieve moedertje goed verborgen weten te houden, hè? Haar broer is David Cooper. Dé David Cooper.' Ze staarde hen afwachtend aan en fronste haar wenkbrauwen toen de verwachte reactie uitbleef. 'Ga me nou niet vertellen dat jullie nog nooit van hem gehoord hebben. Hij is wereldberoemd. De eigenaar van Cooper Industries? Een van de grootste bedrijven ter wereld? God weet waarom wij in deze bouwval moeten wonen, terwijl hij de broer is van die lieve Rosie.'

'Zo noem je je moeder niet, jongedame.'

'Sorry, mevrouw T,' reageerde Miranda. 'En ik maar denken dat hier nooit iets opwindends gebeurde. Nu blijk ik opeens een steenrijke oom te hebben en komt zijn zoon hier morgen naartoe. Trouwens, het mooiste moet nog komen, want hij is zestien. Zou hij al een vriendin hebben?' vroeg ze zich hardop af.

'Als je maar aardig tegen hem bent, Miranda. Die arme stakker heeft nog niet al te lang geleden zijn moeder verloren.'

Ze grijnsde. 'Reken maar, mevrouw T. Nou, ik ga mijn nieuwe gezichtsmasker maar eens uitproberen. Tot ziens.' Ze stond op en huppelde de keuken uit.

Hoofdschuddend keek Doreen haar na. 'Kom, Leah, we kunnen maar beter gaan. Morgen hebben we een drukke dag voor de boeg.' Ze veegde haar handen droog aan een theedoek en knikte naar de deur. 'Daar kan volgens mij weinig goeds van komen.'

3

De lange zwarte limousine bewoog zich soepel voort door de pittoreske dorpjes in Yorkshire. Mensen staarden er nieuwsgierig naar en probeerden het vage silhouet achter de geblindeerde ramen te herkennen.

Brett Cooper keek doodongelukkig terug en trok rare gezichten waarvan hij wist dat ze die toch niet konden zien. De lucht was betrokken en het was net begonnen met regenen. Het heidelandschap om hem heen lag er net zo troosteloos bij als hij zich voelde.

Hij reikte naar voren om een blikje cola uit de minibar te pakken. Door de met dik leer beklede wanden en de verduisterde ramen waarmee zijn vader de wereld graag buitensloot, deed het interieur van de auto hem denken aan een luxe doodskist. Hij drukte op een knopje. 'Hoe ver is het nog, Bill?'

'Nog maar een half uur rijden, meneer,' antwoordde de blikkerige stem.

Brett liet het knopje los, strekte zijn lange in een spijkerbroek gestoken benen en nam een slok van zijn cola.

Zijn vader had beloofd hem zelf van school te komen halen en met hem mee te rijden naar Yorkshire om hem aan zijn tante voor te stellen. Toen hij vol goede moed achter in de auto was gestapt, was die echter leeg geweest. Bill, de chauffeur van zijn vader, had gezegd dat meneer Cooper tot zijn spijt eerder dan verwacht naar Amerika had moeten vliegen.

Tijdens de vijf uur durende rit vanuit Windsor was Brett boos geweest omdat hij voor de zoveelste keer terugviel in het patroon uit zijn kindertijd, bang omdat hij in zijn eentje zou moeten kennismaken met die onbekende tante, en intens verdrietig omdat zijn moeder er niet meer was om het gevoel te compenseren dat zijn vader geen zier om hem gaf.

Bij de gedachte aan vorig jaar rond deze tijd sprongen de tranen hem in de ogen. Hij was direct naar Nice gevlogen, waar zijn moeder hem van het vliegveld was komen halen. Samen waren ze naar de villa gereden die ze in Cap Ferrat had gehuurd, en daar hadden ze met z'n tweetjes een heerlijke zomer doorgebracht. De enkele keer dat zijn vader op bezoek was gekomen, had hij zich teruggetrokken in zijn studeerkamer of op zijn jacht, waar hij belangrijke zakenrelaties had ontvangen die speciaal voor hem waren ingevlogen.

Drie maanden later was zijn moeder dood. Het stond hem nog helder voor de geest dat hij naar de kamer van de conrector was geroepen, waar hem het slechte nieuws was medegedeeld.

Na afloop was hij naar zijn lege slaapzaal gegaan en had hij op de rand van zijn bed voor zich uit zitten staren. Al dat geld en al die luxe hadden niet kunnen voorkomen dat zijn moeder stierf. Hij verfoeide haar omdat ze hem niet had verteld dat er iets mis was. Had ze dan niet beseft hoe erg hij het zou vinden dat hij tijdens haar laatste momenten niet bij haar had kunnen zijn?

En dan zijn vader… Die had er ook van geweten, maar niets gezegd.

Hij vermoedde dat zijn vader er bewust voor gekozen had om zich op zijn werk te storten. Dat leek het enige te zijn waar hij echt om gaf. Het was zelfs zo erg dat Brett zich regelmatig afvroeg waarom zijn vader eigenlijk getrouwd was. Zijn moeder was juist heel loyaal aan hem geweest. Ze had er nooit over geklaagd dat ze haar man amper zag of dat zij en hun zoon ergens onderaan zijn prioriteitenlijstje bungelden. Brett had hen maar één keer ruzie horen maken, toen hij vier was geweest.

'In godsnaam, Vivien, denk er nou eens over na. New York is een geweldige plek om te wonen. Als Brett straks op kostschool zit, kan hij tijdens de vakanties naar ons toe vliegen. Het appartement is prachtig. Ga op zijn minst eens mee om ernaar te kijken.'

Zijn moeder had op dat bedaarde toontje van haar gereageerd: 'Nee, David. Het spijt me, maar ik wil in Engeland blijven voor het geval dat Brett me nodig heeft.'

Naarmate Brett ouder was geworden, was hij tot het besef gekomen dat zijn moeder die dag een keuze had gemaakt. Ze had voor hém gekozen. Vanaf dat moment was zijn vader steeds minder vaak naar huis gekomen. Hij was definitief naar New York verkast en had er nog maar zelden bij zijn vrouw op aangedrongen dat ze ook zou komen.

In het begin hadden de andere jongens op Eton hem vaak gevraagd wat zijn beroemde vader voor iemand was. Dan zei hij 'geweldig' of 'een heel aardige vent', maar in werkelijkheid kende hij zijn vader helemaal niet.

Toen hij dertien was, had zijn vader de gewoonte opgevat om hem zo nu en dan apart te nemen en hem zijn plannen voor een nieuw appartementencomplex te laten zien.

Op dat soort momenten deed Brett zijn best om geïnteresseerd over te komen.

'Zodra je klaar bent in Cambridge, kom je voor het bedrijf werken om de kneepjes van het vak te leren. Op een dag is dit alles van jou.'

Hoewel hij dan knikte en glimlachte, kromp hij inwendig in elkaar. Het imperium van zijn vader boeide hem totaal niet. Hij was geen rekenwonder en op het gebied van statistiek was hij een ramp. Hij was alleen op Eton toegelaten vanwege zijn hoge cijfers voor Engels.

De afgelopen twee jaar was hij vaak badend in het zweet wakker geworden, omdat het hem steeds duidelijker werd wat voor toekomst zijn vader voor hem voor ogen had. Vorig jaar, in Cap Ferrat, had hij zijn moeder in vertrouwen genomen over hoe hij zich voelde en haar een paar van zijn schilderijen laten zien.

Verbaasd staarde ze hem aan. 'Lieve help, schat! Ik had geen idee dat je zo goed kon schilderen. Wat zijn ze mooi, je hebt echt talent. Deze moet ik aan je vader laten zien.'

David wierp er een vluchtige blik op en haalde zijn schouders op. 'Niet slecht. Het is goed om als zakenman een hobby te hebben waardoor je je kunt ontspannen.'

Ook al probeerde zijn moeder hem te troosten en moedigde ze hem aan om het prachtige uitzicht vanuit hun villa vast te blijven leggen, hij borg zijn aquarelverf en zijn ezel op. 'Het heeft geen zin, mam. Van hem zal ik toch nooit naar de kunstacademie mogen. Alles is al voor me uitgestippeld. Hij is er zo van overtuigd dat ik in Cambridge ga studeren dat hij er nog geen moment bij stilstaat dat ik misschien wel voor mijn examens zal zakken.'

Vivien zuchtte. Ze wisten allebei dat er in het slechtste geval makkelijk een plaatsje voor hem te regelen was door middel van een flinke donatie aan de universiteit. 'Moet je horen, Brett, ik beloof dat ik met hem ga praten. Je bent nog maar vijftien. Als het zover is, kunnen we hem vast wel tot inkeer brengen. Je moet echt blijven schilderen, schat. Je hebt zo veel in je mars!'

Hij had zijn hoofd geschud. Een maand later was hij weer naar school gegaan en had hij zijn moeder geschilderd, op de schommel in de tuin van hun huis in Gloucestershire. Als voorbeeld had hij zijn lievelingsfoto van haar gebruikt, waarop haar tere schoonheid het best tot haar recht kwam. Het was zijn bedoeling geweest om haar het schilderij met kerst te geven. Tegen die tijd was ze echter al dood, waardoor het schilderij nu nog steeds in cadeaupapier verpakt onder zijn bed op school lag. Sinds die tijd had hij geweigerd nog een stap in het tekenlokaal te zetten.

Hoewel het inmiddels acht maanden geleden was, voelde het voor hem nog steeds als de dag van gisteren dat zijn moeder was gestorven. Zijn hele wereld had om haar gedraaid, ze was zijn rots in de branding geweest. Nu er niemand meer was die tussen zijn vader en hem kon bemiddelen, voelde hij zich verschrikkelijk eenzaam.

Hij was ervan uitgegaan dat hij in de zomervakantie naar het huis in Gloucestershire zou gaan, of misschien naar Antigua. Dus toen hij de brief had ontvangen die door Davids assistente Pat was uitgetikt en waarin stond dat zijn vader hem naar Yorkshire stuurde om bij een tante te logeren van wie hij nog nooit gehoord had, was hij des te wanhopiger geworden. Hij had zelfs geprobeerd om contact op te nemen met zijn vader in New York en tegen hem in te gaan.

Pat had zijn telefoontjes echter onderschept. 'Je vader staat erop dat je gaat, schat. De komende maanden heeft hij het ontzettend druk. Het komt heus wel goed. Ik maak vijfhonderd pond naar je over. Laat het me maar weten als je meer wilt, goed?'

Bezwaar maken had weinig zin. David Coopers wil was wet.

De intercom zoemde. 'Nog vijf minuten, dan zijn we er. Vanaf hier kunt u het huis al zien. Daar staat het, links van ons, boven op de heuvel.'

Hij keek uit het raampje, en daar was het. Een groot grijs stenen gebouw, moederziel alleen in het druilerige heidelandschap. Het zag er troosteloos en bepaald niet uitnodigend uit, als iets uit een roman van Dickens.

'Wat een treurig huis,' mompelde hij. Zijn hart begon sneller te kloppen naarmate de limousine hoger de heuvel op reed. Voor de duizendste keer wenste hij dat zijn moeder naast hem zat en tegen hem zei dat alles goed zou komen.

De auto kwam soepel tot stilstand voor het huis. Brett haalde diep adem. Zijn moeder was er niet meer, hij zou dit alleen moeten doen.

Rose hoorde de auto aankomen. Ze gluurde door het hoekje van het raam in haar atelier en zag de indrukwekkende limousine met geblindeerde ramen. Er stapte een chauffeur uit, die om de auto heen liep om het portier aan de passagierskant open te doen. Met ingehouden adem keek ze naar de lange jongen die uitstapte. Pas toen de chauffeur het portier achter hem dichtsloeg, drong het tot haar door dat haar neefje alleen gekomen was.

'Godzijdank,' verzuchtte ze. Daarna maakte ze van de gelegenheid gebruik om de zoon van haar broer eens wat beter te bekijken.

Hij had hetzelfde roodbruine haar als zij. Toen hij zich omdraaide, herkende ze Davids diepliggende blauwe ogen en krachtige kaak. Hij was bijzonder knap. Nerveus speelde hij met iets in zijn jaszak, terwijl de chauffeur de koffers uit de kofferbak haalde en naar de voordeur liep. De jongen maakte een verloren indruk.

Waarschijnlijk is hij nog veel zenuwachtiger dan ik.

Toen de bel ging, wierp ze snel een blik in de spiegel. Ze hoorde dat mevrouw Thompson de deur opendeed, zoals Rose had gevraagd. Miles en Miranda had ze eropuit gestuurd met de paarden, omdat ze graag wat tijd alleen met Brett wilde doorbrengen.

Ze hoorde een stem die griezelig veel op die van David leek met de huishoudster praten, terwijl ze hem naar de woonkamer bracht. Aarzelend deed Rose de deur open en liep ze de hal door.

De chauffeur bracht net de laatste koffer naar binnen. 'Mevrouw Cooper, neem ik aan.'

'Nee, ik heet nu Delancey.'

'Neem me niet kwalijk, mevrouw Delancey. Namens meneer Cooper moest ik u bedanken en u dit geven om te voorzien in de kosten van

Bretts levensonderhoud.' Hij reikte haar een envelop aan.

'Dank u. Wilt u misschien een kop thee en iets te eten? U hebt nog een lange rit voor de boeg.'

'Dat is heel vriendelijk van u, maar ik ga meteen weer door. Om vijf uur moet ik een paar mensen ophalen op de luchthaven in Leeds.'

'Zo te horen laat David u veel te hard werken.'

'Ik heb mijn handen vol, maar dat vind ik juist prettig. Ik ben al bijna dertien jaar bij hem in dienst en ken Brett al zowat zijn hele leven. Hij is een prima knul en zal niet voor problemen zorgen. Misschien komt hij wat stilletjes over, maar dat komt doordat hij het niet makkelijk heeft gehad. Hij was dol op zijn moeder en het verlies valt hem zwaar.'

'Maakt u zich maar niet ongerust, ik zorg wel voor hem. We kunnen vast prima met elkaar overweg. Rij voorzichtig.'

'Dat zal ik doen.' Hij tikte zijn pet even aan. 'Dag, mevrouw Delancey.'

Nadat ze de voordeur had dichtgedaan en de limousine had horen wegrijden, scheurde ze de envelop open. Daarin trof ze een bedankkaartje van Cooper Industries en duizend pond in contanten. 'Lieve hemel,' fluisterde ze. 'Van dit bedrag kan ik hem elke avond kaviaar en champagne voorschotelen.' Ze stopte de envelop in een zak van haar wijde rok, vroeg zich af hoe snel de aannemer zou kunnen komen om een offerte voor het dak op te stellen, en deed de deur van de woonkamer open.

Wat Brett ook had verwacht van zijn onbekende tante, hij had zich zeker niet de vrouw voorgesteld die nu binnenkwam.

Zijn moeder had zich altijd afgevraagd van wie hij zijn ongewone roodgouden haarkleur had geërfd, en nu wist hij het.

Tante Rose was een voluptueuze vrouw, gekleed in een felgekleurde blouse en een rok in bohostijl. Het was duidelijk dat ze ooit een beeldschone vrouw moest zijn geweest. Als hij haar met zijn kunstenaarsblik bekeek, zag hij de tere botstructuur en de opvallend hoge jukbeenderen. Ze had sprekende groene ogen en dezelfde brede, volle lippen als zijn vader. Toen ze naar hem glimlachte, zag hij dat ze rechte witte tanden had. Haar gezicht kwam hem bekend voor en hij wist zeker dat hij haar al eens eerder had gezien, maar hij kon haar niet plaatsen.

'Hallo, Brett, ik ben Rose.' Ze had een diepe stem.

Hij stond op en stak haar zijn hand toe. 'Aangenaam kennis te maken, tante Rose.' In plaats van hem de hand te schudden omhelsde ze hem stevig. Hij rook een sterk parfum en nog iets anders... Ja, hij wist zeker dat het de typische geur van olieverf was. Nadat ze hem had losgelaten, ging ze op de bank zitten en klopte ze op de lege plek naast zich. Hij ging zitten en ze pakte zijn hand vast. 'Wat fijn dat je bij ons komt logeren, Brett. Het is vast nog een beetje onwennig voor je omdat je ons nog nooit hebt ontmoet, maar ik weet zeker dat je je hier snel thuis zult voelen. Je zult wel honger hebben na die lange rit. Wil je iets eten?'

'Nee, bedankt. Bill had een goedgevulde picknickmand voor me meegenomen.'

'Een kopje thee dan misschien?'

'Ja, dat lijkt me heerlijk.'

'Ik zal Doreen vragen of ze het even komt brengen.'

Terwijl ze naar de keuken liep, keek hij om zich heen. Het vertrek stond vol met oude meubels en snuisterijen, maar zijn aandacht werd vooral getrokken door de opvallende schilderijen aan de muur.

'Hoelang was het rijden?' Rose kwam weer naast hem zitten.

'Ongeveer vijf uur. Het was niet druk op de weg.'

'Toch zul je wel moe zijn.'

'Ja, wel een beetje.'

'Als we onze thee ophebben, zal ik je je kamer laten zien. Mijn kinderen zijn aan het paardrijden, dus het is nu erg rustig in huis. Misschien wil je nog even gaan liggen voor het avondeten?'

'Misschien.'

In de stilte die volgde, probeerde Rose te bedenken wat ze nog meer moest zeggen. 'Ah, daar heb je Doreen met de thee. Wil je er suiker in?'

'Nee, dank u, tante Rose.'

'Poeh, niet zo formeel, hoor.' Ze glimlachte. 'Je bent al bijna volwassen en door dat ge-u en ge-tante voel ik me stokoud. Mijn kinderen zeggen ook gewoon Rose tegen me. Ik heb er een hekel aan om "moeder" of "mam" genoemd te worden.'

Bij het zien van de gespannen uitdrukking op zijn gezicht beet ze op haar lip. Aangezien ze een zelfverzekerde, arrogante knul had verwacht, had het contrast met deze verlegen, nerveuze jongeman die duidelijk nog steeds om zijn moeder rouwde niet groter kunnen zijn.

'Tijdens het avondeten kun je kennismaken met Miles en Miranda. Zij is vijftien, slechts een paar maanden jonger dan jij, dus jullie kunnen elkaar gezelschap houden.'

'Hoe oud is je zoon?'

'Miles is negentien en net klaar met zijn tweede jaar aan Leeds University. Erg spraakzaam is hij niet, dus zit er maar niet mee als het wat langer duurt om hem te leren kennen. Jullie kunnen het vast goed met elkaar vinden.' Het voelde heel onwerkelijk om dit gesprek met hem te voeren. 'Maar goed, ik zie dat je je thee ophebt, dus zal ik je je kamer laten zien?'

Samen liepen ze de twee trappen op, waarna ze uitkwamen op een met linoleum beklede overloop.

'Dit is hem. Er staat alleen het hoognodige, vrees ik, maar hier heb je het beste uitzicht van het hele huis. Nou, ik zal je met rust laten zodat je kunt uitpakken. Mocht je iets nodig hebben, dan is Doreen meestal in de keuken te vinden. Ik zie je om acht uur voor het avondeten.' Ze glimlachte en deed de deur dicht.

Brett keek om zich heen in de kamer die de komende twee maanden van hem zou zijn. Er stond een tweepersoonsbed waar een oude patchworksprei op lag. Het linoleum was versleten en er zaten grote scheuren in het gipswerk op het plafond. Hij liep naar het raam en tuurde naar buiten. Het regende nu flink door en de toppen van de heuvels in de verte gingen schuil achter de wolken. Hij huiverde. Het was hier koud en het rook muf. Er klonk een zacht druppend geluid en zijn blik viel op een klein plasje water in de buurt van de deur. Het plafond daarboven was vervaarlijk ver doorgezakt.

Opeens kreeg hij een brok in zijn keel. Hij voelde zich in de steek gelaten, ellendig en moederziel alleen. Hoe had zijn vader hem nou naar zo'n vreselijk, afgelegen oord kunnen sturen? Hij liet zich op het bed vallen en begon voor het eerst sinds de dood van zijn moeder te huilen.

De tranen bleven een hele tijd stromen. Pas toen hij merkte dat hij lag te bibberen, kroop hij met kleren en al onder de sprei en viel in een diepe slaap.

Zo trof Rose hem drie uur later aan. Nadat ze voorzichtig had geprobeerd hem wakker te schudden maar geen reactie had gekregen, liep ze op haar tenen de kamer uit en deed de deur dicht.

4

Brett opende zijn ogen en knipperde tegen het zonlicht dat door het raam naar binnen viel. Even kon hij zich niet herinneren waar hij was. Toen het weer tot hem doordrong, ging hij zitten en keek naar het prachtige landschap buiten zijn raam. Hij kon nauwelijks geloven dat de zon zo'n grimmige omgeving kon omtoveren tot zo'n rustgevend tafereel.

Op het moment dat hij zich omdraaide en zich uitrekte, zag hij een meisje met een dienblad in haar handen bij de deur staan. Ze was lang en dun en had een prachtige bos kastanjebruin haar die bijna tot aan haar middel reikte. Ook haar ogen waren diepbruin en werden omlijst door lange zwarte wimpers. Ze had een hartvormig gezicht met van nature rode lippen en een wipneusje.

Door de stralende zon die haar haar liet glanzen, zag ze er zo volmaakt uit dat hij zich afvroeg of hij een visioen had van de Heilige Maagd. Het volgende moment bedacht hij echter dat de Heilige Maagd normaal gesproken geen dienblad bij zich had of gehuld was in een sweater en een spijkerbroek, dus moest ze wel echt zijn. Dit was simpelweg het mooiste meisje dat hij ooit had gezien.

'Hoi,' zei ze verlegen. 'Mijn moeder dacht dat je misschien wel honger zou hebben.' Ze had een zacht Yorkshire-accent.

Dus dit was Miranda. Wauw, twee hele maanden met haar als gezelschap? Misschien zou deze vakantie toch niet zo vervelend worden als hij had verwacht. 'Wat aardig van haar. Nu je het zegt, ik ben uitgehongerd. Volgens mij ben ik het eten gisteravond misgelopen.'

'Inderdaad.' Ze glimlachte haar volmaakte parelwitte tanden bloot. 'Ik zal het dienblad op het voeteneinde zetten. Het zijn eieren met spek, geroosterd brood en thee.'

Hij keek toe terwijl ze sierlijk op hem afliep en het dienblad neerzette. 'Bedankt, Miranda. Ik ben Brett, trouwens.'

Ze fronste haar wenkbrauwen en schudde haar hoofd. 'O nee, ik ben...'

'Hoorde ik daar iemand mijn naam zeggen?' Een meisje met helblond haar, een strakke paardrijbroek en een T-shirt dat flink wat van haar decolleté prijsgaf kwam binnengestormd. Ze had heel mooi kunnen zijn, als ze haar gezicht tenminste niet had dichtgeplamuurd. Toen ze op de rand van het bed ging zitten, gleed het dienblad eraf en klonk het geluid van brekend porselein. 'Verdomme! Wie heeft dat dienblad daar neergezet? Ruim eens even op, wil je, Leah?' Terwijl het andere meisje zich op haar knieën liet zakken, glimlachte zij naar Brett. 'Miranda Delancey, je nichtje. Of misschien kan ik beter zeggen je stiefnichtje, want die schat van een Rosie heeft me geadopteerd toen ik nog klein was.'

Ontzet keek hij toe terwijl het meisje dat Leah bleek te heten de scherven tussen de eieren met spek op de vloer uit probeerde te plukken. 'Leuk je te ontmoeten,' zei hij tegen Miranda en daarna sprong hij uit bed en ging op zijn knieën naast Leah zitten. 'Ik help je wel even.'

'Laat haar dat toch doen, daar wordt ze voor betaald.' Miranda zwaaide haar benen op het bed.

Toen Brett het laatste stukje porselein aan Leah gaf, ving hij een glimp van woede in haar bruine ogen op. 'Zo, al klaar.' Hij stond weer op.

'Ik ga beneden even een bezem en een dweil halen. Wil je alsnog ontbijt op bed?'

Nu hij in Leahs heldere ogen keek, was ontbijten wel het laatste waar hij aan dacht. 'Nee, ik kom zo naar beneden.'

Met een knikje pakte ze het dienblad en liep de kamer uit.

'Wie is dat?' vroeg hij aan Miranda.

'Leah Thompson, de dochter van de huishoudster. In de vakantie helpt ze hier in huis,' antwoordde ze achteloos. 'Goed, wat zullen we vandaag eens gaan doen? Rosie heeft mij de opdracht gegeven om jou te vermaken, dus ik ben van plan om erop toe te zien dat je nog geen minuut alleen hoeft door te brengen.'

De vastberaden blik in haar ogen bracht hem van zijn stuk. Aangezien hij op een jongensschool zat en zijn vakanties grotendeels in het gezelschap van volwassenen doorbracht, was hij niet gewend aan meisjes van zijn eigen leeftijd. Nu Miranda hem van top tot teen opnam, voelde hij dat hij bloosde.

'Nou? Wat wil je vandaag doen?'

'Ik... nou ja... ik...'

'Kun je paardrijden?'

Hij slikte moeizaam. 'Ja.'

'Dat is dan geregeld. Als je straks zover bent, gaan we naar de oude Morris om een paar paarden te lenen voor een lange rit over de heide. Dan kunnen we elkaar wat beter leren kennen.' Ze haalde een hand door haar haar en staarde hem aan.

'Prima. Eh... kun je me misschien vertellen waar de badkamer is? Ik kan me maar beter gaan opfrissen en omkleden.'

'Verderop in de hal, tweede deur links. Waar was je nou gisteravond? Ik had me helemaal opgedoft.'

'Ik... tja, ik was nog moe van de reis, denk ik.'

'Hopelijk maak je er geen gewoonte van om met je kleren aan te slapen.' Ze sprong van het bed. 'Ik wacht beneden op je. Niet te lang treuzelen, hè?' Na dat gezegd te hebben, liep ze de kamer uit.

Brett riep zichzelf tot de orde en ging naar de overloop. Al snel vond hij de badkamer en draaide hij de kraan open om het bad te vullen. De kraan proestte en sputterde en toen er eindelijk water uit kwam, was dat een merkwaardig geel van kleur.

Toch trok hij zijn gekreukte kleren uit en stapte in de stokoude badkuip, waarbij hij zijn best deed om geen acht te slaan op het gruizige bruine bezinksel dat op de bodem lag. Toen hij zijn ogen dichtdeed, zag hij Leah weer voor zich, in de deuropening van zijn slaapkamer. Hij vond het doodzonde dat hij deze vakantie niet met háár zou doorbrengen.

Twintig minuten later zat hij in de comfortabele keuken een bord eieren met spek te eten. Miranda kletste honderduit over haar plannen voor de komende twee maanden, Leah hielp haar moeder met afdrogen.

'Goed, tijd om te gaan,' kondigde Miranda aan. 'Het is twee kilometer lopen naar de boerderij. Als je wilt, kunnen we op de fiets gaan.'

'Nee, ik vind het fijn om even de benen te strekken.'

Ze ging hem voor naar de keukendeur, maar daar draaide hij zich om. 'Dag, Leah. Ik zie je later nog wel.'

'Dag, Brett.'

'Moet ik geen goedemorgen zeggen tegen tante... Tegen Rose, voordat we gaan?' vroeg hij even later aan Miranda, die er stevig de pas in zette.

'Nee, zeg. Die heeft zich opgesloten in haar atelier en kan je wel wurgen als je haar stoort. Ze komt alleen tevoorschijn om te eten.'

'Wat voor atelier?'

'O, wist je dat niet? Rosie was in het jaar kruik een beroemde schilderes. Ze heeft al eeuwen niets meer gemaakt, maar een poos geleden heeft ze een van de kamers beneden leeggeruimd en er een atelier van gemaakt. Volgend jaar gaat ze haar werk tentoonstellen in Londen. Het moet haar grote comeback worden of zo. Persoonlijk denk ik dat ze haar tijd verdoet. Ik bedoel, wie kent haar na twintig jaar nou nog?' Ze snoof verachtelijk.

Voor Brett begonnen de puzzelstukjes in rap tempo op hun plaats te vallen. De geur van olieverf toen zijn tante hem omhelsd had, de schilderijen aan de muur in haar woonkamer, en haar gezicht... Natuurlijk! 'Is haar achternaam soms Delancey?'

Zijn nichtje knikte. 'Ja, hoezo?'

'Miranda, twintig jaar geleden behoorde je moeder tot de crème de la crème in de kunstwereld. Misschien was ze wel de beroemdste kunstenares van Europa, tot ze opeens van de aardbodem verdween.'

Met opgetrokken neus reageerde ze: 'Ik vind haar schilderijen niet om aan te zien, zo raar zijn ze. Maar goed, je lijkt wel heel veel van haar te weten. Hou je van kunst of zo?'

'Ja, toevallig wel.' Hoewel de opwinding door zijn lichaam gierde, was hij ook verbaasd. Waarom had zijn vader in vredesnaam nooit gezegd dat Rose Delancey zijn zus was? Daar moest hij toch wel ontzettend trots op zijn?

'Ach, Rosie kan vast wel een paar minuten voor je vrijmaken om over haar favoriete onderwerp te praten.' Inmiddels waren ze bij de stallen aangekomen en voerde ze hem mee langs de paardenboxen. 'Ben je eigenlijk een goede ruiter? Op de ruin is het heel fijn rijden, maar hij is wel onvoorspelbaar. De merrie... Nou ja, als je een gemakkelijke rit wilt, zou ik voor haar gaan.'

'Doe mij de merrie maar.'

Nadat ze de paarden hadden gezadeld en de picknick die mevrouw

Thompson had bereid in de zadeltas van de ruin hadden opgeborgen, gingen ze in een rustig tempo de heide op.

'Ik kan gewoon niet geloven dat dit dezelfde plek is waar ik gisteren ben aangekomen. Volgens mij had ik me nog nooit zo somber gevoeld. Alles zag er zo donker en treurig uit.'

'Zo gaat dat hier. Het weer kan elk moment omslaan. Het is verbazingwekkend hoe anders het heidelandschap eruitziet wanneer de zon schijnt.'

'Van wie is al deze grond?'

'Voornamelijk van de boeren. Die laten hun schapen erop grazen.'

'Zo te zien gaat dit kilometers zo door.' Terwijl ze de grasvlakte op stapten en de heuvel begonnen af te dalen, keek hij uit over de vallei.

'Inderdaad. Daar aan de andere kant van het stuwmeer ligt Blackmoor. Het loopt helemaal door tot aan Haworth, vijf kilometer verderop. In de winter kan het hier behoorlijk eenzaam zijn. We zijn al heel vaak ingesneeuwd.'

Opeens voelde hij zich een stuk beter. Hij was blij dat hij hierheen was gekomen en kon niet wachten om terug te gaan en met zijn tante te praten.

Miranda veegde langs haar voorhoofd. 'Poeh, wat is het vandaag warm, zeg. Als we bij de heuvelrand zijn, gaan we maar even zitten om iets te drinken.'

'Prima.'

Een kwartier later waren de paarden vastgebonden en lagen Brett en Miranda hoog op de heuvel in het stugge gras cola te drinken.

'Kijk eens!' Ze schoot overeind. 'Daar heb je Miles. Daarbeneden, op het paard.'

Brett ging zitten en keek naar het punt in de vallei waar ze naar wees. In de verte zag hij een gestalte op een groot zwart paard over de heide draven.

'Als hij thuis is van de universiteit, gaat hij meestal paardrijden.' In haar stem klonk iets weemoedigs door.

'Wat studeert hij?'

'Geschiedenis. Ik mis hem best wel wanneer hij er niet is.' Ze trok aan een pluk gras. 'Vroeger brachten we altijd veel tijd met elkaar door. Miles is anders dan de meeste mensen. Heel rustig...' Haar stem stierf weg, maar toen ze hem weer aankeek, verdween de ernstige uitdrukking van haar gezicht en glimlachte ze. 'Zelf hou ik meer van levendige mensen, van lekker veel reuring, als je begrijpt wat ik bedoel. Zodra ik klaar ben met school, ga ik in Londen wonen. Het is hier zo saai, er gebeurt nooit wat!'

'Ik vind het juist mooi,' mompelde hij.

'Ja, maar jij hoeft hier niet te wonen, hè? Ik bedoel, jij gaat vast aan de lopende band naar chique feestjes en beroemde restaurants.'

Hij dacht terug aan de talloze keren dat zijn vader hem tijdens officiële gelegenheden als een soort prijswinnende poedel rond had laten paraderen en hij wanhopig graag naar huis had gewild om het stijve, nette pak uit te trekken waar zijn vader hem graag in zag. 'Eerlijk gezegd zijn die feestjes ook niet alles, hoor.'

'Nou, dat zou ik dan graag zelf ondervinden. Ik wil later steenrijk worden zodat ik alles kan kopen wat ik maar wil. Dan schaf ik een kamer vol designerkleding aan, met bijpassende schoenen. Ik wil een enorm huis, een Rolls-Royce en...'

Brett ging weer op zijn rug in het gras liggen en vroeg zich af waarom iedereen toch dacht dat geld gelukkig maakte. Uit ervaring wist hij dat dat niet zo was.

Later brachten ze de paarden weer terug naar de stal en liepen naar huis.

Mevrouw Thompson stond in de keuken het avondeten te bereiden. 'Hebben jullie een goede rit gehad?' vroeg ze vriendelijk.

'Heel fijn, dank u,' antwoordde Brett.

'Mevrouw Delancey wil het diner vanavond weer in de eetkamer gebruiken, omdat je er gisteravond niet bij kon zijn. Om acht uur worden jullie aan tafel verwacht. Willen jullie soms een lekker kopje thee?'

Om acht uur 's avonds liep Brett naar beneden en ging hij naar de eetkamer. Die lag er verlaten bij, dus ging hij in een oude leren stoel bij de grote ramen met verticale stijlen zitten.

Even later kwam Leah binnen met een dienblad vol soepkommen, die ze op de bekraste eikenhouten eettafel begon uit te stallen.

'Wacht, ik help je wel even.' Hij stond op.

'Nee, het lukt wel. Mevrouw Delancey komt er zo aan,' zei ze een tikje nerveus.

'Woon je hier, Leah?'

'O, nee hoor. Ik woon in het dorp, bij mijn ouders.'

'Aha. Miranda zei vandaag dat Haworth hier niet zo ver vandaan ligt. Ik zou graag eens naar het Parsonage Museum gaan, waar de gezusters Brontë hebben gewoond.'

Haar ogen lichtten op. 'Ja, dat moet je echt doen. Zelf ben ik er al heel vaak geweest. Ik heb al hun boeken gelezen, ik vind ze prachtig.'

'Ik ook. Wat is je favoriet?'

'*Woeste hoogten*,' antwoordde ze zonder aarzelen. 'Dat is zo romantisch.' Ze bloosde en maakte aanstalten om naar de deur te lopen.

Hij legde een hand op haar arm. 'Aangezien jij er zo veel van weet, kun je me er misschien een keer mee naartoe nemen om me rond te leiden.'

Even keek ze hem aarzelend aan, toen glimlachte ze. 'Goh, ja, als je dat graag wilt.'

'Heel graag, zelfs.'

Het volgende moment haastte ze zich de kamer uit, want Rose kwam binnen en streek op de rand van de tafel neer. 'Voel je je al wat beter na die goede nachtrust?' vroeg ze geamuseerd.

'Veel beter. Het spijt me heel erg van gisteravond. Ik weet niet wat me overkwam.'

'De frisse lucht van Yorkshire waarschijnlijk. Miranda vertelde dat jullie vandaag hebben paardgereden. Zo te zien ben je daarvan opgeknapt. Je was zo bleek toen je hier aankwam. Ben je al een beetje gewend?'

'Ja, het bevalt me hier prima.'

'Mijn excuses voor de lekkage in je kamer. De aannemer komt er morgen naar kijken, maar ik vrees dat het hele dak aan vervanging toe is.'

'Geen probleem,' reageerde hij beleefd. 'Rose, Miranda zei vandaag dat je onlangs weer begonnen bent met schilderen. Ik ken je werk uit de jaren vijftig en vroeg me af of ik misschien een keer naar je nieuwe werk mag komen kijken.'

Haar gezicht lichtte op. 'Natuurlijk mag dat. Dus je vindt kunst wel interessant?'

'Ja, ontzettend. Ik ging ervan uit dat je Cooper heette, net als mijn vader... niet Delancey.'

'Ik ben heel lang niet productief geweest, maar ik voel me gevleid omdat je mijn werk kent. Als je na het eten naar mijn atelier wilt komen, laat ik je zien wat ik tot nu toe gemaakt heb.'

'Dat lijkt me geweldig. Al moet ik wel zeggen dat ik niet begrijp waarom mijn vader het nooit eerder over je heeft gehad, zeker aangezien ik zo dol ben op kunst.'

Net toen ze haar mond opendeed om antwoord te geven, kwam Miranda naar binnen huppelen. 'Hoi, allebei.' Ze droeg een strakke minirok en een linnen top en nadat ze aan tafel was gaan zitten, klopte ze op de stoel naast zich. 'Kom maar naast mij zitten, Brett.'

Terwijl hij dat met tegenzin deed, maakte Rose een afkeurend geluidje. 'Echt, hoor, Miranda...'

Ze werd onderbroken door een diepe stem die uit de deuropening klonk. 'Sorry dat ik zo laat ben. Hopelijk zaten jullie niet op mij te wachten.'

Brett staarde de jongen aan en moest meteen aan zijn eerdere gesprek met Leah denken. Met zijn lange gestalte, zwarte haar en donkere ogen was hij Emily Brontës Heathcliff ten voeten uit. Hij was heel knap en had iets ruigs.

Miles gaf zijn moeder een kus en ging naast haar aan tafel zitten, waarna hij oogcontact zocht met Miranda.

Vervolgens hielden de twee jonge mannen elkaars blik even vast, tot er een brede, vriendelijke glimlach op het gezicht van Miles doorbrak en hij over de tafel heen zijn hand uitstak. 'Miles Delancey. Leuk je te ontmoeten, Brett.' Hij drukte hem stevig de hand.

'Insgelijks.'

Leah kwam binnen met de soepterrine.

Hoewel Brett haar gadesloeg, viel het hem op dat hij niet de enige was. De blik van Miles liet haar geen moment los en Brett zag dat ze een beetje nerveus werd toen ze naast zijn neef ging staan om de soep op te scheppen.

'Hoe gaat het, Leah? Je bent flink gegroeid sinds de vorige keer dat ik je zag.'

Ze huiverde bijna onzichtbaar. 'Prima, dank je, Miles.' Snel liep ze met de lege soepterrine naar de deur.

Pas op dat moment wendde hij zijn blik van haar af.

'Tast toe, allemaal.' Rose pakte haar lepel.

'Goed, ik hoop dat jullie je er allemaal van bewust zijn dat er op 23 juli iets heel gewichtigs staat te gebeuren,' merkte Miranda op. 'Dan word ik zestien, en we weten allemaal dat dat een mijlpaal is, niet-waar? Lieve Rose, zou ik alsjeblieft een klein feestje mogen geven?'

Vertwijfeld keek haar moeder haar aan. 'Miranda, ik heb het al zo druk, een huis vol pubers is nu wel het laatste wat ik kan gebruiken.'

'Toen Miles zestien werd, vroeg je wel of hij een feestje wilde geven.' Miranda's ogen schoten vuur.

Daar had Rose niet van terug. 'Vooruit dan, je mag de zaterdag-avond daarna een paar vrienden uitnodigen.'

'Fijn. Je hebt toevallig zeker geen zin om die avond naar de bioscoop te gaan?'

De blik in Rose' ogen sprak boekdelen.

Snel veranderde Miranda van tactiek. 'Mevrouw Thompson en Leah kunnen dan wel wat hapjes maken en opdienen, toch?'

'Zou je Leah niet gewoon uitnodigen? Per slot van rekening zitten jullie in hetzelfde jaar,' merkte Miles op.

Miranda keek hem aan en knikte toen hij naar haar glimlachte. 'Natuurlijk. Goed, dan moet ik binnenkort maar eens een nieuwe jurk kopen, en ik denk dat ik mijn haar laat knippen zoals dat van Farrah Fawcett...' De rest van de maaltijd kletste ze vrolijk verder.

Miles zei geen woord meer en ging meteen na het dessert van tafel. 'Neem me niet kwalijk, ik moet nog even aan de slag. Fijne avond nog.'

'Moet Miles nog studeren?' vroeg Brett toen hij de kamer uit was.

'Nee,' antwoordde Rose. 'Zijn grote passie is fotografie. Het grootste gedeelte van de tijd brengt hij op de heide door met foto's maken en hij heeft een van de kleinere kamers boven als doka ingericht. Daar zal hij nu wel zijn. Sommige van zijn foto's zijn echt prachtig.'

'Die zou ik graag eens zien.'

'Dan moet je dat maar eens aan hem vragen. Zo, heb je zin om mee te gaan naar mijn atelier?'

'Ja, heel graag!'

Meteen kwam Miranda tussenbeide. 'Ik wilde net vragen of je mee naar boven ging om naar het album van ABBA te luisteren dat ik zaterdag gekocht heb.'

'Dat kan vast wel een andere keer.' Rose stond op en liep naar de deur.

Terwijl Brett achter haar aan ging, wierp hij de gepikeerde Miranda een gemaakte glimlach toe. Samen met zijn tante liep hij de gang door naar haar atelier. Het was donker binnen en nadat Rose het licht had aangedaan, snoof hij de vertrouwde, geruststellende geur van verf en terpentine op. Het atelier was niet erg groot en er waren meerdere doeken tegen de muren gezet. De werkbank was bezaaid met penselen, paletten en tubes verf.

Brett liep naar de grote ezel en bestudeerde het doek. Er stond alleen een silhouet op, geschilderd met dikke zwarte penseelstreken. Hij kon niet zien wat het moest voorstellen.

'Verdoe daar je tijd maar niet aan, ik ben er vanmiddag pas aan begonnen. Kom, dan laat ik je iets zien wat al af is.' Ze haalde een van de doeken bij de muur vandaan.

Het was direct herkenbaar als een Rose Delancey. De realistische stijl was nog altijd sterk aanwezig, al waren de kleuren zachter en ingetogener dan op de harde, soms angstaanjagende werken waarmee ze beroemd was geworden.

'Wat vind je ervan?' vroeg ze gespannen.

Het kwam bij hem op hoe vreemd het was dat de grote Rose Delancey hem naar zijn mening over haar werk vroeg. Realisme was niet zijn stijl, zijn eigen werken deden eerder denken aan die van de Engelse impressionisten, maar hij had haar altijd bewonderd om haar krachtige, unieke manier van schilderen, die hij ook in dit schilderij terugzag. 'Ik vind het prachtig, echt waar. Het is anders dan je oude werk, maar het heeft ook iets subtiels waardoor je het graag van dichtbij wilt bekijken.'

Er ontsnapte haar een zucht van opluchting. 'Dank je, lieverd. Ik heb deze verder nog aan niemand laten zien. Het klinkt misschien raar, maar ik was bang dat ik het verleerd was.'

'Nee, zeker niet. Natuurlijk heb ik als beginner weinig recht van spreken, maar je kunt dit met een gerust hart laten zien aan de mensen wier mening er wel toe doet. Mag ik de rest ook zien?'

Het daaropvolgende uur keken ze uitgebreid naar de overige acht voltooide schilderijen. Bij elk ervan gaf ze een gedetailleerde toelichting en analyseerden ze samen het gebruik van kleuren en vormen. Rose vertelde dat ze het gevoel had dat ze steeds verder van haar oude stijl verwijderd raakte.

'Het is best vreemd,' mijmerde ze hardop. 'Toen ik nog heel jong was, maakte ik representatieve kunst. Mijn benadering was bijna te romantisch. Naarmate ik volwassener werd, zag ik alleen nog maar de kille, harde lijnen en fouten van alles wat ik schilderde en wilde ik die benadrukken. Van critici kreeg ik vaak te horen dat mijn werk bijna mannelijk aandeed. Op het Royal College werd ik ook veel blootgesteld aan *kitchen sink drama*. Daarnaast ben ik sterk beïnvloed door Auerbach en Kossoff en het werk van Graham Sutherland. Sinds ik weer aan het schilderen ben geslagen, ben ik dat gevoel kwijt. Nu wil ik dat mensen ook schoonheid te zien krijgen.'

Het viel hem op dat ze tranen in haar ogen had gekregen. 'Die krijgen ze ook te zien, Rose. Neem dat maar van mij aan.'

Ze draaide zich naar hem toe en glimlachte. 'Sorry hoor, je zult je wel stierlijk vervelen. Kom mee, dan gaan we een kop koffie halen in de keuken, oké?'

Hij hielp haar de schilderijen terug te zetten.

'Waarom ben je eigenlijk opgehouden met schilderen?' vroeg hij toen ze aan de keukentafel van hun koffie zaten te nippen.

Haar gezicht betrok. 'Dat is een lang verhaal. Laten we het er maar op houden dat ik op was, dat ik het gevoel had dat ik geen penseelstreek meer op het doek kon krijgen. Ik ben al op jonge leeftijd doorgebroken, dat is hoogst ongebruikelijk voor een schilder.' Ze zuchtte. 'Op een ochtend werd ik gewoon wakker en wilde ik het niet meer.'

'Heeft het dan bijna twintig jaar geduurd voordat de drang om te schilderen weer terugkwam?'

'Ja, maar je moest eens weten hoeveel plezier ik er nu in heb. In die tijd voelde ik me net een machine die alsmaar nieuwe werken moest ophoesten en aan de deadlines van galerieën en verzamelaars moest voldoen. Nu die verwachtingen van andere mensen zijn weggevallen, is er alleen nog mijn eigen behoefte om te schilderen.'

'Het was vast geen probleem om een galerie zover te krijgen dat ze je werk tentoon wilden stellen.' Hij glimlachte.

'Eigenlijk was het allemaal puur toeval. Ik ben vorig jaar weer begonnen met schilderen en had net mijn eerste werk af toen ik werd gebeld door een oude vriend van de kunstacademie. Hij gaat volgend jaar een galerie openen in Londen en toen ik vertelde dat ik weer aan het schilderen was, stelde hij meteen voor om mijn werk te exposeren. In eerste instantie zei ik nee, maar nadat ik het tweede doek afhad, dacht ik: waarom ook niet?' Ze sloeg haar ogen neer. 'Uiteindelijk komt het er ook op neer dat ik krap bij kas zit. Er moeten duizenden ponden in dit huis gepompt worden, maar mijn reserves zijn op. Ik moet geld verdienen en schilderen is het enige wat ik kan.'

'Er zullen vast veel gegadigden zijn.'

'Bedankt voor het vertrouwen, maar vergeet niet dat mensen vaak kort van geheugen zijn. Enfin, genoeg over mij. Heb je altijd al belangstelling voor kunst gehad?'

'Jazeker. Het is... Het wás mijn hobby.'

'Nou, ik vind het wel een beetje voorbarig om het nu al op te geven, hoor.' Ze lachte.

Brett probeerde te bedenken hoe hij op een eenvoudige manier zou kunnen uitleggen waarom hij had geprobeerd zijn ambities te vergeten. Hij wilde haar vertellen over het schilderij van zijn moeder en over het feit dat hij het niet meer aankon om het penseel ter hand te nemen omdat het allemaal zo zinloos was. 'Het punt is dat mijn vader het niet ziet zitten dat ik kunstenaar word. Hij heeft mijn hele toekomst al voor me uitgestippeld. Eerst naar Cambridge, daarna meedraaien in zijn bedrijf zodat ik het kan overnemen wanneer hij met pensioen gaat. Mijn moeder wist dat ik naar de kunstacademie wilde en was van plan om het er met hem over te hebben als de tijd rijp was, maar nu...' Hij haalde zijn schouders op en keek haar kennelijk zo ontredderd aan dat ze boven de tafel zijn hand vastpakte.

'Geloof me, iedere succesvolle kunstenaar heeft aan het begin van zijn carrière wel ergens mee geworsteld, maar je moet je er nooit van laten weerhouden om te schilderen. Misschien zul je er zelfs troost in vinden. Dat was bij mij wel zo.'

'Ja, maar het heeft toch geen zin. Mijn vader...'

'Die zit erg gecompliceerd in elkaar, dat weet ik als geen ander.' Ze zweeg even en staarde in haar koffiekopje. 'Toch moet je je droom niet opgeven, Brett.' Ze sloeg met haar handen op haar dijen. 'Zo, volgens mij wordt het tijd dat we naar bed gaan. Kom morgen maar naar mijn atelier, dan zoek ik een ezel, wat verf en papier voor je op. Misschien kun je nog wat meer tijd op de heide doorbrengen. Daar zijn veel prachtige vergezichten die je kunt tekenen. Ik ben wel benieuwd naar de concurrentie!' Ze stond op. 'Welterusten, lieverd. Slaap lekker.'

Nadat hij nog een hele poos alleen in de keuken was blijven zitten, liep hij langzaam de trap op om naar bed te gaan.

Er waren nog zo veel dingen die hij aan Rose zou willen vragen. Hij wilde weten waarom haar bestaan voor hem verzwegen was, maar de verdrietige blik in haar ogen wanneer ze over haar broer praatte had hem ervan weerhouden zijn vragen hardop uit te spreken.

Eenmaal in bed deed hij het nachtlampje uit.

Zijn tante had gelijk, hij moest blijven schilderen. Hoewel ze niet met zoveel woorden had gezegd dat zij vroeger ook ergens mee had geworsteld, wist hij instinctief dat dat wel zo was. Opeens vroeg hij zich af of het feit dat zijn vader zijn artistieke neigingen zo graag de kop wilde indrukken iets met haar te maken had.

Dat mysterie wilde hij tot op de bodem uitzoeken, maar tot die tijd zou hij gaan schilderen.

En hij wist al precies met wie hij wilde beginnen.

5

'Vandaag zul je jezelf moeten vermaken, schat. Ik ga naar York om mijn haar te laten doen en iets oogverblindends te kopen wat ik op mijn verjaardagsfeest kan aantrekken. Trouwens, ik heb er toch schoon genoeg van om op een hoop schapenstront te zitten terwijl jij een of ander saai vergezicht aan het schilderen bent.'

Brett slaakte een zucht van opluchting. Hij was hier nu tien dagen en Miranda leidde hem alleen maar af van het schilderen. Desondanks was hij al sinds de dood van zijn moeder niet meer zo gelukkig geweest als nu en had hij al vier schilderijen gemaakt. Doen wat hij het liefste deed, en dan ook nog eens in de frisse buitenlucht, had een helende uitwerking op hem.

Miranda stond op van de keukentafel. 'Ik ben voor het avondeten weer terug. Tot straks.'

Toen ze weg was, wierp hij een steelse blik op Leah, die haar moeder stilletjes stond te helpen met afdrogen.

Doordat Miranda hem geen moment met rust liet, had hij nog maar amper met Leah kunnen praten. Dit was zijn kans. 'Ik wil vandaag misschien naar het Parsonage Museum in Haworth gaan, alleen weet ik niet hoe ik daar moet komen.'

'O, dat is heel eenvoudig. Je neemt gewoon vanaf het station in het dorp de trein naar Worth Valley. Het is maar tien minuten naar Haworth en het is een prachtige rit. Als je opschiet, kun je de trein van tien uur misschien nog halen,' zei mevrouw Thompson.

'Geweldig. Ik vroeg me af of Leah me misschien wegwijs kan maken. Ze lijkt behoorlijk wat van de gezusters Brontë te weten en ik wil niets over het hoofd zien.'

Met gefronst voorhoofd keek de huishoudster hem aan. 'Nou, dat weet ik niet, hoor. We moeten boven alle bedden nog verschonen en...'

'Alsjeblieft, mam? Je weet hoe graag ik naar Haworth ga.' Smekend keek Leah haar moeder aan.

Die dacht even na. 'Goed dan. Als je maar om vier uur terug bent om het avondeten voor je vader klaar te maken. Heb je genoeg geld voor de trein?'

'Maakt u zich daar maar niet druk om. Ik heb Leah uitgenodigd, dus ik betaal.'

'Ik heb genoeg, mam. Dank je wel.' Leahs ogen sprankelden.

'Jullie kunnen maar beter opschieten als jullie de trein van tien uur nog willen halen.'

Enkele minuten later haastten ze zich de heuvel af in de richting van het dorp. Nu Brett eindelijk alleen met haar was, had hij geen idee wat hij moest zeggen.

Ze hadden nog net genoeg tijd om bij het loket kaartjes te kopen voordat de trein kwam aanrijden. De wagon waar ze instapten was afgeladen met Duitse toeristen, maar Brett wist nog twee vrije zitplaatsen te bemachtigen.

Toen ze eenmaal naast hem zat, kon hij zijn ogen niet van haar afhouden. Omdat ze uit het raam keek, kon hij haar volmaakte gezicht ongestoord van opzij bewonderen. De rest van de reis legden ze in doodse stilte af, waardoor hij zich realiseerde dat Leah net zo verlegen was als hij.

Bij aankomst in Haworth stapten ze net als veel anderen uit en liepen ze langs de weg naar het centrum.

'Deze kant op,' zei Leah.

Hij liep achter haar aan terwijl ze zich sierlijk over de steile, geplaveide High Street begaf, waar het wemelde van de mensen die zich de vele cadeau- en souvenirwinkels in en uit haastten.

'Er zal wel een rij staan. Ze laten maar een beperkt aantal mensen tegelijk binnen.'

Brett knikte. Hoewel hij zich een enorme sukkel voelde, wist hij nog steeds niet wat hij tegen haar moest zeggen.

Bovenaan High Street voerde ze hem mee een paar traptreden op en een smal paadje in dat rechts van een begraafplaats was gelegen. 'Daar is het. Mooi, hè?'

Het museum prijkte trots in de goudkleurige zon. Het was haast onvoorstelbaar dat daarbinnen zo veel tragische dingen gebeurd waren.

De rij was niet zo lang als ze had gevreesd en binnen tien minuten stonden ze al in de woonkamer naar de chaise longue te staren waarin Emily Brontë haar laatste adem had uitgeblazen.

Leah leefde meteen op, loodste hem van de ene naar de andere kamer en kletste hem de oren van het hoofd.

Ook hij kwam wat meer los nu hij haar vragen kon stellen en daar interessante antwoorden op kreeg.

'Ik vind het altijd moeilijk te geloven dat Charlotte Brontë zo klein was. Dat lijkt wel een poppenjurkje! Als ik daarnaar kijk, voel ik me net een giraffe,' merkte ze op toen ze samen voor een vitrinekast stonden waarin voorwerpen waren uitgestald die kennelijk aan de beroemde Charlotte hadden toebehoord.

'Zo zie je er echt niet uit,' zei hij glimlachend.

Ze bloosde hevig.

Een uur later waren ze in de cadeauwinkel, waar Brett met alle geweld een stapel ansichtkaarten wilde kopen om naar zijn schoolkameraden te sturen.

'Zo, nu wil ik mijn gids en onuitputtelijke bron van kennis graag op een lunch trakteren. Kun je me een restaurant aanbevelen?'

Verbaasd keek ze hem aan. Zelf nam ze altijd boterhammen mee als ze hierheen ging, en ze had nog nooit in een restaurant gegeten. 'Eh… nee, niet echt.'

'Geen probleem, dan lopen we gewoon naar de hoofdstraat om te kijken wat we kunnen vinden.'

Uiteindelijk kozen ze voor het Stirrup Café, waar traditionele gerechten uit Yorkshire werden geserveerd. Het was druk, maar ze vonden een tafeltje achterin en bestelden *shepherd's pie*. Opeens voelde Leah zich heel deftig.

'Wat doet je vader eigenlijk voor de kost?'

'Niets. Hij heeft ernstige artritis en kan niet lopen.'

'Wat erg.'

Dat wuifde ze weg. 'Het valt wel mee. Hij is de grootste optimist die ik ken.'

De serveerster kwam twee glazen cola brengen en ze namen allebei een slokje.

'Werk je in de vakanties altijd bij Rose?'

'Nee. Dat komt door de expositie, en doordat jij er bent.'

'Jeetje, sorry dat ik je vakantie bedorven heb.'

'O nee, zo bedoelde ik het niet. We kunnen het geld gewoon goed gebruiken en...' Ze maakte haar zin niet af. Van Miranda had ze gehoord hoe rijk Bretts vader was, dus hij zou het toch niet begrijpen. 'Heb je het hier naar je zin?' vroeg ze in plaats daarvan.

'Enorm. Vooral vandaag. Bedankt dat je met me bent meegegaan. Ik wilde al een tijdje met je praten, maar Miranda...'

'Ze is heel mooi, vind je niet?'

Met een glimlach keek hij naar de natuurlijke schoonheid tegenover hem. 'Ja, als je van dat type houdt.' Hij raapte al zijn moed bij elkaar. 'Ik vind jou veel mooier.'

Ze sloeg haar ogen neer en begon weer te blozen. Gelukkig hoefde ze niet te reageren, want op dat moment werd het eten gebracht.

'Tjonge, wat is dit lekker.' Na zijn eerste hap viel hij hongerig op het eten aan. 'Koken kunnen ze hier wel. Toen mijn vader zei dat ik de zomer hier moest doorbrengen had ik daar eigenlijk geen zin in, maar nu ben ik heel blij dat ik er ben. Het is een prachtig gebied.'

'Ja.' Leah voelde zich heel jong en onwetend als hij haar in dat keurige Engels van hem toesprak. Het was moeilijk te geloven dat hij maar een paar maanden ouder was dan zij.

'Kunnen we straks nog ergens naartoe? Ik heb zin om te wandelen.'

'We zouden naar de heide achter het museum kunnen gaan. Verder heb je nog de ruïne van Top Withens, de boerderij waar Emily vermoedelijk inspiratie heeft opgedaan voor *Woeste hoogten*, maar daar kunnen we vandaag niet heen. Die is te ver hiervandaan.'

'Nou, dan kijken we gewoon hoe ver we komen,' zei hij nonchalant, ook al wilde hij wanhopig graag nog meer tijd met haar doorbrengen.

Na het eten liepen ze terug naar het museum en gingen ze de heide op, waar ze weer in stilzwijgen vervielen.

Na een poosje liet hij zich languit in het gras vallen. 'Volgens mij word ik oud,' merkte hij gekscherend op. 'Ik ben bekaf.'

Leah ging een eindje bij hem vandaan zitten.

Met zijn ogen afgeschermd tegen de felle zon staarde hij naar het imposante huis dat ze achter zich hadden gelaten. 'Vandaag ziet het huis er prachtig uit, maar ik kan me wel indenken hoe somber het hier in de winter moet zijn. Je kunt Heathcliff bijna op het raam horen kloppen.'

Ze knikte.

Hij bekeek haar nog eens goed, zoals ze daar met haar handen sierlijk om haar knieën geslagen naar het heidelandschap zat te staren. 'Je doet me aan Cathy denken. Op dat T-shirt en die spijkerbroek na dan.' Hij lachte. Toen ze naar hem glimlachte, zou hij haar het liefst in zijn armen nemen om haar te zoenen, maar hij had de moed niet.

Leah bedacht hoe romantisch het zou zijn als hij haar hand nu vastpakte. Voorheen had ze nooit belangstelling gehad voor jongens, maar Brett...

Ach nee, zij was maar een arm meisje uit een dorpje in Yorkshire. Miranda paste veel beter bij hem.

Zo bleven ze een poosje zitten, terwijl hij moed verzamelde om toenadering te zoeken. Uiteindelijk durfde hij het aan en begon hij wat aan het gras te plukken. 'Ik vond het vandaag erg leuk, Leah. Hopelijk kunnen we nog vaker tijd met elkaar doorbrengen. Trouwens, ik wil je iets vragen.'

'Wat dan?'

'Voel je niet verplicht, maar ik zou je graag willen tekenen.'

'Mij?' vroeg ze verbaasd.

'Ja. Ik vind je... heel mooi.'

Dat had nog nooit iemand tegen haar gezegd. Behalve dan Megan de heks, jaren geleden. Bij die gedachte moest ze een huivering onderdrukken.

'Mag het, alsjeblieft?'

'Als je het echt wilt. Alleen heb ik niet veel tijd, hoor. Kun je Miranda niet vragen?'

Resoluut antwoordde hij: 'Nee.' Het was nu of nooit, dus legde hij zijn hand op die van haar. 'Jij bent het.'

Toen hij haar hand vastpakte, had ze het gevoel dat ze het zou besterven van genot.

Haar reactie moedigde hem aan, en hij sloeg zijn vrije arm om haar schouder. 'Ik wil liever niet dat Miranda het weet, anders wil zij ook mee. Als ik schilder, ben ik graag met jou alleen. Zullen we afspreken op een plekje op de heide, in de buurt van het huis? Dan zouden we elkaar daar elke dag een uurtje kunnen zien. Wanneer komt jou het beste uit?'

Door de warmte van zijn lichaam naast haar drongen zijn woorden amper tot haar door. 'In de middag. Om een uur of drie.'

'Dat is dan afgesproken. Op de terugweg zoeken we wel een geschikt plekje uit.'

Op haar horloge zag ze dat het al half drie geweest was. Hoewel ze hier het liefst voorgoed zou blijven, wist ze dat ze op huis aan moesten. 'We moeten terug.'

'Oké. Maar eerst...' Voorzichtig drukte hij een kusje op haar gesloten lippen. Ook al had hij het graag hartstochtelijker aangepakt, hij begreep dat hij beter rustig aan kon doen. Daarom trok hij zich al snel weer terug, sloeg zijn armen om haar heen en hield haar stevig vast.

Nu Leah daar zo zat, met haar hoofd op zijn schouder en haar ogen stijf dichtgeknepen, vroeg ze zich af of dit een heerlijke droom was. Haar eerste zoen, op een plek waar ze dol op was, met een jongen die heel anders overkwam dan de brutale lomperiken uit haar klas. Het voelde zo fijn dat ze wel in tranen zou kunnen uitbarsten.

Uiteindelijk liet hij haar los en liepen ze hand in hand de heuvel af. De stilte die aan het begin van de dag nog zo ongemakkelijk had aangevoeld, leek juist heel natuurlijk nu ze allebei voor het eerst van de liefde hadden geproefd.

6

'Mama, ik heb helemaal niks om volgende week naar Miranda's feest aan te trekken,' klaagde Leah.

'Je hebt die jurk toch nog die je vorig jaar naar Jackies feestje aanhad? Die kan er nog best mee door.'

'Maar mama, ik ben sindsdien nog gegroeid en die jurk is zo... kinderachtig.'

'Hoor eens, dametje,' zei Doreen op afkeurende toon, 'je bent pas vijftien en...'

'In augustus word ik zestien.'

'Je bent pas vijftien en die jurk kan nog prima als ik hem uitleg,' hield haar moeder vol.

'Mag ik naar Bradford om eens rond te kijken? Ik heb een beetje gespaard. Alsjeblieft?'

'Voorheen gaf je nooit iets om kleding.'

'Dat weet ik, maar ik word volwassen en al Miranda's vriendinnen hebben prachtige kleren.'

'Die hebben daar dan ook het geld voor. Wij niet.' Toen mevrouw Thompson het teleurgestelde gezicht van haar dochter zag, liet ze zich vermurwen. 'Weet je wat, morgen gaan we naar Keighley om te kijken of we daar stof kunnen vinden waarmee ik zelf iets in elkaar kan flansen. Is dat wat?'

'Ja! Dank je wel, mama.' Leah omhelsde haar.

'Goed, ik ga naar het grote huis. Zorg jij voor je vader? Dan zie ik je straks.'

Toen haar moeder via de keukendeur was vertrokken, ging Leah verder met het schillen van de aardappels voor het avondeten. Zodra die op het vuur stonden ging ze aan tafel zitten. Er brak een glimlach door op haar gezicht bij de herinnering aan de afgelopen middag met Brett.

Elke dag vertrok ze om half drie uit het grote huis en deed ze alsof ze naar huis ging, maar in plaats daarvan ging ze de heide op. Ze hadden een mooi, beschut plekje gevonden waar Brett haar steevast opwachtte met zijn schetsboek en houtskool bij de hand. Nadat ze een half uur heel stil was blijven zitten zodat hij haar kon schetsen, sloeg hij zijn armen om haar heen en gingen ze op hun rug in het stugge gras liggen om te praten. Ze kon nog steeds niet geloven dat dit echt gebeurde. Inmiddels beschouwde ze hem niet meer als het neefje van mevrouw Delancey of als de zoon van een steenrijke man. Hij was gewoon Brett, die haar vertelde hoe graag hij kunstenaar wilde worden, hoe kapot hij ervan was dat zijn moeder was gestorven en hoe erg hij ertegen opzag om terug te gaan naar Eton en haar en Yorkshire te verlaten.

Met een zucht stond ze op om het vuur zachter te zetten. Ze vroeg zich af wat Miranda hiervan zou zeggen. Het was duidelijk dat ze gek was op Brett, en Leah kon er nog steeds niet over uit dat hij háár leuker vond.

Ze haalde de *toad-in-the-hole* uit de oven, pureerde de aardappels, roerde er een flinke klont roomboter doorheen en schepte twee borden vol. Daarna riep ze naar haar vader dat het eten klaar was.

Harry Thompson manoeuvreerde zijn rolstoel behendig door de smalle hal en schoof aan de keukentafel aan. 'Mmm, dat ruikt lekker. Je wordt al net zo'n goede kokkin als je moeder.'

'Dank je.' Leah ging tegenover hem zitten. 'Tast toe, anders wordt het nog koud.'

'Graag. En hoe gaat het in het grote huis?'

'Prima. Het is fijn om wat bij te kunnen verdienen.'

'Wat vind je van dat rijke neefje van mevrouw Delancey?'

'O, hij is heel... aardig.'

De blik in haar ogen ontging hem niet. De afgelopen drie weken had hij al zijn vermoedens gehad door haar huppelende tred, haar blozende wangen en de dromerige uitdrukking op haar gezicht wanneer ze zich onbespied waande. 'Aha. Heb je me soms iets te vertellen?' vroeg hij glimlachend.

Leah werd zo rood als een biet. Ze had nooit iets voor haar vader kunnen achterhouden. 'Wil je het alsjeblieft niet tegen mama zeggen? Als ze erachter komt, wil ze misschien niet dat ik daar blijf werken, maar…' Ze gooide het hele verhaal eruit. Het was een enorme opluchting om het aan iemand te kunnen vertellen. 'Ik weet niet hoe ik verder moet als hij weggaat,' besloot ze met tranen in haar ogen.

'Je kunt altijd bij mij uithuilen, liefje.' Na een korte aarzeling vervolgde hij: 'Volgens je moeder is hij een keurige jongen, maar hij komt wel uit een andere wereld. Zorg je wel dat je niet door hem gekwetst wordt?'

'Brett zou me nooit kwetsen,' zei ze afwerend.

'Dat geloof ik graag, meisje.' Hij schonk haar een warme glimlach. 'Geniet er maar van. Je eerste verliefdheid is iets magisch. Als je een luisterend oor nodig hebt, dan ben ik er voor je.'

Ze knikte en stond op om hem een knuffel te geven. 'Dank je wel. Ik hou heel veel van je, dat weet je toch wel? Zo, ga nu maar naar *Coronation Street* kijken, dan doe ik de afwas en zet ik een kop thee voor ons.'

Harry knikte en ging de keuken uit, bezorgd omdat zijn onschuldige dochter duidelijk stapelverliefd was op een jongen die over nog geen zes weken weer uit haar leven zou verdwijnen.

'Jeetje, dit is echt een van de heetste zomers ooit,' zei Brett, terwijl hij naar de strakblauwe lucht staarde.

Leah knikte en zocht een comfortabelere houding in zijn armen.

'Zweer je dat je me elke dag zult schrijven als ik weer op Eton ben?'

'Alleen als jij dat ook doet.'

'Ik heb nagedacht. Misschien kan ik de herfstvakantie en de kerstdagen hier wel doorbrengen.'

'Ja.' Ze moest er niet aan denken dat hij weg zou gaan, dus veranderde ze snel van onderwerp. 'Wanneer mag ik de schets zien?'

'Als hij klaar is. Je bent wel ongeduldig, hè?' Hij boog zich over haar heen en begon haar genadeloos te kietelen.

'Hou op! Hou op!' zei ze proestend, ook al genoot ze van elk moment. Ze wurmde zich los en keek met een zucht op haar horloge. 'Ik moet ervandoor om voor mijn vader te koken.'

'Oké, maar eerst…' Hij trok haar weer in zijn armen en zoende haar hartstochtelijk. Toen hij zijn hand van haar hals naar de lichte bolling onder haar blouse liet dwalen, merkte hij tot zijn opluchting dat ze hem niet tegenhield. Aarzelend maakte hij het bovenste knoopje los en liet hij zijn hand onder de stof glijden.

'Niet doen!' Verontwaardigd maakte ze zich van hem los.

'Sorry,' zei hij geschrokken. 'Ik dacht dat je... dat we...'

'Ik heb toch al gezegd dat ik niet verder wil gaan?'

Zijn gezicht betrok. 'Vind je me niet leuk genoeg?'

'Natuurlijk wel, maar mijn moeder heeft me gewaarschuwd voor de gevaren.'

'Denk je dat je hierdoor gevaar loopt? Volgens mij is Miranda al met de helft van alle jongens in Oxenhope de hei op gegaan.'

'Dan ga je toch naar haar toe!' Met tranen in haar ogen krabbelde ze overeind en rende de heuvel af.

'Leah, ik...' Hij slaakte een zucht en liet zich moedeloos in het gras zakken. Haar van streek maken was wel het laatste wat hij wilde, maar ze dreef hem tot waanzin. Natuurlijk begreep hij het wel. Ze was zo onschuldig, zo naïef, en ze leek zo veel jonger dan hij. Toch vertelden de rondingen die hij onder haar kleren voelde een heel ander verhaal. Ze was geen moment uit zijn gedachten.

Hij was verliefd op haar, en dat zou hij haar volgende week op Miranda's feest vertellen.

Leah bleef rennen tot ze ver genoeg bij hem vandaan was en liet zich toen op de grond vallen om eens goed uit te huilen. Het was gewoon niet eerlijk. Hij wist dat ze daar niet aangeraakt wilde worden, maar toch voelde ze zich schuldig wanneer ze hem tegenhield.

'Wat is hier aan de hand?'

Er viel een schaduw over haar heen en ze keek op.

Miles staarde haar vanaf zijn imposante zwarte paard aan.

Zoals altijd wanneer ze hem zag trok er onwillekeurig een huivering door haar heen toen hij afsteeg. Snel veegde ze haar tranen weg en stond op, want ze wilde hier weg. 'Niets, het gaat prima. Ik moet naar huis.' Ze draaide zich om.

Hij legde een hand op haar schouder. 'Ruzie gehad met je nieuwe vriendje?'

'Ik... Hoe bedoel je?' Leah bleef stokstijf staan, ze wilde zich niet omdraaien om in die donkere ogen te kijken.

'Ik zag jullie vanmiddag samen op de heide. Je bent volwassen geworden, hè?'

Opeens voelde ze zich verlamd door angst.

Hij liet haar los en kwam voor haar staan. 'Maak je geen zorgen, ik zal het niet doorvertellen. Het blijft tussen ons, oké?' Glimlachend stak hij zijn hand naar haar uit en liet zijn vingers langs haar hals naar haar middel glijden.

Dat zette haar aan tot actie en ze rende zo snel als haar benen haar konden dragen terug naar huis, waar het veilig was.

Die nacht had ze een vreselijke nachtmerrie.

Ze werd op de heide achternagezeten door een man. Hij kwam alsmaar dichterbij en ze wist precies wat hij zou doen als hij haar inhaalde. Haar benen bewogen steeds langzamer en door de vallei beneden echode de stem van Megan de heks. *Boosaardige dingen… verdoemd… Je lotsbestemming kun je niet veranderen… Pas goed op voor hem.*

7

'Wat vind je ervan, paps? Is ze geen plaatje?' Doreen glom van trots.

'Nou en of. Wat een prachtige jurk. Het lijkt wel iets uit zo'n modeblaadje. Je hebt jezelf overtroffen, lieverd.' Meneer Thompson keek vol genegenheid naar zijn vrouw.

Leah stond in de slaapkamer van haar ouders en staarde vol ongeloof in de spiegel. Hoewel de jurk van goedkoop wit katoen heel eenvoudig was, was haar moeder erin geslaagd hem perfect op haar lange, sierlijke lichaam te laten aansluiten. Het was een mouwloze jurk met een boothals, een smalle taille en een plooirok. Bij ieder ander had hij eruitgezien als een feestjurk voor een kind, maar haar lange, slanke figuur gaf de jurk net dat beetje elegantie waardoor ze er jaren ouder uitzag.

'Gedraag je een beetje, hè, jongedame? Ik moet de hapjes en drankjes verzorgen, dus ik heb geen tijd om je in de gaten te houden. Mevrouw Delancey heeft half South Yorkshire uitgenodigd.' Haar moeder klakte met haar tong. 'Hoe dan ook, niet stiekem naar het toilet glippen om je nog zwaarder op te maken. Een beetje lippenstift is meer dan genoeg voor een meisje van jouw leeftijd.'

'Ja, mama,' zei Leah gehoorzaam en ze keek op de klok naast het bed. 'Zullen we dan maar?'

Doreen knikte. 'Vergeet je jas niet. Op de terugweg zal het wel koud zijn.'

Nadat Leah haar jas had gepakt, ging ze weer naar de slaapkamer om haar vader een nachtzoen te geven. Soms vond ze het hartverscheurend om hem alleen te moeten laten. 'Welterusten alvast, papa.'

'Fijne avond, schat. Je ziet er heel volwassen uit. Veel plezier en gedraag je.' Hij glimlachte en knipoogde naar haar.

'Dat zal ik doen.'

Moeder en dochter verlieten het huis en liepen in de zwoele juliavond de heuvel op.

Miranda stiftte haar lippen aardbeienrood en hapte in een tissue. Toen ze naar de afdruk van haar mond keek, vroeg ze zich voor de zoveelste keer af waarom Brett niet brandde van verlangen om haar te zoenen.

Hoewel ze alles had geprobeerd, van openlijk flirten tot het onschuldige, afstandelijke meisje spelen, leek niets te werken.

Ze stond op en bekeek zichzelf in de spiegel. Perfect. Het strakke zwarte jurkje benadrukte haar weelderige vormen. Vanavond zou hij haar zeker niet kunnen weerstaan. Ze wist precies hoe ze er met haar gezicht en haar rondingen voor kon zorgen dat de jongens op school er alles voor overhadden om een blik te kunnen werpen op de kousophouders die ze onder haar schooluniform droeg. Qua cijfers mocht ze dan niet tot de besten van haar klas behoren, ze wist wel hoe de wereld in elkaar zat.

Miranda wilde weg uit deze bouwval, uit dit bekrompen dorp vol onbenullen met hun saaie, nietszeggende leventjes. Bovendien wilde ze rijk worden. Geld stond gelijk aan macht en controle, en er was maar één manier waarop ze dat kon krijgen.

Liefde was iets voor dwazen. Daardoor voelde je je hulpeloos en kreeg je nooit wat je wilde. Ze was vast van plan om nooit in die val te trappen.

Toch zat het haar dwars dat Brett niet op haar reageerde zoals ze gewend was. Op de een of andere manier leek hij immuun te zijn voor de trucjes waarmee ze de jongens in haar klas wist te betoveren. Het begon haar op haar zenuwen te werken, want hij was haar ticket hiervandaan.

Ze glimlachte naar haar spiegelbeeld. Vanavond maakte hij geen schijn van kans.

'Dank je, Rose. Het ziet er heel mooi uit.' Miranda keek om zich heen in de schuur die door de mannen uit het dorp was leeggehaald en versierd met vlaggenlijnen. De deejay was zijn apparatuur aan het installeren en in de keuken was mevrouw Thompson druk bezig om het eten klaar te maken.

Rose keek naar haar dochter en wilde dat ze de moed had om tegen haar te zeggen dat haar strakke zwarte jurkje, overdreven make-up en stilettohakken haar er niet mooier op maakten. Ruziemaken was echter wel het laatste wat ze nu wilde, want ze had zich veel moeite getroost voor dit feest, in de hoop dat Miranda daardoor iets minder onhandelbaar zou worden. 'Graag gedaan. Hoor eens, ik heb wel een paar regels. Je vrienden mogen het huis in om naar het toilet te gaan, maar de rest is verboden terrein. Ik wil niet dat er iemand naar de andere bijgebouwen glipt. In de vruchtenpunch zit een beetje wijn, maar verder wil ik niet dat er alcohol gedronken wordt. Ik ben met de overige volwassenen in de woonkamer en zolang er geen problemen ontstaan blijf ik daar, maar...'

'Ja, ja, ik begrijp het. Geniet jij nou maar van jouw feestje, dan geniet ik van het mijne. Wat vind je trouwens van mijn outfit?' Ze draaide een rondje.

Rose verbeet zich. 'Je ziet er heel... opvallend uit.'

'Dat vond ik nou ook. Tot straks. Ik wil mijn make-up nog even bijwerken voordat iedereen komt.'

Ze ging naar het huis en liep zo goed en zo kwaad als het ging in haar strakke jurk en op haar hoge hakken de trap op. Op weg naar de badkamer kwam ze langs Bretts slaapkamer. Toen ze hem hoorde fluiten, sloop ze naar de deur en tuurde door de kier naar binnen. Hij zat met zijn rug naar haar toe op zijn bed en wikkelde een plat, rechthoekig voorwerp in een oude deken. Ze klopte aan en liep meteen door naar binnen.

Geschrokken sprong hij op en schoof hij het voorwerp onder het bed. 'Jezus, Miranda. Je moet mensen niet zo besluipen.'

'Sorry, schat.' Ze ging op het bed zitten en sloeg haar benen over elkaar zodat de bovenkant van een van haar zwarte kousen zichtbaar werd. 'Was dat mijn verjaardagscadeau?'

'Eh... nee. Maar dit wel.' Hij reikte haar een keurig ingepakt cadeautje aan en hoopte dat hij daarmee haar aandacht kon afleiden van wat er onder het bed lag.

'Mag ik het openmaken?'

'Als je wilt. Gefeliciteerd met je verjaardag.'

Miranda scheurde het pakpapier eraf en trof een blauw fluwelen doosje aan. Snel maakte ze het open en keek naar het verfijnde gouden medaillon. Helemaal niet haar stijl, maar duidelijk veel geld waard. Ze haalde het uit het doosje en drapeerde de ketting over haar vingers. 'Wat mooi. Dank je, Brett.' Ze friemelde aan het slotje tot het openging. 'Kijk, ik kan er een foto in stoppen van iemand die ik dicht bij mijn hart wil dragen. Heb jij misschien een foto van jezelf die ik erin kan doen?'

'Nee, geen foto die klein genoeg is. Ik ben blij dat je het mooi vindt. Zelf wist ik niet zo goed wat ik voor je moest kopen, dus heb ik mevrouw Thompson om hulp gevraagd.' Om precies te zijn had Leah het uitgekozen, maar hij dacht niet dat Miranda dat op prijs zou stellen.

'Zou je het om mijn hals willen doen? Dan draag ik het vanavond.'

'Natuurlijk.' Hij ging op zijn knieën achter haar op het bed zitten en maakte de sluiting dicht.

Voordat hij zich kon verroeren, had ze zich al omgedraaid en haar armen om hem heen geslagen. Haar gezicht bevond zich op slechts een paar centimeter van het zijne en hij rook haar zware parfum. 'Daar verdien je wel een zoen voor, vind je niet?' Ze drukte haar lippen op de zijne.

'Nee, Miranda, ik...'

Voordat hij zich van haar kon losmaken, pakte ze zijn hand en legde die op haar borst. Na al die vruchteloze middagen op de heide en al die nachten dat hij over Leah had gedroomd, liet dat hem niet onberoerd. Zijn lippen ontspanden zich en hij liet zijn hand eerst over haar ene borst dwalen en vervolgens over de andere. Hij wist dat dit verkeerd was, dat hij een gevaarlijk spel speelde, maar zijn lichaam had het nu voor het zeggen.

Miranda hield hem niet tegen toen hij zijn hand onder haar jurk liet glijden en begon zelfs langzaam zijn broek open te ritsen.

'O god,' stamelde hij. Het was de eerste keer dat een meisje hem daar aanraakte en al snel raakte hij zo opgewonden dat er geen weg meer terug was.

Nadat al die opgekropte passie een uitweg had gevonden door haar aanrakingen, walgde hij van zichzelf. Het enige wat hij nu wilde was zo snel mogelijk bij haar vandaan komen. Hij maakte zich los van haar mond, die aanvoelde als een zuignap, schoof van het bed af en liep naar de deur. 'Miranda, ik...'

In haar ogen verscheen een triomfantelijke blik.

'Het spijt me.' Dat was het enige wat hij nog kon uitbrengen voordat hij naar de badkamer beende en zichzelf opsloot.

Hij ging op de rand van het bad zitten en liet zijn hoofd in zijn handen rusten. Hoe kon hij dat nou hebben gedaan, na alles wat hij tegen Leah had gezegd? Wat had hem bezield? Het leek wel of hij niet langer zichzelf was geweest en alleen zijn lichamelijke genot nog had geteld. Werkte dat bij alle mannen zo? Werden ze allemaal zo zwak wanneer ze met hun egoïstische verlangen naar seks werden geconfronteerd? Las hij daarom zo vaak over carrières die te gronde waren gericht doordat mannen met de verkeerde vrouwen in zee waren gegaan?

Dit kon hij niet aan Leah vertellen. Ze zou het hem nooit vergeven, en terecht.

Naar deze avond had hij ontzettend uitgekeken. Hij had tegen haar willen zeggen dat hij van haar hield en haar op een geheim plekje in een van de schuren de houtskooltekening willen geven. Toen Miranda naar binnen was gestormd, had hij net de schets in een deken gewikkeld om hem mee naar beneden te smokkelen.

Brett stond op, kleedde zich uit en waste zijn lichaam, gezicht en handen alsof hij zo haar aanrakingen van zich af zou kunnen spoelen. Daarna haalde hij diep adem en bedacht dat hij om Leah niet te verliezen gewoon met dit schandelijke geheim zou moeten leven en het op een andere manier goed zou moeten maken.

Meteen verscheen ze voor zijn geestesoog: puur, onbezoedeld, onschuldig, heel anders dan Miranda, die erin was geslaagd hem te verleiden.

'Shit! De tekening!'

Hij deed de deur van het slot en rende terug naar zijn slaapkamer, die inmiddels verlaten was. Tot zijn opluchting zag hij dat de schets nog steeds onder het bed lag. Hopelijk zou Miranda er niet meer aan denken, want ook al kon ze hem niets maken, ze zou Leah wel degelijk kunnen kwetsen.

Nadat Brett de kamer had verlaten, had Miranda zich dronken gevoeld door de overwinning. Hoeveel geld of macht mannen ook hadden, uiteindelijk waren ze allemaal hetzelfde. Snel had ze het voorwerp onder het bed vandaan gehaald.

De schok had niet groter kunnen zijn. Haar gezicht werd asgrauw en de woede raasde door haar heen. Brett had Leahs schoonheid en onschuld perfect weten vast te leggen.

Daar had Miranda echter geen oog voor. Zij zag alleen het schuchtere meisje dat de afwas van Rose deed om iets bij te verdienen. 'Dat kreng!' siste ze. Dus daarom had Brett zo afstandelijk gedaan: hij kwam al aan zijn trekken bij die saaie trien.

Haar eerste ingeving was om de lijst stuk te smijten en de schets aan flarden te scheuren. Maar nee, dan zou hij meteen weten dat zij het had gedaan. Er moest een betere manier zijn om wraak te nemen.

'Ik krijg je nog wel,' fluisterde ze, terwijl ze de tekening weer inpakte en onder het bed legde. Daarna stond ze op, fatsoeneerde ze haar kapsel voor de spiegel en ging naar beneden om haar gasten te begroeten.

'Mamma Mia' schalde door de luidsprekers in de schuur en de deejay heette iedereen welkom op het feest. Een paar mensen begaven zich naar de geïmproviseerde dansvloer en begonnen op de maat van de muziek te bewegen.

Toen Brett binnenkwam, werd Miranda omringd door haar vrienden. Hij had net de schets verstopt op het plekje in de schuur het verst bij het huis vandaan, aan de rand van de heide. Alleen had hij niet gemerkt dat iemand hem op de voet had gevolgd.

Vrijwel meteen zag hij Leah. 'Daar ben je. Jeetje, wat zie je er mooi uit.' Hij gaf haar een kus en sloeg zijn arm om haar schouder.

'Niet doen, straks ziet Miranda het nog.'

'Dat kan me niet meer schelen. Ze kan ons niet tegenhouden.'

'Nee, maar...'

'Sst. Kom, dan gaan we dansen.'

In de schuur werd het steeds drukker. Een aantal jongens uit het dorp had cider en bier meegenomen, en Miranda dronk uit de flessen die ze haar voorhielden. Toen ze om zich heen keek, viel haar blik op Leah en Brett en werd ze zelfs nog bozer.

'Kom met me dansen.' Ze sleurde de eerste de beste jongen mee de dansvloer op en wiegde verleidelijk heen en weer op de muziek, terwijl ze uit de fles cider in haar hand bleef drinken.

Brett had zijn armen inmiddels om Leah heen geslagen en ze schuifelden op de muziek. 'Ben je gelukkig?'

Ze keek op. 'Ja.'

'Mooi zo. Ik heb iets voor je. Het ligt in de schuur het verst bij het huis vandaan, aan de rand van de heide. We zullen er apart naartoe moeten gaan om niet gezien te worden, maar kom je? Ik beloof dat ik me zal gedragen.'

'Goed dan,' antwoordde ze glimlachend.

Mevrouw Thompson bracht het eten naar binnen en zette het op de schragentafel achter in de schuur. Meteen zag ze dat haar dochter met Brett aan het dansen was. 'Daar komen problemen van,' mompelde ze. Zodra het liedje was afgelopen, klapte ze in haar handen en riep: 'Eten!'

De mensen dromden naar de afgeladen tafel en mevrouw Thompson begon druk de worstjes, gebakken aardappels en salade op te scheppen. 'Ik hou je in de gaten,' fluisterde ze tegen Leah, terwijl ze haar bord volschepte.

Beschaamd sloeg Leah haar ogen neer. 'We dansten alleen maar.'

'Als je er maar niet stiekem tussenuit knijpt.' Na dat gezegd te hebben, ging mevrouw Thompson verder met de volgende hongerige gast.

Miles sloeg Leah en Brett vanuit een hoekje van de schuur gade. Leah bloeide op tot een prachtig meisje, precies zoals hij altijd al had geweten. Maar die jongen... Hij kon nog niet in haar schaduw staan, zelfs al bezat zijn vader de halve wereld.

Al vanaf de tijd dat ze nog een piepklein, kwetsbaar meisje was geweest dat achter haar moeder aan door de hoeve had gelopen, had Miles stiekem foto's van haar gemaakt. Door de camera kwam haar ongrijpbare schoonheid nog beter tot uiting.

Maar nu was er een kaper op de kust. Hij kon niet wachten om dat portret, dat stuk vuilnis, aan flarden te scheuren.

Brett moest begrijpen dat Leah nog niet zover was. Ze was volmaakt en puur. Toen Miles haar laatst had aangeraakt, had hij zeker geweten dat hij haar tot de zijne moest maken.

Hij slenterde de schuur uit en terwijl hij koers zette naar de rand van de heide, tekende zijn donkere silhouet zich eenzaam af tegen het maanlicht.

Zodra Leahs moeder met een stapel vuile vaat terug naar het huis was gelopen, was Leah de schuur uit geglipt. Nu sloop ze de verlaten schuur aan de rand van de heide in. Die werd alleen verlicht door het spookachtige schijnsel van de maan, en ze hoopte maar dat Brett er al was.

'Brett?' fluisterde ze. Tot haar opluchting hoorde ze achterin iets ritselen. Daarna klonk het alsof er iets brak. 'Brett? Is alles in orde?' Op de tast liep ze in de richting van het lawaai, waarna ze de lichtbundel van een zaklamp op de grond zag schijnen. De lamp ging echter meteen uit en het vertrek werd weer in stilte gehuld.

'Brett, waar ben je?' Inmiddels was ze aangekomen op de plek waar ze het licht van de zaklamp had gezien en hoorde ze iemand ademhalen. Toen ze haar hand uitstak, voelde ze iets warms. 'Godzijdank. Wat was dat voor kabaal?'

De armen gleden om haar heen en ze kroop erin weg. Toch voelde het alsof er iets niet klopte. Ze keek op en nu haar ogen gewend waren aan het zwakke licht, slaakte ze een kreet.

Er werd een hand voor haar mond geslagen en hoewel ze zich probeerde los te wurmen, hield hij haar stevig vast. 'Ik zal je geen pijn doen, Leah. Werk nou gewoon even mee.'

Een gevoel van walging en angst maakte zich van haar meester. 'Nee!' Ze rukte zich uit alle macht los. Door die beweging viel ze achterover tegen de muur. Haar jurk bleef ergens achter haken en toen ze zich op de grond liet zakken, hoorde ze de stof scheuren.

'Leah? Alles oké? Verdorie, ik zie hier geen hand voor ogen!'

Ze krabbelde overeind en rende naar de in schaduwen gehulde gestalte van Brett toe, die vlak bij de schuurdeur stond. Luidkeels snikkend stortte ze zich in zijn armen.

'Wat is er in vredesnaam aan de hand?'

'Daar… Hij was hier en ik dacht dat jij het was en… dat was niet zo.'

'Oké, oké, rustig maar. Ik ben er nu. Blijf maar hier, dan ga ik even kijken.'

'Nee! Kom, we gaan.'

'Maar ik wil je iets laten zien.'

'Ik wil terug naar het huis. Nu. Mijn jurk is helemaal gescheurd en…'

'Oké, dan komt het een andere keer wel.'

Toen Brett aanstalten maakte om samen de schuur uit te lopen, zag hij Miranda met haar armen over elkaar geslagen in de deuropening staan.

'Zozo, je hebt het er vanavond maar druk mee.' Haar blik was gericht op Leahs jurk, waar ter hoogte van haar schouder een grote scheur in zat.

'Hoi, Miranda.' Hij slaakte een zucht. 'Ik had je nog willen vertellen…'

'Wat? Dat je niet alleen mij naait, maar haar ook?' vroeg ze met dubbele tong.

Hij klemde zijn kiezen op elkaar. 'Hou toch je kop.'

'Nou, volgens mij heeft die onschuldige Leah alle recht om te weten waar haar liefje vanavond was, of niet soms?' Ze lachte vals.

Zonder iets te zeggen bleef Leah voor zich uit staren. Dit wilde ze helemaal niet horen.

'Toe dan, Leah. Vraag het hem. Kijk maar of hij het ontkent,' jutte Miranda haar op.

Leah keek naar Brett en smeekte hem met haar ogen om het te ontkennen. Toch hoefde ze hem niets te vragen. De schuldbewuste uitdrukking op zijn gezicht zei al genoeg.

Met een harde snik vluchtte ze de schuur uit, recht in de armen van haar moeder.

8

'Rustig maar, Leah. Vertel eens wat er gebeurd is.' Haar moeder sloeg een vest om haar schouders. Het meisje bibberde helemaal en kon geen woord uitbrengen. Doreen had Brett teruggestuurd naar het feest en een paar woorden gewisseld met Miranda, die duidelijk gedronken had. Volgens haar had ze iemand horen gillen en had ze Brett en Leah daarna samen in een verlaten schuur aangetroffen.

Nu mevrouw Thompson de gehavende jurk van haar dochter bekeek, vreesde ze het ergste. 'Heeft hij... Heeft Brett...' Ze kreeg de woorden niet over haar lippen. Godzijdank was ze op onderzoek uitgegaan zodra ze had gemerkt dat haar dochter en Brett weg waren.

Leah reageerde niet.

Als die knul haar dochter ook maar met één vinger had aangeraakt... Nou ja, dan zou het hem duur komen te staan, hoe rijk zijn vader ook mocht zijn.

'Leah, heeft Brett...'

'Nee, mama.'

'Wat is er dan gebeurd? Waarom is je jurk gescheurd?'

Leah hield haar lippen stijf op elkaar. Haar gezicht was lijkbleek en haar moeder besefte dat ze vanavond niets meer uit haar zou kunnen krijgen.

'Goed dan, we hebben het er morgen nog wel over. Eerst moet je maar eens naar huis en naar bed gaan.'

Doreen wilde niet dat haar man hier lucht van zou krijgen, zeker niet aangezien het zo slecht gesteld was met zijn gezondheid. Ze ging naar de woonkamer, waar Rose haar gasten bezighield, en vroeg aan meneer Broughton, een boer uit de buurt, of hij Leah een lift naar huis wilde geven omdat ze zich niet lekker voelde. Nadat hij daarmee had ingestemd, installeerde ze Leah op de achterbank van de auto en droeg ze haar op om thuis meteen naar bed te gaan.

Toen de auto was weggereden, ging ze terug naar de keuken en begon ze aan de grote stapel vuile vaat.

De keukendeur ging open en Brett kwam binnen. Zijn gezicht was asgrauw en drukte een en al schaamte uit. 'Gaat het een beetje met haar?' vroeg hij zacht.

'Ja. Ik heb haar naar huis gestuurd en gezegd dat ze meteen naar bed moet gaan.'

'Ik heb haar met geen vinger aangeraakt, dat zweer ik. Zoiets zou ik nooit doen. Ik mag haar veel te graag om haar zo van streek te maken.'

'Miranda zei iets heel anders. Volgens haar hoorde ze iemand gillen en heeft ze jullie daarna samen aangetroffen in een verlaten schuur.'

Hij haalde een hand door zijn haar. 'O nee, echt?'

'Ja. Morgen zal ik het met Leah bespreken, maar de rest van de zomer komt ze hier niet meer werken. Volgens mij heb jij vanavond wel genoeg ellende aangericht, jongeman. Als ik jou was, zou ik maar naar bed gaan.'

'Ja, u hebt gelijk. Wilt u Leah alstublieft namens mij het beste wensen en zeggen dat het me spijt?'

Zonder iets te zeggen ging ze verder met de afwas.

Doodongelukkig sjokte Brett de trap op. Alles was bedorven, en dat had hij aan zichzelf te danken. Als hij sterker was geweest, als hij weerstand had kunnen bieden aan Miranda, was dit allemaal nooit gebeurd. Het was nu zijn woord tegen het hare. Dit was haar wraak omdat hij haar had misleid, en hij wist dat Leah niets meer met hem te maken zou willen hebben.

Hij kleedde zich uit en kroop verdrietig onder de lakens. Daarna deed hij zijn ogen dicht en droomde van zijn verloren liefde.

9

David Cooper draaide zijn stoel bij het bureau vandaan om door het kamerbrede raam naar Central Park te kijken. De bomen beneden zagen eruit als piepkleine groene stipjes en de auto's leken wel kinderspeelgoed.

Het kwam bij hem op dat deze verheven positie weerspiegelde hoe hij in het leven stond. Hij kwam zelden in aanraking met de doodgewone mensen daarbeneden, die zich over Fifth Avenue haastten om hun zaakjes te regelen. Tegenwoordig waren al zijn kennissen steenrijk, oppermachtig en het evenbeeld van hemzelf.

Het plezier in geld verdienen was hem vergaan op de dag dat zijn vrouw was gestorven. Natuurlijk had hij van haar gehouden, maar toch verbijsterde het hem hoe diep het verlies hem had geraakt. Door Viviens dood was hij zich bewust geworden van zijn eigen sterfelijkheid.

De afgelopen negen maanden had hij geen vrouw meer aangeraakt.

Zijn zoon dacht dat het hem geen moer kon schelen dat zijn vrouw dood was. Sinds haar overlijden had hij Brett nog maar twee keer gezien: op de uitvaart en tijdens Kerstmis. Van samen rouwen was geen sprake geweest.

Hij vroeg zich af of Brett het naar zijn zin had bij zijn tante in Yorkshire. Rose… Aangezien hij haar al een jaar of twintig niet had gezien, had hij nog steeds het beeld in zijn hoofd van het uitzonderlijk mooie meisje dat ze destijds was geweest.

De laatste tijd dacht hij vaak aan vroeger. Tot voor kort had hij altijd overleefd door alles te verdringen en zich alleen op de toekomst te richten. Tegenwoordig blikte hij echter steeds vaker terug en kwamen er weer oude herinneringen naar boven.

Sommige daarvan waren pijnlijk, te pijnlijk om toe te laten, maar als hij aan zijn financiële succes dacht, besefte hij hoever hij de afgelopen achtentwintig jaar was gekomen.

Daar, in zijn ruime kantoor, dacht hij terug aan de tijd dat hij zijn bedrijf had gerund vanuit de woonkamer in zijn piepkleine flatje in Bayswater.

Eind jaren veertig was hij begonnen met een vervallen woning in Islington. Die had hij voor een habbekrats kunnen kopen, waarna hij het gebouw in vier keurige studio's had opgedeeld. In die tijd kochten maar weinig jonge mensen onroerend goed, dus had hij de studio's verhuurd en de opbrengst gebruikt om een ander, gelijksoortig pand aan te kopen. Tegen het midden van de jaren vijftig bezat hij twintig van dat soort gebouwen en was zijn maandelijkse inkomen hoog en stabiel genoeg om steeds hogere leningen aan te kunnen vragen bij de bank.

In het centrum van Londen waren op dat moment nog steeds percelen die al sinds de oorlog braak lagen. Daar zette hij kantoorgebouwen neer, die hij voor een fortuin verkocht aan het stijgende aantal bedrijven.

Halverwege de jaren zestig bezat hij het grootste aannemersbedrijf in Groot-Brittannië. Op dat moment begon hij zijn blik tot buiten de landsgrenzen te verruimen en richtte hij zich op de toeristische markt, die steeds meer in opkomst was. Hij kocht terreinen op langs de stranden van het Spaanse vasteland, de Balearen en Italië. Daar bouwde hij vooral hotels, al liet hij een gedeelte ook onbebouwd, om het vijf jaar later voor drie keer zo veel geld terug te verkopen aan de overheid.

Inmiddels, tien jaar later, bezat hij grond in bijna alle grote ontwikkelde landen en was hij nog steeds bezig zijn horizon te verbreden. Hij stond bekend als een van de tien rijkste mannen in Groot-Brittannië en had in Amerika de top vijftig behaald.

Een prestatie van formaat.

De roes van een geslaagde zakendeal had als compensatie gediend voor het stukje van hem dat maar niet leek te willen functioneren. Hij wist dat zijn collega's, zijn vrouw en zijn zoon hem beschouwden als een kille, emotieloze man.

Nu Vivien dood was, wilde hij dat hij het had aangedurfd om haar in vertrouwen te nemen. Om haar te vertellen waarom hij niet in staat was om genegenheid te tonen… maar daar was het nu te laat voor.

Door al die herinneringen die naar boven waren gekomen, had hij besloten zijn zoon naar Rose toe te sturen. Toch piekerde hij er niet over om hem zelf op te gaan halen in Yorkshire. Het was een prettige gedachte dat het tot de mogelijkheden behoorde, maar hij kon het niet aan om haar na al die tijd weer terug te zien. Misschien zou hij wel een keer langsgaan in de kleine galerie die hij onlangs in Londen had gekocht als ze haar werk daar tentoonstelde, gewoon om het te kunnen zien. Ondanks alles gaf hij nog steeds zielsveel om haar.

Hij draaide zich om en keek met een zucht naar het schilderij aan de wand achter zijn bureau. Soms stemde het hem verdrietig dat alles een prijs had, zelfs mensen. Hij stond op en pakte zijn dunne attachékoffertje van Cartier. Over een half uur werd hij bij Sardi's verwacht voor een lunch met een pas verkozen senator.

Terwijl hij zijn kantoor uit liep en wachtte op de lift, vroeg hij zich af wat de prijs van deze man zou zijn.

10

'Nou, Brett, ik vond het gezellig dat je er was. Hopelijk kom je binnenkort nog eens op bezoek.' Rose gaf hem een kus. 'Wel blijven schilderen, hè? Wat ik tot nu toe van je gezien heb, zag er erg veelbelovend uit.'

'Dank je, ik vond het ook heel fijn om hier te zijn. Ik zal proberen je expositie bij te wonen.'

Buiten stond Bill hem al met de limousine op te wachten.

'Dag, Brett, het was leuk je gekend te hebben.' Miranda rende de trap af en gaf hem een vluchtige zoen op zijn wang.

Aangezien hij zich er niet toe kon zetten hetzelfde te doen, glimlachte en zwaaide hij slechts en stapte hij achter in de grote auto.

'Een fijne vakantie gehad, meneer?' vroeg Bill via de intercom. 'U ziet er goed uit.'

Brett dacht terug aan de afgelopen twee maanden. De eerste vijf weken waren heerlijk geweest, omdat hij het schilderen weer had ontdekt en Leah had leren kennen. De afgelopen maand had hij echter vreselijk gevonden, want hij had haar maar niet uit zijn hoofd kunnen zetten.

Zoals haar moeder al had gezegd, was Leah niet meer naar het huis gekomen en had hij haar sinds de avond van het feest niet meer gezien. Het grootste deel van de tijd had hij op de heide doorgebracht en op het plekje waar hij elke dag met haar had afgesproken gehoopt en gebeden dat ze zou komen. Keer op keer had hij aan mevrouw Thompson gevraagd hoe het met haar ging, maar dan had ze alleen haar lippen getuit en 'prima' gezegd, waarna ze al snel uitgepraat waren.

De laatste week was hij zo wanhopig geworden dat hij naar het dorp was gegaan in de hoop een glimp van haar op te vangen, maar dat was niet gebeurd.

'Ja, Bill,' zei hij nu. 'Het was... anders.'

'Mooi zo. Ik moet u de groeten doen van uw vader. Hij komt in de herfstvakantie bij u op bezoek. De komende zes weken is hij in Zuid-Amerika.'

Brett voelde zich nog ellendiger dan toen hij in Yorkshire was aangekomen. Naarmate de afstand tussen hem en het meisje van wie hij hield groter werd, kreeg hij steeds meer het gevoel dat zijn hart zou breken.

'Dag, Leah. Ik zal je nooit vergeten,' fluisterde hij toen ze de graafschapsgrens passeerden en over de snelweg in de richting van Windsor koersten.

11

Hoewel Rose drie truien en een sjaal droeg, rilde ze. Ze blies in haar handen, die gevoelloos waren door de kou en te stijf werden om te schilderen.

Buiten het raam van haar atelier lagen enorme hopen sneeuw. Gisteren had de dooi ingezet, maar in de hoger gelegen gebieden duurde het altijd langer voordat de sneeuwbanken verdwenen waren.

Rose stookte het kleine, ontoereikende vuur op en warmde haar handen. De vrieskou van januari maakte haar somber. Haar blik viel op het schilderij dat op de ezel stond. Voor de zoveelste keer werd ze overvallen door onzekerheid, en ze kreunde. 'Is dit het wel waard? Zal ik straks door de critici met de grond gelijkgemaakt worden?'

Kop op, zei een stemmetje in haar binnenste, terwijl ze de waterkoker aanzette. Denk eens aan de centrale verwarming die je kunt laten aanleggen als de expositie een succes wordt.

Ze ging bij het vuur zitten, warmde haar handen aan haar beker koffie en nam er kleine slokjes uit. Daarna pakte ze met een zucht haar penseel en palet weer op en liep terug naar de ezel. 'Positief blijven, Rosie. Nog maar twee te gaan, dan ben je er. Dit schilderij moet minstens vierenhalve radiator opbrengen.' Ze glimlachte en bracht haar penseel weer naar het doek.

Ongeveer een uur later werd er op de deur van haar atelier geklopt.

'Kom binnen.'

'Kan ik je even spreken?' Miranda verscheen in de deuropening en zag ongewoon pips.

De afgelopen maanden was het Rose al opgevallen dat haar dochter stiller was dan anders, maar eerlijk gezegd was dat een opluchting geweest. In de vierenhalve maand sinds Brett naar huis was gegaan en Miles naar de universiteit was teruggekeerd, had Rose vrijwel haar complete collectie kunnen voltooien. Nu vroeg ze zich echter af of haar iets was ontgaan, want Miranda zag er belabberd uit.

Snel legde ze haar penseel neer. 'Natuurlijk, schat. Kom binnen, ga zitten. Wat is er?'

Zodra Miranda zat, barstte ze in tranen uit.

Voor zover Rose zich kon herinneren, had ze haar dochter niet meer zien huilen sinds ze een tiener was. Ze liet zich naast haar op haar knieën zakken en sloeg troostend een arm om haar heen. 'Zo erg kan het toch niet zijn?'

'Toch wel,' zei Miranda snikkend.

'Goed, vertel dan maar eens wat er aan de hand is.'

'Volgens mij ben ik zwanger,' perste Miranda eruit.

O god. Dit had ik moeten zien aankomen. Misschien is ze met een van de jongens uit het dorp het bed in gedoken terwijl ik me schuilhield in mijn atelier.

'Ben je niet ongesteld geworden?'

Ze schudde haar hoofd. 'Nee, en de keer daarvoor ook niet, en de keer daarvoor... Ik weet het niet eens meer.'

Toen ze opkeek, voelde Rose niets dan medeleven voor haar. Per slot van rekening had zij in hetzelfde schuitje gezeten. 'Probeer eens goed na te denken, schat. Er is vast nog tijd genoeg om...'

'Ongeveer vijf, of misschien zes... ik weet het niet.'

'Goed, ik ken een heel goede kliniek in Leeds, die ga ik meteen bellen. Dan maak ik een afspraak voor morgen en als de weersomstandigheden het toelaten, gaan we ernaartoe. Misschien ben je helemaal niet zwanger. Het zou ook een ander vrouwenprobleempje kunnen zijn.'

'Voel eens.' Miranda pakte de hand van Rose en trok die onder de meerdere truien die ze droeg naar haar buik.

Rose voelde een onmiskenbare bolling. 'Waarom ben je niet eerder naar me toe gekomen? Dit moet je toch al veel eerder hebben gemerkt?'

Dat bracht een nieuwe stortvloed aan tranen teweeg. 'Ik weet het, maar ik bleef maar hopen dat ik het mis had en dat het de volgende maand misschien goed zou komen.'

'Oké, oké,' sprak Rose op sussende toon, want ze kon zich deze nachtmerrie nog maar al te goed herinneren. 'Maak je geen zorgen, we verzinnen er wel wat op. Wil je misschien een kopje thee?'

Ze voerde Miranda mee naar de keuken en schonk twee mokken in. Van haar normaal gesproken zo hooghartige houding was geen spoor meer te bekennen. Zoals ze daar aan tafel zat, leek ze eerder een bang vogeltje.

Terwijl Miranda van haar thee nipte, maakte Rose voor de volgende dag een afspraak bij de kliniek.

'Zo, dat is geregeld. We gaan naar een vrouwelijke arts die Kate heet.'

'Dank je, Rose,' zei Miranda zacht.

'Waarvoor?'

'Omdat je zo aardig voor me bent. Ik weet dat ik soms nogal een lastpak kan zijn. Sorry daarvoor.'

'Dat geeft niet.' Nu Miranda zich zo welwillend opstelde wilde Rose wanhopig graag vragen wie de vader was, maar het leek haar beter om het gesprek met de arts af te wachten.

'Ik ben bang.' In Miranda's grote blauwe ogen lag een angstige blik en zonder haar gebruikelijke laag make-up zag ze er jong uit.

Rose liep naar haar toe en omhelsde haar. 'Maak je geen zorgen, we komen hier wel uit,' zei ze zo overtuigend mogelijk.

'Ik vrees dat je ruim zesenhalve maand zwanger bent, juffrouw Delancey. Dat wil zeggen dat de wettelijk toegestane termijn om de zwangerschap af te breken over nog geen twee weken verstrijkt. Naar mijn mening is het risico van een abortus op dit moment al veel te groot. De uitgerekende datum is 20 april.'

Rose slaakte een diepe zucht. Hier was ze al bang voor geweest.

Miranda bleef stokstijf zitten en staarde de dokter met een lijkbleek gezicht aan. 'Dus u bedoelt dat er niets meer aan te doen is?'

'Ik bedoel dat een abortus een gezondheidsrisico voor jou oplevert dat ik liever niet neem.'

'Mee eens,' zei Rose. 'Ik ga jouw leven niet in gevaar brengen. Het spijt me, schat, maar je zult dit kind op de wereld moeten zetten.' Ze kneep stevig in de hand van haar dochter.

'Is de vader op de hoogte?' vroeg Kate zacht.

Miranda staarde hoofdschuddend naar haar handen.

'Weet je wie de vader is, lieverd?' drong Rose aan.

Even keek Miranda haar moeder angstig aan. Het duurde maar een fractie van een seconde, daarna staarde ze weer voor zich uit. 'Nee.'

'Ik denk dat…'

'Nee! Dit gaat hem niks aan.'

Kate wierp Rose een waarschuwende blik toe. 'Geeft niets, Miranda. Het is prima als je het er nu niet over wilt hebben. Goed, dan nu even over de zwangerschapscontroles. Ik wil graag dat je morgen terugkomt voor een uitgebreid onderzoek. Het duurt nog maar drie maanden voordat de baby geboren wordt en we moeten goed voor jullie zorgen. Rook je?'

Rose reed in haar stokoude Land Rover terug naar Oxenhope, met een zwijgende Miranda naast zich. Koortsachtig probeerde ze te bedenken of haar dochter het de afgelopen paar maanden over een specifieke jongen had gehad. Als ze ruim zes maanden zwanger was, moest het kindje ergens halverwege juli verwekt zijn.

Natuurlijk. Miranda's verjaardagsfeest. Rose wist dat ze tegen het eind van de avond behoorlijk aangeschoten was geweest. Het viel niet te zeggen wie van de ongeveer twintig aanwezige jongens de vader was. Misschien kon Miranda het zich niet eens meer herinneren en deed ze daarom zo vaag.

'Je zult een tijdje van school moeten, schat. Ik zal mijn expositie uitstellen tot de baby is geboren en je weer hersteld bent.'

Miranda knikte slechts en bleef uit het raampje staren.

Het liefst zou Rose tegen haar dochter zeggen hoe stom het was dat ze haar niet eerder in vertrouwen had genomen zodat ze op zijn minst samen een plan van aanpak hadden kunnen bedenken, maar het schuldgevoel dat haar plaagde omdat ze de afgelopen maanden zo met zichzelf bezig was geweest weerhield haar daarvan. Ze had het gevoel dat het haar schuld was, en dus ook haar verantwoordelijkheid.

Toen ze weer bij de hoeve aankwamen, ging Miranda meteen naar haar kamer, liet ze zich op het bed vallen en ging ze naar het plafond liggen staren.

Moest ze het aan de vader vertellen? Hij zou het toch wel begrijpen, hij zou haar toch wel helpen?

Ze kwam overeind, sprong van het bed af en zocht in haar ladekast naar een blocnote. Gewapend met pen en papier ging ze weer op het bed liggen, ondersteund door een paar kussens.

Lieve…

Met een schreeuw smeet ze de blocnote op de grond en barstte in tranen uit.

12

Leah zat in haar slaapkamertje voor zich uit te staren. Vandaag was het op school het gesprek van de dag geweest: Miranda Delancey was zwanger en zou pas nadat de baby was geboren weer naar school komen. Er deden allerlei geruchten de ronde over wie de vader was. Aangezien Miranda nooit om aanbidders verlegen zat, wist niemand het zeker.

Behalve Leah.

Het gevoel in haar borst werd nog strakker en de brok in haar keel leverde één traantje op dat langzaam over haar wang biggelde.

'Dat zat er dik in,' had haar moeder misprijzend gezegd nadat ze van haar werk was thuisgekomen met het nieuws. 'Die meid levert niets dan problemen op. Wat een lastige tante is dat, zeg. En dan dat arme schaap in haar buik dat straks niet zal weten wie zijn vader is. Volgens mevrouw Delancey wil Miranda er niets over kwijt.'

Leah begreep wel dat Miranda dit niet aan haar moeder wilde vertellen.

Brett moest wel de vader van haar kindje zijn. De jongen van wie Leah had gedacht dat hij van háár hield.

De afgelopen zesenhalve maand had ze gedacht dat niemand zo ongelukkig was als zij. Ze had haar hart zo volledig aan Brett geschonken dat ze niet wist of ze het verdriet ooit nog te boven zou komen.

Het was het moeilijkst geweest toen hij nog zo dichtbij had gewoond. De gedachte dat Miranda in zijn armen lag had ze vreselijk gevonden. Toen haar moeder had verteld dat hij weer naar school was vertrokken, had dat het verdriet iets draaglijker gemaakt.

Sindsdien was ze heen en weer geslingerd tussen woede om zijn bedrog en gemis omdat ze wist dat ze hem nooit meer zou zien.

Er waren momenten geweest waarop ze had gedacht dat Miranda

had gelogen en gewoon jaloers op hen was, maar nu wist ze dat ze de waarheid had gesproken.

Kon ze Brett maar haten. Echt haten, zodat het verlangen naar hem zou verdwijnen. Zelfs nu lukte dat echter nog niet. Ze dacht vaak terug aan die vreselijke avond in de schuur, toen die engerd haar had gegrepen. Hoewel ze ervan overtuigd was dat het Miles was geweest, durfde ze niets te zeggen wat de baan van haar moeder in gevaar zou kunnen brengen.

Brett was haar redder in nood geweest.

Ze hield nog steeds van hem.

Voorheen was ze ook al stilletjes geweest, maar sindsdien had ze zich steeds verder teruggetrokken in haar eigen wereldje. Nu was ze aan het leren voor haar proefexamens en probeerde ze zichzelf daarmee af te leiden van haar gebroken hart. Haar moeder was ervan uitgegaan dat de lange stiltes tijdens het avondmaal te maken hadden met 'groeipijn', zoals zij het noemde, maar haar vader wist hoe de vork echt in de steel zat. Hij knipoogde vaak naar haar of vertelde haar grapjes in een poging haar aan het lachen te maken.

Toch zou niemand het echt kunnen begrijpen. Als ze over Brett begon, zou haar vader zeggen dat ze hem moest vergeten, en dat zou haar niet lukken.

Nooit.

13

'Blijven persen. Goed zo, meisje, je bent er bijna. Kom op, nog één keer flink persen en dan...'

Miranda's gezicht was rood aangelopen, ze voelde zich uitgeput en had geen grammetje energie meer over, maar toch perste ze nog een laatste keer. De kreet die haar ontsnapte vermengde zich met de eerste geluiden van haar pasgeboren kind. Toen ze het merkwaardig blauwe ding zag dat de verloskundige in haar handen hield, liet ze zich achteroverzakken. Op dit moment wilde ze alleen maar haar ogen dichtdoen.

'Kom op, lieverd, hou je kindje vast.' De verloskundige legde de krijsende baby in haar armen. 'Het is een prachtig meisje.' Ze glimlachte toen Miranda naar het kleine wezentje met dat lelijke, verfrommelde gezicht keek.

Van tevoren had ze zich afgevraagd wat ze zou voelen wanneer ze haar kindje voor het eerst vasthield. Angst misschien? Genegenheid? Ze voelde geen van beide. Sterker nog, ze voelde helemaal niets.

Snel gaf ze het krijsende hoopje mens weer terug. 'Ik ben te moe,' zei ze en ze deed haar ogen weer dicht.

Hoewel de vrouw een afkeurend geluidje maakte, nam ze de baby toch mee naar de kraamafdeling.

Vijf minuten later haastte Rose zich naar binnen en streek ze het door het zweet samengeklitte blonde haar uit het gezicht van haar dochter. 'Goed gedaan, schat. Ik heb haar net gezien en ze is beeldschoon. Ik ben zo trots op je.'

Miranda knikte, maar hield haar ogen stijf dichtgeknepen en vroeg zich af waarom iedereen zei dat de baby zo mooi was. Zelf vond ze van niet.

'Ga nu maar even slapen. Ik kom straks nog wel bij je kijken.' Rose gaf haar dochter voorzichtig een kus op haar wang en sloop de kamer uit. Nadat ze bij de arts had nagevraagd of moeder en kind haar de komende uren niet nodig zouden hebben, verliet ze het ziekenhuis. Ze haalde haar auto op van de parkeerplaats en vertrok in de richting van Oxenhope. Het was al vierentwintig uur geleden dat ze thuis was geweest, sinds ze haar dochter staand in de keuken had aangetroffen, in paniek en met een plas vruchtwater tussen haar benen. Tijdens de rit naar het ziekenhuis was Rose erin geslaagd haar kalmte te bewaren, ook al was ze diep vanbinnen net zo bang geweest als Miranda. Het stond haar nog helder voor de geest hoe pijnlijk weeën konden zijn, en ze wilde dat ze die van haar had kunnen overnemen.

Hoewel de bevalling lang had geduurd, waren er gelukkig geen complicaties opgetreden. Naarmate Rose dichter bij huis kwam, voelde ze de tranen in haar ogen springen. Het was een prachtige dag in april en de frisse geur van het voorjaar hing in de lucht.

'Nieuw leven,' fluisterde ze emotioneel. 'Ik zal mijn uiterste best doen, dat zweer ik,' mompelde ze, omdat ze wist dat de problemen nu pas zouden beginnen.

Doreen had aangeboden om de dagelijkse zorg voor de baby op zich te nemen wanneer, of áls, Miranda weer naar school ging. Op de een of andere manier betwijfelde Rose dat, aangezien ze nooit erg leergierig was geweest. Daarnaast zou de houding van de andere leerlingen, vooral van de jongens, zelfs het meest zelfverzekerde meisje kunnen afschrikken.

Toch twijfelde ze er niet aan dat Doreen nog van pas zou kunnen komen, want ze had ook erg goed met Miles overweg gekund toen hij nog klein was. Rose had de expositie tot begin augustus kunnen uitstellen en wanneer zij in Londen was, zou Doreens hulp van onschatbare waarde zijn.

Ze reed de heuvel op en parkeerde de auto voor de hoeve. De bouwvakkers waren nog steeds aan het werk op het dak en aangezien ze de schuren aan een plaatselijke boer had verhuurd om wat extra inkomen bij elkaar te scharrelen, werden die nu schoongemaakt en klaargemaakt om een kudde koeien in onder te brengen.

'Hoe is het gegaan, mevrouw Delancey?' riep een van de bouwvakkers vanaf het dak toen ze uit de auto stapte.

'Prima. Het is een meisje en zowel moeder als kind maakt het goed.'

'Wat een geweldig nieuws.' Hij glimlachte. 'Ik heb iets voor u op de keukentafel gelegd wat een van de jongens tijdens het leegruimen van de schuren heeft gevonden. Volgens hem is het een tekening die u hebt gemaakt.'

Ze fronste haar wenkbrauwen en knikte. 'Dank je, Tim.' Terwijl ze door de keukendeur naar binnen ging, bedacht ze dat het vast rommel was die daar door de vorige eigenaar was opgeslagen.

De tekening lag op tafel en hoewel de lijst stuk was, was de schets nog intact. Haar adem stokte. Het was een prachtige houtskooltekening van Leah Thompson. Ze liep ermee naar haar atelier en zette de schets op een ezel. Daarna ging ze zitten en bekeek de handtekening in de hoek rechts onderin. *B.C.* Natuurlijk, dit was het werk van Brett.

Rose was verbluft. Door de landschapstekeningen die haar neefje haar had laten zien had ze al geweten dat hij talent had, maar dit… Dit werk getuigde van een volwassenheid en diepgang waardoor je nooit zou geloven dat het door zo'n jonge, onervaren kunstenaar was gemaakt. Het gezicht dat haar aanstaarde was beeldschoon. De ogen hadden een hypnotiserende uitwerking op haar en ze kon zich er nauwelijks van losrukken. Hij was erin geslaagd om Leahs onschuld perfect vast te leggen.

Het was duidelijk dat dit vanuit een verliefde blik was getekend.

Met een zucht vroeg ze zich af waarom hij dit nooit aan haar had laten zien. Hieruit bleek wel dat hij het talent van zijn tante had geërfd, dacht ze trots. Als ze dat had geweten, had ze hem nog veel meer aangemoedigd.

Met tranen in haar ogen staarde ze naar de schets en bedacht dat hij zich niet door zijn vader mocht laten ontmoedigen. Ze liep naar een lade, pakte een schrijfmap en ging met een met verfspetters bedekte balpen op een stoel zitten.

Nadat ze vijf minuten lang naar de blanco pagina had gestaard en op het uiteinde van de pen had gekauwd, legde ze de schrijfmap weer neer.

Ze had een veel beter idee om Brett te helpen.

14

'Rose, lieve schat, wat heerlijk om je na al die jaren weer eens te zien.' Roddy omhelsde haar stevig en toen hij weer losliet, nam hij haar van top tot teen op. 'Je bent nog net zo mooi als vroeger.'

'Lief van je, maar ik ben toch echt behoorlijk wat kilootjes aangekomen sinds je me twintig jaar geleden voor het laatst zag,' zei ze met een wrang glimlachje.

'Dat kun je prima hebben, schat. Je was altijd veel te mager.' Hij klapte in zijn handen. 'O, ik kan gewoon bijna niet geloven dat je er bent.' Terwijl hij zijn arm door die van haar haakte, vervolgde hij: 'Kom maar met mij mee. Je favoriete Veuve Clicquot staat al koud in mijn kantoor. Straks kijken we wel even rond in de galerie. Trouwens, je schilderijen zijn gisteren in goede orde aangekomen. Ik moet toegeven dat ik de verleiding bijna niet kon weerstaan om ze meteen te bekijken.'

Terwijl ze met hem door de ruime, fonkelnieuwe galerie liep, herinnerden de lege muren haar aan de reden dat ze hier was en kreeg ze vlinders in haar buik.

'Op jou, schat. Ik weet zeker dat de expositie een doorslaand succes wordt.' Roddy reikte haar een champagneflûte aan.

Ze zette het glas aan haar lippen en nam een slok, al vroeg ze zich stilletjes af hoe het met Miranda en de kleine Chloe ging. Bij vertrek had ze zich ontzettend schuldig gevoeld, maar aangezien Doreen als een moederkloek om hen heen hing wist ze dat het heus wel goed zou komen. Ze hoopte alleen wel dat de huishoudster niet al het werk zou hoeven doen, want Miranda gebruikte haar vaak als excuus om zo weinig mogelijk voor haar kind te hoeven zorgen.

'Natuurlijk ben je van harte welkom om deze week bij mij in Chelsea te komen logeren.'

'Nou, eigenlijk heb ik al een hotelkamer geboekt en...'

'Laat dat hotel toch barsten. Ik sta erop dat je bij mij komt logeren.

Een jaar geleden heb ik een prachtig appartement gekocht. Het is een heerlijk stekje en ik verheug me al op knusse avondjes thuis, zodat je me onder het genot van een gin-tonic kunt bijpraten over de afgelopen twintig jaar.'

Onwillekeurig glimlachte ze. Haar oude vriend was met het verstrijken van de jaren geen spat veranderd, behalve dan dat hij inmiddels een toupet droeg. Zijn pezige lichaam was zoals altijd in een onberispelijk designerpak gestoken.

Ze had Roddy in 1948 leren kennen, toen ze in hetzelfde jaar zaten op het Royal College of Art. Destijds had het geleken alsof hij de geheimen uit haar verleden had aangevoeld, want hij had zich niet één keer bemoeid met zaken die voor haar te pijnlijk waren om aan terug te denken.

Na het afronden van haar studie was ze bij hem ingetrokken in zijn comfortabele flat in Earl's Court en had ze een luisterend oor geboden wanneer hij zijn gecompliceerde seksleven wilde bespreken. In die tijd had ze amper kunnen bijhouden met welke man hij nu weer het bed deelde. Hij was afkomstig uit een omstreden adellijke familie uit Devon en was een graag geziene figuur in The Colony Room en French's, waar veelbelovende jonge kunstenaars in die tijd samenkwamen.

Nadat Roddy erachter was gekomen dat hij zelf weinig interesse had in schilderen, maar dol was op de sfeer en de mensen, had hij zich er vooral op toegelegd om zijn talenten op amoureus gebied te ontwikkelen. In hun hechte groepje werd altijd gekscherend gezegd dat Rose de enige bekende jonge kunstenaar in Londen was die Roddy nog niet had verleid. Toen ze uiteindelijk naar Yorkshire was vertrokken, woonde hij in Zuid-Frankrijk samen met een steenrijke kunsthandelaar.

'Wie is de eigenaar van de galerie eigenlijk?' wilde ze weten. 'Cork Street is een toplocatie.'

Hij vulde haar glas nog eens tot aan de rand toe bij. 'Nou, ik werd gebeld door een bedrijf in New York dat me hier een baan als bedrijfsleider wilde aanbieden. Op dat moment was ik een beetje zoekende, dus besloot ik een kijkje te nemen. O, je had het eens moeten zien.' Hij schudde zijn hoofd. 'Een lege huls, meer was het niet. Hoe dan ook, ik belde ze terug en zei dat ze maar contact met me moesten opnemen nadat ze de boel opnieuw hadden ingericht. Daarop kreeg ik te horen dat ik carte blanche kreeg om zelf het interieur te ontwerpen en dat geld geen enkele rol speelde. Daar kon ik natuurlijk geen nee tegen zeggen!' Hij nam een slok champagne. 'Uiteindelijk kwam er een heel aardige man in pak vanuit New York hierheen om het eindresultaat te bekijken. Gelukkig was hij er helemaal weg van. Sterker nog, het was zijn idee om een expositie over kunstenaars uit de jaren vijftig te organiseren.'

Vertwijfeld keek ze hem aan.

'Het is allemaal zuivere koffie, hoor,' verzekerde hij haar. 'We dragen keurig btw af en betalen onze belasting op tijd, dus je hoeft je nergens zorgen om te maken. Deze tent wordt heus niet gefinancierd door de maffia, mocht je daar soms bang voor zijn. Als je het mij vraagt, is het prima geregeld zo. Ze laten alles gewoon aan mij over.'

'Gaan de zaken goed?'

'We zijn pas sinds het begin van het jaar geopend en jij bent onze zesde kunstenaar, maar met mijn connecties komen we er wel.' Hij knipoogde. 'Het is mijn bedoeling om het plezier weer terug te brengen in de kunstwereld. Het is allemaal zo saai en pretentieus geworden sinds ons vrolijke clubje volwassen werd en we ieder onze eigen weg zijn gegaan. Ik heb iedereen uitgenodigd voor de vernissage. Sontag, Lucie-Smith en nog een paar anderen komen langs om hun oude stalgenoot te begroeten. Gewoon, om te kijken of je echt nog leeft,' voegde hij er grinnikend aan toe.

'Jeetje, nu voel ik me net een fossiel. Ik ben pas zesenveertig, hoor.'

'Het spijt me, schat, maar mensen zijn nou eenmaal dol op mysteries. Niemand weet waarom je op het hoogtepunt van je carrière met de noorderzon vertrokken bent.'

God sta me bij, maar ik hoop dat ze daar ook nooit achter zullen komen.

'Ik heb een heleboel interviews voor je geregeld. Morgen met *The Guardian*, donderdag met *The Telegraph* en John Russell. De...'

Rose luisterde terwijl hij een ellenlange lijst met kranten opsomde en vroeg zich af wat haar had bezield om hieraan te beginnen. Kon ze dit wel aan? Kon ze wel overtuigend liegen tegen journalisten die erop getraind waren om mensen uit te horen?

Het zou wel moeten. Ze had zichzelf al twintig jaar verloochend. Dat was een veel te grote straf voor de misdaad die ze had gepleegd, dus was ze het aan zichzelf verschuldigd om deze kans te grijpen. Daarom knikte en glimlachte ze en liep ze met haar oude vriend mee om haar schilderijen te bekijken.

Roddy bleef haar werk heel lang bestuderen, terwijl Rose nerveus van haar champagne nipte. Uiteindelijk draaide hij zich naar haar om en keek hij haar met zijn kraaloogjes onderzoekend aan. 'Volgens mij bespeur ik een vleugje romantiek. Ben je soms verliefd, schat?'

Lachend schudde ze haar hoofd. 'Nee, Roddy. Ik weet dat mijn nieuwe werk zachter is en dat de kleuren minder indringend en de lijnen vager zijn.' Opeens raakte ze in paniek. 'O jee, je vindt ze toch wel mooi? Of heb ik het niet meer in me?' Ze beet op haar lip en vond het vreselijk dat al haar oude onzekerheden weer de kop opstaken nu iemand haar diepste zielenroerselen op het doek inspecteerde.

'Nou, het is anders dan je vroegere werk, maar ze zijn nog altijd heel herkenbaar als werken van de grote Rose Delancey. Je bent rijper geworden. Misschien heb je er wel goed aan gedaan om ertussenuit te gaan, want deze...' Hij gebaarde naar de schilderijen. '... zijn magnifiek.' Met zijn ogen verslond hij de twintig schilderijen, en Rose hoorde de kassa in zijn hoofd bijna rinkelen. 'Zo, nu neem ik je mee uit lunchen bij San Lorenzo en als we terugkomen, gaan we bedenken waar we de schilderijen gaan plaatsen. Wat vind je daarvan?'

'Dat lijkt me een prima idee.' Opgelucht glimlachte ze naar hem.

Ze namen een taxi naar Beauchamp Place, waar de hoofdkelner Lucio hen naar een rustig gelegen tafeltje bracht onder de grote esdoorn die in het restaurant groeide. Onder het genot van een heerlijke maaltijd bestaande uit gegrilde rode mul met venkelzaad en kalfsvlees à la San Lorenzo die ze wegspoelden met een fles Fontana Candida Frascati nam Roddy de lijst met schilderijen door en maakten ze afspraken over de verkoopprijzen.

'Is dat niet een beetje te veel, Roddy? Per slot van rekening ben ik al twintig jaar uit de running. Vergeleken bij wat de jongelui tegenwoordig maken, zal mijn stijl wel gedateerd zijn.'

'Geen sprake van, schat. Figuratieve kunst is momenteel juist heel erg in trek, en moet je het werk van Lucien eens zien! Daar verdient hij een fortuin mee. We moeten jou juist exclusief maken, zodat kunsthandelaren en verzamelaars het gevoel krijgen dat ze een stukje Britse kunstgeschiedenis aanschaffen. Mensen hebben veel geld over voor het genoegen iets zeldzaams te bezitten, in plaats van goedkope rommel uit de koopjeskelder.'

'Je zult wel gelijk hebben.' Met een zucht bedacht ze dat ze geen kijk meer had op de markt. De bedragen die hij noemde leken haar absurd hoog en zouden ervoor zorgen dat ze er straks warmpjes bij zat. 'Toch lijkt het me best riskant om mezelf in dezelfde prijsklasse te scharen als de populairste hedendaagse kunstenaars.'

'Vertrouw me nou maar, Rose. Jij bent mijn belangrijkste project en het succes van de galerie hangt van jou af. Tegen de tijd dat ik met je klaar ben, zal iedere kunstverzamelaar in de wereld weten dat je weer terug bent. Ik wil nog een grotere ster van je maken dan je in de jaren vijftig was.'

'Laten we eerst maar eens kijken hoe de expositie verloopt, oké?' Ze wilde niet op de zaken vooruitlopen.

'Oké, schat, ik begrijp best dat je wat terughoudend bent. Zo, ik ga koffie bestellen. Vertel nu maar eens over de wereld van windhonden, mist en Wensleydale-kaas.'

'Nou, een windhond heb ik niet, maar ik woon daar samen met mijn twee kinderen, en... ik ben net oma geworden.'

'Rose!' Hij verslikte zich zowat in het laatste restje van zijn Frascati. 'Ik wist niet eens dat je getrouwd was.'

'Dat ben ik ook niet. Een van mijn twee kinderen, Miranda, is geadopteerd.'

'Aha. En de vader van je andere kind?'

'Gewoon, zomaar iemand.'

'Mysterieus, zoals altijd.' Hij glimlachte. 'Ach, ik zal maar niet verder vragen. Maar Rose, je kunt me toch wel vertellen waarom je zo plotseling bent verdwenen? Ik beloof dat ik het aan niemand zal vertellen. Net als de rest van de kunstwereld probeer ik al twintig jaar een verklaring te bedenken. Het gerucht deed de ronde dat je ervandoor was gegaan naar de een of andere harem in de Sahara, met die sjeik die steeds maar schilderijen van je kocht. Iemand anders beweerde dat je was ontvoerd door die Duitse graaf, en dan was er ook nog sprake van dat je...'

Grinnikend schudde ze haar hoofd. 'Zo spannend was het allemaal niet, hoor. Ik ben gewoon naar Yorkshire gegaan.'

'Toen ik terugkwam uit Frankrijk en je briefje vond waarin stond dat je mij en de flat in de steek had gelaten zonder ook maar een adres achter te laten, kon ik je wel wurgen. Daarna heeft het nog meer dan een jaar geduurd voordat je me schreef, en dat alleen omdat je wilde dat ik je post zou doorsturen. Maar het doet er niet meer toe. Het is je vergeven, denk ik.' Hij snifte.

'Het spijt me, Roddy. Ik vond het heel naar, maar er zat niets anders op.'

'Waarom dan niet? Het ging je voor de wind. Je carrière, al die rijke aanbidders die dolgraag met je wilden trouwen. Niet dat jij ooit ook maar enige interesse in hen leek te hebben. Ik ben er nog steeds van overtuigd dat je stiekem een relatie had met de een of andere edelman. Zeker aangezien je regelmatig onverwacht "op reis" ging. Nu kun je het me toch wel vertellen?' vroeg hij met een knipoog.

Ze nam een slok van de koffie die inmiddels gebracht was. 'Genoeg over het verleden. Het enige wat ik erover kwijt wil is dat ik zo niet verder kon. Ik had tijd nodig om aan mezelf te werken en wilde niet meer schilderen. Oké?'

Hij besloot niet verder aan te dringen. 'Natuurlijk. Ik stel voor dat we onze koffie opdrinken en dan aan het werk gaan in de galerie.'

De rest van de middag ging in een roes van opwinding voorbij. Ze waren uren bezig om de schilderijen in een bepaalde volgorde op te hangen, om vervolgens te besluiten dat het er niet goed uitzag en weer van voren af aan te beginnen.

'Jeetje, ik ben doodmoe. Tijd voor een pauze.' Roddy liep naar de kitchenette achterin, maar kwam twee minuten later al terug met een kleine ingelijste afbeelding. 'Volgens mij hebben we iets over het hoofd gezien. Dit lag nog in het magazijn waar de overige schilderijen waren opgeslagen. Eens even kijken.' Hij haalde het laken eraf en zette de schets tegen een muur. 'Deze is toch niet van jou, schat?'

'Eh… nee. Wat vind je ervan?'

Hij keek er bedachtzaam naar. 'Het is heel mooi gemaakt, en dat meisje is een plaatje. Wie is de kunstenaar?'

'Een vriend van me. Hij weet niet dat ik de schets heb meegenomen, maar ik dacht er net zo over als jij en was benieuwd naar jouw mening. De maker ervan is nog heel jong.'

'Begrijp ik dat je een protegé op het oog hebt?' vroeg hij met een glimlach.

'Niet echt. Hij is mijn neefje.'

'Aha! De zoon van David dus?' Hij staarde haar aan in afwachting van een reactie, maar die bleef uit. 'Nu je het zegt, zie ik de gelijkenis met jouw werk wel. Niet qua stijl natuurlijk, maar die schets van hem heeft ook iets betoverends. Als je wilt, hang ik hem hier om de hoek op. Dan kan dit het eerste werk worden op mijn afdeling voor nieuwe kunstenaars.'

'O, dat is prima. Alleen is het niet aan mij om dit te verkopen.'

'Natuurlijk niet. Zullen we het toch ophangen en kijken of iemand er belangstelling voor heeft?'

'Dat is goed. Zo, nu lust ik wel een kop thee.'

Een week later bekeek Rose zichzelf in de kamerbrede spiegel in Roddy's gastensuite. Voor het eerst in twintig jaar had ze er spijt van dat ze zich zo had laten verslonzen. In Yorkshire leek het weinig zin te hebben om zich om haar uiterlijk te bekommeren, aangezien er toch niemand in de buurt was die erop lette. Vanavond zouden de aasgieren echter in groten getale aanwezig zijn en zou niet alleen haar werk onder een vergrootglas liggen.

Ze trok de ceintuur van haar wijde zwarte japon recht en bedacht dat ze eruitzag als een hoerenmadam. De avondjurk van Dior, die haar een rib uit haar lijf had gekost, was bezaaid met piepkleine, glinsterende lovertjes. Toen ze de japon in haar woonkamer thuis had gepast, had ze gedacht dat ze er elegant en misschien wat slanker uitzag, maar nu ze zichzelf nog eens goed bekeek, wist ze dat ze zich had vergist.

'Shit!' Ze rukte de jurk van zich af, liet hem op een hoopje op de marmeren vloer van Roddy's badkamer achter en ging in de kast op zoek naar een van haar favoriete kaftans. Die was al jaren oud en had ze voor een prikkie gekocht in een etnisch winkeltje in Leeds, maar hierin voelde ze zich op haar gemak. Toen ze weer voor de spiegel ging staan, voelde ze zich meteen beter. De donkergroene stof van de kaftan liet haar smaragdgroene ogen en roodbruine haar goed uitkomen. Ze maakte het geheel af met een paar zware gouden kettingen en dikke gouden armbanden.

Daarna haalde ze diep adem om tot zichzelf te komen. Ze was bloednerveus. 'Kom op, meid, je hebt wel voor heter vuren gestaan. Dit is jouw avond. Denk aan het geld en probeer ervan te genieten.'

Ze liep door de hal en stuitte in de woonkamer op Roddy, die uitgedost was in een smoking. 'Hoe zie ik eruit? Eerlijk zeggen.'

Hij stak zijn handen naar haar uit. 'In één woord adembenemend. Wat een prachtige kaftan. Van Balmain, of misschien van Galanos?'

Met een glimlach pakte ze zijn handen vast. 'Geen van beide, vrees ik. Tegenwoordig is zelfs Marks & Spencer nog boven mijn budget.'

'Wacht maar af. Vanavond zal de kunstwereld zijn verloren dochter weer in de armen sluiten en daarna kun je de complete collectie van welk modehuis dan ook opkopen.' Hij keek op zijn horloge. 'Goed, de taxi staat voor. Zullen we gaan? Maak je maar geen zorgen, schat. Straks ben jij de ster van de avond.' Hij raakte haar wang voorzichtig aan en stak haar zijn arm toe.

Nog steeds glimlachend haakte ze haar arm door de zijne.

Tegen negen uur was de galerie afgeladen. De champagne vloeide rijkelijk en Rose werd omringd door gezichten die ze in geen twintig jaar had gezien. Met één oog gericht op de kunstcritici die langzaam langs haar schilderijen schuifelden maakte ze een praatje met de vele mensen die waren gekomen om haar te steunen. Het voelde alsof de tijd was vervormd. De mensen en de sfeer waren nog hetzelfde, maar tegelijkertijd was er heel veel veranderd. Dat werd nog eens benadrukt door de grijze haren en kraaienpootjes van de mensen met wie ze jaren geleden vele nachten had doorgehaald. Het was vreemd om te zien dat veel van de jonge, onbezonnen kunstenaars van weleer waren veranderd in getrouwde mannen in pak die een verantwoordelijke baan hadden.

Iedereen stelde haar keer op keer dezelfde vragen. Na een week lang geoefend te hebben tegenover de media kwamen de antwoorden die ze had ingestudeerd als vanzelf over haar lippen.

Ze keek om zich heen en zag Roddy een serieus gesprek voeren met een kunsthandelaar die ze zich nog herinnerde uit de jaren vijftig.

Destijds was hij al rijk geweest en had hij drie van haar schilderijen gekocht. Als iemand met zo veel invloed als hij de gok zou wagen, zou de rest zeker niet achterblijven.

Met een steelse blik op haar horloge vroeg ze zich af waar Miles bleef. Hij had beloofd hier om half negen te zijn, maar er was nog geen spoor van hem te bekennen.

'Rose, lieve schat,' onderbrak Roddy haar gedachtegang. 'Zei ik het niet? Ik wist gewoon dat het een doorslaand succes zou worden. Kom Peter even gedag zeggen, je kent hem vast nog wel. Jaren geleden heeft hij drie schilderijen van je gekocht, en hij is uitermate geïnteresseerd in twee schilderijen uit deze collectie, dus doe maar aardig tegen hem.'

Peter Vincent, zo heette de verzamelaar met wie ze hem had zien praten. Ze zette haar charmantste glimlach op en schudde hem de hand.

Rond diezelfde tijd kwam Miles de galerie binnen. De serveerster bood hem een glas champagne aan, maar in plaats daarvan nam hij jus d'orange. Toen hij om zich heen keek in de stampvolle ruimte, zag hij dat zijn moeder druk in gesprek was.

Hij had een hekel aan grote groepen mensen. Die benauwden hem en zorgden ervoor dat hij zich onbelangrijk voelde. Als een kruimeltje menselijkheid dat buiten de grote homp viel. Zijn moeder had hem echter gesmeekt om te komen, dus had hij niet met goed fatsoen kunnen weigeren. Inmiddels was hij twee dagen in Londen, waar hij zijn portfolio had voorgelegd aan kranten en tijdschriften.

Vanmiddag had hij een baan in de wacht gesleept. Het was maar een tijdelijk contract, maar wel bij een vooraanstaand modeblad. Volgende maand zou hij naar Milaan vliegen om de haute-coutureshows met de voorjaars- en zomercollectie van volgend jaar bij te wonen. Hij zou niet zelf de foto's maken, maar als assistent aan de slag gaan voor een van de populairste fotografen van het tijdschrift, Steve Levitt. Tussen het verwisselen van de fotorolletjes en het sjouwen met de apparatuur door zou hij misschien wel de kans krijgen om zelf wat plaatjes te schieten.

Hij slenterde rond en keek naar de schilderijen aan de muur. Het werk van zijn moeder vond hij maar raar, hij kon het niet rijmen met haar karakter. Hoewel hij best zag dat ze talent had, hield hij meer van de ongecompliceerde realiteit van zijn eigen foto's.

Hij ging een hoek om en was blij om te zien dat het in dit gedeelte van de galerie een stuk rustiger was, maar kwam vervolgens oog in oog te staan met de schets van Leah. Haar prachtige gezicht keek hem stralend aan, al wist hij dat deze tekening haar schoonheid niet zo veel recht deed als de vele foto's die hij door de jaren heen van haar had gemaakt.

'Klootzak,' mompelde hij.

'Pardon?' Achter hem stond een man met blond haar naar de tekening te kijken.

'Niks, hoor, sorry,' antwoordde Miles.

'O.' De man trok een wenkbrauw op. 'Je weet toevallig niet wie dat meisje is, of wel?'

'Volgens mij kunt u dat beter aan de eigenaar van de galerie vragen. Sorry dat ik u niet verder kan helpen.' Hij liep weg en glipte naar buiten.

Steve Levitt knikte en keek nog eens naar de schets. Het meisje straalde. Jeugd, onschuld en schoonheid, precies waar Madelaine elke dag op straat naar speurde. Dit was het soort gezicht dat voor hem een droom zou zijn om te fotograferen. Hij baande zich een weg door de mensenmassa en trof Roddy aan bij de kunstenares om wie het vanavond draaide.

'Steve, schat.' Roddy gaf hem op beide wangen een zoen. 'Heb je al kennisgemaakt met Rose?'

'Ja.' Hij grijnsde. 'Jaren geleden al, maar ze kent me vast niet meer. In die tijd was het nog een worsteling voor me om rond te komen als fotograaf.'

'O, ik ken je nog wel, hoor. Je hebt een keer een foto van me gemaakt toen ik door Regent's Park liep met een man die ik buiten de schijnwerpers wilde houden en die heb je aan de helft van de Britse pers verkocht.' Ze grinnikte.

'O jee, dat weet je dus nog!' In gespeeld afgrijzen stak hij zijn handen omhoog. 'Betrapt.'

'Ze zal het je vast wel vergeven. Rose, wist je dat Steve tegenwoordig de succesvolste fotograaf in Londen is? Zelfs de societykrengen schakelen nu hém in plaats van Bailey in,' verkondigde Roddy.

'Ik kan ervan rondkomen.' Hij glimlachte. 'Roddy, ik vroeg me af of je me misschien ergens mee kunt helpen. Daar om de hoek hangt een houtskooltekening van een beeldschoon meisje. Weet jij wie ze is? Madelaine zou vast dolgraag met haar werken.'

Roddy haalde zijn schouders op. 'Nee, ik ben bang van niet. Jij misschien, Rose?'

'Ja, toevallig wel. Wie is Madelaine?' vroeg ze argwanend.

'De *châtelaine suprême* van het grootste modellenbureau in Londen,' legde Roddy uit.

'O,' zei Rose geïntrigeerd, 'maar het meisje op de tekening wordt eind deze maand pas zeventien.'

'Perfect. We hebben ze tegenwoordig graag zo jong mogelijk.'

'Haar naam is Leah Thompson. Ze is de dochter van mijn huishoudster.'

'Een vleesgeworden Assepoester,' merkte Roddy grijnzend op.

'Als je het goedvindt, kom ik morgen met Madelaine terug om haar de schets te laten zien. Daarna zouden we het meisje kunnen uitnodigen op kantoor en...'

'Wacht eens even,' onderbrak Rose hem. 'Dat arme schaap woont in Yorkshire en staat net op het punt om aan haar eindexamenjaar te beginnen. Ik geloof niet dat haar ouders het goed zullen vinden dat ze nu naar Londen gaat.'

'In dat geval zal Madelaine naar Yorkshire moeten. Ze weet heel goed raad met dwarsliggende ouders, kan ik je verzekeren.'

'Even een stapje terug. Je weet niets van Leah en je hebt haar nog nooit in levenden lijve gezien, dus...'

'Als ze ook maar half zo mooi is als op die schets, wordt ze binnen een paar jaar net zo'n grote ster als Jerry Hall en Marie Helvin. Jij hebt haar gezien, Rose. Hoe lang is ze?'

Met een zucht bedacht ze dat Leahs lengte, die ze boven de een meter vijfenzeventig schatte, hem zelfs nog enthousiaster zou maken. Met tegenzin vertelde ze het hem.

'Het wordt alsmaar beter.' Stralend keek hij haar aan. 'Nou, leuk je na al die jaren weer eens gezien te hebben. Ik hoop echt dat je me die foto in Regent's Park vergeven hebt. Uiteindelijk is die mijn grote doorbraak geworden.' Hij wendde zich tot Roddy. 'Morgen kom ik met Madelaine langs om de schets te bekijken, is dat goed?'

'Prima. Dan kan ik me erop laten voorstaan dat ik niet alleen een van de beste nog levende kunstenaars opnieuw heb ontdekt, maar dat ik ook nog eens een topmodel in het zadel heb geholpen.'

Toen Steve zwaaiend de galerie verliet, omhelsde Roddy zijn oude vriendin stevig. Opgewonden zei hij: 'Zo, de deal met Peter voor die twee schilderijen is bijna rond, morgen komt er een Amerikaan terug om *Light of my Life* nog eens goed te bekijken, en ik weet bijna zeker dat een verzamelaar uit Parijs *Tempest* gaat aanschaffen. Het zou goed kunnen dat je vanavond een fortuin hebt verdiend, schat. Kom, dan gaan we kijken of we nog meer potentiële kopers kunnen vinden. De avond is nog jong.'

Terwijl hij haar meevoerde door de nog altijd drukke galerie, stond Rose zichzelf een bescheiden glimlachje toe. Het voelde goed om terug te zijn.

15

'Wat kan ik zeggen, schat? Volgens mij kunnen we dit wel als een overwinning beschouwen. Je bent er weer, Rose.'

Zelfs door de telefoon kon ze Roddy van oor tot oor horen grijnzen.

De ochtend na de vernissage had ze met alle geweld de trein terug naar Leeds willen nemen omdat ze zich zorgen maakte om Miranda en de baby. Hoewel Roddy daar fel op tegen was en had gezegd dat hij haar aan nog meer potentiële kopers wilde voorstellen, had ze zich niet laten vermurwen.

Nu zat ze in haar atelier, omringd door zondagskranten waar overwegend goede tot zeer lovende kritieken over haar expositie in stonden.

'Bedankt voor alles, Roddy.'

'Daar hoef je mij niet voor te bedanken, schat. Jij bent de kunstenaar. Volgens mij kun je het je nu wel veroorloven om eropuit te gaan en een paar nieuwe doeken en penselen aan te schaffen. We hebben zes schilderijen verkocht, voor een totaalbedrag van vijftienduizend pond.'

'Lieve help, dat is niet te geloven!' riep ze uit.

'Het is nog niets vergeleken bij wat je in de toekomst zult gaan verdienen, maar het is een begin. Goed, verder wilde ik nog zeggen dat Steve Levitt gisteren met Madelaine naar de galerie is gekomen om die schets van Leah te bekijken. Het scheelde niet veel of Madelaine had ter plekke een taxi naar Yorkshire besteld.'

'Jeetje.'

'Zeg dat wel. Steve moet volgende week voor een shoot naar Parijs, maar begin september komt hij weer terug en wil hij met Madelaine jouw kant op komen om kennis te maken met dat meisje van je. Misschien kom ik dan wel mee om te zien waar mijn bestverkopende kunstenaar woont en werkt. Als we met de Jaguar gaan, zijn we er tegen de lunch. Wat vind je daarvan?'

'Dat is prima, maar ik weet niet zo goed hoe Leahs ouders hierop zullen reageren.'

'Dan stel ik voor dat je haar en haar moeder vraagt om na de lunch naar je toe te komen, zodat Madelaine meteen aan de slag kan.'

'Ik weet niet of ik hier wel aan mee wil werken. Het nieuwe schooljaar begint binnenkort en...'

'Ach, geef dat meisje gewoon de kans om haar eigen beslissingen te nemen. Ze kan altijd nee zeggen.'

'Goed dan.'

'Zo ken ik je weer. Zeg maar dat het een enorme eer is dat Steve Levitt en Madelaine Winter bereid zijn om voor haar naar de rimboe van Yorkshire te komen.'

'Morgen zie ik haar moeder weer. Dan zal ik het vragen.'

'Mooi zo. Misschien heb ik ook nog goed nieuws voor je over je schilderijen. Morgen komt er iemand naar de galerie die interesse heeft in drie ervan. Je hoort nog van me. Ciao, schat.' De verbinding werd verbroken.

Rose liep naar de keuken, waar Miranda flesjes voor de baby aan het uitkoken was. De kleine Chloe lag tevreden pruttelend in haar reiswieg op de keukentafel. 'Hé, schatje,' kirde Rose tegen de baby, die met een van haar piepkleine handjes haar vinger omklemde. 'Wat een sterke meid. Niet te geloven hoe hard ze al kan knijpen. Ik durf te wedden dat ze is gegroeid terwijl ik weg was. Of niet soms, schoonheid?' Ze pakte Chloe op en drukte haar tegen zich aan.

'Als jij het zegt,' reageerde Miranda mat, terwijl ze een flesje begon klaar te maken.

Rose keek naar haar dochter en slaakte een zucht. Sinds de bevalling was ze een heel ander meisje geworden. Alle levenslust leek uit haar te zijn verdwenen en waar ze eerst bijna obsessief bezig was met haar uiterlijk, nam ze nu nooit meer de moeite om zich op te maken. Haar prachtige blonde haar was naar achteren gebonden in een strakke paardenstaart en ze had al wekenlang dezelfde spijkerbroek aan. 'Roddy belde net met goed nieuws. Hij heeft zes van mijn schilderijen voor een mooi bedrag verkocht. Dat moet gevierd worden. Morgen gaan we winkelen in York.'

'En de baby dan?' Miranda plukte Chloe ruw uit haar armen en ging aan de tafel zitten. Het meisje sputterde toen Miranda de speen van de fles hardhandig in haar mond duwde.

'Mevrouw Thompson vindt het vast niet erg om op te passen. Zoals je weet is ze dol op Chloe. Trouwens, ik moet haar spreken over Leah.'

Miranda keek op. 'Wat is er dan met haar?'

Nu moest Rose heel voorzichtig te werk gaan, wist ze. Haar dochter was toch al zo somber. 'Kennelijk wil een fotograaf graag foto's van haar maken. Hij is een vriend van Roddy en komt in september bij ons lunchen.'

'Hoe weet die man hoe ze eruitziet?' In haar ogen lag een harde, vragende blik.

'Tijdens de expositie hing er een schets van haar in de galerie.' Snel stond Rose op. 'Tot straks, lieverd.'

Zodra Rose de keuken uit was, kneep Miranda haar ogen dicht. Ze hoorde haar dochter tevreden aan de fles lurken.

O, wat had ze een hekel aan de allesoverheersende geur van vieze luiers, talkpoeder en uitgespuugde melk die in al haar kleren hing. Ze vond het vreselijk dat ze op de meest onchristelijke tijdstippen haar bed uit moest om de brullende Chloe te voeden en dat haar leven was vergald door iemand die in alle opzichten van haar afhankelijk was. Ook al was ze pas zeventien, het voelde alsof haar leven al voorbij was voordat het goed en wel was begonnen.

Door dit hele gedoe had ze haar lesje wel geleerd. Ze haatte mannen vanuit de grond van haar hart. Waarom hoefde de vader hier niet net zo onder te lijden als zij? Een jaar geleden had ze haar hele toekomst al uitgestippeld. Ze zou mannen alleen maar gebruiken om te krijgen wat ze wilde, maar nu was ze zelf het slachtoffer geworden.

Ze trok de lege fles uit Chloes mond en legde haar tegen haar schouder zodat ze een boertje kon laten.

De komst van Chloe had haar aan het denken gezet over haar eigen moeder. Voor het eerst in haar leven vroeg ze zich af wie ze was en waarom ze haar op zo'n jonge leeftijd in de steek had gelaten. Soms wilde ze dat zij hetzelfde kon doen met haar dochter.

Nu begreep ze het. Iedereen was egoïstisch, iedereen probeerde te pakken wat er te pakken viel. Niemand gaf een zier om haar.

Al haar dromen over een beter leven waren door Chloe de vernieling in geholpen.

Uit zelfmedelijden begon ze stilletjes te huilen.

16

Rose zag de groene Jaguar voor de boerderij stoppen en keek naar de vrouw die uitstapte aan de passagierskant.

Madelaine Winter, ex-model en eigenaresse van het succesvolste modellenbureau in Europa, was nog steeds een prachtige vrouw. Hoewel Madelaine ouder was dan zij, moest Rose toegeven dat ze er jonger uitzag. Haar dikke zwarte haar, dat ze in een strakke knot droeg, bevatte geen spoortje grijs en het figuur waarmee ze tot aan het begin van de jaren zestig over alle belangrijke catwalks had geparadeerd was nog steeds volmaakt. Haar rode mantelpak was van Chanel en haar make-up zag er onberispelijk uit. Voor de zoveelste keer voelde Rose zich een oude slons en nam ze zich voor om per direct op dieet te gaan.

'Schat, we zijn er! Lieve hemel, het lijkt hier wel het einde van de wereld! Hoe hou je het vol?'

Rose gaf Roddy glimlachend een zoen en nadat ze Steve en Madelaine de hand had geschud, ging ze hun voor naar de woonkamer.

'Wat een prachtig uitzicht,' merkte Madelaine op terwijl ze uit het raam keek.

'Zeg dat wel.' Steve kwam naast haar staan.

'Hopelijk is dat meisje het waard. Het verkeer op de snelweg stond muurvast en het gaat uren duren om terug te komen,' klaagde Roddy.

Voor Rose was het een vreemde gewaarwording om deze drie keurig uitgedoste Londenaren in haar woonkamer te zien staan. Ze vielen hier compleet uit de toon. Leah zou vast overdonderd zijn en Rose vroeg zich af of ze er wel goed aan had gedaan om Doreen aan te moedigen haar dochter kennis te laten maken met deze mensen. 'Ik heb een lichte lunch gepland, maar ik stel voor dat we hier eerst een drankje nemen.'

'Dat klinkt me als muziek in de oren. Ik heb een klein flesje champagne meegenomen om te vieren dat ik gisteren je tiende schilderij verkocht heb.' Roddy toverde een magnumfles uit een plastic tas tevoorschijn.

'Gefeliciteerd, Rose. Je expositie is nog steeds het gesprek van de dag in Londen.' Madelaine lachte een rijtje rechte witte tanden bloot.

Nadat Rose een paar glazen had opgeduikeld, bracht Roddy een toost op haar uit.

'En op Leah,' vulde Steve aan.

'Over Leah gesproken, haar moeder is in de keuken onze lunch aan het klaarmaken. Leah zelf komt straks ook. Doreen staat hier niet om te springen, dus ik raad jullie aan haar voorzichtig te benaderen. Ze is een nuchtere vrouw en een verrekt goede huishoudster. Ik zou niet willen dat ze zich onder druk gezet voelt.'

'Maak je maar geen zorgen, ik zal het voorzichtig aanpakken,' stelde Madelaine haar gerust.

Op dat moment ging de deur open en kwam Miranda binnen.

Rose hapte naar adem. Haar dochter was gehuld in een van haar strakke minirokjes en een laag uitgesneden topje. Haar gezicht was als vanouds dichtgeplamuurd, en onwillekeurig schaamde Rose zich een beetje voor haar. 'Miranda. Dit zijn Madelaine Winter, Steve Levitt en Roddy Dawes. Mag ik jullie voorstellen aan mijn dochter, Miranda?'

Miranda glimlachte en nam even een pose aan in de deuropening voordat ze de kamer in liep. 'Ik wil graag met jullie meelunchen, als je dat goedvindt.' Miranda sprak langzaam en met een hese stem.

'Natuurlijk, lieverd. Miranda heeft me kortgeleden een wolk van een kleindochter geschonken.'

Miranda's ogen schoten vuur.

'Zullen we dan maar een hapje gaan eten?' stelde Rose snel voor.

Ze begaven zich naar de eetkamer, waar Miranda nadrukkelijk wachtte tot Steve een plaatsje had uitgekozen voordat ze naast hem ging zitten.

'Ah, daar is Doreen met de soep. Doreen, dit is Steve Levitt, de man over wie ik je verteld heb.'

'Aangenaam kennis te maken, mevrouw Thompson. Ik kijk er enorm naar uit om Leah te ontmoeten.'

De huishoudster knikte.

'Ik ook. Madelaine Winter, de eigenaresse van het modellenbureau Femmes.'

'Leuk u te ontmoeten, mevrouw Winter,' stamelde Doreen.

Rose leefde intens met haar mee. Als Madelaine haar zinnen op Leah had gezet, zou niemand haar kunnen tegenhouden. Haar moeder zou buitenspel gezet worden, als een obstakel waar makkelijk overheen kon worden gestapt.

Mevrouw Thompson diende de soep op en verliet de kamer.

'Ik heb een nieuwtje voor je, Steve,' merkte Rose op.

'O?'

'Ik hoorde dat *Vogue* iemand heeft ingehuurd om je te helpen in Milaan.'

'Dat klopt,' verzuchtte hij. 'Jimmy, mijn trouwe assistent van de afgelopen twee jaar, heeft me in de steek gelaten om voor zichzelf te beginnen. Diane van *Vogue* zei dat ze iemand voor me zou regelen. Het is maar voor een week. Als hij tegenvalt, kan ik altijd iemand anders zoeken wanneer ik weer terug ben.'

'Hopelijk valt dat mee, want toevallig is het mijn zoon, Miles.' Ze glimlachte.

'Je zoon?' herhaalde hij verbaasd.

'Wat een toeval, hè? Ik had het zondagavond pas door, toen hij me door de telefoon vertelde dat hij in Milaan voor jou zou gaan werken.'

'Is hij hier ook?'

'Nee, hij is in Londen. Ik weet zeker dat hij je niet teleur zal stellen. Hij is een erg getalenteerd fotograaf en er is hem ingeprent dat hij zich van zijn beste kant moet laten zien.'

'Klein wereldje,' mijmerde hij hardop.

Gedurende de hele lunch hield Rose haar dochter nauwlettend in de gaten en zag ze tot haar afschuw dat ze schaamteloos met Steve flirtte. Ze speelde met haar haar en leunde naar voren om iedereen aan tafel een onbelemmerd uitzicht op haar decolleté te bieden.

'Weet je dochter wel dat ze geen schijn van kans bij hem maakt?' fluisterde Roddy toen ze naar de woonkamer liepen voor de koffie. 'Neem maar van mij aan dat hij net zo gay is als ik.'

Ze knikte en kromp ineen toen ze Miranda zo dicht mogelijk bij Steve op de bank zag kruipen.

Vijf minuten later kwam mevrouw Thompson binnen met een dienblad met koffie, gevolgd door een doodsbange Leah.

Miranda staarde haar aan en kon maar niet begrijpen wat Steve in haar zag. Leah was gewoon een mager scharminkel zonder enige sexappeal. Ze haalde het niet bij Miranda!

'Volgens mij wordt het tijd voor Chloes flesje, schat,' merkte Rose op.

Nijdig keek Miranda haar aan. 'Welnee, ze ligt boven te slapen.'

'Ga toch maar even bij haar kijken.'

Met tegenzin stond ze op. 'Ik zie je later nog wel, Steve.' Ze schonk hem een gulle glimlach en liep de kamer uit.

Steve had alleen maar oog voor het meisje in de deuropening. Ze was gehuld in een oude spijkerbroek en een T-shirt dat losjes om haar ranke lichaam hing. Haar haar was prachtig, lang, weelderig en van nature kastanjebruin. Met die hoge jukbeenderen en grote bruine ogen leek haar gezicht hem perfect voor de camera. Om het nog mooier te maken was ze minstens een meter vijfenzeventig en broodmager. Hij zag dat Madelaine ook naar haar staarde en toen ze bijna onmerkbaar knikte, wist hij dat hij een bijzondere ontdekking had gedaan.

'Leah, mag ik je voorstellen aan Steve Levitt en Madelaine Winter.' Rose stond op en liep met Leah naar hen toe.

Verlegen schudde ze hun de hand.

'Kom maar bij mij zitten. Jij ook, Doreen. Madelaine wil jullie allebei graag spreken.'

Met een vriendelijke glimlach vroeg Madelaine: 'Weet je iets van modellenwerk, Leah?'

Het meisje schudde haar hoofd. 'Niet echt, nee.'

'Je hebt toch weleens modellen op het omslag van tijdschriften zien staan?'

'Jawel.'

'Steve hier maakt die foto's en ik ben van mening dat jij ook het omslag van zulke bladen zou kunnen sieren.'

'Ik?' vroeg Leah verbluft.

Steve knikte. 'Ja, jij, Leah. Daarom heb ik Madelaine hier mee naartoe genomen. Ze is de baas van een van de grootste bureaus in Londen.'

'Wat voor bureau?'

'Een modellenbureau, waar ik een aantal meisjes onder mijn hoede heb. Ik zoek klussen, voer de onderhandelingen en zie erop toe dat ze ook daadwerkelijk betaald krijgen. Dat zou ik ook graag voor jou doen.'

Mevrouw Thompson zat zonder iets te zeggen naast haar dochter.

Leah keek haar aan alsof ze steun zocht, maar haar moeder was net zo overweldigd als zij. 'Ik sta op het punt om aan mijn eindexamenjaar te beginnen.'

Daarop knikte Doreen.

'Ach, ik zie niet in waarom je je opleiding niet in Londen zou kunnen afmaken. Tijdens het reizen hou je volop tijd over om te studeren,' stelde Madelaine haar gerust.

Met tranen in haar ogen vroeg Leah: 'Moet ik dan naar Londen verhuizen?'

'Ja, maar je kunt zo vaak bij je ouders op bezoek als je wilt, en ik weet zeker dat je het prima naar je zin zult hebben met de andere meisjes.'

'Maar ik...' Wanhopig zocht ze naar een andere uitvlucht. 'Ik ben vorige week pas zeventien geworden.'

'Dat is juist ideaal, liefje. Ik heb het liefst meisjes zonder enige ervaring, die ik zelf kan kneden. Op die manier hebben ze nog geen slechte gewoontes aangeleerd bij andere bureaus.'

'O,' zei Leah. 'Wat vind jij ervan, mam?'

Doreen liet haar adem ontsnappen. 'Ik weet het niet zo goed. De modewereld is me volkomen onbekend. Het lijkt me niet zo'n goed idee als je in Londen op jezelf gaat wonen.'

'Je zou om te beginnen met haar mee kunnen gaan,' stelde Madelaine voor.

'Dat kan niet. Mijn man Harry zit in een rolstoel en heeft veel zorg nodig vanwege zijn artritis.'

'Ach, wat naar.'

Rose zag dat Madelaines belangstelling hierdoor alleen maar werd aangewakkerd.

'Nou, ik kan wel regelen dat Leah ergens kan wonen, waarschijnlijk in een appartement met een van mijn andere modellen. Natuurlijk speelt er nog een overweging mee, namelijk dat ze een hoop geld kan gaan verdienen als ze het goed doet. Ik vermoed dat je je moeder wel graag zult willen helpen met de zorg voor je vader, of niet, Leah?' vroeg Madelaine glimlachend.

'Natuurlijk, maar...'

Rose walgde ervan dat de vrouw genadeloos op Leahs geweten probeerde in te praten. 'Het lijkt mij het beste als Leah en Doreen een paar dagen naar Londen gaan om te kijken hoe het Leah daar bevalt,' bemoeide ze zich ermee. 'Madelaine kan vast wel iemand inhuren die tijdens jullie afwezigheid voor Harry kan zorgen.'

'Goed idee,' viel Steve haar bij. 'Ik zou bij wijze van proef een paar foto's van Leah kunnen maken en dan kunnen jullie aansluitend op kantoor het een en ander bespreken.'

'Dat lijkt me prima. Op die manier kan ik nader toelichten hoe het wereldje in elkaar zit.' Ze keek de vrouwen stralend aan. Als ze die twee maar naar Londen wist te krijgen, zou de stap naar een contract niet meer zo groot zijn.

'Geweldig!' Roddy sloeg op zijn knieën en stond op. 'Goed, ik denk echt dat we nu beter de terugreis kunnen inzetten. Het spitsuur is al begonnen en ik heb om acht uur een etentje.'

Ook Steve en Madelaine kwamen overeind.

'Volgende week ben ik in Milaan vanwege de modeshows, maar Madelaine neemt nog contact met je op zodat we de week daarna kunnen afspreken. Dag, Leah. Ik kijk ernaar uit om je binnenkort weer te zien.' Steve schudde haar de hand.

'Dag, schat. Tot snel weer.' Madelaine glimlachte en liep vervolgens achter Rose, Roddy en Steve aan de kamer uit.

Toen Leah en haar moeder alleen waren achtergebleven, vroeg Leah met grote ogen: 'Wat denk jij ervan, mam?'

'Ik denk dat we allebei wel aan een kop thee toe zijn. Kom mee, liefje.' Ze sloeg een arm om de schouders van haar dochter en voerde haar mee naar de keuken.

'Rose, beloof me dat je de komende week op die moeder in zult praten. Leah is sensationeel. Ik moet haar hebben,' smeekte Madelaine.

'Ik zal mijn best doen, maar volgens mij zal het vooral moeite kosten om Leah over te halen. Zo te zien zag ze het niet echt zitten om het huis uit te gaan.'

'Veel meisjes dromen er juist van om een ster te worden, en nu hebben wij uitgerekend voor het enige meisje gekozen dat zich totaal niet bewust is van wat ze in haar mars heeft,' merkte Steve op.

'Dat maakt haar des te mooier,' vond Madelaine. 'Enfin, bedankt voor de lunch, Rose. *Au revoir*.'

Nadat Madelaine in de auto was gestapt, gaven Roddy en Rose elkaar een afscheidszoen. 'Ik laat het je weten zodra er nieuws is over de verkoop van je schilderijen. Ga nu maar snel weer je atelier in. Volgend jaar wil ik nog veel meer schilderijen van je verkopen,' zei hij met een glimlach.

Ze zwaaide de auto uit en ging weer naar binnen.

Leah en Doreen zaten in de keuken thee te drinken. 'Ik weet het niet, hoor, mevrouw Delancey. Wat vindt u nou van dat modellengebeuren?'

Rose haalde haar schouders op. 'Nou, het is een hele eer dat de beste fotograaf en vertegenwoordiger uit het vak speciaal voor Leah helemaal hiernaartoe zijn gekomen.'

Leah bloosde. 'Ik kan gewoon niet geloven dat ze me mooi genoeg vinden om model te worden.'

'Geloof het toch maar. Die mensen zijn professionals. Als ze niets in je zagen, zouden ze hun tijd niet aan je verdoen.'

'Ik weet het niet.' Mevrouw Thompson schudde vertwijfeld haar hoofd.

'Het lijkt mij het beste als je pas een beslissing neemt nadat je met Leah naar Londen bent geweest. Ik kan alleen maar zeggen dat Madelaine de beste in haar vak is en dat ze goed voor haar meisjes zorgt. Als Leah daadwerkelijk doorbreekt als model, kan ze een hoop extra geld in het laatje brengen.'

'Het lijkt me geen pretje om in mijn eentje in Londen te wonen, maar als ik daarmee wat geld kan verdienen voor papa en jou...' Leah maakte haar zin niet af.

'Ik wil niet dat je dit alleen voor het geld doet. Ten eerste zouden de inkomsten in dat geval voor jouzelf zijn, en ten tweede hebben papa en ik ons tot nu toe altijd prima weten te redden.'

Op dat moment kwam Miranda de keuken binnen, met Chloe tegen haar schouder aan.

'Ha, lieverdje,' kirde mevrouw Thompson, die de baby direct van haar overnam.

'Hoe gaat het met de nieuwe Twiggy?' vroeg Miranda spottend.

'Die heeft honger, net als je kindje,' antwoordde mevrouw Thompson scherp. 'Waarom ga je niet lekker naar huis, schat?' zei ze tegen Leah. 'Dan kun je je vader alles vertellen over mevrouw Winter en alvast aan het avondeten beginnen. Ik heb hier nog het een en ander op te ruimen.'

'Prima, mam. Dag, mevrouw Delancey. Dag, Miranda.' Leah deed de keukendeur open en begon aan de wandeling naar huis.

Eenmaal buiten snoof ze de frisse herfstlucht diep op. Ze was altijd dol op het begin van september, wanneer de heide zachtgoud kleurde en 's ochtends bij het wakker worden de heuvels in nevelen gehuld waren.

Hoe zou ze dit alles kunnen achterlaten? Hoe moest het dan met haar ouders? Als ze naar Londen ging, zouden zij er helemaal alleen voor staan. Aan de andere kant, als wat mevrouw Winter zei klopte en ze een hoop geld kon verdienen, zou ze haar ouders financieel kunnen ondersteunen. Ze moesten al zo lang elk dubbeltje omdraaien.

Het besef dat ze alles zou kunnen kwijtraken wat ze de afgelopen zeventien jaar als vanzelfsprekend had beschouwd, maakte haar plotseling intens dankbaar voor het leven dat ze nu had.

Ze kwam langs het plekje waar ze samen met Brett zulke mooie momenten had beleefd en ging er in een opwelling op de grond zitten. Er waren nu twaalf maanden verstreken en nog steeds werd ze elke ochtend wakker na een nacht vol levendige dromen over hem. Ze was bezeten van een jongen die ze dolgraag wilde haten, maar voor wie ze niets dan liefde voelde. Misschien zou weggaan haar wel helpen om hem te vergeten.

Toen ze thuiskwam, ging ze meteen naar de kamer van haar vader. Hij was in slaap gesukkeld tijdens het lezen en zijn bril stond nog op het puntje van zijn neus. Nu ze zo naar hem keek, werd ze overspoeld door liefde.

Meneer Thompson werd wakker en deed zijn ogen open. Toen hij zijn dochter in de deuropening zag staan, brak er een glimlach op zijn gezicht door. 'Ha, lieverd. Hoe ging het in het grote huis, met die lui uit Londen?'

Leah ging op de poef naast hem zitten. 'Ze willen dat ik naar de stad verhuis om model te worden.'

'O ja?' Hij ademde diep in. 'Wat vind je daar zelf van?'

'Ik weet het niet,' zei ze hoofdschuddend. 'Volgens mevrouw Delancey is het een prachtkans, maar ik zal jullie wel heel erg missen als ik in Londen woon.'

Hij keek naar zijn beeldschone dochter en glimlachte om de zorgelijke uitdrukking op haar gezicht. Het afgelopen jaar had hij zich ontzettend veel zorgen om haar gemaakt. Haar eerste keer liefdesverdriet was hard bij haar aangekomen. Hoewel hij het hartverscheurend zou vinden om haar te zien vertrekken, wist hij dat ze iets bijzonders had. Ze verdiende het om de wijde wereld in te trekken en haar eigen toekomst te bepalen. 'Maak je daar maar niet druk om. Ik weet dat je ons zult missen, maar hier is het met de werkgelegenheid niet best gesteld, en nu biedt iemand je zomaar een baan aan. En nog een glamoureuze baan ook!'

Ze pakte zijn hand beet. 'Dan moet ik wel van school af, en ik heb nog wel zo hard gewerkt om mijn cijfers op te krikken. Ik wil graag de middelbare school afmaken en daarna misschien naar de universiteit.'

'Dat is aan jou, maar een kans zoals deze krijg je niet zo vaak. Wat je ook besluit, ik sta achter je. Je bent een schat van een meid en hoewel ik helemaal niet wil dat je weggaat, vind ik dat je te veel in je mars hebt om ergens als secretaresse aan de slag te gaan en een hele rits kinderen te baren. Je bent beeldschoon, Leah. Dat heb je natuurlijk van mij.' Hij glimlachte. 'Kom, geef me eens een knuffel.'

Ze sloeg haar armen om zijn nek en bedacht hoe fijn het zou zijn om genoeg geld te hebben om hem te kunnen overladen met cadeaus en eens iets voor hem te kunnen doen na alle liefde die ze van hem gekregen had. Ze drukte zich stevig tegen hem aan. 'Ik hou van je, papa.'

Met een brok in zijn keel zei hij: 'Ga het avondeten nu maar klaarmaken. Ik heb honger en voorlopig ben je nog geen superster, hè.'

Nadat ze de kamer uit was gelopen, zocht hij in de zak van zijn vest naar een zakdoek om zijn ogen te drogen. Zijn hele leven draaide om Leah, en het was hem wel duidelijk dat hij haar zou kwijtraken.

17

'Ze zijn fantastisch geworden.' Opgetogen spreidde Madelaine de foto's op haar bureau uit zodat Leah ze kon bekijken.

'Ben ik dat echt, mevrouw Winter?' vroeg Leah verbaasd bij het zien van het beeldschone meisje op de foto's.

'Alsjeblieft, zeg maar Madelaine. En ja, dat ben jij. Wat je met een goede visagist en fotograaf al niet kunt bereiken, hè?'

'Ik zie er veel ouder uit.'

'Verfijnder, zou ik eerder zeggen. Ook dankzij de kleren die je aanhebt.'

Doreen raakte de foto's aan. 'Meneer Levitt heeft goed werk geleverd. Ik kan nauwelijks geloven dat dit onze Leah is,' zei ze met een verwonderde glimlach.

Madelaine slaakte een zucht van opluchting. Aangezien het haar heel wat geld had gekost om de twee vrouwen de afgelopen drie nachten onder te brengen in het Inn on the Park, ze urenlang bezig was geweest om mevrouw Thompson ervan te verzekeren dat ze hoogstpersoonlijk voor haar dochter zou zorgen zolang ze in Londen was en zelfs een verpleegster had ingehuurd om zich over de invalide echtgenoot te ontfermen, deed het haar goed om nu een trotse moeder te zien. Dat betekende dat ze alleen Leah nog hoefde te overtuigen. 'Vond je de fotoshoot leuk? Volgens Steve hebben jullie je prima geamuseerd.'

'Jazeker, mevrouw... Madelaine. Hij is heel aardig.'

'En, denk je dat je er klaar voor bent om hier je werk van te maken?'

Leah keek haar aan. De wetenschap dat deze vrouw al zo veel geld had uitgegeven om haar en haar moeder in een chic hotel onder te brengen maakte dat ze zich schuldig voelde, en ook de gedachte dat ze haar ouders zou kunnen helpen met het bedrag dat ze zou kunnen verdienen, maakte het moeilijk om nee te zeggen.

Precies zoals Madelaines bedoeling was geweest.

'Hoe moet het dan met mijn eindexamen?' Ze keek naar haar moeder.

'Zoals mevrouw Winter al zei, zou je het een jaar kunnen proberen. Als het je echt niet bevalt, kun je altijd een jaar later eindexamen doen. Dit is echt een prachtkans.'

'Ik zou het een kans kunnen geven,' zei Leah weifelend.

'Dat is prima, al kan ik je volgens onze standaardprocedure alleen een jaarcontract aanbieden.' Madelaine reikte haar het contract aan. 'Als je hier nou even je handtekening onder zet, gaan we daarna uit lunchen om het te vieren.'

Leah keek naar de vijf bladzijden vol kleine lettertjes die voor haar lagen.

'Toe maar, liefje. Ik weet zeker dat mevrouw Winter het wel zal begrijpen als je het echt niks vindt en naar huis wilt.'

'Zeker weten.' Madelaine knikte.

Aarzelend nam Leah de zware vergulde pen van haar aan. 'Moet ik het contract niet eerst doorlezen?'

Nonchalant haalde Madelaine haar schouders op. 'Het is allemaal juridisch gebrabbel. Het komt erop neer dat alleen Femmes je mag vertegenwoordigen en dat we een percentage opstrijken voor elke klus die we voor je regelen.'

Toen Leah haar moeder zag knikken, haalde ze diep adem en zette haar handtekening op de daarvoor bestemde plek.

'Geweldig!' riep Madelaine uit. 'Zo, dan stel ik voor dat we eerst maar eens van dit moment gaan genieten voordat we aan de slag gaan.'

In een chic restaurant om de hoek van haar kantoor aan Berkeley Square bestelde Madelaine champagne en praatte ze Leah onder het genot van een tiental gangen met minuscule gerechtjes bij over de toekomst. 'Vanmiddag gaan we naar het appartement zodat jullie kunnen kennismaken met Jenny. Dat is een van mijn aanstormende talenten en ze heeft nog een kamer vrij. Ze is een aardig, verstandig meisje, een paar jaar ouder dan jij. Zij kan een beetje op je letten en je wegwijs maken in Londen. Jullie vinden haar vast aardig.' Stralend keek Madelaine hen aan. 'Ik wil dat je morgen om negen uur op kantoor bent. Dan regel ik een kappersafspraak bij Vidal en kun je 's middags naar Barbara. Die zal je leren hoe je je moet opmaken. Misschien stuur ik je ook nog even langs bij Janet, een vriendin van me die je kan helpen dat accent wat af te zwakken.'

Leah hoorde het allemaal aan en zag haar moeder overal bevestigend op knikken.

'Spannend, hè? Zeg eens "dank je wel" tegen Madelaine voor alles wat ze voor je gedaan heeft.'

'Dank je wel,' herhaalde Leah.

'Ik ga proberen je te boeken voor de prêt-à-portershows in Milaan, komende maand. Daar beginnen de meeste meisjes mee. De moderedacteur van *Vogue* zal je niet eens een blik waardig gunnen voordat je het in Europa hebt gemaakt.'

In de taxi op weg naar Leahs nieuwe onderkomen praatte Madelaine honderduit. De woning was gelegen in de wijk Chelsea en de taxi hield stil voor een statig wit huis. 'Dit is een heel veilige wijk, Doreen. Maak je daar maar geen zorgen om.' Ze belde aan.

De deur werd opengedaan door een meisje in een oud joggingpak. 'Madelaine, schat.' Ze gaf haar op beide wangen een zoen. 'Kom toch binnen. En dit moet Leah zijn. Hoi, ik ben Jenny. Kom maar mee naar boven.'

Terwijl de drie vrouwen achter haar aan de twee steile trappen op liepen, schoot het door Leah heen dat haar nieuwe huisgenote het mooiste meisje was dat ze ooit had gezien. Ze was ongeveer net zo lang als zij en had lang blond haar en enorme blauwe kijkers. Veel mooier dan ik, dacht Leah.

Jenny leidde hen rond in het kleine maar elegant ingerichte appartement. Leahs toekomstige slaapkamer was niet veel groter dan een bezemkast, maar was mooi aangekleed met wit met rood gestreept behang en bijpassende gordijnen.

Ondanks de vele oehs en ahs die haar moeder slaakte in de piepkleine maar van alle moderne gemakken voorziene keuken, verlangde Leah vooral terug naar hun eenvoudige, knusse keuken thuis.

Jenny vroeg of iedereen koffie wilde, en toen de oudere vrouwen in de woonkamer gingen zitten, zei ze met een vriendelijke glimlach: 'Help je me even met koffiezetten, Leah? Je ziet eruit als een bang vogeltje.'

Ze ontspande zich een beetje. 'Zo voel ik me ook.'

'Maak je maar geen zorgen, zo was ik ook toen ik in Bristol van straat werd geplukt. Ik was zelfs nog nooit in Londen geweest.'

'Ik ook niet,' bekende Leah.

'Madelaine zal goed voor je zorgen, en ik kan je leren hoe alles werkt. Hou je gewoon gedeisd en doe wat Hare Majesteit je vraagt.'

'"Hare Majesteit"?'

'Ja, alle modellen noemen Madelaine achter haar rug om "de koningin",' zei Jenny op samenzweerderige toon.

Leah giechelde en toen ze met het dienblad met koffie de woonkamer in liep, voelde ze zich al iets beter.

Die avond op het perron van King's Cross was ze echter ontroostbaar.

'Kop op, Leah. Je doet net alsof je je vader en mij nooit meer te zien krijgt. Volgens Madelaine kun je volgend weekend al bij ons op bezoek komen.'

'O, mama.' Jammerend klampte ze zich aan de jas van haar moeder vast.

'Nou, zeg, je gedraagt je net als een klein kind. Denk eens aan hoeveel meisjes alles over zouden hebben voor de kans die jij nu krijgt.'

Leah snoot haar neus luidruchtig en liep met haar mee naar de trein.

'Je hoeft niet te wachten tot de trein wegrijdt, hoor. Stap maar gauw weer in de taxi. Die zal Madelaine wel een fortuin kosten.' Doreen gaf haar dochter een kus en opende de deur van een van de treinstellen. 'Dag, lieverd. Gedraag je en luister goed naar Madelaine. Ik zal je zo snel mogelijk schrijven.'

'Wil je papa een dikke kus van me geven?'

'Natuurlijk. Zorg dat we trots op je kunnen zijn, meisje.' Met de beste wil van de wereld kon ze niet voorkomen dat ze tranen in haar ogen kreeg. Ze zwaaide haastig en stapte de trein in om een zitplaatsje te zoeken.

Doodongelukkig liep Leah over het perron terug naar de wachtende taxi. Ze trok het portier van de grote zwarte auto open en sprong erin.

'Waarnaartoe, juffrouw?'

Nadat ze Jenny's adres had opgelezen begon de chauffeur te rijden en ging Leah op weg naar haar nieuwe leven.

18

'Wat fijn dat u me zo snel kon ontvangen, meneer Cooper. Ik wilde u graag spreken nu u in Washington bent.'

David keek de forse man met het uitgesproken accent onderzoekend aan. 'Waar wilde u het precies over hebben?' Het kwam er lichtelijk geïrriteerd uit. Hij had net een belangrijke bespreking achter de rug en zat niet te wachten op de een of andere liefdadige instelling die om geld kwam smeken. Normaal gesproken handelde Pat dit soort dingen af, dus hij vroeg zich af hoe deze man ertussendoor was geglipt.

'Ten eerste moet ik u mijn verontschuldigingen aanbieden. Ik ben hier namelijk onder valse voorwendselen naartoe gekomen en werk voor een andere organisatie dan u denkt.'

Jeetje, dat kon er ook nog wel bij. Hij slaakte een zucht. 'Oké, voor wie werkt u dan?'

'Wilt u even gaan zitten? Dan leg ik het uit.'

Uit pure frustratie schudde hij zijn hoofd, maar toch deed hij wat hem was gevraagd. 'Ik stel voor dat we elkaars tijd niet langer verspillen. Wat kan ik voor u doen?'

De man begon zacht tegen hem te praten, en het duurde niet lang voordat al Davids irritaties verdwenen.

Toen de man was uitgepraat, bleef David stilletjes voor zich uit zitten staren. Alle kleur was uit zijn gezicht weggetrokken. 'Hoe hebt u me gevonden?' vroeg hij na een poosje.

'Een lid van onze organisatie heeft uw gezicht herkend in een krantenartikel. Hij kende u nog van jaren geleden.'

David knikte langzaam. 'Knap werk. En wat wilt u, nu u me gevonden hebt?'

'We weten dat u op het punt staat om in zee te gaan met deze man.' Hij reikte David een dossiermap aan waar een naam op stond. 'Dit is toch de man met wie u zakendoet?'

'Ja. Wat is het probleem?'

'Hebt u al persoonlijk met hem kennisgemaakt?'

Daar dacht David even over na. 'Nee. Ik heb een redelijk uitvoerige briefwisseling met hem gehad en we hebben elkaar kort door de telefoon gesproken. Over een paar weken ga ik met hem lunchen.'

'Dan wil ik graag dat u dit dossier doorleest. De inhoud is natuurlijk strikt vertrouwelijk en als er ook maar één woord uitlekt, hebben we dertig jaar voor niets inlichtingen over hem verzameld. Ik laat het dossier bij u achter.' De man stond op. 'Lees het maar helemaal door. Schrik niet, er is een connectie tussen jullie waarvan u niet op de hoogte bent.'

David slikte moeizaam.

'Als u alles gelezen hebt, wil ik graag dat u me op dit nummer belt.' De man stak zijn hand uit, en David schudde die. 'Tot ziens, meneer Cooper.'

Nadat de man het vertrek had verlaten, liep David naar de drankenkast. Hij schonk een flink glas whisky met ijs in en ging in de comfortabele stoel van het hotel zitten om het dossier te lezen.

Een uur later stroomden de tranen over zijn wangen en was hij aan zijn vijfde borrel toe. 'Jezus,' kreunde hij. Hij liep naar de badkamer om koud water in zijn gezicht te plenzen.

Zo veel jaren geleden, zo veel verdriet. Al die tijd had hij het verleden verdrongen, maar nu...

Hij liep weer naar de woonkamer van zijn suite en schonk nog een borrel in. Nu hij dit allemaal wist, stond hij voor de belangrijkste beslissing van zijn leven.

Dat deed hem denken aan de belofte die hij had gedaan toen hij nog veel jonger was. Zijn handen beefden nog steeds van de schrik, maar zijn geest dwong hem om terug te reizen naar het verleden. Er werden deuren geopend naar de donkere krochten van zijn geheugen die hij al zo lang niet meer had bezocht...

19

Warschau, 1938

'Mama, mag ik naar Joshua toe? Hij heeft een nieuwe treinset en hij heeft gevraagd of ik hem wil helpen die op te bouwen.'

Adele glimlachte vertederd naar haar zoontje. Niemand kon hem weerstaan, zeker zij niet. Hij was heel pienter en had een engelachtig, onschuldig gezicht waaraan je kon zien dat hij nog geen vlieg kwaad zou doen. 'Natuurlijk mag dat, als je eerst maar de leesopdracht afmaakt die meester Rosenberg je gegeven heeft.'

'O, mama, die heb ik allang af. Engels is zo'n vreemde taal. Sommige woorden hebben meerdere betekenissen, dat vind ik soms wel verwarrend.'

Voor een jongen van tien had hij een heel serieuze, vloeiende manier van spreken. Zijn onderwijzers voorspelden een grootse toekomst voor hem.

'Goed dan, vraag maar of Samuel je even brengt met de auto. Als je weer terug bent, wil ik je viool horen spelen.'

'Natuurlijk.'

'Kom, David. Geef je moeder eens een kus.'

Hij deed een stap naar voren en drukte een kusje op haar voorhoofd. 'Dag, mama.' Met een glimlach liep hij de woonkamer uit.

Adele slaakte een tevreden zucht en bedacht voor de zoveelste keer hoeveel geluk ze had gehad en hoe blij ze was dat ze tien jaar geleden een enorm risico had genomen door met de jonge Poolse kunstenaar op wie ze stapelverliefd was geworden uit Parijs te vertrekken.

In de zomer van 1927 had ze een rondreis door Europa gemaakt met haar ongetrouwde tante Beatrice. Het was de laatste keer dat ze van de vrijheid mocht proeven voordat ze weer naar Engeland zou vertrekken. Daar zou ze uitgehuwelijkt worden aan de man die haar vader voor haar had uitgekozen en naar India gestuurd worden. In Parijs had Beatrice een ernstige voedselvergiftiging opgelopen waardoor Adele vrij was geweest om de stad in haar eentje te verkennen. Op een warme woensdagmiddag was ze al wandelend terechtgekomen in de flamboyante wijk Montmartre. Aangetrokken door het geroezemoes van kunstenaars op het terras van een drukke bistro had ze zelf ook plaatsgenomen aan een tafeltje en een *citron pressé* besteld. Na een paar minuten had een van de mannen haar gevraagd een discussie te beslechten: vond zij Picasso of Cézanne de beste hedendaagse kunstenaar? Ze was bij hen aangeschoven en zo had ze Jacob Delanski leren kennen. De jonge, lange Poolse man met zijn blonde haar, doordringende blauwe kijkers en aanstekelijke lach had meteen een betoverende uitwerking op haar gehad.

De wijn vloeide die middag rijkelijk en na een paar uur had Jacob genoeg moed verzameld om Adele te vragen of hij haar mocht schilderen. Daar hoefde ze niet lang over na te denken en een week later verliet ze haar comfortabele suite in het Ritz Hotel om naar zijn krappe zolderkamer aan de Rue de Seine te gaan.

Zijn charismatische persoonlijkheid en het enthousiasme dat hij als jong talent in de opwindendste stad van de wereld had, maakten een verpletterende indruk op haar. Zij was opgegroeid in een streng, victoriaans huishouden en was gewend aan de stijve, formele jonge Engelse legerofficieren die door haar vader geschikt waren bevonden om haar naar bals te vergezellen.

En nu was ze hier, in een studio in Montmartre, en dronk ze om drie uur 's middags wijn terwijl Jacob haar de liefde verklaarde en zei dat hij met haar wilde trouwen.

Adele hield vol dat het onmogelijk was, maar hij legde haar het zwijgen op en beweerde dat ze het mis had, dat het lot had ingegrepen. Pas toen ze de liefde met elkaar bedreven, besefte ze dat hij gelijk had en dat ze nooit meer van hem gescheiden wilde worden. Aangezien ze wist dat haar vader haar in Parijs zou komen zoeken, besloten ze naar Jacobs geboortestad Warschau af te reizen. In de vroege uurtjes verliet ze het Ritz met één klein valies. De overweldigende hartstocht die ze voor haar knappe, getalenteerde minnaar voelde maakte haar blind voor hoe drastisch haar besluit eigenlijk was.

Nadat Jacob en Adele in Warschau waren aangekomen, hadden ze onderdak gevonden bij een van zijn oudste vrienden in Wola, een gedeelte van de stad waar veel ambachtslieden woonden.

Trouwen was hun voornaamste prioriteit, maar dat bleek nogal wat voeten in de aarde te hebben. Jacob was Joods en Adele een Britse christen. Er was geen rabbi of priester te vinden die hun huwelijk wilde inzegenen. Simpel gesteld moest een van hen zich tot het geloof van de ander bekeren, en Adele had ermee ingestemd dat zij dat zou doen.

Terwijl zij lessen volgde om zich daarop voor te bereiden, zocht Jacob naarstig naar een manier om brood op de plank te krijgen. Zijn schilderwerk bracht niets op, dus ging hij naar zijn vader toe, die hen alleen wilde helpen op voorwaarde dat Jacob zijn ambities als schilder aan de wilgen zou hangen en zijn rechtmatige positie binnen de bank van hun familie zou innemen. Dat weigerde hij, en hij vond een baan in een bibliotheek die genoeg geld opbracht zodat hij samen met Adele een eigen kamer kon huren en een bescheiden feestje kon organiseren na de huwelijksceremonie, waarbij zijn ouders niet aanwezig waren.

In het begin was het vreselijk zwaar geweest, maar hun liefde had alles overwonnen en Jacob had altijd een glimlach op haar gezicht weten te toveren wanneer ze zich somber voelde. Zijn levenslust werkte aanstekelijk en Adele kwam erachter dat er voor elk probleem een oplossing bestond, als je maar doorzette en optimistisch bleef. Een jaar na hun bruiloft schonk ze het leven aan een zoontje, dat ze David noemden. Hun eenkamerappartement werd al snel gevuld met gewassen luiers en de geur van verf. Jacob werd vastberadener dan ooit om succesvol te worden en aan zijn ouders te bewijzen dat hij hun hulp niet nodig had.

Kort na Davids geboorte werd Jacob gevraagd om een portret te schilderen van een rijk familielid van een vriend van hen. Dat leverde genoeg geld op om te kunnen verhuizen naar een ruimer tweekamerappartement. Drie maanden later werd hij gevraagd om nog een lid van dezelfde familie te schilderen, en al snel bouwde hij naamsbekendheid op. Zijn ambitie werd beloond en hij kon zijn baan in de bibliotheek opzeggen.

Tegen de tijd dat Adele in 1931 hun dochter Rosa op de wereld zette, was het gezin vanuit de overvolle stad verhuisd naar Saska Kępa, een woonwijk die door middel van de nieuwe Poniatowski-brug met het centrum van Warschau was verbonden. Jacob had inmiddels een uitstekende reputatie als portretschilder verworven en dankzij zijn knappe uiterlijk en natuurlijke charme betaalden vrouwen van middelbare leeftijd grif om op hun voordeligst door hem gezien en vastgelegd te worden.

Naarmate hij beroemder en rijker werd, werd de houding van zijn ouders een stuk milder, al voelden ze zich nog steeds niet prettig bij zijn beroepskeuze of zijn niet-Joodse vrouw. Ook zij trokken weg uit de stad en gingen net als Jacob en Adele in Saska Kępa wonen, waarna het contact werd hersteld. Toen ze zagen hoe erg Adele haar best deed om haar kinderen volgens de Joodse tradities groot te brengen en vernamen dat ze uit de Engelse adel afkomstig was, legden ze zich neer bij het huwelijk en werden ze toegewijde grootouders.

Adele begreep heel goed waarom Jacob zijn geloof niet voor haar kon opgeven. Dat kwam erop neer dat hij zou moeten veranderen wie hij was en waar hij voor stond. Toch was ze vastbesloten om haar kinderen ook iets van haar eigen afkomst mee te geven. Daarom had ze al vanaf hun babytijd Engels tegen hen gesproken, ook al was Frans de voertaal binnen het gezin, omdat ze het Pools maar moeilijk onder de knie kreeg. Nu David en Rosa tien en zeven waren, spraken ze drie talen vloeiend.

Als de kinderen 's avonds in hun bedjes lagen, ging Adele bij hen zitten en vertelde ze hun verhalen over haar leven in Londen. Dan beschreef ze het enorme huis met uitzicht op Hyde Park waar ze als kind had gewoond, de Big Ben, de Houses of Parliament en de Theems, die dwars door de hoofdstad van de wereld stroomde. Wanneer hun oogleden zwaar werden, beloofde ze hen daar op een dag mee naartoe te zullen nemen.

Adele dacht nog vaak terug aan haar ouders en vroeg zich af hoe ze op het nieuws van haar verdwijning hadden gereageerd. Hoewel ze het vreselijk had gevonden dat haar arme tante Beatrice hen moest inlichten, had ze geen andere keus gehad. Inmiddels zouden ze wel denken dat ze niet meer leefde.

Door een klop op de deur van de salon schrok ze op uit haar overpeinzingen.

'Kom binnen!'

Christabel, het kindermeisje met haar ronde gezicht, liep met Rosa aan haar hand de kamer in.

'Hallo, lieverd.'

Het meisje, dat met haar dikke roodbruine haar een miniatuurversie van haar moeder was, stak haar armpjes omhoog.

Adele tilde haar op en hield haar stevig vast.

'Laat maar eens aan mama zien,' moedigde Christabel haar liefdevol aan.

Rosa's smaragdgroene ogen werden nog groter dan anders toen ze een stukje papier uit haar zak haalde en trots aan haar moeder gaf. 'Hier.'

Het was een schilderijtje van een pot met bloemen.

Adeles adem stokte toen ze besefte dat dit het werk van haar zevenjarige dochtertje was. Het was bijna niet te geloven. Het gebruik van kleuren, vormen en details deed vermoeden dat het schilderijtje door een veel ervarener kunstenaar was gemaakt. Ze zette Rosa neer en nam even de tijd om het stilleven goed te bestuderen. Het was echt opmerkelijk. Ergens vroeg ze zich af of ze er als moeder wel objectief naar kon kijken, maar ze vermoedde sterk van wel.

Rosa stond geduldig voor haar, met haar armen over elkaar geslagen voor haar smetteloos witte overgooier.

'Maar schat, dit is prachtig! Weet je zeker dat je dit helemaal zelf geschilderd hebt?'

'Ja, mama.'

'Het is echt zo, mevrouw. Ik heb het zelf gezien. Boven heeft ze een heel schetsboek vol met dit soort werkjes.'

'Lieve hemel! Nou, dat moeten we maar eens aan papa laten zien, vind je ook niet?'

'Ja. En ook aan David?' Rosa's ogen lichtten op.

'Natuurlijk.' Omdat Adele zelf enig kind was, ontroerde het haar altijd dat haar kinderen zo'n hechte band met elkaar hadden.

Toen Jacob het schilderij van zijn dochter bekeek, voelde hij niets dan ontzag. Het was hem direct duidelijk dat ze over een talent beschikte waarbij dat van hemzelf verbleekte, en dat probeerde hij uit alle macht te stimuleren. Vanaf dat moment bracht Rosa elke ochtend twee uur met haar vader door in het atelier dat ze achter hun huis hadden laten bouwen. Daar leerde hij haar alles wat hij kon en zag hij vol trots en verbazing hoe makkelijk ze zich alles eigen maakte. Hoewel Jacob en Adele het niet uitspraken tegen Rosa, die er vooral genoegen in schiep om dingen tot leven te wekken op papier, waren ze het erover eens dat hun dochter over een bijzondere gave beschikte.

De jonge David blonk uit op de viool. Op zijn tiende verjaardag hadden ze hem een Ludwig gegeven, een zeldzame en waardevolle Stradivarius. Avond aan avond luisterde het gezin naar de prachtige melodieën die hij aan het instrument ontlokte.

'Ik zei toch dat we samen de grootste kans maakten om gelukkig te worden?' fluisterde Jacob 's avonds altijd tegen zijn vrouw wanneer ze naar bed gingen.

'Ja, liefste,' zei ze en ze gaf hem een zoen. 'Ons leven is perfect.'

Daarna vielen ze in elkaars armen in slaap, zich nog niet bewust van de gruwelen die hun te wachten stonden.

Op 1 september 1939 vielen de Duitsers Polen binnen. Het Poolse leger was geen partij voor de meer dan een miljoen mannen, gesteund door een superieure luchtmacht. Twee weken later stuurde Rusland zijn troepen naar het oosten van het land. Kort daarna werden de Poolse troepen definitief op hun knieën gedwongen en werd het land verdeeld tussen de Russen en de Duitsers.

De strijd om Warschau duurde voort. Elke avond zaten Jacob, Adele, David en Rosa weggedoken in hun kelder. Ondertussen werd Jacob alsmaar angstiger. Hij had gehoord over de wreedheden die Joodse mensen in Berlijn te verduren kregen en had met eigen ogen een nieuwe golf van antisemitisme door zijn geboorteland zien trekken. Door het beleid waarbij Joden werden 'geëvacueerd' uit kleine Poolse stadjes en dorpjes waren ze massaal naar Warschau gevlucht om aan de pogroms te ontsnappen. Duizenden van hen waren al om het leven gekomen, maar wanneer Jacob naar de explosies luisterde die Warschau dag na dag op zijn grondvesten deden schudden, wist hij dat dit nog maar het begin was.

Op 27 september capituleerde Warschau. Voor de eerste keer in een week tijd waagde Jacob zich buitenshuis en zag hij vol afgrijzen hoeveel verwoesting er in de ooit zo mooie stad was aangericht. Het koninklijk kasteel was tot de grond toe afgebrand en het onlangs opgeknapte centraal station was niet meer te herkennen.

Door de verlaten straten haastte hij zich naar het huis van zijn ouders. Zijn hart sloeg een slag over toen hij zag dat het naastgelegen pand nog nasmeulde en dat er gapende gaten in de gevel zaten.

'Lieve help, Jacob. Hoe moet het nou toch met ons, nu de nazi's hier zijn? Je had met Adele en de kinderen moeten vluchten toen je de kans had.'

Jacob staarde naar het bleke gezicht van zijn moeder. 'Dat weet ik, maar dat wilde Adele niet.'

'Nou, dan heeft ze haar kans gemist. Nu zal ze hier moeten blijven en doodgaan, net als de rest van ons.'

'Zo moet u niet praten, mama! Er wonen drie miljoen Joden in Polen. We zullen in opstand komen en terugvechten.'

Hoewel Surcie Delanski zag hoe onverzettelijk, jong en sterk haar zoon was, wist ze diep in haar hart dat de strijd al verloren was.

Na de capitulatie van Warschau ging de Poolse regering in ballingschap in Parijs. Het Generaal-gouvernement werd in het leven geroepen, onder leiding van gouverneur-generaal Hans Frank, die de Joodse gemeenschap in Warschau opdracht gaf om een eigen raad te stichten.

Als lid van deze Joodse Raad gaf Jacobs vader zijn zoon de nieuwste instructies van de Duitsers door die de Joodse bevolking moest opvolgen.

'Vanaf morgen moeten alle Joden een speciale armband om. Bepaalde gedeeltes van de stad zijn dan niet meer voor ons toegankelijk.'

Jacob legde zijn hoofd in zijn handen. 'Dit is toch niet te geloven! Waarom verzet de Raad zich hier niet tegen?'

'Wat kunnen wij nou uithalen tegen dit schrikbewind? Er wordt lukraak geschoten, Joden worden met vrachtwagens tegelijk naar werkkampen afgevoerd... er zijn al duizenden mensen omgekomen.' Met een ernstig gezicht voegde hij eraan toe: 'En het zal alleen maar erger worden.'

'Wilt u nou echt beweren dat ons de toegang tot delen van de stad ontzegd wordt? Dat de stad dus in getto's wordt verdeeld?'

Samuel Delanski knikte verdrietig. 'Ja, we denken dat dat precies hun bedoeling is. Alsjeblieft, jongen, verkoop alles wat je kunt. Schraap zo veel mogelijk geld bij elkaar, voordat het te laat is. Godzijdank ben ik zo verstandig geweest om mijn banktegoeden op te nemen. Ik wist dat de nazi's mijn rekening zouden sluiten, maar sommigen van mijn vrienden zijn alles kwijt. Je moet erop aandringen dat Adele samen met de kinderen de stad uit gaat. Ze heeft haar Britse paspoort toch nog wel?'

'Ja, papa.'

'Zorg dat je gezin hier wegkomt, Jacob.' Hij sloeg zijn ogen neer. 'Het spijt me dat ik het moet zeggen, maar zonder jou maken ze veel meer kans om het er levend vanaf te brengen. Als Engelse vrouw met haar twee christelijke kinderen.'

Daar was hij zich terdege van bewust. 'Adele wil niet zonder mij vertrekken, maar ik zal nog één keer proberen haar over te halen.'

'Goed zo. Ik heb een vriend die mensen helpt naar Gdynia te ontsnappen. Van daaruit vertrekt er nog steeds zo nu en dan een schip naar Denemarken. Als ze de oversteek weten te maken, kunnen ze daarna onderduiken tot er een schip uitvaart naar Engeland.'

Die avond vertelde Jacob zijn vrouw wat Samuel had gezegd. Zoals verwacht weigerde ze hardnekkig om zonder hem te vertrekken.

'Adele, snap je dan niet dat jullie zonder mij een goede kans maken om jezelf in veiligheid te brengen? Als je jouw paspoort gebruikt, kun je doen alsof de kinderen Engels zijn. Niemand hoeft erachter te komen dat je je bekeerd hebt toen je met mij trouwde.'

Met haar ogen vol tranen schudde ze haar hoofd. 'Zonder jou ga ik niet. Ik kan je hier niet achterlaten zonder dat we weten wat de toekomst brengt.'

Toen hij naar zijn vrouw keek, was zijn liefde voor haar sterker dan ooit. Zij had de kans om aan deze waanzin te ontsnappen, maar toch was ze bereid om te blijven en hetzelfde lot te ondergaan als hij. Hij besloot nog een laatste poging te wagen. 'Adele, *kochana*, ik kan onmogelijk met jullie meegaan. Als we betrapt worden, moeten we dat met de dood bekopen. Denk eens aan de kinderen. Denk eens aan hoe zwaar ze het hier zullen krijgen. Alsjeblieft, liefste, ik smeek het je.'

Met een zucht sloeg ze haar ogen ten hemel. Daarna nam ze zijn handen tussen de hare. 'Jacob, op de dag dat we Parijs ontvluchtten om samen te kunnen zijn, smeekte je me om mijn hart te volgen. Dat heb ik gedaan, en op dat moment wist ik dat mijn lot was bezegeld. Er is geen terugkeer mogelijk. Ik heb het besluit genomen om je vrouw te worden en me tot jouw geloof te bekeren, en ik zal onze liefde nooit verloochenen. Alsjeblieft, schat, leg je erbij neer dat we bij elkaar zullen blijven, als gezin, tot de dood ons scheidt.' Ze sloeg haar armen om hem heen.

Terwijl hij haar dicht tegen zich aan drukte, knikte hij langzaam. 'Tot de dood ons scheidt.'

Zoals Samuel Delanski al had voorspeld, verordonneerde Hans Frank dat de Joden in Warschau zich tegen het einde van november 1940 in het noordelijke gedeelte van het centrum moesten hebben teruggetrokken. Dankzij Samuels voorkennis was het hem gelukt een klein appartement in het aangewezen gebied te bemachtigen, in de straat Lezno. Het telde slechts drie kamers: één voor Jacob en Adele, één voor Samuel en Surcie, en een woonkamer waar genoeg ruimte was voor een matras voor David en Rosa. Vergeleken met de leefomstandigheden van andere Joden was het appartement een paleis.

Jacob had al zijn bezittingen verkocht om aan contant geld te komen. Met Samuels geld daarbij opgeteld dachten ze genoeg te hebben om zichzelf twee jaar of langer van eten te kunnen voorzien.

In het gebied waren vierhonderdduizend Joden op elkaar gepropt. Het getto besloeg maar drieënhalve vierkante kilometer en bestond uit slechts twaalf huizenblokken, van de Aleje Jerozolimskie tot aan de begraafplaats. Het getto was extreem overbevolkt, de sanitaire voorzieningen waren weerzinwekkend en er waren nu al voedseltekorten. Meestal ging Adele 's ochtends bij een van de weinige bakkerijen in de rij staan om brood te halen.

Samuel en de Joodse Raad deden hun best om de gettobewoners een enigszins normaal bestaan te bieden. Er werden scholen opgericht, debatten georganiseerd en theatergezelschappen gevormd en het uitstekende symfonieorkest trad wekelijks op.

Tegen het einde van 1940 was de bevolking vanwege het aantal Joden dat gedwongen hun dorpen had moeten verlaten toegenomen tot meer dan een half miljoen. De rantsoenen voor het getto werden nog kariger, waardoor er amper genoeg eten was voor de helft van de bevolking. Als gevolg daarvan stierven velen de hongerdood en deed men op de zwarte markt goede zaken. De mensen die zich met gevaar voor eigen leven buiten de grenzen van het getto waagden, vroegen buitensporige bedragen voor de voorraden die ze mee terug brachten. De Delanski's hadden echter geen keus: het was betalen of verhongeren.

Het was een eigenaardige manier van leven en de angst nam toe naarmate steeds meer vrienden spoorloos verdwenen en het geluid van geweerschoten door de straten weerklonk.

Desondanks probeerden Adele en Jacob hun kinderen uit alle macht een bepaalde regelmaat te bieden. De ochtenden brachten de kinderen door op school en 's middags ging Jacob met Rosa schilderen. Dat deden ze op de achterkant van oude doeken, zodat ze langer met hun voorraadje papier konden doen. Op die manier doodden ze de tijd terwijl Adele probeerde een smakelijke maaltijd te bereiden van haar voorraad aardappels en rottende groenten. De negenjarige Rosa leek de ernst van de situatie totaal niet in te zien, al kroop ze 's nachts soms wel dichter tegen David aan als ze schrok van de knallende geweren. Door haar lieve karakter viel ze in de smaak bij de buren, die vaak wel een appel overhadden in ruil voor een tekening.

's Avonds schaarde de familie zich om het kleine haardvuur en speelde David op zijn geliefde Stradivarius, want Jacob had het niet over zijn hart kunnen verkrijgen om die te verkopen.

In april werd Surcie Delanski geveld door de tyfusgolf die op dat moment het getto teisterde. Een week later overleed ze. Samuel Delanski ging haar in juli achterna.

Van verdriet kon Jacob geen woord uitbrengen toen hij het stoffelijk overschot van zijn vader op een van de daarvoor beschikbaar gestelde karren tilde. De kar was al overvol.

Na de dood van zijn ouders werd Jacob stil en in zichzelf gekeerd. Hij hield op met schilderen en kon soms uren uit het raam naar de afschuwelijke armoede en de lijdende mensen beneden op straat staren.

Wanhopig moest Adele aanzien dat haar geliefde, uitbundige echtgenoot zich met de dag verder terugtrok. Wanneer ze hem probeerde te troosten, keek hij haar aan alsof ze een vreemde voor hem was. Hoe hard ze ook haar best deed, ze kon hem maar niet losrukken uit zijn misère.

Nu moest zij in haar eentje voor de kinderen zorgen, wat betekende dat ze aan eten moest zien te komen. Aangezien ze al verzwakt was door de ondervoeding en de zorg voor twee doodzieke mensen, viel ze op een dag flauw op de vloer van hun piepkleine keukentje.

Geschrokken hielp David zijn moeder overeind. Ze was zo licht als een veertje en hij kon de botten door haar versleten jurk heen voelen. Met een lepeltje gaf hij haar wat van de bouillon die op het fornuis stond te pruttelen. Op dat moment drong het tot hem door dat zijn geliefde moeder het eten uit haar eigen mond had gespaard om haar gezin te kunnen voeden.

Met tranen in haar ogen keek Adele haar zoon aan.

'Eet op,' zei hij op dwingende toon.

'Nee, David.' Ze duwde de kom van zich af.

'Alles komt in orde, mama. Van nu af aan neem ik de leiding. Ik beloof dat er vanavond een verse maaltijd op tafel staat.'

Een half uur later verliet hij vol goede moed hun appartement, en om zes uur kwam hij terug met een zak vol vers voedsel.

Vanaf die tijd ging hij één keer per week op pad en keerde hij tegen het vallen van de avond met een gevulde tas terug. Bij thuiskomst stonk hij altijd verschrikkelijk, en Adele vermoedde dat hij door het riool kroop om buiten de grenzen van het getto te komen.

Adele vroeg nooit hoe hij aan het eten kwam. Hoewel ze wist dat David een enorm risico nam, kon ze de gedachte daaraan niet verdragen.

De winter van 1941 kostte nog eens duizenden mensen in het getto het leven. Het was bijna onmogelijk om aan kolen te komen en zelfs David, die de zwarte markt inmiddels op zijn duimpje kende, had het zwaar. Het geld begon op te raken en hij schatte in dat hij het gezin nog maar een paar maanden van voedsel zou kunnen voorzien. Hij was dan ook blij toen het voorjaar in aantocht was.

Door zijn tripjes buiten de grenzen van het getto kwam hij ook veel te weten. Van een van zijn bronnen kreeg hij te horen dat het getto van Łódź deels was ontruimd. Een deel van de Joden daar was gedeporteerd naar Chełmno, en hetzelfde gebeurde in Lublin. Er deden vreselijke geruchten de ronde dat Chełmno een vernietigingskamp was waar Joden met duizenden tegelijk werden uitgeroeid.

David snakte ernaar om zijn vader in vertrouwen te nemen, om hem te horen zeggen dat dit gewoonweg niet waar kon zijn, maar Jacob zat nu in zijn eigen wereldje en kwam de laatste tijd nog maar zelden zijn bed uit. Zodoende moest David de vreselijke angst in zijn eentje dragen.

In juli 1942, op Tisja Beav, de dag waarop de Joden traditiegetrouw de verwoesting van de joodse tempel in Jeruzalem herdenken, was David met een kostbare buit van vijf aardappels op de terugweg naar het appartement.

Een nazipatrouille, in het getto een veelvoorkomende aanblik, raasde langs hem heen en kwam tot stilstand voor het gebouw waarin de Joodse Raad was ondergebracht. Hij besteedde er weinig aandacht aan; waarschijnlijk waren de Duitsers weer eens dwangarbeiders aan het ronselen onder de Joden. Daarom ging hij ook niet langzamer lopen om te horen wat de commandant te zeggen had. Zo veel mogelijk afstand houden was het devies.

Later die avond, toen de Delanski's hun schamele maaltijd nuttigden, werd er op de deur geklopt.

David deed open en zag een vriend van hem staan, die met zijn familie in het appartement onder hen woonde en wit was weggetrokken.

'Kom binnen, Johann. Wat is er aan de hand?'

'Mijn vader heeft me gestuurd om jullie te waarschuwen. Vandaag zag hij de Duitsers oude mensen bijeendrijven en kinderen uit de armen van hun moeder rukken. De mensen die op de *Umschlagplatz* gevangen zijn genomen moesten naar het spoor langs Stawki marcheren, waar een rij vrachtwagons klaarstond. De oude en de jonge mensen werden de wagons in gedreven en de trein reed weg. Niemand weet zeker waarnaartoe.' In zijn ogen blonken tranen. 'Iedereen is in rep en roer. Er doen geruchten de ronde over vernietigingskampen. Hou Rosa maar binnen. Ze mag niet naar school. Nu moet ik ervandoor om nog meer mensen te waarschuwen.'

‘Dank je, Johann.’ Met bonkend hart deed David de deur dicht. Na Łódź en Lublin waren nu dus ook hier de deportaties begonnen.

Zodra Adele het gezicht van haar zoon zag, wist ze dat er iets mis was. Later, toen Rosa lag te slapen en Jacob in de slaapkamer was, wenkte ze haar zoon naar de keuken. ‘Wat wilde Johann?’

Hij vertelde waar zijn vriend voor gewaarschuwd had.

Haar groene ogen werden donker van angst. ‘David, ik zie al een tijdje aan je gezicht dat je meer weet over wat er met ons te gebeuren staat dan je zegt. Nu moet je me precies vertellen wat je weet. Het blijft tussen ons. Rosa is nog te jong om het te begrijpen en je vader...’ Ze kneep haar ogen even dicht en vermande zich. ‘Vertel eens, is dat gerucht over de vernietigingskampen waar?’

Hij keek zijn moeder aan en knikte langzaam. ‘Voor zover ik gehoord heb wel.’ Toen hij zich op de vloer liet zakken, sloeg Adele haar armen om hem heen. Hij vertelde haar alles wat hij gehoord had en moest huilen van opluchting omdat hij eindelijk iemand in vertrouwen kon nemen.

Een tijdlang bleef ze stilletjes naar hem luisteren, voordat ze hem probeerde te troosten. ‘Ik heb bewondering voor je kracht en je moed, omdat je dit in je eentje hebt gedragen. Je moet weten dat het mijn beslissing was om bij je vader in Polen te blijven. Hij geeft zichzelf de schuld van wat er met zijn gezin is gebeurd, maar mijn liefde voor hem... Ach, op een dag zul je misschien wel begrijpen waarom ik hem niet in de steek kon laten. Voorheen had hij alleen oog voor de schoonheid en vreugde in de wereld en lukte het hem om zich af te sluiten voor droevig nieuws. Nu kan hij nergens meer vreugde uit halen en heeft hij zich in zichzelf gekeerd om te overleven. Hij leeft in het verleden, om zich niet zo schuldig te hoeven voelen. Begrijp je dat?’

Opeens begreep David inderdaad voor het eerst hoe de vork in de steel zat.

‘Ik wil je iets geven. Hier.’ Ze haalde het gouden medaillon van haar hals en gaf het aan hem. ‘Maak maar open.’

Dat deed hij. In het medaillon zat een foto van zijn moeder die was gemaakt toen ze nog een stuk jonger was.

‘Haal de foto er maar uit en draai hem om.’

Hij tuurde naar het gepriegel op de achterkant. ‘Wat is dit?’

'Het adres van je grootouders in Londen. Mochten we onverhoopt van elkaar gescheiden worden, dan moet je proberen naar hen toe te gaan. Laten we hopen dat ze nog in leven zijn. Als je daar aankomt, leg je uit wie je bent. Het medaillon zal als bewijs dienen. Prent het adres in je geheugen en hang het medaillon om je hals. Zweer me dat je het nooit zult afdoen.'

David deed wat zijn moeder hem had opgedragen en stopte het medaillon weg onder zijn overhemd. 'Dat zweer ik, mama.'

Adele stond op en begon achter in een van de keukenkastjes te rommelen. Daar haalde ze een dun blauw boekje uit. 'Hou dit ook maar bij je. Het is mijn Britse paspoort. Je kunt het gebruiken als bewijs van wie je bent, voor het geval dat.' Ze spreidde haar armen. 'Kom eens bij je moeder. Als mij of je vader iets overkomt, wil ik dat je voor je zusje zorgt. Rosa heeft een bijzonder talent en het is aan jou om haar te helpen dat verder te ontwikkelen.' Ze bleef hem een hele poos vasthouden.

Het drong tot hem door dat ze zonder iets te zeggen allebei wisten hoe de toekomst eruitzag.

Die zomer kamden de Duitsers de straten van het getto uit, dreven ze mensen bijeen en stuurden hen in de treinen een wisse dood tegemoet. De familie Delanski bleef vierentwintig uur per dag binnen, alleen David ging zo nu en dan op pad om eten te zoeken. Hoewel Adele hem smeekte om het er niet op te wagen en volhield dat ze beter honger konden lijden dan het risico nemen dat hij werd gesnapt en afgevoerd, wisten ze allebei dat het gezin toch iets zou moeten eten.

Na een expeditie die slechts een half beschimmeld brood en twee oude wortels had opgeleverd, kwam David de hoek van hun straat om en zag hij nog net dat vier Duitse soldaten een groep mensen meetroonden. Zodra ze uit het zicht waren verdwenen, stormde hij over straat naar hun appartement.

Eenmaal in hun overhoopgehaalde, verlaten woning barstte hij in snikken uit en liet hij zich met zijn vuisten tegen zijn ogen gedrukt op de grond zakken. 'Mama, papa, Rosa. Nee!'

Omdat hij niet wist hoeveel tijd er verstreken was sinds ze waren meegenomen, stond hij snel weer op en liep naar de slaapkamer van zijn ouders. De lades waren opengetrokken en de inhoud lag verspreid over de vloer. Het juwelenkistje van zijn moeder lag leeg op bed.

Hij tastte onder zijn overhemd naar het medaillon en voelde zich een beetje getroost door de aanwezigheid daarvan. Even later dook hij met wild bonkend hart onder het bed, hopend en biddend dat ze hem niet hadden gevonden.

En nee hoor, de Stradivarius en het paspoort dat in de voering van de koffer verstopt zat, waren nog onaangeroerd.

Hij haalde de viool uit de koffer en zette hem huilend tegen zijn kin. Bij de eerste noten die door de kamer klonken, riep de vertrouwde melodie echter zulke krachtige herinneringen aan zijn lieve familie op dat hij de muziek niet kon verdragen.

Het volgende moment hoorde hij nog iets anders, een geluid dat zo zacht klonk dat hij eerst dacht dat hij het zich maar had ingebeeld. Roerloos en met zijn oren gespitst bleef hij zitten. Daar was het weer. Hoorde hij nou… iemand huilen?

'Rosa? Rosa, kochana, waar ben je?'

Op onvaste benen liep hij door de kamer en volgde hij het gesnik naar een zwarte mahoniehouten kledingkast. Met een uiterste krachtsinspanning wist hij de kast bij de muur vandaan te trekken. Erachter bevond zich een deurtje van ongeveer zestig centimeter hoog.

Toen hij het opendeed, viel zijn zusje hem bibberend van angst en half hysterisch in de armen. 'David, David! De soldaten hebben papa en mama meegenomen. Mama heeft me daarbinnen verstopt. Ik was zo bang. Het was er zo donker en ik kon niet ademhalen en…'

'Stil maar, ik ben er nu.' Voorzichtig streelde hij over haar haar, met de belofte die hij zijn moeder had gedaan in zijn achterhoofd.

Op dat moment nam hij zich heilig voor dat hij Rosa tot aan zijn dood zou beschermen.

Nadat ze uit angst om ontdekt te worden twee weken binnen waren gebleven en hadden overleefd op de restjes eten die David in de andere appartementen in het gebouw bij elkaar had gescharreld, wist hij dat hij op pad moest omdat ze anders zouden verhongeren.

Rosa weigerde alleen thuis te blijven en zette het direct op een krijsen wanneer hij aanstalten maakte om weg te gaan. Pas wanneer ze eindelijk in slaap was gevallen op de matrassen die hij voor de zekerheid vlak bij het verborgen kastje had gelegd, kon hij haar alleen laten om eten te gaan zoeken. Nu hij de rest van het gebouw al had geplunderd, zou hij zijn zoekgebied moeten uitbreiden, maar hij kon het risico niet nemen dat ze wakker zou worden terwijl hij weg was.

'Lieverd, als jij nou eens een mooie tekening voor me maakt, ga ik iets te eten voor ons zoeken. Ik blijf niet lang weg, ik...'

'Nee!' Meteen klampte ze zich aan hem vast. 'Laat me niet alleen achter, David, alsjeblieft!'

Dit had geen zin. Er zat niets anders op dan haar mee te nemen, anders zou haar hysterische gekrijs zeker de aandacht trekken.

'Goed dan, je mag mee,' verzuchtte hij. 'Als je maar belooft dat je precies doet wat ik zeg.' Hij liep naar de vloerplank in de keuken waaronder het geldkistje was verborgen, maar kreunde toen hij zag hoe weinig er nog in zat.

Op dat moment kwam er een idee bij hem op. Het was een gok, maar misschien zou iemand er wel belangstelling voor hebben. Hij pakte de vioolkoffer, waar zijn geliefde Stradivarius in zat.

'Ik neem mijn potlood en papier mee, voor het geval dat ik onderweg iets zie wat ik wil tekenen,' zei Rosa eigenwijs.

Daar ging hij maar niet tegen in. 'Vooruit dan maar. Kom, dan gaan we. En denk erom, precies doen wat ik zeg.'

Met Rosa achter zich aan liep hij de verlaten straat op. Het was een hete, zonnige dag en de stank van ontbindende lichamen was bijna niet te harden. David stak de straten snel over en trok zijn zusje mee in de beschutting van een portiek als ze voetstappen hoorden. Stilletjes bad hij dat een van zijn contactpersonen op de zwarte markt er ook ongedeerd vanaf was gekomen. Terwijl hij de vermoeide, mokkende Rosa met zich meesleepte, voelde hij zich aldoor bekeken.

Eenmaal aangekomen bij het appartement van een van zijn leveranciers bleek er niemand te zijn. De kasten waren leeg en Rosa klaagde dat ze dorst had.

Moedeloos liet hij zijn hoofd in zijn handen zakken. Hier was geen beginnen aan. Door Rosa kwam hij geen steek vooruit en kon hij niet onopvallend over straat. Hij zou haar moeten achterlaten.

Op een stoel in de slaapkamer zag hij een grote teddybeer zitten. Haar ogen lichtten op toen hij haar de knuffel gaf. 'Deze beer heet ook David. Hij blijft hier om op je te passen terwijl ik iets te eten voor ons ga zoeken. Nee, niet tegensputteren. Voordat je het weet ben ik weer terug. Doe wat ik zeg, anders heeft David de Beer straks ook niets te eten of te drinken. Hier blijven, hoor.' Hij glimlachte. 'David de Beer heeft beloofd om het tegen me te zeggen als je stout bent.'

Tot zijn grote opluchting knikte ze, volledig in de ban van haar nieuwe knuffel. 'Dat is goed. Als cadeautje voor jou ga ik David de Beer tekenen.'

David glipte het appartement uit en rende snel de weg op.

Een uur later was hij weer terug, nog steeds met de viool in zijn armen geklemd. Het was hopeloos. Alle andere mensen waren ook uitgehongerd en niemand had nu interesse in een muziekinstrument, hoe kostbaar het ook mocht zijn.

Toen hij de deur van de woonkamer opendeed, sloeg zijn hart een slag over. Rosa zat op de vloer gulzig een appel te eten, terwijl een Duitse officier over een vel papier gebogen stond.

Met een grijns keek ze op. 'Hallo, David. Deze meneer heeft me een appel gegeven. Hij vond mijn tekening van David de Beer mooi en heeft me gevraagd een tekening van hem te maken terwijl we op jou wachtten.'

De officier rechtte zijn rug en het gekraak van zijn laarzen bezorgde David de rillingen. Met een bijna vriendelijke glimlach keek hij David aan. 'Jij bent David Delanski en dit is je zusje Rosa. Klopt dat?'

Met stomheid geslagen knikte hij.

'Mooi zo. Je zusje is een getalenteerde jongedame. Haar schets van mij is bijzonder goed gelukt. Ik heb veel over jullie vader gehoord. Die had ook veel talent. Kom, het wordt tijd dat we vertrekken.' Hij klikte met zijn hakken en hielp Rosa overeind.

'Mag mijn beer mee?'

Even zag David een glimp van medeleven op het gelaat van de nazi toen hij naar haar onschuldige gezichtje keek. 'Waarom ook niet?' Hij haalde zijn schouders op. Nog een paar uurtjes plezier leek niet zo veel gevraagd.

Ze werden achter in de auto van de officier gezet en zo gingen ze op weg naar de straat Stawki, waar David tot zijn schrik de vrachttrein al klaar zag staan.

Overal waren bange mensen en de wagons werden helemaal volgestouwd.

David stapte uit de auto en Rosa volgde zijn voorbeeld. Ze ging op haar tenen staan en gaf de officier een kus op zijn wang. 'Bedankt voor de appel.'

De officier keek hen na terwijl ze in een van de overvolle wagons werden geduwd. Toen de deur werd dichtgeschoven, zag hij de angstige uitdrukking op het gezicht van het meisje. Hij maakte aanstalten om weer naar zijn auto te lopen, maar bleef plotseling staan, zei iets tegen een van de bewakers en wees naar de wagon waar David en zijn zusje in waren gestapt.

Uiteindelijk zou Rosa's kus haar leven redden.

Nu, in zijn hotel in Washington, staarde David zonder iets te zien uit het raam. Toen hij opstond uit zijn stoel, verraadde zijn gezicht de afschuwelijke lijdensweg die hij zojuist had herbeleefd. Snel schonk hij nog een glas whisky in, dat hij in één keer achteroversloeg.

Daarna nam hij de hoorn van de haak en draaide het nummer, ook al wist hij dat zijn leven daardoor voorgoed zou veranderen.

'Voor jou, Rosa,' mompelde hij op het moment dat er werd opgenomen.

20

Londen, oktober 1977

'Laatste oproep voor vlucht AZ459 van Alitalia naar Milaan. Stapt u alstublieft in bij gate 17.' De robotstem herhaalde de boodschap terwijl Leah en Jenny zich langs de paspoortcontrole haastten en naar de gate renden.

'Shit, ik wist wel dat we eerder hadden moeten vertrekken. Niet te geloven dat het zo druk op de weg was,' zei Jenny hijgend en met een rood aangelopen gezicht.

'Madelaine kijkt ons nooit meer aan als we deze vlucht missen!' riep Leah uit.

Tien minuten later, nadat de meisjes de medewerker bij de gate hadden gesmeekt om hen door te laten, zaten ze in het vliegtuig, dat begon te taxiën. Leah drukte haar prachtig gemanicuurde nagels in de armleuningen van haar stoel.

'Daar gaan we dan,' zei Jenny opgewekt. 'Wat een heerlijk gevoel is dit toch altijd, hè?'

Leah kneep haar ogen dicht toen de motoren begonnen te brullen en het vliegtuig opsteeg.

'Ziezo, we zijn in de lucht. Doe je ogen maar weer open.' Jenny lachte. 'Tjonge, ik ben blij dat ik zit.'

'Willen jullie misschien iets te drinken, dames?' vroeg de stewardess nadat het lampje dat aangaf dat de stoelriemen vast moesten blijven was uitgegaan.

Jenny knikte. 'Doe mij maar een wodka-cola. Wat wil jij, Leah?'

'Gewoon een cola, graag.' Haar maag was nog steeds van streek.

'Als we straks in Milaan zijn, mag het allemaal wel wat avontuurlijker. Iedereen drinkt daar en als jij dat niet doet, zullen ze je maar een saaie piet vinden.'

Leah trok haar neus op. 'Ik vind het gewoon niet lekker.'

'Ik eerst ook niet, maar na een tijdje wen je eraan.'

'Trouwens, ik ben nog minderjarig.'

'Dat zijn de meeste meisjes als ze net beginnen, maar dat weerhoudt hen er niet van om toch te drinken. Proost, op je eerste opdracht.' Jenny nam een flinke slok en draaide zich vervolgens om zodat ze om zich heen kon kijken. 'O, kijk, daar heb je Juanita. Zij werkt ook als model voor Madelaine. En Joe, die werkt voor *Harper's*. Meestal zitten we met hetzelfde kliekje in het vliegtuig. Nog even, dan ken jij ze ook allemaal. Ik ga even met Juanita kletsen. Tot zo.'

Nadat Jenny was opgestaan deed Leah haar ogen dicht. Het liefst zou ze deze angstaanjagende nieuwe ervaring zo snel mogelijk achter de rug hebben.

Het was moeilijk te geloven dat ze nu al meer dan een maand in Londen woonde. De tijd was voorbijgevlogen. Elke dag was ze druk bezig met shoots voor haar portfolio, visagielessen en het verbeteren van haar uitspraak en houding. Ze had niet eens tijd gehad om te bedenken of ze het nou geweldig of vreselijk vond, en nu had Madelaine haar al op pad gestuurd voor haar eerste opdracht.

Jenny was een grote steun. Ze behandelde haar als een zus en leerde haar allerlei dingen die ze nog niet had geweten.

'Wat doe jij nou?' had ze op een avond vol afgrijzen gevraagd toen ze had gezien dat haar nieuwe vriendin van een portie fish-and-chips zat te smullen. 'Geef eens hier.' Ze had het restje van de maaltijd zonder pardon in de vuilnisbak gegooid.

'Wat is er? Ik heb honger.'

'Nooit, maar dan ook nooit friet eten.' Jenny had met een bestraffend vingertje naar haar gewezen. 'Daar krijg je een vette huid van. Hier, eet liever een appel.'

Leah had moeite om aan haar nieuwe eetpatroon te wennen en wanneer Jenny een avondje uit was, haalde ze vaak stiekem een vette hap bij de snackbar om de hoek. Eerlijk gezegd begreep ze niet hoe Jenny op alleen fruit en muesli kon overleven. Als zij dat probeerde, verging ze van de honger.

'Ik geef het op,' had Jenny gezegd toen ze op een dag was thuisgekomen en ze had gezien dat Leah een enorme chocoladesoes naar binnen werkte. 'Ik kan het echt niet uitstaan dat jij kunt eten wat je maar wilt zonder ooit pukkels te krijgen of ook maar een grammetje aan te komen.' Na dat gezegd te hebben, was ze nijdig naar de badkamer gebeend.

Hoewel Jenny had geprobeerd haar over te halen om 's avonds mee uit te gaan, was Leah te moe en te verlegen om te kunnen genieten van de feestjes en nachtclubs waar de andere modellen naartoe gingen. Meestal bleef ze thuis, keek ze televisie en belde ze met haar moeder.

Ze miste haar ouders vreselijk en had af en toe enorm veel last van heimwee. Omdat Madelaine haar zo druk bezighield, had ze nog geen tijd gehad om op bezoek te gaan in Yorkshire.

'De andere meisjes en ik denken dat de koningin jou als haar nieuwe protegee ziet. Aan jou besteedt ze veel meer aandacht dan aan ons destijds. Ik werd een dag na het tekenen van het contract gewoon op het vliegtuig naar Parijs gezet,' had Jenny zonder ook maar een vleugje jaloezie opgemerkt.

Jenny had dan ook geen reden om jaloers te zijn. Haar carrière had het afgelopen half jaar een hoge vlucht genomen en na terugkomst uit Milaan stond haar een zes pagina's lange reportage in de Britse *Vogue* te wachten.

'Hallo daar. Mag ik even naast je komen zitten? Je ziet er een beetje eenzaam uit.'

Toen ze haar ogen opendeed, zag ze Steve Levitt over haar heen gebogen staan. 'Ja hoor.'

Hij ging op Jenny's lege stoel zitten.

Van alle mensen die ze tot nu toe had leren kennen, vond ze Steve het aardigst. Ze had enorm genoten van de fotosessies met hem. 'Gaat het altijd zo?' Ze wees naar het groepje achter hen, dat op het puntje van de stoelen en op de armleuningen zat te roken en te drinken.

'Ja, ik vrees van wel. De modewereld is maar klein, iedereen kent elkaar. Nog even, dan hoor jij er ook helemaal bij. Het zijn aardige mensen, maar...' Hij trok één wenkbrauw op. 'Vertrouw maar niemand een geheimpje toe, anders weet een dag later de hele stad het.'

'Dat zal ik onthouden.'

'Mooi zo. Wil je ook een drankje?' Hij had een fles wijn in zijn hand en schonk een glas voor zichzelf in.

'Goed dan,' verzuchtte ze.

'Het is niet verplicht, hoor! Als je geen zin hebt, is dat ook prima.'

'Dat weet ik wel, maar ik hou niet van alcohol, ik rook niet en ik gebruik geen drugs. Jenny zegt dat iedereen me een saaie piet zal vinden.'

Hij nam een slok wijn en schudde zijn hoofd. 'Doe het gewoon op je eigen manier. Ze hebben je maar te nemen zoals je bent.'

'Jij hebt makkelijk praten. Ik wil gewoon dat ze me aardig vinden.'

'Natuurlijk, dat begrijp ik. Het is moeilijk om de nieuweling te zijn, maar daar moet iedereen doorheen. Het is logisch dat ze in het begin de kat uit de boom kijken.' Hij boog zich naar haar toe en fluisterde: 'Het is algemeen bekend dat Madelaine denkt dat er een grootse toekomst voor jou is weggelegd.'

'Ik hoop vooral dat ik alles nog weet wat ze tegen me gezegd heeft en dat ik niet struikel op de catwalk.'

'Je bent een natuurtalent, lieverd. Het komt helemaal goed met jou.' Hij schonk haar een vaderlijke glimlach. 'Alleen wil ik je nog wel even waarschuwen. Over het algemeen is dit een leuk clubje, maar er zitten een paar meiden tussen die er alles voor overhebben om hogerop te komen. Pas goed op jezelf en wees op je hoede als je op een feestje iets krijgt aangeboden. Milaan staat bekend om het bruisende uitgaansleven na de shows, maar dat heeft ook een keerzijde. Blijf maar bij Jenny in de buurt, die houdt het redelijk netjes.' Bij het zien van de zorgelijke rimpeltjes op haar beeldschone gezicht moest hij grinniken. 'Maak je er maar niet te druk over. Goed, ik kan maar beter teruggaan.'

'Is Miles er ook?' Ze wist dat de zoon van Rose hem tijdens een eerder tripje naar Milaan had geassisteerd, maar tot nu toe was ze hem nog niet tegengekomen.

Hij fronste zijn voorhoofd. 'Nee, dat is uiteindelijk niets geworden. Ik heb nu een nieuwe assistent, Tony. Met hem zul je het vast goed kunnen vinden. Ik zie je later nog wel, engeltje.'

Ze ontspande zich een beetje, opgelucht omdat ze die griezel niet zou kunnen tegenkomen.

Nadat Steve haar nog een kus op haar wang had gegeven, keerde hij terug naar zijn eigen stoel.

De taxi bracht Leah en Jenny van de luchthaven Linate naar Milaan, de rijkste stad van Italië.

Leah, die nog nooit in het buitenland was geweest, staarde opgewonden uit het raampje terwijl de taxi zich een weg baande door de doolhof van smalle straatjes en pleinen. De auto's stonden bumper aan bumper, de automobilisten toeterden en schreeuwden elkaar door de open raampjes toe. Er hing een kosmopolitische, eclectische sfeer en de skyline werd gevormd door een mengeling van wolkenkrabbers en gotische gebouwen, waarbij vooral de prachtige Duomo opviel.

'Spitsuur in Milaan! Meer dan dit krijg je niet van de stad te zien, dus geniet er maar van,' merkte Jenny lachend op.

De taxi zette hen af voor een groot wit gebouw aan het Piazza della Repubblica.

'Hier is het. Het Principe di Savoia, het beste hotel in Milaan.'

De vrouwen checkten in en nadat ze hadden afgesproken om elkaar om half acht in de bar te treffen, werden ze ieder naar hun eigen kamer gebracht.

Vol ontzag keek Leah om zich heen in de luxe suite. Ze nam tien minuten de tijd om alles te verkennen en op alle knopjes te drukken, al schrok ze zich een hoedje toen de televisie en de radio onverwacht aangingen.

Ze hing zorgvuldig de kleren op die ze had meegenomen. Toen ze nog maar net in Londen was had Madelaine haar mee uit winkelen genomen en honderden ponden uitgegeven aan een nieuwe garderobe voor haar. Nu had ze mantelpakjes van Bill Gibb, cocktailjurkjes van Zandra Rhodes en een schitterende avondjurk van Jean Muir.

'Als Brits model is het belangrijk dat je zo veel mogelijk kleding van Britse ontwerpers draagt. Als Jean je in die jurk zou zien, zou ze je morgen nog op de catwalk willen hebben,' had Madelaine met een glimlach gezegd.

Leah douchte, trok de zachte badstoffen hotelbadjas aan en ging zitten om zich licht op te maken, zoals Barbara Daley het haar had geleerd.

'Als je je in het openbaar begeeft, of dat nou uit hoofde van je werk is of vanwege een sociale aangelegenheid, moet je er altijd op je best uitzien. De mythe die om een model heen hangt is direct verpest als mensen haar er op maandagochtend als een slons bij zien lopen in de supermarkt. Thuis kun je aantrekken wat je wilt, maar buiten de deur ben je een professional.'

Leah had naar Madelaine geknikt en gezegd dat ze het volkomen begreep.

Nu borstelde ze haar lange haar grondig door, boog haar hoofd zoals Vidal het haar had voorgedaan naar voren en gooide het weer naar achteren. Het lichte permanent dat de stylist had aangebracht had haar haar meer volume gegeven, en nu er bijna tien centimeter afgeknipt was viel het dik en glanzend om haar schouders.

Jenny had gezegd dat er vanavond een informele borrel was in de hotelbar, waar ook een aantal van de ontwerpers naartoe zou komen. Leah neusde in haar kledingkast en haalde er een jumpsuit van zwarte crêpestof uit, die Madelaine had uitgekozen bij The Biba Boutique. Het geheel maakte ze af met een brede zwarte riem en hooggehakte pumps.

Toen ze zichzelf in de spiegel bekeek, voelde ze zich redelijk zeker over haar uiterlijk. In haar vermogen om over koetjes en kalfjes te praten had ze echter een stuk minder vertrouwen. Toch wilde ze Madelaine niet teleurstellen, dus haalde ze diep adem en besloot ze haar beste beentje voor te zetten.

Carlo Porselli keek om zich heen in de bar die was gevuld met luidruchtig kletsende modellen, fotografen en moderedacteurs. Zijn blik viel op de openschuivende liftdeuren waarachter een vrouw tevoorschijn kwam die hij nog niet eerder had gezien.

Tot nu toe had hij altijd zijn schouders opgehaald wanneer andere ontwerpers beweerden hun muze te hebben gevonden. Zelf was hij van mening dat kleding zo gemaakt diende te worden dat iedere vrouw zich er goed in voelde. Toen de vrouw dichterbij kwam, moest hij die mening echter bijstellen.

'Wie is dat? *Molto, molto bella*.'

'Dat is Madelaines nieuwste aanwinst.' Jenny zat naast hem en dronk net haar vijfde glas wodka-cola leeg. 'Ze woont bij mij. Leah, heet ze. Ze loopt mee in jouw show, samen met mij, Juanita en Jerry. Hé, Leah.' Ze zwaaide. 'Kom eens hier, dan stel ik je voor aan Carlo. Vrijdag gaan we zijn prêt-à-portercollectie showen. Hij is de hipste jonge ontwerper in de stad.' Ze trok er een stoel bij voor haar huisgenote.

Carlo stond op, pakte Leahs hand en drukte er een kus op. '*Buonasera, signorina*. Wat leuk je te ontmoeten.'

'Insgelijks,' reageerde ze stijfjes.

Nadat ze waren gaan zitten, knipte Carlo met zijn vingers en kwam er een ober aangesneld. 'Laten we champagne bestellen om Leahs eerste modeshow te vieren.'

'Ik wil liever cola, als u het niet erg vindt,' zei ze zacht.

'Ah, het jonge meisje zorgt goed voor haar prachtige figuur en gezicht. *Per favore*, een Coca-Cola en een fles Berlucchi.'

De ober maakte zich haastig uit de voeten en Carlo richtte zijn aandacht op Leah. 'Dus dit is je eerste keer in Milaan, *sì*?'

'Ja.'

'Dit is de mooiste stad op aarde, zeker aan het einde van de herfst, wanneer alle luidruchtige toeristen weer weg zijn en de bomen hun blaadjes verliezen. Sta me toe om je de stad te laten zien.'

Jenny grinnikte. 'Volgens mij heeft Leah geen tijd om de stad te bezichtigen, Carlo. Vanaf morgen zijn we dag en nacht aan het werk.'

'Daar moet je gewoon tijd voor maken,' wierp hij tegen.

Op dat moment werden de drankjes gebracht en schonk de ober de champagne in drie glazen.

Leah pakte haar cola en nam een slokje.

'Hier, proef eens. Anders ben ik beledigd.' Carlo reikte haar een glas champagne aan.

'Oké.' Aarzelend bracht ze het naar haar lippen en nipte ervan. De belletjes prikten in haar keel en ze proestte het uit.

Carlo bulderde van het lachen. 'Ah, niet de reactie waarop ik had gehoopt, maar ik heb al wel door dat we zo'n onschuldig meisje als jij moeten beschermen tegen mensen die misbruik van je willen maken.' Hij keek naar Jenny.

Die knikte veelbetekenend. 'Carlo heeft het over de playboys. Deze week is het jachtseizoen geopend. Momenteel staat er een hele rij Ferrari's voor het hotel geparkeerd.' Ze wees naar de andere kant van het vertrek. 'Zie je die mannen die met Juanita zitten te praten? En die drie mannen bij de modellen aan de bar?'

Leah knikte.

'Dat zijn steenrijke internationale zakenmannen. Als ze vanavond hun oog op je laten vallen, blijven ze je overladen met bloemen en cadeautjes tot je toegeeft en met hen uit eten gaat. Daarna zullen ze alles in het werk stellen om… Nou ja, je weet wel.'

'Ja,' zei Leah blozend.

'Helaas heeft Jenny gelijk,' verzuchtte Carlo. 'Mijn excuses voor het slechte gedrag van mijn landgenoten, maar het zit de Italianen nou eenmaal in het bloed. Aan een mooie vrouw kunnen we geen weerstand bieden.' Hij keek Leah doordringend aan. 'En verheug je je op de komende week?'

'Ik ben een beetje nerveus.'

'Natuurlijk, dat spreekt vanzelf. Ik weet zeker dat je een grote ster wordt.' Hij dronk zijn champagneflûte leeg. 'Zo, ik moet weer aan het werk. Er moet nog veel gebeuren voor vrijdag. *Buonanotte*, Jenny. Neem jij dit kleintje onder je hoeden?' Hij gaf haar op elke wang een zoen.

'Onder mijn hoede, Carlo, niet onder mijn hoeden.' Ze giechelde.

'Een prettige avond nog, *piccolina*. Ik zie je snel weer.' Nadat hij Leah een handkus had gegeven, liep hij naar de entree van het hotel.

'Weet je zeker dat je geen champie wilt?' Jenny pakte de halfvolle fles en schonk zichzelf nog eens bij.

Leah schudde haar hoofd en keek naar Juanita, die aan de arm van een van de jonge playboys de bar verliet.

'Natuurlijk,' mompelde Jenny, die het ook was opgevallen. 'Die meid is echt niet te geloven. Ze is verloofd met een popster, maar loopt achter alles aan wat een strakke broek draagt en een goedgevulde portemonnee heeft.'

'Carlo leek me wel aardig,' merkte Leah op.

'Ja, tegenwoordig wel, maar kennelijk was hij vroeger net zo erg als de andere jonge mannen in deze stad. Sinds hij vier jaar geleden als ontwerper is begonnen, lijkt hij te zijn bekeerd. Zijn vader is stinkend rijk.' Ze keek om zich heen om zich ervan te verzekeren dat niemand meeluisterde en leunde dichter naar Leah toe. 'Vorig jaar vertelde iemand me dat hij met de grote "M" omgaat.'

'De grote "M"?' fluisterde Leah terug.

'De maffia,' siste Jenny. 'Vergis je niet, dat geldt voor de meeste mensen hier. Veel modellenbureaus worden gerund door de georganiseerde misdaad. Vorig jaar is er zelfs een bomaanslag gepleegd op een bureau dat niet akkoord ging met een overname!'

Leah zette grote ogen op. Hier had Madelaine helemaal niets over gezegd.

'*Scusi, signorine*. Mogen we jullie op een drankje trakteren?'

Achter hen waren twee knappe Italiaanse mannen opgedoken.

'Nee, bedankt, we zijn al voorzien,' zei Jenny op besliste toon.

'Mogen we dan op zijn minst aanschuiven om van jullie gezelschap te genieten?'

'Eigenlijk wilden we net weggaan. Nietwaar, Leah?' Ze stond op en Leah volgde haar voorbeeld. 'Ciao, heren.' Beleefd glimlachend stond ze op en liep met Leah in haar kielzog naar de liften.

'Volgens mij kunnen we vanavond maar beter vroeg naar bed gaan. Als je honger hebt, kun je de roomservice bellen,' zei Jenny toen de liftdeuren op hun verdieping opengingen. 'Welterusten, Leah. Je hebt les één zojuist afgerond en bent met vlag en wimpel geslaagd. Jij komt er wel.' Ze gaf haar een kus en trok zich terug in haar kamer.

21

'Succes, schat, het komt helemaal goed.' Toen het opzwepende ritme van hun opkomstmuziek werd ingezet, gaf Jenny een kneepje in Leahs hand.

Leah was blij dat de ontwerper haar achteraan had geplaatst en dat ze maar twee outfits hoefde te showen.

'Gaan!' zei de choreograaf.

Leah liep achter de andere meisjes aan de schijnwerpers in. Het publiek ging uit zijn dak. Ze hield zich aan het slingerpatroon dat de choreograaf haar had aangeleerd en slaagde erin te glimlachen toen het haar beurt was om het ronde platform aan het einde van de catwalk op te stappen om de jurk die ze droeg te showen. Verblind door de cameraflitsen draaide ze zich om, liep de catwalk weer over en trok zich terug achter de schermen, waar haar stylist en kapper haar al opwachtten.

Aangezien zij zich niet hoefde te haasten, keek ze nieuwsgierig naar de oudere, ervarener modellen die driftig vloekend hun volgende outfit aantrokken en zich weer de trap op haastten om in alle rust over de catwalk te paraderen.

Nog geen veertig minuten later was de show voorbij en werden er achter de schermen volop zoenen en felicitaties uitgewisseld met de ontwerper. Na afloop werden er drankjes geserveerd in de salon en werd de modellen gevraagd hun jurken aan te houden. Leah droeg een rode satijnen haltertop en een zware haremrok van zwart satijn.

'Gefeliciteerd. Ik zei toch dat het een makkie zou worden?' kirde Jenny. Zij had vanavond samen met een ander model de hoofdrol op zich genomen en zag er oogverblindend uit in een fluwelen smoking met krijtstreeppatroon. Daaronder droeg ze een zijden blouse met puntboord en een grote vlinderdas. 'Blijf maar zo dicht mogelijk bij mij in de buurt. Dit is het moment waarop het uit de hand kan lopen.'

Leah knikte en liep achter haar vriendin aan naar de salon, waar Jenny meteen werd omringd door een horde fotografen en vervolgens met twee zoenen werd gefeliciteerd door de moderedacteur van *Vogue*.

Toen er een serveerster voorbijkwam, pakte Leah een glas jus d'orange van het dienblad en keek ze opgelaten om zich heen. Zoals haar al was verteld, leek iedereen elkaar te kennen.

'*Cara*, je hebt het perfect gedaan!' Carlo draaide haar naar zich toe en gaf haar op beide wangen een zoen. 'Natuurlijk maakt de ontwerper van vanavond niet zulke flatteuze kleding als ik, maar toch kon ik mijn ogen niet van je afhouden.'

'Dank je, Carlo.'

'Vrijdag zorg ik dat je precies kunt laten zien wat je in je mars hebt.' Hij wees naar de wereldberoemde ontwerper die achter hem stond. 'Hopelijk hoef je morgenavond tijdens zijn show niet al te veel jurken te showen?'

'Dat weet ik nog niet.'

Hij pakte haar handen beet. 'Ik wil je voor mezelf hebben. Helemaal voor mij alleen. Jij bent de vrouw die mijn ontwerpen onvergetelijk kan maken.' Weer staarde hij haar met die indringende bruine ogen aan.

Even kon ze geen woord uitbrengen.

'Carlo, *caro*!' Een beeldschone vrouw met gitzwart haar en felgroene ogen zoende hem vol op de mond. Er volgde een gesprek in rap Italiaans, waarbij Carlo meerdere keren in Leahs richting wees.

'Neem me niet kwalijk, ik had Maria al maanden niet meer gezien. Ze woont tijdelijk in Amerika, waar ze grof geld verdient voor een cosmeticabedrijf.'

'Leuk je te ontmoeten, schat,' zei Maria in het Engels met een zwaar accent. De uitdrukking op haar gezicht strookte niet met haar woorden.

'Maria is speciaal hiernaartoe gevlogen om mijn collectie te showen. Vrijdag gaan jullie met elkaar samenwerken.'

'Dan zie ik je dan, *no*?' Maria gaf hem nog een zoen. Toen ze wegliep, draaide ze zich om, wierp een blik op Leah en mompelde nog iets in het Italiaans voordat ze opging in de menigte.

'Sorry hoor. Die fotografen lieten me maar niet met rust.' Jenny kwam bij hen staan. 'Was dat Maria, die ik net zag weglopen?'

Carlo knikte. 'Sì.'

Met opgetrokken wenkbrauwen zei ze: 'Wat... fijn dat ze er is. Goed, we gaan naar de Astoria Club. Die heeft Gianni vanavond afgehuurd. Sally en ik rijden mee in zijn auto.'

'Dan kan Leah met mij meerijden. Maak je geen zorgen, Jenny. Ik neem haar onder mijn hoeden.'

'Hoede, Carlo,' corrigeerde Jenny hem. 'Oké, dan zie ik jullie daar. Gedraag je, hè, Leah?' Ze knipoogde.

Carlo klapte in zijn handen. 'Goed, dan gaan we maar.'

'Eerst moet ik me nog omkleden.'

Hij knikte.

In de kleedkamer trok Leah haar avondjurk van Jean Muir aan.

'Ah, die past veel beter bij je. Ik vind Muirs collectie dit jaar erg mooi. Hij lijkt op die van mij,' merkte Carlo op alsof de beroemde Britse ontwerper zijn werk had gekopieerd in plaats van andersom. Hij pakte haar hand, baande zich met haar een weg door de drukte en trok haar mee de koele lucht op de Via della Spiga op.

'Voordat we naar de Astoria gaan, wil ik je eerst nog ergens anders mee naartoe nemen. Het is hier vlakbij, we kunnen erheen lopen.' Toen hij wegliep, pakte hij haar hand beet. Bij het zien van haar bezorgde blik glimlachte hij. 'Maak je maar geen zorgen, cara. Jenny vertrouwt me, no?' Hij liet haar hand los en gebaarde om zich heen. 'Kijk, we zijn nu in het Quadrilatero. In deze paar straten zijn alle grote Italiaanse ontwerpers te vinden.' Hij sloeg rechts af en ze liep achter hem aan een rustigere straat in. In vergelijking met de indrukwekkende neoklassieke witte palazzi en grote luxe winkels aan de Via della Spiga oogde de Via Sant'Andrea als een serene, achttiende-eeuwse wereld.

Ze bleef even staan om door de etalage van een oude boetiek naar binnen te kijken.

Resoluut legde Carlo een hand op haar rug. 'Kom, kom. We hebben niet lang de tijd.'

Ze verontschuldigde zich en ging weer achter hem aan.

'Kijk, daar is de salon van Giorgio. Daar ga je donderdag toch naartoe?'

Ze knikte.

Tweehonderd meter verderop bleef hij staan. 'We zijn er,' zei hij en hij trok haar mee een paar oude stenen traptreden op. Op het gouden plaatje naast de bel stond CARLO. Hij deed de deur van het slot. 'Mijn assistent Giulio zal er nog wel zijn en ik wil je aan hem voorstellen. Wacht daar maar even.' Hij gebaarde naar een sierlijke stoel en verdween in de diepten van de salon.

Leah keek om zich heen. Het vertrek was ongelofelijk luxueus ingericht. Aan het met de hand beschilderde plafond hingen gigantische kroonluchters en de hoge ramen waren getooid met lange gordijnen van moirézijde.

Na een poosje kwam hij terug met een kleine man van middelbare leeftijd. 'Sta eens op, Leah.'

Dat deed ze.

Hij keek de oudere man aan. 'Heb ik gelijk, of niet?'

'Sì, je hebt gelijk.' De andere man knikte bedachtzaam.

Carlo liep naar haar toe. 'Dit is Giulio Ponti. Hij heeft voor een aantal van de grote modehuizen in Milaan gewerkt, maar ik heb hem weggekaapt, precies zoals ik dat vanavond met jou heb gedaan.' Na een korte aarzeling wendde hij zich tot zijn assistent. 'Ik wil dat zij vrijdag de bruidsjapon draagt.'

Giulio staarde hem aan alsof hij gek geworden was. 'Maar die is speciaal op maat gemaakt voor Maria.'

Carlo reageerde geërgerd. 'Daarom heb ik Leah vanavond ook meegenomen. Ik wil dat ze de japon aantrekt en dat jij hem voor haar vermaakt. Zo veel werk kan dat niet zijn.'

'Nou...' Met zichtbare tegenzin deed Giulio een stap naar voren om haar eens goed te bekijken. 'De lengte en heupomvang komen volgens mij overeen, maar Maria is hier voller.' Zonder enige gêne gebaarde hij naar haar borst.

'Ach, dat is zo opgelost. Leah, ga maar naar de kleedkamer, bovenaan de trap rechts. Daar hangt de bruidsjapon al klaar. Trek hem maar aan, dan komen wij ook zo.'

Ze knikte en liep de trap aan de voorkant van de salon op. Inmiddels was Giulio in rap Italiaans aan het praten, en Leah ving alleen de naam Maria op. Al snel had ze de kleedkamer gevonden en deed ze de deur open.

De glanzende witte japon hing in de hoek. Zoals haar was opgedragen trok ze haar eigen jurk uit en liet ze de japon over haar hoofd glijden. Giulio had gelijk gehad. Het kledingstuk zat haar als gegoten, alleen was het ter hoogte van de buste iets te wijd.

Er werd op de deur geklopt.

'Ik ben zover,' riep ze.

Nadat de mannen waren binnengekomen, bleven ze haar even aanstaren.

Carlo knikte en er speelde een glimlachje om zijn lippen. 'Zie je wel? Zij moet deze japon vrijdag dragen.'

Aarzelend gaf Giulio toe. 'Ze heeft inderdaad de uitstraling van een blozende bruid.'

'Precies zoals ik al dacht. Je kunt de jurk vermaken.'

Het kostte Giulio maar tien minuten om de japon hier en daar wat in te nemen. Toen hij klaar was, lieten ze Leah weer alleen om zich om te kleden, waarna ze elkaar weer terugzagen in de salon.

'Nu gaan we naar de nachtclub,' zei Carlo grijnzend tegen haar.

Ze vond hem eruitzien als een klein jochie dat zijn zin had doorgedreven.

'Leg jij het uit aan...'

Carlo wimpelde Giulio's opmerking weg, haakte zijn arm door die van Leah en voerde haar mee naar de voordeur. 'Geen probleem, laat dat maar aan mij over. *Arrivederci*, Giulio.'

Toen Carlo en Leah in zijn rode Lamborghini bij de Astoria aankwamen, werden ze direct omringd door paparazzi. Glimlachend sloeg hij zijn arm om haar schouders, waarop de camera's druk begonnen te flitsen. Hij beantwoordde hun vragen in het Italiaans, zwaaide en loodste haar mee naar binnen, naar een leren zitje dat nog vrij was. 'Wacht hier maar, dan ga ik champagne halen. Of nee, cola.' Met een knipoog liep hij naar de drukke bar.

Leah, die zich nog steeds verdwaasd en uitgeput voelde door alles wat er die avond gebeurd was, zag Jenny met een glas in haar hand op haar afkomen.

'Waar zat je nou toch? Ik kan je ook geen moment uit het oog verliezen. Ik was doodongerust!' mopperde ze.

Carlo dook achter haar op. 'Ze was bij mij, Jenny. Volkomen veilig dus, of niet soms?' Met een innemende glimlach zette hij de drankjes op tafel.

'Dat zal dan wel, maar laat me de volgende keer even weten waar jullie naartoe gaan. Ik heb Madelaine beloofd een oogje in het zeil te houden. Trouwens, ik wil zo terug naar het hotel. Leah ziet er ook doodmoe uit.'

'Kom, ga even zitten. Ik heb iets voor je. Ik weet dat je ervan houdt en dit is het beste spul dat in Milaan te krijgen is.' Hij haalde een klein medicijnflesje uit zijn zak en gaf dat aan Jenny.

Aarzelend keek ze hem aan. 'Dat kan ik beter niet doen. Ik heb al genoeg gehad.'

Hij haalde zijn schouders op. 'Hou het dan maar bij je, als cadeautje.'

'Oké, dank je.' Ondanks Leahs nieuwsgierige blik stopte ze het flesje in haar tas. Daarna keek ze Carlo streng aan. 'Over een half uur kom ik terug.' Na dat gezegd te hebben, liep ze bij hun tafel weg.

'Zullen we dansen?' Hij stond op en stak Leah zijn handen toe.

'O, eh... ja hoor.' Het liefst zou ze nu in haar comfortabele hotelbed liggen. Haar voeten deden pijn, maar ze wist dat dit er ook bij hoorde als ze succesvol wilde worden.

Terwijl ze de dansvloer op liepen, werd er een langzaam nummer ingezet en trok Carlo haar in zijn armen.

Ze rook de sterke geur van zijn aftershave en snoof de muffe geur in de zaal op. Het was een raar luchtje dat ze niet kon thuisbrengen.

'O, cara, mia cara.' Hij hief haar gezicht een stukje op om het te kunnen bekijken. 'Ik ga je beroemd maken. Onze namen zullen voorgoed aan elkaar verbonden zijn, jij bent mijn muze! Zeg alsjeblieft dat je vannacht bij me blijft.' Hij boog zich naar voren en zoende haar op haar mond.

'Hé, nee! Carlo, niet doen!' Ze wurmde zich los uit zijn armen en rende naar de uitgang. Eenmaal buiten liep ze snel naar een wachtende taxi en gaf de chauffeur de naam van haar hotel. Pas toen ze veilig in haar kamer was, liet ze zich op het bed vallen en barstte ze in tranen uit.

Het werd haar allemaal te veel. Iets meer dan een maand geleden had ze nog bij haar ouders in een gehucht in het noorden van Engeland gewoond en was ze een doodnormale tiener geweest die totaal geen benul had van deze wereld. Sindsdien was ze in het diepe gegooid en nu moest ze de vreemde mannen van zich afslaan.

Ze wilde gewoon naar huis, naar het veilige wereldje dat ze altijd had gekend.

Op dat moment werd er op de deur geklopt. Met ingehouden adem wachtte ze af.

Nog een klopje. 'Leah, ik ben het, Jenny. Mag ik binnenkomen?'

Ze stond op en deed de deur van het slot.

Bij het zien van het behuilde gezicht van haar vriendin kreeg Jenny een meelevende blik in haar ogen. 'Lieverd, het spijt me zo. Het is mijn schuld, ik had je niet met hem alleen moeten laten. Toe, ga je gezicht even wassen, dan zet ik een kop thee voor je.'

Zonder iets te zeggen knikte Leah. Nadat ze haar mascara had verwijderd, voelde ze zich al iets beter. Ze kwam de badkamer uit en kreeg door Jenny een dampende mok earl grey in haar handen gedrukt.

'Wat heeft hij gedaan?'

'Hij probeerde me te zoenen,' zei ze zacht.

Jenny slaakte een zucht van opluchting. 'Godzijdank. Vaak maken ze het in de nachtclubs nog veel bonter, kan ik je vertellen. Morgen draai ik hem de nek om. Hij had me beloofd dat hij je met geen vinger zou aanraken.'

'Het is jouw schuld niet. Volgens mij ben ik gewoon niet geschikt voor dit soort dingen.' Ze kreeg weer een brok in haar keel.

'Denk je niet dat het in het begin voor ons allemaal zo voelt? Geloof me, Leah. Ik was zelfs nog onervarener dan jij toen ik begon, en ik ben echt door schade en schande wijs geworden.' Bij de herinnering daaraan kreeg ze een verdrietige blik in haar blauwe ogen.

'Wat is er gebeurd?'

Jenny haalde diep adem. 'Weet je nog dat ik zei dat Madelaine me de dag nadat ik het contract had getekend naar Parijs stuurde?'

'Ja.'

'Nou, ik had niemand die op me lette. Niemand die me ervoor waarschuwde dat die modellengroupies er alles voor overhebben om je in bed te krijgen. Dus toen een knappe Franse kerel me op etentjes trakteerde en bloemen naar mijn kamer stuurde, slikte ik alles voor zoete koek. Al die aandacht vond ik overweldigend.' Ze liet zich op het bed zakken. 'Op een avond gaf hij me een sigaret waar coke in gestopt was, nam hij me mee naar zijn huis en...' Ze begon te huilen. 'Ik probeerde nee te zeggen, maar hij was te sterk en bleef maar tegen me schreeuwen, dus liet ik hem begaan. Na die avond heb ik hem nooit meer gezien.' Ze snifte. 'Trouwens, met coke bedoel ik de drug, niet de frisdrank.'

Leah knikte. 'Zat er ook coke in dat flesje dat Carlo vanavond aan je gaf?'

Om Jenny's mond verscheen een strakke trek. 'Ja, maar waag het niet om dat aan Madelaine te vertellen. Als zij hier lucht van krijgt, word ik meteen ontslagen. Ik gebruik het niet zo vaak, maar in de modewereld kun je er gewoonweg niet omheen.'

Leah ging naast haar op het bed zitten en sloeg een arm om haar heen. 'Als die man je verkracht heeft nadat hij je dat spul had gegeven, waarom zou je het dan...'

'Als je het eenmaal gebruikt hebt, krijg je de smaak te pakken. Hoe dan ook, vertel nu maar eens waar je vanavond bent geweest.'

Leah trok een gezicht. 'In Carlo's salon, om een bruidsjapon te passen. Hij wil dat ik die vrijdag ga showen.'

'Jezus!' Geschrokken keek Jenny haar aan.

'Wat is er?'

'Maria showt altijd de bruidsjapon voor Carlo. Sinds hij een eigen modelabel is begonnen, is ze zijn voornaamste model. Ze hebben drie jaar een affaire met elkaar gehad, totdat ze een half jaar geleden naar Amerika vertrok. Weet ze het al?'

'Carlo zei dat hij het haar zou vertellen.'

'Nou, dan heeft hij je een behoorlijke poets gebakken. Wat is hij toch een verwend nest. Hij zet mensen gewoon aan de kant om te krijgen wat hij wil en laat anderen de rommel opruimen.' Ze haalde diep adem. 'Even serieus, vanaf nu kun je maar beter op je hoede zijn voor Maria. Ze is altijd al een kreng geweest, maar dit...'

'Ik wil gewoon naar huis,' zei Leah zwakjes.

Jenny omhelsde haar. 'Het spijt me, lieverd. Ik wilde je niet bang maken. Natuurlijk wil je niet naar huis. Het is een enorme eer om door de grote Carlo Porselli uitverkoren te worden om zijn bruidsjapon te showen! Dat kan alleen maar betekenen dat je ongelofelijk succesvol zult worden. Als je maar onthoudt dat de concurrentie moordend is. Je zult razendsnel volwassen moeten worden, maar als ik dat kan, kun jij het zeker.'

'En als hij nou weer probeert me aan te raken?'

Jenny haalde haar schouders op. 'Vind je hem niet leuk? Hij is duidelijk als een blok voor je gevallen.'

Leah trok een vies gezicht.

22

Op vrijdagochtend werd Leah om zeven uur wakker gemaakt door de wekservice van het hotel. Uitgeput stond ze op om te douchen. Toen ze de badkamer uit kwam, hoorde ze dat er op de deur werd geklopt.

'Wie is daar?'

'Er is iets voor u bezorgd bij de receptie.'

Ze deed de deur open en zag de piccolo met een gigantisch boeket witte rozen staan worstelen.

'*Grazie.*' Ze gaf de jongen een fooi en droeg de bos bloemen naar het bed. Daar vouwde ze het kaartje open.

Vanavond wordt een avond die je nooit zult vergeten, mijn bruid. Carlo.

Sinds maandagavond had ze hem niet meer gezien. Tot haar opluchting was hij niet naar de shows van de andere ontwerpers gekomen. Deze week had ze ingezien dat het modellenleven dan wel glamoureus mocht zijn, maar dat het vooral uit hard werken bestond. Ze moest elke dag om zeven uur opstaan en vervolgens om negen uur haar opwachting maken in de salon van een ontwerper in het Quadrilatero, waar de modellen werden klaargestoomd voor de show van die avond. Ze oefenden met de choreograaf, hadden proefsessies met de kapper en visagist en sloten af met een generale repetitie. Normaal gesproken kregen ze niet langer dan een half uur pauze om nog iets te eten voordat ze zich klaar moesten maken voor de show.

Na afloop waren er dan ook nog de sociale verplichtingen. De meeste modellen gingen tot diep in de nacht uit, naar feestjes en nachtclubs. Leah begreep niet hoe ze de volgende ochtend weer zo fris voor de dag konden komen. Er werd wel volop gekreund en er werden gretig aspirientjes rondgedeeld, maar de meisjes leken de naweeën van de vorige avond gewoon voor lief te nemen.

Leah had er een gewoonte van gemaakt om na de show nog één drankje te nemen in de salon van de ontwerper en er vervolgens stilletjes tussenuit te knijpen naar haar hotel, waar ze uitgebreid in bad ging en van de luxe van haar suite genoot. Daardoor hoorde ze er niet echt bij, maar hoewel sommige meisjes haar een spelbreker noemden, vielen ze haar over het algemeen niet lastig.

's Ochtends kwam Jenny vaak naar haar kamer om haar onder het genot van een kop koffie de laatste roddels te vertellen.

Toen Leah haar had gevraagd waarom de beruchte playboys haar met rust leken te laten, had Jenny wijselijk geglimlacht. 'Carlo heeft hun te kennen gegeven dat ze bij je uit de buurt moeten blijven. Niemand durft je nu nog aan te raken, daarvoor zijn ze veel te bang voor hem. Zoals ik al zei, hebben zijn vader en hij veel invloed in deze stad.'

Daar was Leah hem dankbaar voor. Wilde feesten, drank en drugs waren gewoonweg niets voor haar en ze wist dat haar moeder haar de nek zou omdraaien als ze zich met dat soort zaken inliet.

Toch zag ze op tegen vanavond.

Ze vroeg zich af wat de andere meisjes zouden denken als Carlo straks bekendmaakte dat zij vanavond de bruidsjapon zou showen. Als ze uitging van de valse opmerkingen die er in de kleedkamer werden gemaakt wanneer een model de mooiste outfits kreeg toebedeeld, kon ze zich maar beter schrap zetten.

'Gewoon het hoofd koel houden, Leah,' sprak ze zichzelf moed in terwijl ze de gang in liep en op Jenny's deur klopte.

Haar vriendin zag er verfomfaaid uit en had haar nachthemd nog aan. 'Kom binnen, lieverd. Ik ben aan de late kant. Jeetje, wat heb ik een kater, zeg! Zet jij even koffie? Dan spring ik onder de douche.'

Nadat Leah de waterkoker had aangezet, raapte ze Jenny's prachtige avondjurk van Chanel van de vloer en hing hem op.

'Zo, dat is beter,' zei Jenny, die naakt op het bed ging zitten en een slok koffie nam. 'Ik heb gisteravond iemand leren kennen.' Over de rand van haar mok heen keek ze Leah aan.

'Hè? Je zei toch dat je die playboys nog niet met een tang zou willen aanraken?'

Jenny giechelde. 'Hij is geen playboy, hij is een prins.'

'O.'

'"O?" "O?" Je beste vriendin brengt de nacht door met een van de meest begeerde vrijgezellen op aarde, en jij zegt alleen maar "O"?'

Ze glimlachte. 'Sorry, Jenny. Vertel eens wat meer over hem.'

'Nou, hij heet Ranu en hij is de kroonprins van een of ander land in het Midden-Oosten. Zijn vader schijnt de rijkste man van de wereld te zijn. Je hebt vast weleens van hem gehoord. De roddelrubrieken staan altijd vol met berichten over Ranu die weer eens een enorm feest heeft gegeven op zijn jacht of op een privé-eiland in het Caribisch gebied. Er wordt regelmatig beweerd dat hij met de een of andere beeldschone vrouw gaat trouwen.'

Leah schudde haar hoofd. 'Nee, dat zegt me allemaal niets. Hoe was hij?'

Het gezicht van het andere meisje kreeg iets dromerigs. 'O, Leah, het was de meest romantische avond van mijn leven. In eerste instantie stond ik niet te trappelen toen Giorgio, de ontwerper, zei dat Ranu wanhopig graag met me wilde kennismaken. Ik bedoel, hij heeft nou niet bepaald een goede reputatie. Maar zodra hij naar me toe kwam… Hij is zo'n schatje, Leah. Een echte heer. We zijn naar zijn feest gegaan, in een groot palazzo aan de oever van het Comomeer, en hij is de hele avond niet van mijn zijde geweken. Na afloop bracht hij me terug naar het hotel en probeerde hij me niet eens te zoenen. Niet te geloven, toch? Voordat ik uit de auto stapte, draaide hij zich naar me toe en zei met die ontzettend sexy stem van hem: "Ik wil je graag nog een keer zien, Jennee." Ik vind het prachtig, zoals hij mijn naam uitspreekt, met het accent op de "y".'

Het begon Leah te duizelen. Ze had nooit gedacht dat die lieve, verstandige Jenny in die gladde praatjes zou trappen.

'Ik weet wat je denkt, maar ik kan het gewoon niet uitleggen.' Jenny stond op en trok het joggingpak aan waarin ze het liefst repeteerde. 'Hij is anders dan de anderen, dat weet ik zeker. Vanavond komt hij naar het feest, dan kun je het met eigen ogen zien. Maar genoeg over mij. Ben je klaar voor je grote dag?'

'Volgens mij wel.'

'Mooi zo. Denk erom, trek je niks aan van wat de andere meiden zeggen. Die zijn gewoon jaloers omdat jij zo'n grote kans krijgt terwijl je nog maar net komt kijken. Als je maar oppast voor Maria. Ik ben benieuwd hoe Carlo haar gaat aanpakken. Schiet op, anders komen we nog te laat.'

Toen ze in Carlo's salon aankwamen, zaten de meeste andere meisjes daar al te roken en koffie te drinken.

'Oké, dames, kom er even bij. Ik wil het schema met jullie doornemen en Carlo wil jullie nog even toespreken.' Giulio zag er vermoeid uit en zijn ogen waren roodomrand.

Leah en Jenny gingen achterin zitten.

Carlo klom op de voorzijde van de catwalk die voor de show was opgebouwd. '*Buongiorno*, dames. Ik hoop dat jullie geen van allen pas na middernacht jullie bed in zijn gekropen...'

Onder de modellen steeg gegiechel op.

Met opgetrokken wenkbrauwen vervolgde hij: 'Vandaag wordt een drukke dag. Dit jaar wijkt de opzet iets af van andere jaren. Eén verschil wil ik even aanstippen. De prachtige Maria, die zo vriendelijk is geweest om vanuit Amerika naar ons toe te komen, is door haar agentschap daar gevraagd hier niet op te vallen, omdat dat de marketing en promotie in de Verenigde Staten in de weg zou kunnen zitten. Natuurlijk zal ze alsnog deelnemen aan de show, maar gezien de omstandigheden hebben we besloten iemand anders de bruidsjapon te laten dragen.'

'Goeie smoes, Carlo,' mompelde Jenny, die wist dat niemand hem zou geloven.

'We hebben jullie maten bekeken en het meisje dat het dichtst bij Maria in de buurt komt is Leah. Zodoende zal zij vanavond de bruidsjapon showen.'

Er werd hoorbaar naar adem gehapt. Mensen stootten elkaar aan en draaiden zich om naar Leah, die blozend haar blik op haar handen gericht hield. Daarna draaide iedereen zich naar Maria toe om haar reactie te peilen. Zij zat op de voorste rij, haalde elegant haar schouders op en glimlachte toegeeflijk.

'*Va bene*, ik laat jullie in bekwame handen achter bij Giulio, die de volgorde met jullie zal doornemen, en bij Luigi, die verantwoordelijk is voor het decor. Grazie, dames.'

Zodra het podium leeg was, begonnen de meisjes te fluisteren. Enkele van de oudere modellen schaarden zich om Maria heen, terwijl anderen zich naar Leah omdraaiden om haar enthousiast te feliciteren. Na een poosje stond Maria op en liep naar haar opvolgster toe. Alle hoofden in het vertrek draaiden zich om om mee te kijken.

Tot Leahs verbazing glimlachte Maria en gaf ze haar op beide wangen een zoen. 'Bedankt dat je me uit de brand helpt, schat. Die Amerikanen kunnen zo bezitterig zijn. Succes. Als je hulp nodig hebt, hoef je het maar te vragen, oké?'

Leah liet de adem die ze had ingehouden pas ontsnappen toen Maria haar stoel weer opzocht en Giulio de catwalk op klom om de volgorde door te nemen.

De rest van de ochtend concentreerde ze zich op het onder de knie krijgen van de choreografie. Het grootste gedeelte van de tijd moest ze met Maria samenwerken, en het oudere model was uiterst behulpzaam. Sterker nog, ze ontpopte zich tot een ware moederkloek. Als Leah het te druk had, haalde ze koffie voor haar en over het algemeen behandelde ze haar als een uit het oog verloren dochter.

Tijdens de lunchpauze gingen Leah en Jenny even een luchtje scheppen.

'Ik kan er maar niet over uit dat Maria zo goed voor je zorgt. Alle meisjes hebben het erover. Alleen lijkt ze me een beetje té lief, dus laat je niet helemaal door haar inpalmen, oké?'

Leah knikte, al vond ze Maria behoorlijk oprecht overkomen.

Waar ze die avond het meest tegen opzag, waren de snelle kledingwissels. De afgelopen avonden had ze de andere meisjes gadegeslagen en zich afgevraagd hoe ze dat toch klaarspeelden. Vanavond zou Leah zes peperdure outfits showen.

De generale repetitie was een ramp. Leah kwam twee keer te laat de catwalk op en Giulio viel tegen haar uit.

Een uur voor aanvang van de show zat Leah in de kappersstoel en voelde ze de paniek toeslaan.

Op dat moment dook Maria achter haar op. 'Ach, kleintje, je bent nerveus, no?'

Leah knikte en stond op om plaats te maken voor het volgende meisje.

‘Hier, neem deze maar in. Daar word je rustig van.’ Maria gaf haar drie witte pilletjes.

‘Nee, dank je,’ zei Leah hoofdschuddend.

‘Het zijn maar aspirientjes. Kijk, ik neem er zelf ook een paar.’ Ze stopte twee witte tabletjes in haar mond en spoelde ze weg met een glas water.

‘Nou... goed dan. Dank je.’ Door de felle lampen en het gefriemel aan haar haar had ze knallende hoofdpijn. Trouwens, Maria had de pillen zelf ook ingenomen, dus het kon vast geen kwaad. Ze pakte het glas water aan en slikte de pilletjes door.

Een half uur later was ze in haar eerste outfit gestoken: een corduroy trui met een laag uitgesneden hals en een rok van de zachte wol die deze week bij alle ontwerpers in trek was. Het kostte haar moeite om haar kalmte te bewaren.

Tien minuten voor aanvang kwam Carlo in een schitterende witte smoking de kleedkamer binnen. ‘Toitoitoi, meisjes. Ik weet zeker dat jullie me trots zullen maken.’ Hij liep naar Leah toe, pakte haar handen beet en zoende haar op haar wangen. ‘Je ziet er fantastisch uit, cara. Over een uur ben jij de nieuwe ster van de modewereld, neem dat maar van mij aan. Oké, meisjes. Allemaal klaarstaan.’

Terwijl Leah haar positie innam, kreeg ze kramp in haar buik en werden haar handen klam.

‘Het zijn gewoon de zenuwen.’ Jenny keek naar haar bleke gezicht en het dunne laagje zweet op haar voorhoofd en raakte even geruststellend haar hand aan. ‘Als je eenmaal op de catwalk staat, komt het wel goed.’

Leah knikte. Waarschijnlijk had Jenny gelijk, maar ze voelde zich echt niet lekker. Ze liep naar de toegang tot de catwalk en luisterde naar het geroezemoes in het publiek. Vanavond zou zij tijdens het eerste nummer de rest van de meisjes aanvoeren.

Het werd stil in de zaal toen de gastheer het woord nam en vervolgens klonk het bekende ritme van de muziek. De pijn in haar buik werd alsmaar erger.

‘Oké, gaan!’ riep de choreograaf.

Leah stapte de schijnwerpers in en werd onthaald op applaus. Na het eerste nummer rende ze naar haar stylist toe. Hoewel ze zich iets rustiger voelde, was ze ontegenzeggelijk ziek.

De volgende twintig minuten waren een nachtmerrie. Ze doorstond zes kledingwissels, maar had continu het gevoel dat ze op het punt stond om flauw te vallen. Hoewel ze dringend naar de wc moest, wist ze dat ze geen tijd te verliezen had. Op de een of andere manier zette ze door en lukte het haar zelfs om te glimlachen terwijl ze alle ingestudeerde pasjes op de catwalk uitvoerde.

'Het is zo voorbij, je bent er bijna, alleen de bruidsjapon nog,' hield ze zichzelf voor terwijl ze van de catwalk kwam en zich naar haar stylist toe haastte. Halverwege het uittrekken van haar avondjurk besefte ze echter dat ze het niet langer volhield. 'Het spijt me, ik moet naar het toilet.' Ze rende weg.

Haar styliste bleef verbijsterd achter, met de bruidsjapon nog in haar handen. '*Mamma mia!* Wat moeten we nu?'

Giulio rende de trap aan de zijkant van de catwalk af. 'Snel, we hebben geen tijd te verliezen! Maria, kom hier en trek de japon aan.'

Met een triomfantelijke glimlach slenterde ze naar hen toe. 'Dat zal mijn agentschap niet fijn vinden,' merkte ze op terwijl de japon over haar hoofd getrokken werd. 'Ai, de bovenkant zit te strak.'

'Trek je beha dan uit, snel!'

Weer grijnsde ze. 'Omdat je zo aandringt.'

Een minuut later liep Maria de catwalk op en hapte het publiek collectief naar adem, waarna er een daverend applaus losbarstte. De overige meisjes voegden zich bij haar en een verwarde Carlo sprong de catwalk op om een ovatie in ontvangst te nemen.

Jenny trof Leah als een zielig hoopje aan in een van de wc-hokjes. 'Och, lieve schat, wat is er aan de hand? Je moet meteen naar het ziekenhuis.'

Leah schudde haar hoofd. 'Dat hoeft niet.'

'Je ziet er afschuwelijk uit. Waar doet het pijn? In je buik?'

Ze knikte. 'Ik moet de hele tijd naar de wc... O nee, sorry hoor.' Snel duwde ze Jenny het hokje uit. Vijf minuten later deed ze dubbelgevouwen van de pijn de deur open en liet zich weer op de grond zakken.

'Het lijkt wel of je voedselvergiftiging hebt, maar je hebt vandaag nauwelijks iets gegeten. Heb je enig idee wat de oorzaak kan zijn?'

'Heeft Maria het van me overgenomen?'

Jenny knikte. 'Ja, ze heeft behoorlijk wat teweeggebracht. Omdat ze geen beha onder de jurk aankon, was álles door het chiffon heen te zien. Volgens mij was dat niet helemaal de bedoeling, maar morgenochtend zullen alle kranten er zeker vol van staan.'

'Ze heeft me een paar tabletjes gegeven. Aspirientjes, volgens haar, en ze nam er zelf ook twee in. De pijn begon ongeveer een uur nadat ik ze had ingenomen,' zei Leah zacht.

Verbijsterd keek Jenny haar aan. 'Lieve help, dat kreng heeft je vast een laxeermiddel gegeven! Ik heb wel vaker gehoord over modellen die zoiets gedaan hebben, maar ik kan gewoon niet geloven dat zij zo diep zou zinken. Denk je echt dat het door die pillen komt?'

'Ja. Ik heb vandaag niks gegeten en ik voelde me helemaal niet ziek, maar nu moet ik de hele tijd naar de wc.'

'Jezus christus!' riep Jenny uit toen Leah wederom de deur moest dichttrekken om haar behoefte te doen. 'Oké. Ik haal je spijkerbroek, dan kun jij je omkleden terwijl ik een taxi aanhou om je terug naar het hotel te brengen. Daarna ga ik naar Carlo toe. Hier mag ze niet mee wegkomen.'

'Laat toch zitten, Jenny. Ik heb geen poot om op te staan.'

Haar vriendin was echter al weg.

Leah lag in bed en voelde zich uitgeput, zielig en hondsberoerd. Ze was net op tijd in het hotel aangekomen om naar de damestoiletten te rennen en het afgelopen uur had ze op de wc doorgebracht. Ze kon maar niet geloven dat iemand zoiets gemeens kon doen.

Na vanavond wist ze het zeker: ze was hier niet geschikt voor. Al deed dat er niet echt toe, want nu ze voor het oog van de hele modewereld was afgegaan, zou niemand nog met haar willen samenwerken. Ze nam zich voor om morgen een ticket te kopen en regelrecht terug te gaan naar Yorkshire, waar ze thuishoorde.

Er gleed een traan over haar wang, maar ze troostte zich met de gedachte dat ze morgen rond deze tijd in haar eigen bed zou liggen en dat haar moeder voor haar zou zorgen.

Daaraan denkend sukkelde ze in slaap, blij dat het ergste achter de rug leek te zijn.

Een tijd later werd ze wakker van een aanhoudend geklop. 'Wie is daar?' riep ze zwakjes.

‘Ik ben het, Carlo. Mag ik alsjeblieft binnenkomen?’

‘Ik voel me niet lekker. Ga alsjeblieft weg.’

‘Cara, ik smeek het je, doe open. Ik ga nergens heen.’

Met tegenzin strompelde ze het bed uit. Nadat ze de deur van het slot had gedaan, wist ze net op tijd bij het bed te komen voordat ze door haar benen zakte.

Hij ging aan het voeteneinde zitten en pakte gespannen haar hand beet. ‘Hoe voel je je?’

‘Een beetje beter, geloof ik. Het spijt me heel erg.’

Met gefronst voorhoofd keek hij haar aan. ‘Jij hoeft je nergens voor te verontschuldigen. Jenny heeft me verteld wat Maria heeft gedaan en iemand anders heeft dat bevestigd. Dit is allemaal mijn schuld. Ik was zo dom om te denken dat ze het sportief zou opvatten. Het spijt me verschrikkelijk, piccolina.’

Verdrietig haalde ze haar schouders op. ‘Het is me nu wel duidelijk dat de modellenwereld niets voor mij is. Ik ga morgen naar huis.’

Zijn bruine ogen schoten vuur. ‘Geen sprake van! Hier, kijk eens.’ Hij duwde haar een exemplaar van *Il Giorno* in de hand. Op de voorpagina prijkte een grote foto van Leah in de avondjurk die ze als laatste had aangehad. De kop boven de foto was in hoofdletters gedrukt.

‘Wat staat daar?’ Ze gaf hem de krant terug.

‘Er staat: “Wie is dit?” Ik zal de rest aan je voorlezen.’ Hij schraapte zijn keel. ‘“Dit is het mysterieuze model dat gisteravond voor sensatie zorgde tijdens de prêt-à-portershow van Carlo. Ze kwam niet opdagen op de afterparty en afgelopen week heeft niemand haar in de stad gesignaleerd, behalve dan op maandagavond in een nachtclub, aan Carlo’s arm. Zelfs toen vertrok ze al na vijf minuten in haar eentje. Er wordt gefluisterd dat ze een Russische aristocrate is, een directe afstammeling van de tsaar.”’

Onwillekeurig moest ze daarom giechelen.

‘“Niemand begrijpt waarom de flamboyante Carlo ervoor heeft gekozen om zijn voormalige geliefde Maria Malgasa de bruidsjapon te laten showen. Sommigen vermoeden dat het een zoenoffer is geweest om te zorgen dat de heetgebakerde Maria zich koest zou houden, want het lijdt geen twijfel dat dit meisje zijn nieuwe ster is. De nogal vulgaire vertoning die Maria opvoerde – er waren lichaamsdelen te zien die normaal gesproken alleen in *Penthouse* opduiken – werd des te wanstaltiger door de natuurlijke schoonheid en het stralende voorkomen van dit mysterieuze model."' Grijnzend keek hij haar over de rand van de krant heen aan. 'Wil je dat ik nog verderga?'

'Nee.'

'Begrijp je nu dat haar plan averechts heeft gewerkt? Dat jij de bruidsjapon niet droeg en niet op de afterparty verscheen, heeft de interesse van de media alleen maar aangewakkerd.' Hij stak zijn handen naar haar uit. 'Het is goed dat je niet zo van het sociale leven houdt als de anderen. Dat maakt je mysterieus, en daar smult de pers juist van.'

Ze wendde haar gezicht af. 'Toch ga ik naar huis.'

'Dat moet je zelf weten,' verzuchtte hij. 'Ik begrijp best dat je van streek bent, maar zie je dan niet hoe je het haar het beste betaald kunt zetten? Je kunt een echte ster worden, precies zoals ze al vreesde. Blijf hier en zorg dat je haar overschaduwt! Als je nu op de vlucht slaat, denkt ze dat ze gewonnen heeft. Snap je?'

Zonder iets te zeggen knikte ze.

Met toegeknepen ogen keek hij haar aan. 'Hoe oud ben je eigenlijk, Leah?'

'Nog maar net zeventien.'

Hij ademde diep in. 'Ah, mijn piccolina, nu begrijp ik het pas. Je bent hier nog te jong voor. Van nu af aan zal ik je beschermen.' Hij streek het haar uit haar gezicht. 'Het spijt me dat ik geprobeerd heb je te zoenen. Ik vond je er zo *bellissima* en elegant uitzien. Als je blijft, beloof ik dat ik je nooit meer zal aanraken.'

Weifelend keek ze hem aan.

Hij zag er ernstig en oprecht uit. 'Blijf toch, Leah. Je bent hiervoor in de wieg gelegd.'

'Oké,' gaf ze toe.

Toen Leah de volgende ochtend uit de lift stapte, stond een hele horde fotografen haar op te wachten.

Haar nieuwe leven was begonnen.

Deel 2

augustus 1981 tot januari 1982

1

Londen, augustus 1981

'Het is zover, kerels. Proost, op onze laatste week als zorgeloze jonge mannen. Over niet al te lange tijd moeten we allemaal 's ochtends vroeg opstaan, in plaats van om elf uur uit ons bed te strompelen nadat we het eerste college hebben gemist. Dan werken we door tot acht uur 's avonds, in plaats van 's middags onze roes van de vorige avond uit te slapen. Wie weet, misschien worden sommigen van ons wel een hoge pief in dit mooie landje van ons. Maar laten we nu maar doen waar studenten het beste in zijn: drinken!'

Ieder van de vijf jonge mannen rondom de tafel in de smoezelige pub in West-Londen hief kreunend het glas.

'En dan te bedenken dat ik me beklaagde over de hoeveelheid werk waar mijn sadistische mentor me mee opzadelde,' merkte Rory mismoedig op.

'Jij kunt in elk geval nog uitgebreid gaan lunchen in het zakendistrict. Dat kunnen de geneeskundestudenten onder ons niet zeggen,' mopperde Toby jaloers.

'Volgens mij heeft Brett het nog het beste voor elkaar. Die gaat in het bedrijf van zijn pappie aan de slag, voor een startsalaris waar de meesten van ons tegen het einde van onze carrière nog blij mee zouden zijn. Jouw bedje is al gespreid,' plaagde Sebastian hem, zonder ook maar een spoortje afgunst.

Brett haalde zijn schouders op. 'Ik weet het, jongens. Het is eenzaam aan de top.' Ondanks zijn gekscherende toon zou hij dolgraag met hen willen ruilen. Zijn vier goede vrienden van Cambridge hadden stuk voor stuk zelf een toekomstige carrière uitgekozen, en hij had zijn riante salaris met alle liefde willen opofferen om dat ook te kunnen doen.

De afgelopen drie jaar op de universiteit waren heerlijk geweest en hij vond het vreselijk jammer dat er nu een eind aan kwam. Hoewel hij zijn studie rechten niet erg interessant vond en er daarom een beetje met de pet naar had gegooid, had hij wel zijn plekje gevonden en hechte vriendschappen opgebouwd in het studentenleven.

Hij had zich als decorschilder aangesloten bij de amateurtheaterclub Footlights en had zelfs een paar keer met het gezelschap opgetreden. Tot zijn verbazing was hij er desondanks in geslaagd om met keurige cijfers af te studeren.

Verdrietig keek hij naar zijn vrienden. Geen van hen had besloten hun artistieke talenten verder te ontplooien. Bij het kiezen voor een carrière hadden ze zich erbij neergelegd dat het plezier dat ze de afgelopen jaren hadden gehad zou ophouden zodra ze hun bul in ontvangst namen. Het hoorde erbij om als student de bloemetjes buiten te zetten, maar vanaf nu zouden ze allemaal een beschaafd leven gaan leiden en een respectabel beroep uitoefenen.

Brett leek de enige te zijn die dat maar niet kon accepteren. Volgende week zou hij bij zijn vader in dienst treden en daar zag hij vreselijk tegen op. In de afgeschermde wereld van Cambridge was hij gewoon een van de vele studenten geweest die het daar goed naar hun zin hadden, maar nu, twee maanden na hun laatste tentamens, voelde hij al dat zijn vrienden en hij uit elkaar groeiden.

'Ik trakteer, jongens.' Hij trok zijn portemonnee en haalde een goudkleurige creditcard van American Express tevoorschijn, die hij in het versleten mapje met de rekening stopte.

'Dank je, Brett,' zei Sebastian. 'Nou, ik weet niet hoe jullie erover denken, maar ik heb nog geen zin om naar huis te gaan. Toevallig heb ik een paar uitnodigingen bij me voor het beste feest in de stad vanavond. Die heeft mijn zus Bella voor me geregeld. Het feest wordt gehouden bij Tramp, omdat er een of ander model jarig is. Zo te horen zullen er behoorlijk wat mooie vrouwen aanwezig zijn.' Suggestief trok hij zijn wenkbrauwen op.

Bretts hart sloeg een slag over.

Hij wist dat Leah Thompson tegenwoordig erg veel succes had en naar verluidt zelfs een van de bestbetaalde modellen ter wereld was. De kans dat hun wegen elkaar nog eens zouden kruisen was klein.

Hoewel hij hard zijn best had gedaan om haar te vergeten, viel dat niet mee aangezien haar gezicht hem de afgelopen jaren vanaf de omslagen van alle bekende tijdschriften had aangestaard.

Natuurlijk had hij wel een paar relaties gehad met studentes, stuk voor stuk meisjes die iedere jonge man op Cambridge als een goede vangst zou beschouwen, maar de gevoelens voor zijn eerste liefde waren nooit verdwenen. Het deed er niet toe hoe zacht en vrouwelijk het lichaam dat onder hem lag was, als hij zijn ogen dichtdeed, dacht hij altijd aan Leah.

Ergens vroeg hij zich af of hij die eerste verliefdheid in zijn hoofd niet veel groter had gemaakt dan die was, maar toch maakte zijn hart altijd een sprongetje wanneer hij een foto van haar zag en droomde hij ervan dat hij haar ooit nog eens zou zien.

'Kom, dan nemen we een taxi, anders zijn alle leuke meisjes al bezet tegen de tijd dat wij aankomen.' Terwijl de ober de creditcard discreet teruggaf, stond Sebastian al op van tafel.

De portier hield een taxi voor hen aan en ze gingen op weg naar Tramp.

'Cara, je ziet er vanavond nog stralender uit dan anders.' Carlo stond op de drempel van Leahs tot woning omgebouwde koetshuis en gaf haar op beide wangen een zoen.

'Dank je.' Ze glimlachte. 'Kom binnen, dan stel ik je voor aan mijn moeder.' Terwijl ze hem voorging door de hal, ruiste de witte jurk die hij speciaal voor vanavond voor haar ontworpen had zachtjes om haar benen.

Achter haar aan liep hij de grote, comfortabele woonkamer in, waar een vrouw van in de veertig zat, die zich niet op haar gemak leek te voelen in haar nette zwarte jurk van Yves Saint Laurent.

'Mam, dit is Carlo.'

Doreen Thompson stond op. 'Aangenaam kennis te maken, meneer Porselli. Leah heeft het heel vaak over u.'

Trots legde Leah een hand op haar schouder. 'Wat ziet ze er mooi uit, hè? We zijn gisteren gaan winkelen en hebben deze jurk speciaal voor vanavond uitgekozen.'

'U ziet er bellissima uit, mevrouw Thompson. Ik kan wel zien aan wie Leah haar knappe uiterlijk te danken heeft.'

Opgelaten streek Doreen haar jurk glad. 'Dat is heel vriendelijk van u, meneer Porselli, maar ik draag veel liever een rok en een boezelaar.'

Verward keek hij haar aan. '"Een boezelaar"?'

'Een schort,' vertaalde Leah. 'Nou, ik vind je er geweldig uitzien. Hier, neem wat champagne.' Ze reikte hun allebei een glas aan.

'Ah, sì. Het is een feestelijke avond, maar ik ben ook verdrietig omdat ik mijn muze volgende week aan de Amerikanen kwijtraak.'

'Doe niet zo dramatisch, Carlo. Ik ga dan wel naar New York verhuizen vanwege dat cosmeticacontract, maar ik breng tegenwoordig toch al het grootste gedeelte van de tijd daar door. In Amerika zijn de klussen het interessantst, dat weet je toch?'

Hij knikte. 'Sì, maar New York is een heel eind bij Milaan vandaan. Dat maakt me verdrietig.'

'Over zes weken kom ik alweer terug voor je modeshow. Goed, voordat we gaan heb ik nog iets voor je, mam. Ik weet dat ik jarig ben en dat het eigenlijk de bedoeling is dat jij cadeautjes voor míj koopt, dus voordat ik het je geef, moet je me beloven dat je het aan zult nemen.' Met een ernstig gezicht liep Leah naar de antieke mahoniehouten schrijftafel en haalde er een envelop uit, die ze aan haar moeder gaf. 'Hier, maak maar open.'

Doreen voelde aan de envelop van velijn en keek naar het opgewonden gezicht van haar dochter. Langzaam maakte ze de envelop open en trok er een stapeltje papieren uit. Die stonden vol met juridische taal waaraan ze geen touw kon vastknopen, maar het viel haar wel op dat de namen van haar en haar man alleen op de eerste pagina al drie of vier keer voorkwamen. 'Wat is dit? Het lijkt wel een testament.'

Carlo en Leah schoten allebei in de lach. 'Nee, mam. Het is de eigendomsakte van een nieuwe bungalow in Oxenhope. Die heb ik voor jou en pa gekocht.'

Stilletjes ging mevrouw Thompson zitten, met de papieren nog in haar handen.

Leah knielde voor haar.

Toen Doreen opkeek, zag ze tranen in de ogen van haar dochter blinken. 'Lieverd, dit kan ik echt niet aannemen.' Zelf werd ze ook emotioneel. 'Je hebt ons al zo veel gegeven.'

Leah pakte de hand van haar moeder vast. 'Neem het nou maar aan, mam. Dit is een van de redenen dat ik dit werk doe, om jullie cadeaus te kunnen geven. De bungalow is rolstoeltoegankelijk gemaakt. Alles is gloednieuw, met een mooie woonkamer, een grote slaapkamer voor jullie samen en een logeerkamer voor wanneer ik op bezoek kom.'

'O, Leah.' Ze barstte in tranen uit en omhelsde haar dochter stevig. 'Dank je wel. Maar je hebt er toch niet al je geld aan opgemaakt? Je moet ook wat voor jezelf houden, hoor. Per slot van rekening werk je er hard genoeg voor.'

'Maak je maar geen zorgen, ik kan het nog jaren uitzingen. Carlo heeft me geleerd hoe ik mijn geld het beste kan beleggen.' Met een trotse glimlach vervolgde ze: 'Dit weekend kom ik naar Yorkshire om jullie het huis te laten zien.'

Tot nu toe had Carlo het vertederende tafereel zonder iets te zeggen gadegeslagen, maar nu schraapte hij zijn keel. 'Kom, dames. Het is tijd om te gaan.'

Op deze avond had hij heel lang gewacht, en hij kon nu niet snel genoeg beginnen.

Miranda Delancey liep achter de overige gasten aan de beroemde nachtclub in. Door de horde fotografen buiten waande ze zich een echte ster. Binnen was het afgeladen en ze keek naar het spandoek aan het plafond. NAMENS AL JE VRIENDEN GEFELICITEERD MET JE EENENTWINTIGSTE VERJAARDAG, LEAH, stond erop.

Voor de zoveelste keer werd ze overmand door jaloezie. Ze kon nauwelijks geloven wat Leah allemaal was overkomen, terwijl zij thuis had gezeten tussen de vieze luiers en babykots. Al moest ze toegeven dat ze het wel aardig van haar vond dat ze 'Rose en familie' een uitnodiging voor het feest had gestuurd.

Gisteren waren Rose, Miranda en Chloe gearriveerd vanuit Yorkshire. Rose had nog wat zaken te bespreken met Roddy en had beloofd bij hem thuis op Chloe te passen, zodat Miranda naar het feest kon.

Vanavond was haar kans, en ze was vast van plan die te grijpen.

Toen Leahs limousine voor de club tot stilstand kwam, dromden de paparazzi om haar heen. De eigenaar van Tramp kwam persoonlijk naar buiten om haar te begroeten. Achter Leah aan liep Carlo de traptreden naar de ingang op, samen met mevrouw Thompson, die hevig bloosde.

'Carlo, geef Leah eens een verjaardagszoen!' riep een van de fotografen.

De ontwerper knikte, tilde de verbaasde Leah op en zoende haar hard op haar mond.

'Prachtig!' De camera's flitsten er lustig op los.

Precies op dat moment stopte de taxi met Brett en zijn vrienden achter de limousine. Als aan de grond genageld bleef Brett op het trottoir staan toen de lange Italiaan Leah weer neerzette, zijn arm om haar ranke blote schouders sloeg en met haar naar binnen verdween. Hij werd misselijk en kreeg opeens de neiging om zo hard hij kon bij de club vandaan te rennen. 'Zeg, jongens, ik heb me bedacht. Ik ga toch liever naar huis. Gaan jullie maar gewoon, dan ga ik...'

Zijn vrienden jouwden hem uit en hij werd door hen meegetroond naar de entree.

Tegen de tijd dat ze binnen waren, werd Leah al omringd door bewonderaars. Brett probeerde zich onzichtbaar te maken in een hoekje en bereidde zich erop voor om de avond mokkend door te brengen.

Carlo sloeg Leah van een afstandje gade.

In een vlaag van trots dacht hij terug aan het zielige hoopje mens dat hij destijds in haar hotelkamer in Milaan had aangetroffen, vastbesloten om haar carrière aan de wilgen te hangen en weer de anonimiteit op te zoeken. Deze zelfverzekerde, elegante vrouw met een groep aanbidders die aan haar lippen hing was zijn creatie. Nu was ze op haar hoogtepunt.

Als een stuk zijde had hij haar in model gebracht en gevormd tot iets buitengewoons wat niets deed vermoeden over haar nederige komaf. Daar had hij tijd, vakkennis en geduld in gestoken en zoals het een geweldige ontwerper betaamde had hij op alle details gelet. Vier jaar lang had hij verlangend naar die lange, sensuele ledematen gekeken die in zijn kleding waren gehuld, maar al die tijd had hij haar met geen vinger aangeraakt.

Hij wist dat de tijd die hij had genomen om haar te perfectioneren zich later vanavond zou uitbetalen.

Nu ze eenentwintig was, vond hij dat hij wel lang genoeg had gewacht.

'Hallo, schoonheid. Zin om te dansen?' Een lange, oudere man met een vreemd buitenlands accent kwam bij Miranda staan.

Ze sloeg haar wodka-cola light achterover. 'Waarom ook niet?'

De man leidde haar naar de dansvloer en begon op de maat van de muziek te bewegen. Hij danste op de manier van een oudere man die probeerde de vaardigheden die hij als tiener in de danszaal had opgedaan aan te passen aan de opzwepende moderne discomuziek.

Miranda bekeek hem eens goed. Hij was een grote man, waarschijnlijk halverwege de zestig. Zelfs in het gedimde licht kon ze zien dat zijn gezicht bedekt was met blauwe adertjes en dat hij qua haar niet bepaald rijkelijk bedeeld was.

De droom van iedere jonge vrouw was hij dus zeker niet, maar ze had wel een gouden Rolex onder de mouw van zijn dure maatpak uit zien piepen. Meteen kwam ze in actie en haalde ze alle trucjes uit de kast die ze de afgelopen vier jaar nauwelijks had gebruikt. Ze bewoog zich sensueel, als een dier, en drukte zich net dicht genoeg tegen hem aan zodat hij een blik in het diepe decolleté van haar strakke jurk van goudlamé kon werpen.

Nadat het nummer was afgelopen, troonde hij haar mee naar de bar. 'Champagne?'

Ze knikte.

'Wat doet een leuk meisje zoals jij in deze tent?'

Wat een dooddoener, dacht ze, maar toch antwoordde ze met een verleidelijk glimlachje: 'Ik ben een oude vriendin van de jarige.'

'Ah, Leah Thompson. Ook al zo'n mooie vrouw.' Met zijn vinger streek hij langs de contouren van haar borst.

'En jij?' vroeg Miranda.

Hij haalde zijn schouders op. 'Ik maak er mijn werk van om te weten wanneer er een feestje in de stad is dat ik niet mag missen.' Met een knipoog vervolgde hij: 'Zullen we een rustig plekje opzoeken? Dan kun je me wat meer over jezelf vertellen.' Hij pakte de fles champagne en liep met haar in zijn kielzog bij de bar vandaan.

Nadat Leah haar neus had gepoederd, kwam ze oog in oog te staan met Brett, die net wilde vertrekken.

Haar hart begon ongenadig wild te kloppen. Ook al probeerde ze zichzelf te dwingen aan zijn verraad te denken, ze zag alleen maar de jongen van wie ze zo lang had gedroomd.

Hij was langer geworden, zijn jeugdige trekken waren wat mannelijker dan vroeger en hij leek meer dan ooit op zijn tante.

Terwijl ze daar zo stonden, kwamen de herinneringen aan die perfecte dagen op de heide weer naar boven en verdreven die de vreselijke manier waarop ze uit elkaar waren gegaan.

'Hallo,' zeiden ze allebei tegelijk, waarna ze in de lach schoten.

'Gefeliciteerd met je verjaardag, Leah.' Nu hij na al die jaren haar naam weer uitsprak, trok er een rilling langs zijn ruggengraat.

'Dank je.'

Koortsachtig dacht hij na over wat hij kon zeggen om haar hier te houden. 'Wat zie je er mooi uit.' Het klonk afgezaagd, maar hij meende elk woord.

Uit zijn mond betekenden die woorden voor haar meer dan uit de mond van de honderden anderen die vanavond precies hetzelfde tegen haar hadden gezegd. 'Dank je, jij ziet er ook goed uit. Wilde je net weggaan?'

'Eh... nou...'

'Er wordt zo een toost uitgebracht op mijn verjaardag. Blijf in elk geval nog even om een glas champagne te drinken,' zei ze snel.

Hij slaakte een zucht van opluchting. 'Heel graag.'

Precies op het moment dat ze de zaal weer in liepen, hield de muziek op en begaf de clubeigenaar zich naar het midden van de dansvloer. Daar klapte hij in zijn handen. 'Dames en heren, mochten die tenminste aanwezig zijn.' Hij lachte even om zijn eigen grap. 'Ik...'

'Leah, waar zat je nou? Kom mee.' Carlo sleepte haar mee in de richting van de clubeigenaar.

Voordat ze de dansvloer op stapte, draaide ze zich naar Brett om en mimede: 'Tot zo.'

'Dan draag ik nu het woord over aan Carlo Porselli...' Onder de aanwezigen steeg gejuich op. '... die, zoals jullie vast weten, verantwoordelijk is geweest voor de grote doorbraak van onze jarige jet en die tevens onze gastheer is vanavond.'

Er klonk weer luid gejuich en iedereen nam een slok van de door Carlo bekostigde champagne.

Het viel op hoe bezitterig de Italiaan naar Leah keek. Tijdens zijn speech refereerde hij aan haar alsof ze zo'n beetje zijn bezit was. Ze stond bevallig naast hem en liet zijn opsomming van haar vele pluspunten opgelaten over zich heen komen.

'Ik stel voor dat we het glas heffen. Op Leah!'

'Op Leah,' vielen de overige aanwezigen hem bij.

'Op Leah,' fluisterde Brett, bijna in zichzelf.

'En nu hoop ik dat je me wilt vereren met je eerste dans op deze bijzondere dag.' Carlo stak Leah zijn hand toe. De menigte om hen heen week uiteen toen de langzame, ritmische klanken van Lennons nummer 1-hit 'Woman' uit de speakers schalden.

Brett kromp ineen bij de aanblik van Carlo, die zijn armen om haar heen sloeg en haar dicht tegen zich aan drukte. Aan hun manier van dansen was duidelijk te zien dat ze een stelletje waren. Omdat hij het gewoonweg niet kon aanzien, wendde hij zijn blik af.

'O, wat heb ik lang op deze avond gewacht,' mompelde Carlo.

Er was iets veranderd aan de toon van zijn stem. Die deed haar denken aan die eerste avond in Milaan, de avond dat hij had geprobeerd haar te zoenen. Meteen voelde ze zich niet meer op haar gemak.

Alle ogen waren op hen gericht en ze kreeg het gevoel dat er iets van hen verwacht werd.

'Kus me, Leah,' fluisterde hij.

'Carlo, ik...'

Voordat ze kon tegensputteren, drukte hij zijn lippen al op de hare.

Ze verbrak de zoen en begroef haar hoofd tegen zijn schouder, terwijl het publiek spontaan begon te applaudisseren. 'Toe nou, je brengt me in verlegenheid.'

'Nog steeds zo timide, kleintje van me. Het geeft niet, straks hebben we nog alle tijd om samen te zijn. Ik wil dat je meegaat naar mijn hotel. Je verjaardagscadeau ligt in mijn kamer.'

Het nummer was afgelopen en de deejay zette een plaat van Shakin' Stevens op, waarna de vloer volstroomde met mensen die graag wilden dansen.

'Sorry, ik moet even naar iemand toe.' Ze maakte zich los uit zijn armen en ging op zoek naar Brett. Toen ze hem richting de uitgang zag lopen, ging ze hem snel achterna. 'Probeer je weer weg te sluipen?'

Beschaamd keek hij haar aan. 'Eerlijk gezegd wel, ja.'

Ondanks alles wat ze de afgelopen jaren had geleerd, had ze geen idee hoe ze een man terloops kon laten merken dat ze wilde dat hij bij haar bleef.

Brett raapte al zijn moed bijeen. 'Wat denk je van één dansje voordat ik ga?'

'Zozo, je gaat me toch niet vertellen dat het je gelukt is om de belle van het bal aan de haak te slaan?' Zijn vriend Toby kwam bij hen staan, samen met een aangeschoten debutante, die haar hoofd op zijn schouder liet rusten.

'Leah en ik zijn… oude vrienden. Kom mee.' Toby's komst gaf hem een excuus om Leahs tere witte hand vast te pakken en haar mee te voeren naar de dansvloer. Hij wenste uit alle macht dat het lot hem een handje zou helpen en dat de deejay een langzaam nummer zou opzetten zodat hij haar in zijn armen zou kunnen nemen, maar in plaats daarvan dreunde het opzwepende disconummer genadeloos verder.

Toen het nummer was afgelopen, schalde er echter een duet van Diana Ross en Lionel Richie over de dansvloer. Meteen greep hij zijn kans om haar dicht tegen zich aan te trekken. 'Het is echt fijn om je na al die tijd weer te zien.'

'Dat vind ik ook.'

Nu hij haar volmaakte lichaam tegen het zijne voelde, trok er een tinteling langs zijn ruggengraat en pakte hij haar nog steviger vast. 'Ik zou je graag nog een keer zien, Leah. Om uit te leggen… nou ja, wat er gebeurd is. Het punt is alleen dat ik zondag naar New York vertrek. Mijn vader heeft daar zijn hoofdkantoor en ik ga vanaf volgende week voor hem werken. Misschien kan ik je schrijven?'

Ze giechelde. 'Als ik jou was, zou ik nog maar geen speciale luchtpostenveloppen inslaan. Ik ga ook naar New York. Dinsdag vlieg ik erheen om aan een campagne voor Chaval Cosmetics te beginnen.'

Met open mond keek hij haar aan. 'Jeetje, dat is ook toevallig! Waar verblijf je?'

'Eerst in het Plaza Hotel, daarna ga ik een appartement zoeken met mijn beste vriendin Jenny. Zij is daar nu al aan het werk voor een ander cosmeticabedrijf.'

'Gaat Carlo ook mee?' vroeg hij behoedzaam.

'Nee, ik ga alleen. Carlo heeft het druk met de voorbereidingen voor zijn shows. Morgen vliegt hij terug naar Milaan.'

Brett kon zijn blijdschap nauwelijks verhullen. 'Mag ik je bellen in je hotel?'

Ze knikte. 'Ja.'

'Leah.' Met harde hand werd ze omgedraaid. 'Tijd om te gaan.'

Aan de manier waarop Carlo op zijn benen wankelde, zag ze dat hij dronken was. 'Sorry, ik ga straks meteen naar huis. Mijn moeder logeert bij me, weet je nog? Geef me dat cadeau maar een andere keer.'

De Italiaan zag eruit alsof hij elk moment kon ontploffen. '*Permesso*,' zei hij tegen Brett en hij sleepte haar aan haar pols mee naar de uitgang.

'Hou op, Carlo! Je doet me pijn!' Ze probeerde zich los te rukken.

'Het spijt me, maar je moet echt met me meegaan. Alles is al geregeld.'

Inmiddels sleurde hij haar de traptreden buiten af. Gelukkig waren de meeste paparazzi al vertrokken. 'Ophouden, zei ik!' Weer probeerde ze zich los te wurmen. Zo kende ze hem helemaal niet, en er ging een tinteling van angst door haar heen.

Onderaan de trap hield hij een taxi aan.

Nog steeds probeerde ze zich vergeefs aan zijn ijzeren greep te ontworstelen. 'Ik ga niet met je mee, Carlo. Je bent dronken.' Toen hij probeerde haar de taxi in te trekken, verzette ze zich uit alle macht.

'Instappen, Leah! Ik heb alles al gepland!'

'Nee!' riep ze wanhopig.

Twee sterke handen pakten haar schouders beet en trokken haar naar achteren, buiten bereik van Carlo. 'Volgens mij wil deze dame niet met u mee, meneer Porselli.'

Leah herkende de stem meteen en draaide zich met een ruk om naar

Miles, die met drie camera's om zijn nek achter haar stond.

Hij duwde Carlo achter in de taxi en sloeg het portier dicht. 'Breng deze man maar naar zijn hotel.'

De chauffeur salueerde naar hem en de taxi vertrok.

'Dank je, Miles,' stamelde Leah. Na wat er die avond in de schuur was gebeurd, was het moeilijk om dankbaarheid voor hem op te brengen. 'Ik weet niet wat hem vanavond bezielde. Zo had ik hem nog nooit gezien.'

Hij staarde haar slechts op die eigenaardige manier van hem aan.

'Leah. Gaat het?' Bezorgd kwam Brett naar haar toe gerend.

'Ja, Miles heeft me geholpen.'

'O. Hallo, Miles.' Brett stak zijn hand uit, die Miles aarzelend aannam. 'Wat doe jij hier nou?'

'Ik oefen mijn vak uit,' antwoordde hij koeltjes.

'Miles is freelancefotograaf. Zijn werk verschijnt vaak in de nationale kranten.' Ze vertelde er niet bij dat hij continu rondhing bij de ingang van nachtclubs en restaurants om elk foutje van de *rich and famous* vast te kunnen leggen en de foto's aan de roddelpers te verkopen.

'Ik hou wel een taxi voor je aan,' zei Miles.

'Mijn moeder is nog binnen.'

'Dan ga ik haar zoeken. Stap jij maar alvast in.' Hij maande een taxi tot stilstand, deed het portier open en liep de club in.

'Dag, Leah. Ik zie je wel weer in New York,' zei Brett glimlachend.

'Ja, ik verheug me erop om bij te kletsen.'

Er viel een stilte toen de twee samen op het trottoir bleven staan en elkaar doordringend aanstaarden. Net toen hij haar in zijn armen wilde nemen, kwam Miles weer terug met mevrouw Thompson. Nadat Brett Leah een bescheiden kus op haar wang had gegeven en naar de verbaasd kijkende Doreen had gezwaaid, ging hij ervandoor.

Hij besloot te voet terug te gaan naar zijn vaders kleine flat in Knightsbridge, want hij kon wel wat frisse lucht gebruiken om zijn hoofd weer helder te krijgen.

Dat ze allebei naar New York zouden gaan, moest wel voorbestemd zijn. Maar hoe zat het nou met die Carlo? Misschien was Brett wel te laat, maar hij moest een poging wagen. Deze kans zou hij niet verpesten.

Niet al te ver achter hem liep ook Miles naar zijn piepkleine huurflatje in Chelsea. In gedachten was hij bij Leah. Eenmaal thuis pakte hij een halfvolle fles whisky uit een keukenkastje en schonk een groot glas voor zichzelf in om zijn woede de kop in te drukken.

Hij had zich enorm moeten inhouden om die schofterige Carlo niet de nek om te draaien. Besefte hij soms niet hoe bijzonder Leah was? Ze was een vrouw die in de watten gelegd en aanbeden diende te worden, niet iemand die je als een goedkope hoer kon behandelen. Terwijl hij de borrel achteroversloeg, zocht hij de sleutel van zijn geheime kamer, deed de deur van het slot en ging naar binnen. Elke centimeter van de muren was behangen met foto's die hij gedurende bijna Leahs hele leven van haar had gemaakt. Dit was zijn heiligdom. Midden in de kamer bleef hij staan, haalde diep adem en draaide langzaam om zijn as. Hij ademde Leah in, koesterde zich in haar etherische gloed. Zoals altijd hadden de foto's een kalmerende uitwerking op hem.

Na een tijdje verliet hij de kamer weer, deed de deur op slot en pakte de telefoon. Een vrouwenstem nam op en nadat ze kort met elkaar hadden gepraat, hing hij weer op, blij dat ze slechts een paar straten bij hem vandaan woonde.

Hij maakte zijn camera's open, verwijderde de rolletjes en legde ze in de koelkast, zoals hij altijd al had gedaan.

Daarna wachtte hij af.

Tien minuten later werd er aangebeld en liet hij het meisje binnen. Zonder er woorden aan vuil te maken nam hij haar mee naar de slaapkamer en ontdeden ze zich van hun kleren. Daarna deed hij de plafondlamp uit, zodat alleen het zwakke schijnsel van het nachtlampje naast zijn bed overbleef. Dit was hun vaste ritueel.

Het meisje lag al voor hem klaar in bed, met haar lange ledematen verwachtingsvol uitgestrekt. Zij hield het al langer vol dan de meeste hoeren met wie hij het bed had gedeeld. Ze accepteerde zijn ruwe spelletjes, stond open voor zijn ongebruikelijke eisen en had ook nog eens het voordeel dat ze lang kastanjebruin haar had. In het halfduister, wanneer haar haar gedeeltelijk voor haar gezicht viel, kon hij zichzelf bijna wijsmaken dat ze Leah was.

Hij ging schrijlings op haar zitten en genoot van de macht die hij over haar had. Met deze meisjes zoende hij nooit. Dit was geen liefde. Die zou hij maar bij één vrouw kunnen vinden.

Tijdens de daad genoot hij van de kreten van pijn en van het gekronkel van het meisje onder hem. 'Draai je om,' droeg hij haar op.

Angstig keek ze hem aan. Vanavond zag ze iets anders dan anders in zijn ogen. Iets maniakaals.

'Miles, ik...' Ze deed een poging om bij hem vandaan te komen.

Hij sleurde haar echter terug en sloeg haar een paar keer zo hard in haar gezicht dat haar lip begon te bloeden. 'Draai je om, hoer!'

Angstig gehoorzaamde ze. Het bloed droop uit haar lip op het kussen. 'Alsjeblieft, Miles, hou op...'

Maar hij hoorde haar niet en voltooide met een brul de daad.

Terwijl het meisje nog huilend met haar gezicht in het kussen gedrukt lag, stond hij al op en trok zich terug in de aangrenzende badkamer.

Toen hij weer tevoorschijn kwam, stond ze volledig aangekleed bij de deur. Haar gezicht was gezwollen, in haar ogen blonken tranen. 'Ze zouden mannen zoals jij moeten opsluiten. Waag het niet me nog eens te bellen, anders geef ik je aan.' Ze deed de haak van de deur en draaide zich weer naar hem om. 'Jij gaat nog eens iemand vermoorden.' Na dat gezegd te hebben, liep ze de hal in.

Toen hij haar haastig de twee trappen af hoorde dalen, haalde hij glimlachend zijn schouders op.

Morgen zou hij iemand anders moeten zoeken.

Hij stapte in zijn overhoopgehaalde bed en trok met een vies gezicht de met bloed besmeurde sloop van het kussen. Nu kon hij rustig zijn ogen sluiten.

2

Miranda werd met een bonkend hoofd wakker. Gedesoriënteerd ging ze zitten en keek om zich heen. De kamer kwam haar niet bekend voor en ze kon zich niet goed herinneren waar ze was. In elk geval was ze naakt en hing haar jurk over een stoel aan de andere kant van het vertrek, waar ook haar ondergoed en schoenen lagen. Op het nachtkastje lag een briefje met daarop een dikke stapel bankbiljetten. Ze las:

Lieve Miranda,

Bedankt voor vannacht. Ik heb ervan genoten. Dit weekend heb ik wat gasten uitgenodigd op mijn boot in Saint-Tropez en ik wil graag dat je met me meegaat. Kom alsjeblieft om zes uur vanavond weer hierheen zodat we samen naar het vliegveld kunnen reizen.
Mijn assistent regelt een paspoort voor je, omdat je afgelopen nacht vertelde dat je er geen hebt. Hij zal je vanochtend bellen. De boetiek beneden zal wat kleren naar boven sturen waaruit je een keuze kunt maken. Hier heb je wat zakgeld om vanmiddag een cadeautje voor jezelf te kopen.

Het briefje was ondertekend met een onleesbare krabbel en een kusje.

Ze pijnigde haar hersens om erachter te komen hoe de man ook alweer heette en wat er vannacht precies was gebeurd. Ze wist nog dat ze sloten champagne had gedronken en dat de man haar had moeten ondersteunen toen ze de nachtclub uit waren gelopen. Daarna was alles wazig.

'Shit!'

Rose was vast in alle staten. Ze pakte de telefoon van het nachtkastje en probeerde zich Roddy's nummer te herinneren.

'Met de receptie,' zei een heldere stem.

Pas toen realiseerde ze zich dat ze zich in een hotel bevond. 'Eh… ja. Kunt u misschien een nummer voor me opzoeken?' Ze gaf de vrouw Roddy's achternaam en adres.

'Natuurlijk, mevrouw. Kan ik misschien een ontbijt voor u bestellen?'

Bij de gedachte aan eten kwam haar maag in opstand. 'Nee, bedankt, maar koffie zou wel lekker zijn.'

'Komt eraan, mevrouw. Ik bel u terug zodra ik het nummer heb. Zal ik de boetiek laten weten dat ze de kleren die u besteld hebt naar boven kunnen sturen?'

Even wist ze niet goed wat ze moest zeggen. 'Ja hoor,' wist ze uiteindelijk uit te brengen.

Terwijl ze wachtte tot de telefoon ging, probeerde ze te bedenken wat ze tegen Rose zou zeggen. Deze kans kon ze toch niet laten schieten? Ze moest haar prooi achternagaan naar Frankrijk. Hier droomde ze al haar hele leven van: een uitnodiging om zich aan te sluiten bij de jetset.

Rose zou het vast wel begrijpen.

'Niet te jaloers worden, hè, Leah?' Ze giechelde.

Op dat moment belde de receptioniste terug met Roddy's telefoonnummer. Na even te hebben nagedacht, draaide Miranda het.

Roddy nam op.

'Hoi, Roddy. Met Miranda.'

'Godzijdank! Waar zit je? Je moeder is doodongerust. Ik kon nog net voorkomen dat ze de politie belde.'

Ze kromp ineen. 'Het gaat prima, hoor. Zeg maar tegen Rose dat ik eenentwintig ben, geen kind meer.'

Daar moest hij even om grinniken. 'Nou, je had ons wel even kunnen laten weten waar je uithing, liefje. Je moeder heeft vanmorgen stad en land afgebeld. Niemand wist waar je was.' Toen ze niet reageerde, vervolgde hij: 'Enfin, je moeder wil terug naar Yorkshire met Chloe. Hoe laat ben je hier?'

Ze trok haar neus op. 'Ik ga niet samen met haar terug. Een vriend van Leah heeft me uitgenodigd voor een feest dat het hele weekend duurt. Zeg maar tegen Rose dat het goed met me gaat en dat ik haar maandag weer zie. O, en vraag of ze Chloe een kus van me geeft. Dag, Roddy.' Voordat hij nog iets kon zeggen, hing ze op.

Bij de gedachte aan haar dochter voelde ze een vlaag van schuldgevoel. Maar, stelde ze zichzelf gerust, de afgelopen vier jaar had ze Chloe haar onverdeelde aandacht geschonken. Zij verdiende het toch ook om soms plezier te maken?

De telefoon ging weer en de receptioniste wist te vertellen dat de beller ene Ian Devonshire was. Hoewel die naam haar niets zei, gaf ze de vrouw opdracht hem door te verbinden. 'Hallo?'

'Dag, Miranda, je spreekt met Ian Devonshire. Ik werk voor meneer Santos. Hij heeft me gevraagd om *tout de suite* een paspoort voor je te regelen.'

'Oké.' Er speelde een glimlachje om haar lippen. Iedereen bediende haar op haar wenken, en nu wist ze meteen hoe haar nieuwe liefje heette.

'Ik heb je achternaam en nog een paar gegevens nodig zodat ik een kopie van je geboorteakte kan opvragen.'

'Mijn achternaam is Delancey en ik ben geboren op 23 juli 1960.'

'Dank je. Ik kom vanmiddag met de formulieren naar het hotel. Als jij die ondertekent, ga ik ermee naar de afdeling Burgerzaken. Daar werkt een vriend van me die je aanvraag vanmiddag nog kan verwerken. Kun je voor het middaguur twee pasfoto's laten maken? Er staat een fotohokje op Charing Cross. Dat ligt aan dezelfde weg als het Savoy.'

Het Savoy! Was ze daar? Ze huiverde van opwinding. Nadat ze beloofd had de foto's te laten maken, sprak ze om twaalf uur met hem af in de American Bar beneden.

Toen ze ophing, werd er op de deur geklopt. Ze kwam te snel overeind en werd meteen duizelig en misselijk. 'Ik kom eraan,' riep ze, wanhopig om zich heen kijkend om iets te vinden om zich mee te bedekken. Uiteindelijk trok ze het laken van het bed en drapeerde het als een toga om zich heen.

Ze deed open en er kwam een jonge man binnen met een trolley met daarop haar koffie, een rode roos en een fles champagne in een koeler.

'Ik heb geen champagne besteld,' zei ze vlug.

De jongen glimlachte. 'Met de complimenten van meneer Santos.'

Weer werd er aangeklopt.

'Zal ik voor u opendoen?'

Ze knikte.

Een tweede portier in hetzelfde keurige uniform reed een kar met een grote stapel dozen en tassen naar binnen. 'Een greep uit de collectie van de boetiek, mevrouw. Meneer Santos heeft gezegd dat u mag uitkiezen wat u maar wilt. Als er niets van uw gading tussen zit, kom dan alstublieft naar beneden, dan zal de hotelmanager vast iets kunnen vinden wat bij u past.'

Toen beide jongens haar verwachtingsvol bleven aankijken, drong het tot haar door dat ze een fooi wilden. Ze dacht weer aan de stapel bankbiljetten naast het bed en liep ernaartoe. Haar adem stokte toen ze zag dat de stapel van ongeveer dertig briefjes alleen maar uit vijftigjes bestond. Aangezien ze geen andere keus had, gaf ze de jongens één briefje. 'Samen delen,' zei ze uit de hoogte.

Er verscheen een teleurgestelde uitdrukking op hun gezicht. Meneer Santos zou hun ongetwijfeld ieder een briefje van vijftig hebben gegeven.

Toen ze weg waren, liep ze naar de zware mahoniehouten deur aan de andere kant van de grote slaapkamer. Die deed ze open in de verwachting een badkamer aan te zullen treffen, maar in plaats daarvan kwam ze terecht in een riante zitkamer met hoge ramen die werden geflankeerd door gordijnen van goudkleurig damast. Tussen het zware, dure meubilair door liep ze ernaartoe.

Met ingehouden adem keek ze uit over de Embankment en het zilverkleurige water van de Theems dat onder haar stroomde. Dit moest het penthouse wel zijn. Ze keerde terug naar de slaapkamer en pakte zo veel dozen met kleding als ze kon. Nadat ze alles naar de zitkamer had gesjouwd, schonk ze koffie voor zichzelf in.

Omringd door de dozen knielde ze op de vloer. Waar zou ze beginnen? Met de grootste natuurlijk. Opgewonden haalde ze het deksel eraf. Bovenop, op een bedje van vloeipapier, lag een goudomrand kaartje met de tekst: MET DE COMPLIMENTEN VAN HET SAVOY HOTEL.

Miranda sprong op en maakte een vreugdedansje door de kamer. Ze kon nauwelijks geloven dat dit echt gebeurde. Daarna bukte ze zich en vouwde ze het zachte vloeipapier opzij. In de doos lag de elegantste avondjurk die ze ooit had gezien. Hij was gemaakt van zwarte zijde en het label droeg de naam van een wereldberoemde ontwerper.

Haastig ontdeed ze zich van het laken, trok de jurk aan en ging weer naar de slaapkamer om zichzelf in de hoge spiegel te bekijken. De jurk zat haar als gegoten. Terwijl ze met één hand haar haar in een knot omhooghield, draaide ze een rondje. 'Pas maar op, Leah, ik kom eraan,' zei ze zelfingenomen. Daarna rende ze als een kind op kerstochtend terug naar de zitkamer om de overige dozen open te maken.

Een uur later was de kamer bezaaid met vloeipapier en labels en waren de meubels behangen met voor duizenden ponden aan dure kleding. Miranda zat in een zwart zijden lingeriesetje en met een sjaal van Hermès om haar nek gewikkeld de zachte leren schoenen aan haar voeten te bewonderen.

Teleurgesteld merkte ze dat er nog maar één klein pakje te openen was. Ze rukte het deksel eraf. Er zaten twee in leer gebonden doosjes in, het ene wat kleiner dan het andere, waarvan ze het kleinste doosje als eerste inspecteerde. Ze stuitte op een paar fonkelende druppelvormige diamanten oorbellen. In het grotere doosje zat een prachtige bijpassende halsketting.

'Wauw,' zei ze verrukt.

Inmiddels was ze alweer hersteld van haar kater, dus liep ze naar de trolley en schonk een glas champagne voor zichzelf in. 'Op mij.' Ze nam een slokje en moest wat kleren opzijschuiven voordat ze op de bank kon gaan zitten. En dat allemaal voor een snelle wip die ze zich niet eens kon herinneren. 'Ik zal hem wel zijn bevallen.' Grijnzend nam ze nog een slokje.

Uiteindelijk ging ze douchen en koos ze een roze zijden blouse uit die ze combineerde met een mantelpakje van Chanel met een prachtige snit. Ze liep de kamer uit, ging naar beneden en vroeg de receptioniste de weg naar Charing Cross.

Na een stevige wandeling ging ze naar het kaartjesloket om een van de briefjes van vijftig te wisselen.

Terwijl ze wachtte tot de foto's klaar waren, keek ze op haar horloge.

Tien voor twaalf. Nog net genoeg tijd om terug naar het hotel te gaan voor haar afspraak met Ian Devonshire.

Omdat ze er haar hele leven van overtuigd was geweest dat zoiets haar ooit zou overkomen, stond ze er niet eens bij stil hoe vreemd het eigenlijk was wat er vanochtend allemaal was gebeurd. Ze slenterde weer het Savoy binnen, liep naar de bar en ging zitten.

'Miranda?'

'Ja.'

Een onopvallend uitziende jonge man in een mooi pak en een bril met dikke glazen ging tegenover haar zitten. 'Ian Devonshire.' Ze schudden elkaar de hand. 'Aangenaam kennis te maken. Kan ik je iets te drinken aanbieden?'

'Witte wijn, graag.'

Nadat hij besteld had, haalde hij wat papieren uit zijn aktetas. Hij leek zich niet helemaal op zijn gemak te voelen. 'Ik neem aan dat je weet dat je... dat je niet...' Hij leek te hopen dat ze zijn zin voor hem zou afmaken, maar ze had geen idee waar hij op doelde. 'Ben je ervan op de hoogte dat je geadopteerd bent?' vroeg hij uiteindelijk.

'Ja.'

Opgelucht keek hij haar aan.

'Heb je daar mijn geboorteakte?' vroeg ze.

'Ja.'

'Mag ik eens kijken?'

Hij reikte haar het papier aan.

Nieuwsgierig bekeek ze het. 'Dus mijn oorspronkelijke achternaam was Rosstoff.' Terwijl ze opkeek, kwam er een idee bij haar op. 'Weet je, dat vind ik een mooiere naam dan mijn huidige achternaam. Zou je "Rosstoff" op mijn paspoort kunnen laten zetten?' Op die manier zou Rose haar niet zo makkelijk kunnen opsporen als ze besloot niet terug naar huis te gaan... voorlopig, althans.

'Ik zou niet weten waarom niet. Ik zal het aan mijn vriend vragen.'

Ze glimlachte. 'Fijn.'

'Goed, dan hoef je alleen nog even hier te tekenen.' Hij wees de juiste plek op het aanvraagformulier aan. 'En even te controleren of de gegevens die ik heb ingevuld kloppen.'

Dat deed ze.

'Super, dan ga ik dit meteen afgeven zodat ik je het paspoort om vier uur kan komen brengen.'

'Meneer Santos moet wel erg machtig zijn aangezien hij dit allemaal voor elkaar kan krijgen,' probeerde ze wat meer informatie uit hem los te peuteren.

Hij knikte. 'Dat kun je wel zeggen. Hoewel hij niet zo vaak in Londen komt, heeft hij hier volop connecties.'

'Waar woont hij dan?'

'In Zuid-Amerika.' Ian ontweek haar blik.

'Doe je dit soort dingen vaak voor hem? Paspoorten regelen, bedoel ik?'

Hij haalde zijn schouders op. 'Zoals ik al zei, is hij hier niet zo vaak. Enfin, ik moet er nu vandoor om alles te regelen. Het was leuk je te ontmoeten, juffrouw Delancey...' Hij stak een vinger op en corrigeerde zichzelf. '... juffrouw Rosstoff. Alvast een prettig verblijf in Frankrijk gewenst.'

Toen hij weg was, bleef ze nog even zitten. Wie was die Santos? Ze probeerde zich te herinneren of ze zijn naam ooit op televisie had gehoord of in de krant had zien staan.

Niet dus.

Even voelde ze een spoortje twijfel. Moest ze er wel in haar eentje vandoor gaan met een man die ze niet kende? Misschien was hij wel lid van de maffia of hield hij zich bezig met mensenhandel.

Aan de andere kant... Hier zat ze dan, in het Savoy, gekleed in duizenden ponden aan designerkleding. Al het hotelpersoneel leek Santos te kennen en Ian had een keurige indruk op haar gemaakt.

Opeens voelde ze zich uitgeput. Ze stond op en liep naar de lift, te diep in gedachten verzonken om te merken dat een man die stilletjes in een hoekje van de bar had gezeten ook opstond.

Hij keek toe terwijl ze op het knopje van de lift drukte en verliet het hotel.

Miranda deed de deur van haar suite open. Het kamermeisje was duidelijk al geweest, want alle kleren waren in de dozen opgeborgen en het bed was opgemaakt.

Dankbaar vlijde ze zich op het comfortabele bed neer en besloot ze een dutje te doen en de rest van de middag te gebruiken om zich op

Santos' terugkeer voor te bereiden. Toen ze haar ogen dichtdeed, duizelde het haar door alles wat er de afgelopen uren was gebeurd. Met een gevoel van tevredenheid dat ze nooit eerder had ervaren sukkelde ze in slaap.

3

'Hallo, David.' De lange man met de baard schudde hem hartelijk de hand. 'Hoe gaat het?'

'Prima, bedankt. Ik dacht al dat ik niets meer van je zou horen. Het is meer dan acht maanden geleden dat we voor het laatst contact hebben gehad.'

De man kneep zijn ogen tot spleetjes. 'Daar had ik mijn redenen voor. Zoals je al gemerkt zult hebben, is dit een spel van de lange adem. Elke zet moet zorgvuldig worden uitgedacht. Deze operatie is al jaren gaande en zal ongetwijfeld nog jaren voortduren.'

David nam achter zijn bureau plaats en nodigde zijn gast uit om ook te gaan zitten.

'Heb je je aan alle veiligheidsvoorschriften gehouden?' vroeg de man.

'Jazeker. Het team heeft dit kantoor grondig uitgekamd. We kunnen vrijuit praten.'

Met een zucht zei de man: 'Praten kan helaas nooit helemaal vrijuit. Toch leek het me om geen argwaan te wekken beter om bij je op kantoor af te spreken. Nachtelijke ontmoetingen in een ondergrondse parkeergarage of ontmoetingen bij zonsopkomst op een verlaten strand komen alleen in films voor. Dit is de realiteit.' Er viel een korte, onaangename stilte. 'Er begint schot in de zaak te komen. Zowel van onze kant als van de jouwe, klopt dat?'

David slikte moeizaam. 'Ja, ik heb gedaan wat je vroeg. Zoals je vast wel begrijpt heb ik het er erg moeilijk mee, maar het project is zes maanden geleden van start gegaan en hij begint me te vertrouwen.'

Tevreden keek de man hem aan. 'Je doet het goed. Al moet ik je wel waarschuwen dat hij erg gewiekst is.'

'Houden jullie hem al die jaren al in de gaten?'

'Ja.'

'Waarom hebben jullie dan zo lang gewacht om actie te ondernemen? Het lijkt allemaal met een slakkengang te gaan.'

De man haalde zijn schouders op. 'Bij dit soort zaken, en neem maar van mij aan dat er nog veel meer van dit soort zaken zijn, moet er nou eenmaal waterdicht bewijs worden vergaard. We hebben gemerkt dat onze vijanden met het verstrijken van de jaren steeds zelfverzekerder en minder oplettend worden en dat ze uiteindelijk in de fout gaan. Dat dat een leven lang kan duren, is bijzaak.'

Even staarde David de man zonder iets te zeggen aan. 'Het valt me echt zwaar.'

De man leunde achterover in de leren stoel. 'Dat kan ik me indenken, maar jij bent hier de aangewezen persoon voor. Behalve dat je een persoonlijke drijfveer hebt om ons te helpen, heb je ook bepaalde zaken met ons doelwit gemeen. Jullie hebben een verleden dat jullie begrijpelijkerwijs liever zouden vergeten en jullie zijn allebei bekende, machtige mannen met een onberispelijke staat van dienst in het bedrijfsleven.' De man beet op zijn lip. 'Over het algemeen zijn gelijkgestemden goed bruikbaar als lokaas.'

David wist niet goed wat hij moest zeggen. De woorden van de man gaven niet bepaald blijk van medeleven. De afgelopen vier jaar was hij erachter gekomen dat deze mensen niet bekendstonden om hun empathie.

De man nam het woord weer. 'We willen graag dat je jullie gemeenschappelijke onderneming voortzet en dat je de tijd neemt om hem te leren kennen. Sluit vriendschap met hem. Om hem in de val te lokken moeten de juiste omstandigheden gecreëerd worden. Daar krijg je tegen die tijd meer over te horen.'

Langzaam tikte David met zijn wijsvinger op het marmeren bureaublad. 'Ik moet toegeven dat ik al vaak overwogen heb hiermee te stoppen.'

De man grinnikte. 'Doe niet zo mal. Je bent met zorg door ons uitgekozen om deze rol te vervullen. Ik herinner je liever niet aan je afkomst, maar het wordt tijd om de cirkel rond te maken. En het is jouw goed recht om daarvoor te zorgen.' Over het bureau heen gaf hij David een hand. 'Tot ziens.' Hij liep door het ruime kantoor en vertrok, waarna hij de deur achter zich dichtdeed.

Met een zucht wreef David over zijn voorhoofd. Hij was uitgeput. Afgelopen nacht had hij geen oog dichtgedaan omdat de gedachte aan de bespreking van vandaag hem duizelingen had bezorgd.

Het was alweer vier jaar geleden dat het verleden hem had ingehaald, maar nog steeds werd hij geplaagd door nachtmerries. De herinneringen hadden met het verstrijken van de jaren niet aan kracht ingeboet.

Hij haalde een hand door zijn haar. Verwachtten ze niet te veel van hem? Hij bracht niet alleen zichzelf, maar ook zijn complete zakenimperium in gevaar.

Aan de andere kant kon hij zoals gewoonlijk niet om de belofte heen die hij als veertienjarig jongetje had gedaan.

4

Polen, 1942

Toen David met zijn huilende zusje in zijn armen in een hoekje van de wagon zat en de trein door Polen denderde, had hij het gevoel dat dit zelfs nog erger was dan de dood. Anderen hadden zich kunnen voorbereiden en eten en drinken meegenomen, maar zij hadden alleen de viool, wat potloden en papier en Rosa's geliefde teddybeer. Pas toen Rosa wanhopig begon te roepen dat ze honger en dorst had, kreeg een oudere vrouw medelijden met haar en gaf ze haar een klein flesje water en een half koud worstje.

De hitte in de afgesloten wagon was ondraaglijk en de stank van uitwerpselen vermengd met ontsmettingsmiddel op oud stro zou hem voorgoed bijblijven. David praatte weinig met de anderen en luisterde gewoonweg naar hun gesprekken, naar hun overpeinzingen over wat hun aan het einde van de rit te wachten stond. Zelf wist hij dat al. Hoewel hij niet wist hoe het zou gebeuren, hoopte hij met name voor Rosa dat het snel achter de rug zou zijn.

De vrouwen haalden hun sieraden van hun hals, armen en vingers en verstopten ze in hun ondergoed. David volgde hun voorbeeld en verborg het kostbare medaillon bij het paspoort in de voering van zijn vioolkoffer.

Gedurende de reis zakte de man naast hem door een hartaanval in elkaar en stierf op zijn schoot. Die kwam er goed vanaf, dacht David bij zichzelf, al bleef de echtgenote van de man de rest van de nacht jammeren. Ze hield het hoofd van haar dode man tegen haar boezem gedrukt, terwijl zijn benen nog steeds over die van David heen lagen.

Bij het eerste ochtendgloren kwam de trein knarsend tot stilstand. David tuurde door het piepkleine, met prikkeldraad afgeschermde kijkraampje en zag een bord op het perron staan: TREBLINKA. Behalve een paar ss-officieren zag hij ook meerdere spoorwegmedewerkers. De trein kwam weer in beweging, hield opnieuw stil en ging vervolgens met een ruk achteruit, waardoor de reizigers in de wagon ruw tegen elkaar aan werden gesmeten.

David kon zien dat hun wagon samen met een paar andere een wisselspoor op werd geduwd. Het licht verflauwde toen ze omringd werden door een dicht bos en na een tijdje kwamen er wat barakken in zicht. Daarachter zag hij iets wat op een enorme stapel schoenen leek. De trein reed het bos weer uit en David ving een glimp op van een omheining van prikkeldraad rondom een soort kamp. Daarvoor bevond zich een strook grond waar een tijdelijk perron was ingericht. Overal liepen ss'ers, sommige met een zweep. Bij het hek stonden in een zwart uniform gehulde bewakers met een geweer in hun hand.

Toen de trein opnieuw tot stilstand kwam, verdrongen de andere mensen in de wagon zich achter David om naar buiten te kunnen kijken. Slechts een enkeling kreeg die kans. Vrijwel meteen vlogen de deuren open en klommen de bewakers naar binnen om mensen uit de wagon te sleuren.

'David! David!' krijste Rosa, terwijl ze door een bewaker bij hem vandaan werd gesleept en in de massa huilende, schreeuwende mensen op het perron verdween.

Met zijn vioolkoffer nog steeds in zijn armen geklemd liet David zich over het perron naar een geopende poort midden in het hek voeren. Keer op keer riep hij Rosa's naam, maar het was onmogelijk om zich boven de wanhoopskreten van de anderen uit verstaanbaar te maken.

'O, mama, o, mama,' prevelde hij, terwijl hij naar een binnenplaats werd gedreven en de bewakers '*Schnell! Raus!*' hoorde roepen.

Eenmaal op de binnenplaats moesten de vrouwen de ene kant op en de mannen de andere. Wanhopig speurde hij de groep vrouwen af naar Rosa, maar er was geen beginnen aan. Zonder acht te slaan op de tranen die over zijn wangen stroomden ging hij bij de anderen zitten en begon hij zijn schoenen uit te trekken, zoals een groep Joodse mannen met armbanden hun opdroeg. De mannen deelden stukken touw uit zodat de gevangenen hun schoenen aan elkaar konden binden.

Een van de mannen met een armband keek naar de viool die naast David lag. 'Is die van jou?' vroeg hij in het Pools.

David knikte.

'Kun je spelen?'

'Natuurlijk.'

De man zag er opgelucht uit. 'Dat zal ik aan de bewaker doorgeven.' Nadat hij nog wat stukken touw had rondgedeeld, liep hij weg.

David zag dat de vrouwen naar een barak aan de andere kant van de binnenplaats werden gedreven. Omdat die niet groot genoeg was voor iedereen, werden sommige vrouwen gedwongen om buiten te blijven staan en zich daar uit te kleden.

Een bewaker droeg de mannen op hetzelfde te doen.

Net toen David zijn broek wilde uittrekken, werd hij overeind getrokken. 'Spelen!'

Hij draaide zich om en zag een ss-officier achter hem staan en naar zijn viool wijzen. Gedesoriënteerd keek hij hem aan en wankelde op zijn benen.

Er daalde een zweep op zijn blote borst neer. 'Spelen!'

Met trillende handen maakte hij de vioolkoffer open. Hij plaatste de viool onder zijn kin en pakte zijn vioolstok op. Hoewel hij zijn hersenen pijnigde, wilde hem maar geen deuntje te binnen schieten.

De overige mannen waren inmiddels naakt en staarden hem zonder iets te zeggen aan.

'Leugenaar!'

De tweede keer dat David de zweep op zich af zag komen, kwamen zijn hersenen spontaan weer op gang. Hij bracht de strijkstok omhoog en begon de zachte, gevoelvolle melodie van het vioolconcert van Brahms te spelen. Het prachtige geluid weerklonk over de binnenplaats en enkele van de naakte mannen begonnen te huilen.

'Genoeg. Daar wachten!'

Het lukte hem nog net om de vioolkoffer op te pakken voordat hij aan zijn arm werd meegesleurd en een barak in werd geduwd. Door een gat tuurde hij naar de naakte mannen buiten, die nu door een opening in het hek werden geduwd. De vrouwen waren al weg en de verlaten binnenplaats was bezaaid met bagage en kleding.

Hij liet zich op zijn knieën zakken en legde zijn hoofd in zijn handen. Verzwakt als hij was door angst, ondervoeding en slaapgebrek dwaalden zijn gedachten af naar de keren dat zijn familie gezamenlijk in de woonkamer had gezeten en hij de viool die zojuist zijn leven had gered had bespeeld.

Hij durfde niet te denken aan wat er op dit moment met zijn zusje gebeurde. Zijn enige hoop was dat het voor haar nu allemaal voorbij was en dat ze rust had.

Op de binnenplaats klonk een geluid, waarna hij weer door het gat keek. Een stuk of vijftien van de Joodse mannen met armbanden kwamen eraan en begonnen onder toezicht van de bewakers de kleding op te ruimen.

David keek om zich heen in de barak. Over de vloer verspreid lagen kleding, bekers, borden en pyjamajasjes. Dit was duidelijk een soort slaapzaal. Aangezien zijn bovenlichaam nog steeds ontbloot was, raapte hij een overhemd van de vloer op en trok het over zijn hoofd. Het viel hem op dat de stof van goede kwaliteit was; het overhemd was nog vrijwel nieuw.

De deur van de barak ging open en er kwam een stoet bloedende Joodse gevangenen binnen, gevolgd door een bewaker.

'Volg mij!' blafte hij tegen David.

Met zijn vioolkoffer in zijn armen stak David de binnenplaats over naar een andere barak, waar de bewaker hem naartoe leidde. Binnen bevonden zich groepjes mannen in allerlei vreemde uitdossingen. Ze zaten aan lange houten tafels en aten hongerig uit hun kommen. De soldaat wees naar een oudere man met een gezicht dat David op de een of andere manier bekend voorkwam. 'Ga je soep halen en meld je daarna bij Albert Goldstein. Die heeft hier de leiding.'

David nam een kom heerlijk geurende soep aan van een vrouw achter een schragentafel. Terwijl hij naast de man die hem aangewezen was plaatsnam, ging er een lichtje bij hem op. Dit was een van de meest vooraanstaande orkestleiders van Warschau. 'Meneer Goldstein, ik kan u niet vertellen hoe vereerd ik me voel om met u...'

Albert Goldstein gebaarde dat hij stil moest zijn. 'Eerst eten, daarna praten we.'

Dat deed David, en het verbaasde hem hoe smakelijk de maaltijd was, beter dan alles wat hij gedurende zijn tijd in het getto had gegeten. Het voedsel gaf hem kracht en zijn duizeligheid trok langzaam weg.

Nadat Albert het laatste restje uit zijn kom had geschraapt, wendde hij zich tot David. 'Zo, wat speel je, knul?'

'Viool, meneer.'

Albert veegde met de rug van zijn hand langs zijn mond. 'Dat had ik kunnen weten. Onze vorige violist heeft... een ongeluk gehad.' Hij trok een wenkbrauw op. 'Ben je goed?'

'Niet vergeleken bij de mannen die ik u heb zien dirigeren, maar voor iemand van mijn leeftijd werd ik als een talent beschouwd in Warschau.'

Albert knikte.

'Kunt u me misschien vertellen waar we zijn en wat er met mijn zusje gebeurd is?'

Met een verdrietige blik in zijn ogen staarde de oudere man hem aan. 'Hoe oud ben je, knul?'

'Veertien, meneer.'

'En je zusje?'

'Elf.'

Albert slaakte een diepe zucht. 'Kom, dan gaan we naar ons slaapvertrek.'

David liep achter hem aan de binnenplaats over, naar alweer een andere barak. Deze was schoner dan de vorige en op de vloer lagen meerdere dunne matrassen. De maestro wees naar het matras in de hoek, waar geen deken op lag. 'Daar. Dat was het matras van Josef en nu is het van jou.'

'Josef?'

'Ja, de vorige violist.'

'Alstublieft, meneer, kunt u me wat meer uitleg geven over deze plek? Waar zijn de andere mensen uit mijn trein gebleven?' Diep in zijn hart kende hij het antwoord al, maar hij moest het horen.

Albert keek hem aan. 'Die zijn hun dood tegemoet gegaan. Het spijt me dat ik het je moet vertellen, maar je bent in Treblinka. Dit is geen werkkamp, maar een plek waar de Duitsers Joden naartoe brengen om ons uit te roeien.' Hij wees naar Davids viool. 'Je instrument is je redding geweest.'

De tranen sprongen David in de ogen. 'En mijn zusje?' vroeg hij dapper.

Verdrietig schudde Albert zijn hoofd. 'Vrouwen zijn van weinig nut, en kinderen al helemaal. Koester maar liever geen hoop. Het is beter als je meteen begrijpt wat de mentaliteit van onze onderdrukkers is.'

Er ontsnapte David een kreetje.

'Alle mensen die het tot nu toe in deze hel hebben overleefd, zijn hun familie verloren. We worden allemaal geplaagd door een groot schuldgevoel omdat wij nog leven en zij niet. Maar het zal je nog wel duidelijk worden dat je zusje er misschien juist genadig vanaf is gekomen. De dingen waarvan je hier elke dag getuige zult zijn... daardoor krijg je een hart van steen.' Hij staarde naar de vloer.

'Hoe bedoelt u?'

'Het muzikale trio waarvan je nu deel uitmaakt, wordt gedwongen om muziek te maken terwijl de officieren hele gezinnen de dood in jagen.' Zijn ogen werden rood. 'De muziek helpt het geschreeuw van de mensen in de gaskamer te overstemmen en houdt de mensen die hun beurt afwachten rustig. Je zult hier duizenden mensen hun dood tegemoet zien lopen, in de overtuiging dat ze mogen gaan douchen.'

David kon het niet meer aanhoren en liet zich op de grond zakken.

'Het spijt me, knul, maar je kunt maar beter meteen weten hoe de vork in de steel zit. Het is ook onze taak om de Duitse bewakers en hun Oekraïense hoeren na het diner te vermaken.'

'"Oekraïense"?' herhaalde David.

'Ja, en niet alleen de hoeren komen uit Oekraïne. Je zult merken dat de meeste soldaten hier Oekraïens zijn en onder bevel van de Duitsers staan. In feite zijn zij ook gevangenen. Dit hele gebied is na de annexatie in 1939 in handen van de Sovjets gevallen. Polen, Oekraïners, Wit-Russen... tot aan Operatie Barbarossa. Nu hebben de Duitsers het voor het zeggen.'

Davids gezicht was asgrauw geworden.

'Misschien begrijp je nu dat je minder geluk hebt gehad dan je dacht. Het bloedbad duurt hier dag en nacht voort, en wij kunnen alleen maar toekijken.'

David probeerde zichzelf weer in de hand te krijgen. 'Mijn ouders zijn ook meegenomen uit Warschau.'

'Hoe heet je?'

'David Delanski.'

In Alberts ogen verscheen een hoopvolle blik. 'Delanski? Familie van Jacob?'

Hij knikte.

'Ben je zijn zoon?'

'Ja, meneer.'

Albert glimlachte. 'Dan heb ik goed nieuws voor je. Je vader leeft nog en slaapt ook in deze barak. Hij vervaardigt portretten voor de kampleiding.'

'Echt waar? Ik kan het nauwelijks geloven!'

'Dat begrijp ik. Dit soort momenten zijn de enige reden dat ik geloof dat er nog hoop is voor de wereld. Toch is dit niet het moment om sentimenteel te worden. Elke seconde dat je leeft, loopt je leven gevaar. De officieren genieten ervan om mensen lukraak neer te schieten. In hun ogen is er altijd wel een andere Jood die jou kan vervangen. En alsjeblieft, wees op je hoede wanneer de ondercommandant in de buurt is.' Hij rilde.

'Hoe heet hij?'

'Kurt Franzen. Vestig in zijn aanwezigheid nooit, maar dan ook nooit, de aandacht op jezelf. Hij is de slechtste, meest sadistische man die ik ooit ontmoet heb. Je zult ongetwijfeld binnenkort met hem kennismaken. Goed, dan zal ik je nu iets vertellen over de regels in het kamp.'

David luisterde terwijl Albert uitlegde dat hij nu net als zijn vader Jacob deel uitmaakte van een groepje *Hofjuden*, de bevoorrechte Joden die diensten verleenden aan de Duitsers. Onder hen bevonden zich timmermannen, monteurs, schoenmakers en juweliers. Aan eten of kleding hadden ze geen gebrek, want er werden dagelijks voorraden naar het kamp meegebracht door mensen die er zelf toch niets meer aan hadden.

'In lichamelijk opzicht hebben we het goed, misschien nog beter dan in het getto, als je tenminste de aframmelingen weet te vermijden. Zoek geen problemen op en probeer je verstand erbij te houden. Zo, en nu wil ik je horen spelen. Nog even, dan worden we weer op de appelplaats verwacht. Om rondvliegende kogels te vermijden moeten we een perfect optreden verzorgen.'

Het andere lid van het trio kwam er ook bij en de twee daaropvolgende uren repeteerden ze bekende deuntjes van voor de oorlog die David tranen in zijn ogen bezorgden.

Al snel was het tijd voor het appel en liep David achter Albert aan naar een klein houten platform dat midden op de appelplaats was opgebouwd. Een Duitse officier riep drie namen om. De mannen stapten met een van angst vertrokken gezicht naar voren. Ze moesten op een rijtje plaatsnemen voor de houten verhoging en werden een voor een over een houten krukje gegooid en afgeranseld.

David werd licht in het hoofd en voelde zijn knieën knikken. Even dacht hij dat hij van het podium zou vallen, maar een hand sloot zich in een ijzeren greep om zijn arm.

'Ik zei toch dat je niet de aandacht op jezelf moest vestigen?' siste Albert.

Nadat de afranseling klaar was, draaide de ss'er zich naar de mensen op het houten platform toe en knikte.

Het trio begon te spelen.

Twintig minuten later gingen ze in de eetzaal in de rij staan voor hun eten. David speurde naar zijn vader en zag hem aan de andere kant van het vertrek aan een tafel zitten.

'Papa!' Hij verliet de rij en rende naar hem toe.

Zijn opgetogen kreet leek de uitgemergelde man die voor hem zat niets te zeggen. Zonder acht op zijn zoon te slaan at Jacob rustig door.

'Papa? Ik ben het, David! Je zoon! *Jak sie masz*? Hoe gaat het?'

Jacob hield op met eten en verstarde.

De man naast hem stond op zodat David kon gaan zitten. 'Hij hoort ons niet, maar probeer het nog maar eens,' zei hij zacht.

David legde zijn hand op de magere pols van zijn vader. 'Alsjeblieft, papa. Ik ben het, David.'

Jacob draaide zijn ingevallen gezicht naar hem toe en in zijn wezenloze ogen verscheen een blik van herkenning. 'David, ben je het echt? Ben ik in de hemel?'

'Nee, papa. Je leeft nog. Ze hebben me gespaard omdat ik vioolspeel. Is mama...'

Jacob keek langs hem heen. 'Ze is weggevoerd.' Zonder iets te zeggen staarde hij voor zich uit. Daarna dwaalde zijn blik weer naar Davids gezicht, alsof hem iets te binnen schoot. 'Rosa?'

David schudde zijn hoofd.

'Zo jong, zo getalenteerd. Zeg eens, waarom leven wij eigenlijk nog?' Jacob speurde het gezicht van zijn zoon af naar een antwoord, maar hij kon het niet vinden. Uiteindelijk stond hij op. 'Dag, jongen.' Hij ging van tafel.

Net toen David ook wilde opstaan, trok een hand hem weer terug. 'Luister naar me. Je vader heeft de wil om te leven verloren,' fluisterde de man. 'Hij heeft al twee dagen niet meer geschilderd en zit alleen maar naar zijn ezel te staren. De Duitsers beginnen er genoeg van te krijgen. Hij heeft niet lang meer te gaan.'

'Dan moet ik hem helpen.'

'Er valt niets meer aan te doen. Het schijnt dat er met de laatste trein een nieuwe kunstenaar is aangekomen.'

'Ik ben zijn zoon! Ik moet naar hem toe!' Hij duwde de man hardhandig van zich af en liep naar de deur van de eetzaal.

In de barak waar ze sliepen waren Albert en Filip, de cellist, zich aan het voorbereiden op hun optreden van die avond. Van Jacob was geen spoor te bekennen.

'Hebt u mijn vader gezien?' vroeg David aan Albert.

'Ja, hij is naar het vertrek geroepen waar hij altijd schildert. Dat bevindt zich naast de werkplaats van de bontmaker, aan het eind van deze rij barakken naar links. Bij het raam staat een ezel.'

'Bedankt.' David maakte aanstalten om te vertrekken.

'Niet te laat komen. We beginnen over tien minuten!' riep Albert hem na.

Eenmaal buiten zag David dat de donkerder wordende lucht werd verlicht door een angstaanjagend rode gloed. Een dikke, donkere rook verspreidde zich over het kamp en het stonk er vreselijk naar verbrand vlees. Hij rende langs de barakken, zag de ezel en ging het kleine vertrek binnen.

Jacob zat roerloos op een stoel in de zwak verlichte kamer.

'Vader!' David rende naar hem toe en liet zich op zijn knieën voor hem zakken.

Op dat moment ging de deur open en kwam er een ss-officier binnen met een schilderij in zijn armen.

'Vader, alsjeblieft,' fluisterde David.

'Schnell! Attentie!' schreeuwde de officier. Hij zette het schilderij op de ezel en schoof die naast een ander schilderij dat David herkende als het werk van zijn vader. De officier verliet de barak en maakte plaats voor een andere, die een olielamp in zijn hand hield. Aan zijn andere hand, achter hem verscholen, kon David nog net een andere, kleinere gestalte ontwaren.

Weer richtte hij zich tot Jacob. 'Vader, alsjeblieft, ik...'

'Wat zei je daar?' riep de officier. 'Opstaan, jullie allebei!'

David stond op en keek in een paar ogen waarin zo veel boosaardigheid te lezen stond dat hij onwillekeurig huiverde.

'Ik vroeg je iets. Wat zei je daar?' Het gezicht van de ss'er bevond zich nu nog slechts een paar centimeter bij dat van hem vandaan.

'Ik zei "vader", meneer.'

De ogen van de officier schoten in de richting van Jacob, die nog steeds recht voor zich uit stond te staren. Hij zette de olielamp op een tafel en het schijnsel verlichtte de kamer. 'Warempel, de familie Delanski is herenigd.' Het Duitse accent van de man gaf Davids moedertaal een harde klank. De officier duwde de kleine gestalte achter hem naar het midden van de kamer. 'Drie van jullie in één vertrek. Zeg je broer en je vader eens gedag, Rosa.'

Davids adem stokte toen Rosa's doodsbange blik plaatsmaakte voor vreugde. Ze rende naar hem toe en hij sloeg beschermend zijn armen om haar heen, nauwelijks in staat te geloven dat ze het echt was.

Op dat moment zag ze Jacob staan. Zijn blik was nog steeds op een punt boven hun hoofden gericht. 'Papa!' riep ze uit. Ze viel hem om de hals en overlaadde hem met kusjes.

De officier sloeg het tafereel met iets van genoegen gade. 'Zo, ik geloof dat mijn probleem is opgelost. Eigenlijk wilde ik een van de Hofjuden om hulp vragen, maar dit is nog veel beter. Kijk eens even mee.' De ss'er wees met zijn stok naar de twee schilderijen die naast elkaar waren gezet. 'Het ene is door je vader geschilderd, het andere door je zusje. Een van de bewakers vertelde me dat ze kan schilderen, dus heb ik haar dit vanmiddag voor me laten maken. Het is een tekening van mijn hond, Wolf.' De officier wendde zich tot David. 'Twee kunstenaars in één kamp is natuurlijk niet rendabel, dus ik ben benieuwd welk schilderij jij het beste vindt.'

Het duurde even voordat tot David doordrong wat er van hem gevraagd werd. De schrik sloeg hem om het hart toen hij zich omdraaide naar zijn zusje, dat nu stevig werd omhelsd door haar vader. Jacob keek naar zijn dochter en streelde verwonderd over haar haar.

'Nou, *Herr* Delanski? Welk schilderij wordt het? Dat van Rosa of dat van je vader?'

Wanhopig zoekend naar hulp, naar een aanwijzing van boven, keek David om zich heen. Er gebeurde niets. Dit kon niet waar zijn. Hoe kon iemand zo'n beslissing nemen zonder gek te worden?

'Ik wil een antwoord, knul!' De officier reikte naar zijn pistool.

Nu was het David duidelijk wat hem te doen stond. Op handen en knieën liet hij zich voor de man op de grond zakken. 'Neem mij, meneer. Alstublieft, ik smeek het u. Dan hebt u één mond minder te voeden.'

Heel langzaam schudde de officier zijn hoofd. Op zijn gezicht lag een quasispijtige uitdrukking. 'Dat kan niet, knul. Jou hebben we nodig voor ons orkest. Maak een keuze!'

David werd aan zijn kraag overeind getrokken en voor de schilderijen gezet.

Help me, mama!

Vanbinnen schreeuwde hij het uit, terwijl hij radeloos en zonder iets te zien naar de twee schilderijen staarde.

'Tja, jongen, als je niet kunt kiezen, vind je beide kunstenaars kennelijk niet de moeite waard. Dan moet ik na het volgende transport maar naar iemand anders op zoek.'

'Nee!' Toen hij zich omdraaide, trilde zijn hele lichaam en stroomden de tranen over zijn gezicht.

Rosa en Jacob staarden hem aan. Zijn vader knikte bijna onmerkbaar en duidde met een kleine beweging van zijn hoofd Rosa aan.

Toen David hoorde dat achter hem het pistool werd getrokken, werd zijn ademhaling zo gejaagd dat hij nauwelijks een woord kon uitbrengen.

God, mama, papa, vergeef me.

'Rosa.' Het kwam er gefluisterd uit.

'Neem me niet kwalijk, knul. Zei je iets?'

'Rosa.'

'Harder!'

'Rosa!' schreeuwde David en hij rende naar de deur.

De ss'er die de schilderijen naar binnen had gebracht versperde hem de weg en duwde hem hardhandig terug de kamer in.

'Mooi zo. Ik ben het met je eens, het portret van mijn hond is inderdaad uitstekend gelukt. Kom eens bij je broer staan, Rosa. Hij heeft bepaald dat jij het werk van je vader mag voortzetten.'

Toen Rosa zich aan haar vader vastklampte, drukte hij een kus op haar hoofd en duwde haar vervolgens voorzichtig van zich af.

David stak zijn armen uit en ze rende naar hem toe.

De officier richtte zijn pistool op Jacob en vuurde driemaal.

Het hysterische gegil van Rosa weerklonk door de kamer. De officier pakte haar arm beet en trok haar bij David vandaan.

'Alstublieft, meneer, mag ze niet even bij me blijven?' smeekte hij terwijl Rosa keer op keer zijn naam schreeuwde.

'Ik neem haar wel onder mijn hoede.' Hij werkte haar de deur uit, in de armen van de andere ss'er. Daarna draaide hij zich weer naar David toe. 'Ik heet Franzen, onthou die naam. Ik ben ervan overtuigd dat we elkaar binnenkort nog eens zullen tegenkomen.' Hij glimlachte nog een keer en liet David alleen met het met kogels doorzeefde lichaam van zijn vader achter.

David had nauwelijks benul van hoeveel tijd er was verstreken. De dagen vol angst, vernederingen en pijn vloeiden in elkaar over. Bij de eerste nachtvorst besefte hij dat de winter in aantocht moest zijn. Toen het begon te sneeuwen, zag hij de naakte mannen en vrouwen die in de rij stonden om uitgemoord te worden blauw aanlopen.

Nu begreep hij waarom zijn vader zich zo in zichzelf had gekeerd. De gruwelen waarvan hij elke dag getuige was, waren als een onwerkelijke nachtmerrie waaruit hij nooit ontwaakte.

Elke dag dat David in leven was, bad hij dat hij zou sterven.

Wanneer hij 's nachts wakker lag, vroeg hij God waarom onschuldige mensen op deze manier gestraft werden. Het antwoord bleef uit, dus uiteindelijk hield hij op met bidden. Zijn geloof verdween samen met zijn beleving van de realiteit. Hij had zich erbij neergelegd dat niemand hem en zijn zusje zou komen redden. Dat zou hij zelf moeten doen.

Rosa leefde nog en maakte het goed. Ze deelde een barak met de Oekraïense vrouwen. Franzen, die hij onuitsprekelijke gruweldaden had zien plegen, leek op haar gesteld te zijn geraakt en had een van de vrouwen die hij als zijn persoonlijke hoeren beschouwde opdracht gegeven om haar onder haar hoede te nemen.

Haar naam was Anya en ze werkte in de keukens van het kamp. Ze was zestien, heel mooi en zachtaardig en aanbad Rosa. David kon zien dat zij nog banger voor Franzen was dan zijn zusje.

Met een zucht draaide hij zich om, zich ervan bewust dat hij beter kon gaan slapen. In zijn hoofd gonsde het van de ontsnappingsplannen. De afgelopen maanden was hij erin geslaagd een stapel papiergeld, gouden munten en sieraden te verdonkeremanen en onder de vloerplanken in zijn slaapzaal te verbergen. Hij wist dat de andere gevangenen hetzelfde deden. Dat soort kostbaarheden waren te vinden tussen de bezittingen van de mensen die dood waren, en de Oekraïense bewakers waren bereid om vers fruit en vlees tegen geld te ruilen wanneer de rantsoenen voor de gevangenen te wensen overlieten. David beschouwde de schat als zijn paspoort, dat hij zou kunnen gebruiken zodra hij erin geslaagd was zichzelf en Rosa uit het kamp te bevrijden.

Er prikten tranen in zijn ogen bij de gedachte aan hoe zinloos het allemaal was. Het dichte bos en de makkelijk om te kopen Oekraïners die in de dorpen rondom het kamp woonden maakten ontsnappen vrijwel onmogelijk. Sinds zijn aankomst in Treblinka was iedere gevangene die gepoogd had te ontsnappen gevangengenomen, teruggebracht en voor de ogen van de rest van het kamp doodgeschoten door Franzen. Na afloop had hij er steevast iedere tiende man uit gepikt bij het appel en ook die mannen gefusilleerd.

Toch moest er een uitweg zijn. Als ze nog veel langer bleven, zouden ze alsnog sterven. David sloot zijn ogen en probeerde de slaap weer te vatten.

'Zo, Rosa, *Liebchen*. Laat eens zien wat je vandaag hebt geschilderd.'

Rosa stond nerveus voor het bureau van officier Franzen en schoof het doek over het blad naar hem toe.

Met een brede glimlach pakte hij het aan. 'Mooi, zeg. Volgens mij word je hier beter in, ja? Kom, geef oom Kurt eens een kusje.' Hij stak zijn armen naar haar uit.

Rosa liep om het bureau heen. Ze was blij dat hij haar schilderijen altijd mooi leek te vinden en genoot van de snoepjes waarmee ze elke dag werd beloond. Oom Kurt was heel aardig voor haar geweest sinds ze in Treblinka waren aangekomen. Hij zorgde er altijd voor dat ze warme kleren en lekker eten kreeg en gaf haar allerlei cadeautjes. Daardoor voelde ze zich heel bijzonder.

Maar zijn adem stonk naar sigaretten en zijn borstelige snor prikte altijd in haar lippen wanneer ze hem moest kussen.

Franzen tilde haar op zijn knie en tikte op zijn mond.

Voor haar was dit een vertrouwd ritueel, en ze gaf hem een kus. Toen ze zich wilde terugtrekken, pakte hij haar achterhoofd beet en probeerde hij met zijn tong haar tanden van elkaar te duwen.

Daarna glimlachte hij. 'Goed, goed. Je wordt steeds beter. Morgen zal ik je een ander spelletje leren dat je wel leuk zult vinden.'

'Ja, Herr Franzen.' Ze klauterde van zijn schoot en liep naar de deur. Zodra die achter haar was dichtgevallen, rende ze zo snel als haar benen haar konden dragen naar haar barak, waar Anya met haar ogen dicht op haar matras lag. 'Voel je je wel goed, Anya? Je ziet er verdrietig uit.'

Anya deed haar ogen open en keek Rosa aan. 'Ja, natuurlijk. Het gaat prima. Het wordt tijd dat je gaat slapen. Ik moet me klaarmaken voor vanavond.'

Terwijl Rosa haar kleren verruilde voor een te groot nachthemd, trok zij een jurk aan die ze had gevonden in de stapel kleding die gisteren naar de sorteerbarak was gebracht. Volgens het etiket was hij van Chanel. Ze hoopte maar dat Franzen hem mooi zou vinden en dat de jurk haar beginnende buikje zou verbloemen. Als hij dat zag, was ze ten dode opgeschreven. Er deden vreselijke verhalen de ronde over vrouwen die waren neergeschoten zodra de ss-officieren genoeg van hen hadden.

Ze stiftte haar lippen en stak haar zachte goudblonde haar hoog op. Hoewel ze slechts vijf jaar ouder was dan Rosa, voelde ze zich al een volwassen vrouw. Ze was een jaar geleden in het kamp aangekomen, toen haar ouders, die half uitgehongerd waren en dringend om geld verlegen zaten, van een buurvrouw in hun dorp hadden gehoord dat er een vacature beschikbaar was in de keuken. Haar vader was meteen enthousiast geweest, maar haar moeder had hem gesmeekt om Anya niet voor de nazi's te laten werken. Ondanks haar tegenwerpingen hadden ze er echter niet omheen gekund dat het gezin eten nodig had.

Dus was Anya aan het werk gegaan in Treblinka.

Een week na haar aankomst had Franzen haar uitgenodigd in zijn privévertrekken. Hij had haar wijn en eten aangeboden van een kwaliteit die ze nooit eerder had geproefd. Omdat ze hem dankbaar was, wees ze zijn avances na de maaltijd niet direct af. Toen ze even later vroeg, eiste en er ten slotte om smeekte dat hij zou ophouden, gaf hij daar echter geen gehoor aan. Die nacht had hij haar verkracht en haar opgedragen om in het kamp te komen wonen. Als ze weigerde, zou hij haar ouders laten doodschieten.

Het afgelopen jaar was ze zo diep vernederd dat ze zich net zomin nog een mens voelde als de gevangenen in het kamp. Soms, als ze iets weigerde, haalde Franzen zijn pistool tevoorschijn en dwong hij haar met het wapen tegen haar hoofd alsnog zijn wensen te vervullen. Ook had hij haar met talloze andere mannen gedeeld. Vaak gebruikte hij haar om een andere officier te belonen voor zijn harde werk.

In het openbaar overlaadde hij haar met cadeaus en behandelde hij haar als een godin. Als gevolg daarvan werd ze in het voorbijgaan bespuugd door de gevangenen, maar ze wist dat als zij Franzen zijn zin niet gaf, hij iemand anders zou uitkiezen.

De enige persoon tegen wie ze hem aardig had zien doen, was Rosa. Na haar aankomst in het kamp was hij direct op haar gesteld geraakt. Anya geloofde dat zijn genegenheid voor haar oprecht was en bad omwille van Rosa dat dat zo zou blijven.

Natuurlijk had ze al talloze malen overwogen om te ontsnappen. Elke nacht, wanneer ze vol walging en schaamte om wat Franzen haar had laten doen wakker lag op haar matras, nam ze zich heilig voor dat dit de laatste keer was geweest. En nu had ze geen keus meer. Ze was vermoedelijk al meer dan vijf maanden zwanger en zou dat niet veel langer voor hem verborgen kunnen houden. Hij vond haar aantrekkelijk vanwege haar ranke figuurtje, maar dat was in rap tempo aan het verdwijnen. Het kind zou haar niet voor een gruwelijk lot kunnen behoeden. Behalve dat een kind van haar geen zuiver Arisch kind zou zijn, had ze geen idee of Franzen daadwerkelijk de vader was. Het kon evengoed een van de andere tien ss'ers zijn die haar hadden misbruikt.

Laatst had ze een gesprek tussen hem en de kampcommandant opgevangen. Ze hadden gezegd dat Treblinka binnenkort weer een rustig boerenerf zou zijn en dat niets nog zou herinneren aan wat zich hier had afgespeeld.

Ze werkte haar lippenstift nog een keer bij en toen ze in haar kostbare spiegelscherf keek, zag ze de angstige blik in haar eigen ogen. Als ze probeerde te vluchten, zouden haar ouders, en zijzelf ongetwijfeld ook, worden doodgeschoten.

Al vroeg ze zich soms wel af of ze dood niet beter af zou zijn.

'Ha, Rosa!' Franzen glimlachte. 'Wat heb je vandaag voor oom Kurt geschilderd?'

'Een plaatje van een meer,' antwoordde ze.

'Een meer, zei je? Prachtig. Kom, laat me eens kijken.'

Ze liep om het bureau heen naar hem toe en spreidde haar werk voor hem uit.

Nadat hij het eens goed had bekeken, knikte hij goedkeurend. 'Heel mooi, Rosa. Net als jij. Hier.' Uit een lade van zijn bureau pakte hij een papieren zak vol met rode snoepjes. Toen ze er een wilde pakken, greep hij haar hand beet. 'Je zult wel honger hebben.'

Ze knikte.

'Hier, laat oom Kurt je maar voeren.' Hij pakte een snoepje. 'Mondje open.'

Dat deed ze.

Franzen legde het rode snoepje op haar tong. 'Lekker?'

'Ja, oom Kurt. Dank u wel.'

'Geen dank. Je bent een bijzonder getalenteerde jongedame en je verdient het om beloond te worden.'

Rosa beantwoordde zijn brede glimlach.

'Vind je het fijn dat oom Kurt voor je zorgt?'

Daarop knikte ze enthousiast.

'Want ik kan niet voor iedereen zorgen, weet je. Jouw buik is altijd goedgevuld, hè?'

'Ja.'

'En je hebt een dikke deken zodat je 's nachts warm blijft?'

'Ja.'

'Verder heeft niemand die dingen, Rosa. Alleen jij.' Doordringend keek hij haar aan. 'Je boft maar, hè, dat oom Kurt je zo goed beschermt?'

Weer knikte ze.

'Mooi zo.' Hij stond op en liep naar het enige raam in zijn kantoor. Nadat hij even de omgeving buiten had afgespeurd, trok hij de gordijnen dicht. 'Vind je niet dat ík een beloning verdien omdat ik zo goed voor je zorg?'

'Natuurlijk, oom Kurt. Ik zal nog meer schilderijen voor u maken!'

Franzen grinnikte. 'Dank je, Rosa. Ik vind je schilderijen prachtig, alleen heb ik het nu over een ander soort beloning. Een beloning die je me nu meteen kunt geven.'

Verward keek ze hem aan.

'Wil je nog een snoepje?' Hij pakte er een uit de zak en propte het in haar mond.

Ze probeerde niet te kokhalzen. Nu ze Franzen aankeek, zag ze opeens iets in zijn ogen waar ze bang van werd. Zijn vriendelijke houding had plaatsgemaakt voor iets duisters.

'Je bent belangrijk voor me, Rosa. Heel belangrijk. Ik zal je altijd blijven beschermen, maar dan moet je ook iets voor mij doen.'

'Wat dan?' Haar stem trilde een beetje.

'Iets wat alleen twee mensen die een héél bijzondere band met elkaar hebben doen.' Hij kwam dichterbij. 'Niet bang zijn, ik laat je wel zien hoe het moet.' Daarna liep hij naar de deur van zijn kantoor om die op slot te doen.

Zodra Rosa de slaapzaal binnenkwam, wist Anya dat er iets mis was. Haar gezicht was lijkbleek en haar kleine handen trilden.

'Wat is er, Rosa? Zeg het maar tegen Anya.'

Ze vertrouwde haar eigen stem niet en schudde haar hoofd.

Daardoor vreesde Anya meteen het ergste. Haar maag keerde zich om. 'Franzen. Wat heeft hij…'

Het meisje hoefde geen antwoord te geven.

Toen Anya haar armen om haar heen sloeg, begon ze meteen te beven. 'O, arme schat.' Ze streelde over haar haar.

Nu was de maat vol. Dit kon zo niet doorgaan.

Na het avondmaal nam David zijn vaste plekje in de kleermakerij in. Daar kwamen de weinige gevangenen die enige vorm van gezag hadden bijeen, want het was het grootste en behaaglijkste vertrek in het kamp.

Albert knikte in zijn richting en het trio begon te spelen.

David was dankbaar voor deze bijeenkomsten, want dit was het enige moment op de dag dat het leven enigszins normaal leek. Mensen lachten en dansten. Hier kon hij zich verliezen in de muziek en hoefde hij niet te denken aan zijn pijnlijke botten en de honger.

Sinds kort kwamen er geen treinen meer en daarmee was er ook een eind gekomen aan de toevoer van voedsel. De meeste mensen in het kamp waren uitgehongerd en de Oekraïners rekenden torenhoge prijzen voor hun smokkelwaar.

Zoals gewoonlijk kwamen er een paar Duitsers binnen en gingen ze de dansvloer op. Franzen betrad de zaal samen met Anya en sloot zich bij de dansers aan.

David zag hen sierlijk walsen, alsof ze zich in een balzaal in Warschau bevonden, niet in deze hel op aarde.

Na tien minuten excuseerde Anya zich en kwam ze naar David toe. 'Zou je "An der schönen blauen Donau" willen spelen?' vroeg ze en daarna leunde ze dichter naar hem toe. 'Ik moet je spreken. In de bontmakerij, na het dansen. Ik wacht daar op je.' Ze deed een stap naar achteren. 'Bedankt,' zei ze formeel. Vervolgens liep ze terug naar de dansvloer.

De bontmakerij was in totale duisternis gehuld.

'Anya?' fluisterde David schor.

'Hier ben ik.'

Hij ging het geluid van haar stem achterna en zag haar even later tegen een van de stapels bontjassen geleund zitten. 'Waarom wilde je me spreken?'

'Omdat Rosa en ik moeten ontsnappen en we je hulp nodig hebben.'

'Is alles in orde met haar?'

'Nee. Franzens belangstelling voor je zusje is niet onschuldig. Hij dwingt haar om onbehoorlijke dingen te doen.'

Er ontsnapte hem een diepe kreun. 'Die schoft! Wacht maar, ik draai hem de nek...'

'Nee, David! Ik heb een plan om te ontsnappen. Zelf loop ik ook gevaar. Als hij erachter komt dat ik in verwachting ben, schiet hij me dood. Luister goed, dan leg ik het uit.'

De volgende ochtend begonnen de gevangenen na het appel aan de gruwelijke invulling van hun dag. Met bonkend hart liep David terug naar zijn slaapzaal.

Alles was voorbereid. Mits zijn timing goed was, zou hij deze hel over twee uur verlaten. Hij was zich ervan bewust dat andere gevangenen onder zijn vertrek zouden lijden, maar hij moest hier weg. Al was het maar om de wereld te kunnen vertellen over de waanzin die zich hier voltrok en om de kans te krijgen om Franzen te pakken.

Zoals Anya had beloofd, had hij de benzine in de gereedschapsbarak gevonden. Hoewel het maar een klein blik was, was het genoeg om de klus te klaren. Het plan was om het hek rondom de gaskamers in brand te steken, want dat was gecamoufleerd met een hele hoop droge takjes. In de daaropvolgende verwarring zou hij koers zetten naar de trein, die volgens Anya vandaag zou vertrekken om afgedankte kleding naar de heimat te vervoeren. David zou vlak onder de wachttoren door moeten, maar hij hoopte dat alle aandacht op de brand aan de andere kant van het selectieterrein gevestigd zou zijn.

Toen het tijd werd om te vertrekken, liep hij nonchalant met zijn vioolkoffer in de hand via het pad naar de gaskamers de appelplaats op. Daar dook hij de barak in waar de vrouwen zich moesten uitkleden. Hij graaide onder de houten bank naar de benzine die hij daar gisteravond had verborgen, samen met drie lucifers die hij van Anya had gekregen. Dit was het gevaarlijkste gedeelte van het plan. Hij moest naar de overkant van de appelplaats zien te komen, waar hij geen dekking zou kunnen zoeken voor de wachters in de toren.

David gluurde de barak uit. Toen hij zag dat de kust veilig was, stak hij rennend de appelplaats over en dook weg onder het vijf meter hoge hek. Zo snel mogelijk goot hij de benzine over de dichtstbijzijnde droge takken, waarna hij de lucifer afstreek op de harde, met steengruis bedekte grond. De lucifer ging aan en meteen weer uit. Hij waagde nog een poging, met hetzelfde resultaat. Nu had hij nog maar één lucifer over.

Alsjeblieft, mama. Help me.

Hij streek de lucifer af, schermde de vlam af met zijn hand en bracht hem naar een twijgje. Dat vatte zo snel vlam dat hij geschrokken achteruitdeinsde.

Op dat moment hoorde hij een schreeuw. Hij draaide zich om en zag de mannen vanuit de wachttoren naar hem kijken. Een tel later vlogen de kogels hem om de oren.

Het vuur greep snel om zich heen en de bewakers klommen in allerijl de toren af. Die gelegenheid greep David aan om zich weer naar de vrouwenkleedruimte te haasten. Op handen en voeten kroop hij naar de andere kant van de barak, waar hij door een gat naar buiten tuurde. Daar was de trein. Hij zag dat de Oekraïners die bezig waren geweest de stapels kleding in te laden verbaasd alles uit hun handen lieten vallen en op de hulpkreten van de Duitsers afgingen.

Zodra het perron er verlaten bij lag, deed David de deur open. De afstand tot de wagon was ongeveer tien meter en hij zag Anya er al in klimmen.

'David! Kom nou, snel! Rosa is al verstopt.'

Hij sprintte het perron over, smeet zijn vioolkoffer in de wagon en sprong zelf ook naar binnen. Terwijl hij zich in de enorme stapel kleding stortte, probeerde hij zijn ademhaling onder controle te krijgen. Een kleine hand daalde op zijn schouder neer. Hij draaide zich om, pakte het handje beet en kneep erin.

Na wat hij zich altijd als een eeuwigheid zou blijven herinneren zette de trein zich in beweging. Van opluchting sprongen de tranen hem in de ogen en hij hield de hand van zijn zusje stevig vast.

Ze baande zich een weg door de stapel kleding en kroop dicht tegen hem aan. 'Ik hou van je, David.'

'Ik hou ook van jou. Op een dag zal ik die man betaald zetten wat hij papa en jou heeft aangedaan, dat zweer ik.'

Door het zachte geschommel van de trein werd ze in slaap gewiegd.

Toen hij naar haar lieve, onschuldige gezichtje keek, werd zijn voornemen om wraak te nemen alleen maar vaster.

Het gezoem van de intercom zorgde ervoor dat David opschrok uit zijn overpeinzingen en in één klap weer terug was in zijn elegant ingerichte kantoor in New York.

Hij veegde het zweet van zijn voorhoofd en droogde zijn tranen. 'Ja?'

'Uw zoon wacht op u bij de receptie, meneer.'

'Dank je, Pat. Geef hem maar een kop koffie en zeg dat ik nog vijf minuten nodig heb.'

'Komt voor elkaar.'

'Verdomme!' Voor het eerst vroeg hij zich af of hij er wel goed aan had gedaan om zijn verleden voor Brett verborgen te houden. Dat had hij gedaan met de beste bedoelingen, om hem te beschermen, maar nu het verleden hem inhaalde en hem dreigde te veranderen, was hij niet meer zo zeker van zijn besluit.

Eén ding stond als een paal boven water. Nu hij de kans had om wraak te nemen, zou hij die met beide handen aangrijpen.

Hij deed zijn uiterste best om te kalmeren en drukte op de intercom. 'Oké, Pat. Stuur hem maar naar binnen.'

Misschien zou hij het op een dag, wanneer alles achter de rug was, aan Brett vertellen. Maar dit was zijn strijd, niet die van zijn zoon.

De deur ging open en Brett liep uitgeput en met rode ogen naar zijn bureau toe. 'Hoi, pa. Goed je te zien.' Hij bleef met zijn handen in zijn zakken staan en keek om zich heen. 'Wauw, wat een prachtig kantoor is dit. Veel mooier dan het kantoor in Londen.'

'Ja. Je went er nog wel aan dat alles hier tien keer groter is dan in Engeland. Hoe was je vlucht?'

'Prima, dank je. Ik heb weinig geslapen, dus ik voel me een beetje gebroken.'

David glimlachte. 'Nou, ik zal niet van je vragen om meteen een volledige werkdag mee te draaien, maar ik stel wel voor dat we er een uur voor uittrekken om het plan dat ik voor je heb opgesteld door te nemen. Daar zijn we tot aan de middag zoet mee. Daarna neem ik je mee uit lunchen in de 21 Club en als we uitgegeten zijn kun je wat slaap inhalen in mijn appartement. Wat zeg je daarvan?'

Zijn zoon glimlachte vermoeid. 'Dat klinkt geweldig. Ik ben blij dat ik hier ben, pa.'

'Ik ook.' David vond het een opluchting dat zijn zoon zich er eindelijk bij neergelegd leek te hebben dat hij voor Cooper Industries zou gaan werken en dat dwaze idee om kunstenaar te worden uit zijn hoofd had gezet. Dat kon hij er nu echt niet bij hebben.

Wat hij niet wist was dat Brett voornamelijk zo gelukkig was omdat Leah Thompson over nog geen achtenveertig uur in New York zou arriveren.

Vader en zoon brachten een prettig uur met elkaar door waarin ze het plan voor Bretts carrière bespraken. David wilde dat hij vier maanden op het hoofdkantoor in New York zou meedraaien om meer te weten te komen over het reilen en zeilen daar. Aansluitend zou hij een jaar lang de wereld rondreizen om de andere vestigingen van Cooper Industries in hun diverse stadia van ontwikkeling te bezoeken.

'Ik geloof niet in het principe van onderaan de ladder beginnen. Iedereen binnen het bedrijf weet toch al dat je op een dag het stokje van me zult overnemen. De komende anderhalf jaar krijg je echter geen officiële functie en verwacht ik dat je de handen uit de mouwen steekt. Het belangrijkste is dat je het respect verdient van de mensen die later je werknemers zullen worden. Nederigheid en de bereidheid om te leren, die dingen wil ik van je zien. Je bent hier om iets op te steken van iedereen die op de loonlijst staat. Goed, einde preek! Zullen we nu maar gaan lunchen?'

Na een gezellige lunch namen ze een taxi naar Davids gloednieuwe maisonnette aan Fifth Avenue, zes straten bij het hoofdkantoor van Cooper Industries vandaan.

'Deze suite leek me wel iets voor jou. Het uitzicht op het park is prachtig.'

Brett keek om zich heen in de indrukwekkende woonkamer en liep verder naar de ruime slaapkamer met een marmeren badkamer en suite. 'Hier kan ik wel mee uit de voeten. Bedankt, pa.'

'Ik heb overwogen een eigen appartement voor je te regelen, maar ik ben hier toch zelden en over vier maanden ga je alweer weg.'

'Natuurlijk, ik begrijp het.'

Hoewel David wist dat hij zijn zoon niet hoefde te imponeren, deed hij toch een poging. 'O, je hebt ook Georgia tot je beschikking, de kokkin. Die staat altijd klaar om iets voor je te bereiden.'

'Ik vind het hier geweldig, pa. Echt.'

'Goed, probeer nu dan maar wat slaap in te halen. Vanavond heb ik een zakendiner, maar morgenochtend ben ik er wel. Mocht je iets nodig hebben, dan kun je op het belletje naast je bed drukken om de huishoudster te laten komen.' Hij maakte aanstalten om de kamer uit te lopen, maar bedacht zich en keek om naar zijn zoon. 'Ik ben echt blij dat je er bent.' Na dat gezegd te hebben, ging hij weg.

Brett liet zich op het bed zakken en deed zijn ogen dicht. Hoewel zijn lichaam naar rust snakte, was hij nog te wakker om de slaap te kunnen vatten. Na twintig minuten gaf hij het op en besloot hij zijn nieuwe onderkomen te gaan verkennen.

De maisonnette was enorm, met op de bovenste verdieping een formele zitkamer en eetkamer die uitkwamen op een dakterras met uitzicht op Central Park. Davids suite stond direct in verbinding met zijn comfortabele kantoor. De benedenverdieping omvatte niet alleen Bretts suite, maar tevens de gigantische keuken, nog drie suites en de personeelsvertrekken. Hoewel hij de nodige luxe gewend was, werden zelfs zijn verwachtingen overtroffen.

Automatisch vroeg hij zich af wat Leah hiervan zou vinden, maar hij riep zichzelf meteen tot de orde. Hij mocht er niet zomaar van uitgaan dat ze hem nog eens zou willen zien.

Hij liep weer naar zijn kamer en streek opnieuw op het bed neer. Nog minder dan twee dagen, dan zou ze hier ook zijn.

Met zijn hoofd vol gedachten aan haar viel hij eindelijk in slaap.

5

New York, augustus 1981

'Leah, schat! Wat fijn dat je er bent.' Jenny omhelsde haar vriendin stevig. 'Ik heb je gemist. Ga zitten, dan bestel ik champagne.'

'Doe mij maar mineraalwater.'

'Saaie piet die je bent! Je kunt toch niet naar The Oak Room gaan en op je eerste avond toosten met mineraalwater?'

'Oké, één glaasje dan.'

Jenny bestelde een fles en glimlachte. 'Wat goed om te zien dat je nog geen spat veranderd bent. Was ik maar zo gedisciplineerd als jij! Laat me je eens goed bekijken.' Ze nam haar van top tot teen op en slaakte een weemoedige zucht. 'Nog net zo mooi als altijd. Geen grammetje vet, geen kraaienpootje te bekennen. Je boft maar. Bij mij beginnen de jaren al te tellen.'

Leah keek naar haar vriendin. Hoewel ze het niet graag toegaf, zag Jenny er moe en afgetobd uit. Haar ogen waren rood en haar tere gezichtje was zichtbaar voller geworden. 'Doe niet zo raar. Je ziet er nog precies hetzelfde uit,' loog ze gladjes.

Hoofdschuddend zei Jenny: 'Ik zie er waardeloos uit, Leah. Maak je maar niet druk, ik kan het wel hebben. Vanochtend belde Madelaine om te zeggen dat ik mijn leven moet beteren en drie kilo moet afvallen omdat mijn contract met het cosmeticabedrijf anders volgende maand niet wordt verlengd. Ze wil dat ik een week naar een kuuroord in Palm Springs ga om te ontgiften. Het punt is alleen dat je daar niet mag roken en drinken en dat je het grootste gedeelte van de tijd op konijnenvoer moet leven.'

'Lijkt me een prima idee.'

De twee meisjes klonken met elkaar en brachten een toost uit op de toekomst.

'Ik hoop maar dat ik er goed aan heb gedaan om naar New York te verhuizen,' mijmerde Leah hardop. 'Die klus voor Chaval duurt maar een maand, daarna moet ik het weer van losse opdrachten hebben.'

'Kom op, Leah. Je krijgt een half miljoen dollar voor twintig dagen werk en ik durf te wedden dat ze je contract zullen verlengen. Binnenkort is je gezicht overal in Amerika te zien. De tijdschriften en fotografen zullen voor je in de rij staan.' Een tikje verdrietig voegde ze eraan toe: 'Net als voor mij, toen ik hier net was.' Ze dronk haar glas leeg. 'Zo, nu wil ik alles over je verjaardagsfeest horen. Ik vond het zo jammer dat ik er niet bij kon zijn. Die rotzakken wilden mijn fotosessie echt niet verzetten.' Ze schonk nog wat champagne voor zichzelf in.

'Nou, het was zeker geen saaie avond. Ik ben Brett tegengekomen, mijn eerste liefde, die ik al jaren niet meer had gezien. En Carlo heeft zichzelf voor schut gezet en moest dronken naar zijn hotel worden afgevoerd.'

'Klinkt als een geslaagde avond,' zei Jenny giechelend. 'Ik heb altijd al gezegd dat je op je hoede moet zijn voor Carlo, Leah. Die gast is stapelverliefd op je en is er heilig van overtuigd dat hij je groot heeft gemaakt.' Met samengeknepen ogen vervolgde ze: 'Nu zal hij wel willen oogsten wat hij gezaaid heeft.'

Vertwijfeld keek Leah haar aan. 'Hoe bedoel je?'

'Hij behandelt je al vier jaar als zijn bezit en nu wil hij opeisen waar hij volgens hem recht op heeft.' Ze trok één wenkbrauw op. 'De hele modellenwereld, plus de pers, denkt dat jullie al twee jaar iets met elkaar hebben.'

'Alsjeblieft, zeg!' riep Leah geschrokken uit. 'Ik ben Carlo dankbaar voor wat hij gedaan heeft en ik beschouw hem als een heel goede vriend, maar ik heb niet dat soort gevoelens voor hem, nooit gehad ook. Dat weet hij zelf ook wel.'

'Jeetje, Leah,' verzuchtte Jenny. 'Je mag dan in sommige opzichten volwassen zijn geworden, maar soms ben je nog steeds vreselijk naïef. Ach, laten we er maar over ophouden. Vertel eens over die oude vlam die je op je feest tegenkwam.'

Ze haalde haar schouders op. 'Ik heb hem leren kennen toen ik vijftien was. Destijds heeft hij me trouwens een nare streek geleverd.'

'Hopelijk heb je hem dan geen blik waardig gegund.'

Met haar blik op haar nagels gericht gaf Leah toe: 'Toch wel, vrees ik. We hebben met elkaar gedanst en hij zei dat hij hier in New York contact met me zou opnemen. Toevallig is hij een paar dagen geleden voor zijn werk hiernaartoe gevlogen.'

'Je gaat me toch niet vertellen dat de eeuwige maagd haar lendenen voelt ontwaken?'

Leah sloeg haar ogen ten hemel. 'Serieus, Jenny? Je doet net of ik een oude vrijster ben. De afgelopen jaren ben ik er gewoon niet aan toegekomen en...'

'En Carlo heeft je zo kort gehouden dat je niet eens aan andere mannen hebt kunnen denken, laat staan dat je er iets mee hebt kunnen doen,' maakte Jenny haar zin af. 'Je vindt die jongen leuk, hè?'

Na een korte aarzeling keek Leah haar vriendin aan. 'Dat zou ik niet moeten doen. Het was echt een rotstreek van hem, maar ja, ik vind hem leuk. Heel leuk zelfs.'

Jenny nam nog een flinke slok champagne. 'Mooi zo, het wordt eens tijd dat je wat meer onder de mensen komt. Het is heel normaal om een man leuk te vinden, hoor!'

'Nu we het er toch over hebben, hoe is het eigenlijk met je prins?'

Jenny schonk zichzelf nog een derde glas Veuve Clicquot in. 'Hij heeft me al een paar weken niet meer gebeld. Hij is met zijn vader weg vanwege een dringende familiekwestie. Als hij weer in New York is, zal hij me vast wel bellen.'

Leah was blij dat Jenny de laatste tijd kennelijk geen Britse kranten had gelezen. Prins Ranu had in de meeste roddelrubrieken gestaan, compleet met foto's waarop hij innig verstrengeld was met de dochter van een rijke Russische aristocraat. Eén verslaggever had zelfs weten te melden dat er een verloving ophanden was. 'Je houdt toch niet van hem, Jenny?'

Haar vriendin viel even stil en streek met haar vinger over de rand van haar glas. 'Eerlijk gezegd wel. Ik ben stapelgek op hem. Zelfs na vier jaar voel ik me nog precies hetzelfde als op de avond dat ik hem leerde kennen. Als hij me nu zou vragen, zou ik morgen nog met hem trouwen en uit dit smerige wereldje stappen.' Verdrietig keek ze Leah aan. 'Ik weet het, je hoeft het me niet te vertellen. Hij heeft een affaire met die prinses De-La-Onuitsprekelijke-Achternaam. Dat is niet voor het eerst, neem dat maar van mij aan. Uiteindelijk komt hij altijd weer met hangende pootjes bij me terug.'

'Hoe kun je hem dat in vredesnaam vergeven?'

'Hoe kun jij die jongen vergeven die je op je verjaardagsfeest weer bent tegengekomen?'

Leah bloosde. 'Touché.'

'Sorry. Dat was onder de gordel, maar het geeft wel aan wat ik bedoel. Ik hou van hem, Leah. En hij is rijk. Heel erg rijk. De meisjes staan voor hem in de rij. Trouw zijn is voor hem geen vereiste, want er is altijd wel iemand die jonger en mooier is dan ik. Dus mijn enige kans om hem uiteindelijk te krijgen is mijn plaatsje in de rij goed bewaken.'

'Tjonge.' Leah wist niet goed wat ze moest zeggen.

'Maak je maar geen zorgen. Als jij die jongen weer ziet, zul je het wel begrijpen.'

'Maar ik word niet verliefd, Jenny.'

'O nee?' vroeg ze geamuseerd. 'Daar hou ik je aan, Leah Thompson.' Daarna bestelde ze nog een fles champagne.

6

'Leah, met Brett.'

'O, hoi.'

'Je klinkt slaperig. Heb ik je wakker gebeld?'

'Eh... nee. Sorry.' Ze ging rechtop zitten in het kingsize bed. Haar hoofd voelde aan alsof het vol zat met watten, maar haar hart begon meteen wild te bonken door het geluid van zijn stem.

Een uur geleden was ze na een zware lunch met de pr-lui van het cosmeticabedrijf en een middag vol interviews met de pers teruggekeerd in het Plaza. Door de jetlag en de uitputting na een slapeloze nacht was ze op het bed neergeploft en in slaap gevallen.

'Ik vroeg me af of je zin hebt om vanavond iets met me te gaan drinken.'

In de spiegel aan de muur tegenover zich zag ze hoe bleek en slordig ze eruitzag. Zichzelf optutten voor een avondje uit was nu wel het laatste waar ze zin in had. Aan de andere kant kon ze ondanks alles niet wachten om hem te zien. 'Oké dan.'

'Fijn. Zie ik je over veertig minuten in de lobby van je hotel?'

Ze zuchtte. Veertig minuten? Dan kon ze maar beter opschieten.

Nadat ze had gedoucht en haar haar had gedroogd, probeerde ze de complete inhoud van haar kledingkast uit en gooide ze de ene na de andere dure outfit aan de kant. 'Shit!' riep ze gefrustreerd uit. Het was nota bene haar werk om kleding aan de man te brengen, maar vanavond gedroeg ze zich als een tiener voor haar eerste date.

Uiteindelijk koos ze voor een jurk die Carlo speciaal voor haar ontworpen had. Daarna ging ze voor de spiegel zitten en hield ze haar haar omhoog in allerlei stijlen, die ze stuk voor stuk verschrikkelijk vond. Toen ze besefte dat ze al tien minuten te laat was, trok ze haar haar los uit de hoge knot op haar hoofd en liet het los om haar schouders hangen. 'Zo moet het maar,' mompelde ze, voordat ze haar handtas pakte en naar de lift liep.

Brett stond nerveus in de lobby en keek net voor de zoveelste keer op zijn horloge toen de deuren van de lift opengingen en Leah eruit stapte. Het viel hem op dat alle mannen haar kant op keken en er welde een golf van trots in hem op omdat de mooiste vrouw ter wereld hier voor hem was.

Vanavond vond hij haar zelfs nog mooier dan op haar verjaardag. Ze straalde en nu haar lange haar losjes om haar schouders viel, deed ze hem denken aan de eerste keer dat hij haar had gezien, in de vroege ochtendzon in zijn slaapkamer in Yorkshire. Al was ze nu natuurlijk volwassen, droeg ze designerkleding en was het aan haar te zien dat ze al een paar jaar de catwalks sierde. Toen ze hem nonchalant op elke wang een zoen gaf, voelde hij zich net een schooljongetje.

'Hoi.'

'Hoi.' Hij voelde een blos opkomen. 'Zullen we naar de bar gaan?'

Terwijl ze The Oak Room in liepen, dachten ze allebei koortsachtig na over wat ze moesten zeggen. Aangezien hun niets te binnen wilde schieten, gingen ze maar stilletjes zitten.

Uiteindelijk doorbrak hij de stilte. 'Wat wil je drinken?'

'Mineraalwater, graag.'

'Drink je geen alcohol?'

'Zelden.'

'Jeetje, wat knap!'

Hij bestelde water en een biertje en bedacht hoe koeltjes en beheerst ze overkwam. Al was dat natuurlijk ook niet zo gek na wat hij haar jaren geleden had aangedaan.

'Hoe was je vlucht?' vroegen ze tegelijkertijd. Daardoor schoten ze in de lach en ontspanden ze zich een beetje.

'Die van mij was prima,' antwoordde Leah.

'De mijne ook. Alleen heb ik nog wel een jetlag.'

'Nou, ik ook. Ik heb bijna de hele nacht uit het raam van mijn hotelkamer liggen staren. Deze stad draait echt vierentwintig uur per dag door.'

'Vertel mij wat. Ik heb continu het gevoel dat ik moet douchen. Het lijkt hier veel viezer en stoffiger dan in Londen.' Hij pakte zijn biertje op. 'Hoe dan ook, proost. Het is heel fijn om je weer te zien.'

'Insgelijks.'

'Ik kan bijna niet geloven dat we tegelijkertijd in New York zijn.'

'Ik ook niet.' Ze probeerde de gedachte te onderdrukken dat dit voorbestemd was. 'Vertel eens wat je de afgelopen jaren zoal gedaan hebt.'

Hij vatte het kort voor haar samen. Over Cambridge en zijn vrienden sprak hij vol lof. Het was duidelijk dat hij de afgelopen jaren niet naar haar had zitten smachten, bedacht ze, ook al wist ze zelf best hoe onredelijk dat was.

'Dus nu ben ik hier in New York zodat mijn vader me de kneepjes van het vak kan leren,' sloot hij zijn relaas af. 'Hoe zit het met jou? Vergeleken met jou heb ik maar een saai leventje. Ik kon mijn ogen niet geloven toen ik je op de cover van *Vogue* zag staan! Ik wil er alles over horen.' Natuurlijk was haar carrière nog uitgebreider in de pers besproken dan die van de Britse premier. Eigenlijk wilde hij dan ook vooral weten hoe het met Carlo zat.

'Ik zal bij het begin beginnen. Schrik niet, maar jij bent de reden dat ik ontdekt ben.'

Verbaasd keek hij haar aan. 'Hoe bedoel je?'

'Rose heeft de schets die jij op de heide van me hebt gemaakt tijdens haar eerste expositie in de galerie opgehangen. Steve Levitt, een bekende fotograaf, zag die schets en hier ben ik dan.' Ze glimlachte.

Met stomheid geslagen keek hij haar aan. 'Goeie genade! Waar had Rose die schets vandaan? Heeft ze hem nog steeds?'

Hoofdschuddend keek ze hem aan. 'Nee, dat is het gekke juist. Een paar dagen na de expositie is de schets verdwenen en sindsdien heeft niemand hem meer gezien. Schilder je nog steeds?'

'Nee, ik ben wat volwassener geworden. In deze wereld is geen plaats voor dwaze kinderdromen,' antwoordde hij met een verdrietig lachje.

'Die dromen van jou waren allesbehalve dwaas. Je hebt echt talent, Brett. Daar zou je iets mee moeten doen, al is het maar als hobby. Je hebt duidelijk de gave van je tante geërfd.'

'Misschien, al verschillen onze stijlen als dag en nacht van elkaar. De afgelopen jaren heeft ze veel succes geboekt. Trouwens, ik heb haar nog geschreven om haar met haar nieuwste expositie te feliciteren. Die vond ik echt prachtig.'

'Je zou de boerderij eens moeten zien. Die ken je niet meer terug. Hij is van alle gemakken voorzien en de banken zijn van Laura Ashley.' Ze haalde diep adem en zette zich schrap. 'Trouwens, Chloe is enorm gegroeid sinds ik haar voor het laatst heb gezien.'

'Chloe?' vroeg hij met een wezenloze uitdrukking op zijn gezicht.

'De dochter van Miranda.'

Bij het horen van die naam kreeg hij een knoop in zijn maag. 'Jeetje, is ze al getrouwd?'

'Nee, en ze wil niet zeggen wie de vader is. Chloe is inmiddels vier. Miranda heeft vlak nadat jij weer naar Yorkshire was vertrokken aan Rose verteld dat ze zwanger was.' Om iets omhanden te hebben nam ze een slokje water.

Er ging een koude huivering door hem heen. Dit was zijn kans. 'Nu we het toch over Miranda hebben, mag ik uitleggen wat er gebeurd is?'

'Nou, het lijkt me duidelijk dat Chloe jouw dochter is, toch?'

Hij werd lijkbleek.

'Maak je geen zorgen, behalve ik weet niemand ervan.'

'Nee! Jezus, nee. Dat is echt uitgesloten. Geen sprake van,' zei hij nadrukkelijk.

'Maar Miranda heeft die avond tegen me gezegd dat jullie… Brett, lieg alsjeblieft niet tegen me. Je zag er vreselijk schuldbewust uit.'

Hij stak zijn handen op. 'Leah, ik zweer je dat Chloe mijn kind niet kan zijn. Miranda en ik… O, lieve help. Oké, we hebben wel gekust en geknuffeld en zo, maar niet… je weet wel.'

'Waarom zei zij dan van wel? En waarom wil ze niet vertellen wie de vader is?'

'Het antwoord op de eerste vraag lijkt me duidelijk: omdat ze jaloers op ons was. Het tweede antwoord moet ik je helaas schuldig blijven.'

'Tja,' verzuchtte ze, 'ik vrees dat ik er alleen maar meer van overtuigd raakte dat je met haar naar bed was geweest toen ze zo geheimzinnig deed over Chloes vader. Ik dacht dat ze niet aan haar moeder durfde te vertellen dat jij het was.'

Hij haalde een hand door zijn haar. 'Het is natuurlijk mijn woord tegen het hare, maar ik zweer dat ik dat niet op mijn geweten heb. Ja, ik ben dom en egoïstisch geweest, maar daar ben ik al voor gestraft toen ik jou kwijtraakte.' Smekend keek hij haar aan. 'Ik begrijp hoe je je voelt, en dat is volkomen terecht, maar wil je me alsjeblieft nog een kans geven om te bewijzen dat ik tegenwoordig echt een fatsoenlijke kerel ben?'

Opeens voelde ze zich uitgeput. 'Sorry, ik ben echt doodmoe. Morgen heb ik een zware dag voor de boeg en ik moet echt gaan slapen.'

Ze had het hem dus nog niet vergeven, dacht hij teleurgesteld. 'Natuurlijk. Mag ik je nog eens bellen?'

Daar dacht ze even over na. 'Ja, maar de komende week heb ik het behoorlijk druk en in het weekend gaan Jenny en ik op zoek naar een appartement.'

'Wil je me je nieuwe adres en telefoonnummer laten weten?' Hij haalde een visitekaartje uit zijn portemonnee en gaf dat aan haar. 'Mocht je me niet kunnen bereiken, laat dan maar een bericht achter bij Pat, de assistente van mijn vader.'

'Zal ik doen.' Ze stond op. 'Bedankt voor het drankje.'

Hij liep met haar mee naar de lift. 'Je vergeet toch niet om je nieuwe nummer aan me door te geven, hè?'

'Nee.' De liftdeuren gingen open. 'Fijne avond nog.' Ze gaf hem op beide wangen een zoen en stapte de lift in.

'Welterusten, Leah.'

De deuren gingen dicht, en weg was ze.

Brett slenterde naar buiten en hield een taxi aan. Op zijn horloge zag hij dat het half tien was. Tot zover zijn droom om haar mee te nemen naar haar hotelkamer en tot diep in de nacht hartstochtelijk de liefde met haar te bedrijven. Hij zuchtte. Dat kon hij alleen zichzelf kwalijk nemen. Zij was nu aan zet en hij kon alleen maar vol spanning afwachten of ze zou bellen.

7

Miranda rekte zich eens goed uit, deed haar ogen open en staarde naar het spiegelplafond boven zich. Wat ze zag beviel haar wel. Haar naakte lichaam ging deels schuil onder de witte satijnen lakens en haar blonde haar lag uitgewaaierd over het kussen.

Ze ging zitten en keek om zich heen in de comfortabele slaapkamer. Haar nieuwe thuis. Al die luxe, een goedgevulde bankrekening en een kast vol prachtige designerkleding. Met een glimlach sloeg ze haar armen om haar knieën. Binnen een paar dagen waren al haar wensen vervuld, en ze hoefde er nauwelijks iets voor te doen.

Snelle, pijnloze seks, in ruil voor dit alles.

Samen met Santos was ze naar Nice gevlogen en op zaterdagochtend waren ze doorgereisd naar de haven van Saint-Tropez om aan hun weekendcruise door het Middellandse Zeegebied te beginnen. Hij was heel lief voor haar en had haar op zijn jacht aan zijn vele kennissen voorgesteld, van wie de meesten voor hem werkten.

Miranda had nog nooit zo veel luxe gezien. Een jacht had ze zich voorgesteld als een klein vaartuig met een paar bekrompen hutten benedendeks, maar dit… Het leek wel een cruiseschip. Er waren drie verdiepingen met prachtige suites voor de vijftien gasten, een schitterende door glas omgeven lounge, een formele eetzaal en vijf enorme zonnedekken.

Gedurende de twee dagen dat ze aan boord was geweest, had Santos haar overladen met cadeaus en genegenheid en had hij de mannelijke gasten duidelijk laten merken dat ze bij hem hoorde. Zodoende behandelden ze haar met respect, alsof zij de gastvrouw was.

Ze had haar best gedaan om wat meer informatie over Santos aan zijn vrienden te ontfutselen, maar was niet meer te weten gekomen dan dat hij ergens in Zuid-Amerika woonde, de zestig was gepasseerd en steenrijk was… en dat had ze zo ook wel begrepen.

Wanneer hij 's avonds laat naar haar hut kwam, deed ze haar ogen dicht en dacht ze aan haar diamanten halsketting, haar prachtige kleren en de luxe privéjet, terwijl ze zo nu en dan even kreunde om te doen alsof ze van zijn aanrakingen genoot. Na afloop gaf hij haar een zoen, trok zijn zijden kamerjas aan en ging weer naar zijn eigen hut.

Toen de boot op zondagavond weer de haven van Saint-Tropez was binnengevaren en de gasten van boord waren gegaan en in de wachtende limousines waren gestapt, had ze hen weemoedig nagekeken vanaf een van de bovenste zonnedekken en zich ermee verzoend dat ze weer terug moest naar haar normale leven in Yorkshire.

Tot Santos achter haar was komen staan en haar een sleutel had overhandigd. 'Je limousine staat te wachten om je naar de luchthaven te brengen, Miranda.'

'Ga je niet met me mee?'

'Dat kan niet, ik moet naar huis. Deze sleutel is van een appartement in Londen. De chauffeur die je van Heathrow komt afhalen, zal je daarheen brengen. Ik bel je nog.' Hij gaf haar een zoen. 'Tot ziens, lieve vrouw van me.'

Nadat haar vliegtuig in Londen was geland, was ze snel door de douane heen geloodst en naar een wachtende Rolls-Royce gebracht. De auto had haar door de donkerder wordende straten van de stad vervoerd naar een paleisachtig wit gebouw met uitzicht op een park.

'Komt u maar mee, mevrouw,' zei de chauffeur beleefd, waarna hij haar door de ruime lobby voorging naar een kleine lift die hen naar de derde verdieping bracht. In de hal met dikke vloerbedekking opende hij de deur van een smaakvol ingericht appartement met één slaapkamer. Nadat hij haar koffers naar binnen had gebracht, nam hij zijn pet af. 'Het nummer waarop u me kunt bereiken staat op de lijst bij de telefoon. Een prettige avond nog, mevrouw.'

Miranda had sterk de indruk dat hij al vaker met dit bijltje had gehakt. Zodoende zocht ze het uur daarna het appartement af naar sporen van vrouwen die er eerder hadden verbleven, of van Santos zelf. Ze vond niets in de heerlijk geurende lades, of achter de weelderige, met zachte zijde beklede bank. Bij de telefoon vond ze echter wel een envelop met haar naam erop. Die bevatte tweeduizend pond in contanten, plus de mededeling dat ze twee creditcards op haar naam zou ontvangen die waren gekoppeld aan de rekening van meneer F. Santos. Daarnaast was er een bankrekening voor haar geopend waarop tienduizend pond was gestort, een bedrag dat op de laatste dag van de maand telkens met nog eens vijfduizend pond zou worden aangevuld.

Verbluft keek ze ernaar. Dit was beter dan ze had durven dromen. Ze was rijk.

Om negen uur die avond ging de telefoon en nam ze op. 'Hallo?'

'Hallo, Miranda,' zei Santos op vleierige toon. 'Is alles naar wens?'

'Ja, schat. Het is hier geweldig.'

'Fijn, fijn.' Er zat wat vertraging op de lijn, die verraadde dat hij zich ver bij haar vandaan bevond. 'Hopelijk begrijp je dat er bepaalde voorwaarden aan dit alles zijn verbonden. Ik wil dat je het appartement niet verlaat zonder Roger, de chauffeur, te bellen. Hij kan je overal naartoe brengen in de Rolls-Royce. En je mag geen gasten ontvangen. Mannen zijn niet toegestaan in je appartement, met uitzondering van Ian, die je in het Savoy hebt ontmoet. Van tijd tot tijd zal hij bij je langskomen en als er problemen zijn, neem je contact met hem op. Ik zal je elke avond om negen uur bellen om te vragen of het goed met je gaat en of alles naar wens is. Maria, de huishoudster, woont in het appartement onder dat van jou. Zij zal al je maaltijden verzorgen en de huishoudelijke taken op zich nemen.'

Miranda wist niet goed hoe ze moest reageren. 'Natuurlijk, liefste,' zei ze dus maar.

'Nog één ding. Zorg ervoor dat er altijd een koffer gepakt staat, want ik kan je elk moment bellen om je te vragen me in het buitenland te vergezellen.' Zijn toon veranderde. 'Je mag onder geen beding proberen contact met mij op te nemen.' Er viel een ongemakkelijke stilte. 'Enfin, ik hoop dat die regeltjes je er niet van zullen weerhouden om van je nieuwe onderkomen te genieten. In de koelkast staat champagne. Neem maar een glaasje op ons. Tot ziens, Miranda.'

Nadat hij de verbinding had verbroken, legde ze de hoorn op de haak en ging ze op de bank zitten om op zich in te laten werken wat hij allemaal had gezegd.

Aan al deze luxe hing een veel groter prijskaartje dan ze in eerste instantie had beseft. Na even te hebben nagedacht was de naakte waarheid tot haar doorgedrongen. Ze was zijn bezit en dat gaf hem het recht om te bepalen hoe ze haar leven leidde.

Ze was een maîtresse.

Nu, terwijl Miranda zichzelf in het spiegelplafond bekeek, zei ze het nog eens hardop: 'Ik ben een maîtresse.'

Na vier dagen alleen te zijn geweest begon ze de stilte in het appartement als beklemmend te ervaren. Ze was het gewend dat mevrouw Thompson 's ochtends in de keuken rommelde, dat Rose luidkeels zong tijdens het schilderen en dat Chloe haar met haar hoge stemmetje riep.

Opeens kreeg ze vreselijke last van heimwee. Ze nam de hoorn van de haak naast het bed en draaide een nummer.

De telefoon ging en Rose haastte zich ernaartoe om op te nemen. 'Hallo?' Haar stem was schor door het slaapgebrek en te veel sigaretten.

'Rose, met mij.'

Snel slikte ze een snik in. 'Miranda! Godzijdank. Is alles goed met je?'

'Beter dan ooit,' antwoordde haar dochter op zangerige toon.

Rose kon haar wel wurgen. De afgelopen vier dagen had ze zich de gruwelijkste scenario's in haar hoofd gehaald. 'Waar ben je in vredesnaam? Ik was doodongerust. Waarom heb je niet gebeld? We hadden je allang terugverwacht en...'

'Stel je niet zo aan. Ik ben eenentwintig en kan prima mijn eigen boontjes doppen. Ik ben in Londen en het gaat hartstikke goed.'

'Je mag dan wel eenentwintig zijn, jongedame, maar je bent nog altijd mijn dochter en...'

'Oké, oké. Het spijt me.'

Rose haalde diep adem. 'Het is al goed. Welke trein neem je? Dan haal ik je op van het station.'

'Eigenlijk kom ik voorlopig nog niet terug.'

'Hoe bedoel je? Waarom niet?'

'Ik heb hier een paar mensen leren kennen en wil nog wat langer blijven. Kun jij een tijdje voor Chloe zorgen?'

Rose beet op haar lip. 'Natuurlijk, maar... waar logeer je dan? Wie zijn die mensen? Heb je genoeg geld?'

Op dat moment werd de deur van de woonkamer door een mollig handje opengeduwd. 'Mama? Waar is mama?' Het engelachtige gezichtje, dat een exacte kopie was van dat van Miranda op die leeftijd, vertrok zich in een frons.

'Kom eens bij oma, schat.' Rose stak haar armen uit en het meisje liep naar haar toe. 'Er is hier iemand die je wil spreken, Miranda. Chloe, zeg eens hoi tegen mama.'

'Hoi, mama. Kom je al naar huis?'

'Ha, lieverd. Maak je maar geen zorgen, mama komt binnenkort weer terug.'

Rose trok haar kleindochter bij zich op schoot. 'Ze mist je heel erg, Miranda. Ze vraagt elke dag waar je bent.'

'Ja, ach. Ik moet ophangen, maar binnenkort bel ik weer. Geef Chloe maar een zoen van me. En maak je geen zorgen, ik red me wel. Dag, hoor.' De verbinding werd verbroken.

Langzaam legde Rose de hoorn weer op de haak, en ze keek naar het beeldschone meisje dat tevreden bij haar op schoot op haar duim zat te zuigen.

'Wanneer komt mama naar huis, oma?'

In haar grote blauwe ogen stond zo veel vertrouwen en onschuld te lezen dat Rose tranen in haar ogen kreeg en haar dicht tegen zich aan trok. 'Ik weet het niet, lieverd. Ik zou het echt niet weten.'

8

Jenny liet zich languit op de comfortabele crèmekleurige bank vallen en veegde een lok van haar bezwete voorhoofd. 'Dit nooit meer,' zei ze hoofdschuddend.

'Zeg dat wel.' Leah plofte in een fauteuil aan de andere kant van de kamer neer. 'Ik help je nooit meer met verhuizen. Echt, hoor, Jenny. Je bent hier pas negen maanden. Hoe kun je nu al zo veel troep hebben verzameld?'

Jenny glimlachte. 'Sorry, maar het wordt wel de moeite waard, hè?' Trots keek ze om zich heen in het nieuwe appartement.

Vorig weekend hadden ze meerdere huurwoningen bekeken, tot ze uiteindelijk op hun nieuwe thuis waren gestuit. Het was lang niet zo groot als de lofts die ze in SoHo hadden bezichtigd, maar aangezien ze in Engeland niet zo veel ruimte gewend waren, voelden ze zich daar toch niet op hun gemak.

Dit appartement bevond zich op de twaalfde verdieping van een luxe wolkenkrabber aan East 70th Street. Zodra ze binnen waren gekomen, hadden ze geweten dat dit het zou worden. Er was een grote woonkamer met deuren naar een balkon met uitzicht op de drukke straat beneden. Verderop in de hal bevonden zich een kleine maar praktisch ingerichte keuken met een ontbijtbar, twee slaapkamers met elk een aangrenzende badkamer, een logeerkamer en een apart toilet. Het appartement was smaakvol in zachte beige- en crèmetinten geschilderd en op de kale vloeren lagen pastelkleurige vloerkleden. De huur was al net zo indrukwekkend als het appartement zelf, maar aangezien Leahs werkgever betaalde, mocht dat de pret niet drukken.

'Ik vind het hier geweldig. Het is zo lekker knus,' merkte Leah op. 'Koffie?'

'Doe mij maar iets sterkers. Dat heb ik wel verdiend. Ik ben vast en zeker twee kilo kwijt nu ik de hele dag met dozen heb lopen sjouwen.'

'Oké, je mag een klein glaasje wodka met een heleboel ijs.' De meisjes liepen door de gang naar de keuken, waar Leah in de dozen naar de koffie begon te zoeken.

'Dit is een geweldig huis om feesten in te geven. Ik vind dat we komend weekend een housewarming moeten organiseren. Dan kan ik je voorstellen aan een paar mensen uit de stad.' Jenny ging tegen de kleine ontbijtbar geleund staan.

'Leuk. Kan het misschien zaterdagavond? Dan heb ik nog vierentwintig uur de tijd om bij te komen van Mexico.'

Daar zou ze op maandagochtend heen vliegen en ze kwam op vrijdagavond pas weer terug.

'Laat alles maar aan mij over, ik heb toch de hele week niks te doen. Dan ben ik het hoofd van de feestcommissie!'

Met een zucht viste Leah de koffie onder uit de doos. Sinds ze in New York was aangekomen, had Jenny al niet meer gewerkt. Voor een topmodel was dat ongekend.

Halverwege de week had Madelaine haar gebeld met een zorgwekkende mededeling. 'Ik ben blij dat je met Jenny gaat samenwonen. Jij hebt een goede invloed op haar. Ik neem aan dat je al wel gemerkt hebt dat ze een drankprobleem heeft?'

'Nou ja, het is me wel opgevallen dat ze graag drinkt, maar...'

'De afgelopen maand is ze bij twee fotoshoots zo stoned als een garnaal en stomdronken komen opdagen. Ze is dikker geworden en heeft een huid als beton. Er wordt flink over geroddeld. Ik heb al tegen haar gezegd dat het cosmeticabedrijf serieus overweegt haar contract stop te zetten als ze haar zaakjes niet op orde krijgt, en het kost me moeite om opdrachten voor haar te vinden tot de nieuwe campagne van start gaat. Ze heeft nog een paar maanden om zichzelf weer in het gareel te krijgen. Help haar, Leah. Ik weet dat jullie een goede band met elkaar hebben.'

'Ik zal mijn best doen. Het komt vast wel goed met haar. Ze is nog steeds een van de beste modellen die er zijn.'

'Misschien, maar er zijn wel duizend mooie meisjes die staan te popelen om haar plaats in te nemen. Dit is haar laatste kans, zeg dat maar tegen haar.'

De afgelopen week had Leah maar weinig tijd gehad om überhaupt iets tegen Jenny te zeggen. Ze had het gruwelijk druk gehad met shoots, interviews en de lancering van de Chaval-campagne, en over vierentwintig uur zou ze alweer naar Mexico vliegen. Ze was echt niet de aangewezen persoon om op Jenny te passen, maar vanavond zou ze toch het gesprek met haar moeten aangaan.

'Alsjeblieft.' Ze zette de wodka op de ontbijtbar en ging tegenover haar zitten.

'Proost, op ons nieuwe huis.'

Leah kromp ineen toen ze haar vriendin het hele glas in één keer achterover zag slaan.

'Zo, dat is beter. Zullen we chinees bestellen? Ik ben uitgehongerd.'

'Oké.'

'Ik haal wel even een paar flessen wijn bij de winkel op de hoek, dan blijven we vanavond gezellig thuis.'

Een uur later zaten ze op het balkon te eten en zagen ze de zon ondergaan boven New York. Jenny had een waar feestmaal besteld, dat ze wegspoelden met witte wijn. In de tijd die Leah erover had gedaan om een half glaasje te drinken, was Jenny al bij haar derde aanbeland.

'Je beseft toch wel dat dit voorlopig de laatste keer is dat je chinees kunt eten, hè?'

Jenny likte haar vingers af. 'Hoe bedoel je?'

'Ik heb Madelaine deze week gesproken. Ze maakt zich zorgen om je.'

'Je bedoelt zeker dat ze een bemoeizuchtige ouwe heks is die ervan geniet haar neus in andermans zaken te steken.'

'Kom op, je weet best dat dat niet waar is. Vroeger was je juist zo dol op haar. Ze geeft echt om ons.'

'Zodra haar bankrekening in gevaar komt, ja.'

'Ze is een zakenvrouw en het is haar werk om ons te verkopen. Als een van haar "producten" niet goed functioneert...'

'Producten!' barstte Jenny uit. 'Je slaat de spijker op zijn kop. We zijn geen mensen, we zijn gewoon wandelende, pratende barbiepoppen zonder ook maar één hersencel!'

'Het spijt me, Jenny. Zo bedoelde ik het niet.' Toen ze het boze gezicht van haar vriendin zag, wilde ze dat ze wist hoe ze dit tactvoller kon aanpakken. 'Madelaine denkt dat je je contract met het cosmeticabedrijf kunt kwijtraken.'

Jenny keek naar haar voeten. 'Dat weet ik, dat zei ik toch al?'

'Dat wil je toch niet?'

'Natuurlijk niet!'

'Kun je dan niet gewoon stoppen met drinken en blowen en wat vaker naar de sportschool gaan?'

Even staarde haar vriendin voor zich uit in de schemering, vervolgens haalde ze haar schouders op. 'Jij hebt makkelijk praten. Jij houdt niet van alcohol, gebruikt nooit drugs en zou de hele dag friet kunnen eten zonder ook maar een grammetje aan te komen. Zo zit ik niet in elkaar. Ik kan geen maat houden.' Ze sloeg de rest van haar wijn achterover. 'Ach, wat heeft het ook voor zin? Het is een vicieuze cirkel. Ik ben somber omdat ik weet dat ik te dik ben en te veel drink, dus wat doe ik om me beter te voelen? Ik ga nog meer eten en grijp naar de drank of drugs. Het loopt de spuigaten uit!' Huilend stond ze op en rende de woonkamer in. Onderweg stootte ze de wijn die Leah nauwelijks had aangeroerd om, zodat de inhoud op het balkon belandde.

Leah liep ook naar binnen, ging naast haar op de bank zitten en sloeg een arm om haar heen. 'Niet huilen, lieverd. Het spijt me dat ik je zo van streek gemaakt heb.'

'Dat hoeft niet, ik weet dat je alleen maar probeert te helpen. En die klootzak van een Ranu heeft me al weken niet meer gebeld.' Die opmerking bracht weer een stortvloed aan tranen teweeg. 'O, Leah, ik ben zo verdrietig. Twee jaar geleden ging alles nog zo goed, en nu ben ik een hoopje ellende en heb ik geen idee hoe ik er weer bovenop moet komen.'

Leah pakte haar bij haar schouders. 'Nou moet je eens goed naar me luisteren, Jen. Je bent pas drieëntwintig. De meeste meisjes beginnen nu pas aan hun leven, en jij doet alsof het jouwe al voorbij is. Besef je dan niet hoeveel geluk je hebt gehad?' Ze glimlachte meelevend. 'De druk wordt je gewoon te veel, dat is alles. Je bent een sterke vrouw. Dit kun jij.'

'Daar ben ik nog niet zo zeker van.' Jenny snufte zacht.

'Nou, ik wel. Weet je nog hoe goed je voor me zorgde toen ik net was begonnen? Ik weet niet wat er zonder jou van me terechtgekomen zou zijn. Nu is het mijn beurt om voor jou te zorgen. Madelaine wil je op haar kosten een week naar die ontwenningskliniek in Palm Springs sturen. Als ik jou was, zou ik haar aanbod aannemen.'

Na een korte aarzeling zei Jenny dapper: 'Je hebt gelijk, ik ben dit aan mezelf verschuldigd. Als ik zo doorga, wordt het mijn dood nog.' Ze keek Leah aan. 'Jeetje, wat ben jij volwassen. Hoe ben je in vredesnaam zo verstandig geworden?'

'Dat komt vast doordat ik uit Yorkshire kom.' Ze omhelsde haar. 'Waarom bel je Madelaine niet even om te zeggen dat je naar Palm Springs gaat?'

'Oké.' Jenny stond op, liep naar het balkon en goot de rest van de wijn in een bloempot naast de bank. 'Op de nieuwe ik.'

'Op de nieuwe jij,' viel Leah haar glimlachend bij.

9

Een week later dreunde er muziek door het appartement en was het tot de nok toe gevuld met mensen.

Jenny hield een glas cola vast en glimlachte verliefd naar haar Arabische prins.

Tot Leahs opluchting had Jenny haar afgelopen donderdag in Mexico gebeld om te vertellen dat Ranu weer in de stad was. Dat was precies de oppepper die haar vriendin nodig had. Hij had haar zelfs zijn privéjet aangeboden om maandagochtend naar Palm Springs te vliegen.

Leah kende bijna niemand. Er waren voornamelijk modellen, fotografen, kunstenaars en ontwerpers uit New York.

Omgekeerd wist iedereen wel wie zij was. Ze stelden haar allemaal dezelfde vragen: wat was Carlo voor iemand? Kreeg ze echt een half miljoen voor die cosmeticadeal met Chaval? Hoe lang bleef ze in New York?

Ze slaakte een zucht. Misschien kwam het doordat ze moe was, maar ze had helemaal geen zin om over koetjes en kalfjes te praten. Ze liep de woonkamer uit en ging naar haar eigen badkamer, in de hoop daar een beetje tot rust te kunnen komen. Ze deed de deur achter zich dicht en staarde naar haar spiegelbeeld.

'Het duurste gezicht op aarde.'

Dat was deze week een van de krantenkoppen geweest nadat de pers lucht had gekregen van hoeveel ze betaald kreeg voor de deal met Chaval.

Vaak kon ze haar buitenkant niet goed rijmen met de persoon die ze vanbinnen was. Haar gezicht was wereldberoemd, maar in haar karakter was niemand geïnteresseerd.

Ze leunde met haar gezicht op haar handen. Het leek haar heerlijk om een dag anoniem door het leven te kunnen gaan, om iemand te leren kennen die geen idee had wie ze was en haar daar ook naar behandelde.

Terwijl ze haar haar borstelde, vroeg ze zich af of Brett vanavond nog zou komen. Na een hele week wikken en wegen had ze besloten hem het voordeel van de twijfel te geven en een bericht voor hem achtergelaten bij Pat van Cooper Industries, waarin ze haar adres had doorgegeven en hem had uitgenodigd voor de housewarming.

Het drong tot haar door dat ze zich niet als een goede gastvrouw gedroeg, dus kwam ze met tegenzin de badkamer uit. Toen ze haar slaapkamerdeur opendeed en de gang in wilde lopen, botste ze tegen een lange, donkerharige man op. 'O, sorry.'

'Dat geeft niet. Eerlijk gezegd was ik naar je op zoek.'

'Is dat zo?' vroeg ze vermoeid.

'Ja. Ik ben Anthony Van Schiele.'

Die naam zei haar niets. 'Hallo.'

'Volgens mij werk je voor me.'

'O?'

Met pretlichtjes in zijn ogen glimlachte hij naar haar. 'Ik ben de eigenaar van Chaval Cosmetics... onder andere.'

'O jee, neem me niet kwalijk. Ik had geen idee,' zei ze beschaamd.

'Zit er maar niet mee. De meeste mensen hebben geen idee dat ze voor me werken. Ik heb het bedrijf nog maar een paar maanden geleden overgenomen en niets is zo erg als een nieuwe eigenaar die alles overhoophaalt.'

Ze vond het prettig dat hij zo laconiek reageerde. Dat deden mensen niet vaak in New York. 'Leuk u te ontmoeten, meneer Van Schiele.'

'Insgelijks. Ik vroeg me af of je misschien met me uit eten wilt om onze samenwerking te vieren.'

Dat kon ze niet weigeren. 'Natuurlijk.'

'Geweldig. Zullen we dan woensdagavond om acht uur bij Delmonico's afspreken?'

Ze knikte.

'Perfect. Nu moet ik ervandoor, maar ik kijk ernaar uit om je dan weer te zien. Dag, juffrouw Thompson.' Hij maakte een formele buiging en liep naar de deur.

Toen hij die opentrok, kwam Brett net binnen en liep op haar af. 'Hoi, Leah.' Hij gaf haar twee zoenen en bood haar een fles champagne aan. 'Gefeliciteerd met je nieuwe optrekje.'

'Dank je. Kom verder, dan haal ik iets te drinken voor je. Biertje?'

'Lekker. Dit is me het feest wel, zeg. Ken jij al die mensen?' vroeg hij verbaasd.

'Nee,' antwoordde ze giechelend. 'Alleen lijken ze mij helaas wel allemaal te kennen.'

'Je bent dan ook behoorlijk beroemd. Zelfs mijn vader klonk jaloers toen ik tegen hem zei dat ik naar het feest van Leah Thompson zou gaan.'

'Aangezien jij er nu bent en een fles champagne voor me hebt meegenomen, zal ik bij wijze van uitzondering een glaasje nemen. Dan kunnen we proosten op de Britten.' Ze slaakte een kreetje toen ze de fles met een harde knal ontkurkte. Opeens voelde ze zich licht in het hoofd en ongewoon flirterig. 'Op de Britten!' Ze hief haar glas.

'Ja, op ons,' viel hij haar bij.

Ze liepen naar de woonkamer, waar '(I Can't Get No) Satisfaction' uit de speakers schalde.

Hij pakte haar arm beet. 'Kom, dan gaan we dansen. Ik vind dit zo'n goed nummer!' Ze begaven zich tussen de stampende, schreeuwende massa mensen op de geïmproviseerde dansvloer in het midden van de kamer. Toen het liedje was afgelopen, tilde hij haar op en draaide een rondje met haar. 'Wat ben ik toch een bofkont,' zei hij nadat hij haar weer had neergezet.

'Ik ook.' Stralend keek ze hem aan.

Dat meende ze. Het leek wel of ze weer tot leven was gekomen op het moment dat hij het appartement in was gelopen. Haar zintuigen stonden op scherp en de wereld leek opeens een prachtige plek.

Na The Rolling Stones volgde een veel rustiger nummer van Lionel Richie. Brett sloeg zijn armen om haar heen en ze nestelde zich tevreden tegen hem aan.

Op dat moment werden ze gestoord door Jenny. 'Ranu en ik gaan naar zijn huis. Red je het verder in je eentje?'

Een tikje geërgerd draaide Leah zich om. 'Natuurlijk. Jenny, dit is Brett.'

Nadat ze elkaar een hand hadden gegeven, zei Jenny: 'Dit is Ranu.'

'Ha, Brett, alles goed?' Ranu vervolgde: 'We kennen elkaar al. Brett zat zes jaar lager dan ik op Eton.'

Brett knikte. 'Dat klopt. Ik ben nog een semester Ranu's manusje-van-alles geweest. Het was niet makkelijk om hem tevreden te stellen.'

Hoewel hij het als een grapje bedoelde, zag Leah aan zijn blik dat hij Ranu niet mocht.

'Als ik weer terug ben uit Palm Springs, moeten we maar eens een keer met z'n vieren uit eten gaan,' merkte Jenny op. 'Dag, Brett. Dag, Leah. Je ziet me morgen wel weer verschijnen.' Ze knipoogde en liet zich door Ranu mee de woonkamer uit voeren.

Hoofdschuddend keek Brett hen na. 'Is het serieus tussen die twee? Hij is een volslagen idioot met veel te veel geld. Op Eton had iedereen een hekel aan hem.'

'Helaas wel, maar maak je om Jenny maar niet druk, die staat haar mannetje wel.' Dat laatste zei ze met een overtuigingskracht die ze niet voelde.

De rest van de avond speelde Leah voor gastvrouw. Ze vulde de glazen bij en werd van het ene naar het andere groepje gesleurd om voorgesteld te worden aan de elite van de New Yorkse modewereld. Brett sjokte met haar mee en zag er verveeld uit. Het lukte hun maar niet om een paar minuutjes alleen met elkaar door te brengen.

Uiteindelijk dropen de laatste feestgangers echter af en bleven Leah en Brett te midden van een complete ravage achter.

'O god,' kreunde ze met een blik op de flessen, glazen en overvolle asbakken die door de hele woonkamer verspreid stonden. Ze plofte op de bank neer. 'Hier heb ik echt de fut niet voor.'

'Kom, ik help je wel. Samen zijn we zo klaar.' Hij trok haar overeind. 'Als je het nu niet doet, zit je er morgen mee.'

Het daaropvolgende uur gingen ze aan de slag om het appartement op te ruimen. Tegen de tijd dat ze weer op de bank neerplofte, kwam de zon al op.

'Koffie?' vroeg Brett.

'Ja, lekker.' Ze deed haar ogen dicht.

Hij zette twee dampende mokken koffie en ging voor haar op de vloer zitten. 'Kom op, slaapkop. Je bent veel te groot om naar de slaapkamer gedragen te kunnen worden. Drink dit maar op, dan maak ik de haard aan. Het is hier koud.'

Ze dwong zichzelf haar ogen open te doen en keek toe terwijl hij de gashaard aanmaakte. Er ging een huivering door haar heen bij de gedachte dat ze voor het eerst in heel lange tijd alleen met elkaar waren. Langzaam nipte ze van haar koffie.

'Ik ben dol op de zonsopkomst in New York. De afgelopen week heb ik die al meerdere keren gezien. Om de een of andere reden lukt het me maar niet om te slapen,' mijmerde hij hardop terwijl het vuur oplaaide. Hij streek neer op het grote schapenvel dat ze die ochtend had gekocht en keek door de balkondeuren naar de skyline.

Stilletjes dronken ze van hun koffie, want de verwachtingsvolle sfeer tussen hen maakte het onmogelijk om een gesprek te voeren.

Leah zette haar lege mok op de vloer. Toen ze haar hand wilde terugtrekken, pakte hij die stevig beet. Hij keek haar diep in de ogen, bracht zijn gezicht dichter bij het hare en kuste haar. Als vanzelf weken haar lippen uiteen, en hij liet zijn armen om haar heen glijden.

Al haar zenuwuiteinden tintelden van genot en haar adem stokte toen zijn mond langs haar hals omlaagdwaalde en hij haar voorzichtig op het schapenvel trok.

Hij ging op haar liggen en bracht zijn hand aarzelend naar de knoopjes van haar zwarte hemdje. 'Mag ik?'

Verlegen knikte ze.

Vol ontzag maakte hij de piepkleine, van zaadparels gemaakte knoopjes los, tot het kledingstuk van haar af viel. 'Wat ben je mooi.'

Met haar ogen dicht bleef ze liggen. Hoewel ze genoot van de nieuwe gewaarwordingen die door haar lichaam trokken, wist ze ook dat ze voor een keuze stond. Inmiddels had ze haar onschuld zo lang bewaard dat die bijna heilig leek, maar nu begreep ze opeens waarom ze dat had gedaan. Ze had op hem gewacht.

Het had er alle schijn van dat hij haar gedachten kon lezen, want hij hield op met zoenen en keek haar aan. 'Ik wil heel graag de liefde met je bedrijven.'

Bij het zien van de oprechte blik in zijn ogen knikte ze. Even kwam ze in de verleiding om hem te vertellen dat dit haar eerste keer zou worden, maar ze vond het te gênant om dat hardop uit te spreken.

Hun samenzijn voelde heel vanzelfsprekend. Ze was zich ervan bewust dat ze altijd op hem was blijven wachten, dat ze zich door niemand zo compleet kon voelen als door hem.

Haar fysieke genot en haar emoties mondden uit in een climax van pure vreugde.

Na afloop bleef ze in zijn armen op het schapenvel voor de haard liggen en staarde ze naar de purperen gloed van de zonsopgang. Ze wist dat ze vannacht de sleutel tot haar toekomst had gevonden. Hij was haar ontbrekende helft, de ontbrekende schakel tussen haar lichaam en haar ziel.

Brett voelde het ook. Hoe hard hij ook had geprobeerd het te ontkennen, nu hij naar haar keek, wist hij dat ze voor elkaar bestemd waren en dat zij voortaan zijn lot zou bepalen.

Zo bleven ze liggen, diep in gedachten verzonken, in de wetenschap dat ze zojuist hun lot hadden bezegeld.

10

Zodra Jenny op maandag naar Palm Springs was vertrokken, verkaste Brett van de maisonnette van zijn vader naar Leahs appartement.

Die avond proefden ze opnieuw van het genot waarmee ze op zondagochtend vroeg hadden kennisgemaakt en werd die herinnering alleen maar overtroffen. Leah wilde graag leren hoe ze hem kon behagen en merkte dat ze hem zonder ook maar een spoortje schaamte durfde aan te raken.

Aan slapen kwamen ze nauwelijks toe en toen hij op dinsdagochtend op kantoor aankwam, voelde het alsof hij was teruggekeerd van de maan. Het lukte hem niet om zich te concentreren. Als zijn vader tegen hem praatte, betrapte hij zichzelf erop dat zijn gedachten alsmaar naar Leah afdwaalden, en hij telde de minuten af tot hij weer weg mocht uit de echte wereld en terug kon naar zijn droomachtige bestaan met haar.

Na het werk stond ze hem al bij de deur van haar appartement op te wachten. Haar haar was nog drijfnat van het bad dat ze zojuist had genomen en haar beeldschone gezicht was onopgemaakt.

'Ik heb je gemist,' zei hij terwijl hij zijn armen om haar heen sloeg en haar hemelse geur opsnoof.

Nadat ze weer de liefde hadden bedreven, liep Leah naakt de keuken in en gooide ze wat spaghetti in een pan. Hij ging douchen en streek vervolgens aan de ontbijtbar neer en keek tevreden toe terwijl ze behendig een bolognesesaus bereidde.

Met een fles rode wijn en de pasta gingen ze voor de haard zitten.

'Wauw, je kunt nog geweldig koken ook. Wat wil een man nog meer?'

Ze giechelde.

Wat zag ze er schattig uit. Nu ze in haar badjas op de bank zat, kon hij bijna niet geloven dat dit dezelfde vrouw was die er met haar knappe, elegante uiterlijk op de vele billboards die Amerika rijk was voor zorgde dat het verkeer stil kwam te staan. 'Zal ik je morgenavond mee uit eten nemen? Vorige week ben ik met mijn vader naar de 21 Club geweest en het eten was daar overheerlijk.'

Haar gezicht betrok. 'Morgenavond ga ik al uit eten met Anthony Van Schiele, de eigenaar van Chaval.'

Er ging een vlaag van angst door hem heen. De afgelopen twee dagen had niets hun kostbare avonden samen in de weg gestaan. Bij de gedachte dat ze met een andere man zou uitgaan werd hij al onpasselijk. Toch wist hij dat dit nog maar het begin was van de onzekerheid waarmee hun relatie onvermijdelijk gepaard zou gaan. Daar moest hij een weg in zien te vinden, nu hij verliefd was op een van de mooiste vrouwen op aarde. 'Prima, ik begrijp het al,' zei hij quasiverontwaardigd.

Meteen zette ze haar bord neer en kroop bij hem op schoot. 'Ik zou liever bij jou blijven, maar ik heb geen keus.'

'Dat weet ik, lieverd. Ik heb nog een heleboel werk in te halen, dus ik blijf morgenavond gewoon thuis en probeer een beetje bij te slapen.'

Toen hij de volgende ochtend bij de ingang van het appartement afscheid van haar nam, voelde hij zich diepbedroefd. 'Ik zie je morgen weer. Als je maar niet vergeet dat ik van je hou.'

'Ik hou ook van jou.' Ze gaf hem een zoen en stapte in de limousine die klaarstond om haar naar Chaval te brengen.

Zelf hield hij een taxi aan. Hij voelde zich een enorme aansteller toen er tranen aan zijn ogen dreigden te ontsnappen bij de gedachte dat hij haar pas morgenavond weer zou zien.

'Juffrouw Thompson. Je ziet er betoverend uit, zoals altijd.' Anthony van Schiele stond haar al op te wachten bij de ingang van Delmonico's.

De hoofdkelner bracht hen naar het beste tafeltje in het restaurant. 'Wilt u alvast iets te drinken bestellen?'

'Ja. Een fles van de witte wijn die ik altijd neem en voor juffrouw Thompson mineraalwater met een heleboel ijs.'

Leah was onder de indruk van het feit dat hij de moeite had genomen om uit te zoeken wat ze graag dronk. 'Zeg maar Leah, hoor.' Ze glimlachte.

'Alleen als jij Anthony zegt.'

Ze keek eens goed naar de man tegenover haar en bedacht hoe aantrekkelijk hij was. Hoewel ze hem begin veertig schatte, zag hij er jonger uit en begon zijn donkerbruine haar alleen bij de slapen een beetje te grijzen. Zijn lichaam was slank en gespierd, maar zijn ogen gaven hem diepgang. Die waren zachtgrijs en vriendelijk, met kleine rimpeltjes die veroorzaakt waren door jarenlang glimlachen. Hij maakte een sterke, betrouwbare indruk.

'En, hoe gaat de campagne? Ik heb de posters gezien. Net als iedereen in New York waarschijnlijk.' In zijn ogen verschenen pretlichtjes. 'Ik vind ze prachtig geworden en ik denk dat je ons bescheiden bedrijfje een heleboel geld gaat opleveren.'

Ze probeerde niet te lachen om de manier waarop hij over zijn bedrijf sprak. Chaval Cosmetics was wereldwijd een van de grootste en meest succesvolle bedrijven in zijn soort.

'Dat hoop ik wel. Tot nu toe lijkt alles goed te verlopen.'

'Beult mijn marketingmanager je niet te hard af?'

'Dat zit wel goed, hoor. Henry is heel aardig.'

'Mooi zo. Mochten er zich problemen voordoen, dan hoef je me maar te bellen.' Het klonk oprecht. 'Hoe bevalt het je in New York? Heb je al veel van de stad gezien?'

'Nee, eerlijk gezegd was ik daar te moe voor. Het tempo ligt hier zo hoog, dat begint me op te breken.'

Hij knikte. 'Ja, daar kan ik persoonlijk ook niet tegen. Ik vind New York maar een intimiderende, onpersoonlijke stad. Zelf heb ik een huis in Southport in Connecticut. Daar is het een stuk relaxter en is de lucht helder. Al moet ik zeggen dat het leven hier je goed lijkt te doen. Je ziet er stralend uit.' Hij bekeek haar vlekkeloze huid, waarmee ze voor miljoenen dollars aan cosmeticaproducten aan de man wist te brengen.

Hoewel ze ervan overtuigd was geweest dat het een vreselijke avond zou worden, vloog de tijd. Anthony behandelde haar hoffelijk en respectvol en leek oprecht geïnteresseerd in wat ze te zeggen had. Dat zorgde ervoor dat ze hem dingen vertelde die ze normaal gesproken liever voor zich hield.

Tot haar verbazing was het al tegen elven toen ze naar het toilet ging en op haar horloge keek.

Weer terug aan het tafeltje nam ze een slokje van haar cappuccino. 'Ga je vanavond weer terug naar je huis in Southport?'

'Ja, ik probeer elke avond naar huis te gaan, tenzij ik nog heel laat aan het werk ben. Ik heb boven in het pand van Chaval Cosmetics een appartement waar ik even een dutje kan doen.'

'Dan zul je je vrouw wel niet zo vaak zien.'

'Mijn vrouw is twee jaar geleden gestorven, dus helaas heb ik thuis niemand die op me wacht.'

Ze bloosde. 'Dat wist ik niet. Gecondoleerd.'

'Dank je, maar eerlijk gezegd kwam haar dood als een verlossing. Ze heeft een lang ziekbed gehad.' In zijn ogen verscheen een afwezige blik. 'Soms verwacht ik nog steeds dat ze me thuis in haar stoel bij de haard zal zitten op te wachten. Men zegt dat de tijd alle wonden heelt, maar dat moet in mijn geval nog blijken.'

In een vlaag van medelijden pakte ze zijn hand beet om er een kneepje in te geven.

Haar bezorgdheid leek hem te ontroeren. 'Het spijt me, Leah. Ik heb je niet uitgenodigd om je een rotgevoel te bezorgen. Het is gewoon lastig dat anderen naar rijke, succesvolle mensen zoals wij kijken en alleen maar de buitenkant zien, alsof wij nooit ongelukkig kunnen zijn.'

Ze knikte driftig. Het was verfrissend dat iemand haar eigen gevoelens onder woorden bracht. 'Ik weet het. Vanwege mijn werk lijkt niemand oog te hebben voor wie ik echt ben. Ze hebben alleen interesse in mijn gezicht, verder niets.'

'Ik heb wel oog voor je, Leah,' zei hij zacht. 'Mocht je ooit met iemand willen praten, dan weet je me te vinden. Al kan ik je nu maar beter naar huis brengen. Ik wil niet op mijn geweten hebben dat ons belangrijkste model met wallen onder haar ogen op een shoot komt aanzetten!'

Samen liepen ze het restaurant uit. Buiten kwam de chauffeur meteen in actie door het achterportier van de glimmend zwarte limousine open te houden. Leah stapte in en Anthony kwam naast haar zitten. In een gemoedelijke stilte reden ze door de drukke straten, tot ze bij haar appartementencomplex aankwamen.

Hij pakte haar hand en drukte er een kus op. 'Bedankt voor de heerlijke avond. Dit zou ik graag nog eens overdoen.'

'Ja, ik ook.' Tot haar verbazing meende ze het.

Toen ze aanstalten maakte om uit te stappen, hield hij haar tegen. 'Jij bent een echt mens in een heel onwerkelijke wereld. Probeer dat vast te houden, oké?'

Ze knikte en stapte uit. 'Dat zal ik doen. Fijne avond nog, Anthony, en bedankt.'

Tijdens het wachten op de lift dacht ze aan de ongewone man met wie ze de avond had doorgebracht. Vreemd genoeg was er een band tussen hen ontstaan, en ze voelde dat ze er een vriend bij had.

11

Het schrille geluid van de telefoon sneed dwars door Leahs droom. Met moeite deed ze haar ogen open, en ze dwong zichzelf om op te nemen. 'Hallo?'

'Mia cara. Met mij, Carlo.'

Ze keek naar de verlichte cijfers op de wekkerradio. 'Carlo, het is vier uur 's nachts! Wat bezielt je? Je weet toch dat ik voor dag en dauw op moet?'

'*Scusa*, cara, maar ik kon geen seconde meer wachten. Ik heb je zo gemist.'

Ze wist dat hij hoopte dat ze zou zeggen dat ze hem ook gemist had, maar in alle eerlijkheid had ze nauwelijks aan hem gedacht sinds ze in New York was aangekomen.

Toen ze niet reageerde, drong hij aan: 'Heb jij mij ook zo gemist?'

'Natuurlijk,' antwoordde ze werktuiglijk.

Er werd een arm om haar heen geslagen, die probeerde haar weer onder het warme dekbed te trekken. Toen ze niet meegaf, gleed er nog een arm om haar heen, naar haar borst.

'Hou op,' fluisterde ze.

'Wat? Is er soms iemand bij je?'

'Nee, natuurlijk niet.'

Brett trok zijn handen terug.

'Hoe dan ook, de show is al over drie weken. Dan zien we elkaar weer.' Ze zag dat Brett zijn ogen opendeed en haar met gefronst voorhoofd aankeek. 'Hoor eens, ik moet ophangen. Ik wil nog even proberen te slapen. Morgen heb ik een belangrijke shoot.'

'Oké, ik begrijp het.' Zijn gepikeerde toontje gaf aan dat hij er juist helemaal niets van begreep. 'Je mist me toch wel?'

'Natuurlijk.'

'Hopelijk gedraag je je en ben je nog steeds helemaal van mij. Ik heb overal spionnen rondlopen die het me zullen vertellen als je ondeugend bent.'

'Ja, Carlo. Ik zie je in Milaan.'

'Ik kan niet wachten. Buonanotte, cara.'

Langzaam legde ze de hoorn weer op de haak en liet ze zich achterover in de kussens zakken.

'Ik neem aan dat dat meneer Porselli was, die wilde weten hoe het met zijn protegee gaat?'

'Ja.'

Hij duwde zich op één elleboog omhoog en keek haar koeltjes aan. 'Waar sloeg dat op, dat jullie niet kunnen wachten om elkaar over drie weken weer te zien?'

'Doe niet zo raar. Carlo is gewoon...'

'Ik ben jaloers, Leah. Zit er een kern van waarheid in de geruchten over jullie?'

'Natuurlijk niet.' Opeens voelde ze zich geërgerd en in de verdediging gedrukt. 'Carlo heeft altijd goed voor me gezorgd, maar op fysiek gebied is er nooit iets tussen ons gebeurd. Nooit.' En ook niet met een andere man, dacht ze, al durfde ze dat niet hardop te zeggen. 'Ik word altijd zo boos als de media dat soort onzinverhalen verzinnen. Ik had niet gedacht dat jij daarin zou trappen.'

Bij het zien van haar woedende blik ging hij weer naast haar op het kussen liggen. 'Oké, oké, het spijt me. Ik hou gewoon zo veel van je dat ik er onzeker van word, dat is alles.'

'Vertrouw me nou maar, schat.' Ze liet haar hand onder het dekbed glijden en pakte de zijne vast. 'Ik hou ook van jou. Voor mij zal er nooit een ander zijn. Dat moet je geloven.'

Hij kroop tegen haar schouder aan. 'Welterusten, lieverd. Het spijt me.'

Vijf minuten later hoorde hij haar ademhaling regelmatiger worden, maar zelf kon hij de slaap niet zo makkelijk vatten. Door de manier waarop ze met Carlo had gepraat, wist hij zeker dat er iets tussen die twee geweest moest zijn. Hij dacht terug aan de avond van haar eenentwintigste verjaardag, waarop ze met Carlo had gedanst. Over drie weken zou ze naar Milaan vertrekken en zou Carlo haar weer in zijn greep krijgen. Het was hem een raadsel hoe hij die tijd zou moeten doorkomen.

Alle gedachten aan Carlo werden verdreven door het heerlijke weekend waarin ze samen de geneugten van New York verkenden.

Op zaterdagochtend gingen ze winkelen in Rockefeller Center en 's middags maakten ze een lange wandeling door Central Park, waar ze naar de kinderen in de draaimolen keken. Die avond nam hij haar mee naar Sardi's en vergaapten ze zich als een stel tieners aan de Broadwaysterren die slechts enkele centimeters bij hen vandaan zaten. Na afloop namen ze een taxi naar de maisonnette van zijn vader en gingen ze in de zwoele septemberlucht op het dakterras zitten om een kop koffie te drinken.

'Wat woon je hier mooi,' zei Leah vol bewondering. 'Het zal wel als een flinke stap achteruit voelen als je bij mij logeert.'

'Jouw appartement heeft tenminste karakter.'

Die avond haalde hij haar over om bij hem te blijven slapen door te zeggen dat zijn vader op zakenreis was en dat ze hem niet bij het ontbijt onder ogen zou hoeven komen.

Dat had hij echter verkeerd ingeschat, want toen ze in hun badjas de trap op liepen om tijdens het ontbijt op het dakterras van het prachtige uitzicht over Central Park te genieten, zat David daar al de krant te lezen.

Leah staarde naar Bretts vader. Ze vond hem niet erg op zijn zoon of zijn zus Rose lijken. Hij had blond, met grijs doorspekt haar, een diepgebruinde huid en doordringende blauwe ogen waarmee hij Leah net zo belangstellend opnam als zij hem.

'Goh, ik zie dat we een gast hebben. Leah Thompson, neem ik aan.' Hij stond op.

Het viel haar op dat hij iets kleiner was dan zij en een sterk, compact lichaam had.

Hij drukte haar stevig de hand. 'Ken ik jou niet ergens van?'

Leah lachte met hem mee, al begon die grap behoorlijk uitgekauwd te raken.

Ze gingen aan de tafel op het terras zitten en de huishoudster kwam koffie en croissants brengen. Terwijl Brett een praatje maakte met zijn vader, kon Leah het niet laten om David met Anthony Van Schiele te vergelijken. De macht die hij uitstraalde benam haar de adem en waar Anthony bescheiden was over zijn enorme rijkdom, liep Bretts vader er juist mee te koop. Zijn aanwezigheid was intimiderend en ze voelde zich niet helemaal op haar gemak. Het was een opluchting toen hij opstond, haar beleefd gedag zei en hen alleen liet.

'Sorry daarvoor. Zijn plannen waren op het laatste moment gewijzigd,' zei Brett, die van een croissant zat te smullen. 'En, wat vond je?' Hij hield zijn blik nonchalant op een van de kranten op tafel gericht.

'Waarvan?'

'Van mijn vader natuurlijk.'

'Hij is heel anders dan jij,' antwoordde ze behoedzaam.

'Dat zegt iedereen op het werk ook. De meeste werknemers zijn als de dood voor hem.'

'Dat verbaast me niks.'

Vragend keek hij haar aan.

'Ik bedoel, hij wasemt een en al macht uit. Al lijkt hij me wel heel aardig, hoor.'

'Dat is hij ook, als je hem wat beter leert kennen. Dat is een van de redenen dat ik blij ben dat ik voor hem ben gaan werken. Als kind kende ik hem amper, omdat hij zo vaak weg was. Destijds was ik ook een beetje bang voor hem, maar sinds ik in New York ben, lijkt hij wel te zijn veranderd. Op de een of andere manier komt hij zachter over.' Hij haalde zijn schouders op. 'Ik heb grote bewondering voor wat hij heeft bereikt, weet je. Hij heeft een gigantisch bedrijf helemaal vanaf de grond opgebouwd. Veel grote concerns hier zijn al verscheidene keren overgedragen van vader op zoon. Wat mijn vader in ongeveer dertig jaar tijd voor elkaar heeft gekregen, daar hebben andere bedrijven generatieslang over gedaan.' Hij trok een gezicht. 'Dat krijg je vast niet voor elkaar door poeslief tegen je personeel te zijn.'

'Natuurlijk niet.' Het verbaasde haar dat hij het gevoel leek te hebben dat hij het voor zijn vader moest opnemen.

'Wat wil je vandaag doen?'

Daar dacht ze even over na. 'Wat denk je ervan om een rondvaart te maken rond Manhattan? Volgens mij wordt het een prachtige dag.'

Ze namen een taxi naar de pier aan 42nd Street, waar ze aan boord gingen van de Circle Line en een plekje voor in de boot uitkozen. Terwijl de motoren begonnen te ronken en de boot de rivier op voer, genoten ze van de koele bries en luisterden ze naar de krakende luidsprekers. De kapitein vertelde het een en ander over de omgeving en over het Vrijheidsbeeld, waar ze langs kwamen.

Brett leunde met zijn ellebogen op de reling en staarde naar het water. 'Vroeger kwamen de boten met immigranten hier aan om passagiers naar een nieuw leven in het beloofde land te brengen. Ik vraag me af wat er door hen heen ging toen ze Amerika voor het eerst zagen,' mijmerde hij hardop. 'Jeetje, wat zou ik dit graag schilderen.'

Toen de boot aan het einde van de rondvaart weer naar de aanlegsteiger tufte, leunde hij naar Leah toe en sloeg zijn armen om haar heen. 'Heb jij dat ook weleens, dat je een moment of een gevoel wel voor eeuwig zou willen vasthouden?'

'Ja.'

'Nou, dit is voor mij een van die momenten. Ik hou van je, Leah. Ik ben nog nooit zo gelukkig geweest als de afgelopen twee weken en ik kan me geen leven meer zonder je voorstellen.'

Zonder acht te slaan op de overige passagiers zoenden ze elkaar en hielden elkaar stevig vast tot het tijd werd om aan wal te gaan.

'Ik weet al waar ik vanmiddag naartoe wil, als je het tenminste niet te saai vindt.' Bij de gedachte alleen al lichtten zijn ogen op.

'Vast niet. Waar wil je naartoe?'

'Het Museum of Modern Art.'

'Dan ga ik heel graag met je mee.'

Leah huiverde van opwinding toen de ondergrondse door de metrostations denderde. Dit was het echte New York: de sfeer van spanning en gevaar, het smerige treinstel dat naar zweet, drugs en parfum rook, en de reizigers die stuk voor stuk hoopten op een dag net zo'n luxeleven te kunnen leiden als zij.

Toen ze weer bovengronds kwam en hand in hand met Brett over straat liep, had ze het gevoel dat ze op een andere planeet was geweest. Het deed haar beseffen hoezeer haar leven de afgelopen jaren was veranderd en hoeveel ze tegenwoordig als vanzelfsprekend beschouwde. Bij die gedachte schaamde ze zich een beetje.

De rest van de middag dwaalde ze achter Brett aan langs de enorme collectie onbetaalbare schilderijen in het museum en luisterde ze vol ontzag naar alles wat hij erover wist te vertellen. Hij zorgde ervoor dat ze *De sterrennacht* van Van Gogh begreep, maar ook *Les Demoiselles d'Avignon* van Picasso en *De dans* van Matisse.

Hij leek wel een ander mens, alsof er in zijn binnenste iets was ontwaakt. Tegen het eind van de middag was het haar wel duidelijk dat hij een liefde voor kunst had die zij alleen maar kon benijden en bewonderen. Zelf had ze een dergelijke passie namelijk niet.

'Wie is je favoriete kunstenaar?' vroeg ze.

Zijn ogen werden groot. 'Daar kan ik geen antwoord op geven. Soms ben ik helemaal in de ban van een schilderij, van iets wat ik als pure kunst beschouw door de sfeer, de gedachte erachter en het gebruik van kleur. En daarna vind ik weer een ander schilderij waar ik mijn ogen niet van af kan houden. Ik heb een zwak voor Manet, Seurat... en Degas! Hij wist de vitaliteit en elegantie van zijn dansers perfect vast te leggen. Ik hou van hen allemaal.' Hij lachte. 'In zekere zin ben ik blij dat ik niet naar de kunstacademie ben gegaan. Daardoor bekijk ik schilderijen niet vanuit technisch oogpunt, want ik weet niet hoe dat moet. Ik geloof dat een schilderij een bepaalde schoonheid moet bezitten waardoor je er alsmaar naar wilt blijven kijken. Als je er te veel van weet, kun je overal wel een foutje in ontdekken en wordt het een stuk minder leuk.'

'Maar je weet er wel heel veel van.' Hand in hand liepen ze het museum uit.

'Ach, ik ben geen expert.'

'Je moet blijven schilderen, Brett.'

Hij trok een gezicht. 'Misschien. Kom mee, dan praten we er verder over onder het genot van kaviaar en blini's in The Russian Tea Room. Volgens mijn vader is dat echt een aanrader en het is op loopafstand hiervandaan.'

Een kwartier later zaten ze op een comfortabele roodfluwelen bank van sterke thee te nippen. Leah keek argwanend naar de kleine pannenkoekjes gevuld met rode en zwarte kaviaar.

'Mmm, heerlijk. Proef er eens een.'

'Oké, maar ik moet je waarschuwen dat ik meer een type voor fish-and-chips ben.'

Daar moest hij om lachen.

Aarzelend nam ze een hap van de blini, en ze merkte dat ze de ongewone smaak best kon waarderen. 'Dat je nu voor je vader werkt, wil niet zeggen dat je moet ophouden met schilderen. Je hebt echt talent,' drong ze aan, nu hij nog zo enthousiast was over het museum.

'Hoe weet je dat ik talent heb?'

'Omdat ik je vroeger heb zien schilderen. Dat ging je heel natuurlijk af. Als ik zo'n bijzonder talent had…' Ze schudde haar hoofd. 'Maar ja, dat heb ik niet.'

'Wat zeg je me nou toch? Je bent een van de succesvolste modellen ter wereld. Daar moet je echt wel talent voor hebben,' sprak hij haar bestraffend toe, met zijn vierde blini in zijn mond.

'Nee hoor,' verzuchtte ze. 'Althans, volgens mij niet. Ik bof gewoon dat ik een mooi gezicht heb en dat kleren me goed staan. Dat komt niet van binnenuit. Ik ben niet creatief en ik beschik al helemaal niet over een briljante wiskundige gave waarmee ik iets goeds kan doen voor de mensheid.'

Terwijl hij haar aankeek, bedacht hij dat ze hem telkens weer wist te verbazen. Die zomer in Yorkshire was hij in eerste instantie ook voor haar mooie buitenkant en haar lieve, zachtaardige karakter gevallen. Naarmate ze dichter naar elkaar toe groeiden, begon hij echter te beseffen dat er nog veel meer aan haar te ontdekken viel.

'We leven in een vluchtige wereld, en je schoonheid is inderdaad het eerste wat aan jou opvalt. Daar moet je niet mee zitten, want die schoonheid hoort bij jou en heeft je succes opgeleverd. En flink wat geld, vermoed ik zo.'

Ze knikte. 'Dat weet ik wel, maar soms, als ik een uur in dezelfde houding moet blijven staan, kijk ik naar de mensen om me heen die zich haasten om de verlichting goed te krijgen, de cameralens af te stellen of een haartje dat verkeerd zit weg te werken. Alsof dat zo belangrijk is. Ik bedoel, met één foto kun je de wereld toch niet veranderen? Het lijkt allemaal gewoon zo gemaakt en zo zinloos. En dan verdien ik bakken met geld, met niksen in feite, terwijl er zo veel mensen zijn die echt talent hebben en maar met moeite kunnen rondkomen. Zoals de graffitikunstenaar die die draak op de metro heeft geschilderd, of de jonge acteurs die hier in de bediening moeten werken.'

Hij pakte haar hand beet. 'Ik begrijp het helemaal, lieverd, maar er is een manier om vrede te krijgen met wat je doet.'

‘Hoe dan?’

‘Nou, je bevindt je in een bevoorrechte positie. Mensen kennen jou en je gezicht. Op dit moment vertegenwoordig je een cosmeticabedrijf, maar in de toekomst zou je je geld en je roem voor een veel beter doel kunnen inzetten. Als je iets goeds wilt doen voor de wereld, kan dat toch gewoon?’

Nadat ze dat even op zich had laten inwerken, keek ze hem opgelucht aan. ‘Je hebt gelijk. Later kan ik me altijd nog voor een goed doel inzetten. Zo had ik het nog nooit bekeken. Dank je wel.’

‘Waarvoor?’

‘Omdat je me een reden hebt gegeven om ’s ochtends om zes uur op te staan en de rest van de dag te moeten glimlachen voor de kost.’

Hij gaf een kneepje in haar hand. ‘Denk erom dat je echte mensen om je heen hebt, schat. Het is geweldig om te zien dat je je niet hebt laten opslokken door de schijnwereld waarin je leeft. Daarom hou ik zo veel van je.’

Toen ze in haar appartement aankwamen, werden ze opgewacht door een stralende Jenny, die net terug was van haar week in Palm Springs.

‘Leah, ik heb je gemist!’ Jenny omhelsde haar en deed vervolgens een stap naar achteren. ‘Hoe zie ik eruit?’

‘Geweldig. Vind je ook niet, Brett?’

‘Nou en of.’ Hij glimlachte.

‘Kom lekker zitten, dan vertel ik je er alles over. Ik heb net kruidenthee gezet. Willen jullie ook?’

Leah grinnikte.

Daarop gaf Jenny haar een speelse por. ‘Oké, oké, ik weet dat het vreemd overkomt dat je wodka zuipende beste vriendin nu paardenbloemthee drinkt, maar ik ben bekeerd!’ Ze liep naar de keuken, schonk wat gele vloeistof in drie mokken en bracht die naar de woonkamer. ‘Alsjeblieft. Proef maar eens, het is hartstikke gezond.’

Toen Leah de mok naar haar lippen bracht, drong een bekende, misselijkmakende geur haar neusgaten binnen. Die riep een sterke herinnering bij haar op, waardoor ze zich even duizelig en gedesoriënteerd voelde.

Het leek wel of ze weer in Megans keuken was, elf jaar oud en doodsbang.

Met een klap zette ze de mok op het tafeltje naast zich, alsof ze daarmee de betovering zou kunnen verbreken. De gele vloeistof klotste over de rand en vormde een plasje.

'Gaat het wel?' Bezorgd keek Brett haar aan.

'Zo vies is het toch niet?' vroeg Jenny giechelend. 'Maar goed, dat kuuroord, daar móét je echt een keer naartoe. Het was er heerlijk en ik voel me als herboren. Ze hebben een voedingsschema voor me opgesteld en me oefeningen aangeleerd die ik moet doen om op gewicht te blijven, en sinds ik uit New York ben vertrokken heb ik geen alcohol of sigaret meer aangeraakt. Het voelt fantastisch!'

Leah was trots op haar, ze zag er inderdaad als herboren uit. Door het sporten was ze de overtollige kilo's kwijtgeraakt en was haar lichaam weer net zo gestroomlijnd als vroeger. Haar goudblonde haar viel in glanzende golven over haar schouders, haar huid oogde gezond en bovenal sprankelden haar ogen weer als vanouds. 'Wat fijn voor je. Ga zo door.'

'Dat ga ik zeker doen. Ik zal wel moeten, hè?'

12

Stipt om negen uur ging de telefoon.

Met wild bonkend hart nam Miranda op. 'Hallo?'

'Ben je alleen?'

Dat vroeg hij elke dag.

'Ja.'

'Mooi zo. Heb je me gemist?'

Met opeengeklemde kiezen antwoordde ze: 'Natuurlijk.'

'Ik jou ook. Ik ben nu met mezelf aan het spelen. Doe jij dat ook?'

Ze keek naar haar vingers, die om de steel van haar glas rode wijn waren geklemd. 'Ja.'

'Ik geloof je niet.'

'Toch is het zo.' Ze probeerde haar walging niet te laten blijken.

'Ah… dat voelt goed. Voor jou ook?'

'Ja, heel fijn,' antwoordde ze onaangedaan.

'Vrijdag stuur ik mijn jet naar Londen om je op te halen.' Santos klonk nu heel anders dan een paar tellen geleden. 'Roger haalt je om vier uur op en op de plaats van bestemming word je afgehaald door een limousine.'

'Waar ga ik naartoe?'

'Naar de boot. Ik verheug me al op een heerlijk weekend samen. Slaap lekker, Miranda.'

Langzaam legde ze de hoorn op de haak. Ze zag elke avond als een berg op tegen negen uur. Vlak voor het zover was, schonk ze altijd een groot glas wijn in en zette ze zich schrap voor het telefoontje van Santos.

De eerste paar weken dat ze in het appartement had gewoond, was hij de goedheid zelve geweest. Daarna was hij echter een andere toon gaan aanslaan. Hij droeg haar op om door de telefoon obscene dingen tegen hem te zeggen en als ze weigerde, schreeuwde hij tegen haar.

Omdat ze hem angstaanjagend vond wanneer hij zo boos was, had ze hem maar gehoorzaamd.

Ze streek met haar hand door haar dikke blonde haar. Zo ging het niet langer. Het was helemaal niet gelopen zoals ze had gehoopt. De afgelopen zes weken had ze als een prinses geleefd, heerlijk gegeten en elegante, dure kleding gedragen. Ze was rondgereden in een Rolls-Royce en had hele middagen doorgebracht bij Harrods om haar garderobe uit te breiden of prachtige tasjes te kopen die ze opstuurde naar Chloe in Yorkshire.

Alleen deed ze dat allemaal wel in haar eentje. Ze zag nooit iemand, behalve de strenge Duitse huishoudster Maria, en Roger, de oude chauffeur uit het Londense East End, die haar overal achternaliep wanneer ze ergens naartoe ging. Uit wanhoop had ze geprobeerd een praatje met hen te maken, maar Maria sprak nauwelijks Engels en Roger reageerde altijd heel kortaf.

Sinds kort had ze levensechte dromen over Chloe. De nachtmerrie was altijd hetzelfde en joeg haar de stuipen op het lijf.

Chloe rende over de heide en werd achtervolgd door een duistere gestalte. Ze huilde en riep om Miranda. 'Mama, mama! Waar ben je? Help me!' Als haar dochter vlak bij haar was, strekte Miranda haar armen uit, maar Chloe zag haar niet en rende langs haar heen. Daarna moest ze hulpeloos toezien terwijl de dreigende gestalte Chloe inhaalde en vermengde haar eigen gegil zich met dat van haar dochter.

Uiteindelijk werd ze altijd badend in het zweet en onbeheersbaar bevend wakker van haar eigen gesnik.

Na zo'n nachtmerrie ijsbeerde ze door het appartement tot de zon opkwam. Het donker joeg haar angst aan en ze nam het zichzelf kwalijk dat ze sinds Chloes geboorte zo'n afkeer van haar had gehad. Ze had haar kind nooit de liefde en genegenheid getoond die ze verdiende. In plaats daarvan had ze het vooral van Rose en mevrouw Thompson moeten hebben.

Nu wilde ze het goedmaken. Ze wilde 's ochtends wakker worden in haar eigen mooie slaapkamer in Yorkshire, met Chloe knuffelen en luisteren naar de wulpen die over de heide vlogen.

Vanavond was de heimwee ondraaglijk.

Miranda was bang, heel bang. Ze wilde wanhopig graag vluchten, maar wist dat ze geen kant op kon.

De rest van de avond bleef ze daar zitten en dronk ze net zo lang van de rode wijn tot ze langzaam in slaap sukkelde.

Toen er de volgende ochtend werd aangebeld, zat ze nog steeds onderuitgezakt op de bank. Met bonkend hoofd strompelde ze naar de intercom. 'Hallo?'

'Ik ben het, Ian.'

'Oké.' Ze drukte op de knop en een paar minuten later stond hij voor de deur.

Bezorgd keek hij haar aan. 'Goedemorgen. Gaat het wel goed met je?'

Door die blijk van medeleven barstte ze spontaan in tranen uit.

Ian voerde haar mee naar de bank en wachtte geduldig tot ze uitgehuild was. Daarna liep hij naar de keuken en zette hij een kop sterke koffie voor haar. 'Drink maar op en probeer een beetje tot rust te komen.' Hij ging zitten en bleef stilletjes naar haar kijken.

Op de een of andere manier vond Miranda zijn aanwezigheid troostend. Met zijn bril en vriendelijke, onopvallende gezicht was hij geen man die ze twee maanden geleden een tweede blik waardig had gegund, maar nu symboliseerde hij het stukje gewoonheid en betrouwbaarheid dat ze zo miste in het merkwaardige leven waarin ze verzeild was geraakt.

'Goed, trek nu maar je mooiste kleren aan, dan neem ik je mee uit lunchen.'

Ze knikte en trok zich in de badkamer terug om te douchen en zich om te kleden.

'Kijk, nu ben je weer net zo mooi als altijd,' zei hij vriendelijk, terwijl hij haar zijn arm aanbood. 'Kom, we gaan.'

Eenmaal beneden was ze aangenaam verrast toen hij het portier van een gloednieuwe Range Rover voor haar openhield.

'Maak je geen zorgen, je mag met mij op stap. Ik ben helemaal doorgelicht en betrouwbaar bevonden en ik dacht dat je misschien liever met mijn auto zou gaan.'

Ze stapte in, allang blij dat ze dat appartement uit was en aan de priemende blikken van Roger en Maria was ontsnapt.

Ian doorkruiste Londen in stilte en parkeerde zijn auto in een smalle geplaveide zijstraat van Kensington High Street. 'Er zit hier een heel goede bistro. Misschien kunnen we daar een hapje eten en met elkaar praten.'

In het kleine restaurant gingen ze aan een tafeltje in de hoek zitten en bestelde hij een fles wijn. 'Een glaasje tegen de kater voor jou, denk ik. Toe, je knapt er vast van op. Als je er niet van afkomt, kun je het net zo goed nog erger maken, zeg ik altijd maar.' Hij lachte.

Voor het eerst in weken ontsnapte haar ook een giecheltje.

'Goed, ik heb je hier mee naartoe genomen omdat Roger me gisteravond belde om me bij te praten en ik je wilde spreken.' Zijn gezichtsuitdrukking werd serieus. 'Hoeveel weet je eigenlijk van meneer Santos?'

Ze haalde haar schouders op. 'Bijna niets.'

'Dat verbaast me niks. Buiten de zakenwereld blijft hij graag in de luwte. Hij kan overal ter wereld komen zonder herkend te worden. Zijn vriendenkring, waarvan je een deel op de boot hebt ontmoet, is klein en exclusief. De meesten van hen werken al lang voor hem en hebben zijn vertrouwen gewonnen. Buiten dat kliekje gaat hij geen sociale contacten aan, dus het was een zeldzaamheid dat hij in die nachtclub in Londen was toen jij hem tegen het lijf liep. Hij had zijn vorige, eh... vriendin net aan de kant gezet, dus was hij op jacht naar een nieuwe. Dat ben jij geworden.'

Een prooi. Opgejaagd, gevangen, als een hulpeloze vlieg in een spinnenweb.

'Behandelt hij zijn vriendinnen altijd zo? Alsof ze zijn gevangene zijn?'

Met een zachte blik in zijn ogen keek hij haar aan. 'Miranda, ik werk al meer dan tien jaar voor hem, sinds ik van school kwam en hij me een baan aanbood toen ik de wanhoop nabij was. Hij is altijd een goede werkgever geweest en ik ben een loyale werknemer. De komende tien minuten wijk ik van die regel af, want ik heb het idee dat je echt niet doorhebt waarin je verzeild bent geraakt. Meestal kiest hij beroepsmeisjes uit: harde, wereldwijze meiden die alles overhebben voor een bontjas en een luxeleven. Zo ben jij niet, of wel?'

Ze schudde haar hoofd. 'Eerst dacht ik van wel. Ik bedoel, ik wilde die dingen ook, maar niet op deze manier.'

'Tja, dan kan ik je vertellen dat je jezelf flink in de nesten hebt gewerkt. Santos mag dan anoniem door het leven gaan, hij bezit een van de machtigste zakenimperiums ter wereld. Hij heeft overal een vinger in de pap, al laat hij de onderhandelingen meestal over aan een stroman zodat de andere partij niet eens doorheeft dat hij de eigenaar van het bedrijf is. Op die manier is hij erin geslaagd om ongemerkt overal ter wereld rijkdom en macht te vergaren.'

'Waarom pakt hij het zo aan?'

'Geen idee, maar zo is het altijd al geweest. Ik werk bijvoorbeeld voor een bedrijf in Londen en naast mij brengt slechts één directielid verslag uit aan Santos. De rest weet niet wie de echte eigenaar is. Vreemd, ik weet het, maar Santos is dan ook een vreemde man.'

'Zeg dat wel,' verzuchtte ze. 'Ben ik zijn enige maîtresse?' Hoewel ze dat woord niet graag in de mond nam, wist ze dat het de enige passende omschrijving was.

'Dat kan ik natuurlijk niet met zekerheid zeggen, maar volgens mij wel. Hij is getrouwd met een Duitse, maar ik heb haar slechts één keer gezien. Als ik jou was, zou ik hem niet boos maken. Dan wordt hij gevaarlijk.'

Er trok een huivering van angst door haar heen. 'Hoe bedoel je?'

'Meer zeg ik niet, maar ik wil niet dat jou iets overkomt. Of je kind.' Het was eruit voordat hij het wist, maar toen hij haar geschrokken gezicht zag, had hij direct spijt.

'Hoe weet je van Chloe af?' vroeg ze zo beheerst mogelijk.

'Nou, door de kinderkleding die je vaak koopt en door de telefoontjes die Maria heeft afgeluisterd. Daarom worden Roger en zij zo goed betaald. Ze kunnen één en één heel snel bij elkaar optellen. Gelukkig hebben ze het aan mij verteld en niet aan hem. Ik kan niet genoeg benadrukken hoe belangrijk het is dat Santos niet te weten komt dat je een dochtertje hebt. Als het moet, zal hij haar gebruiken om je te chanteren. Dus niet meer bellen en geen brieven meer sturen. Voor jullie eigen veiligheid moet je het contact per direct verbreken.'

Miranda haalde een paar keer diep adem om rustig te worden. 'Dat begrijp ik niet. Waarom houdt hij me gevangen? Waarom betaalt hij mensen om me te bespioneren? Waarom mag ik niet met Chloe praten?' Uit wanhoop kreeg ze tranen in haar ogen. Wat een nachtmerrie was dit.

Nerveus keek hij haar aan. 'Als Santos erachter komt wat ik je heb verteld, heb ik een groot probleem. Hij heeft je betaald en nu ben je zijn bezit. Zo gaat hij met al zijn vrouwen om. Zolang je hem goed behandelt en precies doet wat hij zegt, komt het wel goed met je. Maar zo niet...'

De dreiging bleef onuitgesproken in de lucht hangen.

Ze vermande zich. 'Ik ga gewoon naar King's Cross en stap op de trein naar Leeds. Wat kan er nou helemaal gebeuren?'

In zijn ogen verscheen een strenge blik. 'Je zult worden tegengehouden.'

'Door jou?'

Hij verschoof ongemakkelijk op zijn stoel. 'Waarschijnlijk door Roger. Zoals je weet, is hij een stuk minder begripvol dan ik. Als hij het aan Santos doorbrieft, dan vrees ik voor de veiligheid van je familie.'

Ongelovig schudde ze haar hoofd. 'Kun jij me niet helpen? Is er niets wat je kunt doen?'

Hij sloeg zijn ogen neer. 'Mijn ouders zijn al op leeftijd en ik heb de inkomsten hard nodig.'

'En de politie?' vroeg ze wanhopig.

'Santos heeft de helft van het politiekorps in zijn zak, om van de overheid nog maar te zwijgen.'

Moedeloos liet ze haar hoofd in haar handen rusten.

'Sorry, ik wil je niet bang maken. Het is vreselijk dat je hierbij betrokken bent geraakt, maar het is niet anders, en ik moest je gewoon waarschuwen. Ik zal er alles aan doen om je tot steun te zijn, dat beloof ik.' Er viel een ongemakkelijke stilte toen ze de uitzichtloosheid van de situatie op zich lieten inwerken. 'Zullen we dan maar iets bestellen?'

De rest van de lunch probeerde hij haar op te beuren door grappen te maken en lachwekkende verhalen te vertellen.

Miranda hoorde hem nauwelijks. Ze prikte lusteloos in haar eten en was blij toen hij om de rekening vroeg.

Tijdens de rit naar huis keek ze zwijgend uit het raampje.

'Ik ga niet mee naar binnen, want ik moet nog werken. Red je het wel?'

'Ja,' antwoordde ze op matte toon.

'Ik heb begrepen dat je vrijdag vertrekt om het weekend met Santos door te brengen.'

'Dat klopt.'

'Zoals ik al zei, wees gewoon aardig tegen hem. Het wordt vast gezellig. Als je weer terug bent, kom ik wel een keer bij je langs. Pas goed op jezelf, Miranda.'

'Bedankt voor de lunch.'

Ian keek haar na toen ze met hangende schouders naar de ingang van haar appartement liep en naar binnen ging. 'Arme meid,' verzuchtte hij voordat hij de motor startte en door de statige laan wegreed.

13

'Buongiorno, Leah! Je ziet er stralend uit. Wat fijn om je te zien.' Nu Leah er was, leek Carlo wel een blije hond. Hij zocht een stoel voor haar in de drukke salon en droeg een van zijn assistenten op om een kop koffie voor haar te halen.

Met een glimlach keek ze om zich heen. Onwillekeurig dacht ze terug aan die ochtend dat Maria Malgasa de ster van de show was geweest en Carlo háár als een koningin had behandeld. Toen ze over haar schouder keek, zag ze achterin een paar nieuwe, jonge gezichten die er net zo nerveus uitzagen als zijzelf destijds. Ze staarden haar vol ontzag aan en ze glimlachte hen vriendelijk toe.

De halfjaarlijkse shows waren een goede gelegenheid om je contacten binnen de modewereld aan te halen. Na haar eerste jaar had ze er altijd met volle teugen van genoten. Al was ze nu natuurlijk de ster van de haute-couturecollectie van september, niet van de prêt-à-portercollectie van oktober. De fotografen wilden haar nu net zo graag vastleggen als Carlo's creaties.

Toen ze Giulio dit jaar de volgorde hoorde bekendmaken, voelde ze echter niet dezelfde opwinding als anders. Misschien kwam het door de jetlag, maar het leek haar waarschijnlijker dat ze verdrietig was omdat ze Brett nu een hele week niet zou zien. Dat, plus het feit dat ze Carlo's verstikkende aandacht weer zou moeten ondergaan, net nu ze gewend was geraakt aan een leven zonder hem.

Dit jaar was Jenny er ook niet. Geen van de ontwerpers was erop ingegaan toen Madelaine haar diensten had aangeboden en had gezegd dat ze weer de oude was. Met tegenzin had Leah Carlo gebeld en hem gesmeekt om haar vriendin een kans te geven.

'Sorry, schat, daar kan ik niet aan beginnen. Ze is *finita*. Uitgerangeerd.'

Ze had hem verzekerd dat Jenny geen drank en drugs meer gebruikte en er geweldig uitzag, maar het feit dat het cosmeticabedrijf haar contract niet had verlengd, maakte het er niet beter op.

Toen Madelaine Jenny had gebeld om het te vertellen, was ze er relatief koeltjes onder gebleven. 'Jammer voor ze. Er komen wel weer andere aanbiedingen,' had ze schouderophalend gezegd.

Leah had zich vreselijk schuldig gevoeld toen Jenny haar had geholpen om in te pakken voor haar reis naar Milaan, maar was blij dat het tussen haar en haar prins goed leek te zitten. Ranu was van plan een paar dagen met haar op reis te gaan en Leah was ervan overtuigd dat dat vooruitzicht het enige was wat Jenny op de been hield. Niemand wilde haar een kans geven, en Leah kon wel janken als ze dacht aan hoe hard Jenny had gewerkt om er weer bovenop te komen.

'Oké, dames. We gaan aan de slag,' riep Giulio.

De voorjaarscollectie was een doorslaand succes en Carlo had zichzelf dit jaar overtroffen. Na afloop verdrongen de fotografen zich om Leah heen. Zoals altijd omhelsde Carlo haar innig en gaf hij haar een zoen op haar wang. Hoewel ze probeerde zich los te wurmen, was het al te laat.

'Houdt de liefde tussen jullie nog steeds stand?' riep een roddeljournalist boven de rest uit.

Ze wendde haar blik af.

'Genoeg nu, heren. Zoals jullie weten is Leah erg verlegen en we zijn allebei moe,' zei Carlo.

'Hoe zit het met die jonge man met wie je gezien bent tijdens een diner bij Sardi's?' Ze zuchtte. Iemand had haar en Brett gesnapt terwijl ze arm in arm het restaurant verlieten, een foto gemaakt en die aan alle roddelbladen in Amerika verkocht. 'Het model en de miljonairszoon,' hadden de bladen gekopt. Tot nu toe had ze er niet bij stilgestaan dat de foto ook in Italië terecht zou komen.

Carlo keek haar bevreemd aan en reageerde vervolgens: 'Mag juffrouw Thompson soms niet met een zakenrelatie uitgaan wanneer ze alleen in een nieuwe stad is? Oké, dames en heren, zo is het wel weer genoeg. Scusate.' Hij trok haar weg bij de horde fotografen. 'Scusa, er zijn nog een paar mensen die ik wil spreken. Daarna wil ik met je dineren.'

Toen hij wegliep, besefte ze dat het geen uitnodiging was geweest, maar een bevel.

Een half uur later kwam hij weer naar haar toe. Samen liepen ze naar buiten, waar hij het portier van zijn rode Lamborghini voor haar openhield.

Op weg door de verlaten straten van Milaan heerste er een ongemakkelijke stilte tussen hen. Toen ze de stad uit reden, vroeg Leah: 'Waar gaan we naartoe?'

'Dat zei ik toch al? Ik wil met je dineren.'

Hoewel ze hem jarenlang blind had vertrouwd, wist ze dat er op de avond van haar eenentwintigste verjaardag iets was veranderd. Naarmate ze verder bij Milaan vandaan scheurden, begon ze zich dan ook steeds minder op haar gemak te voelen.

Carlo sloeg links af en reed door een grote smeedijzeren poort een slingerende oprijlaan op. Aan het eind daarvan parkeerde hij de auto voor een door schijnwerpers verlicht palazzo dat eruitzag als een sprookjeskasteel. 'Welkom bij mijn huis.'

Onwillekeurig snakte ze naar adem. Hij had al vaker beloofd haar zijn palazzo te laten zien, maar de afgelopen jaren had ze het tijdens haar bezoekjes aan Milaan altijd druk gehad, waardoor het er nooit van was gekomen.

Ze stapte uit en liep achter hem aan de brede trap op naar de door een zuilengang omgeven voordeur die werd opengedaan door een butler.

'Goedenavond, Antonio.'

'Goedenavond, meneer.'

'Is alles gereed?'

'Sì, meneer. Volg mij maar.'

Leah liep achter de mannen aan langs het ene na het andere imposante vertrek. De hoge plafonds waren met zorg beschilderd met religieuze afbeeldingen in pasteltinten en het meubilair zag er onbetaalbaar uit. Het deed haar eerder denken aan een museum dan aan een huis, al dacht ze dat Brett de kunst aan de muren wel zou kunnen waarderen.

Aan het einde van een lange, door talloze kroonluchters verlichte hal met een marmeren vloer deed Antonio de dubbele deuren open en ging hij hun voor naar een ander vertrek.

Haar adem stokte. Het plafond was misschien wel vijftien meter hoog en het vertrek was zo groot dat ze de overkant nauwelijks kon zien.

'De balzaal.' Carlo bood haar zijn arm aan. 'Kom, dan gaan we eten.'

Er stond slechts één tafel, bij de openslaande deuren die uitkwamen op een verlicht terras. Toen hij haar daar over de uitgestrekte dansvloer mee naartoe voerde, zag ze dat de tafel gedekt was voor het diner.

Uit het niets dook een ober op die de fles champagne in de ijsemmer voor hen opende. Hij schonk twee glazen in, ging het terras op en knipte met zijn vingers. Meteen dreef er zachte klassieke muziek vanaf het terras naar binnen en viel Leahs oog op het strijkkwartet dat buiten stond te spelen.

Bij het zien van haar verwonderde gezicht moest Carlo glimlachen. 'Ik zei toch al dat ik met je wilde dineren? Het is hier prachtig, vind je ook niet?'

Ze knikte. 'Ja, het is net een sprookje.'

Daardoor werd zijn glimlach nog breder. 'Fijn dat je het mooi vindt. Kom, dan proosten we. Ik weet dat je niet van alcohol houdt, maar één glaasje kan geen kwaad.'

Toen hij het glas hief, volgde ze met tegenzin zijn voorbeeld.

'Op ons.'

'Op ons,' mompelde ze.

De maaltijd die volgde was de meest uitgebreide die ze ooit had genuttigd. Minestrone, ossobuco, een kalfsschenkel op een bedje van risotto met verfijnde kruiden die op het landgoed waren gekweekt, en als dessert zabaglione.

Op het moment dat er ook nog een groot assortiment aan kazen op tafel werd gezet, stak ze wanhopig haar handen op. 'Echt, ik kan niet meer. Straks barst ik nog uit elkaar. Ik heb nog nooit zo lekker gegeten. Het verbaast me dat je nog weleens uit eten wilt als je thuis zo'n goede kok hebt.'

'Ja, Isabella is een genie. Ze werkt al jaren voor onze familie. Zullen we dansen?'

Ze stond op en de ober schoof haar stoel naar achteren.

Op het terras maakte Carlo een formele buiging. 'Mag ik deze dans van u?'

Toen ze knikte, sloeg hij zijn armen om haar heen. Langzaam walsten ze op de zachte muziek. Hoewel ze onder de indruk was van alle pracht en praal, zou ze veel liever zo rondzwieren in de armen van Brett.

'Cara, je ziet er vanavond verrukkelijker uit dan ooit. Het lijkt wel of je elk jaar mooier wordt. Kom, ik wil je iets laten zien.' Hij stopte abrupt met dansen en trok haar mee door een ander stel openslaande deuren.

Deze kamer was veel kleiner en maakte in vergelijking met de balzaal een bijna knusse indruk.

Hij deed de deuren achter hen dicht. 'Hier, ga maar bij de haard zitten. Het is een beetje fris buiten.'

Ze nestelde zich in een comfortabele roodfluwelen stoel en Carlo nam tegenover haar plaats.

'Wil je een glaasje brandy?'

Ze schudde haar hoofd en keek toe terwijl hij naar een grote met goud ingelegde drankenkast liep, waarop een aantal zware kristallen decanteerflessen stond. Het viel haar op dat hij een ongewoon nerveuze indruk maakte.

Hij schonk een flinke bel voor zichzelf in en sloeg die in één keer achterover. Nadat hij nog een glas had ingeschonken, liep hij daarmee terug naar zijn stoel bij de haard. Met zijn blik op de brandende houtblokken gericht draaide hij het glas rond tussen zijn handen. 'Je zult je wel afvragen waarom ik je hier vanavond heb uitgenodigd. De afgelopen zes weken zonder jou waren ondraaglijk. Die tijd zonder jou heeft voor mij nog eens bevestigd wat ik altijd al wist. Ik hou van je, Leah. Ik wil dat je mijn vrouw wordt.' Hij haalde een met zwart fluweel bekleed doosje uit zijn zak, ging voor haar op één knie en liet haar een schitterende diamanten ring zien. 'De modewereld zou niet anders van ons verwachten. Jij en ik zijn voor elkaar gemaakt. Je kunt hier bij mij komen wonen, omringd door de weelde die een schoonheid zoals jij verdient, en op een dag zul je me kinderen schenken die net zo mooi zijn als jij.' Hij pakte haar hand en schoof de ring om haar vinger. 'Zeg ja, cara, dan zal ik je de gelukkigste vrouw op aarde maken.'

Terwijl ze naar de prachtige ring om haar vinger keek, kreeg ze opeens de neiging om in lachen uit te barsten omdat deze hele avond zo absurd was. Alles was perfect. Een knappe jonge prins die zijn geliefde ten huwelijk vroeg in zijn paleis: het leek regelrecht uit een sprookjesboek afkomstig. Het enige probleem was dat Leah van een andere man hield. Ze haalde diep adem, deed de ring af en gaf hem terug. 'Nee, Carlo. Ik kan niet met je trouwen.'

Hij zag eruit alsof hij een klap in zijn gezicht had gekregen. 'Waarom niet?'

Bij het zien van zijn oprechte verbazing drong het tot haar door dat hij er nog geen seconde bij had stilgestaan dat ze nee zou kunnen zeggen. 'Ik ben verliefd op iemand anders.'

Zijn verbazing maakte plaats voor afschuw. 'Op wie dan?'

'De man met wie je me op de foto hebt gezien. Hij heet Brett Cooper en ik ken hem al sinds mijn vijftiende.'

'Wil je nou beweren dat je al die tijd al een affaire met hem hebt, terwijl die geduldige Carlo voor je zorgde en je nooit met een vinger heeft aangeraakt?' Zijn stem trilde van woede.

Ze schudde haar hoofd. 'Natuurlijk niet. Ik heb hem laatst pas weer teruggezien, op mijn eenentwintigste verjaardag. Hij woont ook in New York en daar hebben we met elkaar afgesproken.'

Hij stond op en begon te ijsberen. '*Un momento*, per favore! Dus dit is gewoon een bevlieging. Een of ander jochie dat je gezelschap heeft gehouden toen je eenzaam was in New York. Je komt wel weer over hem heen, Leah. Hij kan je niet bieden wat ik je te bieden heb, wat je verdient. Een schitterend huis, een adellijke titel. Gooi dit nou niet weg. We zijn voor elkaar geschapen.'

'Als je het dan toch wilt weten, zijn vader is een van de rijkste mannen ter wereld. Niet dat dat er iets toe doet. Ik heb zelf ook niets te klagen en ik zou ook van hem houden als hij geen cent te makken had.'

'Na alles wat ik voor je gedaan heb, is dit mijn dank? Ik heb je groot gemaakt, en in ruil daarvoor duik je het bed in met een jochie dat nog nat achter de oren is!' Hij begon steeds harder te praten.

Ze stond op. 'Ik ben je heel dankbaar voor alles wat je voor me gedaan hebt, Carlo. Je bent een enorme steun voor me geweest en ik beschouw je als een van mijn beste vrienden, maar ik denk dat ik nu maar beter kan gaan.' Rustig liep ze naar de deur toe.

'Dus al die tijd dat je je tegenover mij als de Heilige Maagd gedroeg, ging je gewoon met andere mannen om? Nou...' Met een triomfantelijke blik in zijn ogen kwam hij voor haar staan. 'Het is al te laat. Ik heb de pers vanmiddag al ingelicht over ons voorgenomen huwelijk.'

Als aan de grond genageld bleef ze staan. 'Wát zeg je nou?'

Zonder iets te zeggen glimlachte hij naar haar.

'Hoe durf je? Wie denk je wel niet dat je bent?'

'De man die jou van een *goffa*, een onnozel wicht, in een ster heeft veranderd.'

'Jenny had gelijk. Zij zei al dat jij ervan overtuigd bent dat ik mijn succes alleen aan jou te danken heb. Maar ik ben jouw bezit niet, Carlo. Ik ben niemands bezit. Morgen ga je de pers bellen om te zeggen dat er een vergissing in het spel is. Anders doe ík het.'

'Dat zal niet gaan. Morgenochtend staat het overal ter wereld in de krant. Alsjeblieft, laten we nou geen ruzie maken. Ik weet dat je van me houdt. Die andere jongen vergeet je wel weer.' Hij stak zijn handen naar haar uit.

Trillend van woede liep ze bij hem vandaan. 'Blijf van me af!'

Hij kwam haar achterna en trok haar ruw in zijn armen. 'Volgens mij heb ik op zijn minst een kusje van je tegoed.' Hij drukte zijn lippen op de hare en probeerde met zijn tong haar mond binnen te dringen.

'Hou op!' Hijgend wurmde ze zich los. 'Als het aan mij ligt, hoef ik je nooit meer te zien. Met deze show heb ik aan mijn verplichtingen voldaan en ik ga geen nieuw contract meer met je aan. Ik wil dat je nu onmiddellijk je chauffeur belt en zorgt dat hij me terugbrengt naar Milaan.'

De uitdrukking op zijn gezicht veranderde en zijn stem werd zachter. 'Dat meen je toch niet, cara? Va bene, misschien ben ik een beetje overhaast te werk gegaan door de pers al in te lichten voordat ik je officieel ten huwelijk vroeg...'

'Carlo, voor de laatste keer: ik hou niet van je, ik wil niet met je trouwen en je hebt me een misselijke streek geleverd. Laat nu meteen een auto komen! Anders ga ík maar eens contact opnemen met de media.'

'Oké, oké.' Hij drukte op een belletje. 'Als je morgen gekalmeerd bent, praten we wel verder.'

De butler kwam binnen en Carlo sprak hem in het Italiaans toe. Daarna zei hij tegen Leah: 'De auto staat buiten.'

'Vaarwel, Carlo. Ik hoop maar voor jou dat de schade die je hebt aangericht nog rechtgezet kan worden.' Ze liep de kamer uit en ging sidderend van woede de butler achterna door de lange hal.

Op de terugweg naar Milaan dacht ze na over wat Carlo had gedaan. Als wat hij had gezegd klopte, was er niets meer aan te doen. Morgenochtend zouden de kranten hier vol van staan.

Brett.

Ze beet op haar lip. Hij was al zo onzeker als het om haar relatie met Carlo ging.

Eenmaal in haar kamer belde ze meteen naar zijn kantoor. Volgens Pat was hij net vertrokken. Ze probeerde zijn vaste nummer thuis, maar ze kreeg het antwoordapparaat aan de lijn en sprak een bericht in met de vraag of hij haar in het hotel wilde bellen.

Ze moest proberen het hem uit te leggen voordat hij een krant onder ogen kreeg.

Hoe hard ze zichzelf er ook van probeerde te overtuigen dat hij het wel zou begrijpen, naarmate de ochtend naderde werd ze daar steeds minder zeker van.

14

Carlo Porselli, de Italiaanse modeontwerper wiens shows in Milaan deze week een doorslaand succes waren, heeft gisteren zijn verloving met zijn muze, het topmodel Leah Thompson, aangekondigd. Dit komt niet geheel uit de lucht vallen: de jonge geliefden waren al vier jaar onafscheidelijk.
Om het aanstaande huwelijk te vieren hebben Porselli en Thompson gisteren een romantische avond doorgebracht in zijn palazzo aan de oever van het Comomeer. Tegen zonsopkomst werd ze gespot toen ze weer haar suite in Hotel Principe di Savoia in glipte.
Vandaag vliegt juffrouw Thompson terug naar New York om haar werkzaamheden voor Chaval Cosmetics voort te zetten, maar Carlo heeft ons verzekerd dat ze zodra de termijn van haar contract verstreken is bij hem in Milaan zal intrekken. Onze felicitaties aan het gelukkige paar!

Leah keek naar de foto waarop Carlo haar buiten zijn salon zoende en slaakte een zucht.

Terwijl de taxi haar vanaf JFK Airport naar haar appartement bracht, las ze nog eens vier artikelen in vier andere kranten. Ze waren vrijwel identiek aan elkaar, woord voor woord.

'O god.' Wanhopig wreef ze over haar voorhoofd, in de wetenschap dat dit Brett onmogelijk ontgaan kon zijn. Ze vroeg zich af of ze haar advocaat moest inschakelen, maar wat schoot ze daarmee op? De kranten hadden alle recht om te publiceren wat Carlo hun had verteld, dus zou ze hem moeten aanklagen. Tegen de tijd dat ze bij de ingang van haar appartementencomplex aankwam, duizelde het haar.

'O nee,' zei ze ontzet, toen ze de paparazzi op haar taxi af zag komen.

'Hebben jullie al een datum geprikt?'

'Gefeliciteerd!'

'Hoe zit het met Brett Cooper, de man met wie je omgaat sinds je in New York woont?'

'Geen commentaar.' Ze baande zich een weg door de horde verslaggevers en fotografen. Voordat ze een verklaring naar buiten bracht, moest ze eerst alles op een rijtje zetten. Bovendien droeg Madelaine haar meisjes altijd op om de pers nooit direct te woord te staan.

Eerst moest ze Brett bellen.

In het appartement was het muisstil. Ze dumpte haar koffer in haar slaapkamer en liep meteen door naar die van Jenny. De deur was dicht, dus klopte ze aan. 'Jenny. Jenny, ik ben terug! Ik moet met je praten.'

Er kwam geen reactie.

Toen ze de deur opendeed, zag ze dat de kamer in het donker gehuld was, maar ze kon nog net een slapende gestalte op het bed ontwaren. 'Jenny, word eens wakker. Er staat buiten een hele horde journalisten en...' Ze liep naar het bed, maar haar vriendin was nog steeds diep in slaap. 'Wakker worden, Jen.' Voorzichtig schudde ze haar door elkaar.

Nog steeds reageerde ze niet.

Leah trok de gordijnen open zodat het licht op het bleke, roerloze gezicht op bed viel. Op dat moment zag ze de fles wodka pas naast het lege potje pillen op het dekbed liggen. 'Jenny!' schreeuwde ze. Paniekerig schudde ze haar door elkaar. 'Word nou wakker!'

Snel pakte ze de telefoon van het nachtkastje en belde het alarmnummer. 'Hallo? Ik heb een ambulance nodig. Ja.' Ze gaf het adres door. 'Volgens mij heeft mijn vriendin een overdosis genomen. Schiet alstublieft op. Ik krijg haar niet wakker... Wat? Nee, ik weet niet hoe lang het geleden is. Oké, dat zal ik doen.' Ze hing op en haastte zich naar haar eigen slaapkamer om haar dekbed te pakken. Nadat ze dat over Jenny's roerloze lichaam heen had gegooid, ging ze naast haar zitten en pakte haar koude hand vast.

'O, Jenny, niet dood zijn, alsjeblieft. Toe nou, ik ben bij je.' De tranen stroomden over haar wangen en elke seconde leek een eeuwigheid te duren nu ze alleen maar kon wachten en niets kon doen om haar vriendin te helpen. Haar eigen problemen waren vergeten, ze kon alleen maar bidden dat het niet te laat was.

Eindelijk hoorde ze de intercom zoemen en ging ze de deur opendoen.

Binnen een minuut stonden de ambulanceverpleegkundigen naast Jenny om haar vitale functies te controleren. 'Oké, we brengen haar naar het ziekenhuis.' Ze tilden haar op een brancard en Leah hield de lift tegen terwijl ze zich erin persten.

'Is ze...' Leah kreeg het woord niet over haar lippen.

'Ze leeft nog, maar het had niet veel gescheeld. Zo te zien is ze een paar uur geleden al buiten bewustzijn geraakt.'

Bij de uitgang van het appartementencomplex stroomden de paparazzi toe terwijl de verpleegkundigen Jenny achter in de ambulance tilden en haar van een zuurstofmasker voorzagen. 'Wie is dat, juffrouw Thompson? Een vriendin van je?' Een verslaggeefster baande zich een weg naar voren.

'Rijdt u mee?' vroeg de ambulancemedewerker.

Leah knikte dankbaar en liet zich de ambulance in helpen, waarna de deuren werden dichtgedaan.

Zodra ze in Lenox Hill Hospital aankwamen, werd Jenny naar de spoedeisende hulp gebracht en bleef Leah ijsberend achter in de verlaten wachtkamer. De tranen sprongen haar telkens in de ogen als ze dacht aan het feit dat niemand haar een kans had willen geven, hoewel haar vriendin zo hard aan zichzelf had gewerkt. Nu zou de druk om perfect te zijn haar misschien wel fataal worden.

Uiteindelijk kwam er een arts door de zwaaideuren binnen. 'Bent u de vriendin van Jennifer Amory?'

Met een asgrauw gezicht keek ze langzaam op. 'Ja,' fluisterde ze.

'Het ziet ernaar uit dat het goed met haar komt. Ze ligt op de intensive care en zal zich nog wel een paar dagen flink beroerd voelen, maar ze slaat zich hier wel doorheen.'

'Godzijdank.' Weer kreeg ze tranen in haar ogen. 'Was het een overdosis?'

De arts stak zijn handen omhoog. 'Ja. Of het opzet was moet nog blijken, maar de dokter die de dieetpillen die we zojuist uit haar maag hebben gepompt heeft voorgeschreven mogen ze wat mij betreft overhoopschieten. In combinatie met alcohol kunnen ze dodelijk zijn. Ik betwijfel of juffrouw Amory de afgelopen twee dagen iets gegeten heeft, want we hebben geen voedselresten in haar maag aangetroffen. Weet u of ze op dieet was?'

'Ja, maar ik had geen idee dat ze in het kuuroord pillen voorgeschreven had gekregen.'

'Een kuuroord? Noemen ze dat tegenwoordig zo?' De arts trok één wenkbrauw op. 'Ik zal tegen haar zeggen dat ze voortaan haar geld niet meer aan dat soort plekken moet verkwisten. De pillen die ze daar voorschrijven zijn soms onveilig en niet getest. Je kunt je spijsverteringsstelsel niet behandelen alsof het een tweedehands auto is.'

'Mag ik naar haar toe?'

Hij knikte. 'Ze is versuft en een beetje bang, wat een goed teken is. Kom maar mee.'

Achter hem aan liep ze door de hal naar een kleine privékamer.

Daar lag Jenny, gekoppeld aan allerlei slangetjes die met grote monitoren verbonden waren. Hoewel ze nog altijd bleek was, waren haar ogen open en lichtten ze op toen ze Leah zag. 'Hoi.' Haar stem klonk schor en kwam amper boven een fluistering uit.

Leah boog zich over haar heen om een kus op haar koude wang te drukken en ging op een stoel naast haar bed zitten. 'De dokter zegt dat het helemaal goed komt met je.' Ze glimlachte.

'Het was niet mijn bedoeling om er zo veel in te nemen. Ik... ben de tel kwijtgeraakt.'

'Voortaan blijf je gewoon van die pillen af. Zeker nu je weet wat er kan gebeuren,' zei Leah zacht.

'Ja, maar ik wilde zo graag op gewicht blijven. Maandagochtend heb ik een belangrijke afspraak en daarvoor wilde ik er op mijn best uitzien. Madelaine zei dat het mijn laatste kans was.'

Toen Leah zag dat haar vriendin tranen in haar ogen kreeg, pakte ze haar hand beet. 'Rustig maar. Maandagochtend ga ik Madelaine meteen bellen en dan verzinnen we er wel wat op, maak je daar maar geen zorgen om. Probeer jij nou maar uit te rusten, dan kom ik zo snel mogelijk weer naar je toe.'

'Nee!' Jenny verstrakte haar greep op Leahs hand. 'Niemand mag het weten. Alsjeblieft, Leah. Beloof me dat je er geen woord over zegt.'

'Oké, ik beloof het.'

De dokter gebaarde dat het tijd werd om te gaan.

'Ik moet er nu vandoor. Probeer maar wat te slapen. Alles komt goed. Tot gauw, lieverd.'

Met een zwak glimlachje keek Jenny haar aan.

Leah gaf haar nog een kus en liep samen met de arts de kamer uit.

'U kunt beter tot morgen wachten voor u weer bij haar op bezoek komt. Op dit moment heeft ze vooral veel slaap nodig.'

'Ze zei dat het niet haar bedoeling was om zo veel pillen in te nemen, dus ik denk niet dat het opzet is geweest.'

Hij haalde zijn schouders op. 'Wie zal het zeggen? Soms blijken dit soort dingen een schreeuw om hulp te zijn. Hoe dan ook moet ze maar eens een goed gesprek met onze psychiater voeren voordat we haar laten gaan.'

In de taxi terug naar haar appartement had Leah het ondanks het relatief warme septemberweer koud. Gelukkig waren de verslaggevers vertrokken, maar haar hoofd tolde nog na door alles wat er de afgelopen vierentwintig uur was gebeurd. Ze ging het stille appartement in en liep vermoeid naar de woonkamer, waar ze een bekende gestalte op de bank aantrof.

'Hoi, Brett.'

Hij draaide zich niet om. 'Hopelijk vind je het niet vervelend dat ik mijn sleutel heb gebruikt om binnen te komen. Gezien de omstandigheden lijkt het me beter om die terug te geven.' Zijn stem klonk mat en kil en hij sprak met dubbele tong.

Het drong tot haar door dat hij dronken was, maar een pittige confrontatie was nu wel het laatste waar ze op zat te wachten. Ze was doodmoe.

'Wat ben je laat thuis. Was je soms het heuglijke nieuws aan het vieren?'

'Nee, ik was in het ziekenhuis. Jenny... Ach, laat ook maar.' Haar vriendin had haar laten zweren dat ze niets zou zeggen, dus schudde ze zwakjes haar hoofd en ging in de fauteuil tegenover hem zitten. 'Ik heb gisteravond nog geprobeerd je te bellen.'

'Ja, ik heb je berichten ontvangen. Lief van je dat je me even wilde waarschuwen, of wilde je soms vragen of ik je getuige wil zijn?'

'Brett, luister nou alsjeblieft even. Geef me een kans om het uit te leggen voordat je overhaaste conclusies trekt. Ik...'

'"Overhaaste conclusies"! Jezus, Leah! Heel Amerika weet dat je bij het krieken van de dag je hotelkamer weer in bent geslopen nadat je een gezellige nacht met Carlo had doorgebracht. Wil je dat soms ontkennen?'

'Nee, ik... Zo zit het helemaal niet. Ik ben inderdaad met hem naar zijn palazzo gegaan. Hij had me uitgenodigd voor een etentje en ik had geen idee wat hij van plan was, tot...'

'Ach, die lieve, onschuldige Leah toch. Door die grote, gemene Carlo meegesleept naar zijn hol. Hoe kan het dat je pas tegen de ochtend hebt kunnen ontsnappen? Hield hij je soms gevangen, of kon je jezelf er niet toe zetten om zijn heerlijk warme bed uit te gaan?'

'Kappen nou!' riep ze uit. 'Zo laat ik me niet toespreken in mijn eigen appartement. Je geeft me niet eens de kans om het uit te leggen.'

Door haar plotselinge uitbarsting viel hij even stil.

'Carlo heeft me inderdaad een aanzoek gedaan in zijn palazzo. Ik schrok me dood en vond het vreselijk. En ik heb nee gezegd, wat denk jij dan? Maar hij had al aan de pers verteld dat ik ja had gezegd. De kranten waren al ter perse gegaan. Ik heb niets verkeerds gedaan, Brett. Helemaal niets.'

Een beetje wankel stond hij op. Het kostte hem duidelijk moeite om zijn blik scherp te stellen. 'Je weet het mooi te vertellen.'

'Je bent dronken. Volgens mij kunnen we dit beter bespreken als je weer nuchter bent.'

Hij deed een stap naar voren. 'Zou jij je dan niet bezatten als het meisje van wie je hield je had voorgelogen, de nacht met een andere man had doorgebracht en haar verloving wereldkundig had gemaakt? Nou, je hebt je zin gekregen, Leah. Je hebt het me betaald gezet dat ik je heb gekwetst toen je jonger was. Hopelijk ben je tevreden.'

Ze keek hem na terwijl hij naar de deur zwalkte. Het had geen zin om nu te proberen het uit te leggen. Hij was te dronken en onredelijk om naar haar te luisteren. Met tranen in haar ogen liep ze achter hem aan.

'Vaarwel dan maar, Leah. Het was leuk je gekend te hebben. Ik wens je nog veel gelukkige jaren toe met die Italiaanse eikel.'

'Brett.' Ze pakte zijn arm beet. 'Ga naar huis en bel me alsjeblieft als je weer een beetje tot jezelf bent gekomen. Vergeet niet dat ik jou ook nog een kans heb gegeven.'

Even zag ze iets van begrip in zijn ogen oplichten, maar dat maakte al snel plaats voor woede en gekrenkte trots. Hoofdschuddend draaide hij zich om en liep naar de lift.

Ze sloeg de deur dicht, liet zich op haar knieën zakken en barstte in tranen uit. Deze keer was ze hem echt kwijt.

Uiteindelijk sleepte ze zichzelf naar haar badkamer om te douchen. Daar knapte ze een beetje van op en ze ging op het bed zitten om het ziekenhuis te bellen. Jenny lag lekker te rusten, kreeg ze te horen. Nadat ze had opgehangen, kroop ze onder de koele lakens.

Toch wilde de slaap maar niet komen. Het was ook allemaal zo'n puinhoop. Carlo, Jenny, Brett... Ze staarde naar het plafond en bedacht dat veel meisjes er alles voor over zouden hebben om haar te zijn. Mooi, succesvol, rijk. Alleen hadden die dingen een hoge prijs, en ze wist niet zeker of ze die er nog wel voor overhad.

15

'Wie was dat?' vroeg het zielige hoopje op de bank zacht.

'Anthony Van Schiele. Hij wil dat ik morgen bij hem thuis in Southport kom lunchen. Hij stuurt om twaalf uur een auto. Waarschijnlijk voelt hij nattigheid door dat gedoe met Carlo en denkt hij dat ik op het punt sta contractbreuk te plegen om een *principessa* te worden. Ik moet erheen om hem gerust te stellen. Red jij je wel?'

'Ja hoor. Maak je om mij maar geen zorgen.'

Leah liep de kamer door en ging bij Jenny's voeten op het randje van de bank zitten. Met dat bleke gezicht en uitgemergelde lichaam was ze nog maar een schim van zichzelf.

Het was nu twee weken geleden dat ze uit het ziekenhuis was ontslagen. Dat was toevallig samengevallen met het voorlopige einde van Leahs werk voor Chaval. Al haar andere opdrachten had ze afgezegd zodat ze dag en nacht voor Jenny kon zorgen. Jammer genoeg bespeurde ze echter geen enkele vooruitgang. Sterker nog, haar vriendin leek er alleen maar op achteruit te zijn gegaan. Haar vechtlust was verdwenen en ze raakte met de dag meer in zichzelf gekeerd.

De arts had Leah al gewaarschuwd dat depressies vaak voorkwamen na een overdosis en dat het abrupt stoppen met afslanktabletten of drank Jenny nog labieler zou kunnen maken.

Al die jaren was het voor Jenny een gevecht geweest om op gewicht te blijven, maar nu was ze naar de andere kant doorgeslagen en moest Leah haar bijna dwingen om te eten. Ze was vel over been. Wrang bedacht Leah hoe blij Madelaine daarmee zou zijn.

'Als ik wat van die lekkere soep opwarm die ik gisteren heb gehaald, eet je er dan van?'

Jenny schudde haar hoofd. 'Ik heb geen trek.'

'Je zult toch iets moeten eten, schat. Je kwijnt nog weg.'

'Iedereen zeurt al jaren dat ik moet afvallen en nu zeur jij weer dat ik moet eten.'

'Zoals het nu gaat, kun je niet eens op je benen staan, laat staan dat je kunt poseren voor de camera. Je moet aansterken, een beetje aankomen, dan krijg je de smaak vanzelf wel weer te pakken.'

'Waarom zou ik? Ik weet dat je het goed bedoelt, maar je weet net zo goed als ik dat mijn carrière voorbij is. Niemand wil nog iets met me te maken hebben,' zei Jenny verdrietig.

Leah beet op haar lip. Door haar gesprek met Madelaine wist ze dat Jenny gelijk had. 'Hoe zit het dan met Ranu? Die zou het vreselijk vinden om je zo te zien.'

'Die heeft niks meer van zich laten horen sinds we zijn teruggekomen van vakantie. Hij weet niet dat ik ziek ben geweest en dat wil ik graag zo houden. Hij geeft toch geen zier om me.'

'Natuurlijk wel. Je zei toch dat jullie het zo gezellig hadden gehad in Aspen?'

'Dat was ook zo, maar ik weet heus wel dat hij niet van me houdt. Trouwens, hij wil met een beroemd, succesvol sekssymbool aan zijn arm gezien worden, niet met zo'n verlepte junk als ik.'

'Zo moet je niet over jezelf praten.'

'Waarom niet? Het is toch zo?'

Leah slaakte een zucht. 'Kom nou toch, Jenny. Je bent nog veel te jong om de moed te laten zakken. Er is nog zo veel om voor te leven. Zelfs al ga je geen modellenwerk meer doen, dan zijn er nog heel veel andere dingen in het leven, dingen die veel meer de moeite waard zijn.'

'Mijn lichaam en gezicht waren het enige wat ik had. Nu ik geprobeerd heb die twee dingen kapot te maken, heb ik niks meer over.'

'Wat een onzin! Je laat je door die fotografen en ontwerpers toch niet wijsmaken dat je alleen maar een lege huls bent? Dit valt me echt van je tegen.'

'Het spijt me, maar zo voelt het nou eenmaal.'

Radeloos stak Leah haar handen in de lucht en liep naar de slaapkamer.

Het was een herfstige zaterdagochtend in oktober en de bomen onder haar raam kleurden zachtgeel en goud. Om de een of andere reden zorgde die aanblik ervoor dat ze tranen in haar ogen kreeg. Misschien kwam het doordat het zorgen voor Jenny haar een excuus had gegeven om zich de afgelopen weken terug te trekken uit het openbare leven. Ze had even afstand willen nemen van de camera en de pers, de balans willen opmaken voordat ze de publiciteit weer opzocht. Met Madelaine had ze het al over de situatie met Carlo gehad, maar die had heel geschrokken gereageerd toen Leah zei dat ze hem misschien wilde aanklagen.

'Nee, schat, niet doen. Dat is slecht voor je imago.'

En voor dat van je modellenbureau, dacht Leah zuur.

'Geef het gewoon even de tijd, wacht tot de gemoederen bedaard zijn. Volgende week stort de pers zich vast weer op een ander sappig verhaal. Over een paar maanden word je alweer aan iemand anders gelinkt.'

'Maar hij mag hier toch niet zomaar mee wegkomen?'

'Ik weet het, schat. Hij heeft zich heel erg misdragen, maar hij heeft je ook je grote doorbraak bezorgd.'

'Waarom zegt iedereen dat toch steeds? Daar heb ik toch zelf ook de hand in gehad? Het is nota bene míjn gezicht, verdorie.' Ze was zich ervan bewust dat ze nog nooit zo'n toon tegen Madelaine had aangeslagen.

'Ja, lieverd, maar Carlo is een machtig man. Ik... ik voel gewoon dat je het beter kunt laten rusten. Het waait wel weer over. Morgen is het alweer oud nieuws.'

Leah voelde haar bloeddruk stijgen. 'Je wilt gewoon niet dat ik hem aanklaag omdat hij en zijn vrienden jouw modellenbureau dan niet meer zullen inschakelen.'

Er viel een gespannen stilte.

Uiteindelijk vroeg Madelaine: 'Je bent toch op dit leventje gesteld, of niet?'

'Wat?'

'Het appartement in New York, de status, het geld. En dat alleen omdat je naar glamoureuze locaties gaat en foto's van jezelf laat maken. De meeste mensen zouden een moord doen voor jouw baan.'

'Wat wil je daar nou mee zeggen?'

'Dat als dit luxeleven en je vele aanbidders je lief zijn, je je maar beter kunt vermannen en de draad kunt oppakken. Carlo weet heus wel dat hij fout zat. Laten we dat in ons voordeel gebruiken.'

Leah had er de kracht niet voor om ook nog met Madelaine de strijd aan te gaan. 'Nou, zeg maar tegen hem dat ik nooit meer voor hem wil werken en dat hij maar beter geen contact meer met me kan opnemen, omdat hij anders alsnog een proces aan zijn broek krijgt!'

Het onrecht dat hij haar had aangedaan vrat aan haar. Ze haatte hem omdat hij haar relatie had verpest. Brett had haar niet meer gebeld en zelfs als hij dat wel zou doen, was het vertrouwen tussen hen onherstelbaar beschadigd.

Al met al waren de afgelopen twee weken vreselijk geweest.

'Ha, Leah. Wat zie je er mooi uit. Kom toch binnen.'

Diep onder de indruk van het enorme huis liep ze achter Anthony aan door de eenvoudig maar elegant ingerichte vertrekken. De villa in Southport stond op een bosrijke lap grond.

'Wat wil je drinken?' vroeg Anthony.

'Mineraalwater, graag.'

Hij knikte en schonk de drankjes zelf in.

Ondertussen keek Leah door de grote ramen van de woonkamer naar het groene landschap buiten. 'Je woont hier echt prachtig.'

'Dank je. We... Ik heb het huis zelf ontworpen. Nu mijn zoon alleen in de vakanties nog thuiskomt en mijn vrouw... Nou ja, het is een beetje te groot voor mij alleen. Tegenwoordig maak ik hoofdzakelijk gebruik van de woonkamer en de slaapkamer. Eerlijk gezegd overweeg ik het te verkopen.'

Geschrokken keek ze hem aan. 'Dat moet je niet doen, dit huis is echt bijzonder. Ik kan bijna niet geloven dat we zo dicht bij New York zijn. Het uitzicht doet me denken aan de plek waar ik ben opgegroeid.'

'Waar is dat?'

'Yorkshire.'

'Het land van Brontë. Ik heb alle boeken van de zussen gelezen.'

'Echt?' vroeg ze verbaasd. 'Ik ook. Ik ben dol op die boeken.'

Al snel waren ze druk in gesprek over hun favoriete romans en waren ze op vriendschappelijke toon aan het bakkeleien over de verschillende stijlen van Charlotte, Emily en Anne.

Een dienstmeisje kwam melden dat de lunch zo opgediend zou worden en Leah liep achter hem aan naar de formele eetkamer, waar het hoofd van de lange tafel was gedekt voor twee.

'Het voelt een beetje overdreven om hier te lunchen, maar het is te koud om in de serre te eten en de keuken leek me weer te informeel,' verontschuldigde hij zich. 'Daar eet ik altijd met mijn zoon.'

'Hoe oud is hij?'

'Mijn zoon? Die is net achttien geworden. Sinds september studeert hij aan Yale.' Hij liet zijn schouders een beetje hangen. 'Eerlijk gezegd mis ik hem verschrikkelijk. Maar goed, genoeg over mij. Ik heb het bijna alleen nog maar over mezelf gehad sinds je er bent.'

'Welnee, ik vind het juist leuk om je wat beter te leren kennen.'

Na de lunch gingen ze koffiedrinken in de woonkamer.

'Ik moet het toch echt vragen, Leah. Zit er een kern van waarheid in dat verhaal dat je met Carlo Porselli gaat trouwen en in Italië gaat wonen? Ik weet dat je werk voor Chaval er voorlopig op zit, maar we willen je voor volgend jaar natuurlijk graag een nieuw contract aanbieden.'

Haar gezicht betrok. 'Nee, daar is helemaal niks van waar. Ik stond al op het punt om hem aan te klagen, maar daar wilde mijn agent niets van weten.'

'Dus het is gewoon een verzinsel?'

'Nee... Carlo heeft het zelf aan de pers verteld. Bizar, ik weet het, maar hij was er zo van overtuigd dat ik met hem zou willen trouwen dat hij het niet eerst aan mij gevraagd heeft. Het meest ironische is nog wel dat we al die jaren zelfs nog nooit met elkaar hebben gezoend. Hoe dan ook...' Ze haalde haar schouders op. 'Volgens Madelaine waait het wel weer over. Al kook ik eerlijk gezegd nog steeds van woede. Ik had een fijne relatie met iemand die ik heel erg leuk vond, maar die is hierop stukgelopen.'

Bedachtzaam nipte hij van zijn koffie. 'Is er geen kans dat het weer goedkomt?'

'Nee, maar misschien is dat maar beter ook. Anders was het later vast alsnog misgegaan. Ik geloof niet dat hij de constante geruchtenstroom over mij had aangekund.'

'De media kunnen erg gevaarlijk zijn. Natuurlijk vinden we het bij

Chaval heerlijk dat je zo in de belangstelling staat, maar niet ten koste van je privéleven.'

Even kwam ze in de verleiding om hem te vertellen dat haar carrière één grote desillusie was, maar ze hield zich in. Hij mocht dan begrip-vol zijn, hij betaalde haar wel een riant salaris.

Anthony stelde voor om een wandeling over het landgoed te maken, en ze gingen op pad. Hoewel het pas kwart voor drie was, werd het al donkerder.

Tijdens de wandeling door de prachtig onderhouden tuinen fleurde Leah weer een beetje op door de ruimte en de rust van de natuur die ze zo miste uit haar kindertijd. Samen met de schone, frisse lucht voelde ze weer iets van haar aangeboren optimisme door haar lichaam stromen. Opeens leken New York en haar problemen mijlenver weg. 'Jeetje, wat mis ik het om zo in de buitenlucht te zijn. De stad put me helemaal uit. Het is hier prachtig.'

'Dank je.'

'Al is het allemaal wel een beetje te netjes naar mijn smaak. Ik hou meer van de woeste, wilde natuur op de heide,' zei ze gekscherend.

Hij grinnikte. 'Dat geldt voor mij ook, maar hier gelden allerlei regeltjes waar je je aan moet houden. Het buurtcomité zou me waarschijnlijk mijn huis uit laten zetten als ik mijn gras langer liet worden dan een halve centimeter.' Met een glimlach voegde hij eraan toe: 'Volgens mij zou je het wel fijn vinden in New England. Daar heb ik ook een huis. Je bent altijd welkom.'

'Misschien hou ik je daar wel aan.'

Op zijn gezicht verscheen een tevreden uitdrukking. 'Je zei eerder dat je dol bent op ballet.'

Ze knikte. 'Dat klopt. Toen ik nog heel jong was, wilde ik danseres worden. Al had ik tegen de tijd dat ik elf werd de hoop om prima ballerina te worden wel opgegeven, hoor. Als ze al een man hadden kunnen vinden die langer was dan ik, had hij zeker een hernia opgelopen wanneer hij me probeerde op te tillen.' Ze giechelde.

'Nou, je mag dan wel lang zijn, zo te zien ben je zo licht als een veertje. Enfin, ik zit in het bestuur van het Metropolitan Opera House en over een paar weken is er een galavoorstelling. Barysjnikov komt dansen. Heb je zin om te komen?'

Haar gezicht klaarde op. 'O, dat lijkt me geweldig!'

Ernstig keek hij haar aan. 'Alleen komen als je het echt wilt, hoor. Vanmorgen kwam het bij me op dat je vandaag misschien alleen op mijn uitnodiging bent ingegaan omdat ik je werkgever ben en je het gevoel hebt dat je er niet onderuit kunt.' Hij bleef staan en staarde recht voor zich uit. 'Hoewel ik enorm van je gezelschap geniet, hoop ik dat je weet dat ik het je niet kwalijk zal nemen als je geen zin hebt om je vrije tijd door te brengen met een ouwe knar als ik.'

'Anthony, geloof me nou, ik wil dit echt. De eerste keer dat je me mee uit eten vroeg stemde ik toe uit plichtsbesef, maar toen het eenmaal zover was vond ik het echt gezellig met je. Dat vind ik nog steeds. En een kans om naar het Met te gaan laat ik echt niet schieten, dus ik vrees dat je met me opgescheept zit!' Lachend haakte ze haar arm door de zijne.

Toen ze zich omdraaiden om weer naar het huis te lopen, glimlachte hij. 'Je hebt de mannen vast voor het uitkiezen.'

Haar gezicht betrok. 'Nee, eerlijk gezegd niet. Dat stukje van mijn leven krijg ik maar niet op orde, dus heb ik besloten dat ik nooit meer een relatie wil. Voortaan hou ik het bij vriendschap. Zoals met jou.'

Onwillekeurig ging er een steekje van teleurstelling door zijn hart. Hij begreep wat ze hem duidelijk wilde maken, maar misschien, na verloop van tijd... Wie weet? Vriendschap was beter dan niets.

Later, toen hij haar weer in zijn auto met chauffeur naar New York zag vertrekken, voelde hij de somberheid die hem al plaagde sinds zijn vrouw bijna twee jaar geleden was gestorven wegtrekken.

Hij liep naar de woonkamer en schonk een glas brandy in. Hoewel hij wist dat Leah er nu nog niet klaar voor was, wilde hij maar al te graag op haar wachten.

Een uur later kwam Leah opgefrist en gelukkiger dan ze in lange tijd was geweest aan in New York. Toen de auto East 70th Street naderde, nam ze zich voor om haar goede humeur niet te laten bederven door Jenny en haar sores.

Op weg van de lift naar het appartement hoorde ze stemmen vanuit de woonkamer komen. Eenmaal binnen viel haar mond open van verbazing.

Miles Delancey zat in de fauteuil bij de haard en Jenny lag niet zoals gewoonlijk lusteloos op de bank, maar was druk met hem in gesprek.

'Hoi, Leah.' Ze zwaaide. 'Er is bezoek voor je.'

'Dat zie ik. Miles, wat doe jij hier in vredesnaam?'

'Ha, Leah.' Met een glimlach stond hij op om haar te begroeten. 'Hoe gaat het met je?'

'Prima. Ben je hier op vakantie?'

Hij schudde zijn hoofd. 'Nee, ik heb besloten hierheen te verhuizen.'

'Maar ik heb vorige week nog je reportage in *Vogue* zien staan. Je begint net een grote naam te worden in Engeland.'

'Dat weet ik, maar tegenwoordig draait de modewereld toch echt vooral om de Big Apple. Het leek me beter om niet stil te blijven zitten, maar mijn geluk aan de andere kant van de grote plas te beproeven.'

'O.' Het klonk haar nogal ingestudeerd in de oren.

'Jenny is de afgelopen twee uur erg aangenaam gezelschap geweest.'

Toen hij Jenny een stralende glimlach toewierp, begon ze meteen te blozen. Leah wist dat hij bijzonder charmant uit de hoek kon komen als hij zijn best deed.

'Miles heeft me bijgepraat over de nieuwste moderoddels uit Groot-Brittannië,' vertelde Jenny, met haar blik nog steeds op hem gericht. In haar ogen zag Leah een vuur dat er maandenlang niet meer was geweest.

'Ja, niet dat er zo veel te vertellen valt. Wijntje, Leah?'

'Nee, dank je.' Toen ze hem een glas voor zichzelf zag inschenken, zat het haar niet lekker dat hij zich hier zo op zijn gemak leek te voelen.

'Miles hoopt dat je hem hier aan wat mensen wilt voorstellen die hem misschien op weg kunnen helpen,' zei Jenny.

Beschaamd keek hij naar zijn glas. 'Nou, Jenny, dat is wel heel kort door de bocht.' Tegen Leah vervolgde hij: 'Ik heb alleen gezegd dat alle hulp welkom is. Je weet hoe het gaat in dit wereldje. Het draait om wie je kent, niet om wat je weet.'

Net als vroeger kreeg Leah de rillingen toen hij haar doordringend aankeek.

'Trouwens, hij logeert in een of ander bouwvallig hotel in de Lower East Side. Ik heb gezegd dat hij best een tijdje hier mag bivakkeren, aangezien hij een oude vriend van je is,' merkte Jenny op.

Leah liet haar adem ontsnappen. Een logeerpartijtje met Miles Delancey was nu wel het laatste waar ze behoefte aan had. Aan de andere kant leek hij een positieve invloed te hebben op haar vriendin en kon ze nu niet met goed fatsoen weigeren. 'Natuurlijk. Ik ga naar bed, want ik ben doodmoe. Zorg dat ze niet te laat opblijft, Miles. Ze is erg ziek geweest.'

'Het gaat heus wel. Doe niet zo overbezorgd,' reageerde Jenny geïrriteerd. 'Slaap lekker.' Meteen richtte ze haar aandacht weer op Miles.

Leah liep naar haar kamer, nijdig dat haar goede bui nu alweer was verpest. Ze kreeg de zenuwen van die engerd. Snel stapte ze in bed en deed haar ogen dicht.

Die nacht had ze weer die droom. Over dat stemmetje in haar hoofd, dat telkens herhaalde: 'Onnatuurlijke dingen... boosaardige dingen... Sol nooit met de natuur... Hij zal je komen zoeken...'

Met een ruk schoot ze overeind, en ze deed snel het licht aan. Haar hart ging tekeer en ze baadde in het zweet.

Op dat moment wist ze met een angstaanjagende stelligheid dat de nachtmerrie uit haar kindertijd met de man in haar appartement te maken had.

16

‘Bedankt dat je het me laat weten, Roddy. Nee, ik heb niets meer van Miranda gehoord. Ik zal nadenken over wat je gezegd hebt en het je zo snel mogelijk laten weten. Pas goed op jezelf, en ik zie je volgende week. Dag.’

Met een diepe zucht hing Rose op. Ze was uitgeput en kon zich niet heugen wanneer ze voor het laatst goed geslapen had. Vanuit haar atelier liep ze naar de keukentafel om een sigaret op te steken. Dat was al haar tiende vandaag, en het was nog niet eens één uur.

Het was nu een maand geleden dat Miranda voor het laatst had gebeld. Dezelfde vragen bleven maar door haar hoofd spoken terwijl ze zich afvroeg waarom haar dochter het contact zo abrupt verbroken had.

De politie was totaal niet behulpzaam. Omdat Miranda eenentwintig was, zeiden ze dat het haar vrij stond om te verdwijnen zonder iemand te laten weten waar ze was. Aangezien Miranda contact had opgenomen met Rose, had de politie geen reden om aan te nemen dat ze vermist werd of het slachtoffer was geworden van een misdrijf. Toch had Rose een foto van haar bij de politie van West Yorkshire achtergelaten en gevraagd die naar Londen te sturen, voor het geval dat een agent haar zou spotten. Al was die kans misschien maar één op een miljoen.

Keer op keer vroeg ze zich af of het haar schuld was dat ze ervandoor was gegaan. Ze bleef maar nadenken over Miranda’s kindertijd en hun talloze ruzies spookten door haar hoofd alsof ze gisteren hadden plaatsgevonden. Roddy had gezegd dat ze zichzelf niet zo moest kwellen, dat ze zich over Miranda had ontfermd toen ze nog een baby was en van haar had gehouden alsof ze haar bloedeigen kind was.

Alleen hoefde hij niet elke dag de miniatuurversie van haar vermiste dochter onder ogen te komen. Als Chloe haar zag, begon haar gezichtje altijd te stralen, en dat vond Rose hartverscheurend. Samen met mevrouw Thompson verwende ze haar tot op het bot. Op die manier probeerden ze het gemis van haar beide ouders te compenseren.

Had Rose maar aan Miranda verteld hoeveel strijd ze had moeten leveren om haar te mogen adopteren. Had ze maar gezegd dat ze hemel en aarde had bewogen om haar moeder te kunnen worden… maar daar was het nu te laat voor.

Ze drukte haar sigaret ruw uit in de asbak en probeerde naar het eenuurjournaal op de radio te luisteren.

Op dat moment kwam de huishoudster binnen. 'Zal ik water opzetten?'

Rose knikte.

Zoals elke dag luisterden ze zonder iets te zeggen naar de radio. Vandaag vertelde de nieuwslezer op ernstige toon dat het stoffelijk overschot van een jonge vrouw verkracht en gewurgd was aangetroffen in haar eenkamerflat in het Noord-Londense King's Cross.

Doreen zag vol medeleven aan dat Rose verstijfde en wederom naar haar sigaretten greep.

'De vrouw, die tot op heden niet geïdentificeerd is, wordt begin twintig geschat. Hoewel haar echte naam niet bekend is, weet men wel dat ze al anderhalf jaar als prostituee werkzaam was in King's Cross. Andere prostituees in het gebied zijn gewaarschuwd dat ze op hun hoede moeten zijn na wat de politie beschrijft als een zeer gewelddadige aanval. Er is een grootscheeps onderzoek op touw gezet om de moordenaar op te sporen.'

Er ontsnapte Rose een zucht van opluchting. 'Godzijdank,' fluisterde ze.

'Alstublieft, mevrouw Delancey.' Doreen zette haar een dampende mok thee voor. 'Wilt u nog iets eten voordat ik Chloe van de crèche ga halen?'

'Nee, dank je. Ik denk dat ik mijn thee maar in mijn atelier opdrink.'

'Oké.' Doreen aarzelde even. 'Ze leeft nog, mevrouw Delancey. Miranda komt wel terug, dat weet ik zeker.'

Rose staarde uit het keukenraam. 'Ik hoop maar dat je gelijk hebt.' Met een zucht stond ze op. 'Dank je wel.'

'Waarvoor?'

'Voor al je hulp met Chloe en gewoon... omdat je er bent.'

'Daar hoeft u me niet voor te bedanken, mevrouw. Ik ben dol op dat meisje. Over ongeveer drie kwartier ben ik weer terug.'

Rose knikte, liep weer naar haar atelier en keek naar het schilderij waaraan ze werkte. Haar angst en frustratie waren duidelijk terug te zien op het doek.

Het wreedste vond ze nog wel dat haar carrière al sinds die eerste expositie in de lift zat. Er was nu zelfs zo veel vraag naar haar werk dat ze tot aan haar negentigste niet stil zou hoeven zitten. Op haar bankrekening stond een klein fortuin en haar geldzorgen waren verleden tijd.

Zelfs om Miles maakte ze zich geen zorgen meer.

Als ze heel eerlijk was, was ze altijd ongerust geweest over haar enige zoon. Hoewel hij ontzettend beleefd was, was hij als kind al een einzelgänger geweest. Ondanks haar pogingen om hem sociale contacten te laten aangaan met andere jongens, had hij liever in zijn eigen fantasiewereld geleefd. Zelfs wanneer ze tijd met elkaar doorbrachten, leek hij zijn moeder op afstand te houden. En ook al probeerde ze er geen acht op te slaan, zo nu en dan zag ze iets in zijn ogen... Iets kils. Ze durfde niet na te denken over wat de reden daarvan was. Nee, het was beter om het verleden te laten rusten.

Nu leek het erop dat haar zoon zijn roeping had gevonden en was hij uitgegroeid tot een getalenteerde jonge man. De laatste tijd klonk hij optimistischer dan ooit wanneer ze hem sprak.

Door dat alles zou Rose zich beter moeten voelen dan ze in lange tijd had gedaan, maar nu was Miranda degene die haar grijze haren en slapeloze nachten bezorgde.

Ze stond op, pakte een penseel en doopte het in het olieverfmengsel van Hooker's Green en okergeel dat ze eerder had gemaakt. Terwijl ze het penseel zwierig over het doek bewoog, vroeg ze zich af of ze verdoemd was tot een leven vol onrust.

17

'Miranda, welkom aan boord.' Glimlachend stak Santos zijn hand uit om haar te helpen vanaf de kleine sloep het steile trappetje naar het jacht op te klimmen.

Met een verbeten gezicht liet ze zich door hem op haar wangen zoenen.

'Je ziet er weer beeldschoon uit, schat. Heb je een goede vlucht gehad?'

'Ja, dank je.'

'Mooi. Ga nu eerst maar uitrusten in je hut, dan zie ik je om acht uur in de woonkamer voor een borrel en aansluitend het diner. Marius zal je bagage naar beneden brengen.'

Ze knikte en liep achter het potige bemanningslid aan een trap af naar de van luxe vloerbedekking voorziene binnenzijde van het jacht. Voor haar deur bleef hij staan om die van het slot te doen. Zodra ze binnen was, deed de in een keurig wit uniform uitgedoste Marius de deur stevig dicht en keerde hij terug naar het bovendek.

Deze keer vergaapte ze zich niet aan haar weelderig ingerichte suite, maar liep ze regelrecht naar de drankenkast om een grote wodka-tonic voor zichzelf in te schenken. Daarna ging ze in een van de comfortabele leren fauteuils door de grote patrijspoort naar de sprankelende blauwe zee zitten staren.

Ze nam een flinke slok van haar drankje. Tijdens de vlucht naar Nice was ze tot de conclusie gekomen dat ze weer zo'n vreselijk weekend met Santos alleen kon overleven door het op een zuipen te zetten. Bij de gedachte dat hij haar zou aanraken ging er een huivering door haar heen.

Ze walgde van hem, een ander woord had ze er niet voor. Het was al meer dan een maand geleden dat ze hem had gezien, maar in Londen was ze elke avond als de dood geweest dat hij haar weer op zijn boot zou uitnodigen. De vorige keer dat ze een weekend met hem had doorgebracht op dit drijvende paleis dat gevuld was met zijn lakeien, had hij zich naar buiten toe net zo zorgzaam voorgedaan tegenover haar als altijd. Maar wanneer ze later samen in zijn hut waren… Ze werd misselijk bij de gedachte aan wat hij van haar gevraagd had. Wat hij haar had opgedragen.

Ian had er een gewoonte van gemaakt om op vrijdagavond naar haar toe te komen en daar keek ze altijd enorm naar uit. Het was het enige moment in de week waarop ze met een ander mens kon praten. Hij kocht boeken en cadeaus om haar bezig te houden en in zijn ogen zag ze niets dan medeleven.

Vaak bleef hij nog een drankje drinken, vertelde hij haar over zijn week en probeerde hij haar op te vrolijken met grappige anekdotes, maar hij ging altijd weer veel te snel weg. Meestal moest hij vlug naar huis om zich om te kleden voor een etentje of had hij plannen om het weekend met vrienden op het platteland door te brengen.

'Kon ik ook maar mee,' verzuchtte ze dan verdrietig.

'Dat zou ik ook willen,' antwoordde hij steevast, terwijl hij haar een bescheiden kusje op haar wang gaf. 'Zorg goed voor jezelf en probeer niet bij de pakken neer te zitten. Het komt vast wel weer goed.'

Zijn woorden stelden haar niet echt gerust. Hij wist immers net zo goed als zij hoe uitzichtloos haar situatie was.

De afgelopen weken was ze over hem gaan fantaseren. Dan stelde ze zich voor hoe anders haar leven had kunnen zijn. Samen met hem uit eten gaan, een wandeling maken in het park, naar het theater. Ze had hem gesmeekt om haar nog eens mee uit te nemen, maar toen had hij gezegd dat dat misschien argwaan zou wekken en dat hij haar beter thuis kon bezoeken.

Hoe kon hij haar nou geruststellen als hij net zo bang voor Santos was als zijzelf?

Hij was zo vriendelijk en zachtaardig, heel anders dan de andere mannen die ze kende. Inmiddels vroeg ze zich af of ze verliefd op hem was. Vroeger had ze daar nooit in geloofd en had ze al helemaal niet kunnen denken dat ze op iemand zou kunnen vallen die er zo gewoontjes uitzag. Maar het gevoel dat ze kreeg wanneer ze op vrijdagochtend ontwaakte in het besef dat ze hem over enkele uren alweer zou zien, had iets magisch.

Hij begreep haar gevoelens voor Chloe en haar schuldgevoel omdat ze het haar kind kwalijk had genomen dat ze moeder was geworden terwijl ze zelf nog niet eens volwassen was geweest. Miranda schaamde zich voor die gevoelens en zou willen dat ze contact met Rose kon opnemen om te zeggen hoeveel ze van haar dochtertje hield en hoeveel spijt ze ervan had dat ze ooit iets anders dan genegenheid voor Chloe had getoond. Ze miste haar vreselijk.

Alleen waarschuwde Ian haar telkens weer dat Santos haar dochtertje zou gebruiken om haar onder druk te zetten.

Elke week stortte ze haar hart bij hem uit en hoorde hij alles zonder iets te zeggen en zonder te oordelen aan.

Het werd steeds moeilijker om hem te zien vertrekken.

Miranda schonk nog een glas wodka voor zichzelf in en luisterde naar het gebrom van de motoren toen het jacht langzaam de haven van Saint-Tropez uit voer. Daarna ging ze weer zitten en bedacht hoe lief Ian gisteravond voor haar was geweest. Deze keer was hij op donderdagavond langsgekomen, omdat hij wist dat ze het weekend op zee zou doorbrengen. Toen ze de sleutel in het slot had gehoord, had ze huilend op de bank gezeten en wezenloos naar de televisie gestaard.

Hij had een stevige borrel voor haar ingeschonken en was naast haar gaan zitten.

'Ik hou dit niet vol, Ian. Als ik alleen al denk aan wat voor dingen ik weer van hem zal moeten doen… O god.'

Hij nam haar voorzichtig in zijn armen en wiegde haar heen en weer terwijl ze huilde.

Het gevoel van zijn aanraking maakte de gedachte aan het weekend dat voor haar lag des te ondraaglijker. 'Ik ga nog liever dood. Zorg alsjeblieft dat ik niet hoef te gaan.'

'Rustig maar, het zal heus wel meevallen. Sommige vrouwen zouden er een moord voor doen om in een privéjet te mogen vliegen en een weekend te mogen doorbrengen met een miljardair op zijn jacht.'

Ze keek hem aan. 'Zo zit ik niet in elkaar. Vroeger dacht ik altijd dat ik er alles voor over zou hebben om een luxeleven te leiden. Ik dacht dat ik het aan zou kunnen, maar nu wil ik alleen nog maar ergens in een klein huisje wonen met mijn kind en vrij zijn om de straat op te gaan wanneer ik dat zelf wil.' Het liefst zou ze er nog aan toevoegen dat ze Ian elke dag om zich heen zou willen hebben, maar dat kon ze niet. 'Je moet me helpen. Ik hou dit niet lang meer vol. Wist je dat Santos een pistool onder zijn hoofdkussen heeft liggen?'

Met opgetrokken wenkbrauwen keek hij haar aan. 'Nee, maar dat verbaast me niks.'

'Ik zweer het, Ian. Als hij me ergens toe dwingt... dan vermoord ik hem.'

Bij het zien van haar bleke gezicht en de verwilderde blik in haar ogen wist hij dat ze de waarheid sprak. 'Doe niet zo raar, dat zou niets oplossen. Je slaat je gewoon zo goed en zo kwaad als het gaat door dit weekend heen en als je volgende week weer terug bent, gaan we eens serieus met elkaar in gesprek. Hier moet toch iets op te verzinnen zijn.'

'Meen je dat?' Haar gezicht klaarde op.

Hij knikte. 'Ja. Als je me maar belooft dat je braaf alles zult doen wat Santos je opdraagt.'

Vlak voor negen uur was hij weer vertrokken en toen Santos belde, was het Miranda gelukt om hem op een normale manier te woord te staan.

Nu zat ze hier op dit jacht, honderden kilometers bij Ian vandaan, overgeleverd aan haar onderdrukker.

'Kom op, Miranda, nog even doorbijten. Denk maar aan wat Ian heeft gezegd. Na dit weekend hoef je dit nooit meer te doen,' praatte ze zichzelf moed in. Daarna schonk ze nog een groot glas wodka in en nam ze een lang, heet bad.

'Goedenavond, schat. Wat zie je er beeldig uit. Hier, ik heb een cadeautje voor je.' Santos overhandigde haar een met leer bekleed doosje en de tien gasten in de salon vielen stil en keken toe terwijl ze het openmaakte.

Met ingehouden adem keek ze naar de glinsterende diamanten halsketting, armband en oorbellen. Dit was verreweg het indrukwekkendste cadeau dat hij haar ooit had gegeven. Ze vroeg zich af wat hij daar later op de avond voor terug zou willen.

Het daaropvolgende uur luisterde ze naar Santos, die in geuren en kleuren vertelde over waar ze de volgende dag naartoe zouden varen. Hij eiste alle aandacht op en stilletjes walgde ze van hoeveel macht rijkdom met zich meebracht. Deze man verdiende het niet dat zijn mening gerespecteerd werd. Toch was zij net als alle anderen in dit vertrek in zijn val gelopen en moest ze net als zij het spel nu meespelen.

Haar aandacht werd getrokken door een man die de salon binnenkwam en een glas champagne aannam van een van de stewards. Hij kwam haar bekend voor en het viel haar op hoe knap hij was. Eind veertig, schatte ze hem. Er sloop al wat zilvergrijs in zijn blonde haar en in zijn doordringende ogen lag een blik die ze al eens eerder had gezien.

Santos draaide zich om en kreeg hem in het oog. 'Ah, David. Wat fijn dat je er bent.'

'Mijn excuses dat ik zo laat ben. Ik kon niet eerder weg uit New York.'

Toen David geforceerd glimlachte, herkende Miranda dezelfde walging die zij altijd voelde wanneer ze naar Santos keek.

'Miranda, dit is David Cooper. We zijn goed bevriend geraakt toen we samen aan een zakelijk project in Rio werkten. Ik vind het een eer dat een man die het zo druk heeft als hij ons dit weekend gezelschap wil houden.'

'Het is me een genoegen om hier te zijn,' reageerde David.

Met ingehouden adem staarde ze David Cooper aan en wachtte tot hij zich zou herinneren dat hij een nichtje had dat ook Miranda heette en dat zijn zoon jaren geleden tijdens de zomervakantie in Yorkshire had leren kennen.

Dat gebeurde niet, maar David glimlachte hartelijk en pakte haar hand om er een kus op te drukken. 'Aangenaam, Miranda.'

Toen hij zijn aandacht weer op Santos richtte en met hem begon te kletsen, liet ze langzaam haar adem ontsnappen en probeerde ze haar hartslag onder controle te krijgen. Godzijdank was het contact tussen hem en Rose verbroken. Rationeel gezien wist ze best dat hij geen enkele reden had om te weten wie ze was. Waarschijnlijk had Brett het niet eens met hem over haar gehad. Dat maakte de connectie tussen hen er echter niet minder verontrustend op. Als Rose erachter kwam dat ze een maîtresse was die obscene handelingen moest verrichten om de kost te verdienen, zou ze haar misschien nooit meer bij Chloe in de buurt laten.

Toch zou ze ergens het liefst haar oom in vertrouwen nemen, tegen hem zeggen wat ze moest doorstaan en hem om hulp vragen. Per slot van rekening was hij de eerste persoon die ze ooit echt de aandacht van Santos had zien opeisen en was hij zeker zo machtig als hij.

Opeens was er een felle flits, omdat een van de gasten een kleine camera gebruikte om een foto van Santos, Miranda en David te maken. 'Voor mijn album,' zei hij met een verontschuldigende glimlach.

'Nee!' Het gebrul klonk angstaanjagend en alle aanwezigen schrokken ervan. 'Pak hem die camera af en vernietig die samen met het rolletje.' Santos was vuurrood aangelopen van woede.

Een van de bemanningsleden die met drankjes was rondgegaan knikte en nam de camera van de doodsbange gast over.

'Ik... Het spijt me. Alstublieft, neem me niet kwalijk.'

Santos' woede verdween en hij kroop weer in de rol van charmante gastheer. 'U hoeft zich niet te verontschuldigen. Het is gewoon een regel waar ik me aan hou omdat ik geen publiek figuur wil worden. Daarvoor stel ik mijn anonimiteit en vrijheid te zeer op prijs. Ik stel voor dat we gaan dineren. Miranda, begeleid jij David naar de eetzaal?'

Miranda keek onderzoekend naar haar oom. Hij staarde Santos aan en zijn blik had iets... Ja, wat eigenlijk? Iets triomfantelijks? Het volgende moment stak hij haar glimlachend zijn arm toe en volgden ze Santos, die arm in arm liep met een beeldschoon roodharig meisje, naar de eetzaal.

Miranda kwam tussen de twee mannen aan tafel te zitten, het andere meisje, dat Kim heette, zat aan Santos' andere zijde. Het viel Miranda op dat hij vooral oog voor Kim had en ze vroeg zich hoopvol af of zij daardoor vanavond buiten schot zou blijven.

'Wat een heerlijke boot is dit, hè?' zei David met een warme glimlach tegen Miranda. 'Zelf heb ik een jacht aan de Amalfikust, maar dat valt hierbij in het niet. Jammer genoeg heb ik nauwelijks tijd om te varen. Ik overweeg zelfs om het te verkopen, maar misschien moet ik eerst maar eens kijken hoe dit weekend me bevalt.'

'Ja,' zei ze.

'Je bent Engelse, toch?' vroeg hij, terwijl de obers grote soepterrines naar binnen brachten.

'Dat klopt.'

'Waar kom je vandaan?'

'O, eh… uit Londen.'

'Echt? Ik had je accent veel noordelijker ingeschat. Al ben ik de afgelopen vijfentwintig jaar vooral in New York geweest, dus waarschijnlijk heb ik daardoor wat minder kijk op Britse accenten gekregen.' Hij glimlachte. 'Ik ben dol op Londen. Daar heb ik een aantal van de mooiste jaren van mijn leven doorgebracht. Wat doe je voor de kost?'

Verbaasd keek ze hem aan. Had hij soms niet door wat ze was?

'Oké, laat me raden.' Bedachtzaam nam hij haar op. 'Je bent mooi genoeg om model te zijn, maar iets zegt me dat je dat niet bent. Werk je voor Santos?'

Langzaam knikte ze. Per slot van rekening was dat de waarheid. Alleen begreep ze niet waarom hij zo in haar geïnteresseerd was.

'Hij is een fascinerende man, vind je niet?'

Door zijn oprechte toon vroeg ze zich af of ze zich de walging in zijn blik toen hij was binnengekomen maar had ingebeeld. 'Ja.' Hoewel ze zich ervan bewust was dat ze ongeveer net zo'n boeiende gesprekspartner was als een kind van tien, moest ze op haar woorden letten.

David leek het echter niet te merken en kletste vrolijk door over het project waar hij met Santos aan werkte, alsof zij daar alles van afwist. Ze hoorde het aan en merkte dat ze zich een beetje ontspande. Hij leek haar erg aardig, totaal niet de machtswellusteling die ze op basis van Bretts opmerkingen had verwacht. Dat hij haar met respect behandelde gaf haar weer iets van haar zelfvertrouwen terug.

Na het diner gingen ze terug naar de salon voor een afzakkertje.

David zat in een stoel naast Miranda en bedacht hoe fascinerend hij haar vond. Ondanks haar elegante voorkomen was ze duidelijk nog erg jong en vastbesloten om niets over zichzelf prijs te geven. Dat vond hij verfrissend. Als vrouwen eenmaal wisten wie hij was, wierpen ze zich meestal aan zijn voeten. Ook deed ze hem sterk aan iemand denken, al kon hij niet bedenken aan wie.

Hij vroeg zich af wat haar rol hier was. Dit meisje kon onmogelijk een van de hoeren van Santos zijn. Daar was ze niet verveeld of lusteloos genoeg voor.

'Tijd om naar bed te gaan. Morgen meren we aan in Le Lavandou. Het ontbijt wordt om acht uur geserveerd.' Santos stond op, waarmee de avond voor de overige aanwezigen ook meteen ten einde kwam. 'Kom mee, Miranda.'

Ze keek hem aan, vol verachting omdat hij zo duidelijk te kennen gaf dat ze zijn bezit was en de nacht met hem zou doorbrengen. Langzaam stond ze op. 'Welterusten, meneer Cooper.'

David stond ook op en gaf haar een handkus. 'Welterusten, Miranda. Het was me een genoegen om kennis met je te maken.'

Met een ietwat verdrietig glimlachje keek hij haar na toen ze Santos' uitgestoken arm aanpakte en de kamer verliet.

Santos nam haar mee naar zijn hut. 'Volgens mij was meneer Cooper behoorlijk van je onder de indruk, Miranda. Goed gedaan. Hij is een belangrijke zakenpartner van me en ik wil hem graag tevredenstellen, maar nu is het tijd voor ons.' Hij deed de deur open.

Hoewel de verlichting was gedimd, kon ze tot haar schrik duidelijk het roodharige meisje naakt in bed zien liggen.

Santos liep naar de drankenkast, schonk een kant-en-klare cocktail in een glas en gaf dat aan Miranda.

Die klokte de drank naar binnen en toen ze haar ogen dichtdeed, dreef ze weg in het diepe, troebele water van een door drugs opgewekte slaperigheid. Niet in staat zich er nog langer tegen te verzetten liet ze zich langzaam naar de bodem zakken.

18

‘Gaat het wel, Leah? Je bent zo stil de laatste tijd.’ In een kamerjas gehuld en met twee mokken koffie in haar handen keek Jenny toe terwijl Leah boter op haar toast smeerde.

Ze knikte. ‘Prima, hoor. Ik heb het gewoon druk, dat is alles.’

‘Wat saai. Zie je Brett nog weleens?’ Ze zette de twee bekers op het aanrecht.

Dit zat er natuurlijk een keer aan te komen. Hoewel het al meer dan een maand geleden was dat hun relatie zo abrupt ten einde was gekomen, had Leah er tegen Jenny niets over gezegd. De afgelopen weken had ze tot aan haar nek toe in het werk gezeten en was Jenny ’s avonds meestal met Miles op stap gegaan. Bovendien wilde ze er niet te lang bij stilstaan.

‘Nee, het is uit tussen ons. Als je het niet erg vindt, wil ik het er liever niet over hebben.’

Geschrokken keek Jenny haar aan. ‘O, ik dacht echt dat jullie...’ Toen ze Leahs gezichtsuitdrukking harder zag worden, slikte ze de rest van haar zin in. ‘Oké, het spijt me. Ik zal er niet meer over beginnen.’

‘Tussen Miles en jou lijkt het goed te klikken.’ Leah kende haar vriendin bijna niet meer terug. In twee weken tijd had Miles meer bereikt dan zijzelf de maanden daarvoor. Jenny’s ogen sprankelden, ze was wat aangekomen en had weer kleur op haar wangen. Wat Leah ook van Miles mocht denken, ze was blij dat Jenny dankzij hem weer hard op weg leek om er fysiek en mentaal bovenop te komen.

Jenny’s gezicht klaarde op en ze glimlachte bescheiden. ‘Dat klopt. Hij is het beste wat me in tijden is overkomen. Ik voel me als herboren. Wat is hij toch knap, hè?’

Leah knikte weifelend. Hoewel Miles heel aardig tegen Jenny deed sinds hij bij hen logeerde, kon ze haar voorgevoel over hem niet van zich afzetten. Per slot van rekening had hij haar moeder en Rose ook wijsgemaakt dat hij een echte heer was, maar zij wist sinds die avond in de schuur jaren geleden wel beter. Ze was er nog steeds van overtuigd dat hij zich toen aan haar had willen vergrijpen.

'Volgens mij ben ik verliefd,' fluisterde Jenny. 'We kunnen zo goed met elkaar overweg. We zijn zowat elke seconde van de dag bij elkaar en hij blijft maar zeggen hoe mooi ik ben. Ik begin het nog te geloven ook.' Ze giechelde. 'Enfin, ik ga hem zijn koffie maar brengen voordat hij steenkoud wordt. Tot straks weer.'

Toen Jenny de twee mokken van het aanrecht pakte, schoof de mouw van haar satijnen kamerjas naar haar elleboog en zag Leah een grote, paars uitgeslagen bloeduitstorting rondom haar arm. 'Jeetje! Hoe kom je aan die blauwe plek?'

Jenny bloosde en schudde met haar arm zodat haar mouw er weer overheen viel. Daardoor klotste de koffie over de vloer.

'O, ik ben gisteren gevallen. Je weet toch hoe onhandig ik ben. Volgens mij heb ik nog steeds mijn zeebenen niet terug nadat ik ziek ben geweest. Het valt wel mee, hoor.'

Toen ze de keuken uit liep, keek Leah haar na. Door de vorm van de blauwe plek en de manier waarop Jenny had gebloosd toen Leah ernaar vroeg, kreeg ze sterk het vermoeden dat haar vriendin had gelogen.

De volgende avond kwam Leah vermoeid terug in de flat. Binnen was het stil, dus ging ze ervan uit dat Miles en Jenny op stap waren. Het was weer een lange, zware dag geweest, maar ze verheugde zich er enorm op om vanavond met Anthony naar het ballet te gaan. Ze ging douchen, droogde haar haar en probeerde te bedenken welke avondjurk ze zou aantrekken. Uiteindelijk koos ze voor een van haar favoriete japonnen van Lanvin en maakte ze zich licht op. Ze probeerde allerlei verschillende halskettingen uit, maar toen ze niets passends kon vinden, schoot haar te binnen dat Jenny er een met een druppelvormige nepdiamant had die perfect bij haar jurk zou staan. Ze liep haar slaapkamer uit en klopte zonder een reactie te verwachten op Jenny's deur.

'Ik heb het druk,' klonk Jenny's stem ongewoon bars vanaf de andere kant.

'Sorry. Ik vroeg me alleen af of ik misschien jouw halsketting met die nepdiamant mag lenen om vanavond naar het ballet te gaan.'

Het bleef even stil. 'Die ben ik kwijt.'

'Ik heb hem gisteren nog op je kaptafel zien liggen. Kun je even voor me kijken?'

'Alsjeblieft, Leah. Ga weg. Ik heb het druk.'

Meteen schoot het beeld van wodkaflessen en pillen door Leahs hoofd. Deze keer zou ze geen enkel risico nemen. Ze probeerde de deur open te doen, maar die zat op slot. 'Jenny, laat me binnen, anders bel ik die dokter in het ziekenhuis.'

'Het gaat heus wel, laat me nou maar gewoon.'

Jenny klonk niet dronken, maar God mocht weten wat er zich achter die deur afspeelde. 'Ik meen het. Als je me niet binnenlaat, ga ik meteen naar Lenox Hill bellen. Ze hebben gezegd dat ik dat moet doen als je je vreemd gedraagt. Kom op, doe nou open.'

'Oké, oké.' Jenny's gezicht verscheen, half verscholen achter het deurkozijn. 'Zie je wel? Het gaat prima.' Ze stak haar de halsketting toe. 'Alsjeblieft. Veel plezier vanavond. Ik zie je later wel weer.'

Toen ze de deur weer dicht wilde doen, was Leah haar te snel af. Ze duwde de deur verder open en beende naar binnen, op zoek naar bewijs. Er was niets te zien. Meteen voelde ze zich schuldig en wendde ze zich tot Jenny om haar excuses aan te bieden. 'Jenny, het spijt me. Ik was gewoon bang… Jezus!'

Jenny hield haar blik op de vloer gericht. De rechterkant van haar gezicht was bont en blauw en haar oog zat half dicht.

'Wat is er gebeurd? Hoe heb je dat in vredesnaam voor elkaar gekregen?'

Jenny haalde haar schouders op. 'Het gebeurde vannacht toen ik een glas water wilde halen in de keuken. Ik had beter het licht aan kunnen doen, want ik ben over het tafeltje in de hal gestruikeld en gevallen.'

Meteen dacht Leah terug aan de blauwe plek die ze gisteren op haar arm had gezien. 'Maak dat de kat wijs. Wees eerlijk tegen me, anders bel ik alsnog het ziekenhuis.'

'Hoor eens, het gaat je geen reet aan en het kan me niet schelen als je me niet gelooft. Bemoei je niet zo met me. Je lijkt wel een overbezorgde moeder die me geen seconde uit het oog verliest! Ik kan heus wel voor mezelf zorgen.'

Nu werd Leah boos. 'O, echt? Wat zou er dan gebeurd zijn als ik niet was teruggekomen uit Milaan en je had gevonden? Daar hoef ik geen bedankje voor, maar doe nou niet alsof ik achterlijk ben. Ik ben de vijand niet, ik ben je beste vriendin en ik hou van je. Dit heeft Miles gedaan, of niet soms?'

Opeens brak Jenny. Ze kreeg tranen in haar ogen en liet zich op het bed zakken. 'Schreeuw niet zo tegen me. Alsjeblieft. Het spijt me dat ik zo ondankbaar ben geweest, maar ik wist gewoon dat je het niet zou begrijpen. Oké, Miles heeft me gisteravond een beetje hardhandig aangepakt, maar daarna had hij meteen spijt. Hij heeft beloofd dat hij het nooit meer zal doen.'

'Serieus? En hoe zit het dan met die blauwe plek die ik gisteren op je arm zag? Dit slaat nergens op, Jenny. Al het andere nog even daargelaten, hoe denk je ooit weer als model aan de slag te kunnen als je van top tot teen onder de blauwe plekken zit? Miles moet hier vanavond nog weg.'

'Nee, alsjeblieft. Stuur hem niet weg. Hij heeft me zo geholpen. Voordat hij kwam, wilde ik alleen maar dood, maar hij is zo goed en lief voor me geweest. Ik hou van hem, Leah. Ik heb hem nodig. En ik geloof hem als hij zegt dat hij me nooit meer pijn zal doen. Soms is hij gewoon een beetje te onstuimig, dat is alles.'

Leah zuchtte diep. Ze kon het gewoon niet goed doen. Als ze tegen Miles zei dat hij vanavond nog moest vertrekken, zou Jenny haar dat kwalijk nemen en weer depressief worden. Maar was het niet net zo gevaarlijk voor Jenny als ze hem liet blijven?

'Alsjeblieft,' smeekte Jenny. 'Ik beloof dat het nooit meer zal gebeuren. Geef hem nog één kans. Ik weet gewoon niet wat ik zonder hem moet.'

Leah ging naast haar op het bed zitten. 'Je kent hem nog maar een paar weken. Hoe kun je nou van iemand houden die je zo veel pijn doet?'

'Hij bedoelde het echt niet zo.' Jenny haalde haar schouders op. 'Hij houdt echt van me, hij was gewoon gespannen voor zijn sollicitatiegesprek van vandaag. Als hij eenmaal een baan en een verblijfsvergunning heeft, wordt hij vast wel rustiger.'

Leah kon nauwelijks geloven dat Jenny hem zo in bescherming

nam. Het was gewoon misdadig als een man zijn kracht tegenover een vrouw misbruikte. Angstig en vol medeleven keek ze haar vriendin aan. 'Goed dan, hij mag blijven. Persoonlijk vind ik het gestoord dat je zelfs maar overweegt hem ooit nog bij je in de buurt te laten komen, maar het is jouw leven. Dit appartement staat echter wel op mijn naam en als je huisbazin moet ik je waarschuwen. Als die man je ooit nog op een verkeerde manier aanraakt, staat hij op straat. Dan krijgt hij geen nieuwe kans meer en hoef ik zijn smoesjes niet meer te horen. Ik ben hier niet blij mee, maar...'

Ze kon haar zin niet afmaken, want Jenny sloeg haar armen om haar heen. 'Dank je, Leah. Ik zweer dat het nooit meer zal gebeuren. Het ziet er vreselijk uit, dat weet ik ook wel, maar Miles zit echt niet zo in elkaar.'

'Bij wie moest hij vandaag op gesprek?'

'*Vanity Fair*. Ik heb hem naar de juiste contactpersoon gewezen en hij heeft jouw naam laten vallen. Hopelijk vind je dat niet vervelend, maar ik weet zeker dat hij zich stukken beter zal voelen als hij eenmaal aan de slag kan.'

Een maniak die vrouwen in elkaar sloeg aanbevelen voor een baan, dat was wel het laatste wat Leah wilde. Ze stond op. 'Ik moet ervandoor. Ik heb om zeven uur met Anthony afgesproken en ik ben al aan de late kant. Pas alsjeblieft goed op jezelf en zeg maar tegen Miles dat ik in het vervolg niet meer wil dat hij mijn naam gebruikt om ergens een voet tussen de deur te krijgen, oké?'

Ze liep de kamer uit, deed snel de halsketting om, sloeg een omslagdoek om haar schouders en ging naar beneden om een taxi aan te houden. Gefrustreerd nam ze op de achterbank plaats. Had Jenny nou echt niet door dat het niet van liefde getuigde als Miles haar zo'n pijn deed? Hij gebruikte hen alleen voor hun connecties en om een dak boven zijn hoofd te hebben in New York.

Daarbij maakte hij keihard misbruik van iemand die toch al zwak en weerloos was.

De taxi stopte voor het Metropolitan Opera House in Lincoln Center. Zoals afgesproken trof ze Anthony in de bar. Hij zoende haar op haar wangen en deed vervolgens een stap naar achteren. 'Gaat het wel? Je ziet er bezorgd uit. Kan ik iets voor je doen?'

Hoofdschuddend nam ze een mimosa van hem aan. 'Nee, het gaat prima, echt. Ik kan niet wachten tot de voorstelling begint. Bedankt dat je me hebt uitgenodigd.'

Toen de openingsnoten van *Het zwanenmeer* zacht door de stampvolle concertzaal klonken en Barysjnikov op het enorme podium verscheen, ontspande Leah zich.

Haar ogen vulden zich met tranen tijdens de climax van de balletvoorstelling en na meerdere staande ovaties voor de briljante balletdanser was ze bij het verlaten van het theater nog steeds sprakeloos.

'Dat was prachtig,' verzuchtte ze toen ze uiteindelijk Columbus Avenue op liepen. Het voelde alsof ze in een roes verkeerde.

'Heb je trek?'

Ze glimlachte. 'Altijd.'

'Dan gaan we maar eens wat eten.'

De limousine bracht hen naar het GE Building aan Rockefeller Plaza en ze gingen met de lift naar boven. Daar kwamen ze uit in een spectaculair restaurant. De met auberginekleurige zijde beklede wanden, de groene leren stoelen, de in pastelkleurige smokings gehulde obers en zelfs het muzikale ensemble wekten de indruk dat ze in de dertiger jaren waren beland.

De hoofdkelner begroette Anthony hartelijk en bracht hen naar een tafeltje bij het raam.

Leah keek naar de straat, vijfenzestig duizelingwekkende verdiepingen lager. 'Waar zijn we?'

'In de Rainbow Room. Een van mijn favoriete stekjes.'

'Wat een geweldige plek,' zei ze enthousiast.

Na enig overleg met zijn tafelgenote bestelde Anthony tweemaal de steak tartaar, plus een fles droge witte wijn. 'Weet je zeker dat er niets aan de hand is? Je bent zo stil vanavond.'

'Nee hoor. Er is echt niets.'

'Weet je het zeker?'

Ze knikte, schuldbewust omdat hij iets aan haar had gemerkt.

'Oké, Leah. Al hoop ik wel dat je inmiddels beseft dat ik niet alleen je baas ben, maar ook een vriend van je. Voel je vrij om met me te praten. Ik ben er voor je. Trouwens, hopelijk loop ik nu niet te hard van stapel, maar ik vroeg me af wat je met de kerstdagen gaat doen.'

'Ik heb beloofd die met mijn huisgenote Jenny door te brengen.'

'O. Nou, weet je nog dat ik vertelde dat ik een huis in Vermont heb?'

'Ja.'

'Daar ga ik samen met mijn zoon Jack naartoe. Ik vroeg me af of je misschien zin hebt om mee te gaan. Jenny is ook van harte welkom. Het is een groot huis en het is er erg mooi als er sneeuw ligt.'

'Bedankt voor het aanbod. Ik zal het aan Jenny vragen.'

Anderhalf uur later zette Anthony haar voor de deur van haar appartementencomplex af. Door de heerlijke avond was ze weer wat opgevrolijkt, maar ze vroeg zich wel af wat ze thuis zou aantreffen.

Jenny zat rustig een kopje koffie te drinken in de woonkamer. 'Hoi, heb je een leuke avond gehad?'

'Ja, het was heel mooi. Waar is Miles?'

'In de logeerkamer. Echt, Leah, hij heeft er zo'n spijt van. Hij heeft een enorme bos bloemen voor me gekocht en ik heb hem flink de les gelezen en gezegd dat hij pas weer bij mij mag slapen wanneer ik het zeg. Het goede nieuws is dat hij vanmiddag voor elkaar heeft gekregen dat hij een reportage van drie pagina's voor *Vanity Fair* mag maken. Geweldig, hè?'

'Ja,' loog Leah. 'Zeg, ik wil je iets voorleggen. Anthony heeft me uitgenodigd om de kerstdagen met hem en zijn zoon in Vermont door te brengen. Ik wil dat je met me meegaat.'

Het gezicht van haar vriendin betrok. 'O. En Miles dan?'

'Ik zou geen oog dichtdoen als jij hier alleen bleef met Miles. Hij kan zich vast wel een paar dagen in zijn eentje redden en het lijkt me goed voor je om er even tussenuit te gaan. Het wordt vast gezellig. Anthony is heel aardig.'

'Ik weet het niet, hoor. Dat moet ik eerst aan Miles vragen.'

'Weet je wat? Ik beloof dat ik een oogje dichtknijp voor wat hij heeft gedaan, maar dan moet jij beloven dat je met me meegaat naar Vermont. Dat ben je me wel verschuldigd.'

'Oké, dan. Maar dit zal Miles niet leuk vinden.'

'Jammer dan. Het wordt eens tijd dat hij beseft dat je een eigen wil hebt. Ik ga naar bed. Welterusten en tot morgen.'

'Welterusten. Leah?'

'Ja?'

'Dank je wel. En nogmaals, Miles zal me echt nooit meer pijn doen.'

'Als jij het zegt.'

'Ik weet het echt zeker.'

Leah knikte, maar was nog steeds niet overtuigd toen ze naar haar kamer ging.

Ondanks alles verheugde ze zich op Kerstmis en kon ze niet ontkennen dat ze Anthony erg graag mocht. In deze wereld vol egoïstische, agressieve mannen viel hij op door zijn zachtaardige karakter.

Dankzij hem zag ze de toekomst weer wat zonniger in.

19

Miranda hoorde de sleutel in het slot. Stokstijf bleef ze op de bank zitten, terwijl ze zenuwachtig een zakdoekje om haar vingers draaide. Haar oren waren gespitst op de voetstappen in de hal, haar hart bonkte. Telkens wanneer dit gebeurde verstijfde ze van angst omdat hij het kon zijn, omdat hij misschien naar Londen was gevlogen om te controleren wat ze deed.

'Hallo, Miranda. Ik kom even vragen hoe je weekend met Santos was en...'

Voordat Ian zijn zin kon afmaken, stortte ze zich al snikkend in zijn armen.

Hij legde zijn handen op haar schokkende schouders. Hoewel hij haar wanhopig graag wilde troosten, voelde hij zich niet op zijn gemak wanneer ze zo dichtbij kwam.

'Ian, ik kan het niet meer aan. Wat ik allemaal van hem moest doen, ik... Ik kan het je gewoon niet vertellen. Ik schaam me zo.'

'Kom op, zo erg kan het toch niet zijn?'

Ze bleef zich aan hem vastklampen. 'Jawel, jawel. O god,' zei ze hysterisch.

Hij voerde haar mee naar de bank en zorgde dat ze ging zitten. Toen hij wat meer afstand tussen hen probeerde te scheppen, liet ze hem echter niet los.

Met een smekende blik in haar ogen keek ze hem aan. 'Je moet me helpen. Ik hou dit niet meer vol. Ik pleeg nog liever zelfmoord dan dat ik hem nog een keer moet zien. Alsjeblieft, Ian.'

'Oké, oké,' zei hij geruststellend. 'Ik schenk even iets te drinken voor ons in en dan hebben we het erover.'

Toen ze hem eindelijk losliet, liep hij naar de drankenkast om voor hen allebei een glas whisky in te schenken. 'Alsjeblieft. Hier word je rustig van.'

Ze nam het glas van hem aan en liet zich door de drank verwarmen.

'Ziezo. In paniek raken heeft geen zin, toch?' Hij glimlachte vriendelijk. 'Vertel me eens precies wat er gebeurd is.'

Met behulp van flink wat overredingskracht en nog twee borrels wist hij het verhaal uit haar te trekken. Haar relaas over waar Santos haar toe gedwongen had, vervulde hem met walging.

'Het ergste was nog wel dat hij me gedrogeerd heeft, maar dat ik me alles nog precies kan herinneren. Dit kan ik echt niet nog eens aan, Ian.'

Terwijl hij zijn armen om haar heen sloeg, werd hij opeens overvallen door het instinct om dit meisje te beschermen tegen het monster waarvoor hij werkte. De afgelopen maanden had hij gedaan alsof het gewoon zijn werk was om regelmatig bij haar op bezoek te gaan, maar in werkelijkheid telde hij de dagen af tot hij haar weer kon zien.

Nu kon hij zijn gevoelens voor haar niet langer ontkennen.

Over wat dit betekende voor zijn carrière en zijn ouders durfde hij nog niet na te denken, maar hij kon niet werkeloos blijven toezien hoe de vrouw van wie hij hield zo door Santos werd behandeld.

'Lieve Miranda, geloof me alsjeblieft. Ik zal er alles aan doen om je te helpen.'

'Echt?'

De dankbare blik in haar ogen nam elk spoortje twijfel bij hem weg. 'Ja.'

'Dank je, dank je, dank je.' Ze sloeg haar armen om hem heen, hield hem stevig vast en mompelde iets onverstaanbaars tegen zijn schouder.

'Wat zeg je?'

Ze maakte zich van hem los en keek naar haar handen. 'Ik zei dat ik van je hou, Ian.' Met een diepe zucht vervolgde ze: 'Verder verwacht ik niets van je, hoor. Ik bedoel, ik ben maar een van Santos' prostituees en...'

Deze keer nam hij haar in zijn armen. 'Och, schat, dat doet er helemaal niet toe. Je moest eens weten hoe ik me dit weekend voelde omdat ik wist dat je bij hem was, omdat ik me voorstelde wat hij je allemaal liet doen. Ik heb geprobeerd mijn gevoelens weg te stoppen, maar ik kan er niets aan doen. Ik hou ook van jou.' Voorzichtig nam hij haar gezicht tussen zijn handen en drukte hij zijn lippen op de hare. Hoewel hij er rekening mee hield dat ze zich angstvallig terug zou trekken, gebeurde het tegenovergestelde.

Vanaf dat moment konden ze niet meer van elkaar afblijven. Voor het eerst in haar leven begreep Miranda dat seks de ultieme uiting van liefde kon zijn, puur en mooi, en wist ze dat ze zich nooit meer door een man zou kunnen laten gebruiken voor zijn eigen genot.

Na afloop bleven ze naakt en uitgeput in elkaars armen liggen.

Teder streek hij over haar haar. 'Miranda, wat er ook gebeurt, ik beloof dat ik ervoor zal zorgen dat die man je nooit meer aanraakt.'

De vreselijke angst waar ze al maanden onder gebukt ging viel van haar af. Hoe had ze kunnen denken dat de wereld alleen om geld en macht draaide? Op dit moment zou ze er alles voor overhebben om dit leven te verruilen voor een klein huisje samen met Ian en Chloe. Een leven vol liefde en vrijheid, dat was het enige wat telde.

'Ik verzin er wel iets op, lieverd. Ik ga je hier weghalen. We gaan ergens anders opnieuw beginnen, ergens waar Santos ons niet kan vinden.'

Het harde gerinkel van de telefoon verstoorde de rust. Ze schrokken zich allebei een hoedje en de angstige uitdrukking keerde terug op haar gezicht.

'Je moet opnemen.'

'Dat kan ik niet.' Ze beet op haar lip en klampte zich aan hem vast. 'Zorg dat dit ophoudt, Ian. Alsjeblieft.'

'Kom op, schat. Als hij argwaan krijgt, wordt het des te moeilijker voor ons. Neem nou op. Ik beloof dat je hem niet vaak meer zult hoeven spreken. Toe maar.' Hij reikte over haar heen naar het nachtkastje, nam de hoorn van de haak en gaf die aan haar.

'Hallo?'

Ian kon de gekwelde uitdrukking op haar gezicht niet aanzien, dus stond hij op en liep door de hal naar de badkamer. Tegen de deur geleund bleef hij staan en vroeg hij zich af of Miranda de gevolgen van wat ze vanavond hadden gedaan wel kon overzien.

20

Op LaGuardia Airport was iedereen al in kerststemming. In plaats van de gebruikelijke zakenlui die zich van de ene naar de andere bespreking haastten, waren er nu vooral verwachtingsvolle en glimlachende gezichten te zien.

Leah en Jenny gingen naar de gate en zochten hun plaatsen in het vliegtuig op.

'Vertel eens wat meer over onze gastheer. Hebben jullie iets met elkaar?' vroeg Jenny.

'Welnee, zo zit het helemaal niet. Anthony is gewoon een goede vriend van me. Je vindt hem vast aardig. Zijn zoon komt ook.'

'Dus je denkt niet dat hij een dubbele agenda heeft?'

'Nee, joh.' Glimlachend schudde ze haar hoofd. 'Zijn vrouw is twee jaar geleden gestorven en hij mist haar verschrikkelijk. Waarschijnlijk heeft hij gewoon behoefte aan gezelschap.'

Op Lebanon Airport stond Anthony hen al op te wachten. Zijn gezicht klaarde op toen hij Leah zag en hij schoot hun meteen te hulp met de bagage. 'Goeie genade, jullie blijven maar een week, hoor. Je hebt genoeg bij je voor een paar maanden.'

'Dat krijg je ervan als je voor Kerstman speelt. Ik heb bijna geen kleding meegenomen, alleen maar een berg cadeaus.' Leah giechelde. 'Dit is mijn vriendin Jenny.'

'Hoi, Jenny. Leuk je te ontmoeten.'

De vrouwen liepen achter hem aan naar zijn Jeep en snoven de verfrissende, koude lucht op.

Nadat ze waren weggereden, vergaapte Leah zich aan het uitzicht. 'Wat is het hier mooi, zeg. Het doet me aan Engeland denken.'

'Daarom zullen ze deze regio wel naar jullie landje vernoemd hebben. Ik dacht al wel dat het je hier zou bevallen.' Terwijl ze over de landweggetjes naar het schilderachtige dorpje Woodstock aan de voet van het Catskillgebergte reden, hing er een vrolijke sfeer. Anthony vertelde over zijn plannen voor de komende week. 'In feite kun je doen en laten wat je wilt. Er ligt sneeuw op Suicide Six en er wordt nog veel meer voorspeld, dus als jullie willen, kunnen we gaan skiën.'

Leah schudde haar hoofd. 'Dat kan ik niet.'

'O, maar ik wel!' riep Jenny enthousiast uit. 'Ik vind skiën geweldig.'

'Mooi zo. Mijn zoon Jack ook. Zelf ben ik niet zo'n bedreven skiër, dus hij zal het wel fijn vinden om wat gezelschap te hebben op de piste.' Hij haalde één hand van het stuur om door de voorruit te wijzen. 'Daar is het, meiden. Oost west, thuis best.'

Zijn huis stond midden in een glooiend landschap, met uitzicht op de bergen. Het was helderwit geschilderd en de glas-in-loodramen werden omlijst door groene luiken. Rondom het huis bevond zich een overdekte veranda waaraan hij kerstverlichting had opgehangen.

'Wauw, het is echt een plaatje,' merkte Leah zacht op.

'Dank je. Het huis is nog van mijn grootouders geweest. Die hebben hier vijftig jaar gewoond en toen mijn ouders overleden, heb ik het geërfd.'

Nadat hij de bagage uit de kofferbak had gehaald, liepen Leah en Jenny over de traptreden achter hem aan naar de voordeur. Ze kwamen binnen in een ruime hal en van daaruit liepen ze naar de woonkamer. Hun aandacht werd meteen opgeëist door een drie meter hoge kerstboom in de hoek, vol fonkelende lampjes en met een stapel cadeaus eronder. De grote haard verspreidde een behaaglijke warmte en de schoorsteenmantel was versierd met hulsttakken. De mahoniehouten bank in New England-stijl was bezaaid met patchworkkussens en het geheel werd afgemaakt met een duur Perzisch tapijt op de houten vloer.

'Het lijkt wel of ik in een sprookje ben beland,' zei Jenny verwonderd.

'Heel mooi, inderdaad,' viel Leah haar bij. 'Het doet me denken aan een balletvoorstelling die ik een keer heb gezien, *De notenkraker*.'

Op dat moment kwam er een jonge man met twee treden tegelijk de brede trap af en hij glimlachte vriendelijk naar hen.

'Laat me raden. Jij bent toevallig niet Anthony's zoon, of wel?' Jenny grijnsde.

'Dus je ziet de gelijkenis? Ik zou graag zeggen dat pa zijn jongensachtig knappe uiterlijk van mij heeft, maar...' Hij haalde zijn schouders op. 'Zo, wie is wie? Ik weet dat jullie allebei topmodellen zijn en ik zal er het komende half jaar op de universiteit nog vaak over opscheppen dat twee van de mooiste meisjes op aarde speciaal naar mijn huis zijn gekomen om de feestdagen met me door te brengen, maar...' Onderzoekend keek hij Jenny aan. 'Ben jij Leah?'

Ze schudde haar hoofd, stiekem dolblij dat hij haar aanzag voor het beroemde model dat voor zijn vader werkte.

'Zo zie je maar hoeveel indruk onze reclamecampagne heeft gemaakt,' zei Anthony met pretlichtjes in zijn ogen.

Jack gaf hun een hand. 'Leuk jullie te ontmoeten.'

'Jack, laat jij Jenny en Leah even zien waar hun kamers zijn? Dan bereid ik alvast de lunch voor. We vinden het leuk om alles hier zelf te doen.'

Leah liep achter Jenny en Jack aan de trap op.

'Oké, Leah, jij slaapt hier.' Jack ging haar voor, een grote slaapkamer in. 'Als je je nog even wilt opfrissen en je spullen wilt uitpakken, dan zien we je over een minuutje of twintig wel beneden voor de lunch. Kom, Jenny, dan laat ik je jouw kamer zien.'

Zodra ze weg waren, liep Leah naar het raam. Zou Anthony haar bewust deze kamer hebben gegeven? Het uitzicht over het glooiende groene landschap was adembenemend en zorgde ervoor dat ze opeens heimwee kreeg en zich afvroeg wat haar ouders nu aan het doen waren.

Een beetje weemoedig dacht ze terug aan haar jeugd en streek ze neer op het zitje in de grote erker. Vervolgens dwaalden haar gedachten af naar Brett, zoals altijd wanneer ze aan Yorkshire dacht. Ze vroeg zich af waar hij kerstavond zou doorbrengen, hoe hij zich voelde en of hij haar net zo miste als zij hem.

'Hier, ik help je wel even, Kerstvrouw,' zei Anthony lachend toen ze een paar minuten later met haar armen vol cadeaus de woonkamer in kwam.

Samen legden ze de pakjes onder de boom.

'Wil je me helpen met de lunch?' Hij had een bloemetjesschort voor zijn spijkerbroek gebonden.

'Natuurlijk. Volgens mij ben je hard op weg om een nieuwe trend te zetten in de herenmode.' Samen liepen ze naar de grote, comfortabele keuken, die haar deed denken aan de keuken op de boerderij van Rose in Yorkshire. Het rook er naar heerlijk zelfgemaakt eten en uit de radio klonken zachte kerstliederen. Terwijl ze tevreden om zich heen keek, was ze blij dat ze zijn uitnodiging had aangenomen.

'Wil je bisschopswijn?' bood hij aan. 'De alcohol is grotendeels verdampt.'

Ze keek in de grote pan die op het fornuis stond te pruttelen. Er steeg een heerlijke geur uit op. 'Ja hoor, die wil ik weleens proeven.'

'Fijn. Het is mijn eigen recept. Ik moet je overigens waarschuwen dat de kerstlunch morgen wordt bereid en opgediend door ondergetekende.' Hij schepte wat van de drank in twee glazen en gaf er een aan haar.

Ze nam een slok en genoot van de warme, kruidige smaak. 'Wat lekker. Ik ben onder de indruk van je kookkunsten. Zelf kan ik er niet zo veel van.'

'Niet zo bescheiden. Daar geloof ik helemaal niets van.'

Hij verdeelde de soep over vier kommen en zette die samen met een versgebakken brood op de grenen tafel, terwijl zij Jenny en Jack ging roepen.

Ze kwamen lachend de keuken in en Leah zag tot haar grote vreugde dat Jenny's ogen sprankelden.

'Voordat we aanvallen op wat hopelijk een ware smaaksensatie zal worden, wil ik namens mezelf en mijn zoon even zeggen hoe blij we zijn dat jullie zijn gekomen. Goed, tast toe, anders wordt de soep nog koud.'

De lunch was een vrolijke bedoening, de bisschopswijn vloeide rijkelijk en het eten smaakte bijna net zo goed als dat van Leahs moeder. Het was duidelijk dat Jenny en Jack goed met elkaar overweg konden en Jenny kwam weer net zo gevat uit de hoek als tijdens haar hoogtijdagen als model.

Tegen de tijd dat ze klaar waren, was het al drie uur geweest en begon het te schemeren.

'Ik weet niet hoe jullie erover denken, maar ik zou wel een dutje willen doen voordat de festiviteiten vanavond losbarsten. Op kerstavond komen er traditiegetrouw een paar oude vrienden bij ons borrelen. Daarna lopen we gezamenlijk naar de kerk voor de nachtmis.'

Iedereen was het erover eens dat ze wel wat rust konden gebruiken.

Zodra Leah op het comfortabele bed neerstreek, voelde ze de zorgen van de afgelopen maanden van zich af glijden.

'Ha, schone slaapster.' Jack glimlachte toen ze de woonkamer in liep. 'We begonnen ons al af te vragen of je ooit nog wakker zou worden.'

'Sorry, ik...'

'Hij plaagt je maar, Leah,' stelde Anthony haar gerust. 'Deze plek heeft nou eenmaal die uitwerking op mensen. Wat zie je er prachtig uit.'

'Ja, je weet aardig goed voor de dag te komen. Toch, Leah?' vroeg Jenny plagerig.

'Let maar niet op haar. Kom zitten en drink wat.' Jack klopte naast zich op de bank en reikte haar een glas champagne aan. 'Volgens mijn vader drink je niet veel, maar het is maar één keer per jaar Kerstmis.'

'Je doet net of ik een saaie piet ben, Anthony.' Leah glimlachte naar hem. 'Ik zie dat je je schort niet om hebt om je gasten te begroeten?'

'Eh... nee. Ik probeer het een beetje interessant te houden, en morgen loop ik er ook al de hele dag zo bij.' Vanavond was hij keurig uitgedost in een grijze flanellen pantalon en een blazer met een prachtige snit.

Toen er op de deur werd geklopt, sprong Jack op om open te doen.

Een ouder stel droeg een paar cadeaus de woonkamer in. Anthony begroette hen, gaf hun een glas champagne en stelde hen aan Jenny en Leah voor.

Het daaropvolgende uur werd er keer op keer aangebeld en al snel was het een drukte van belang in de woonkamer.

Het viel Leah op dat al deze mensen net zo'n ontspannen indruk maakten als Anthony zelf. Er zat geen enkel New Yorks zakentype tussen en niemand begon over haar werk, al wisten ze duidelijk wel wie ze was.

Toen ze naar de keuken liep om een glas jus d'orange te halen, kwam Anthony achter haar aan. 'Heb je het naar je zin? Hopelijk vind je het niet vervelend dat mijn vrienden er zijn. Ik weet dat je in de stad ook vaak naar borrels moet en over koetjes en kalfjes moet praten.'

'Helemaal niet. Ze lijken me een stuk relaxter dan de andere Amerikanen die ik tot nu toe heb leren kennen. Veel oprechter.'

'Dat klopt, al zou het je nog verbazen hoeveel van hen leidinggeven aan grote bedrijven in New York. Maar nu is het kerst, en we hebben de onuitgesproken regel dat niemand het over zaken heeft wanneer we in Vermont zijn. Bill, met wie we net stonden te praten, staat aan het hoofd van een groot elektronicabedrijf en Andy runt een pr-firma in Manhattan.'

'Daar sta ik echt van te kijken.'

'Over een paar minuten gaan we naar de kerk, maar voel je niet verplicht, hoor.'

'Nee, ik ga juist graag mee. Ik ben al jaren niet meer naar de nachtmis geweest.'

'Fijn. Ik ben zo blij dat Jenny en jij er zijn. Daardoor voelt het... Nou ja, bijna alsof we weer een familie zijn.'

Ze schonk hem een warme glimlach.

'Kom, ga je jas alvast maar pakken. Het is ijskoud buiten en er is sneeuw voorspeld.'

Het door kaarsen verlichte kerkje was perfect in al zijn eenvoud. Het koor was in traditionele gewaden gehuld en iedereen zong de bekende liederen uit volle borst mee. Aan het einde van de mis ging Leah samen met Anthony ter communie. Toen ze bij het altaar opzijkeek naar zijn gebogen hoofd, welde er een golf van genegenheid in haar op.

Tegen de tijd dat ze de kerk verlieten, dwarrelden de eerste sneeuwvlokjes naar beneden.

De kerkgangers hapten gezamenlijk naar adem bij het zien van dat magische tafereel. Al snel kusten ze elkaar vaarwel en gingen ze ieder hun eigen weg, terwijl ze elkaar luidkeels prettige kerstdagen toewensten.

Anthony stak Leah zijn arm toe. 'Het ziet er prachtig uit, maar het kan verraderlijk glad zijn.'

Arm in arm gingen ze op huis aan, met Jenny en Jack in hun kielzog.

'Dit is mijn favoriete avond van het jaar, en de sfeer is hier altijd perfect,' merkte Anthony op.

‘Ik heb in jaren niet zo’n kerstgevoel gehad,’ moest Leah toegeven.

‘Arm schaap. Hoe oud zei je ook alweer dat je bent? Vijftig?’ Bij het zien van haar serieuze gezicht keek hij haar bezorgd aan. ‘Hé, het was maar een grapje.’

‘Dat weet ik wel, maar je hebt gelijk. Ik ben pas eenentwintig en soms voelt het inderdaad alsof ik vijftig ben. Realiseer je je wel dat ik maar drie jaar ouder ben dan Jack?’

‘Dat is wel bij me opgekomen, alleen vind ik het moeilijk te geloven. Jullie hebben tot nu toe gewoon een heel ander leven gehad.’ Eenmaal aangekomen bij het huis pakte hij haar hand en trok hij haar mee het in rap tempo witter wordende pad op. ‘Kom, dan gaan we binnen bij de haard zitten om op te warmen.’

Met z’n vieren koesterden ze zich in de warmte van de vlammen en dronken ze warme chocolademelk.

Na een half uur ging eerst Jenny en vervolgens Jack naar boven.

Anthony keek op zijn horloge. ‘Kwart voor twee. Dan is eerste kerstdag al ver genoeg gevorderd om mijn speciale fles port open te maken.’ Hij liep naar de drankenkast en toen hij terugkwam, schonk hij twee glazen in.

‘Ik hoef niet.’

‘Deze was ook niet voor jou bedoeld.’ Hij zette het glas op de schoorsteenmantel. ‘Deze is voor onze vrolijke vriend, voor het geval dat hij door de schoorsteen komt om ons een bezoekje te brengen. We drinken elk jaar samen een glaasje. Proost.’ Hij hief het glas naar de schoorsteen en nam een slokje van de robijnrode vloeistof. ‘Als je moe bent, mag je gerust naar bed, hoor. Ik blijf op deze bijzondere avond altijd tot in de kleine uurtjes op.’

Leah was helemaal niet moe, maar voelde zich heerlijk ontspannen. Terwijl ze in het vuur staarde, bedacht ze hoe fijn het was om samen te zijn met een man die ze totaal niet als een bedreiging zag en bij wie ze zichzelf kon zijn. ‘Wat is het toch jammer dat we uiteindelijk allemaal volwassen worden en niet meer in magie geloven, hè?’

‘Ja,’ zei hij langzaam, ‘maar magie is overal om ons heen. Naarmate we ouder worden, raakt onze geest gewoonweg vervuild met praktische gedachten, waardoor we er geen oog meer voor hebben. Daarom zijn dit soort avonden zo bijzonder. Die zijn een kans om even aan de echte wereld te ontsnappen. Om te dromen en onze verloren onschuld te heroveren. Als ik hier ben, besef ik altijd weer dat de wereld een heerlijke, mooie plek is. Als volwassene moet je gewoon wat beter kijken om de schoonheid ervan te kunnen zien. Die is er wel, maar dan verborgen.'

Terwijl ze instemmend knikte, voelde ze wederom oprechte genegenheid voor deze diepzinnige, gevoelige man.

Ze bleven nog een poosje in een aangename stilte bij het vuur zitten.

'Goed, aangezien ik nog maar een paar uur kan slapen voordat de plicht roept, ga ik maar eens naar bed.'

'Mmm.' Ze rekte zich uit. 'Ik voel me zo ontspannen. Kan ik me niet gewoon als een kat opkrullen voor de haard en hier in slaap vallen?'

'Wat je maar wilt, alleen denk ik dat je in bed wel een stuk lekkerder ligt.'

'Daar zeg je wat.' Met tegenzin stond ze op.

Hij deed hetzelfde.

'Welterusten, Anthony. Bedankt voor de fijne dag.' Ze gaf hem een kus op zijn wang.

'Daar hoef je me niet voor te bedanken. Je moest eens weten hoeveel het voor me betekent dat je hier bent.' Hij pakte haar hand beet en drukte er een kus op.

Met een glimlach liep ze langzaam naar de trap, maar op de onderste trede bleef ze staan. 'Vrolijk kerstfeest.'

'Vrolijk kerstfeest, Leah.' Hij keek haar na terwijl ze sierlijk de trap op liep en pakte vervolgens het extra glas port. Langzaam dronk hij ervan, genietend van de smaak.

Leah was een uitzonderlijke vrouw. Onder die volmaakte buitenkant gingen een enorme volwassenheid en diepgang schuil. Bij haar vond hij die verborgen schoonheid waar hij het zojuist nog over had gehad.

21

Zes dagen later werd Leah met een onheilspellend gevoel wakker. Ze gruwelde bij de gedachte dat ze die middag alweer terug moest naar New York.

Het was bijna niet te geloven hoe fijn de afgelopen week was geweest. Geen stress, geen problemen, alleen maar goed gezelschap, lekker eten en, het belangrijkste van allemaal, geen vaste planning. Ze was zo laat opgestaan als ze zelf wilde, had gegeten wanneer ze trek had en geslapen wanneer ze moe was.

Anthony was een geweldige gastheer geweest. Hoewel hij barstte van de ideeën om iets te ondernemen, drukte hij Leah telkens op het hart dat ze ook gerust de hele dag bij de open haard mocht gaan liggen, *mince pies* mocht eten en een mocht boek lezen. Sterker nog, toen het slecht weer was geweest, hadden zij tweeën inderdaad op die manier de tijd verdreven. Jenny en Jack waren dikke maatjes geworden en waren meestal al op de piste wanneer Leah uit bed kwam. Rond vieren kwamen ze terug, klaar om het tegen Leah en Anthony op te nemen in een sneeuwballengevecht.

Leah vond het hartverwarmend dat haar vriendin zo was opgebloeid. Hoewel ze even had gehoopt dat Jenny en Jack iets met elkaar zouden krijgen en dat Miles daardoor uit beeld zou verdwijnen, leek het erop dat ze eerder goede vrienden waren.

Terwijl ze haar kleren in haar koffer stopte, bedacht ze dat ze Anthony's gezelschap zou missen. De afgelopen dagen had ze zich vaak afgevraagd of ze zich tot hem aangetrokken voelde en ze was tot de conclusie gekomen… Ja, dat ze hem inderdaad aantrekkelijk vond. Niet op de allesoverheersende manier die bij Brett het geval was geweest, maar op een rustigere, misschien volwassenere manier.

Eerlijk gezegd had ze geen idee wat Anthony voor haar voelde. Uit niets bleek dat hij haar als meer dan een goede vriendin beschouwde, iets waar ze gezien haar ervaringen op relatiegebied maar al te graag genoegen mee nam.

Toch voelde ze zich toen ze voor het ontbijt naar beneden liep een beetje verdrietig omdat hun vakantie samen voorbij was.

'Goedemorgen. Ik heb pannenkoeken met ahornsiroop gemaakt om een bodempje te leggen voor de reis terug naar de stad.' Anthony zette een bord met een flinke stapel calorieën voor haar neer.

Voor de verandering had ze geen trek. 'Hou maar op,' kreunde ze. 'Morgenavond moet ik namens Chaval naar een groot oudejaarsbal.'

'Ik weet het, daar moet ik ook naartoe. We zouden kunnen spijbelen en hier kunnen blijven.'

'Breng me niet in de verleiding. Ik vind het hier heerlijk. De gedachte dat ik weer terug moet naar New York jaagt me de stuipen op het lijf. Wanneer ga jij terug?'

'Morgen. Vanavond ruim ik de boel hier op, en dan stap ik morgen halverwege de ochtend in het vliegtuig. Zal ik je morgenavond ophalen?'

'Graag. Ik vind het vreselijk om in mijn eentje naar dat soort gelegenheden te gaan, dus kan ik maar beter samen met de directeur van het bedrijf aankomen,' zei ze gekscherend.

Drie uur later moesten ze tot hun spijt afscheid nemen op het vliegveld. Jenny en Jack leken diepbedroefd omdat ze elkaar zouden moeten missen.

'Jeetje,' verzuchtte Anthony. 'Het is weer net als toen je nog klein was en je afscheid moest nemen van je beste maatje omdat je naar school moest.'

Met een glimlach draaide Jack zich naar Leah toe om haar een afscheidszoen te geven. 'Ik vond het heel leuk om je te leren kennen. Fijn dat je er was, dat heeft mijn vader enorm goedgedaan. Pas goed op jezelf.'

Toen ze het sneeuwlandschap achter zich lieten, staarde Leah verdrietig uit het raampje van het vliegtuig.

'Nou, ik moet zeggen dat dit de beste kerst was die ik ooit heb gehad,' merkte Jenny op.

'Voor mij ook. Oké, voor de draad ermee. Wanneer is de bruiloft?'

'Ach joh, zo zit het helemaal niet tussen Jack en mij. Hij is als het broertje dat ik nooit gehad heb. Het klikt gewoon heel goed tussen ons. Trouwens, hij heeft een vaste vriendin op de universiteit en ik heb Miles al.'

De moed zonk Leah in de schoenen. 'O.'

'Ik kan niet wachten om hem weer te zien. Trouwens, hoe zit het met jou? Anthony is heel charmant. Ik kan gewoon niet geloven dat hij de baas van zo'n groot bedrijf is, zo bescheiden is hij.' Met een sluwe grijns voegde ze eraan toe: 'En tjonge, wat is die man verliefd op jou.'

Met een ruk draaide Leah zich naar haar vriendin om. 'Volgens mij niet, hoor. Bij ons is het hetzelfde als tussen jou en Jack. We brengen gewoon graag tijd met elkaar door. Gezien het leeftijdsverschil van twintig jaar is het misschien een beetje vreemd, maar we hebben gewoon veel met elkaar gemeen.'

'Wat voel je voor hem?'

'Ik mag hem heel graag.'

'Maar je valt niet op hem?'

Leah aarzelde even. Ze wilde niet te diep nadenken over haar gevoelens voor Anthony, dat zou alles kunnen bederven. 'Ik weet het niet.'

Jenny haalde haar schouders op. 'Als ik zo'n leuke vent had die zo gek op me was, zou ik hem nooit meer laten gaan. Jullie passen goed bij elkaar. Heel goed. Sta er niet te afwijzend tegenover.'

Langzaam schudde Leah haar hoofd. 'Beloofd.'

22

Toen Miranda het klopje op de deur hoorde, haastte ze zich ernaartoe om Ian te begroeten.

Hij tilde haar op. 'Hallo, liefste,' fluisterde hij.

'Hallo.' Ze nestelde zich in zijn armen, dolgelukkig dat het lange wachten van de afgelopen week voorbij was en hij haar weer vasthield.

Hij zette haar neer en sloeg een arm om haar heen. 'Kom, dan gaan we naar de woonkamer. Ik heb cadeautjes voor je meegebracht.' Bij de aanblik van de kleine kerstboom die ze had opgetuigd, werd hij overmand door schuldgevoel en verdriet.

Ze haastte zich ernaartoe om de drie cadeautjes die eronder lagen te pakken. 'Voor jou,' zei ze enthousiast.

'O, lieverd, ik vind het zo erg dat ik je met kerst alleen moest laten. We konden gewoon niet het risico nemen dat Santos argwaan zou krijgen. Je weet toch wel dat ik je vreselijk gemist heb? Ik heb elke dag de uren afgeteld tot het voorbij was.'

'Ik ook,' verzuchtte ze. 'Godzijdank is er televisie. Ik heb alles gezien, van *It's a Wonderful Life* tot *Mickey's Christmas Carol*.' Ze vertelde er maar niet bij dat ze eerste kerstdag in een roes van tranen en alcohol had doorgebracht, met haar gedachten bij Rose en Chloe in Yorkshire. Het enige wat haar erdoorheen had gesleept was het vooruitzicht dat Ian binnenkort weer terug zou komen van het bezoek aan zijn ouders. 'Weet je wat nog wel het allermooiste kerstcadeau is?' vroeg ze met pretlichtjes in haar ogen.

'Wat?'

'Gisteren kwam Maria me vertellen dat ze een week op familiebezoek gaat in Duitsland. Ze is gisteravond vertrokken en komt volgende week dinsdag pas weer terug. Dus als je wilt, kun je vannacht hier blijven. We worden niet in de gaten gehouden.'

Dat wist hij al, want Maria had hem drie weken geleden zelf gebeld.

Daardoor had hij de tijd gehad om zijn plannen tot in de puntjes voor te bereiden. Hij trok haar dicht tegen zich aan. 'Natuurlijk wil ik dat.'

'Ik heb champagne in de koeler staan. Misschien kunnen we nu kerst en oud en nieuw ineen vieren.'

'Goed, dan drinken we eerst een glas champagne en maken we daarna de cadeaus open.'

'Oké!' Ze drukte hem nog een keer dicht tegen zich aan, alsof ze hem nog geen minuut los wilde laten omdat hij anders misschien zou verdwijnen.

Ian lachte. 'Toe dan, mallerd, ga de champagne halen. Ik heb een verrassing voor je.'

Nadat ze de beste fles die ze had kunnen vinden had gepakt, liet hij de kurk ploppen en schonk hij de champagne in twee flûtes.

'Op ons,' zei Miranda.

'Op ons.' Ze lieten de glazen klinken. 'Ik beloof je dat ik er alles aan zal doen om te zorgen dat dit nieuwe jaar beter wordt dan het vorige.'

Al snel begonnen ze aan de serieuze taak om cadeaus open te maken. Miranda was helemaal losgegaan met een van haar creditcards en had er enorm van genoten om Santos' geld aan Ian te spenderen. Dat was de enige manier die ze kon bedenken om wraak op hem te nemen.

Ian boog zich naar haar toe en gaf haar een kus. 'Dank je, schat. Ik vind ze prachtig. Maak nu het jouwe maar open.' Hij reikte haar een dunne envelop aan die verpakt was in mooi papier en met een strik was dichtgebonden.

Toen ze zag wat erin zat, kreeg ze tranen in haar ogen en kon ze amper nog een woord uitbrengen. 'Ian, ik...' Ze bekeek de tickets eens goed. Twee vluchten naar Hongkong, op naam van 'meneer en mevrouw Devonshire'. Er zat ook een huwelijksakte bij waar dezelfde namen op stonden.

'Ian... vraag je me nou...'

'Ja, lieverd. Ik wil met je trouwen, weglopen en samen een nieuwe start maken op een plek waar Santos ons niet kan vinden. Alles is al geregeld. We trouwen voor de wet en stappen daarna meteen in een taxi naar Heathrow. Diezelfde middag vliegen we naar Hongkong. Ik heb daar een vriend die me een baan heeft aangeboden. Jammer genoeg kan ik je niet het luxeleven bieden waaraan je hier gewend bent, maar daar zijn we wel vrij en ver bij Santos vandaan. Het moet nog deze week gebeuren, want Maria's afwezigheid maakt het een stuk makkelijker. Bovendien is Santos zoals elk jaar rond de kerst op reis met zijn vrouw en kinderen. Hij is nog tot 10 januari op zijn jacht, dus tegen de tijd dat hij terugkomt, zijn wij allang vertrokken.'

'Maar dan heb ik een paspoort nodig en...'

'Rustig maar. Morgenochtend moet Roger me ergens mee helpen op kantoor. Ik wil dat je dan meteen op pad gaat om je haar donkerder te laten verven. Daarna laat je nieuwe pasfoto's maken. Die laat ik morgenavond ophalen. Als Roger je ergens naartoe moet brengen met de auto, zet je een hoed op. Onze paspoorten zijn vrijdag klaar. Al die connecties die ik heb opgedaan in dienst van Santos komen nu goed van pas.'

'Is het echt nodig dat ik mijn haar laat verven?'

'Het is een extra voorzorgsmaatregel. Ik wil niets aan het toeval overlaten. Als dit fout gaat...' Hij schudde zijn hoofd.

Opeens kon ze haar tranen niet meer bedwingen. 'O god. Dank je, Ian. Ik ben zo blij.'

Hij veegde haar tranen weg. 'Dat is te zien,' zei hij met een wrang glimlachje.

'Het spijt me. Dit zijn vreugdetranen, neem dat maar van me aan. Niet te geloven dat deze nachtmerrie binnenkort voorbij is. Ik hou van je.' Ze zoende hem hartstochtelijk, maar toen kwam er opeens een gedachte bij haar op waardoor haar gezicht betrok. 'Hoe zit het met Chloe?'

'Daar heb ik heel lang over nagedacht. We kunnen haar onmogelijk mee het land uit nemen. Maar als we eenmaal duizenden kilometers hiervandaan zijn, kun je je moeder laten weten dat het goed met je gaat en kunnen we van daaruit verder kijken. Het spijt me, maar zolang je hier gevangenzit, krijg je Chloe nooit meer te zien. Als je vrij bent, heb je tenminste nog een kans.'

'Je hebt gelijk,' zei ze zacht. 'Denk je dat ik haar ooit nog zal zien?'

Hij gaf een kneepje in haar hand en trok haar overeind. 'Natuurlijk, lieverd. Kom mee, ik wil vieren dat we verloofd zijn.'

Langzaam liepen ze naar de slaapkamer, met hun armen stevig om elkaar heen geslagen.

Ze waren nog steeds wakker toen de zon opkwam en Ian opstond om te vertrekken. 'Als ik morgen de foto's kom ophalen hebben we geen tijd om te praten, dus denk erom dat je alleen een kleine tas inpakt. Het moet eruitzien alsof we gewoon ergens gaan lunchen. Ik regel wel nieuwe kleren voor je, maar trek iets moois aan. Het is per slot van rekening je trouwdag.'

'Zal Santos er niet van uitgaan dat we samen zijn gevlucht als Roger tegen hem zegt dat hij me voor het laatst met jou heeft gezien?'

'Jawel, maar er zit niets anders op. Ik ben de enige andere persoon met wie je de deur uit mag, dus dat kan ik aan niemand anders overlaten.' Hij liep terug naar het bed, gaf haar een tedere zoen op haar mond en draaide zich om om weg te gaan.

Terwijl ze hem nakeek, werd ze overmand door angst. 'Ian!' riep ze hem na.

'Wat is er?'

'Ik ben bang. Stel nou dat er iets misgaat?'

'Alles is geregeld. Hou gewoon in gedachten dat we volgende week rond deze tijd man en vrouw zijn en dat dit dan allemaal een nare droom zal lijken. Ik hou van je, Miranda.'

'Ik hou ook van jou.'

Hij blies haar nog een kushandje toe en liep de slaapkamer uit.

Miranda liet zich achterover in de kussens zakken, maar wist nu al dat ze de slaap niet zou kunnen vatten. Ze sloop naar het raam en trok het gordijn een stukje opzij. In het halfduister zag ze hem snel bij haar en de flat vandaan lopen, naar zijn auto, die hij een paar straten verderop had geparkeerd. 'Dag, liefste,' fluisterde ze zacht, terwijl ze het gordijn weer op zijn plek liet vallen.

23

'Hallo, Leah. Hoe was je vlucht?' Anthony zoende haar op haar wangen toen ze achter in de limousine stapte en ze naar het Museum of Modern Art reden.

'Prima. Het is moeilijk te geloven dat ik nog maar vierentwintig uur geleden uit Woodstock ben vertrokken.'

Hij sloeg haar gade toen ze stilviel en uit het raam keek. 'Gaat het wel? Je bent een beetje stil.'

'Sorry. Het gaat prima, hoor.' Ze glimlachte.

In werkelijkheid ging het helemaal niet prima met haar, maar ze snapte zelf ook niet precies hoe dat kwam. Toen ze gisteren waren thuisgekomen, had Miles hen allebei vriendelijk begroet. Hij had het appartement brandschoon gehouden en vanavond waren Jenny en hij naar een feestje in de East Village gegaan.

Toch kon ze om de een of andere reden maar niet het gevoel van zich afschudden dat er iets naars stond te gebeuren.

De limousine stopte op Fifth Avenue voor een groepje uitbundig uitgedoste feestgangers dat de straat overstak. Ze waren allemaal jong, waarschijnlijk van haar leeftijd. Even verlangde ze er wanhopig naar om zich van haar elegante avondjurk te ontdoen, aan haar bevoorrechte leventje te ontsnappen en zich bij hen aan te sluiten.

Anthony had het door en voelde zich meteen schuldig omdat hij haar hier voorgoed vandaan wilde halen. Aan de andere kant, zou hij haar juist niet haar vrijheid teruggeven als hij haar vanavond de vraag stelde? Ze zou nooit meer voor een camera hoeven staan en haar dagen kunnen invullen zoals ze zelf wilde.

Toen de auto langzaam verder reed over West 53rd Street, raakte hij voorzichtig haar arm aan. 'Kijk niet zo verdrietig, lieverd. Het is nooit te laat om voor een ander pad te kiezen.'

Behoedzaam keek ze hem aan. Het verbaasde haar dat hij begreep hoe ze zich voelde. 'Ik moet me niet zo aanstellen. Ik bedoel, wie zou er nou niet met mij willen ruilen? Ik ben rijk, beroemd, jong... Je zou kunnen zeggen dat ik de belichaming van de Amerikaanse droom ben.'

De limousine kwam tot stilstand voor het Museum of Modern Art, en Anthony hielp haar met uitstappen. Terwijl ze zich aansloten bij de met juwelen behangen groep mensen die het gebouw in wilde, dacht ze onwillekeurig aan met wie ze hier voor het laatst was geweest.

Ze liet Anthony even alleen om haar lange fluwelen mantel uit te trekken. Toen ze zich weer bij hem voegde in de enorme zaal beneden waar het bal werd gehouden, werd hij omringd door mensen, van wie ze er een paar kende van Chaval. Meteen waren alle blikken op haar gericht.

Zelfs een professioneel model dat catwalks en billboards in de hele wereld sierde had avonden waarop ze boven zichzelf uitsteeg. Voor Leah was dit zo'n avond.

Haar haar was in krullen vastgezet op haar hoofd en ze droeg een galajurk van Jean Muir. Het zwarte satijnen lijfje was bewerkt met zilverdraad en de rok, die uit talloze laagjes zwarte tule bestond, zwierde zo zacht als die van een ballerina om haar enkels.

Anthony stak zijn handen naar haar uit. 'Leah, wat kan ik zeggen? Je ziet er... buitengewoon adembenemend uit. Volgens mij ken je de meeste mensen hier al?'

Nadat hij de gasten die ze nog niet kende aan haar had voorgesteld, zochten ze hun zitplaatsen op aan een van de tafels die vol stonden met kristal en antieke porseleinen borden.

Het eten smaakte verrukkelijk en na afloop begon de band te spelen.

'Mag ik deze dans van je?' vroeg Anthony.

'Natuurlijk.' Ze nam zijn uitgestoken hand aan en ze liepen de dansvloer op.

Toen ze op het ritme van de muziek begonnen te bewegen, ving Leah een glimp op van David Cooper, die een paar meter verderop danste. Hij zag haar, zwaaide en glimlachte.

Toen Anthony dat zag, knikte hij even naar hem. 'Ik wist niet dat je David kende.'

'Ik ken hem ook niet. Nou ja, niet zo goed. Ik heb hem maar één keer eerder gezien.'

'Hij is een geval apart. Een beetje een mysterieus type binnen het New Yorkse zakenleven. Meestal mijdt hij dit soort feestjes als de pest, zeker sinds zijn vrouw enkele jaren geleden is gestorven. Let wel, ik weet hoe hij zich voelt. Door zo'n verlies is het verleidelijk om jezelf af te zonderen.'

De band hield op met spelen en ze gingen weer terug naar hun tafel. De museumdirecteur stond op en hield een toespraak over hoe goed het bal van vanavond voor de stichting was, waarna iedereen het glas hief op het in rap tempo naderende nieuwe jaar.

Iedereen telde af tot de klok twaalf uur sloeg. Toen de aanwezigen begonnen te juichen, omhelsde Anthony Leah stevig en gaf hij haar op beide wangen een zoen. 'Gelukkig nieuwjaar, Leah. Ik hoop dat dit jaar je niets dan geluk en rust zal brengen.'

'Dat wens ik jou ook toe.'

Ze gingen de dansvloer op om hand in hand met de overige gasten het traditionele 'Auld Lang Syne' te zingen.

Na afloop voerde de band het tempo op en tilden de deftige dames hun rokken op om te jiven.

'Dit is niet echt iets voor mij,' merkte Anthony op. 'Maar ga gerust je gang, hoor.'

Voordat hij haar los kon laten, kwam iemand hem aftikken. 'Mag ik?' Het was David Cooper.

'Hallo, David. Ja, natuurlijk.' Anthony droeg haar over aan David.

Leah, die nu voor de keuze stond om ronduit onbeschoft te reageren of een dansje met Bretts vader te maken, knikte en begon op de maat van de muziek te bewegen.

'Hoe gaat het met je?' vroeg David.

'Prima, bedankt.'

'Je ziet er prachtig uit vanavond.'

'Dank je.'

'Ik vond het heel jammer, van Brett en jou. Het leek zo serieus tussen jullie.'

Haar stukgelopen relatie ontleden met David Cooper was nou niet bepaald haar ideale begin van het nieuwe jaar.

'Het verbaasde me toen Brett vroeg of hij eerder naar het buitenland kon vertrekken.'

Dus hij was het land uit.

'Ja,' reageerde ze vaag.

'Heb je nu iets met Anthony Van Schiele?'

Ze schudde haar hoofd. 'Nee, hij is mijn baas en we zijn goed bevriend geraakt.'

Glimlachend keek hij haar aan. 'Je mag best eerlijk tegen me zijn, hoor. Ik weet hoe de wereld in elkaar zit. Dat je een korte flirt hebt gehad met mijn zoon wil nog niet zeggen dat je het klooster in moet nu het voorbij is.'

Het liefst zou ze het uitschreeuwen. Deze man had werkelijk geen idee wat ze voor Brett voelde en ze werd er niet goed van dat hij hun relatie afdeed als een korte flirt.

'Ik ben zeker niet van plan het klooster in te gaan, nee! Als je me nu wilt excuseren...' Ze maakte zich van hem los en liep naar de damestoiletten.

Nadat ze haar klamme handen had gewassen, bleef ze nog even treuzelen. Het liefst zou ze naar huis gaan.

Toen ze uiteindelijk toch de lobby in liep, zag ze Anthony al klaarstaan met haar mantel. 'Klaar om te gaan?'

Dankbaar knikte ze. 'Hoe wist je dat?'

Hij voerde haar mee naar de limousine die buiten stond te wachten. 'Ik heb je gezien met David Cooper en kan niet ontkennen dat ik benieuwd ben waar je hem van kent. Wil je nog een slaapmutsje komen drinken in mijn appartement? Dan kun je me er alles over vertellen.'

'Oké.' Waarom ook niet? Per slot van rekening hadden ze de afgelopen week met elkaar onder één dak doorgebracht.

Anthony's appartement op de zevenenzestigste verdieping bestond uit een aantal ruime, comfortabele kamers met een prachtig uitzicht over New York. Net als zijn huis in Southport was het spaarzaam maar elegant ingericht.

'Ook een glaasje? Ik voel me opgelaten als ik in mijn eentje drink,' zei Anthony, terwijl hij de drankenkast opendeed.

'Oké. Zoals je weet heb ik geen principiële bezwaren tegen alcohol, ik vind het gewoon niet lekker.'

Hij knikte. 'Dan maak ik een *crème de menthe frappé* voor je.' Nadat hij de drankjes had gemixt, ging hij tegenover haar zitten. 'Zo, waar ken je David Cooper van?'

Ze wreef in haar vermoeide ogen. 'Dat is een lang verhaal.'

'We hebben de hele nacht de tijd.' Hij hief zijn glas en liet de ijsblokjes erin rinkelen.

'Oké. Weet je nog dat ik toen ik voor het eerst bij je thuiskwam vertelde dat mijn relatie net was stukgelopen?'

'Ja.'

'David Cooper is de vader van mijn ex.' Ze vertelde het hele verhaal, van haar ontmoeting met Brett toen ze nog jonger was tot de trap na die hij haar had gegeven door zonder afscheid te nemen het land uit te gaan.

Anthony hoorde haar zwijgend aan en knikte slechts zo nu en dan.

'Mijn zelfvertrouwen heeft er echt een knauw door gekregen.'

'Dat begrijp ik. Als je zo veel om iemand geeft als jij om Brett gaf, en diegene stelt je teleur, dan doet dat rare dingen met je. Ik wil niet belerend overkomen, maar uiteindelijk kom je er wel overheen. Ik kan het weten.'

'Vast wel, maar toen ik David vanavond zag, kwam alles weer naar boven.'

Opeens zag hij er een beetje nerveus uit. 'Leah, na wat je me zojuist hebt verteld is dit misschien niet helemaal het geschikte moment, maar we zijn altijd eerlijk tegen elkaar geweest, toch?'

'Natuurlijk.'

'Nou, het zit zo…' De normaal gesproken zo welbespraakte Anthony had nu moeite om de juiste woorden te vinden. 'Toen ik je net kende, vond ik je een uitzonderlijk mooie vrouw. Later leerde ik je beter kennen en zag ik hoeveel meer je in je mars hebt. Door je schoonheid vallen je andere kwaliteiten niet meteen op, dus ik heb er oprecht van genoten om te merken hoeveel diepgang je bezit en wat een goed mens je bent.' Met zijn blik op de bodem van zijn glas gericht vervolgde hij: 'Dat klinkt misschien afgezaagd, maar ik wil maar zeggen dat mijn vermoedens de afgelopen week zijn bevestigd. Er is iets gebeurd waarvan ik na de dood van Florence dacht dat het me nooit meer zou overkomen. Ik ben verliefd op je geworden.'

Ze zag dat hij strak naar zijn glas bleef kijken en besloot niets te zeggen. Het was duidelijk dat hij nog niet uitgepraat was.

'Het zit zo. Ik ben er de man niet naar om de ene na de andere vrouw te verslijten en toen ik besefte dat ik van je hield voelde ik me in eerste instantie schuldig. Niet alleen tegenover Florence, maar ook vanwege het leeftijdsverschil tussen ons. Ik heb geprobeerd mezelf voor te houden dat het nooit iets zou kunnen worden en dat je een jonger iemand nodig hebt.' Hij keek haar aan. 'Iemand zoals Brett,' verzuchtte hij. 'Maar nadat ik wat meer tijd met je had doorgebracht, kwam het bij me op dat je zo snel volwassen bent geworden dat je misschien wel behoefte hebt aan iemand die ouder is.' Hij slikte moeizaam. 'Om een lang verhaal kort te maken... ik wil met je trouwen, Leah.'

Er viel een pijnlijke stilte, omdat ze stomverbaasd was door zijn onthulling.

'Nu je me net over Brett hebt verteld, begrijp ik dat je tijd nodig hebt om over hem heen te komen. Ik weet hoe het voelt. Niets is zo pijnlijk als iemand kwijtraken die je lief is, dus neem zo veel tijd als je wilt. Ik vond alleen dat je, voordat we verdergaan met onze, eh... relatie, moest weten wat mijn intenties zijn. Mocht je niet hetzelfde voor mij voelen, dan beloof ik dat we op de oude voet verder kunnen gaan.' Hij stak drie vingers in de lucht. 'Erewoord.'

'Anthony, ik...'

'Zeg maar niets. Dit overvalt je natuurlijk, en ik wil dat alles bij het oude blijft. Je hoeft me pas een antwoord te geven als je daar zelf aan toe bent.'

Met grote ogen keek ze hem aan. 'Bedankt dat je het me verteld hebt, dat was heel moedig van je. Ik vind het een eer dat je me ten huwelijk hebt gevraagd... maar verder weet ik eigenlijk niet hoe ik me voel, want ik heb nog nooit op die manier over onze relatie nagedacht.' Ze keek hem diep in de ogen. 'Ik beloof je dat ik erover zal nadenken.'

Hij zag er een beetje opgelucht uit. 'Fijn, meer vraag ik niet. Goed, morgen vlieg ik voor een paar dagen naar Frankrijk, voor een bespreking. Mag ik je bellen als ik weer terug ben?'

'Natuurlijk.'

'Geweldig. Ik zal Malcolm de auto laten halen om je naar huis te brengen.' Hij liep met haar mee naar de lift en zoende haar weer op haar wangen. 'Pas goed op jezelf, Leah. Tot snel weer. En ik meen het, er zit geen enkele druk achter, dus maak je maar geen zorgen over wat ik vanavond tegen je gezegd heb.'

'Dat zal ik niet doen. Bedankt voor de heerlijke avond.'

De liftdeur ging dicht en ze daalde af naar de lobby, waar Malcolm al stond te wachten. Haar hoofd tolde toen ze zich op de luxe leren achterbank liet zakken. Ondanks wat Jenny op de terugvlucht vanuit New England tegen haar had gezegd, had ze dit echt niet zien aankomen. Ze had zelfs nog nooit met Anthony gezoend. Hun relatie was vriendschappelijk. Ja, het was een innige vriendschap, maar meer ook niet. Of toch wel?

Na de half uur durende rit stak Leah de sleutel in het slot en ging ze het donkere appartement in. Ze wilde meteen doorlopen naar haar slaapkamer, maar een geluid weerhield haar daarvan. Het klonk heel zwak, een beetje als een gewond dier. Ze volgde het zachte gejammer naar de woonkamer, maar daar was het aardedonker. Haastig zocht ze naar de lichtschakelaar en draaide die naar de dimstand.

Daar, ineengedoken op het midden van de vloer, zat Jenny. Ze was naakt en wiegde rillend heen en weer terwijl ze alsmaar zacht bleef jammeren.

Toen Leah dichterbij kwam, hapte ze geschrokken naar adem.

Jenny's hele lichaam was bont en blauw.

24

Aangezien Jenny haar aanwezigheid nog steeds niet leek op te merken, nam Leah een paar tellen de tijd om tot bedaren te komen. Vervolgens liet ze zich naast haar vriendin op haar knieën zakken, voorzichtig, om haar niet te laten schrikken. 'Jenny, ik ben het, Leah.'

Jenny schrok van haar hand op haar schouder. 'O god,' kreunde ze.

Leah trok haar fluwelen mantel uit, sloeg die om de schouders van het rillende meisje en zette de gashaard aan. 'Ga hier maar zitten, anders raak je nog onderkoeld.' Langzaam hielp ze haar naar de warmte van het vuur toe. Haar vriendin huilde nu zachtjes, maar Leah kon haar alleen maar stevig vasthouden. 'Jenny toch,' fluisterde ze. 'Waarom heeft hij dit gedaan?'

'Ik... ik zei dat we het zo fijn hadden gehad in Woodstock en dat het zo goed klikte tussen Jack en mij. Daarop beschuldigde hij me ervan dat ik met hem het bed in was gedoken. Hij... hij noemde me... een hoer. Hij probeerde me te wurgen en...' Meer kon ze niet uitbrengen.

Toen ze opkeek, zag Leah dat de rode afdrukken op de tere huid van haar hals al grijs en blauw begonnen te kleuren. 'Waar is hij nu?'

'In mijn bed, diep in slaap. Hij was stomdronken. Waarschijnlijk weet hij er morgen niets meer van.'

De gedachte dat de man die dit op zijn geweten had een paar meter verderop lag te slapen, bezorgde Leah de rillingen. Koortsachtig dacht ze na over wat ze nu moest doen. 'Ik ga de politie bellen.'

'Nee! Niet doen!' Doodsbenauwd keek Jenny haar aan. 'Alsjeblieft, Leah,' smeekte ze. 'Niet doen!' Ze begon steeds harder te praten en was de hysterie nabij.

Het laatste wat Leah nu wilde was Miles wakker maken, dus zei ze: 'Oké, rustig maar. Ik zal de politie niet bellen, maar ik denk dat we wel beter naar het ziekenhuis kunnen gaan om je te laten onderzoeken.'

'Nee! Hij heeft me niet echt pijn gedaan. Ik was gewoon geschrokken. Het gaat prima, echt waar.'

'Weet je zeker dat je geen pijn hebt?'

'Een zeurend gevoel in mijn hals, meer niet. Dwing me alsjeblieft niet om naar het ziekenhuis te gaan. Dan vragen ze wie dit gedaan heeft en ik kan al die vragen nu niet aan. Als ik me morgen niet beter voel, ga ik alsnog, dat zweer ik.'

'Je weet dat dit zo niet verder kan, toch? En dat Miles hier morgen weg moet?'

Jenny knikte langzaam. 'Hij had me wel kunnen vermoorden.'

Schuldbewust bedacht Leah dat ze beter naar haar intuïtie had moeten luisteren en hem er de vorige keer al uit had moeten gooien. 'Kom, dan stop ik je in bed. Vannacht kun je bij mij slapen, maar ik wil dat je morgenochtend meteen naar de spoedeisende hulp gaat om je te laten nakijken. Je mag pas na de lunch terugkomen. Ik heb nog een appeltje met Miles te schillen.'

'Waarom maak ik er toch steeds zo'n puinhoop van? In Woodstock had ik echt het gevoel dat ik erbovenop begon te komen. Ik was gelukkig. Ik verheugde me erop om Miles weer te zien en mijn carrière weer op de rit te krijgen. En nu? Het lijkt allemaal zo zinloos. Waarom, Leah, waarom?'

Langzaam schudde Leah haar hoofd, en ze hielp Jenny overeind. 'Ik weet het niet, Jenny. Ik weet het echt niet.'

25

De volgende ochtend stuurde Leah een intens verdrietige Jenny naar de dokter. Daarna ging ze met een kop hete, sterke koffie in de woonkamer op Miles zitten wachten.

Om elf uur hoorde ze Jenny's deur opengaan. Haar hart begon wild te bonken toen Miles in Jenny's badjas gehuld de woonkamer in liep.

'Môgge. Wil je koffie?'

'Ik heb al.' Ze liep achter hem aan naar de keuken en keek toe terwijl hij op zijn dooie gemakje de waterkoker vulde en aanzette.

'Nog de beste wensen trouwens.' Hij glimlachte. 'Het was me het nachtje wel.'

'Dat kun je wel zeggen, ja. Ga even zitten, ik moet met je praten.'

Hij leek lichtelijk verbaasd door de strenge manier waarop ze hem toesprak. 'Oké. Waar is Jenny eigenlijk?'

'De deur uit.'

'O. Ik had niet verwacht dat ze zo vroeg uit de veren zou zijn. We hadden gisteren allebei iets te veel gedronken.' Het water kookte en hij schonk zijn beker vol voordat hij tegenover haar ging zitten.

Ze vond het schrikbarend dat hij zo nonchalant overkwam na wat hij vannacht had aangericht. 'Miles, toen ik vannacht om drie uur thuiskwam, trof ik Jenny huilend aan. Ze was helemaal over haar toeren en zei dat je hebt geprobeerd haar te wurgen.'

Geschokt keek hij haar aan. 'Wat?' vroeg hij lacherig. 'Dan had ze écht te veel gedronken.'

'Dat denk ik niet. Ze zat onder de blauwe plekken, alweer. Een maand geleden had ze ook al een opgezwollen gezicht en eén blauw oog.'

Op zijn gezicht verscheen een duistere uitdrukking en zijn priemende ogen schitterden. 'Wil je nou zeggen dat ik dat heb gedaan?'

'Ja. Dat heeft ze me zelf verteld, en wie moet het anders zijn geweest? Jij was gisteravond de hele tijd bij haar.' Het drong tot haar door hoe absurd dit gesprek eigenlijk was. 'Een maand geleden wilde ik je het huis al uit zetten, maar daar wilde Jenny niets van weten. Ze zei dat je je excuses had aangeboden en had beloofd dat je het nooit meer zou doen. Daarom heb ik het erbij gelaten. Maar Miles, dit gaat zo niet langer. Ik wil dat je vandaag nog vertrekt.'

Zonder iets te zeggen staarde hij haar aan. In zijn ogen lag diezelfde blik die haar als kind al de rillingen had bezorgd. Ze voelde zich er bijna vies door. 'Dus je gelooft haar?'

'Ja, natuurlijk. Ik heb de blauwe plekken zelf gezien en ik heb geen enkele reden om aan haar te twijfelen. Maar goed, ik wil dat je vanochtend nog je spullen pakt en voor het middaguur vertrokken bent. Je boft nog dat Jenny geen aangifte wil doen. Als je weggaat en belooft dat je nooit meer contact met haar opneemt, zal ik de politie ook niet inlichten. Omwille van je familie.'

'Welke familie?'

'Rose, Miranda en Chloe uiteraard. Die zouden er kapot van zijn als je voor de rechter moest verschijnen omdat je een vrouw hebt afgerost.'

Hij stond op en liep langzaam naar haar toe, tot hij boven haar uittorende.

Voor het eerst voelde ze de angst door haar lichaam gieren.

'Jij weet alles van mijn familie af, of niet soms? Al toen we nog klein waren probeerde je erbij te horen, eerst door bij Rose te slijmen en later door dat stomme neefje van me te verleiden. Je hebt wel lef, om andere mensen de les te lezen. Alsof jij zo perfect bent.'

Toen hij zijn hand naar haar gezicht bracht, dacht ze even dat hij haar zou slaan. In plaats daarvan volgde hij met zijn vingers langzaam de contouren van haar wang en liet hij ze vervolgens via haar hals naar haar borst dwalen.

Dat was de druppel. Ze sprong op. 'Kappen, Miles! Blijf met je gore tengels van me af! Maak dat je wegkomt, nu meteen, anders bel ik de politie!'

'Oké, ik ga al.' Hij slenterde weg, maar draaide zich bij de deur om. Met een glinstering in zijn donkere ogen staarde hij haar aan. 'Hier krijg je spijt van, schat.'

Tien minuten later kwam hij terug met zijn koffer en smeet hij de voordeursleutel op de vloer. 'Ik kom er zelf wel uit. Ciao.'

De voordeur sloeg dicht en ze hoorde de lift naar beneden gaan. Ze hoopte vanuit de grond van haar hart dat ze Miles Delancey nooit meer zou zien. Hij riep een vreselijke, kille angst bij haar op, waardoor ze op dit moment geen vin kon verroeren. Het was weer net als toen ze zestien was geweest, alleen met hem in de schuur van Rose.

Kom op, Leah. Hij komt heus niet meer terug. Hij weet ook wel wat anders de gevolgen zullen zijn.

Twee uur later hoorde ze de sleutel in het slot en bedacht ze hoe moeilijk het zou worden om haar vriendin er wederom van te overtuigen dat het leven de moeite waard was.

Met een bleek gezicht waar de ellende van afdroop verscheen Jenny in de woonkamer. 'Is hij weg?'

'Ja, lieverd.'

'O.' Prompt barstte ze in tranen uit.

Leah stond op en sloeg haar armen om haar heen.

'Ik hield echt van hem. Wat moet ik nu toch?' vroeg Jenny huilend.

'Gewoon doorgaan en je blik op de toekomst gericht houden. Het spijt me, maar je ziet zelf toch ook wel in dat je beter af bent zonder die klootzak? Ik ken Miles al heel lang en heb me nooit bij hem op mijn gemak gevoeld. Een man die een vrouw zoiets kan aandoen, is in- en inslecht.'

'Dat weet ik, maar hij gaf me weer een reden om te leven. Voordat ik hem kende, was ik zo somber, en nu is hij weg.'

'Maar Jenny, denk eens aan hoe gelukkig je in Woodstock was. Waarom bel je Jack niet even? Hij kan je vast opvrolijken.'

'Nee, die is met zijn vriendin op reis om het nieuwe jaar in te luiden. Ik sta bij niemand bovenaan zijn prioriteitenlijstje.'

'Bij mij wel. We hebben elkaar toch? Toe nou, Jenny, je mag echt de moed niet opgeven. Er komt wel weer een andere man die van je houdt en voor je zorgt, en die je geen pijn doet.'

Jenny liet zich op de bank zakken. 'Is het het allemaal wel waard?'

Toen Leah de tranen van Jenny's gezicht veegde, besefte ze dat ze sterk moest zijn omdat haar vriendin nu wel wat positiviteit kon gebruiken. 'Natuurlijk wel. Je hebt gewoon pech gehad, dat is alles. Binnenkort gaat het heus wel weer beter, geloof me.'

Jenny pakte haar hand beet. 'O, Leah. Jij bent altijd zo sterk. Was ik maar zoals jij. Je bent altijd zo lief voor me, en ik bezorg je alleen maar problemen.'

'Daar heb je vriendinnen voor. Het enige wat ik ervoor terugvraag is dat je probeert hier zo snel mogelijk overheen te komen. Beloof je dat?'

Wanhopig schudde Jenny haar hoofd. 'Dat kan ik niet. Miles was alles voor me. Nu heb ik niets meer.'

'Kom op, zo moet je niet denken.' Ze probeerde koortsachtig te bedenken hoe ze haar vriendin kon opvrolijken. 'Wat zei de dokter?'

'Niet zo veel. Je weet hoe dokters zijn. Hij geloofde niet dat ik van de trap was gevallen, maar zei dat hij niets voor me kon doen zolang ik hem de waarheid niet vertelde. Lichamelijk is er niets met me aan de hand. Hij heeft me slaaptabletten en valium voorgeschreven.'

'Geef die pillen maar aan mij. Daar beginnen we niet meer aan.'

'Ik heb ze niet eens opgehaald bij de apotheek.'

'Goed zo. Beloof je dat je dat niet alsnog zult doen? Jezelf volstoppen met medicijnen helpt niet, dat weet je toch wel?'

Jenny knikte.

'Ga anders even liggen, dan breng ik je zo een kop thee. Je zult wel uitgeput zijn.'

Moeizaam stond Jenny op. 'Ja, ik ben best een beetje moe.' Ze gaf nog een kneepje in Leahs hand. 'Bedankt voor alles.'

'Ga nou maar, ik kom er zo aan.'

Terwijl Jenny de keuken uit sjokte, vulde Leah de waterkoker en vroeg zich af hoe het nu verder moest. Zij was niet de aangewezen persoon om iemand te helpen die zo depressief was, en na wat er de vorige keer was gebeurd drukte de verantwoordelijkheid zwaar op haar schouders. Uiteindelijk besloot ze Jenny's contactpersoon in het ziekenhuis te bellen.

De receptioniste wist te melden dat de dokter morgen pas zou terugkomen van vakantie en raadde haar aan om het dan nog eens te proberen.

Ze hing op. Als Jenny morgenochtend nog steeds zo labiel was, zou ze meteen bellen.

'Kijk eens aan.' Leah gaf de dampende mok thee aan het zielige figuurtje in bed.

'Dank je.'

'Wil je dat ik bij je blijf?'

Jenny schudde haar hoofd. 'Nee, ik red me wel. Ik voel me heel slaperig, dus ik ben vast zo vertrokken.'

'Oké, roep maar als je iets nodig hebt. Ik ga naar mijn kamer.'

Ze deed de deur achter zich dicht en ging naar haar slaapkamer in de hoop zelf ook wat slaap te kunnen inhalen.

Voor het eerst die dag moest ze weer aan Anthony's aanzoek denken. Door die toestand met Jenny en Miles had ze daar nog niet de kans voor gehad.

Hield ze van Anthony? Ze voelde zich bij hem op haar gemak, hij zorgde goed voor haar en hij begreep haar volkomen, wat nog het zeldzaamst van alles was. En ja, ze vond hem aantrekkelijk.

Maar of ze met hem wilde trouwen, dat wist ze zo net nog niet.

Om half elf die avond ging ze naar Jenny's slaapkamer. Ze zat rechtop in bed een appel te eten en televisie te kijken. Haar haar was glanzend geborsteld en naar omstandigheden zag ze er opvallend goed uit. Leah ging op de rand van het bed zitten en pakte Jenny's hand beet.

'Hoi. Ik voel me al een stuk beter.'

'Zo zie je er ook uit. Wil je vannacht in mijn kamer slapen?'

'Nee, ik red me wel.'

'Weet je het zeker?'

Jenny schonk haar een stralende glimlach. 'Absoluut.'

'Ik ben echt trots op je, Jenny. Als er iets is, weet je me te vinden, hè? Slaap lekker.' Na dat gezegd te hebben, stond ze op.

'Leah?' Jenny trok haar naar zich toe. 'Je hebt de afgelopen maanden fantastisch voor me gezorgd. Een betere vriendin had ik me niet kunnen wensen. Ontzettend bedankt daarvoor. Ik hou van je.' Ze sloeg haar armen stevig om Leah heen.

'Ik hou ook van jou. Gelukkig nieuwjaar, schat.'

'Jij ook. Je verdient het allerbeste. Blijf gewoon jezelf, dan komt alles goed.'

Vlak voordat de deur dichtging, zwaaide Jenny naar Leah. 'Vaarwel,' fluisterde ze door haar tranen heen.

De volgende ochtend bracht Leah om negen uur een dampende kop koffie naar Jenny's kamer.

Voordat ze ook maar iets had gezien, wist ze door de sterke alcohollucht al dat het ergst denkbare was gebeurd.

Ze deed het licht aan en liep naar het bleke, roerloze lichaam van haar vriendin toe. Nadat ze de lege whiskyflessen en pakjes valium van het dekbed had gepakt, voelde ze aan Jenny's pols.

Daarna nam ze het meisje in haar armen en hield haar stevig vast. 'O, lieverd toch.'

Ze barstte in tranen uit.

26

Miranda stond voor de spiegel om voor de laatste keer te controleren hoe ze eruitzag. Na lang nadenken had ze gekozen voor een eenvoudig crèmekleurig zijden mantelpakje van Zandra Rhodes, afgezet met hermelijnbont.

De afgelopen nacht had ze geen oog dichtgedaan en uiteindelijk was ze om vijf uur opgestaan en uren bezig geweest om haar donker gekleurde haar in model te brengen.

Ze keek op haar horloge. Vijf voor tien. Ian kon haar elk moment komen ophalen en met haar en haar tasje vol logeerspullen op weg gaan naar hun nieuwe leven samen.

Gisteren had ze Roger gebeld en gevraagd of hij haar naar de bank wilde brengen. Daar had ze de rekening die Santos voor haar had geopend helemaal leeggehaald. Vijfduizend pond in contanten en nog eens twintigduizend op een cheque op de nieuwe naam in haar paspoort. Waarschijnlijk zou Ian zich daar zorgen om maken, maar tegen de tijd dat Santos erachter kwam zouden ze al honderden kilometers hiervandaan zijn, en ze konden het geld goed gebruiken.

Ze liep naar de woonkamer en ging zitten. Haar handen waren nerveus in elkaar geslagen en ze hield de kleine klok op de schoorsteenmantel nauwlettend in de gaten.

'Alsjeblieft, Ian, niet te laat komen,' mompelde ze. Sinds ze met zijn plan had ingestemd, ontwaakte ze elke nacht badend in het zweet uit levensechte dromen over Santos die op de luchthaven kwam opdagen en probeerde te verhinderen dat ze in het vliegtuig stapten.

Het werd tien uur en Miranda bleef als verstijfd zitten wachten.

Ze dacht terug aan wat Ian gezegd had: 'Als ik er om half elf niet ben, pak je je tas, ga je de flat uit en zet je het op een rennen tot je een taxi hebt gevonden. We zien elkaar in het gemeentehuis. Als dat niet lukt, neem je een taxi naar Heathrow en zie ik je in de vertrekhal.'

Miranda wist dat hij Roger vanochtend voor een klusje op pad had gestuurd en de chauffeur had gisteren tegen haar gezegd dat hij tot de lunch niet beschikbaar was. De kust was nog nooit zo veilig geweest.

Voor de honderdste keer keek ze in haar kleine handtas naar het adres van het gemeentehuis, ook al kende ze dat inmiddels uit haar hoofd.

Toen het kwart over tien werd, hield ze het niet langer uit. Ze stond op en schonk een flink glas wodka voor zichzelf in. De smakeloze vloeistof gleed door haar keel.

Om vijf voor half elf was ze zo zenuwachtig dat ze begon te ijsberen. 'Kom nou toch, alsjeblieft,' herhaalde ze keer op keer.

De stilte in de kamer was oorverdovend en om afleiding te zoeken zette ze de televisie aan. Ze zou tot tien over half elf wachten en dan doen wat Ian had gezegd en een taxi naar het gemeentehuis nemen.

Wezenloos staarde ze naar het scherm, waarop het journaal van half elf begon.

Opeens kwam Ians gezicht in beeld.

Miranda vroeg zich af of ze hallucineerde. Ze liep naar voren en luisterde aandachtig naar wat de nieuwslezer te zeggen had.

'… gisteravond om acht uur omgekomen bij een aanrijding waarbij de automobilist is doorgereden. De politie is op zoek naar getuigen die de bestuurder van de auto hebben gezien. En dan nu het weer. Het koudefront…'

Ians gezicht verdween uit beeld.

Miranda liet zich op de vloer zakken en had het gevoel dat ze elk moment kon flauwvallen. 'O god, nee…' Ze wiegde heen en weer, niet in staat om te bevatten wat ze zojuist had gezien. Haar vingers en tenen tintelden en haar hart ging vervaarlijk snel tekeer. Ze haalde diep adem in een poging zichzelf weer in de hand te krijgen.

De duizelingen trokken weg en ze kwam op onvaste benen overeind om de wodkafles te pakken. Ze nam een enorme slok en ging weer op de bank zitten.

Iets zei haar dat het van het grootste belang was om haar verstand erbij te houden, dus dwong ze zichzelf om te bedenken wat ze nu moest doen.

Ian was dood. Was het een ongeluk geweest? Daar geloofde ze niets van.

Santos moest erachter zijn gekomen dat ze iets met elkaar hadden.

Alles wat Ian haar over Santos had verteld schoot weer door haar heen. Hij had haar gewaarschuwd dat zijn baas niet zou schromen om iemand te vermoorden.

Miranda verkeerde in levensgevaar en had geen seconde te verliezen. Hoewel het haar enorm veel moeite kostte, zette ze haar woede en verdriet aan de kant. Nu was het zaak om te overleven. Als ze niet opschoot, zat het er dik in dat zij ook zou worden vermoord.

Puur op instinct pakte ze haar tas en liep naar de voordeur. Toen ze die opendeed, zag ze een bekend gezicht. 'Nee!' Ze probeerde zich langs de chauffeur heen te werken en beukte met haar vuisten tegen zijn borst.

Hij tilde haar moeiteloos op en droeg haar ondanks haar geschop en geschreeuw terug de flat in. 'Hou je bek!' Toen ze hysterisch bleef krijsen, sloeg hij haar een paar keer in haar gezicht.

'Moordenaar! Moordenaar!'

'Denk je soms dat we allemaal achterlijk zijn en oogkleppen ophebben? Ik waarschuw je, dame. Als je nog meer problemen veroorzaakt, gaat dat krengetje van je in Yorkshire eraan! Begrepen?' Hij smeet een envelop op haar schoot. 'Ik laat je hier achter zodat je kunt kalmeren. Kijk maar in de envelop en vergeet niet wat ik tegen je gezegd heb. Meneer Santos is hier helemaal niet blij mee. En we weten allemaal wat er dan gebeurt.'

Toen ze de voordeur hoorde dichtslaan, maakte ze de bruine envelop open. Er zaten foto's in van haar dochter, Chloe. Ze stond buiten het gebouw van de crèche in Oxenhope, hield stevig de hand van mevrouw Thompson vast en droeg een jurk die Miranda vlak voor vertrek voor haar had gekocht.

Bij de aanblik van haar prachtige dochter en het gelukkige tafereeltje begon ze weer te huilen. Ze rende naar de telefoon en nam de hoorn van de haak, maar de lijn was dood. Daarna probeerde ze de voordeur. Die zat van buitenaf op slot.

Ze zat in de val.

Miranda dronk de rest van de wodka op en begon vervolgens aan de whisky. Drie uur later voelde ze zich verdoofd.

De oplossing lag voor de hand. Ze liep naar de keuken en pakte het grootste broodmes dat ze kon vinden. Als zij dood was, zou Chloe veilig zijn en zou Santos naar een ander slachtoffer op zoek gaan.

Ze zette het mes tegen haar pols en drukte tot ze een beetje begon te bloeden.

Die aanblik zorgde ervoor dat ze het mes op de grond smeet. Nee, zo laf was ze niet. Zij was de enige persoon die het Santos nog betaald kon zetten dat hij haar kapot had gemaakt en Ian had vermoord.

Opeens voelde ze zich heel sterk. Ze pakte een kostbaar antiek beeldje van het aanrechtblad en smeet het in de richting van de deur. Het spatte in honderden stukjes uit elkaar. 'Klootzak! Ik krijg je nog wel.' Zacht voegde ze eraan toe: 'Namens ons allebei.'

27

'Want stof zijt gij, en tot stof zult gij wederkeren,' zei de dominee ingetogen.

Leah zag het oudere echtpaar steun zoekend bij elkaar naar het open graf lopen. De vrouw liet een roze roos op de kist vallen, viel haar man in de armen en begon zacht te huilen. De grijze januariochtend sloot perfect aan op het verdriet van de twee.

Toen Jenny's moeder langs Leah heen liep, pakte ze haar hand. De vrouw had dezelfde prachtige blauwe ogen die haar dochter zo adembenemend hadden gemaakt. 'Nogmaals bedankt, Leah. Ik weet dat je hebt gedaan wat je kon. Jenny beschouwde je als een zusje. Ze had het altijd over hoe goed je voor haar zorgde.' De vrouw kreeg even een afwezige blik in haar ogen, kneep in Leahs hand en liep verder.

De aanwezigen weken uiteen toen Leah naar voren trad en zich schrap zette om naar het graf te kijken. 'Dag, Jenny. Ik hou van je,' fluisterde ze. Het lukte haar niet om haar tranen de vrije loop te laten. Het was ook allemaal zo onwerkelijk. Ze kon zich gewoonweg niet voorstellen dat de eikenhouten kist die bezaaid was met bloemen ook maar iets met haar jonge, mooie vriendin te maken had.

Andere gasten hadden tranen met tuiten gehuild, Madelaine in het bijzonder.

Toen Leah bij het graf vandaan liep, voelde ze een hand op haar schouder.

'Gaat het?'

De stem klonk krachtig en geruststellend en ze keek op naar Anthony. Naast hem stond Jack, met een verdrietige blik in zijn ogen.

'Ja. We kunnen maar beter teruggaan naar het appartement. Volgens mij heb ik de meeste mensen al gesproken en een routebeschrijving gegeven.'

Hij knikte en sloeg een arm om haar heen. Achter de laatste rouwenden aan liepen ze de begraafplaats af.

Tijdens de korte rit in de limousine zei Leah niets. Na wat er zojuist was gebeurd, leek alles wat ze kon zeggen te afgezaagd.

Toen ze de deur van het appartement opendeed, zat de woonkamer al vol met gasten en brachten de mensen van de catering glazen sherry en frisdrank rond.

De flarden van de gesprekken die Leah opving maakten haar misselijk. Iedereen had het over het nieuwste Britse talent uit de modellenwereld en de *Vogue* van afgelopen maand.

Het leek wel of Jenny nooit had bestaan.

'Schat, ik heb er gewoon geen woorden voor. Dit is zo tragisch. Jenny was een van de beste meisjes die ik ooit gehad heb.' Madelaine, in haar zwarte Lanvin-pakje met bijpassend voilehoedje de belichaming van de elegante rouwende vrouw, kwam voor haar staan.

Leah kon het wel uitschreeuwen. Deze vrouw had geen ene moer om Jenny gegeven toen ze het moeilijk had. Het enige waar zij zich zorgen om had gemaakt was dat haar 'product' zou ontsporen en dat zij daardoor inkomsten zou mislopen. Net als alle andere hypocrieten in dit vertrek was ze net zo verantwoordelijk voor de dood van haar vriendin als Jenny zelf. Toen het goed ging hadden ze maar al te graag geld aan haar verdiend, maar zodra het moeilijk werd hadden ze haar laten vallen als een baksteen.

Leah verbeet haar woede. 'Anthony, dit is Madelaine, de eigenaresse van Femmes.'

Madelaine schudde hem de hand. 'Aangenaam kennis te maken, meneer Van Schiele. Leah heeft me veel over u verteld. Haar campagne voor Chaval lijkt erg goed te lopen. Ik hoorde dat de verkoop met een kwart is gestegen sinds zij begonnen is. Dat is de kleine vergoeding die ik vroeg meer dan waard, vindt u niet?' Flirterig lonkte ze met haar wimpers naar hem.

Vol walging keek Leah haar aan.

De afgelopen week was ze verdoofd geweest door het verdriet, de schrik en het schuldgevoel omdat ze de dood van haar vriendin niet had kunnen voorkomen. Het grootste gedeelte van de tijd had ze door het griezelig stille appartement geijsbeerd en geprobeerd de zin van dit alles in te zien. Dat was niet gelukt, maar ze had wel een besluit genomen. De schijnwereld waarin ze leefde had een jong, beeldschoon meisje kapotgemaakt. Jenny's leven had nog maar net moeten beginnen, ze zou niet in een kist onder de grond moeten liggen. Het was een corrupte wereld en hoewel Leah vermoedde dat het in andere bedrijfstakken niet veel beter was, had ze een adempauze nodig om weer te kunnen voelen hoe fijn het was om te leven en jong te zijn. Ondanks haar eenentwintig lentes voelde ze zich een verbitterde oude vrouw.

Ze was er klaar mee.

Jullie passen goed bij elkaar. Heel goed.

Jenny's woorden kwamen weer in haar op.

Terwijl Leah naar Madelaine staarde, wist ze opeens wat haar te doen stond. Zij had het enige wapen in handen waarmee ze deze harde, kille vrouw die Jenny zo wreed had behandeld kon raken. Ze dacht terug aan de withete woede die zich van haar meester had gemaakt toen Madelaine er een stokje voor had gestoken dat ze Carlo aanklaagde, de man die haar relatie met Brett de vernieling in had geholpen.

Met een intens tevreden gevoel pakte ze Anthony's hand beet. 'Madelaine, ik moet je iets vertellen. Nadat ik mijn lopende opdrachten heb afgerond, stop ik voorgoed met modellenwerk.'

De glimlach op Madelaines gezicht maakte plaats voor afgrijzen. Het geld dat ze aan Leah had verdiend had haar een mooi huis in Cap d'Antibes en een Porsche 924 opgeleverd. 'Ik... Maar... Waarom?'

Leah had haar nog nooit sprakeloos gezien en verkneukelde zich om de gepijnigde uitdrukking op haar gezicht. Ze hoopte maar dat Jenny hier ergens was en ervan mee kon genieten.

Ze keek naar Anthony. In zijn ogen lag een verbaasde blik, maar die verdween al snel.

'Waarom?' vroeg Madelaine nogmaals.

Leah bleef Anthony aankijken, pakte zijn hand steviger vast en glimlachte. 'Omdat Anthony en ik zo snel mogelijk met elkaar willen trouwen.'

Deel 3

maart tot augustus 1984

1

New York, maart 1984

Toen Leah ontwaakte, hoorde ze het zachte getjilp van de vogels die de komst van het voorjaar aankondigden. Ze hield haar ogen dicht en genoot van de paar vredige momenten tussen slapen en wakker worden, nu elke spier in haar lichaam nog ontspannen en uitgerust aanvoelde.

Met tegenzin deed ze haar ogen open en keek naar de klok op het nachtkastje. Half negen. Ze had Anthony vanochtend niet eens horen vertrekken.

Gedurende de eerste drie maanden van haar twee vorige misgelopen zwangerschappen was ze aldoor uitgeput geweest en nu, na tien weken zwangerschap, voelde ze zich opnieuw hondsmoe.

Langzaam stapte ze uit het grote comfortabele bed en liep ze de aangrenzende badkamer in. Ze liet de grote ronde badkuip vollopen, sprenkelde er wat badolie in en ging erin liggen, met een washandje over haar gezicht. Terwijl ze rustig ademhaalde, vroeg ze zich af hoe ze de komende dag zou invullen.

Anthony en dokter Adams, haar gynaecoloog, stonden erop dat ze zich zo min mogelijk inspande. Niet paardrijden, niet zwemmen in het prachtige binnenzwembad... kortom, niets wat belastender was dan een bladzijde van een boek omslaan.

Ze stapte uit bad, wikkelde een grote handdoek om zich heen en liep naar haar kleedkamer om een outfit uit te zoeken.

Voor de hoge kamerspiegel bleef ze staan en keek naar haar lichaam, dat nog net zo strak was als toen ze de cover van talloze tijdschriften in de hele wereld had gesierd.

Met een diepe zucht trok ze een zachte kasjmieren jumpsuit aan. Hoewel ze het nooit aan Anthony zou toegeven, miste ze die tijd weleens. Destijds voelde ze zich nog nuttig. Als zij te laat aankwam voor een opdracht, bracht ze daarmee de hele ploeg die voor de shoot was ingehuurd in de problemen.

De afgelopen twee jaar had ze gerust elke dag in bed kunnen blijven, zonder dat iemand behalve Anthony daar iets van had gemerkt.

'Stel je niet zo aan, Leah. Je wordt een verwend nest,' zei ze tegen haar spiegelbeeld. Ze verliet de kleedkamer en liep over de dikke vloerbedekking van de overloop, de trap af en de grote hal door.

Er stond al een licht ontbijt van croissants, fruit en cafeïnevrije koffie voor haar klaar in de serre waar ze 's ochtends graag zat om naar de prachtige tuinen te kijken. Vanochtend was het uitzicht nog mooier dan anders. De laatste sneeuw was weggespoeld door een maarts regenbuitje en voor het eerst dat jaar scheen de zon echt, als een voorbode van de wedergeboorte van de natuur. Ze ging aan tafel zitten, schonk koffie in en hoopte maar dat dit een goed voorteken was voor haar eigen kindje.

Nog maar vier weken te gaan voordat ze de riskantste periode voorbij was. De vorige keren had ze bij twaalf en veertien weken een miskraam gekregen. Dokter Adams was ervan overtuigd dat als ze die grens wist te passeren, ze de zwangerschap zou kunnen voldragen.

Leah vond het niet eerlijk. Hoewel ze nooit had gerookt, haar hele leven nauwelijks alcohol had gedronken en in topconditie verkeerde, leek ze maar niet voor elkaar te krijgen wat miljoenen andere vrouwen schijnbaar geen enkele moeite kostte. Na beide miskramen was ze uitgebreid onderzocht, maar de specialisten hadden geen oorzaak kunnen vinden. Volgens hen was ze kerngezond en mankeerde er niets aan haar voortplantingsorganen. Misschien zou dat haar moeten opbeuren, maar het maakte haar zelfs nog somberder, want nu had ze geen excuus voor haar probleem.

Ze wilden allebei dolgraag een kindje. Nu Anthony halverwege de veertig was, was hij zich ervan bewust dat de jaren veel te snel voorbijgingen. Ondanks zijn leeftijd was hij echter nog hartstikke vruchtbaar, terwijl zij op haar drieëntwintigste maar tegen de grenzen van haar eigen lichaam bleef aanlopen.

Als het nu weer misging, wist ze dat ze de mentale kwelling van een nieuwe zwangerschap niet nog eens aan zou kunnen. Van elk steekje, elk pijntje dat haar onder normale omstandigheden niet eens zou zijn opgevallen, raakte ze nu in paniek.

Verstandelijk gezien wist ze ook wel dat het niet gezond was om zo obsessief met zwanger worden bezig te zijn. Het afgelopen jaar had alleen maar daarom gedraaid en was haar verder zo gelukkige huwelijk onder druk komen te staan. Anthony toonde niets dan vriendelijkheid, liefde en begrip, maar zij gedroeg zich onredelijk en kortaangebonden.

Als ze nou gewoon maar één kindje op de wereld kon zetten...

Ze wist zeker dat ze dan niet meer zo somber zou zijn. Per slot van rekening had ze verder alles wat een vrouw zich maar kon wensen. Een geslaagd huwelijk, een prachtig huis en genoeg geld om te kunnen doen wat ze maar wilde.

Anthony had erop gestaan dat ze haar inkomsten uit haar tijd als model apart zou zetten omdat hij toch genoeg had voor hen allebei, dus hadden ze het geld geïnvesteerd en had ze daardoor inmiddels een bescheiden fortuin vergaard.

Vaak nam ze het zichzelf kwalijk dat ze zo egoïstisch was. Ze werd zo in beslag genomen door haar probleem dat ze haar dromen om iets goeds met haar geld te doen had laten varen. Als ze naar de radio luisterde, voelde ze zich schuldig omdat de nieuwslezer de ene na de andere ramp beschreef. Er was zo veel honger en geweld in de wereld waardoor duizenden mensen dakloos waren en zelfs het leven lieten. Op zo'n moment hield ze zichzelf voor hoeveel geluk ze had gehad en dat ze iets moest doen om te helpen. Maar zodra ze weer een pijntje in haar buik voelde, raakte ze opnieuw verstrikt in haar eigen zorgen.

Terwijl ze een kiwi in nette plakjes sneed, nam ze zich iets voor.

Als deze baby geboren is, ga ik eindelijk iets zinvols met mijn leven doen.

De post lag netjes klaar op een zilveren presenteerblaadje. Ze bekeek de enveloppen, haalde de brieven die aan hen beiden waren geadresseerd eruit en legde die voor Anthony apart. Het waren allemaal uitnodigingen voor benefietgala's, vernissages en officiële diners. Dat maakte haar somber, want ze wist dat ze nergens heen kon tot de baby geboren was.

Haar hart maakte een sprongetje toen ze het bekende handschrift van haar moeder zag. Nieuwsgierig maakte ze de envelop open. Hoewel ze elkaar wekelijks spraken, was het al meer dan twee jaar geleden dat ze in Engeland was geweest. Door alle miskramen, de daaropvolgende depressies en de nieuwe zwangerschap kwam het gewoon nooit goed uit. Nu zou het nog minstens acht of negen maanden duren voordat ze terug kon. Tenminste, als ze erin slaagde om deze zwangerschap tot een goed einde te brengen.

Haar moeder hield haar op de hoogte van de roddels in Oxenhope. Ze werkte nog steeds parttime voor Rose, al hoefde ze dat voor het geld niet meer te doen aangezien Leah haar ouders jaarlijks van een ruim inkomen voorzag. Haar moeder zei echter dat ze het fijn vond om iets omhanden te hebben.

Leah was gefascineerd door de raadselachtige verdwijning van Miranda. Kennelijk had niemand haar na het feest op Leahs eenentwintigste verjaardag in Londen nog gezien. Ze was ervandoor gegaan, had de kleine Chloe aan haar lot overgelaten en niets meer van zich laten horen. Doreen had geen goed woord voor haar over en hoewel Leah nooit veel met Miranda op had gehad, vond ze dat ze wel heel diep was gezonken door haar enige kind in de steek te laten.

Haar moeder was dol op de kleine Chloe en uit alles bleek dat ze zich als een soort surrogaatmoeder over het bijna zevenjarige meisje had ontfermd, terwijl Rose zichzelf in haar atelier opsloot om te schilderen.

Wat Miles betrof... Haar moeder vroeg vaak of ze hem de laatste tijd nog had gezien. Aangezien hij nu in New York woonde en een succesvol fotograaf was, ging Doreen ervan uit dat ze zich in dezelfde kringen begaven. Leah zei altijd van niet en veranderde dan snel van onderwerp. Ze had aan niemand verteld hoe hij Jenny had behandeld en vol afgrijzen aangezien dat zijn naam steeds vaker opdook in het bijschrift van grote reportages in de Amerikaanse *Vogue*, *Vanity Fair* en *Harper's Bazaar*. Ze hoopte maar dat Jenny een uitzondering was geweest en dat ze met haar stilzwijgen niet het leven van de andere vrouwen die zijn pad kruisten in gevaar bracht.

Van Carlo had ze sinds die avond dat hij haar ten huwelijk gevraagd had niets meer gehoord. Ze vermoedde dat hij Madelaines waarschuwing ter harte had genomen en haar daarom met rust liet. Volgens de kranten was Maria Malgasa opnieuw zijn muze en voornaamste model geworden. Het incident had voor Leah een nare bijsmaak gegeven aan wat anders mooie herinneringen hadden kunnen zijn.

Langzaam las ze de brief van haar moeder, en ze beet op haar lip toen bleek dat haar vader naar het ziekenhuis moest voor een heupprothese. Zijn eigen heup was ernstig aangetast door de artritis en hoewel haar moeder het nieuws opgewekt bracht, las Leah tussen de regels door dat ze zich zorgen maakte.

Kon ze maar naar haar ouders toe om hen te steunen tijdens de operatie.

Ze besloot een eindje te gaan wandelen. Terwijl ze de bijtende kou in stapte, probeerde ze alle onaangename gedachten uit haar hoofd te zetten. Stress was niet goed voor de baby, en het leventje in haar buik kwam nu op de eerste plaats.

2

Hoewel het pas vier uur 's ochtends was, was David klaarwakker. Vlucht DA412 van Delphine Airways was vijf uur geleden vanaf JFK Airport vertrokken om aan de lange reis oostwaarts naar Nice te beginnen.

Hij stond op en liep de trap op naar de verlaten bovenverdieping van de 747 om iets te drinken. Met een glas brandy nestelde hij zich in een van de comfortabele stoelen.

Er maakte zich een spanning van hem meester waardoor al zijn zenuwen op scherp kwamen te staan. Angst zou hij het niet willen noemen. Nee, angst was wat hij in Treblinka had ervaren. Hij had eerder het gevoel dat hij zijn lot tegemoet ging, alsof hij zijn hele leven had afgekoerst op deze reis naar de andere kant van de wereld, om wraak te nemen op de man die zijn ouders had vermoord en zijn geliefde zusje had misbruikt. Om over wat er daarna was gebeurd nog maar te zwijgen.

Alles was geregeld. De afgelopen week was er veel over en weer gebeld tussen hemzelf en de organisatie. Hij hoefde alleen maar zoals afgesproken naar Franzen toe te gaan, in diens villa in Saint-Tropez. Er was al een lid van de organisatie in stelling gebracht dat zich voordeed als een personeelslid.

David had een vuurwapen gekregen, waarmee hij met dodelijke precisie had leren schieten. Het was alleen bedoeld voor noodgevallen, ter zelfverdediging. De organisatie wilde Franzen levend hebben. Ze hadden dit plan bedacht zodat hun doelwit door zijn land kon worden uitgeleverd en gedwongen kon worden om in Europa terecht te staan voor zijn misdaden tegen de menselijkheid.

David zou zich nog één avond volkomen normaal moeten gedragen. Zodra Franzen zijn handtekening had gezet en daarmee zijn eigen arrestatie mogelijk had gemaakt, zou David uit de villa worden weggehaald en was alles eindelijk achter de rug. Zijn wraak zou zoet zijn.

Onwillekeurig vroeg hij zich af wat voor gevolgen dit alles voor Rose zou hebben. Hij hoopte maar dat haar werk als kunstenares haar erdoorheen zou slepen. Haar expositie in de Londense galerie die hij had gekocht, had haar carrière in elk geval een enorme oppepper gegeven.

David keek hoe laat het was. Hoog tijd om te gaan slapen.

Hij ging weer naar zijn zitplaats beneden, sloot zijn ogen en deed een gebedje.

Toen de privéhelikopter boven het helikopterplatform bleef hangen, nam David even de tijd om Franzens paleiselijke optrekje in zich op te nemen. Het was hoog in de heuvels van de Var gelegen en had een prachtig uitzicht op het Plage de Pampelonne in Saint-Tropez. Het pand zelf was modern en duidelijk gebouwd met het oog op de veiligheid van de eigenaar. De witgeschilderde muren waren voorzien van een half dozijn bewakingscamera's en het terrein was omheind met een imposant metalen hek. Behalve dan aan de voorzijde van de villa. Daar maakte het keurige gazon plaats voor met kreupelhout begroeide kliffen, waarachter een diepe afgrond schuilging.

Zodra de helikopter geland was, kwam Franzen hem tegemoet. 'David, wat leuk je weer te zien.' Hij schudde hem vriendelijk de hand. 'Miranda ken je natuurlijk al.'

Hij staarde naar het graatmagere meisje dat vlak achter Franzen stond. Drie jaar geleden was ze nog blond geweest en had ze een levendige indruk gemaakt. Nu had ze sluik bruin haar en leek ze veel ouder dan ze in werkelijkheid was.

'Goed je weer te zien, Frank. Natuurlijk herinner ik me Miranda nog, al had je de vorige keer volgens mij wel een andere haarkleur.'

'Inderdaad. Vrouwen en hun grillen. Het past wel bij haar, vind je niet? Ik heb haar gevraagd deze kleur te houden. Nietwaar, schat?' Hij glimlachte naar haar.

Ze knikte wezenloos.

'Nou, het is fijn je weer te zien, Miranda.' Hij speurde naar een reactie in de uitdrukkingsloze blauwe ogen en vroeg zich af wat er in vredesnaam met haar gebeurd was waardoor ze zo was veranderd. Vol afgrijzen bedacht hij hoe Franzen omging met de vrouwen in zijn leven. Even was hij dankbaar voor het feit dat zíj niet lang genoeg was gebleven om hetzelfde lot te ondergaan als de arme ziel die nu voor hem stond…

'Zullen we een fles champagne meenemen naar het terras?' stelde Franzen voor. 'Dan kunnen we van het uitzicht genieten.' Hij draaide zich om en volgde een stenen pad dat vanaf het helikopterplatform naar het schitterende azuurblauwe zwembad voerde.

David hoorde de motoren van de helikopter weer op dreef komen en toen hij zich omdraaide, zag hij hem opstijgen. Binnen enkele seconden was de helikopter nog maar een stipje aan de hemel. Hij kreeg een wee gevoel in zijn maag. 'Zijn we dit weekend maar alleen?'

'Ach ja, soms heeft een man behoefte aan afzondering als er zaken gedaan moeten worden. Het leek me beter om ons gezelschap klein te houden. Wanneer de deal morgen rond is komen er misschien nog meer mensen, maar voorlopig zijn alleen wij en mijn butler er.'

Het drietal stapte het extravagante marmeren terras op, waar een man in een witte smoking al met de champagne klaarstond. Eerst bood hij Franzen een flûte aan, daarna zijn gasten.

'Zullen we proosten op een aangenaam en lucratief weekend?' Franzen hief het glas.

Ondertussen probeerde David zijn onbehaaglijke gevoel van zich af te zetten. De butler moest wel de man zijn die voor de organisatie werkte.

Een half uur later stak er een fris briesje op.

'Tijd om naar binnen te gaan. Het diner wordt om acht uur opgediend en daarna gaan we aan het werk. Neem maar even de tijd om te ontspannen en te genieten van alles wat de villa te bieden heeft. Na die lange vlucht zul je vast wel willen douchen.'

'Ja, dat lijkt me heerlijk.'

'Er liggen handdoeken klaar in de badkamer boven, aan het einde van de hal.' Franzen zwaaide nog even en liep door de glazen schuifdeuren naar binnen.

'Schat, wil je ons alleen laten zodat wij mannen nog wat werk kunnen doen? Het spijt me, maar als dit is afgerond, kunnen we de rest van het weekend plezier met elkaar maken.'

Miranda knikte en David vond dat ze er opgelucht uitzag. 'Een prettige avond nog, David.' Ze ging van tafel en liep naar de trap.

'Goed, ik stel voor dat we naar mijn studeerkamer gaan, dan schenk ik een borrel in terwijl jij de papieren die ondertekend moeten worden in orde maakt. Ja?'

David knikte, stond op en liep achter Franzen aan door de ruime woonkamer naar de studeerkamer. Hij probeerde niet te beven toen hij zijn attachékoffertje openmaakte en de papieren eruit haalde. Tegelijkertijd drukte hij op een knop om de bandrecorder in de dubbele bodem van het koffertje aan te zetten. Die handeling had hij al zo vaak geoefend dat het er vloeiend uitzag. Terwijl hij het koffertje op de grond zette, voelde hij het staal van zijn wapen geruststellend onder zijn jasje in zijn rechterzij drukken.

Nog even volhouden, David. Gewoon rustig blijven. Alles gaat gesmeerd.

Hij gaf de papieren aan Franzen, die ze op het mahoniehouten bureau legde en zijn glas brandy hief. 'Allereerst een toost. Op onze vruchtbare samenwerking.' Franzen sloeg de inhoud van zijn glas in één keer achterover.

'Proost.' David nipte langzaam van zijn drankje. Het was nu zaak om helder te blijven.

'Ik moet zeggen dat ik een beetje verbaasd was over je voorstel. Jij bent wel de laatste van wie ik verwacht had dat je banden onderhoudt met, hoe zal ik het zeggen, een nogal schimmige groep militanten in Zuid-Amerika. Als ik zoals gevraagd wapens zou leveren aan deze groep, de gezworen vijanden van mijn eigen land, en de Argentijnse regering daarachter zou komen, zou ik meteen gearresteerd worden en het land worden uitgezet. Dus je begrijpt dat mijn mensen zich grote moeite hebben getroost om erachter te komen of je niets te verbergen hebt.' Franzen keek hem onderzoekend aan.

Opeens kreeg David het ijskoud. 'En, wat hebben ze ontdekt?' vroeg hij langzaam.

Er ging een hele poos overheen voordat Franzen glimlachte. 'Dat je inderdaad niets te verbergen hebt. Een rijke man van onbesproken gedrag. Mijn mannetjes hebben niets nadeligs over je kunnen vinden.'

David ontspande zich weer en grinnikte met Franzen mee.

Die boog zich naar David toe en kreeg opeens een andere blik in zijn ogen. 'Maar ja, zij hebben dan ook geen persoonlijke connectie met je, zoals ik.'

David dacht terug aan de laatste keer dat hij die vervaarlijke schittering in Franzens ogen had gezien.

'Natuurlijk wist ik wie je was. Wat naïef om te denken dat ik dat zou vergeten.' Franzen leunde achterover op zijn stoel en sloeg lachend zijn armen over elkaar.

Als verstijfd luisterde David naar zijn langzame, hypnotiserende manier van praten. Als Franzen zijn ware identiteit kende, was alles verloren.

'O jee, misschien moet ik niet zo geringschattend over je doen. Per slot van rekening heb je er weinig ervaring mee om op nazi's te jagen. Nietwaar, David?'

Jaren werk, helemaal voor niets.

'Hoe?' Meer kon hij niet uitbrengen.

'Zoals je zult begrijpen ben ik altijd op mijn qui-vive. Ik moet toegeven dat ik mijn ogen niet kon geloven toen je voor het eerst toenadering zocht. Het leek me sterk dat je vriendjes zo'n voor de hand liggende kandidaat zouden uitkiezen om mij te grazen te nemen. Daarom heb ik voor de zekerheid je appartement laten doorzoeken.' Hij stak zijn handen in de lucht. 'Vind je het gezien de omstandigheden niet een beetje dom om een schilderij van Rose Delancey met de titel *Treblinka* in je studeerkamer op te hangen?' Hij zuchtte tevreden. 'David Delanski, de broer van de verrukkelijke Rosa. Hoe zou ik haar nou kunnen vergeten? Vanaf dat moment was het een makkie. Dat clubje onverschrokken jagers met wie je onder één hoedje speelt ken ik al jaren. Al moet ik toegeven dat het een gewiekst plan was. Het had kunnen werken… als ze een andere hoofdrolspeler hadden uitgekozen.'

'Vuile schoft,' zei David ademloos.

Daar moest Franzen om grinniken. 'Kom nou toch, David. Jouw soort vindt zichzelf o zo slim. Jullie denken dat jullie het verdienen om het voor het zeggen te hebben in de wereld, maar die arrogantie is totaal misplaatst. Jullie zullen nooit de macht krijgen waar jullie zo naar verlangen.'

'Er is nog iemand in dit huis,' zei David, terwijl hij opstond. 'Hij kan elk moment...'

Franzen kapte hem af door zijn hand op te steken. 'Ach ja, mijn trouwe butler. Hij werkt nu twee jaar voor me. En toen kwam ik erachter dat hij banden onderhoudt met die vriendjes van je. Indrukwekkend, hoor. Maar aangezien ik hem in de wijnkelder heb vastgebonden, zal hij je niet te hulp schieten. Met hem reken ik straks wel af.' Hij veegde een pluisje van zijn colbert. 'Het leek me het beste om jullie allebei tegelijk uit de weg te ruimen. Wel zo efficiënt, net als vroeger. In Treblinka ben je me door de vingers geglipt, maar nu kan ik de schade inhalen.'

Het drong tot David door dat Franzen nog steeds in de veronderstelling verkeerde dat hij zomaar mensen mocht vermoorden. 'Vertel eens, hoe ga je me uit de weg ruimen? Ik neem aan dat je daarom de moeite hebt genomen om me hierheen te laten komen en al je personeel weg te sturen?' vroeg hij zo rustig mogelijk.

'Ja, daar heb je gelijk in. Natuurlijk had ik je allang door een van mijn mannetjes kunnen laten afmaken, maar het leek me wel zo gepast om zelf de klus te klaren waaraan ik veertig jaar geleden begonnen ben. Bovendien wilde ik je plannetje niet bederven.' Grijnzend gebaarde hij door het raam naar de andere kant van de tuin. 'Eén misstap, meer is er niet nodig. De arme, dronken zakentycoon die tijdens een gezellig verblijf in de villa van zijn vriend van het klif is gevallen. Dat zal vast voorpaginanieuws worden. Gefeliciteerd!'

Op dat moment knapte er iets bij David. Precies zoals hij geleerd had trok hij in een vloeiende beweging zijn pistool. 'Genoeg nu, Franzen! Ik ben hiernaartoe gestuurd om ervoor te zorgen dat je voor het oog van de hele wereld wordt afgerekend op wat je in Treblinka hebt gedaan, maar nu zie ik pas in dat het altijd de bedoeling is geweest dat ik je zelf zou vermoorden. Toen ik daar wegging, heb ik gezworen dat ik wraak zou nemen. Sta op! Nu!'

Franzen haalde glimlachend zijn schouders op en deed wat hem was opgedragen. 'Zoals je wilt, David Delanski. Jij hebt het voor het zeggen.'

'Omdraaien en lopen!' brulde David. Met één hand hield hij het wapen tegen de onderrug van zijn vijand gedrukt, terwijl hij hem eerst naar de glazen schuifdeuren in de woonkamer en vervolgens het terras bij het zwembad op dreef. Hoewel hij wist dat hij Franzen in een van de slaapkamers zou moeten opsluiten en versterking moest oproepen, bleef het beeld van Rosa's doodsbange gezicht na de dood van hun vader maar door zijn hoofd spoken.

Bij de rand van de tuin aangekomen dwong hij Franzen over een kleine, keurig getrimde struik heen het kreupelhout in te stappen. Nu zag hij pas echt hoever ze zich boven het water bevonden. De villa was op een uitstekend stuk rots gebouwd en zijn ogen werden groot bij de aanblik van het grillig gevormde gesteente dat zo'n honderdvijftig meter boven de kolkende Middellandse Zee uittorende. 'Ga voor me staan,' beet hij zijn gevangene toe.

'Zoals je wilt,' zei Franzen en hij liep gevaarlijk dicht naar de rand toe.

'En nu springen.'

Franzen snoof verachtelijk. 'Denk je nou echt dat ik het je zo makkelijk zal maken? Je zult me moeten neerschieten, Delanski. Al betwijfel ik of je daar het lef voor hebt.'

David bracht het pistool omhoog, tot op een paar centimeter van de achterkant van Franzens schedel. De adrenaline gierde door zijn lichaam en maakte hem misselijk en licht in het hoofd. Zijn ademhaling kwam met horten en stoten. 'Hier heb ik heel lang op gewacht.' Zijn stem trilde van de emoties. 'Ik heb gezworen dat ik wraak zou nemen voor wat je hebt gedaan. Dit is voor mama, papa, Rosa en alle anderen. Moge God je genadig zijn!'

Toen vuurde hij. En nog eens. Twee holle klikgeluiden sneden door de bries en weerklonken rondom de heuvel. Hoe vaak hij de trekker ook overhaalde, er volgde geen knal. In plaats daarvan hoorde hij iets veel angstaanjagenders. Een hysterische, triomfantelijke lach.

Voordat hij zich kon verroeren, werd er een grote hand om zijn keel gesloten en een pistool op zijn hoofd gericht. Zijn eigen lege wapen viel uit zijn hand toen hij in dezelfde positie werd gedwongen waar Franzen enkele seconden geleden nog had gestaan. De Duitser greep hem bij de achterkant van zijn kraag en zonder die ijzeren greep zou David zeker zijn dood tegemoet storten.

'Wat ben je toch een dom, meelijwekkend mannetje. Ik heb de kogels uit je pistool gehaald toen je stond te douchen. Ik ben niet degene die vanavond zal sterven, vriend. Dat ben jij, David Delanski.'

'Eerst wil ik je nog iets vragen. Heb je ooit wroeging gevoeld omdat je duizenden onschuldige mensen de dood in hebt gejaagd?'

'Nee, nooit. Als je wilt, mag je nog wel een gebedje opzeggen. Dat doen de meeste Joden graag voordat ze doodgaan.'

Het pistool werd nog harder in zijn nek gedrukt en Franzens gezicht bevond zich nu slechts een paar centimeter bij het zijne vandaan. 'Niet? Ook prima. Jammer dat je nu Rosa niet de groeten van me kunt doen. Ik mis haar.' Hij grinnikte. 'En ik wéét dat ze mij ook mist. Hoe vond je het toen je hoorde dat we elkaar weer hadden opgezocht?'

David kromp in elkaar.

'Dat dacht ik al. Ik vind het fijn om je te zien lijden. Daar kick ik op.'

'Klootzak.'

'Ik ben nog niet klaar. Zoals je inmiddels weet, had ik je meteen door toen je contact met me zocht. Ik wilde je die trieste wraakpoging betaald zetten, dus heb ik er net als jij een spel van de lange adem van gemaakt.'

'Hoe bedoel je?'

'Het meisje, Miranda. Ik heb haar als een huisdier gehouden. Haar als een hond behandeld.'

'Dat geloof ik graag, maar wat heeft dat met mij te maken?'

Franzens lip krulde omhoog in een grijns die hem de rillingen bezorgde. 'Ze is Rosa's dochter. Ik heb haar door mijn mensen laten opsporen.'

Stomverbaasd keek David hem aan. 'Dat… dat kan niet… Ik…'

'Ik heb je dierbare Rosa keihard laten boeten voor de zonden van haar broer… alweer.' Franzen maakte een tuttend geluid en oefende meer druk uit op het wapen. 'Ik win, Delanski. Zoals altijd. En mocht je het je afvragen… Miranda is niet zo goed in bed als je zusje.'

Hoewel David uit alle macht naar hem probeerde uit te halen, mocht het niet baten.

Opnieuw grinnikte Franzen. 'Vaarwel, David. Het was me een genoegen om de banden met jou weer aan te halen.'

Vergeef me, Rosa. Ik heb mijn best gedaan, maar ik heb de strijd verloren, net als iedereen die me is voorgegaan.

Op dat moment klonk er een misselijkmakende klap. Franzen slaakte een kreet en verloor zijn grip op het wapen en op David, die zich op de grond liet vallen. Er volgde een knarsend geluid, dat hij herkende als versplinterend bot. Franzen viel kreunend achterover en kwam boven op David terecht. Met een laatste krachtsinspanning duwde hij de Duitser van zich af, in de richting van de afgrond. Franzens benen verdwenen uit het zicht en hij klampte zich wanhopig vast aan het kreupelhout.

Op dat moment kwam er een paar in rode pumps gestoken voeten in zicht. De rechtervoet raakte haar onderdrukker kort maar krachtig in zijn gezicht, waarop Kurt Franzen de diepte in stortte.

Naar adem snakkend bleef David liggen. 'Dank je,' wist hij uit te brengen. 'Gaat het?'

Het meisje knikte. 'Denk je dat ik hem vermoord heb? Ik heb hem heel hard op zijn achterhoofd geraakt.'

'Dat weet ik niet, maar volgens mij kan niemand zo'n val overleven.'

'Ik wilde hem vermoorden, David. Ik heb het niet gedaan om jou te redden. Ik deed het voor mezelf.' En voor Ian, vulde ze in gedachten aan.

Haar kalme manier van spreken beangstigde hem. Ze was duidelijk in shock. Hij stond op. 'Ga maar terug naar binnen, Miranda. We moeten zo snel mogelijk hulp inschakelen, maar eerst ga ik naar de kelder om te kijken hoe het met de butler gaat.'

'Oké. Ik ben moe. En ik heb het koud.' Ze stak haar armen naar hem uit. 'Help me alsjeblieft.'

Toen ze ongecontroleerd begon te rillen, liep hij naar haar toe en nam haar in zijn armen. 'Rustig maar, het is voorbij.'

Ze keek op. 'Ja. Breng me naar huis, David. Naar Rose.'

David liep naar de wijnkelder en trof de butler met een prop in zijn mond vastgebonden op een stoel aan. Snel maakte hij hem los. 'Het plan is mislukt. Hij had ons al maanden door. Die rechtszaak komt er niet. Als Franzen nog niet dood is, is hij op dit moment aan het verdrinken in het water onderaan het klif.'

De butler legde een hand op zijn schouder. 'Je hebt gedaan wat je kon, David. Ik zal de rest van het team oproepen zodat we hier zo snel mogelijk weg kunnen.'

Met een knikje liet David zich op een stoel zakken, nog niet in staat om Franzens laatste onthulling goed tot zich door te laten dringen.

Die arme Miranda...

3

Rose legde de hoorn op de haak en liet zich op de grond zakken. Op dit moment wist ze niet wat ze verrassender vond: dat ze Davids stem had gehoord, of dat Miranda veilig was.

Ze deed haar ogen dicht en haalde een paar keer diep adem.

Na al die jaren zou ze haar broer weer terugzien.

Aan de telefoon had hij het weliswaar kort gehouden, maar hij had beloofd alles uit te leggen nadat hij haar met zijn privéjet naar Frankrijk had laten komen. Hoewel hij haar op het hart had gedrukt dat Miranda het goed maakte, leek het hem beter als ze zonder Chloe naar Saint-Tropez zou komen zodat ze met z'n drieën konden praten.

Rose kon met geen mogelijkheid bedenken hoe David haar dochter in een villa in Saint-Tropez had gevonden. Erover speculeren had weinig zin, en over nog geen vierentwintig uur zou ze precies weten hoe de vork in de steel zat.

Vlak voordat de Learjet in Nice landde, werkte Rose haar lippenstift bij en borstelde ze haar dikke roodbruine haar.

Eenmaal voorbij de douane zag ze hem meteen. Natuurlijk zag hij er ouder uit dan in haar herinnering, zijn blonde haar was doorspekt met grijs. Als vanzelf droegen haar voeten haar naar hem toe.

Toen hij haar zag, lichtten zijn ogen op.

'Hallo, David.'

'Hallo, Rose. Goede vlucht gehad?'

'Niet slecht.'

'Je zult wel moe zijn.'

Zo babbelden ze nog even verder terwijl ze met hem meeliep naar de parkeergarage. David ontgrendelde een Mercedes aan de passagierskant en hielp haar met instappen. 'Wat zie je er mooi uit. Je bent

bijna geen spat veranderd.' Verwonderd staarde hij haar aan.
'Jij ziet er ook goed uit.'
'Dank je.'
Nadat hij was ingestapt en de motor had gestart, begonnen ze zonder iets te zeggen aan de rit, geen van beiden in staat om het gat te overbruggen tussen nu en waar ze achtentwintig jaar geleden waren gebleven. Alles wat er in hen opkwam leek ofwel te luchtig of te zwaar.
Rose keek uit het raampje naar het adembenemende uitzicht over de Middellandse Zee.
Een kwartier later zette hij de auto stil op een kleine parkeerplaats boven een verlaten baai. 'Zullen we een eindje gaan lopen? Er zijn een paar dingen die je moet weten voordat je Miranda ziet.'
Ze knikte en stapte de auto uit.

De door de wind geteisterde figuurtjes brachten twee uur op het strand door. Terwijl de grauwe maartse dag de golven naar de kust stuwde, liepen zij langs de branding, naast elkaar, maar wel op afstand. Op een gegeven moment bleef de vrouw staan, zakte op haar knieën en liet haar hoofd in haar handen rusten. De man bukte zich om haar te troosten en sloeg zijn armen om haar heen.
Uiteindelijk stonden ze weer op en liepen ze gearmd verder.

Tegen de tijd dat ze weer bij de auto aankwamen, begon het al te schemeren en bibberde Rose, niet alleen van de kou, maar ook van de schrik en de emoties. Nadat David haar in de auto had geholpen, bleef ze wezenloos voor zich uit staren.
Hij liep om de auto heen en nam achter het stuur plaats. 'Het is allemaal mijn schuld. Franzen is vanwege mij naar haar op zoek gegaan.'
Ze schudde haar hoofd. 'Ik neem jou niets kwalijk. Je wilde gewoon gerechtigheid en je weet net zo goed als ik dat je hier nooit aan was begonnen als ik niet...' Ze slikte moeizaam. 'Ik had harder mijn best moeten doen om haar te vinden.'
'Dat was je nooit gelukt. Ze wilde niet gevonden worden, daarom heeft ze de achternaam van haar biologische moeder gebruikt.'

Met een asgrauw gezicht keek ze hem aan. 'Heeft ze gezegd hoe haar biologische moeder heette?'

'Nee, doet dat er iets toe? Er is bij haar in elk geval geen sprake van een bloedverwantschap.'

De tranen sprongen haar in de ogen. 'O, David. Je moest eens weten.'

'Rose!' Miranda viel haar moeder huilend in de armen.

Haar hart brak toen ze het donkere haar van haar dochter streelde. Ze wist dat ze nog een lange weg te gaan had.

Met z'n drieën liepen ze de betegelde trap van de villa die David had gehuurd op en gingen de woonkamer in. David schonk voor hen allemaal een stevige borrel in en ging op een van de comfortabele banken zitten. 'We hebben je een hoop te vertellen, Miranda. Over jouw verleden en over het onze. Daar wilde ik Rose graag bij hebben.'

'Begin jij maar, David.' Rose ging naast haar bibberende dochter zitten en pakte haar stevig vast.

'Heb je enig idee waarom ik dit weekend in de villa van Santos was?'

'Voor zaken?'

'Zo zou je het kunnen noemen. Frank Santos heette eigenlijk Kurt Franzen. Hij was ondercommandant in Treblinka, een vernietigingskamp voor Poolse Joden in de Tweede Wereldoorlog. Hij heeft onze moeder, onze vader en talloze andere mensen vermoord. Daarnaast heeft hij je moeder onvergeeflijke dingen aangedaan. Maar uiteindelijk is Rose… Het was niet haar schuld, maar…' Hij aarzelde even en begon bij het begin. Het verdriet dat hij voelde door alles hardop te zeggen was met geen pen te beschrijven.

Miranda hield de hand van Rose vast terwijl hij uitweidde over de gruweldaden van de man die ze had vermoord. Hij vertelde over Anya, die hen had geholpen te ontsnappen, en dat zij verkracht was door Franzen en andere ss'ers.

'Nadat Anya, Rose en ik uit Treblinka ontsnapt waren, beseften we dat de strijd om te overleven nog niet gestreden was. We moesten vindingrijk zijn, hielden ons schuil in de bossen en gebruikten het geld dat ik in het kamp had gestolen om eten te kopen, als we dat al konden vinden. Anya bracht haar kind ter wereld in een boerenschuur in de buurt van de Poolse grens. Na de bevalling werd ze erg ziek, maar uiteindelijk kwam ze er weer bovenop.' Hij keek naar Rose en wist dat ook zij die angstige tijd opnieuw beleefde. 'De oorlog kwam ten einde en het lukte ons om naar Oostenrijk te vluchten. Herinner je je Peggetz nog, Rose?'

Ze knikte. 'Een vreselijke plek, een vreselijke tijd...'

4

Kamp Peggetz, Oostenrijk, 1945

Honderden mannen, vrouwen en kinderen liepen naar het opvangkamp dat door het Britse leger werd gerund. Allemaal koesterden ze de hoop dat ze vanuit hier weer naar huis zouden kunnen. Naast de ontheemden reed een konvooi van legertrucks vol met soldaten door het bergachtige landschap rondom Lienz.

Rosa en Anya zakten door hun knieën van uitputting en Anya's peuter Tonia dreinde onophoudelijk terwijl ze op en neer hotste in de geïmproviseerde draagzak op Anya's rug. Hoewel ze al bijna drie was, was ze door de barre omstandigheden van de afgelopen jaren veel te klein voor haar leeftijd.

Het kamp was gelegen in het Drautal. Tijdens de oorlog was het een Duitse kazerne geweest, maar nu was het tot de rand toe gevuld met vluchtelingen van alle nationaliteiten en werd het omringd door duizenden kozakken. Hun paarden graasden in een kilometers grote straal in de groene omgeving.

'David, het lijkt Treblinka wel,' zei Rosa onzeker, terwijl ze achter de anderen aan de houten poorten door gingen.

'Rustig maar, we blijven hier niet lang. Het enige wat we hoeven doen is een Britse officier vinden en hem vertellen dat we half Engels zijn. Dan worden we wel geholpen.'

Het viertal bracht hun eerste nacht in het kamp onder de sterrenhemel door, aangezien er in de slaapbarakken geen ruimte voor hen was.

De volgende ochtend liet David zijn zus en Anya achter bij een jonge kozak met wie ze zaten te kletsen en sprak hij een Britse officier in uniform aan. 'Neem me niet kwalijk, meneer.' Omdat hij al maanden geen Engels meer had gesproken, merkte hij dat de woorden niet zo vloeiend uit zijn mond kwamen als gewoonlijk. 'Mijn zusje en ik hebben familie in Groot-Brittannië en willen zo snel mogelijk daarheen. Kijkt u maar.' Hij liet de man het paspoort van zijn moeder zien.

De officier keek ervan op dat die haveloze knul zo goed Engels sprak en bekeek het paspoort. 'Is dit je moeder?'

'Ja, meneer. Ik heb het adres van mijn grootouders. Kunnen we vanuit hier een trein naar Engeland nemen?'

'Zo werkt het helaas niet, jongen. Er zijn honderden mensen die uit dit kamp weg willen, en een groot deel van hen wil naar Engeland. Het Rode Kruis houdt kantoor in die barak daar. Misschien kan de leidinggevende je verder helpen.'

Toen de man zijn blik afwendde, zakte de moed David in de schoenen. Hij wist dat zijn moeder er stiekem vandoor was gegaan met zijn vader en haar ouders sindsdien niet meer had gesproken. Ze wisten niet eens dat ze kleinkinderen hadden.

Doodongelukkig sjokte hij naar de barak die de officier had aangewezen en sloot achteraan in de rij met mensen die de vertegenwoordiger van het Rode Kruis wilden spreken. Na lang wachten was hij aan de beurt.

'Naam.'

'David Delanski. En Rosa Delanski, mijn zusje. We willen naar onze grootouders in Groot-Brittannië.'

'Is dat zo?' De man trok een bedenkelijk gezicht.

David deed zijn best om de situatie uit te leggen.

De man had echter al honderden van dit soort verhalen aangehoord en vertrok geen spier. 'Het enige wat ik kan doen is je grootouders schrijven om na te gaan of ze je verhaal kunnen bevestigen. In dat geval maak je misschien een kans. Heb je een identiteitsbewijs?'

'Ja, het paspoort van mijn moeder.'

'Verder nog iets?'

David dacht aan het medaillon dat inmiddels weer om zijn hals hing. Voorzichtig klapte hij het open. 'Stuur dit maar mee. Mijn moeder heeft het van haar moeder gekregen.'

De vertegenwoordiger zag er tevreden uit. 'Mooi, daar kunnen we wat mee. Al kan het wel een flinke tijd duren voordat we iets horen. De postbezorging verloopt nog steeds moeizaam en we hebben veel aanvragen te verwerken.'

'Kunt u ook iets betekenen voor onze vriendin, Anya? Ze heeft geen dak boven haar hoofd en wil ook graag naar Engeland.'

'Welke nationaliteit heeft ze?'

'Oekraïens.'

'Ah. Hoe zei je ook alweer dat ze heet?'

'Anya. Haar achternaam ken ik niet.'

'Ik zal kijken wat ik kan doen. In de tussentijd kunnen jullie het beste in het kamp blijven.'

De man keek de jongen na toen hij naar buiten liep. Voor hem en zijn zusje was er een kleine kans, maar voor dat Oekraïense meisje... geen enkele. Ze hadden zojuist het bevel ontvangen dat alle Sovjetburgers desnoods met geweld gerepatrieerd dienden te worden. De duizenden kozakken en andere Russische vluchtelingen zouden over een paar weken vertrekken en gingen in hun geboorteland een onbekend lot tegemoet.

In de rij voor de Rode Kruisbarak was David erachter gekomen dat je in Lienz brood en verse melk kon kopen, zij het tegen woekerprijzen. Hij voegde zich weer bij Rosa en Anya, die nog steeds op de plek zaten waar hij hen met de kozak had achtergelaten.

'Wanneer gaan we naar Engeland?' vroeg Rosa.

'Binnenkort, dat beloof ik.' Hij probeerde haar niets te laten merken van zijn angst en twijfel.

Zijn zusje stond op om hem te omhelzen. 'Gelukkig. Ik vind het hier maar niets.'

'Dat weet ik. We hoeven alleen te wachten tot ze contact hebben opgenomen met onze grootouders, daarna kunnen we vertrekken.'

Anya wees naar de kozak. 'Dit is Sergei. Hij zegt dat er net een tent is vrijgekomen vlak bij de zijne, maar daar moeten we wel naartoe voordat iemand anders hem inpikt.'

David schudde hem de hand. 'Bedankt, Sergei. Zou jij de meisjes willen meenemen naar de tent? Dan ga ik naar Lienz om iets te eten te zoeken.'

Anya vertaalde het in het Russisch en Sergei knikte.

Die avond maakten de twee mannen een vuur, waarop ze de grote worst bereidden die David eerder had gekocht. Het was een warme avond en nadat de zon was ondergegaan begon een deel van de kozakken te zingen en met de vrouwen te dansen. David liet zich overhalen om hen op zijn viool te begeleiden. Anya danste met Sergei, Rosa paste op de kleine Tonia. Haar moeder kwam pas bij het eerste ochtendgloren terug naar hun tent.

'David, onder de kozakken doet het gerucht de ronde dat de Russen en Oekraïners gedwongen zullen worden uitgezet. Zou dat waar zijn?'

Hij haalde zijn schouders op. 'Geen idee.'

Angstig keek ze hem aan. 'Mijn familie is tien jaar geleden gevlucht om aan het communistische regime te ontsnappen. Ik moet er niet aan denken om terug te gaan. Sergei zegt dat we allemaal gestraft zullen worden.'

'Waarom? Je hebt niets gedaan.'

'Dat weet ik, maar Stalin is...' Ze trok aan een pluk gras. 'Hoe dan ook, de kozakken hebben morgen een bijeenkomst met veldmaarschalk Alexander. Dan zal alles wel duidelijk worden.' Ze draaide zich om en keek hem aan. 'Ik kan niet terug naar Rusland. Ik ga nog liever dood.'

Hij knikte. 'Als er zich een probleem voordoet, gaan we hier meteen weg.'

'Dank je. Mocht er toch iets misgaan, wil jij dan voor Tonia zorgen?'

'Natuurlijk, maar volgens mij maak je je zorgen om niets.'

'Misschien.' Ze verliet de tent en keek met een hart dat versteend was van angst naar het prachtige Oostenrijkse landschap.

De volgende dag keek David samen met Anya naar de kozakken die in vrachtwagens stapten.

Die avond keerden de trucks leeg terug.

Nog een dag later kondigde majoor Davies, de bevelhebbend officier in het kamp, aan dat de geruchten klopten. Stalin, Churchill en Truman waren het eens geworden over een gedwongen terugkeer. Vanaf morgen zouden mensen op transport worden gesteld naar Rusland.

Door die onthulling barstte de hel los. Duizenden Russische vluchtelingen, mannen, vrouwen en kinderen, raapten hun schamele bezittingen bijeen en liepen in drommen bij het kamp vandaan.

Later werd op het hoofdplein een geïmproviseerd podium gebouwd.

De priester zou de volgende ochtend voordat het inladen begon een gebedsdienst leiden.

David zocht in de menigte jammerende mensen naar Anya, maar kon haar nergens vinden. Het nieuws stelde hem voor een raadsel. Dat de kozakken als vijanden van de Sovjet-Unie werden beschouwd omdat ze met de Duitsers hadden geheuld kon hij nog begrijpen, maar daar hoefden toch geen onschuldige vrouwen en kinderen voor gestraft te worden?

Hij keerde terug naar de tent, waar hij Tonia diep in slaap in een deken gewikkeld aantrof. Er was een briefje aan de deken gespeld.

Lieve David,

Sergei en ik hebben het kamp verlaten. Als we blijven, gaan we een wisse dood tegemoet. Misschien begrijp je het niet, maar geloof me, het is waar. We gaan naar Zwitserland, waar we hopen asiel te kunnen aanvragen. Het wordt een gevaarlijke reis, en daarom vraag ik je of je alsjeblieft voor Tonia wilt zorgen totdat ik haar laat ophalen.
Ik zal je opzoeken in Engeland.
Bedankt, mijn liefste vriend.

Alle goeds en tot ziens,
Anya

De volgende dag keek David door een raam van een van de inmiddels lege slaapbarakken naar de mensen die schoppend en schreeuwend in trucks werden geladen. Telkens wanneer er schoten werden gelost, kwamen de gruwelijke herinneringen aan Treblinka weer naar boven. Het was dwaas van hem geweest om te denken dat de oorlog voorbij was. Godzijdank was Anya al vertrokken.

'Moge God met je zijn,' fluisterde hij, terwijl hij Rosa en Tonia tegen zich aan drukte.

David kon de herinneringen maar moeilijk van zich afschudden om terug te keren naar het heden.

Met stomheid geslagen staarde Miranda hem aan. Het duurde even voordat ze zich tot Rose richtte. 'Waarom heb je Miles en mij nooit iets over je verleden verteld? Ik weet dat ik er weinig mee te maken heb aangezien ik geadopteerd ben, maar...'

Rose pakte haar hand beet. 'Het spijt me, lieverd, maar dat zie je verkeerd. Vertel alsjeblieft verder, David.'

Die knikte. 'Nadat Anya was vertrokken en de overige Russen waren gerepatrieerd, kregen we bericht uit Engeland dat onze grootouders zich over Rose en mij wilden ontfermen. Tonia, de dochter van Anya, mocht niet met ons mee. De kampleiding zei dat we ons geen zorgen hoefden te maken, dat het kind geadopteerd zou worden.' Hij streek met zijn hand door zijn haar. 'We hadden geen keus. Voordat we het kamp verlieten, schreven we een brief aan de kleine Tonia om uit te leggen dat haar moeder aan uitzetting was ontkomen. We schreven dat Anya had gezworen naar ons op zoek te gaan als ze eenmaal gesetteld was en dat we allebei van haar hielden en wilden dat ze met ons meekon naar Engeland. We voegden onze volledige namen toe, samen met het adres van onze grootouders in Londen, en vroegen het Rode Kruis om de brief veilig in Tonia's dossier te bewaren tot ze oud genoeg was om het te begrijpen. Daarna zijn we naar Londen vertrokken om een nieuw leven op te bouwen.'

'Hoe is het met Anya afgelopen?' vroeg Miranda zacht.

David keek naar het schuldbewuste gezicht van Rose. 'Dat weten we niet. We denken dat zij en Sergei opgepakt zijn en naar een werkkamp in Siberië zijn afgevoerd. Maar weinig mensen zijn erin geslaagd daadwerkelijk te ontsnappen.'

'En Tonia? Het kindje?'

Rose zag inmiddels lijkbleek en keek naar David.

Die knikte bijna onmerkbaar. 'Rose heeft je nog iets te vertellen, Miranda. Misschien begrijp je daarna waarom dit juist alles met jou te maken heeft. Ik ga naar mijn slaapkamer. Roep me maar als jullie me nodig hebben.'

Rose knikte weer en toen hij de kamer uit was, keek ze naar haar dochter. De tijd was rijp. 'Lieverd, je moet nog even heel dapper zijn. Ik ga je over je echte moeder vertellen.'

5

Yorkshire, oktober 1960

Het handschrift op de envelop kwam Rose niet bekend voor. Ze raapte hem van de mat en zag dat hij vanuit het huis van haar grootmoeder in Londen was doorgestuurd naar haar eigen oude Londense adres. Daarna was hij samen met de rest van haar post doorgezonden naar haar nieuwe huis in Yorkshire.

In de keuken begon Miles te huilen, dus nam ze de brief mee en maakte ze hem met één hand open terwijl ze met haar andere hand haar driejarige zoontje stukjes fruit aangaf.

De brief was in gebroken Engels geschreven en stond vol met spelfouten. Het duurde een hele poos voordat ze de eerste zin had kunnen ontcijferen.

Beeste juffrouw Delanski...

Alleen bij het zien van die naam kreeg ze al de rillingen. Wat haar betrof, bestond Rosa Delanski al jaren niet meer.

> *Mijn naam is Tonia Rosstoff. Ik ben op zok naar u of David Delanski. Mijn Moeder heette Anya. U kende haar in Peggetz. Astublief, heel dringend dat ik u zie. U astublief komen naar adres bovenaan brief. Snel astublief.*
> *Tonia Rosstoff.*

Miles zette het op een krijsen omdat Rose zo door de brief in beslag werd genomen dat ze vergat hem een nieuw stukje appel aan te geven.

Het adres bovenaan de brief was ergens in Oost-Londen.

Alles op zijn tijd.

Eerst gaf ze haar hongerige zoon te eten, daarna veegde ze zijn gezicht en handjes schoon en zette hem in het speelhoekje dat ze in de keuken had gemaakt. Terwijl hij tevreden met een speelgoedvrachtwagen begon te spelen, ging ze zitten om de brief nog eens te lezen.

De inhoud gaf haar de kriebels. Haar eerste ingeving was David bellen, maar... nee. Dat kon niet. Niet na wat ze had gedaan. Dit zou ze zelf moeten oplossen.

Alsof de gedachte om weer naar Londen te gaan nog niet erg genoeg was, kreeg ze hartkloppingen bij het vooruitzicht om herenigd te worden met het kind dat ze jaren geleden aan haar lot hadden overgelaten. Aan de andere kant wilde het meisje kennelijk wanhopig graag met haar afspreken. Ze controleerde het poststempel en zag dat de brief er meer dan drie weken over had gedaan om Yorkshire te bereiken.

Dit kon ze niet met een gerust hart negeren. Ze moest ernaartoe.

Miles kon ze niet meenemen, maar hoewel ze al meer dan drie jaar in Oxenhope woonde, kende ze er nog steeds niemand. Het was een hechte gemeenschap en omdat ze als alleenstaande moeder van een baby de grote boerderij boven op de heuvel had gekocht, werd ze door de plaatselijke bevolking met de nek aangekeken.

Ze besloot naar het dorp te wandelen om op het postkantoor te vragen of er misschien iemand was die iets wilde bijverdienen als kinderoppas.

Zoals ze al had verwacht, reageerde mevrouw Heaton, die niet alleen het postkantoortje in het centrum runde maar ook de plaatselijke geruchtenmolen draaiende hield, niet erg toeschietelijk. 'Een kinderoppas, zei je? Hm.'

Hoewel de vrouw duidelijk dolgraag wilde weten waar de vader van het jongetje was, drukte Rose haar irritatie de kop in. Per slot van rekening wilde ze hier de rest van haar leven blijven wonen, dus glimlachte ze. 'Ja. Ik moet morgen naar Londen en wil Miles niet meenemen. 's Avonds kom ik weer terug. Het is erg dringend.'

'Arm kind. Niemand die voor je kan zorgen, hè?' Mevrouw Heaton lachte laatdunkend. 'Nou, misschien ken ik wel iemand.'

Het gezicht van Rose klaarde op. 'Dat is geweldig. Wie dan?'

'Doreen Thompson. Ze heeft een baby van twee maanden. Een fijne meid, die Doreen. Ze blijft áltijd thuis om voor Leah te zorgen,' zei ze nadrukkelijk.

'Mag ik vragen waar ze woont?'

'De weg oversteken en dan het plein af lopen. Nummer acht. Ze zal wel thuis zijn. Zeg maar dat ik je gestuurd heb.'

'Dank u, mevrouw Heaton.'

Nummer acht was een klein hoekhuis waar in de piepkleine tuin een waslijn vol witte luiers was gespannen. De kippen sputterden en stoven uiteen toen ze de houten poort ontgrendelde en de buggy door de smalle opening duwde.

Nadat ze op de deur had geklopt, tuurde een vrouw met een baby in haar armen door het keukenraam naar buiten.

'Mevrouw Heaton van het postkantoor heeft me gestuurd,' riep Rose.

De frons verdween van het gezicht van de vrouw en ze deed de deur open.

'Mevrouw Thompson?'

'Ja.'

'Mevrouw Heaton raadde me u aan als kinderoppas, aangezien u zelf ook een kleintje hebt. Hallo, lieverd.' Rose stak een vinger uit naar de baby, die hem met haar mollige handje stevig omklemde.

'O, ik weet niet zo goed...'

'Het punt is dat ik morgen dringend naar Londen moet en dat Miles die lange reis nog niet aankan. Ik blijf maar een dag weg. Rond zeven uur 's avonds verwacht ik weer terug te zijn, maar ik moet morgenochtend wel de eerste trein nemen. Ik ben echt radeloos, en Miles is een schat van een kind. Hij zal het u niet moeilijk maken, toch, liefje?'

Miles keek gefascineerd naar een kip die in de buurt van zijn buggy rondscharrelde. Hij stak zijn armpjes ernaar uit, maar het dier was zo verstandig om weg te rennen.

'Nou, ik moet het wel even met mijn man overleggen, maar...' Haar gezichtsuitdrukking werd zachter toen ze naar het prachtige knulletje in de buggy keek. '... voor deze ene keer zal het vast geen probleem zijn.'

'Ik betaal u er natuurlijk voor. Is twee pond genoeg?'

Mevrouw Thompson keek haar aan alsof ze elk moment een flauwte kon krijgen. Daarna schudde ze haar hoofd. 'Nee, dat kan ik niet aannemen. Ik zorg toch al de hele dag voor Leah, dus dit gaat in één moeite door. Tien shilling is meer dan voldoende.'

'Nee...' Rose diepte haar portemonnee al op uit haar handtas. 'Ik wil er graag twee pond voor betalen, omdat ik Miles hier morgenvroeg al naartoe moet brengen en omdat u bereid bent om me op zo'n korte termijn te helpen. Hier.' Ze drukte de verbouwereerde vrouw twee verfrommelde bankbiljetten in haar hand. 'Dank u wel. Ik kom hem morgenochtend om zes uur brengen, samen met alle spullen die hij nodig heeft. Tot dan.'

Met een glimlach duwde ze de buggy weer door de poort en begon ze aan de lange wandeling heuvelop. Intuïtief voelde ze aan dat haar zoon bij mevrouw Thompson in goede handen zou zijn.

Toen de trein de volgende dag om kwart over elf King's Cross binnenreed, werd Rose misselijk bij de aanblik van de drukte daar.

Aan de straat stapte ze in een taxi en gaf ze de chauffeur het adres dat bovenaan Tonia's brief had gestaan. Ze wilde dit zo snel mogelijk achter de rug hebben.

Een half uur later kwam de auto tot stilstand voor een vervallen appartementencomplex in Tower Hamlets.

'De flat die u zoekt bevindt zich in dat gebouw daar, maar verder rij ik niet. Dit is geen fijne buurt, mevrouw.'

Dat had ze zelf ook al wel door.

Ze liep over de binnenplaats en keek naar de haveloze balkonnetjes waar grauw geworden wasgoed overheen was gedrapeerd. Hoewel het geluid van kinderstemmen weerklonk, was er nergens een kind te zien.

Aangekomen bij het gebouw dat de chauffeur had aangewezen deed ze de deur open en liep de betonnen trappen op. De kou drong tot in haar botten door en ze kromp ineen door de stank van rottend vuilnis. Die geur herinnerde ze zich nog maar al te goed.

De afbladderende deur van de flat zat vol met zwarte schoenafdrukken en een deel van het kozijn ontbrak.

Ze haalde diep adem en drukte op de bel, maar toen die niet bleek te werken, klopte ze maar aan.

Er kwam geen reactie. Ze klopte nog eens, luider ditmaal.

Nog steeds niets.

De deur aan de overkant van de hal ging open en er tuurde een paar bruine ogen naar buiten. 'Vertrokken.'

'Sorry?'

De vrouw nam Rose onderzoekend op en deed de deur verder open.

'Vertrokken. In ambulance. Twee weken. Heel ziek. Misschien wel dood, nu.' De onverzorgde vrouw maakte een hulpeloos handgebaar.

'Weet u welk ziekenhuis?'

'Waarschijnlijk Whitechapel. Hier vlakbij.'

'Bedankt, dan ga ik het daar proberen.'

Ze liep weer naar beneden. Omdat ze wist waar Whitechapel was, dacht ze dat ze er met tien minuten stevig doorlopen sneller kon zijn dan wanneer ze een taxi nam. Ze hoopte maar dat ze niet te laat was.

In het ziekenhuis informeerde ze bij de balie naar Tonia en wachtte ze met ingehouden adem af terwijl de vrouw de patiëntenlijsten doornam.

'Gevonden. Tonia Rosstoff, afdeling acht.'

Volgens de instructies van de receptioniste liep Rose door de vaalgroene gangen en probeerde ze de geur van ziekte en ontsmettingsmiddel niet te diep op te snuiven. Op de afdeling vroeg ze aan de zuster achter de balie in welke kamer Tonia lag.

De zuster keek haar streng aan. 'Bent u familie?'

'Nee.'

'O.' Op het gezicht van de zuster verscheen een bedachtzame uitdrukking. 'Wat jammer. Het heeft er alle schijn van dat Tonia geen familie heeft. Jammer genoeg is ze te laat hierheen gekomen. Ze is ernstig ziek.' Verdrietig haalde ze haar schouders op.

'Komt het wel goed met haar?'

De zuster schudde haar hoofd. 'Ik vrees van niet. Ze heeft een vergevorderd stadium van tuberculose. Het enige wat we kunnen doen is het haar zo comfortabel mogelijk maken. Arm schaap. Verpleegkundigen mogen zich niet aan patiënten hechten, maar Tonia... Ach, u zult zo wel zien wat ik bedoel. Er straalt zo veel verdriet uit die jonge ogen.' Ze slaakte een zucht. 'En dan dat arme kindje van haar. Zij is samen met Tonia binnengebracht en was ernstig ondervoed.'

Het hart van Rose sloeg een slag over.

'Zij maakt het nu goed en kan eigenlijk van de afdeling af, maar God mag weten wat er van haar terecht zal komen wanneer haar moeder sterft. Dan zal ze wel in een tehuis belanden, vermoed ik. Enfin, komt u maar mee.' Terwijl ze een kleiner gedeelte van de afdeling op liepen, fluisterde de zuster: 'Ze spreekt niet zo goed Engels en is erg verzwakt.'

Bij de aanblik van het zielige hoopje in bed kreeg Rose tranen in haar ogen. Tussen alle apparatuur die haar in leven hield oogde Tonia onnoemelijk klein.

Toen Rose wat dichterbij kwam, zag ze dat Tonia sliep. Ze was klein van stuk en vreselijk mager. Haar jukbeenderen staken knokig af tegen haar ingevallen witte wangen en om haar ogen lagen enorme donkere kringen.

Zoals ze daar lag, met haar blonde haar uitgewaaierd over het kussen, leek ze hooguit twaalf, hoewel Rose wist dat ze al achttien moest zijn.

'Ik laat jullie alleen,' fluisterde de zuster, waarna ze zacht de deur dichtdeed.

Rose ging op de oncomfortabele houten stoel naast het bed zitten. 'Tonia,' fluisterde ze. 'Ik ben het, Rosa. Rosa Delanski.'

Er kwam geen reactie.

Ze pakte de hand van het meisje beet, gaf er een kneepje in en probeerde het in het Pools. 'Tonia, kochana, Tonia, lieverd.'

Haar oogleden bewogen en weken vervolgens uiteen. Haar blik bleef op het plafond gericht, alsof ze droomde.

Weer kneep Rose voorzichtig in haar hand. 'Tonia, kochana, versta je Pools?'

Heel langzaam draaide het meisje zich naar haar toe, alsof elke beweging haar pijn deed. Ze keek Rose aan en knikte.

Het was al heel lang geleden dat Rose haar moedertaal had gesproken en ze begon behoedzaam: 'Ik ben Rosa Delanski. Je hebt me een brief geschreven waarin je me vroeg naar je toe te komen.'

'Ja.' Het kwam er gefluisterd uit. 'Ik had nooit verwacht dat je zou komen. Dank je wel.'

'Waar wilde je me over spreken?'

Het meisje verstrakte haar greep op de hand van Rose en werkte zichzelf omhoog. 'Ik heb een baby. Drie maanden oud. Hier in het ziekenhuis. Alsjeblieft, zorg voor haar als ik...' De inspanning werd haar te veel en ze liet zich weer in de kussens zakken. '... als ik doodga.'

'Wat is er toch met je gebeurd? Ik wil je nog zo veel vragen. Toen we uit Peggetz vertrokken, verzekerde het Rode Kruis ons ervan dat je geadopteerd zou worden en…'

Verwoed schudde ze haar hoofd. 'Nee. Weeshuis. Verschrikkelijk. Alsjeblieft, niet mijn kind. Alsjeblieft. Ik heb een brief geschreven… in het kastje.' Ze knikte ernaar. 'Kijk maar.'

Dat deed Rose. In het kastje lag inderdaad een envelop, verder niets.

'Voor het geval dat je zou komen. In die brief vraag ik je om voor Miranda te zorgen. Een verzoek van haar moeder, zie je?' Het kostte haar moeite om nog verder te praten.

Dat maakte de verwarring van Rose er niet minder op. 'Mag ik hem openmaken?'

Tonia knikte.

De brief was in gebrekkig Engels geschreven, maar er stond in dat David of Rosa Delanski de voogdij over Miranda Rosstoff moest krijgen in het geval dat Tonia kwam te overlijden.

'Ik maak mijn kindje nog liever dood dan dat ik haar achterlaat. Ik ben moederziel alleen opgegroeid op een vreselijke plek. Van liefde was geen sprake, alleen maar van honger en ellende.' De tranen stroomden over haar wangen en haar strijdlust gaf haar de kracht om te praten.

Rose' hart brak en ze begon ook te huilen. 'Waarom heb je niet eerder contact met ons gezocht? Als we dit hadden geweten…'

'Ik wist niet eerder van jullie bestaan af. Een jaar geleden pas. Toen ik in de gevangenis zat, omdat ik wel had moeten stelen en diensten aan mannen had moeten verlenen in ruil voor geld om eten te kunnen kopen, vroeg een sociaal werker me naar mijn familie. Ik zei dat ik die niet had. Zij heeft mijn dossier opgevraagd bij de autoriteiten en daar zat jullie brief in. Ik heb jullie geschreven, maar kreeg geen reactie. Daarna ben ik naar Engeland gegaan om jullie te zoeken. Daar ben ik zwanger geraakt. En ziek geworden. Ik heb mijn baby gekregen, en nu dit.' Ze ademde zwaar.

'Sst, doe maar rustig aan. Je hebt alle tijd.'

Met grote, angstige ogen keek ze Rose aan. 'Nee, ik denk dat ik niet lang meer te leven heb. Ik ben zo bang… O, lieve help, wat ben ik bang.'

Rose boog zich over haar heen en terwijl ze haar in haar armen nam, voelde ze hoe broos ze was en hoe snel haar levenskracht wegebde. Ze streelde haar haar en haar tranen maakten Tonia's voorhoofd nat. Nog nooit had ze zich zo hulpeloos gevoeld. De gevolgen van het verleden en de zinloosheid van het leven drongen zich sterker aan haar op dan ooit tevoren. 'Ik ben bij je, kochana. Rosa is bij je en zal voor je kindje zorgen. Dat beloof ik.'

Tonia maakte zich van haar los en staarde haar met een blik vol opluchting aan. 'Godzijdank ben je gekomen voordat het te laat was. Miranda zal een familie krijgen. Wil je alsjeblieft de zuster roepen?'

Rose liet haar voorzichtig op het kussen zakken en waarschuwde de verpleegster, die meteen kwam aansnellen.

'Is alles in orde met haar?' vroeg ze bezorgd.

'Dat weet ik niet. Ze zei dat ze u wilde zien.'

De zuster ging naast het bed staan en boog zich over haar patiënt heen. Een tijdlang fluisterde het meisje tegen haar, zoekend naar de juiste woorden.

Uiteindelijk knikte de zuster en keek ze op. 'Volgens mij zei ze dat ik moet beloven dat ik u haar baby mee naar huis laat nemen... dat u de enige familie bent die ze heeft.' Ze haalde diep adem en dacht even na. 'Ze zei dat u van haar moeder hield en dat ze wil dat u Miranda's moeder wordt. Kunt u haar in het Pools vragen of ik dat goed begrepen heb?'

Dat deed Rose.

Tonia knikte. 'Ja. Geen weeshuis, alstublieft, beloof mij.'

Inmiddels had de zuster ook tranen in haar ogen. 'Zal ik Miranda even halen?'

Terwijl ze zich de kamer uit haastte, brak er een glimlach door op Tonia's gezicht.

Rose ging weer zitten en pakte haar hand. 'Rustig maar, kochana. Zie je wel? Je hoeft je geen zorgen te maken. Miranda komt hiernaartoe en ik zweer dat ze met mij meegaat. Ik zal haar liefhebben en voor haar zorgen alsof ze mijn eigen kind is. Concentreer jij je er maar op om beter te worden.'

De zuster kwam terug met een wit wollen bundeltje, en Tonia gebaarde dat Rose haar mocht vasthouden.

Onwillekeurig ontsnapte Rose een kreetje toen de baby voorzichtig in haar armen werd gelegd.

'Wat is ze mooi, hè?' fluisterde Tonia, die hen nauwlettend in de gaten hield.

'Ja. Net als haar moeder. En haar grootmoeder.'

De zuster sloeg de stervende moeder gade die de vingers vasthield van het piepkleine baby'tje dat ze zo dapper aan een andere moeder had toevertrouwd. Zoiets hartverscheurends had ze nog nooit gezien.

Tonia's oogleden werden zwaar.

'Het wordt tijd om te gaan. Tonia zal wel uitgeput zijn.'

Rose knikte. 'Tot straks, Tonia. Ik kom over een paar uur terug, dan kunnen we verder praten.'

Het meisje stak haar armen uit naar de baby. Toen Rose haar dochter in haar armen legde, hield ze haar stevig vast. '*Do widzenia*, kochana. Dag, lieve schat.' Ze kuste Miranda voorzichtig op haar bolletje en gaf haar weer aan Rose. 'Ze is nu van jou, Rosa. Dank je wel, vanuit de grond van mijn hart.'

'Je ziet haar straks weer, lieverd,' merkte de zuster op.

Rose gaf Tonia een kus. 'Dag, Tonia. Ik zal me aan mijn belofte houden, dat zweer ik. Rust nu maar lekker uit.'

Tonia knikte. Haar blik bleef op Rose gericht toen ze met haar baby de deur uit liep. Nadat ze haar nog een kusje toe had geblazen, liet ze haar hoofd in de kussens rusten en deed haar ogen dicht.

Toen Rose twee uur later terugkwam in het ziekenhuis, was het gezicht van de zuster vlekkerig van het huilen en schudde ze verdrietig haar hoofd.

6

Saint-Tropez, maart 1984

Rose deed haar ogen open. Die had ze dichtgedaan om het heden buiten te sluiten en zich die deprimerende ziekenhuiskamer weer voor de geest te halen. Het hele gebeuren stond in haar geheugen gegrift en het minste wat ze kon doen was aan haar dochter vertellen wat haar moeder precies had gezegd voordat ze stierf.

Toen ze zag dat Miranda er roerloos bij zat, besloot ze ook de rest van het verhaal uit de doeken te doen. 'Ik moet bekennen dat ik je niet meteen mee naar Yorkshire kon nemen, zoals ik aan Tonia beloofd had. Die lieve zuster en ik wisten toen we die belofte deden allebei al dat de wereld zo niet in elkaar zat, maar in elk geval kon je moeder daardoor vredig sterven, in de overtuiging dat jij niet hetzelfde lot zou ondergaan als zij. Na haar overlijden kwam je in een pleeggezin terecht. Ik diende meteen een aanvraag in om je te adopteren, maar als ongehuwde vrouw werd ik ongeschikt bevonden. Het heeft me drie jaar en talloze hoorzittingen gekost om je eindelijk mee naar huis te kunnen nemen. Die zuster heeft zich aan haar woord gehouden. Dankzij haar getuigenis en Tonia's brief raakte de rechter er uiteindelijk van doordrongen dat je bij mij thuishoorde. Ik zal nooit vergeten dat ik je eindelijk in mijn armen kon sluiten en wist dat je van mij was.' Er ontsnapte haar een snik. 'O, Miranda. Ik zweer dat ik van je hield alsof je mijn eigen vlees en bloed was, maar toch voelde je je altijd ondergeschikt aan Miles. Soms wilde ik niets liever dan je vertellen hoe hard ik ervoor heb moeten knokken om je te kunnen adopteren, gewoon om te bewijzen hoeveel ik om je gaf.'

Miranda staarde nietsziend voor zich uit. 'Toen ik Santos van dat klif duwde… Franzen, bedoel ik… heb ik dus ook wraak genomen namens mijn echte moeder en grootmoeder.' Haar gezicht was asgrauw. 'Want als ik het goed begrijp, bestaat er een kans dat hij mijn grootvader was.'

Rose omhelsde haar stevig. 'Anya, je grootmoeder, werd ook gedwongen om met andere ss'ers het bed te delen. We zullen het nooit zeker weten.'

'O god,' fluisterde Miranda.

De vrouwen bleven een tijdlang zwijgend zitten en lieten de misselijkmakende waarheid op zich inwerken.

Uiteindelijk keek Miranda Rose weer aan. 'Hij verdiende het om te sterven, hè?'

'Ja, lieve schat, absoluut.'

'Hij bedreigde Chloe. Hij had foto's van haar en zei dat hij haar iets zou aandoen als ik probeerde contact met haar op te nemen. Ik hou van haar... zo ontzettend veel. En hij heeft Ian vermoord. De afgelopen twee jaar heeft hij me opgesloten, als... als een gekooid dier, omdat ik geprobeerd had om weg te lopen. Ik...' Haar stem brak en ze kon niet meer verder praten.

'Hij wist dat je mijn dochter bent. Op deze manier wilde hij het mij en David betaald zetten. Hij was een zieke, duivelse, boosaardige man. Daar is niets aan veranderd toen Treblinka ophield te bestaan. Hij zou zijn leven nooit gebeterd hebben, maar daar had jij nooit het slachtoffer van mogen worden. Het is allemaal mijn schuld.'

Miranda schudde haar hoofd. 'Nee, niet waar. Jij hebt me behoed voor een leven als wees. Je hebt me in huis genomen en van me gehouden. Er valt jou niets te verwijten.'

Door die opmerking moest Rose haar tranen bedwingen.

'Ik ben bang, Rose. Denk je dat ik de gevangenis in moet?'

'Nee, schat, laat dat maar aan David en die organisatie van hem over. Voor zover de politie weet, ben je nooit in die villa geweest. David heeft tegen hun verteld dat Franzen al verdwenen was toen hij en de butler 's ochtends wakker werden. Het stoffelijk overschot zat onder de sneeën en was te pletter geslagen op de rotsen. Geloof me, niemand zal dit verder uitzoeken. Veel mensen zullen het een opluchting vinden dat hij dood is.'

'Maar ze wilden hem levend hebben zodat hij terecht zou moeten staan als oorlogsmisdadiger. Ik heb al die jaren van voorbereiding verpest.'

'Volgens mij is het maar beter zo. Ikzelf had het niet aangekund om in de rechtbank tegen hem te getuigen. De gedachte alleen al dat ik die man ooit nog zou moeten zien...' Ze huiverde.

'Hij heeft me zulke vreselijke dingen laten doen. Ik... ik kan het je gewoon niet vertellen.' Miranda pakte de arm van Rose beet.

'Lieve schat, ik heb precies hetzelfde meegemaakt. En daarna heb ik zelf nog een paar enorme vergissingen begaan. Dat heb ik allemaal diep weggestopt om te kunnen overleven, maar het verdriet is er nog steeds. We moeten elkaar hierdoorheen helpen en proberen opnieuw te beginnen. Als we het niet voor onszelf kunnen, dan maar voor Chloe.'

'Hoe is het met haar?'

Rose kreeg tranen in haar ogen. 'Ze is prachtig.'

'Ik kan niet wachten om haar te zien, alleen ben ik bang dat ze me vergeten is.'

'Lieverd, er is geen dag voorbijgegaan dat we het niet over je hebben gehad. Je moest eens weten hoe bang ik was. Sinds jouw verdwijning heb ik geen nacht meer goed geslapen. De dingen die ik me in het hoofd haalde...'

Toen Miranda de ongerustheid op het gezicht van Rose zag, drong er een zonnestraaltje haar geest binnen dat de diepgewortelde spinnenwebben van onzekerheid, woede en haat verjoeg. Nu pas zag ze in dat ze van Rose niets dan liefde en geduld had ontvangen. Beschaamd bedacht ze dat ze niet alleen haar dochter, maar ook haar moeder enorm veel verdriet had gedaan. 'Het spijt me dat ik zo egoistisch ben geweest en Chloe en jou zo'n rottijd heb bezorgd, maar volgens mij ben ik inmiddels wel genoeg gestraft,' zei ze met tranen in haar ogen.

Rose pakte haar hand stevig beet.

'Ik ben verliefd geworden op iemand die niet rijk en niet knap was, en hij is me afgenomen. Dankzij hem ben ik het leven pas echt gaan waarderen en weet ik zeker dat ik een goede moeder voor Chloe kan zijn.' Ze zweeg even. 'Al zal ik je hulp de komende maanden nog hard nodig hebben.'

'Ik de jouwe ook, lieverd,' zei Rose, terwijl ze haar dochter in de armen sloot.

Ze bleven de hele nacht praten en pas bij het aanbreken van de dageraad stond Miranda op. 'Een paar dagen geleden had ik nog het gevoel dat mijn leven voorbij was, maar door wat jij me hebt verteld, begrijp ik veel meer van mezelf en mijn verleden.' Ze zuchtte. 'Wat ben ik moe, zeg.'

'Ga maar slapen. Ik ben er nu. De nachtmerrie is voorbij.'

'Ja. Welterusten, mam. Ik hou van je.' Miranda liep de kamer uit.

Een tijdlang bleef Rose in gedachten verzonken zitten, daarna ging ze het terras op om de nieuwe dag te zien aanbreken. Er was nog zo veel waar ze, net als Miranda, over na moest denken.

'Hoe reageerde ze op het nieuws dat Franzen haar grootvader zou kunnen zijn?' Voorzichtig werd er een hand op haar schouder gelegd.

'Wat valt erover te zeggen? Het is een verschrikkelijke gedachte, maar ze heeft al zo veel ellende meegemaakt. Naar omstandigheden vatte ze het goed op. Natuurlijk is het veel om te bevatten. Het lijkt zo oneerlijk dat de geschiedenis zichzelf heeft herhaald.'

David zuchtte. 'Het heeft geen zin om daarover te piekeren. Hoe ouder ik word, hoe meer ik geloof dat ons levenspad al voor ons is uitgestippeld voordat we huilend op deze aardbol aankomen.' Hij aarzelde even. 'Ik heb je gemist, Rose. Het spijt me dat ik zo lang niets van me heb laten horen. Dat had ik nooit mogen doen.'

Ze deed een stap bij hem vandaan. 'Miranda en ik gaan zo snel mogelijk terug naar Yorkshire.'

'Toe, blijf nog wat langer. Heeft Miranda geen tijd nodig om aan het idee te wennen? Heb je haar al verteld hoe het met Miles zit?'

Moeizaam slikte ze. 'Nee, dat kon ik niet over mijn hart verkrijgen.'

Hij knikte. 'Dat begrijp ik. Misschien kan ik je daar wel mee helpen.'

Die gedachte was bijna lachwekkend. Haar zoon was juist de reden dat David jaren geleden het contact met haar verbroken had.

'Ik wil het nog ergens met je over hebben,' vervolgde hij.

'Waarover dan?'

'Brett. Ik heb geprobeerd hem in bescherming te nemen, net zoals jij bij jouw kinderen gedaan hebt. Hij weet niets van mijn verleden.

O, Rose, volgens mij ben ik een vreselijke vader voor hem geweest. Ik heb hem ontmoedigd om zijn artistieke talent te ontplooien, gewoon omdat ik er niet mee kon omgaan. Daar wil ik verandering in brengen, om ervoor te zorgen dat mijn verleden niet nog meer schade toebrengt aan zijn toekomst. Daar heb ik jouw hulp bij nodig.'

'Wat kan ik doen?'

'Nou, ik heb een plannetje bedacht.'

7

De industrieel Frank Santos, die tijdens een korte vakantie in zijn villa in Zuid-Frankrijk vermist is geraakt, is naar alle waarschijnlijk onder invloed van alcohol van een klif gevallen. Zijn stoffelijk overschot is gevonden en de Franse politie vermoedt niet dat er opzet in het spel is. De vermissing werd gemeld door David Cooper, een goede vriend en zakenrelatie van de heer Santos, die op de butler na als enige andere persoon in de villa verbleef ten tijde van het ongeluk. Hoewel de heer Santos overal ter wereld bedrijven bezat, meed hij de publiciteit en gaf hij de voorkeur aan een rustig leven in…

Brett ving het nieuwsbulletin vroeg in de ochtend op, vlak voordat hij naar JFK Airport zou vertrekken. Het nieuws bracht nog meer verwarring bij hem teweeg. De vorige avond had zijn vader gebeld en hem gevraagd de eerstvolgende vlucht naar Nice te nemen, waar hij hem van het vliegveld zou halen.

Toen hij elf uur later de aankomsthal uit kwam, zag hij zijn vader meteen staan. In zijn vrijetijdsbroek en designerzonnebril zag hij er knap uit.

'Ha, Brett.' Zijn vader sloeg een arm om hem heen. 'Bedankt dat je zo snel bent gekomen. Zullen we meteen maar gaan? Ik heb met Rose en Miranda afgesproken om in Saint-Tropez te dineren.'

'Met Rose en Miranda? Waarom?'

David liep vlug naar zijn gehuurde Mercedes, gooide Bretts reistas in de kofferbak en hield het portier aan de passagierskant voor hem open. Daarna kroop hij achter het stuur en reden ze het luchthaventerrein af. 'Ik heb ongeveer twee uur de tijd om je bij te praten. Het spijt me vreselijk dat ik je dit niet eerder heb verteld en dat ik zo'n slechte vader ben geweest. Het was behoorlijk schofterig van me dat ik nooit naar je luisterde als je me iets duidelijk probeerde te maken.'

Met open mond hoorde Brett hem aan.

Even moest David zich op een lastige bocht concentreren, maar daarna vervolgde hij op rustige toon: 'Er is de laatste tijd enorm veel gebeurd, en je verdient het om alles te weten. Ik zal bij het begin beginnen en ik stel voor dat je me laat uitpraten. Eventuele vragen komen naderhand wel. Het is een schokkend, misselijkmakend verhaal, maar ik moet je alles vertellen.'

Zo kwam het dat David tijdens hun rit langs de prachtige Zuid-Franse kust zijn hele verhaal uit de doeken deed. Het begon in Polen en eindigde met wat er een paar dagen geleden was gebeurd in de villa van Santos.

'Ik weet dat het enorm veel is om te bevatten, maar het leek me beter om het er allemaal maar in één keer uit te gooien. Je zult wel veel vragen hebben, dus ik zal mijn best doen om die te beantwoorden.'

'Pa, toch.' Bretts stem brak door de emoties. 'Waarom heb je het me niet eerder verteld? Had ik het maar geweten, dan had ik je kunnen helpen. Je had deze last niet in je eentje hoeven dragen. Het spijt me als ik niet goed reageer, maar het is nogal wat... en het maakt ook deel uit van mijn voorgeschiedenis. Je had me niet in bescherming moeten nemen. Ik had er recht op om meer over mijn afkomst te weten.'

'Dat besef ik nu ook. Maar als ik het je had verteld, had ik er nooit aan kunnen ontsnappen. Dan was het een rol blijven spelen in mijn toekomst, en die van jou.'

'Dat is nu ook gebeurd, pa. Dit heeft een enorme stempel op je gedrukt en zodoende ook op mij... en op mama,' zei Brett verdrietig.

'Ik heb gedaan wat mij het beste leek voor ons allemaal. Misschien heb ik dat verkeerd ingeschat. Het spijt me ontzettend dat ik zo kortzichtig ben geweest. Het is moeilijk om uit te leggen hoe ik me voelde. Ik...' Hij schudde zijn hoofd.

'Probeer het toch maar, pa. Misschien begrijp ik het wel beter dan je denkt.'

'Goed dan.' Hij dacht even na. 'Geld verdienen was bijna een obsessie voor me. Er kwamen geen emoties aan te pas, maar ik voelde me er wel heel machtig door. Daardoor kon ik me afsluiten voor alle verwarring en haat uit mijn verleden en me alleen op mijn werk storten. Op kantoor kon niets me deren, ik had alle touwtjes in handen en dat gaf me een veilig gevoel.' Hij slaakte een diepe zucht. 'Bovendien was ik er erg goed in.'

'Arme mama,' fluisterde Brett, bijna in zichzelf.

'Ja.'

'Hield je van haar?'

'Sorry?' David schrok op uit zijn eigen overpeinzingen.

'Ik vroeg of je van haar hield.'

'Ja, jongen. En net als jij deed ze heel erg haar best om tot me door te dringen. Dat dat niet lukte, is geheel aan mij te wijten.' Hij besloot van onderwerp te veranderen. 'Moet je horen, ik heb je natuurlijk hierheen laten komen om je dit alles te vertellen, maar ik wil nog iets met je bespreken. Hoe bevalt het werk bij Cooper Industries je?'

Brett haalde zijn schouders op. 'Prima, hoor.'

Met een blik op zijn zoon drong David aan: 'Ik ben eerlijk tegen jou geweest, nu wil ik ook dat je eerlijk tegen mij bent.'

'Oké,' begon zijn zoon langzaam. 'Toen ik nog maar net voor je werkte, vond ik het vreselijk. Ik nam het je kwalijk dat je nooit had stilgestaan bij wat ik eigenlijk met mijn leven wilde doen en dat je er klakkeloos van uitging dat ik in je voetsporen zou treden. Qua zakelijk instinct zal ik nooit aan jou kunnen tippen. Het doet me weinig om enorme deals te sluiten, maar ik heb me er door de jaren heen wel mee verzoend.' Hij friemelde wat aan de elektrische raambediening. 'Ik heb me gesetteld en heb geprobeerd mijn droom om kunstenaar te worden te vergeten. Echt gelukkig ben ik niet, al schaam ik me daar wel voor, want er zijn miljoenen mensen die hun armoedige leventje graag zouden opgeven om met mij te kunnen ruilen.'

'Hm,' zei David nadenkend. 'Dat kan wel zo zijn, maar dit is grotendeels mijn schuld. Als jij in armoede had geleefd, had het niemand iets uitgemaakt als je naar Frankrijk was vertrokken en de rest van je leven schilderend had doorgebracht. Dus in feite heeft die rijke familie je alleen maar belemmerd.'

Brett knikte langzaam. 'Misschien.' Hij keek door het raam naar de Middellandse Zee, die tegen de Côte d'Azur golfde. 'Ik heb nog één vraag. Heb je het contact met Rose verbroken omdat je niets meer met het verleden te maken wilde hebben?'

Tegen die vraag had David al opgezien, maar hij had zijn antwoord goed voorbereid. 'Deels. We hebben ook flinke onenigheid met elkaar gehad en waren allebei te trots om onze excuses aan te bieden. Heel stom, achteraf bezien. Daarmee hebben we achtentwintig jaar verspild. Hoe dan ook, nu is het weer bijgelegd. Trouwens, je tante Rose en ik hebben een plannetje voor je bedacht. Het was haar idee, maar ik wil dat je weet dat ik er volledig achter sta.' Hij bracht de auto tot stilstand en gaf een kneepje in Bretts hand. 'Het spijt me echt, knul. Ik hoop dat ik het nog goed kan maken met je.' In zijn ogen blonken tranen.

Het moment ging snel voorbij omdat David de auto uit sprong, maar dit was de eerste keer dat Brett zijn vader blijk had zien geven van oprechte emoties naar hem toe.

'Dus dat is het plan. Wat vind je ervan?' In Rose' ogen lag een verwachtingsvolle blik.

Het restaurant aan zee was vrijwel verlaten. De eerste toeristen werden pas in april verwacht, wanneer het weer beter begon te worden. Toen ze aankwamen zat Rose hen al op te wachten, met een fles witte wijn op tafel.

Brett was met stomheid geslagen door het voorstel dat zijn tante hem zojuist had gedaan. Nerveus keek hij naar zijn vader.

David glimlachte. 'Zoals ik al zei, sta ik er volledig achter. Als het niets wordt, kun je altijd nog bij Cooper Industries terecht.'

'Dit leek ons de ideale manier voor je om erachter te komen of je dit echt wilt,' voegde Rose daaraan toe. 'Er zit geen druk achter en in plaats van meteen naar de kunstacademie te gaan kun je in je eigen tempo werken.'

'En je krijgt een van de beste leraressen die er zijn,' viel David haar bij. 'Nou? Wat zeg je ervan?'

Overweldigd keek Brett van de een naar de ander. Rose had voorgesteld dat hij met haar mee zou gaan naar Engeland om een paar maanden bij haar in het atelier te komen werken. Daarna zou hij vrij zijn om te bepalen of hij wilde blijven schilderen en naar de kunstacademie wilde gaan, of zijn huidige functie bij Cooper Industries weer op wilde pakken. 'En mijn werk bij Cooper Industries dan? Ik kan je toch niet zomaar in de steek laten, pa?'

'Dat redden we wel.' In Davids ogen lag een zachtaardige blik. 'Dit wil je toch graag?'

'Nou... ja. Echt wel!' riep Brett lachend uit.

'Miranda en ik vliegen over een week terug naar Engeland,' vertelde Rose. 'We willen nog wat tijd met elkaar doorbrengen voor we weer naar Yorkshire gaan, naar haar dochtertje Chloe. Vanaf dat moment ben je van harte welkom.'

'Ik moet nog wat losse eindjes afhandelen op het werk, maar...'

David wuifde zijn bezwaren weg. 'Daar valt wel een mouw aan te passen.'

Enthousiast klapte Brett in zijn handen. 'Oké, afgesproken!' Zijn ogen schitterden en hij zag eruit alsof er een enorme last van zijn schouders was gevallen.

'Het spijt me dat het zo lang heeft moeten duren. Ik begrijp voor geen meter hoe ik het talent van mijn bloedeigen zoon heb kunnen negeren, zeker gezien je achtergrond.'

'Nou, ik heb al jaren geen penseel meer in handen gehad. Misschien kan ik het niet eens meer.'

'Geloof me, je kunt het nog wel. Ik heb bijna twintig jaar niets geschilderd. Dat verleer je nooit,' stelde Rose hem gerust.

Het intrigeerde Brett om zijn tante en vader samen te zien. Hun omgang met elkaar had iets vanzelfsprekends waardoor je nooit zou denken dat ze elkaar zo lang niet hadden gezien of gesproken. Brett vond het geweldig. Voor de eerste keer in zijn leven had hij het gevoel dat hij deel uitmaakte van een hechte familie.

Buiten het restaurant doemde een gestalte op die de tafels met haar ogen afspeurde.

'Hier, Miranda!' David zwaaide.

Met een verlegen glimlachje liep ze naar hen toe.

David stond op en trok de lege stoel naar achteren.

Verbluft keek Brett naar het magere, donkerharige meisje. Hij kon bijna niet geloven dat dit Miranda was. Zijn vader had hem verteld dat ze een zware tijd achter de rug had, maar nu het meisje aan wie hij zo'n hekel had gehad nog maar een schim van zichzelf was, riep ze niets dan medeleven bij hem op. 'Hoi, Miranda. Hoe gaat het met je?' vroeg hij voorzichtig.

Nerveus keek ze hem aan. 'Ik... Beter, dank je.'

'Gelukkig. Ik kan me niet eens voorstellen wat je hebt moeten doorstaan. Wat ben jij ontzettend dapper, zeg.'

Ze wist niet wat ze daarop moest zeggen.

'Trouwens, het ziet ernaar uit dat ik over een paar weken ook naar Engeland kom. Je zult je er wel op verheugen om je dochtertje weer te zien.'

Toen hij zo vriendelijk deed, klaarde haar gezicht op en kreeg ze een dankbare blik in haar ogen. 'Ja,' reageerde ze eenvoudigweg.

Wat had ze graag gewild dat Brett écht de vader van haar kind was geweest.

8

Rose kon wel janken bij de aanblik van Miranda, die nerveus aan de knopen van haar jas frunnikte terwijl de taxi de heuvel op reed naar de boerderij.

Opeens pakte haar dochter haar hand beet. 'Stel nou dat ze me niet herkent? Ik zie er zo anders uit.'

'Dat komt wel goed,' zei Rose zelfverzekerder dan ze zich voelde.

Eenmaal boven gebaarde Brett dat de vrouwen alvast naar binnen konden gaan en dat hij de chauffeur zou betalen en met de bagage zou helpen.

Nog steeds hand in hand liepen Miranda en Rose naar de voordeur. Voordat Rose de kans kreeg om de sleutel in het slot te steken, deed mevrouw Thompson de deur al open.

'Is alles in orde, Doreen? Met Chloe?' vroeg Rose zo rustig mogelijk.

'Ja hoor, prima. Kom er maar bij, liefje. Ik zei toch al dat mama vandaag naar huis zou komen?'

Er stapte een beeldschoon zevenjarig meisje achter haar vandaan, dat verlegen en nerveus naar de twee vrouwen op de drempel keek.

Eén vreselijk moment dacht Rose dat Chloe háár in de armen zou vliegen.

'Hoi, oma,' zei het meisje met een bedeesde glimlach. Daarna richtte ze haar blik op Miranda, die als verstijfd naar haar stond te staren. 'Hoi, mama.' Ze stak haar armen uit.

Met een kreet van vreugde tilde Miranda haar dochter op en pakte ze haar zo stevig vast dat het leek of ze nooit meer zou loslaten.

De twee oudere vrouwen zagen het met tranen in hun ogen aan. Het volgende moment voelde Rose een hand op haar schouder. Toen ze zich omdraaide, zag ze dat haar neefje ook ontroerd was.

Miranda droeg haar kind naar binnen, de woonkamer in. 'O, mijn kindje, mijn lieverd,' zei ze huilend. 'Mama is weer thuis.'

9

Leah werd wakker, zag de zon tussen de gordijnen door schijnen en ging zitten om ze helemaal open te doen. De aanblik van de prachtige aprilochtend maakte haar meteen vrolijk.

Inmiddels had ze dan ook alle reden om blij te zijn. Ze had de riskante periode al drie weken achter de rug en voelde zich goed. Haar gynaecoloog had bevestigd dat de baby het prima deed en dat ze alle reden had om aan te nemen dat ze deze zwangerschap zou kunnen voldragen.

Terwijl ze uit bed stapte, kromp ze in elkaar door een lichte pijn in haar zij. Daar sloeg ze verder geen acht op, omdat ze wist dat het heel normaal was om af en toe een pijntje te voelen. Al snel trok het gevoel weg en besloot ze een deur verderop naar de babykamer te gaan kijken. Dat had ze de afgelopen vier maanden niet gedurfd uit angst dat het ongeluk zou brengen, maar vandaag voelde ze zich ontspannen en zag ze het verdere verloop van haar zwangerschap positief in.

De babykamer was twee jaar geleden al ingericht, toen ze voor de eerste keer zwanger was geweest. De wieg was omwikkeld met stoflakens, die ze er snel afhaalde, en de kledingkast hing tjokvol dure babykleertjes.

'Wat een bofkontje ben je toch,' zei ze tegen haar beginnende babybuik.

Daarna liep ze de kamer uit om te gaan douchen.

Tegen de tijd dat ze in de serre aankwam om te ontbijten, verging ze van de honger. Snel werkte ze de jus d'orange en croissants naar binnen en vervolgens viel ze tijdens het doornemen van de post aan op de fruitschaal. Er waren vanochtend drie brieven voor haar. Twee ervan herkende ze als circulaires van goede doelen, op de derde stond een handschrift dat ze niet kende.

Ze maakte de brief open en keek vol afgrijzen naar de inhoud.

Het was een foto van haarzelf, in een van Carlo's jurken, gemaakt tijdens de voorjaarsshows in Milaan. Hij was uit het aprilnummer van *Vogue* van vier jaar geleden gescheurd en haar gezicht was in de lengte en in de breedte doorkliefd met een mes.

Met trillende handen hield ze de foto vast, niet in staat haar blik ervan af te wenden. Snel keek ze in de envelop, maar verder zat er niets in. 'Lieve help,' zei ze ademloos.

Carlo.

Het was al verdacht rustig geweest van zijn kant. De afgelopen twee jaar had ze niets van hem gehoord, al deed het gerucht wel de ronde dat het hem zakelijk een stuk minder voor de wind ging sinds Leah was vertrokken.

Een steek in haar zij zorgde ervoor dat ze in elkaar kromp. Zorgen en stress waren niet goed voor de baby. Ze moest gewoon Anthony bellen. Die zou hier wel raad mee weten.

Ze stond op en liep door de woonkamer naar de telefoon.

Een volgende pijnscheut maakte dat ze een kreet slaakte en dubbelklapte. 'Nee, niet weer!'

Betty, de huishoudster, kwam op het geschreeuw afgesneld. Ze trof Leah op haar knieën en met een van pijn vertrokken gezicht op de vloer aan.

'Bel een ambulance, Betty. En Anthony. Ik heb een miskraam. Nee!' Ze kreunde nog eens en viel flauw.

10

Hoewel Leah het dienblad met het ontbijt dat Betty haar had gebracht nauwelijks had aangeroerd, liet ze zich weer achterover in de kussens zakken. Ze was nu een week thuis, maar kreeg nog steeds bijna geen hap door haar keel.

Anthony had voorgesteld dat ze naar het huis in Woodstock zouden vliegen, waar ze al zo veel betoverende kerstdagen hadden doorgebracht. Daarop had ze haar schouders opgehaald en gezegd dat ze dat prima vond, als hij dat graag wilde.

Ook drong hij er telkens op aan dat ze naar dokter Simons, een psychiater, zou gaan, maar ze wilde niet te horen krijgen dat ze depressief was. Dat wist ze zelf ook wel.

Er ontsnapte een traantje aan haar ooghoek bij de gedachte aan dat kleine bundeltje dat ze over vijf maanden had moeten vasthouden. Daar wilde ze het echter met niemand over hebben.

Lusteloos maakte ze haar post open.

Weer zo'n brief. Haar gezicht en lichaam waren aan flarden gesneden, maar deze keer was het een foto van Carlo's najaarscollectie, een jaar later.

Met tranen in haar ogen verfrommelde ze de foto en gooide hem in de prullenmand. Ze wist dat ze het aan Anthony zou moeten vertellen, maar ze kon het nu niet aan om door de politie te worden verhoord of iets aan die bedreigingen te doen.

Op dit moment zou het haar eerlijk gezegd geen moer kunnen schelen als ze doodging.

Nadat Betty de slaapkamer had schoongemaakt, ging ze met de aan flarden gesneden pagina uit het tijdschrift naar Anthony toe. 'Ik heb hier iets wat u moet zien, meneer.' Ze was erg gesteld geraakt op het lieve jonge meisje dat zo aardig was tegen haar en de rest van het personeel. De laatste tijd maakte ze zich dan ook net zo veel zorgen om Leah als Anthony zelf.

Hij pakte het gekreukte papier aan, bekeek het en slaakte een zucht. 'Mijn hemel.'

'Dit heb ik na het ontbijt in de prullenmand gevonden. Misschien heeft ze het wel met haar schilmesje gedaan.'

'Dank je dat je me dit hebt laten zien, Betty.'

'Geen dank. Ik maak me zorgen om haar. Als ik die foto zo zie, lijkt het wel of ze overweegt om...'

'Ja, Betty. Dank je.'

'Mevrouw Van Schiele komt over een paar minuten. Haar bagage wordt nu naar beneden gebracht.' Ze liep de kamer uit.

Anthony vouwde het papier op en stopte het in zijn zak. Dit was niet het moment om hier iets mee te doen. Misschien zou hij zijn vrouw ernaar vragen nadat ze een paar ontspannen dagen in het huis in Woodstock achter de rug hadden.

Toen Leah de woonkamer in kwam, zag ze er bleek en mager maar toch beeldschoon uit in een zacht wollen broekpak van Donna Karan.

Hij liep naar haar toe en gaf haar een kus op haar wang. 'Ah, net zo mooi als altijd. Klaar om te gaan, liefste?'

Zonder iets te zeggen knikte ze.

'Goed, dan gaan we. We willen het vliegtuig toch niet missen?'

Ze schudde haar hoofd.

'Ik weet zeker dat je enorm zult opknappen van de komende dagen. Je vindt het daar heerlijk en hoeft geen voet buiten de deur te zetten als je dat niet wilt. Mag ik die mooie glimlach van je eens zien, schat?'

Leah deed haar best, maar faalde jammerlijk.

'Kon beter,' zei hij grinnikend. 'Kom op, we gaan.' Hij loodste haar mee de kamer uit en vijf minuten later zaten ze in de auto op weg naar de luchthaven.

Anthony zette het dienblad met jus d'orange, koffie en croissants aan het voeteneind van het bed. 'Hoe voel je je?'

'Wel oké,' klonk het gedempt.

'Zal ik de gordijnen opendoen? Het is een prachtige dag.'

'Als je wilt.'

Verdrietig en gefrustreerd slaakte hij een zucht. Hij voelde zich gekwetst omdat Leah erop had gestaan dat ze in aparte kamers zouden slapen, al had hij er natuurlijk wel mee ingestemd. Per slot van rekening kon hij zich niet eens een voorstelling maken van de fysieke en emotionele tol die dit alles van zijn vrouw eiste. Hij kon alleen maar bidden dat ze na een paar dagen rust en ontspanning weer naar hun gezamenlijke slaapkamer zou verkassen.

Tot nu toe bleef het bij bidden. Elke dag stelde hij voor om iets leuks te gaan doen, om de plekken en restaurants te bezoeken waarvan hij wist dat ze het er heerlijk vond, maar ze reageerde amper en zonder ook maar een spoortje enthousiasme. Hoewel hij niets liever wilde dan er voor haar zijn, leek ze mijlenver bij hem vandaan.

Dat ze nu ook al niet meer met hem in één bed wilde slapen, voelde als het begin van het einde.

Hij hield zichzelf voor dat het gewoon door de depressie kwam, dat het maar tijdelijk was, dat het niet aan haar gevoelens voor hem lag. Alleen viel het niet mee om daarin te blijven geloven nu ze hem alsmaar afwees.

Anthony wist dat hij niet mocht opgeven. Als hij dat deed, zou hij haar zeker kwijtraken.

Hij haalde diep adem en trok de gordijnen open. 'Moet je eens kijken.' In de zon die door de ramen naar binnen viel ging hij op het bed zitten. 'Heb je zin om vandaag iets te ondernemen, lieverd?'

Leah ging langzaam zitten, streek haar prachtige haar uit haar gezicht en schermde haar ogen af tegen de felle zon.

Hij had haar zelden zo mooi gevonden.

'Niet echt,' zei ze schouderophalend.

'Ik zat te denken dat we misschien naar het centrum kunnen rijden, wat inkopen kunnen doen bij dat boetiekje dat je zo leuk vindt en daarna kunnen lunchen in de Woodstock Inn. Wat zeg je daarvan?'

'Eerlijk gezegd blijf ik liever thuis. Maar als jij graag wilt gaan...'

Opeens brak er iets bij Anthony. Hij stond op. 'Laat maar, Leah. Blijf jij hier maar zwelgen in zelfmedelijden. Weet je, de meeste vrouwen...' Toen hij haar aankeek, brak hij zijn zin af. In haar ogen lag nog steeds die wezenloze blik. Afwezig streek hij met een hand door zijn haar. 'Hoor eens, het spijt me. Ik doe mijn best om te begrijpen hoe je je voelt, maar... ik ga een eindje lopen. Ik blijf niet lang weg.'

Leah keek hem na toen hij de kamer uit liep. Hoewel ze wist dat zijn reactie iets bij haar teweeg zou moeten brengen, gebeurde dat niet. Er was alleen maar die aanhoudende gevoelloosheid die haar volslagen apathisch maakte, alsof ze alle besef van de werkelijkheid was verloren.

Ze hoorde de deur dichtslaan en bedacht dat ze zich nu waarschijnlijk zorgen zou moeten maken.

Anthony beende het huis uit en terwijl hij over de lange oprijlaan liep, vervloekte hij zichzelf omdat hij ooit tegen haar had gezegd dat hij nog een kind wilde. Hij hield zielsveel van haar en hoewel een kindje hun relatie nog sterker zou maken, liep hij nu aldoor op zijn tenen omdat hij niet wilde dat ze iets misliep doordat ze met een oudere man was getrouwd.

Hij had voor haar gehoopt dat deze zwangerschap goed zou verlopen en toen dat niet was gebeurd, had hij dat, wederom voornamelijk voor haar, verschrikkelijk gevonden.

De arts had al talloze malen uitgelegd wat de medische verklaring voor de verandering in Leahs karakter was en erbij verteld dat ze daar zelf niets aan kon doen. Hij had Anthony op het hart gedrukt om geduldig en begripvol te zijn, maar uiteindelijk was hij ook maar een mens. Na de eerste miskraam was haar humeur langzaam maar zeker slechter geworden, en hij verlangde terug naar het vrolijke, opgewekte meisje met wie hij getrouwd was.

Soms vroeg hij zich af of Leah zich verveelde en er daarom zo op gebrand was om een kindje te krijgen. Zo'n intelligente, leergierige vrouw als zij had er vast niet genoeg aan om de echtgenote van een succesvolle zakenman te zijn, zeker niet na het hectische bestaan dat ze tot aan hun huwelijk had geleid. Hij had haar al vaak gevraagd of ze het modellenwerk misschien weer wilde oppakken of juist voor een carrière wilde kiezen waarin ze het eerder van haar hersenen moest hebben, maar dat had ze altijd ontkend.

Toen hij over het pad tussen de bomen door liep en hoog boven hem in de naaldbomen de roep van de koekoeken hoorde, verwonderde hij zich er voor de zoveelste keer over dat Leah destijds zo plotseling met hem had willen trouwen. Op dat moment was hij zo blij geweest dat hij er niet al te diep over had nagedacht, maar nu hij hun relatie voor zijn ogen zag afbrokkelen, drong de vraag zich op of ze ooit wel echt van hem gehouden had.

Anthony was bang. Leah verliezen was een nachtmerrie die hij niet aankon. Er was een kloof tussen hen ontstaan en hij wist niet hoe hij die nog kon dichten.

Later die dag zaten ze samen op het terras. Anthony had zich bij terugkomst uitgebreid verontschuldigd en Leah had geprobeerd aardig tegen hem te doen.

Hij stond op en liep naar haar toe. 'Zullen we romantisch uit eten gaan? Dan kun je die nieuwe jurk van Christian Dior aan die ik vorige week voor je heb gekocht.' Hij sloeg zijn armen om haar heen en gaf haar een kus op haar wang.

Hoofdschuddend wurmde ze zich los. 'Ik ben te moe. Ga jij maar gerust, hoor. Ik ga even liggen.'

Na dat gezegd te hebben, verdween ze naar binnen.

Ondanks de warme meiavond huiverde hij. Met een zucht pakte hij een exemplaar van *The New York Times*, om even niet aan zijn problemen te hoeven denken.

Zijn aandacht werd getrokken door een afbeelding op pagina veertien. Het was een foto van het model Maria Malgasa in haar hoogtijdagen. Ze droeg een japon van Carlo Porselli en zag er beeldschoon uit.

Anthony las de tekst eronder.

> *Maria Malgasa, halverwege de jaren zeventig bij miljoenen mensen bekend als het bestbetaalde model ter wereld, is gewurgd aangetroffen in haar hotelkamer in Milaan, waar ze was voor een reportage in Vanity Fair. De crew heeft haar stoffelijk overschot aangetroffen nadat ze niet op de luchthaven kwam opdagen voor de terugvlucht naar New York. Haar vaste partner Carlo Porselli assisteert de politie bij het onderzoek. Hoewel de details nog vaag zijn, zijn er naar verluidt sporen van geslachtsgemeenschap aangetroffen.*

Later liet Anthony het artikel aan Leah zien. 'Jij kende haar, toch?'

Ze knikte, maar toen ze de tekst had gelezen werd ze lijkbleek. 'O god. Anthony, ik heb per post foto's van mezelf ontvangen die aan flarden waren gesneden.'

'Lieverd, dat meen je toch niet? We dachten dat je dat zelf had gedaan. We hebben de foto gevonden die je hebt gekregen op de dag dat je de baby verloor, en later heeft Betty er nog een uit de prullenbak gevist.'

Ze schudde haar hoofd. 'Op beide foto's draag ik kleding van Carlo, tijdens een van zijn shows. De enveloppen waren in Milaan afgestempeld. Als hij me dit aandoet, zou het dan niet kunnen dat hij Maria...' Ze kreeg de woorden niet over haar lippen.

'Dat weet ik niet, maar ik ga meteen de politie bellen.'

11

'Per favore, geloof me alstublieft! Ik ben meteen na het diner bij Maria weggegaan. Ze zei dat ze moe was en vroeg naar bed wilde.' Carlo streek door zijn warrige haar en staarde de politieagent tegenover hem aan.

'Maar Signor Porselli, uw vingerafdrukken zijn op haar persoonlijke bezittingen en overal in de kamer gevonden.'

'Dat heb ik toch al uitgelegd!' Gefrustreerd sloeg Carlo met zijn vuist op het tafelblad. 'Maria en ik hebben die avond voordat we uit eten gingen de liefde met elkaar bedreven. Na ons etentje heb ik haar bij de lift van het hotel welterusten gewenst en ben ik alleen naar mijn appartement gegaan.'

'Jammer dat niemand in de lobby van het hotel dat kan bevestigen. De portier zweert dat hij een donkerharige man die aan uw signalement voldoet met juffrouw Malgasa naar haar kamer heeft zien gaan, een kwartier nadat u zegt vertrokken te zijn. Bovendien beweert hij dat hij diezelfde man de volgende ochtend om half vijf heeft zien weggaan.'

'*Non lo so*,' verzuchtte Carlo. 'Ik weet niet wie die man was, maar ik was het niet. Ik hield van Maria! Ze was mijn belangrijkste model. Waarom zou ik haar om het leven willen brengen? Ik heb geen gewelddadig verleden, dat weet u toch? Vraag het maar aan de modellen met wie ik door de jaren heen heb samengewerkt.'

'Dat hebben we al gedaan.' De agent reikte hem een doorzichtige plastic map aan. 'Kijk hier maar eens naar.'

Carlo haalde de aan flarden gesneden foto's van Leah uit de map. 'Wat? Deze zijn *nauseanti*! Walgelijk!'

'Dat vinden wij ook, net als mevrouw Van Schiele, die deze per post ontvangen heeft. De laatste envelop was afgestempeld in Milaan.'

Carlo deed zijn mond open, maar slikte zijn weerwoord in. Aan de manier waarop de agent naar hem keek zag hij dat hij hem schuldig achtte aan beide misdaden.

'Had zij uw volgende slachtoffer moeten worden, Signor Porselli?'

Carlo voelde tranen van zelfmedelijden en verontwaardiging in zijn ogen prikken. Het was toch niet te geloven dat hij, de beroemde Carlo Porselli, op verdenking van moord werd vastgehouden in een smerige Milanese politiecel?

'Denkt u maar even na over wat ik zojuist gezegd heb. We hebben genoeg bewijs om een zaak tegen u op te kunnen bouwen.'

'Als mijn vrienden dit te horen krijgen, zal het u berouwen!' schreeuwde Carlo terwijl de agent naar zijn celdeur liep.

De politieman glimlachte. 'Volgens mij hebt u niet zo veel vrienden als u dacht. Buonanotte.'

De celdeur viel met een klap dicht.

Carlo liet zijn hoofd in zijn handen zakken en begon te huilen.

De twee uur durende vlucht vanaf de luchthaven Linate kwam precies op tijd op Heathrow aan. De passagiers gingen de paspoortcontrole en de douane door en liepen de frisse meilucht in.

Terwijl hij in de rij stond voor een taxi, kocht hij een krant. Eenmaal op de achterbank las hij glimlachend de krantenkoppen. Carlo Porselli werd de moord op Maria Malgasa ten laste gelegd.

Zo had hij het gepland, om het Carlo betaald te zetten dat hij Leah van hem had afgepakt en haar had veranderd in een arrogante, egoïstische hoer die hem als oud vuil had behandeld.

Maria en de anderen hadden een tijdje in zijn behoeften kunnen voorzien, maar nu werd het tijd om de vrouw op te eisen die altijd al de zijne was geweest. Nu hij haar die bedreigingen had toegestuurd, hoefde hij alleen nog maar te wachten tot ze naar hem toe kwam.

De taxi deed er een uur over om naar King's Cross te komen. Hij stapte in de trein en zocht een comfortabele houding voor de lange reis naar het noorden.

12

Brett werd wakker van het getjilp van een nestje heggenmussen in de nok van de boerderij, buiten zijn slaapkamer. Met zijn ogen half dichtgeknepen tegen het ochtendlicht tuurde hij naar de klok en zag dat het nog maar net zes uur was geweest. Snel kwam hij uit bed, trok een oude sweater en spijkerbroek aan en glipte naar zijn atelier beneden. Met een glimlach betrad hij het vertrek. Voordat Rose een van de schuren had omgebouwd tot atelier, had ze hier gewerkt, maar nu was dit zijn plekje. Een moment lang bleef hij staan om te genieten van de geur van verf en van de rommel die hij zelf had gemaakt.

Daarna keek hij bedachtzaam naar het schilderij op zijn ezel.

Hij wist dat dit verreweg zijn beste werk tot nu toe was. De kleuren waren heel subtiel en vloeiden in perfecte harmonie in elkaar over.

Dit was niet zomaar een imitatie van een andere kunstenaar, dit had een heel eigen karakter.

Hij had er negen schilderijen en drie maanden stug doorwerken voor nodig gehad om zo ver te komen. De overige schilderijen die her en der in het atelier stonden waren goed, maar niet uniek genoeg. Rose was hem aldoor blijven aanmoedigen en had gezegd dat hij gewoon moest doorgaan tot hij een eigen stijl zou ontwikkelen. Volgens haar had hij een aangeboren talent dat bijgeschaafd moest worden en de ruimte nodig had om tot uitdrukking te komen.

Nu was dat eindelijk gelukt.

In zijn beginjaren had hij een object of landschap uitgekozen en dat op zijn mooist weergegeven. Sinds hij weer was gaan schilderen, had hij echter het gevoel dat hij een verhaal wilde vertellen, dat hij het schilderij een betekenis wilde geven. Op zijn nieuwste werk stond een beeldschoon, jong meisje dat naar de hemel reikte. De bovenste helft van het schilderij was een uitbarsting van kleur: de lucht was blauw, de zon scheen, de appelbomen rondom het hoofd van het meisje stonden in volle bloei. De stijl was duidelijk romantisch expressionistisch. Voor de onderste helft had hij veel donkerdere kleuren gebruikt. Er grepen mannenhanden naar de enkels van het meisje en de grond onder haar voeten was kil en zwart. Een van de mannenarmen raakte bijna haar nauwelijks bedekte middenrif aan.

Hij bleef er nog even naar staren. 'De geketende vrouw,' mompelde hij.

Vandaag zou hij het aan Rose laten zien. Een van de voordelen van hier wonen waren hun lange gesprekken die onder het genot van een fles wijn tot diep in de nacht voortduurden. Dan vertelde Rose hem over haar tijd op het Royal College, spraken ze over de werken van Freud, Bacon, Sutherland en haar tijdgenoten uit de jaren vijftig en konden ze urenlang naar de schilderijen in haar enorme verzameling kunstcatalogi kijken.

Nu Brett naar zijn nieuwe schilderij keek, wist hij dat het tijd werd om verder te gaan. Hij piekerde er niet over om weer voor zijn vader te gaan werken. Hij hoorde thuis op een opleiding vol jonge kunstenaars, zodat hij zich samen met hen verder kon ontwikkelen. Zijn tante wilde graag dat hij net als zij naar het Royal College zou gaan, maar hij wist al waar hij heen wilde. Naar Parijs, waar zijn grootvader Jacob had gewoond en het vak had geleerd. De stad lonkte naar hem, 's nachts droomde hij er zo levensecht over dat hij 's ochtends vaak wakker werd met het gevoel dat deze nieuwe dag niet echt was.

Het werd tijd om het met Rose over zijn toekomst te hebben, om tegen haar te zeggen dat hij aan de Beaux-Arts de Paris wilde gaan studeren. Hij pakte zijn palet en een penseel en begon de laatste hand aan het nieuwe schilderij te leggen. Zoals altijd wanneer hij aan het werk was, dwaalden zijn gedachten af naar Leah.

Vol afgrijzen en met een vleugje voldoening had hij gelezen dat Carlo was gearresteerd op verdenking van de moord op Maria Malgasa. Hij had zich vaak afgevraagd waarom Leah na die aankondiging in de kranten nooit met hem was getrouwd. Tot voor kort was hij ervan uitgegaan dat ze ruzie met elkaar hadden gekregen, maar nu sloeg de twijfel toe. Hij was zo dronken en boos geweest toen hij de confrontatie met haar was aangegaan, totaal niet in staat om naar haar uitleg te luisteren. Stel nou dat ze de waarheid had gesproken? Per slot van rekening zou de man in kwestie nu terecht moeten staan voor de brute moord op een ander model.

Met een zucht bedacht hij dat het geen zin had om zichzelf te blijven kwellen. Leah was inmiddels gelukkig getrouwd en hij zou de rest van zijn leven alleen maar kunnen dromen van de vrouw die nooit de zijne zou worden.

Toen hij zijn penseel neerlegde, merkte hij dat zijn maag knorde. Hij deed de deur van zijn atelier open, liep de hal in en bleef even staan om de post op te rapen.

Miranda en Chloe zaten al aan de ontbijttafel in de keuken. Het gezicht van het meisje begon te stralen toen ze hem zag. 'Hoi, oom Brett. Heb je nog meer schilderijen gemaakt?'

Hij knikte. Tijdens het ontbijt bekroop hem vaak een gevoel van déjà vu. Aangezien mevrouw Thompson nog steeds in de keuken aan het redderen was, dwaalden zijn gedachten regelmatig af naar de eerste vakantie die hij hier had doorgebracht. Wat was dat al lang geleden en wat was er sindsdien veel gebeurd.

Rose kwam de keuken binnen. 'Goedemorgen, allemaal.' Ze zag er uitgeput uit.

'Goed geslapen?' informeerde Brett beleefd.

'Nee. Om drie uur 's nachts kreeg ik opeens een paniekaanval over de aankomende expositie in New York en sindsdien ben ik in mijn atelier bezig geweest.'

'Kom nou toch. Ik weet dat je je werk daar nog nooit tentoongesteld hebt, maar het is prachtig, echt waar,' probeerde hij haar gerust te stellen.

'Dank je, schat, maar over minder dan twee maanden is het al zover en ik moet nog vier schilderijen afmaken.'

'Wij komen je steunen,' zei Miranda zacht.

'Dat weet ik, lieverd. Sorry dat ik me zo druk maak, maar ik vind het gewoon heel belangrijk om daar door te breken.'

'Dat komt wel goed, let maar op. Kom mee, Chloe. Het is tijd om je aan te kleden.'

'Oké, mama.'

Miranda en Chloe liepen de keuken uit.

Met een zucht merkte Rose op: 'Ik maak me zorgen om Miranda. Ze is zo kwetsbaar. Hopelijk zal het reisje naar New York haar goeddoen, al zal ik niet veel tijd met haar kunnen doorbrengen. Het is jammer dat ze niet de hele maand kunnen blijven, maar Chloe moet natuurlijk weer naar school.'

'Ze zullen het vast prima naar hun zin hebben. De maisonnette van mijn vader is prachtig en ligt midden in het centrum. Hij is van plan om vrij te nemen van zijn werk om Miranda en Chloe de stad te laten zien.'

'Dat zou fijn zijn,' zei ze glimlachend.

Abrupt stond hij op. 'Ik kan maar beter weer aan de slag gaan. Kun je straks even naar mijn atelier komen? Ik wil je iets laten zien en iets met je bespreken.'

'Natuurlijk.' Ze ging aan de tafel zitten en gaapte.

Soms voelde het alsof ze nooit meer naar huis zou gaan als ze nu naar New York ging.

13

Leah hing wat rond in de prachtige, zonnige tuin en knipte driftig de verwelkte rozen af.

Op haar horloge zag ze dat het tien over tien was. De hele dag strekte zich voor haar uit, met als afsluiter een avond waar maar geen eind aan zou komen omdat de gesprekken met Anthony aan het diner zo stroef verliepen.

Ze vond het moeilijk te begrijpen dat ze zich zo voelde. Dood, verdoofd, zonder ook maar een greintje interesse in wat dan ook.

Zelfs toen de politie haar had verhoord en ze hun de met een mes bewerkte foto's had laten zien die ze per post had ontvangen, had ze daar niet echt iets bij gevoeld. Het leek wel of ze een omstander was die haar leven van een afstandje gadesloeg. Ze had niets gevoeld toen Carlo op verdenking van moord in hechtenis werd genomen, nadat het door haar aangeleverde bewijsmateriaal nog eens boven op de vingerafdrukken in Maria's hotelkamer was gekomen. De politie had gezegd dat de aanklager haar misschien als getuige zou willen oproepen tijdens de rechtszaak, maar daar stond ze liever niet te lang bij stil.

Inmiddels was haar wel duidelijk dat ze niet meer van Anthony hield, al vond ze het nog altijd pijnlijk om te zien dat ze aan één woord genoeg had om hem te kwetsen.

Ze hadden al ruim drie maanden niet meer in hetzelfde bed geslapen. De gedachte aan seks met hem vond ze weerzinwekkend en deed haar alleen maar denken aan haar eigen tekortkomingen en de dood van haar drie kindjes. Ze wist gewoon dat het geen zin had om het te blijven proberen.

Soms vroeg ze zich af of hij een affaire had. Het leek haar niet meer dan logisch dat hij troost zou zoeken bij een andere vrouw, maar hij kwam nooit later dan verwacht thuis en belde haar aldoor wanneer hij op zakenreis was.

In zekere zin leek het haar beter als hij iemand anders zou vinden. Dan zou ze zich niet meer zo schuldig hoeven voelen. Ze wilde dat hij eens boos werd, zoals die keer dat hij in Woodstock tegen haar was uitgevallen, maar in plaats daarvan reageerde hij gelaten op haar gedrag.

Hij had voorgesteld om nog eens te proberen in verwachting te raken en toen ze dat had geweigerd, had hij adoptie voorgesteld. Daar had ze niets van willen weten. Door een kind te adopteren zou ze voor haar gevoel openlijk toegeven dat ze tekort was geschoten.

Zodoende zat ze nu de dagen uit tot het tijd werd om naar bed te gaan en ze zich kon overgeven aan haar heerlijke droom. Die was altijd hetzelfde: een kleine, zachte, afhankelijke baby in haar armen, en Brett die er trots bij stond en hen vertederd gadesloeg.

Soms gingen er weken voorbij dat ze niet aan hem dacht, maar dan droomde ze weer en mijmerde ze de volgende dag aldoor over wat ze voor hem had gevoeld en hoe volmaakt hun liefde voor elkaar was geweest. Dat wakkerde sensuele gevoelens in haar aan waarvan ze had gedacht dat die allang waren uitgedoofd, al voelde ze zich wel schuldig wanneer ze bedacht wat Anthony daarvan zou vinden.

Er was echter ook nog die andere droom, de droom die ze als kind al had gehad. De duistere gestalte die haar over de heide achtervolgde tot ze niet meer verder kon rennen… en Megans stem, die haar keer op keer waarschuwde.

Ze schudde haar hoofd en probeerde zich weer op het nu te richten. Instinctief wist ze dat ze kostbare tijd verdeed, dat haar leven ernstig uit de koers was geraakt en dat ze geen enkele moeite deed om weer op het juiste spoor te komen.

Het leek wel of ze alsmaar in onzekerheid verkeerde en wachtte op een gebeurtenis waarvan ze wist dat die zou komen en die haar tegen zichzelf zou beschermen.

Tot het zover was, ging het leven gewoon door.

Ze raapte de afgeknipte verwelkte rozen op en liep terug naar het huis.

Eenmaal binnen hoorde ze de telefoon gaan en nam op. 'Hallo?'

'Leah, met je moeder. Ik…' Aan de andere kant van de lijn klonk een verstikt geluid.

'Mam? Gaat het wel? Wat is er aan de hand?'

'Ik… Het spijt me, Leah, het gaat om je vader. Zoals je weet, herstelde hij goed van zijn heupoperatie, maar gisteravond werd ik door het ziekenhuis gebeld. Hij heeft een hartaanval gehad, een zware. Ze weten niet of hij het zal halen. O, Leah, ik ben zo bang. Ik weet me gewoon geen raad.'

'Mam, luister goed. Ik neem de eerstvolgende Concorde naar Engeland en vlieg vanaf Heathrow door naar Leeds. Ligt pa in Airedale Hospital?'

'Ja.'

'Dan kom ik daar zo snel mogelijk naartoe. Hou vol, en zeg tegen pa dat hij dat ook moet doen. Ik kom eraan.'

'Dank je, Leah. Ik… We hebben je nodig.'

'Probeer rustig te blijven, mam. Ik bel je vanaf het vliegveld zodra ik weet hoe laat ik in Leeds aankom.'

Ze hing op en belde meteen de reserveringslijn van British Airways. Het lukte haar om de laatste zitplaats te bemachtigen in de Concorde die rond het middaguur naar Londen zou vertrekken. Die landde om half elf 's avonds, te laat om de vlucht naar Leeds te halen. Dat betekende dat ze een auto moest huren en 's nachts naar Yorkshire zou moeten rijden.

Ze rende naar boven om wat spullen in een koffer te proppen en schreef een briefje voor Anthony:

Spoedgeval in de familie in Engeland. Pa heeft hartaanval gehad.
Bel je als ik er ben. L.

Malcolm bracht haar naar het vliegveld en ze haastte zich net door de paspoortcontrole toen haar vlucht voor de laatste keer werd omgeroepen.

Zodra het vliegtuig opsteeg, ging er een golf van emoties door haar heen die haar bijna de adem benam. Ze voelde intens verdriet, maar ook iets anders.

Voor het eerst sinds maanden had ze het gevoel dat ze zich nuttig kon maken.

Leah arriveerde om vier uur 's nachts in Airedale Hospital, waar de verpleegkundige haar naar de intensive care bracht. Haar moeder zat in de wachtkamer wezenloos voor zich uit te staren. Leah beet op haar lip toen ze zag hoeveel ouder ze was geworden sinds ze haar voor het laatst had gezien. Haar haar was doorspekt met grijze strengen en haar gezicht oogde vermoeid en afgetobd.

Leah sloeg haar armen om haar heen en ze hielden elkaar een hele tijd vast, terwijl haar moeder stilletjes huilde.

'Bedankt dat je gekomen bent, Leah. Ik werd er gek van dat ik met niemand kon praten.'

'Hoe gaat het nu met hem?'

Doreen maakte een hulpeloos gebaar. 'Nog hetzelfde, zeggen ze. Niet beter, niet slechter. Hij ziet er vreselijk uit. Zo bleek... en hij is aan allerlei apparaten gekoppeld. Zo nu en dan doet hij zijn ogen open, maar praten lukt niet.'

'Ik ga naar hem toe.'

'Wil je dat ik meega?'

Ze schudde haar hoofd. 'Blijf jij maar hier en probeer wat te rusten. Je ziet er moe uit.'

Langzaam liep Leah door de stille gang. Hoewel het midden in de nacht was, zag ze nog meer familieleden aan het bed van hun dierbaren zitten. Er waren geen vaste bezoektijden op de intensive care.

De verpleegkundige wees haar naar de kamer waar haar vader lag.

Nadat Leah eens diep had ademgehaald, ging ze naar binnen. Daar moest ze een snik onderdrukken. Niets had haar kunnen voorbereiden op de aanblik van de vader op wie ze zo dol was en die er nu zo roerloos en kwetsbaar bij lag. Hij lag plat op zijn rug en was aan allerlei monitoren en infusen gekoppeld.

'Papa. Papa,' fluisterde ze. 'Ik ben het, Leah.' Ze boog zich over hem heen zodat hij haar zeker zou kunnen zien als hij zijn ogen opendeed, maar dat gebeurde niet.

Ze liet zich op de stoel naast zijn bed zakken en pakte zijn klauwachtige hand, die misvormd was geraakt door jarenlang gebruik van steroïden en andere medicatie. Zijn arme lichaam had het zo zwaar te verduren gehad, en toch had ze nooit een klacht over zijn lippen horen komen. Hoewel hij pas in de veertig was, leek hij wel vijfenzestig.

'Papa, ik ben bij je. Probeer maar heel snel op te knappen, zodat mama en ik je mee naar huis kunnen nemen en we weer een gezin kunnen zijn, net als vroeger.' De tranen stroomden over haar wangen bij de gedachte aan alle keren dat ze naar huis had kunnen vliegen om haar ouders te zien. Ze nam het zichzelf kwalijk dat ze zo met zichzelf bezig was geweest, want nu was het misschien wel te laat.

'Papa, weet je nog dat ik een klein meisje was en dat we samen uitkeken over de heide en jij me de namen van alle vogels die over ons heen vlogen vertelde? En weet je nog, mijn eerste schooldag, toen ik moest huilen en niet naar binnen wilde? Jij zei dat je de hele dag buiten zou blijven wachten en dat ik, als ik het niet leuk vond, gewoon naar buiten kon komen en dat jij me dan mee naar huis zou nemen. Het ging goed, maar toen de school uitging, stond je me op te wachten. Ik heb me nog vaak afgevraagd of je echt de hele dag buiten bent blijven staan.' Ze glimlachte door haar tranen heen toen ze de ogen van haar vader zag opengaan en er een zwak glimlachje om zijn mond speelde.

Leah bleef nog twee uur bij hem zitten en ging vervolgens terug naar haar moeder, die nog steeds in de wachtkamer zat, maar er inmiddels iets beter uitzag.

'De dokter begint zo aan zijn ronde. Zullen wij even naar het restaurant gaan om te ontbijten? Je zult wel uitgehongerd zijn na die lange reis.'

Haar maag was nu wel het laatste waar Leah mee bezig was, maar het leek haar inderdaad verstandig om iets te eten.

Het restaurantpersoneel was druk in de weer, aangezien de nachtdienst was afgelopen en het personeel voor overdag net was aangekomen. Leah en haar moeder werkten met lange tanden een Engels ontbijt naar binnen.

'Hoelang duurt het voordat de artsen weten of... Nou ja, of het gevaar is geweken?'

Doreen haalde haar schouders op. 'Dat weten ze eigenlijk niet. Je vader heeft koorts en was al verzwakt door die heupoperatie. Daar is het door gekomen. Het is zijn arme hart te veel geworden. Op dit moment weten ze niet hoe groot de gevolgen van de hartaanval zullen zijn. Ik ben niet zo van het bidden, maar de afgelopen dagen heb ik flink wat schietgebedjes gedaan. Je vader en ik... Nou ja, voor mij is er nooit een andere man geweest. Ik was nog zo jong toen we trouwden. Vijfentwintig pas. Ik weet dat ik soms op hem mopper, maar hij is alles voor me, Leah. Ik kan me geen leven zonder hem voorstellen.'

Leah pakte haar hand beet.

Doreen snikte het uit, maar droogde haar tranen al snel met haar doorweekte zakdoek. 'Dit is niet het moment om te huilen,' zei ze bruusk. 'We moeten nu sterk zijn voor je vader, en geloven dat hij het zal halen. Dat moet gewoon.'

De twee daaropvolgende dagen waakten Leah en haar moeder onafgebroken bij haar vader. Ze praatten tegen hem, lazen hem voor, hielden zijn hand vast en streelden zijn voorhoofd. De verpleegkundigen stelden voor dat ze naar huis zouden gaan om te slapen, maar daar wilde noch moeder, noch dochter iets van weten. 'Hij moet weten dat we er altijd voor hem zijn,' zei Doreen resoluut.

Op de derde ochtend nadat Leah naar Engeland was gevlogen, riep de arts hen bij zich in zijn spreekkamer. 'Goed nieuws. Meneer Thompson mag vanochtend van de intensive care af.'

'O, godzijdank.' Doreen barstte in tranen uit.

'Hij zal nog wel een week of drie in het ziekenhuis moeten blijven en daarna intensieve zorg nodig hebben. Aangezien hij nu buiten levensgevaar is, stel ik voor dat jullie naar huis gaan om te rusten. We willen er niet nog twee patiënten bij, of wel?'

'Dank u, dokter. Dank u.'

Even later staken ze hun hoofd door de deuropening van de ziekenhuiskamer. Een zuster was bezig de elektroden van Harry's borst te halen. Toen ze naar het bed toe liepen, zagen ze dat hij zijn ogen open had en er alert uitzag. Hij mimede 'hallo'.

'Wij gaan thuis een paar uurtjes slapen, lieverd. Even energie opdoen voordat jij weer naar huis komt.'

Het deed Leah goed om te zien dat haar moeder hem weer als vanouds plaagde.

Doreen boog zich over haar man heen en kuste hem op zijn voorhoofd. 'Je mag me nooit meer zo laten schrikken, anders maak ik nooit meer *Yorkshire puddings* voor je.'

Meneer Thompson knikte glimlachend en zei geluidloos: 'Tot straks.'

Moeder en dochter verlieten het ziekenhuis met verende tred, reden in Leahs gehuurde Escort naar Oxenhope en sliepen de rest van de dag als een roos.

14

Een week voordat Leahs vader uit het ziekenhuis zou worden ontslagen, maakte Leah een afspraak met zijn dokter.

Hij deed de deur van zijn spreekkamer voor haar open en gebaarde dat ze in de stoel tegenover zijn bureau kon gaan zitten.

'Hoe gaat het nu met mijn vader?'

'Hij maakt goede vorderingen. Zoals ik al zei, zal hij thuis nog een tijdlang extra zorg nodig hebben. Daar kunnen wij bij helpen door de wijkverpleegkundige om de dag bij hem langs te sturen, maar ik vrees dat het meeste op je moeder neer zal komen.'

'Daar maak ik me zorgen om. Mam zorgt nu al twintig jaar voor hem en is aan het eind van haar Latijn. Ik kan nog wel een paar dagen blijven, maar uiteindelijk zal ik toch terug moeten naar de States. Ik heb overwogen een verzorger voor hem in dienst te nemen, maar de bungalow is klein en mijn moeder kan niet goed taken uit handen geven. Daarom heb ik iets bedacht. Stel nou dat ik hen allebei een paar weken naar een herstellingsoord stuur? Dan zijn ze bij elkaar, maar wordt mijn vader wel vierentwintig uur per dag verzorgd en kan mijn moeder zelf ook tot rust komen. Daar is ze net zo hard aan toe als hij. Ik heb al wat rondgebeld en een privékliniek in de buurt van Skipton gevonden waarvan de brochure er veelbelovend uitziet en waar stellen welkom zijn. Op die manier zou mijn moeder een vliegende start kunnen maken en hoef ik niet zo ongerust te zijn.'

De dokter knikte. 'Dat lijkt me een uitstekend idee, maar dat soort oorden zijn wel erg prijzig.'

'Geld speelt geen rol. Ik wilde alleen weten of het u een goed idee lijkt.'

'Absoluut. Voor hen allebei.'

'Mooi, dat is dan geregeld. Zou u het misschien aan mijn moeder kunnen vertellen? Als ik het doe, begint ze meteen over het geld en zegt ze dat ze al die poespas niet wil.'

'Natuurlijk.' Hij glimlachte begripvol.

'Vooruit, allebei. Ga er lekker tussenuit en maak je nergens zorgen om. Pa, zorg jij dat mam zich een beetje ontspant?'

'Ik zal mijn best doen, meisje.' Meneer Thompson werd achter in de ambulance getild die hen naar het herstellingsoord op zo'n dertig kilometer van het ziekenhuis zou brengen.

'Goed zo. Dag, mam. Rust maar lekker uit.'

'Ja, Leah, maar je vader en ik hadden het thuis heus wel gered, hoor.'

'Hou toch op, mam!' Leah omhelsde haar stevig. 'Als jullie weer thuis zijn, kom ik jullie opzoeken.'

'Als je kans ziet, wil je dan tegen Chloe zeggen dat ik haar mis en snel weer terugkom?'

'Oké, mam.' Toen de ambulancedeuren dichtgingen, blies Leah hun allebei een kushandje toe. Daarna keek ze de ambulance na en slenterde ze naar haar auto.

Bij de deur van de bungalow voelde ze zich weer somber worden. De afgelopen weken had ze zich vooral zorgen gemaakt om haar vader en haar moeder moeten ondersteunen, dus had ze geen tijd gehad om bij haar eigen problemen stil te staan. Nu de bungalow er zo verlaten bij lag, dwaalden haar gedachten weer af naar Anthony en haar moeizame huwelijk. De paar keer dat ze hem had gebeld om te laten weten hoe het ging, was hij net zo lief als altijd geweest en had hij haar op het hart gedrukt dat ze zo lang moest blijven als nodig was en dat hij meteen naar Engeland zou komen als ze dat wilde. Ze had gezegd dat ze nog ongeveer een week wilde blijven om wat losse eindjes af te handelen voordat ze terug zou vliegen, en daar had hij zich zonder morren bij neergelegd. Wat tijd voor zichzelf, daar zou ze vast van opknappen.

Ze lummelde wat rond in de bungalow, borg de kopjes uit het afdruiprek op en legde de al keurig geplaatste sierkussens op de bank recht. Uiteindelijk ging ze zitten en slaakte een diepe zucht. Misschien kwam het door alle stress van de afgelopen weken, maar dit leek haar niet het moment om eens bij zichzelf te rade te gaan.

In een opwelling pakte ze de sleutels van haar huurauto en liep ze de bungalow uit. Ze wist precies waar ze naartoe wilde.

Het Parsonage Museum had een nieuwe lik verf gekregen sinds ze er voor het laatst was geweest. Ook was er een aanbouw geplaatst met een souvenirwinkel en extra ruimte voor exposities.

Hoewel er een enorme rij stond, vond ze het niet erg om in het zonnetje naar de buslading Amerikanen te luisteren die gewapend met videocamera's luidruchtig voor haar stonden te kletsen. Nu ze weer in haar vaderland was en merkte hoe anders die Amerikanen waren dan de mensen hier, vond ze het een vreemde gedachte dat ze de afgelopen drie jaar in hun midden had verkeerd.

Vanbinnen zag het museum er nog precies zo uit als in haar herinnering. Langzaam dwaalde ze rond en snoof ze de sfeer op waar ze als jong meisje zo dol op was geweest. Tijdens haar laatste bezoek… Was ze daarom hierheen gekomen? Om herinneringen op te halen die tegelijkertijd aangenaam en nog heel pijnlijk waren?

Daar dacht ze nog steeds over na toen ze over de geplaveide hoofdstraat liep en bij de Old Apothecary naar binnen wipte om badzout met mosterdzaad te kopen.

Voor het Stirrup Café bleef ze even staan. Wat zou het ook? Als ze dan toch in het verleden wilde duiken, kon ze het maar beter goed doen.

Ze ging aan een tafeltje bij het raam zitten zodat ze de wereld aan zich voorbij kon zien trekken en bestelde een shepherd's pie.

Net toen ze een slok koffie wilde nemen, keek ze uit het raam en zag ze een lange gestalte met een bekende bos roodbruin haar over straat lopen. Nam haar fantasie een loopje met haar? Het leek wel of hij naar haar keek, maar daarna liep hij verder tot hij uit het zicht was verdwenen.

Diep teleurgesteld slurpte ze van haar koffie.

Het belletje boven de deur rinkelde, maar ze keek niet op.

'Lieve help, je bent het echt. Eerst wist ik het niet zeker, maar…' Met een nerveuze glimlach stond hij voor haar.

'Hoi, Brett.'

'Ik… Hallo.'

'Wat doe jij hier?'
Verbaasd keek hij haar aan. 'Ik woon bij Rose op de boerderij. Heeft je moeder daar niets over gezegd?'
'Nee, maar de laatste tijd had ze ook wel wat anders aan haar hoofd.'
'Ik schrok heel erg toen Rose me vertelde wat er met je vader gebeurd is. Nu gaat het de goede kant op met hem, toch?'
Leah glimlachte. 'Ja, al spande het er wel even om.'
Na een korte aarzeling vroeg hij: 'Vind je het goed als ik bij je kom zitten?'
Nonchalant haalde ze haar schouders op. 'Ja hoor.'
Hij zette een tas met twee broden op de grond naast zijn stoel. 'Rose is dol op het brood van de bakkerij verderop in de straat. Ik ga altijd speciaal voor haar hiernaartoe om het te halen.' Hij vroeg zich af waarom hij zijn aanwezigheid goed probeerde te praten, terwijl dit nu zijn thuis was. 'Ik verga van de honger. Heb jij al iets te eten besteld?'
'Ja.'
'Dan neem ik hetzelfde.' Hij wenkte de serveerster.
'Ja?' vroeg die, met haar notitieblok in de aanslag.
Leah bloosde. 'Nog een shepherd's pie, graag.'
'Komt eraan.'
Toen Leah naar Brett keek, had ze meteen door dat hij het zich ook nog herinnerde.
'Hoelang blijf je in Engeland?' wilde hij weten.
'Nog een week. Ik logeer in de bungalow. Dus je werkt niet meer voor je vader?'
'Nee, hij heeft zelf voorgesteld dat ik hier een paar maanden naartoe zou gaan om te schilderen. De afspraak was dat als ik daarna nog steeds zeker wist dat ik dit wilde, ik me zou aanmelden voor een kunstacademie. Trouwens, ik heb vanmorgen goed nieuws ontvangen.' Uit de zak van zijn spijkerbroek haalde hij een gekreukte brief tevoorschijn. 'Ik heb een aantal schilderijen voorgelegd aan de Beaux-Arts de Paris en nu mag ik over tien dagen komen voor een intakegesprek. O, Leah, ik wil daar zo graag het vak leren. Dat heeft mijn grootvader ook gedaan, wist je dat?'
De serveerster kwam het eten brengen.
'Nee, dat wist ik niet. Wat fijn voor je, zeg. En dat terwijl je er de

vorige keer dat ik je zag nog zo zeker van was dat je vader je nooit zou laten gaan.'

'Hij staat volledig achter me.' Met een zucht pakte hij zijn vork en begon hij te eten. 'Er is het afgelopen jaar zo veel gebeurd. Het is te ingewikkeld om het uit te leggen, maar mijn vader hield allerlei jeugdtrauma's voor me verborgen die hem hebben gemaakt tot wat hij was. De laatste tijd heeft hij het zwaar gehad, maar daardoor is hij wel een ander mens geworden.' Hij aarzelde even. 'En ik ook.'

Ze zei niets.

'Leah, je moet echt meegaan naar de boerderij om iets te drinken. Rose zou het geweldig vinden om je te zien. Over drie weken vertrekt ze met Miranda en Chloe naar New York, voor haar eerste expositie in Amerika.'

'Meen je dat nou? En hoe gaat het met Miranda? Weer teruggekeerd na haar mysterieuze afwezigheid dus?'

'Ja. En net als mijn vader is ze compleet veranderd. Sterker nog, tegenwoordig kunnen we prima met elkaar door één deur. En ze heeft een schat van een dochtertje.'

Ze wist niet goed hoe ze daarop moest reageren. Het stak haar een beetje dat hij zo hoog opgaf over Miranda. 'Weet je, ik moet ervandoor.'

'Heel even nog, Leah. Ik vind echt dat we moeten praten. De laatste keer dat we elkaar zagen, heb ik me als een volslagen idioot gedragen. Wil je vanavond misschien met me uit eten?'

'Vanavond niet.'

'O.' Teleurgesteld keek hij haar aan. 'Morgen dan?'

'Oké.' Het was eruit voor ze er erg in had.

'Dan gaan we naar Steeton Hall. Volgens Rose is het eten daar voortreffelijk. Ik kom je om acht uur ophalen.'

'Prima, tot dan.' Ze haalde wat geld uit haar handtas en legde het op tafel. 'Dag.'

Brett keek haar na toen ze het restaurant verliet. Tien minuten later liep hij met zijn handen diep in zijn zakken gestoken langs de hoofdstraat.

Leah.

Ze was hier. Hij had haar gesproken, nog geen kwartier geleden.

Hij besloot naar de heide achter het museum te lopen, waar hij haar voor het eerst had gezoend. Daar liet hij zich in het zoet geurende gras zakken. De zon stond nog hoog aan de hemel en hij deed zijn ogen dicht.

Was het voorbij? Zijn intuïtie zei van niet.

Maar om nou helemaal opnieuw te beginnen... Die gedachte maakte hem bang. Bang om zichzelf weer open te stellen, nadat hij zijn emoties al die jaren had weggestopt.

Zijn vader had zijn hart afgesloten en de sleutel weggegooid. Dat was het veiligst, het zorgde ervoor dat je niet verrast kon worden, dat je niet kon worden gekwetst. Aan de andere kant maakte het je leven ook eentonig, zoals zijn oude houtskooltekeningen die de levendige schoonheid van kleur hadden ontbeerd.

Hij hield nog steeds van haar.

Het verleden lag achter hen, en hij wilde een toekomst.

De volgende avond moest Leah denken aan de eerste keer dat ze in New York met Brett had afgesproken. Ook nu trok ze weer alle outfits aan die ze had meegenomen, maar kon ze maar geen keuze maken. Normaal gesproken trok ze gewoon iets uit de kast en wist ze instinctief dat het bij de gelegenheid paste.

Ze waande zich weer een tiener en bedacht dat ze hier nooit problemen mee had wanneer ze met Anthony uit eten ging.

Maar ja, bij Brett had ze zich altijd al zo gevoeld: opgelaten en bloednerveus.

Die nacht had ze amper een oog dichtgedaan, deels omdat ze voor het eerst alleen in de bungalow was, deels omdat haar geweten haar parten speelde vanwege haar afspraak met Brett.

Toen de dag aanbrak boven de heide, had ze een paar keer op het punt gestaan om Anthony te bellen, maar ze had het niet gedaan uit angst dat hij het schuldgevoel in haar stem zou horen.

In 's hemelsnaam, Leah. Je gaat gewoon uit eten met een oude vriend, dat is alles.

Alleen dacht haar hart daar anders over.

Brett reed Oxenhope in en toen hij de nieuwe wijk insloeg, doemde de bungalow meteen voor hem op. De aanblik bracht een golf van vertwijfeling bij hem teweeg.

Gisteren had Leah een heel kalme indruk gemaakt, alsof hun ontmoeting haar niets deed. Zelf was hij één bonk zenuwen geweest en had hij vast veel te veel gepraat. Na afloop was hij zo van slag geweest dat Rose hem bijna had vermoord omdat hij haar brood ergens in Haworth had laten liggen.

Met al zijn zintuigen op scherp bracht hij de auto voor de deur tot stilstand en schakelde hij de motor uit.

Kom op, Brett. Ze is een getrouwde vrouw. Je gaat gewoon gezellig met haar uit eten om je excuses aan te bieden voor je fouten uit het verleden.

Ze waren inmiddels allebei verstandige volwassenen.

Alleen dacht zijn hart daar anders over.

'Hoi, Leah. Wat zie je er mooi uit.'

'Dank je.'

Op de drempel bleef hij staan, niet wetend of hij naar binnen moest gaan of dat Leah liever meteen naar het restaurant zou willen. Uiteindelijk besloot hij het gewoon te vragen. 'Zullen we meteen vertrekken? Het is een mooie route en op die manier hebben we nog tijd voor een aperitief.'

'Dat is prima.' Ze trok de deur achter zich dicht en ze liepen samen naar de auto.

De rit naar Steeton duurde nog geen twintig minuten. Van Rose mocht hij haar aftandse Range Rover gebruiken zolang hij bij haar woonde, en Leah genoot van de kenmerkende geur van oude auto: een mengeling van leer en benzine.

Het grootste deel van de rit praatten ze over koetjes en kalfjes en eenmaal in het restaurant installeerden ze zich aan de bar. Brett bestelde een pint bier voor zichzelf en Leah vroeg om een witte wijn.

'Dus je drinkt tegenwoordig?' vroeg hij.

'Alleen tijdens speciale gelegenheden.'

'Ik voel me vereerd.' Terwijl hij het zei, vroeg hij zich af of hij meteen aan zijn relaas zou beginnen of beter kon wachten tot ze gingen eten.

Hij koos voor het laatste. 'Waarom ben je eigenlijk gestopt met modellenwerk?'

'Ik had er al langer genoeg van, maar toen mijn vriendin Jenny doodging, was voor mij de maat vol.'

Geschrokken keek hij haar aan. 'Wat erg, dat wist ik helemaal niet.' Hij slikte moeizaam. 'Hoe kwam het? Drank, drugs?'

'Ze had al een zelfmoordpoging gedaan, maar de tweede keer is het gelukt.'

'Dat is echt dieptriest. Ik...' Hij wist dat hij de juiste woorden niet zou kunnen vinden, dus besloot hij van onderwerp te veranderen. 'En hoelang ben je nu getrouwd?'

'Ruim twee jaar.'

'Gelukkig?'

Ze ademde diep in. 'We hebben zo onze problemen gehad, maar Anthony is een heel goede, aardige man.'

'Fijn dat te horen. Klopt het dat hij wat ouder is?'

'Ja, tweeëntwintig jaar ouder dan ik. Hij is pas zesenveertig, zo oud is dat tegenwoordig niet meer.'

'Nee.' Hij zag dat de hoofdkelner hen wenkte. 'Zullen we naar ons tafeltje gaan?'

Leah liep achter hem aan naar een door kaarsen verlichte serre, waar bij het raam een tafeltje voor twee was gedekt.

'Leuk tentje is dit.' Leah pakte haar vork om op haar avocado en garnalen aan te vallen.

De hele avond wachtte hij op het juiste moment om aan zijn toespraakje te beginnen, maar telkens verloor hij de moed en begon hij over iets anders.

Uiteindelijk bestelde hij twee koppen koffie en een glas cognac en vermande hij zich. 'Moet je horen, Leah. Ik wil mijn excuses aanbieden voor hoe ik me die avond in New York gedragen heb. Ik was stomdronken, boos en van streek en heb helemaal niet naar je geluisterd.'

Ze schudde haar hoofd. 'Nee, hè?'

'Ik was er zo kapot van toen ik in alle kranten las dat het meisje van wie ik hield met iemand anders zou gaan trouwen... Ik hád het gewoon niet meer.'

Beheerst keek ze hem aan. 'Voor de goede orde, ik sprak de waarheid. Ik heb nooit een affaire met Carlo gehad en was woedend toen hij tegen me zei dat hij de media had verteld dat we gingen trouwen. Het liefst had ik hem aangeklaagd, maar daar heeft mijn agent me van weerhouden.' Ze haalde haar schouders op. 'Maar ach, laten we maar geen oude koeien uit de sloot halen. Ik begrijp best dat je zo van streek was.'

Hij slaakte een zucht. 'Toen Carlo werd gearresteerd voor de moord op Maria Malgasa, bedacht ik opeens dat hij je die avond waarschijnlijk echt onder valse voorwendselen heeft meegelokt naar zijn palazzo.'

'Ja, dat klopt. Precies zoals ik je destijds al verteld heb.' Ze schudde haar hoofd. 'Ik weet het niet, Brett. Je kunt veel van Carlo zeggen... Verwend, egoïstisch en arrogant is hij zeker, maar ik kan bijna niet geloven dat hij een moordenaar is. Aan de andere kant heeft hij me wel foto's van mezelf opgestuurd die met een mes waren bewerkt. Daarmee ben ik naar de politie gestapt, en volgens mij heeft dat het bewijs tegen hem alleen maar sterker gemaakt. De zaak komt later dit jaar voor de rechter.' Ze huiverde. 'Enfin, laten we het over leukere dingen hebben. Waar ben je naartoe gegaan nadat je met de noorderzon vertrokken was?'

Brett vertelde haar over zijn omzwervingen en over de panden van zijn vader die hij had bezocht, tot het tot hem doordrong dat ze nog de enige gasten in het restaurant waren. 'Volgens mij kunnen we beter gaan zodat die arme mensen ook naar huis kunnen.'

Nadat hij betaald had, liepen ze samen naar de auto. Brett reed de parkeerplaats af en draaide de lange weg op. In het donker kon hij zich eindelijk over zijn gêne heen zetten. 'Ik moet je iets vragen. Kun je me vergeven zodat we opnieuw kunnen beginnen?'

'Ja, we kunnen best vrienden worden. Het is allemaal al zo lang geleden.'

Dat was niet de reactie waarop hij gehoopt had.

Zonder iets te zeggen reden ze verder, tot hij de auto voor de bungalow parkeerde.

'Bedankt voor het eten,' zei Leah.

'Geen dank. Je moest eens weten wat een opluchting het is dat ik je eindelijk alles heb kunnen uitleggen.'

'Ik ben blij dat je dat gedaan hebt.' Ze deed het portier open. 'Welterusten, Brett.'
'Welterusten.'

Ze sloeg het portier dicht, liep naar de bungalow en ging naar binnen. Zodra de deur dicht was, liet ze zich op de vloer zakken en voelde ze zich licht in het hoofd door een mengeling van opluchting en onbeantwoord verlangen. Wat had ze hem graag gevraagd mee naar binnen te gaan... maar nee, hun relatie was stukgelopen in New York. Wat de reden daarvoor ook mocht zijn, hij was haar verleden, niet haar toekomst.

Ze stond op, schopte haar schoenen uit en liep naar de keuken.

Daar vulde ze de waterkoker en zette ze de radio aan om de stilte te verdrijven. Toen ze aan tafel ging zitten, was ze enorm trots op zichzelf omdat ze zich zo goed had weten te beheersen. Ze maakte een kop koffie en liep ermee naar de woonkamer.

Opeens zag ze een gezicht achter het raam.

Het kopje viel uit haar handen, de kokendhete inhoud spatte alle kanten op en het kostte haar grote moeite om het niet uit te schreeuwen terwijl haar hand naar haar mond vloog.

'Leah, ik ben het maar, Brett! Mijn auto wil niet starten!'

15

Toen Leah de volgende ochtend in Bretts armen wakker werd, wist ze dat hier vanaf het moment dat ze hem had binnengelaten geen ontkomen aan was geweest. Ze hadden geen van beiden de kracht gehad om zich ertegen te verzetten.

Aan hun intenties had het niet gelegen. Brett had gezegd dat hij gewoon naar huis zou lopen en daarna hadden ze liters koffie gedronken om het beslissende moment voor zich uit te schuiven.

Uiteindelijk was Leah doodmoe maar tegelijkertijd bruisend van onderdrukt verlangen opgestaan en had ze voorgesteld dat hij op de bank zou slapen in plaats van de lange wandeling naar huis te maken. Zelf sliep ze immers in de logeerkamer.

Hij had zich uitgebreid verontschuldigd voor het ongemak en het dekbed dat Leah hem aanreikte aangenomen met een bedankje en de belofte om de volgende ochtend direct de dichtstbijzijnde garage te bellen. Daarna had hij haar hand vastgepakt. 'Ik hou van je, Leah. Ik ben altijd van je blijven houden.' Het volgende moment had hij haar in zijn armen genomen en haar gezoend, precies zoals ze de afgelopen jaren zo vaak had gedroomd.

Ze hadden op de vloer met elkaar gevreeën, niet in staat om elkaar los te laten en naar de slaapkamer te gaan. Het was precies zo geweest als ze had verwacht: teder, liefdevol, hartstochtelijk. Woorden waarvan ze de betekenis bijna was vergeten. Haar reactie op hem had haar verbaasd en beangstigd. Ze had elk stukje van zijn lichaam willen verkennen, aanraken en strelen.

'O god, Leah. O god.' Met tranen in zijn ogen had hij op haar neergekeken. 'Jij bent altijd de enige voor me geweest, al sinds de zomer dat we elkaar leerden kennen. Voor mij zal er nooit iemand anders zijn, dat weet ik zeker.'

En zij had daar gelegen, niet in staat om zich schuldig of verdrietig te voelen, overmand door pure vreugde omdat ze weer door hem bemind werd.

Later, nadat ze in bed nog een keer de liefde hadden bedreven, had ze in het donker zijn hand vastgepakt. 'Ik moet weer terug, dat weet je toch?'

Meer dan dit kon hij niet van haar verlangen. 'Dat weet ik. Dan zullen we onze tijd samen maar ten volle moeten benutten.'

Nog nooit was voor Leah de tijd zo snel voorbijgevlogen.

Omdat ze zich er allebei van bewust waren dat elke seconde die ze samen doorbrachten kostbaar was, maakten ze van elk moment iets bijzonders en spatte de liefde ervanaf. Ze zette haar gedachten over de toekomst opzij en nam zich voor dat ze hier later wel voor zou boeten.

Rose had hen natuurlijk meteen door toen Brett de volgende middag pas thuiskwam en beschaamd uitlegde dat de Range Rover het bij de bungalow had begeven. De blijdschap in zijn ogen was onmiskenbaar en ondanks alles gunde ze het hem en las ze hem niet de les. Ze wist dat hij zich had neergelegd bij de eventuele gevolgen van zijn daden.

Leah, die slechts zo nu en dan een steekje van schuldgevoel ervoer, genoot volop van hun romantische reisje door het verleden. Ze gingen hand in hand terug naar het Parsonage Museum, wandelden de heide in Haworth op en zoenden elkaar waar ze voor het eerst gezoend hadden. Net als vroeger gingen ze in de buurt van de boerderij in het gras liggen, maar ditmaal bedreven ze wel degelijk de liefde onder de strakblauwe hemel. 's Avonds reden ze naar Haworth en aten ze net als de toeristen in een van de gezellige pubs of goede restaurants, waarna ze weer terugkeerden naar de bungalow voor een gepassioneerde nacht.

Alles was weer precies zoals vroeger.

Zelfs de gestalte die hen toen al in de gaten hield, ontbrak niet.

Nog vier dagen, nog drie, nog twee…

Op de dag voordat ze weer naar New York zou vliegen werd ze naast Brett wakker en moest ze naar de badkamer rennen om over te geven.

Brett trof haar als een bleek, miserabel hoopje voor zich uit starend aan de keukentafel aan.

'Wat is er?' Hij hoopte dat hij het antwoord al wist.

‘Niets.’

‘Je ziet er belabberd uit.’

‘Ik voel me niet zo best, nee. Het zal wel door de chili komen die we gisteravond hebben gegeten.’

Hij wilde niets liever dan haar de waarheid ontfutselen en ging naast haar zitten. ‘Komt het doordat je morgen weer naar Amerika moet?’

Daarmee bracht hij onder woorden waar ze allebei zes hemelse dagen niet aan hadden willen denken.

De betovering werd verbroken en ze barstte in tranen uit.

Brett wist niet goed wat hij moest zeggen of doen en liet haar maar even begaan.

‘Het spijt me.’ Ze zocht in de zak van haar badjas naar een tissue en snoot haar neus. Daarna stond ze op, maakte haar kwetsbaarheid plaats voor kracht en liep ze weer naar de badkamer.

Tijdens het douchen drongen de consequenties van haar daden pas goed tot haar door. Morgen zou ze weer naar haar man toe vliegen en moeten doen alsof er niets gebeurd was, terwijl ze zeker wist dat haar gevoelens voor Brett op haar voorhoofd te lezen stonden. Anthony was niet dom, hij zou zeker iets doorhebben. Beschaamd bedacht ze dat hij haar nooit iets anders dan liefde en genegenheid had geschonken en dat zij er als dank bij de eerste de beste gelegenheid met een ander vandoor was gegaan.

Naakt en met haar hoofd in haar handen ging ze op de badkamervloer zitten. Als Brett haar vroeg om te blijven, zou ze dat dan doen?

Ze wist het echt niet. Van tevoren had ze gedacht dat ze in Yorkshire de tijd en ruimte zou hebben om over haar huwelijk na te denken, maar het was alleen nog maar ingewikkelder geworden.

Hoewel ze niet twijfelde aan haar gevoelens voor Brett, zag ze in gedachten telkens Anthony’s gezicht voor zich.

Haar overpeinzingen werden verstoord door een klop op de deur. ‘Gaat het?’

‘Ja, ik kom eraan.’ Ze deed de deur van het slot, liep hem regelrecht in de armen en lag nog geen vijf minuten later al met hem in bed.

Hun laatste avond samen hadden ze tot in de puntjes voorbereid. Eerst champagne in de bungalow, daarna naar Old Haworth Hall om een hapje te eten.

Het werd een ramp.

De volgende ochtend zouden ze al om vijf uur in Leahs auto vertrekken om samen een vlucht naar Heathrow te nemen, aangezien Brett van daaruit door zou vliegen naar Parijs voor zijn intakegesprek. Dat betekende dat hij die middag al naar Rose toe moest om afscheid te nemen en wat laatste tips van haar te krijgen. Doodongelukkig keerde hij in de bungalow terug, en de aanblik van Leahs half ingepakte koffer in de slaapkamer maakte de stemming er niet beter op.

In het restaurant kregen ze nauwelijks een hap door hun keel en de laatste rit naar de bungalow legden ze zwijgend af in de pas gerepareerde Range Rover.

Leah zette koffie en ze gingen in gedachten verzonken in de woonkamer zitten.

Dit is de laatste avond die ik ooit met haar zal doorbrengen.

Hoe kan ik nou bij hem weggaan?

'We kunnen maar beter naar bed gaan. Morgen moeten we weer vroeg op,' mompelde ze.

'Leah, ik...'

'Sst.' Ze legde een vinger tegen haar lippen. 'Zeg maar niets.' Ze trok hem mee naar de slaapkamer, waar ze voor de laatste keer de liefde bedreven. Uit hun aanrakingen spraken een wanhoop en een tederheid die ze geen van beiden onder woorden konden brengen. Toch wisten ze allebei dat ze dit hun leven lang niet meer zouden vergeten.

Hoewel ze om vier uur nog steeds geen oog hadden dichtgedaan, stonden ze op om te controleren of ze de bungalow netjes hadden achtergelaten. Nadat Leah de voordeur had dichtgetrokken en de sleutels door de brievenbus had gegooid, vertrokken ze.

Om zeven uur 's ochtends was Leeds Bradford Airport maar een deprimerende plek. Gelukkig vertrok hun chartervlucht naar Heathrow op tijd.

Een uur later liepen ze naar de balies om Leah in te checken voor de Concorde van half elf naar New York. Ze keek haar koffer na op de bagageband. De volgende keer dat ze die zou zien, zou het nog maar een paar minuten duren voordat ze ook Anthony weer onder ogen moest komen.

Brett was krijtwit en zijn ogen waren bloeddoorlopen. 'Koffie?'

Ze schudde haar hoofd, in de wetenschap dat ze het zichzelf alleen maar moeilijker zou maken als ze het onvermijdelijke bleef uitstellen. 'Volgens mij kan ik beter gaan. Mijn vlucht wordt zo omgeroepen.'

'Oké.' Hij had een brok in zijn keel en voelde dat hij elk moment in tranen kon uitbarsten. Samen liepen ze naar de paspoortcontrole, waar ze naar zijn zin veel te snel aankwamen.

Slechts een paar meter van de doorgang die haar voorgoed zou opslokken bleef ze staan. 'Dag, Brett.' Haar ogen waren neergeslagen.

Hij hield het niet meer. De tranen stroomden over zijn wangen en het kon hem niets schelen wie het zag. 'Ik hou van je,' fluisterde hij.

Zonder iets te zeggen draaide ze zich om en liep naar de balie.

Brett keek haar na, en de tijd leek te vertragen toen ze haar ticket aan de vrouwelijke beveiliger gaf. 'Nee!' Hij herkende zijn eigen stem amper.

Ze was de balie al voorbijgelopen en stond op het punt achter het scherm te verdwijnen.

'Nee, wacht!' In een opwelling rende hij langs de verbijsterde beveiliger heen en pakte Leah beet.

Bibberend draaide ze zich naar hem om.

'Niet weggaan, dat kun je me niet aandoen. Ik weet dat je van me houdt. Alsjeblieft, Leah. We zijn voor elkaar bestemd. Geef het nou toe!' Hij schudde haar nog net niet door elkaar. 'Zeg dat je van me houdt, Leah.'

Met tranen in haar ogen keek ze hem aan.

Op dat moment nam ze een beslissing over haar toekomst, ten goede of ten slechte.

'Ja, ik hou van je.'

Twee uur later, toen vlucht A300 van Air France opsteeg met Parijs als bestemming, glimlachte Brett naar de beeldschone vrouw naast zich. 'Je zult hier geen spijt van krijgen, schat. Dat beloof ik.'

Leah glimlachte terug, draaide zich van hem af om uit het raampje te kijken en schudde langzaam haar hoofd.

16

Geschokt legde Anthony de hoorn op de haak. Hij stond in de imposante hal en de kroonluchter boven hem schitterde zelfs nog feller nu hij er met tranen in zijn ogen naar keek.

Hij dwong zijn lichaam om in beweging te komen om naar de woonkamer te gaan, waar hij een groot glas brandy voor zichzelf kon inschenken.

Ze komt niet meer terug.

Die gedachte bleef maar door zijn hoofd malen, maar toch kon hij het nog niet bevatten. Over een paar uur zou hij toch gewoon naar de luchthaven rijden om zijn vrouw op te halen? Hij zou haar toch gewoon mee naar huis nemen, waar het leven op de oude voet verder zou gaan?

Maar nee, Leah zou nooit meer een voet tussen deze vier muren zetten. Ze was verliefd geworden op een andere man en had hem verlaten.

Dat kon de beste overkomen. Zijn vrienden, zijn buren, mensen overal ter wereld, elke dag weer. En nu was hij aan de beurt.

Het voelde als een klap in zijn gezicht. Zijn knieën knikten en hij schonk snel een flinke scheut brandy in voordat ze het helemaal zouden begeven.

Daarna plofte hij op de bank neer, waarbij hij een beetje op de crèmekleurige stof morste.

De klok van Fabergé op de schoorsteenmantel tikte gewoon verder.

Verder heerste er stilte. Een stilte die hem altijd aan Leah zou doen denken, die voortaan zijn enige gezelschap zou zijn.

Hij was er helemaal kapot van. Zo had hij zich zelfs niet gevoeld toen zijn eerste vrouw zo ziek was geweest. Waarschijnlijk omdat hij zich er al bij had neergelegd dat hij haar zou kwijtraken, omdat hij het leven langzaam uit haar had zien wegsijpelen.

Dit kwam als een donderslag bij heldere hemel. Tijdens Leahs afwezigheid had hij niet één keer gedacht dat ze misschien niet meer terug zou komen. Achteraf bezien had het hem niet moeten verbazen. Ze was al zo lang zielsongelukkig. Nu besefte hij pas dat dat kwam doordat ze niet meer van hem hield.

De keren dat ze hem vanuit Yorkshire had gebeld had ze een stuk gelukkiger geklonken, en hij had haar alle tijd gegund zodat ze weer als de oude Leah bij hem terug zou komen. Nu bleek echter dat ze zo gelukkig was geweest omdat ze voor de charmes van een ander was bezweken.

Het verdriet was ondraaglijk en hij werd onpasselijk bij de gedachte dat ze de liefde had bedreven met een andere man.

Toen hij met haar trouwde, had hij moeten weten dat ze te jong was om zich aan zo'n oude man te binden. Brett was van haar eigen leeftijd, sterk en fit. Met hem zou kinderen krijgen vast geen enkel probleem zijn.

Toch weigerde hij te geloven dat iemand meer van haar kon houden dan hij.

Zijn liefde voor haar was allesomvattend, onzelfzuchtig en liet geen ruimte over voor andere vrouwen.

Bij die gedachte begon hij stilletjes te huilen.

17

'Ben je gelukkig, schat?'

Langzaam knikte ze. Ze bevond zich in de stad van de liefde en maakte toekomstplannen met de man van wie ze al jaren hield.

Toch kon ze dat intens verdrietige gevoel maar niet van zich afschudden. Aan de vrijheid en vreugde die ze in Yorkshire had ervaren was op slag een einde gekomen toen ze Anthony vanaf Heathrow had gebeld.

Hoewel hij diepbedroefd had geklonken en duidelijk kapot was geweest van haar bekentenis, had hij haar niet gesmeekt om terug te komen. Hij had gezegd dat hij van haar hield, dat hij altijd van haar zou blijven houden en dat hij haar geluk niet in de weg wilde staan.

Was hij maar tegen haar tekeergegaan, dan had ze zich nu niet zo schuldig gevoeld.

Gisteren had ze Brett een afscheidszoen gegeven bij de Beaux-Arts de Paris. Het intakegesprek had bijna de hele ochtend in beslag genomen, dus was zij op bezoek gegaan bij haar oude vrienden in hun salons aan de Avenue Montaigne. Haar bagage was waarschijnlijk nog op JFK Airport en ze had alleen de jurk die ze droeg. De ontwerpers hadden haar met open armen in hun heiligdom ontvangen en toen ze had gezegd dat ze misschien permanent naar Parijs zou verkassen, hadden ze haar gesmeekt om als model voor hen te komen werken. Daarop had ze gezegd dat ze daar inmiddels toch veel te oud voor was, maar ze hadden lachend gereageerd dat vierentwintig tegenwoordig nog piepjong was. Dat hadden Jerry, Christie en Marie immers wel bewezen!

Bij vertrek voelde ze zich gevleid, maar ook in de war. Het drong nu pas echt tot haar door wat ze had gedaan. Ze ging naar een bistro en bestelde een citron pressé en een baguette met brie.

Brett werd aangenomen op de kunstacademie en dat moest gevierd worden. Ze gingen eten bij Maxim's en hij vroeg haar wat ze ervan zou vinden om de komende jaren in Parijs te gaan wonen. Ze zei dat ze nog niet te ver vooruit wilde kijken, maar dat ze hier vast haar draai zou kunnen vinden.

Het aanbod om weer als model aan de slag te gaan was verleidelijk. Per slot van rekening zou ze op die manier iets omhanden hebben terwijl Brett studeerde, maar toch wist ze zeker dat er ook andere dingen waren die ze kon doen en waar ze veel meer plezier aan zou beleven.

Zijn gezicht klaarde op toen ze vertelde dat ze de kans had om weer model te worden. 'Dat is fantastisch, Leah. Ik op de Beaux-Arts de Paris, jij weer aan het werk. Je zei zelf dat je je de afgelopen jaren verveelde omdat je niets anders te doen had dan onkruid wieden in de tuin. Ga je erover nadenken?'

Ze knikte. 'Ja hoor.'

Brett zou nooit begrijpen hoe het voor haar zou voelen om weer als model te werken, hoe diep Jenny's overlijden haar had geraakt... en ze wist dat ze dat ook niet van hem kon verlangen.

Nu gaf ze hem een zoen en stapte ze uit het grote, comfortabele hotelbed om te gaan douchen.

Nog één dag te gaan in Parijs, voordat ze teruggingen naar Yorkshire en haar nieuwe leven zou beginnen.

Misschien zou ze zich wel zekerder voelen en de toekomst zonniger inzien wanneer ze weer op de plek waren waaraan ze zo veel herinneringen bewaarden, dacht ze terwijl het hete water over haar lichaam stroomde.

Als het verdriet en het schuldgevoel omdat ze Anthony had verlaten na verloop van tijd waren weggeëbd, zou ze de liefde tussen haar en Brett vast weer op waarde kunnen schatten.

18

'Dus Rose, ik vroeg me af of je de komende weken misschien ruimte hebt voor nog een logee, tot we naar Parijs vertrekken.' Brett stond in de keuken van de boerderij en hield zijn blik opgelaten op zijn voeten gericht.

Rose zuchtte. 'Waar is ze nu?'

'Bij haar ouders thuis, om het te vertellen. Ze zijn gisteren teruggekomen uit het herstellingsoord en het leek haar beter om meteen door de zure appel heen te bijten. We zouden de komende drie weken wel iets willen huren, maar zo midden in het toeristische seizoen zit alles vol.'

Langzaam knikte ze. 'Natuurlijk is Leah hier welkom. Ik neem aan dat ik geen extra bed hoef op te maken?' vroeg ze geamuseerd.

Hij bloosde. 'Nee.'

'Nog even, dan hebben jullie het rijk alleen, want Miranda, Chloe en ik vliegen over een week al naar Amerika. Ik vraag me af wat Doreen hiervan zal vinden. Weet Leahs man het al? Hij zal hier toch niet met een paar zware jongens naartoe komen om de boel kort en klein te slaan?'

'Nee, kennelijk vatte hij het redelijk goed op. Volgens mij waren ze al een tijdje niet meer gelukkig met elkaar.'

Toen Rose naar de sprankeling in zijn ogen keek, voelde ze niets dan blijdschap voor hem. 'Ziet Leah het zitten om naar Parijs te verhuizen?'

'Daar hebben we het nog niet serieus over gehad, maar volgens mij wel. Waarschijnlijk vertrek ik over een paar weken al om een appartement te zoeken voordat het nieuwe studiejaar begint. Leah komt pas als ik iets gevonden heb. Ze wil nog wat tijd met haar ouders doorbrengen en zeker weten dat ze het wel redden.'

Rose keek hem ernstig aan. 'Leah moet wel heel veel van je houden.

Zelfs al was ze niet meer gelukkig in haar relatie, ze heeft alles voor je opgegeven. Stel haar niet nog eens teleur, Brett.'

'Dat ben ik zeker niet van plan. Je weet hoeveel ik om haar geef. Ik bof maar dat ze me nog een kans wil geven. Zodra het kan, wil ik met haar trouwen.'

'Zo mag ik het horen,' zei ze glimlachend. 'Vanmiddag ga ik naar Leeds om wat kleren te kopen voor Amerika. Heb jij nog iets nodig?'

'Nee, dank je. Ik denk dat ik mijn atelier maar induik totdat Leah komt. Mijn handen jeuken na vijf dagen niets gedaan te hebben.' Hij liep naar zijn tante toe en sloeg zijn armen om haar heen. 'Bedankt, Rose. Ik wist wel dat je het zou begrijpen.' Hij gaf haar een kus en liep de keuken uit.

Ze keek haar nog altijd idealistische neef na en hoopte maar dat ditmaal niets het geluk van de twee jonge geliefden in de weg zou staan.

'Leah! Ik dacht dat jij weer veilig in Amerika was bij Anthony. Wat doe jij nou hier?' Het gezicht van haar moeder straalde van geluk toen ze Leah mee de bungalow in loodste.

'Dat vertel ik zo wel. Eerst wil ik horen hoe jullie het hebben gehad.' Leah liep met haar moeder mee naar de woonkamer en omhelsde haar vader. 'Jullie zien er in elk geval als herboren uit.' Terwijl ze haar vader een kneepje in zijn hand gaf, voelde ze zich schuldig omdat ze zulk onrustbarend nieuws te melden had nu ze allebei zo goed in hun vel leken te zitten.

Ze nipte langzaam van haar thee en luisterde naar haar moeder, die het herstellingsoord de hemel in prees.

'Maar goed, nu je weer helemaal op de hoogte bent, moet je maar eens vertellen waarom je hier nog steeds bent.'

Leah haalde diep adem en deed haar nieuws uit de doeken. Bij het zien van hun geschrokken gezichten kon ze wel janken. 'Het spijt me,' stamelde ze.

Na een lange stilte nam haar moeder het woord. 'Weet je zeker dat je geen enorme fout maakt? Anthony is zo'n aardige man en hij is altijd zo lief voor je geweest.'

Het liefst zou Leah haar vingers in haar oren stoppen. Hoewel haar moeder gelijk had, wilde ze dit nu helemaal niet horen. 'Ik ben al een hele tijd ongelukkig, mam. En Brett…' Ze wrong de handen. 'Nou ja, ik hou van hem.'

'Hij heeft je al eens eerder teleurgesteld. Dat kan zomaar weer gebeuren. Geen enkel gevoel voor verantwoordelijkheid heeft die knul. Een zweverig type, net als zijn tante.'

'Hij zal me niet teleurstellen, mam. Hij is veranderd, volwassen geworden.'

'Zodra ik hem jaren geleden ontmoette, wist ik al dat hij niets dan problemen zou opleveren,' mompelde haar moeder. 'Waar gaan jullie wonen?'

'Brett gaat aan Rose vragen of ik op de boerderij mag logeren tot we in september naar Parijs verhuizen.'

'Parijs dus? En wat ga jij daar dan doen, terwijl hij bezig is met schilderen?'

'Ik heb al aanbiedingen gehad van twee modehuizen.'

Met een schittering in haar ogen keek Doreen haar aan. 'Wie zei een paar jaar geleden ook alweer dat ze van haar leven geen voet meer op een catwalk zou zetten?'

'Ik heb nog geen ja gezegd.' Het irriteerde Leah dat haar moeder haar feilloos doorhad. 'De afgelopen jaren heb ik me gewoon stierlijk verveeld.'

'Denk je niet dat het moeilijk voor je wordt om na je relatie met Anthony met een student te gaan samenwonen? Brett gaat daarnaartoe om dag en nacht te werken. Hoeveel tijd blijft er dan voor jou over?'

'Zo is het wel genoeg, mam. Ik hou van hem en mijn besluit staat vast. Wat er verder ook gebeurt, ik moet een eigen leven opbouwen en niet compleet afhankelijk zijn van een man. Daar is het op stukgelopen tussen Anthony en mij.' Ze wendde zich tot haar vader, die stilletjes in zijn stoel zat. 'Wat vind jij ervan?' vroeg ze wanhopig.

Na een korte aarzeling haalde hij zijn schouders op. 'Het belangrijkste is dat jij gelukkig bent. Ben je dat, liefje?'

'Nou en of,' antwoordde ze, terwijl ze hem recht in de ogen keek. 'Dolgelukkig.'

19

De avond voordat Rose, Miranda en Chloe naar Amerika zouden vertrekken, gingen Leah en Brett bij hen eten. Aan de keukentafel hing een uitgelaten sfeer.

'Ik wil graag een dronk uitbrengen op Rose Delancey, die vast en zeker heel Amerika aan haar voeten zal krijgen. Op Rose.' Brett hief het glas.

'Op Rose,' vielen de anderen hem bij.

'Bedankt, Brett. Zelf wil ik graag proosten op Leah en jou en op jullie nieuwe leven samen in Parijs. Ik hoop dat ik op een dag in mijn rolstoel door het Tate rondgereden zal worden om jouw schilderijen te bewonderen. Als je maar niet beroemder wordt dan ik, hoor. Proost!' Rose lachte.

Daarna stond Leah op. 'Ik wil jullie allemaal bedanken omdat ik me hier dankzij jullie zo welkom heb gevoeld.' Ze wierp een blik op Miranda, die verlegen naar haar glimlachte.

'Goed. Nou, wat zeggen jullie ervan als we met z'n allen de afwas doen?' stelde Rose voor.

Miranda schudde haar hoofd. 'Ga jij maar in de woonkamer zitten. Ik weet dat je nog even met Brett wilt kletsen. Dan doen Leah en ik de afwas wel, toch?'

'Jij wast af, ik droog af,' zei Leah met een knikje.

'Ik help je wel, tante Leah.'

'Oké, Chloe.'

Terwijl Leah naar het donkere hoofd keek dat over de gootsteen gebogen stond, bedacht ze dat dat bruine haar goed bij Miranda paste. Het was een subtielere, rijkere kleur en maakte haar veel interessanter. Leah vond dat ze iets triests uitstraalde en begreep heel goed waarom Brett nu veel beter met haar overweg kon. Sinds ze haar intrek had genomen in de boerderij was Miranda heel aardig tegen haar geweest, al hadden ze nog weinig kans gezien om echt met elkaar te praten.

'Kijk je ernaar uit om naar Amerika te gaan, Chloe?' vroeg Leah terwijl het meisje zorgvuldig een bord stond af te drogen.

'Ja, echt wel. We gaan naar Mickey Mouse.'

'Nou, oom David heeft gezegd dat we dat misschién gaan doen als je heel lief bent.' Boven Chloes hoofd knipoogde Miranda naar Leah.

'Wat vind je van mijn tuinbroek, tante Leah? Die heeft tante Doreen me vandaag cadeau gedaan.'

'Je ziet er prachtig uit.' Leah glimlachte. Eerder die dag hadden er heel wat traantjes gevloeid bij het afscheid tussen haar moeder en Chloe. Het meisje leek meer aan Doreen gehecht dan aan haar eigen moeder of Rose, wat natuurlijk ook niet zo verwonderlijk was.

Na de afwas hing Miranda de theedoek op de radiator te drogen. 'Chloe, trek jij boven alvast je pyjama aan? Mama komt ook zo.'

'Oké. Kom je me nog een verhaaltje voorlezen, tante Leah?'

'Natuurlijk.'

Chloe huppelde vrolijk de keuken uit.

'Je valt goed bij mijn dochter in de smaak, Leah. En je moeder heeft enorm goed voor haar gezorgd. Chloe is dol op haar.'

'Ze is een schat van een kind. Je zult wel heel trots op haar zijn.'

'Dat ben ik zeker,' zei Miranda glimlachend. 'Leah, ik...' Nerveus speelde ze met een schoon koffiekopje. 'Voor het geval dat ik je niet meer spreek voordat jullie naar Parijs gaan, wil ik mijn excuses aanbieden voor wat ik op de avond van mijn zestiende verjaardag tegen je gezegd heb. Ik was zo jaloers op jullie en... het was allemaal gelogen. Brett en ik hebben nauwelijks meer gedaan dan gezoend, en dat ging van zijn kant zeker niet van harte. Ik wist dat hij van je hield en dat nam ik hem kwalijk. Het spijt me verschrikkelijk. Zonder mij waren jullie al veel eerder samen geweest.'

Leah ging aan de keukentafel zitten. 'Zand erover, oké? Destijds was ik er kapot van, zeker aangezien ik dacht dat hij weleens Chloes vader zou kunnen zijn...'

Miranda's gezicht betrok. 'Dat was hij niet. Ik bedoel, dat is hij niet. Dat zweer ik.'

'Nou ja, daar ging ik gewoon van uit omdat je zo geheimzinnig deed over de vader.'

Miranda knikte langzaam en keek Leah aan.

Even zag Leah in haar ogen een wanhopig verlangen om haar hart te luchten, maar het moment ging snel weer voorbij. 'Ik ben heel blij dat jullie elkaar weer hebben gevonden. Ik ben niet meer de persoon die ik vroeger was en ik walg ervan dat ik me zo heb gedragen. Misschien kunnen we ooit wel vriendinnen worden.'

'Dat lijkt me heel fijn.' Leah glimlachte. 'Alvast heel veel plezier in New York. Het is een heerlijke plek, dat zul jij vast ook vinden. Misschien kunnen we als je weer terug bent wel een keer in Haworth gaan lunchen, voordat ik naar Parijs vertrek. Maar goed, Chloe wacht op me.'

'Ja. Bedankt, Leah.'

Miranda bleef in de keuken voor zich uit zitten staren. Met tranen in haar ogen probeerde ze de herinneringen te onderdrukken die haar al plaagden sinds ze in feite nog een kind was geweest.

'Gaat het, lieverd?' Brett kwam dicht tegen Leah aan in bed liggen en drukte zijn neus tegen haar wang. 'Je was een beetje stil vanavond.'

In het donker staarde ze voor zich uit. 'Ja, prima. Gewoon een beetje moe, dat is alles. Ik heb de laatste tijd niet zo goed geslapen.'

'Het was ook een lange dag. Eens even denken. We hebben Rose, Miranda en Chloe om vijf uur naar het vliegveld gebracht, dus inmiddels zullen ze wel in New York zijn. Ik kan bijna niet geloven dat ik daar vorig jaar rond deze tijd zelf nog woonde. Vind je het niet vreemd, hoe het allemaal gelopen is?'

'Hoe bedoel je?'

Hij slaakte een zucht. 'Nou, gisteravond aan de keukentafel bedacht ik hoeveel we allemaal veranderd zijn en dat we toch weer allemaal samen waren. Het is net alsof die ene zomer voor ons allemaal bepalend is geweest voor ons leven en onze toekomst. Het voelde alsof het lot zich met ons bemoeide.'

'Inderdaad,' zei ze zacht.

'Welterusten, schat.' Hij kuste haar en sloeg zijn armen om haar heen.

Leah deed haar ogen dicht.

Meteen was het weer raak.

De laatste tijd had ze elke nacht dezelfde droom. Alleen zag ze deze keer voor het eerst het gezicht van haar belager.

'Nee!'

Ze schoot overeind in bed en reikte naar de lichtschakelaar.

'Wat is er, schat?' Gealarmeerd ging Brett rechtop zitten.

De droom hing nog om haar heen, ze kon zijn ademhaling nog steeds horen. 'Sorry, ik had een nachtmerrie.'

'Lieverd, toch. Je hebt de laatste tijd ook nogal wat meegemaakt. Kom hier, zolang ik er ben kan je niks gebeuren.' Hij wiegde haar voorzichtig in zijn armen en streelde haar haar.

Ondanks zijn liefkozingen was ze doordrongen van een besef waardoor ze de rest van de nacht geen oog meer dichtdeed: niemand zou haar kunnen beschermen tegen de man die haar al sinds haar elfde opjaagde in haar dromen.

Het lot... Megan... het kwaad... De angst liet haar niet meer los tot de dag weer aanbrak.

Ze was hier uit vrije wil teruggekeerd. Haar aandeel in de voorspelling had ze volbracht en ze wist dat het niet lang meer zou duren voordat hij dat ook deed.

20

'Weet je zeker dat je het hier wel in je eentje redt? Ik laat je niet graag alleen achter in dit grote huis.'

Bretts bagage stond al in de hal en ze zaten samen in de woonkamer op zijn taxi te wachten.

Met een geruststellende glimlach zei Leah: 'Natuurlijk wel. Als ik me eenzaam voel, zijn mijn ouders vlakbij, en Miranda en Chloe komen binnenkort alweer terug.'

Hij trok haar dichter tegen zich aan. 'Morgen ga ik meteen op huizenjacht. Ik denk dat ik de komende dagen wel iets zal kunnen vinden. Waarschijnlijk zit je tegen het einde van de week al in het vliegtuig naar Parijs.'

'Ja.'

'Beloof je dat je met de advocaat van Rose gaat praten om de scheiding in gang te zetten? Hoe langer je daarmee wacht, hoe langer het duurt voordat je weer vrij bent.'

'Ja, dat beloof ik.'

Hij hief haar kin naar hem op en kuste haar zacht op haar mond. 'Je moest eens weten hoe erg ik je ga missen.'

'Ik jou ook.'

Toen ze een auto langzaam de heuvel op zagen rijden, stond hij op. 'Nou, schat, het is zover.'

Ze liep met hem mee de gang in en pakte een van de koffers op.

'Pas goed op jezelf. Ik hou van je en ik bel je zodra ik in mijn hotel ben.' Hij omhelsde haar.

'Dag, Brett.'

Hij deed de deur open en de chauffeur nam de bagage van hen over.

Nadat Leah hem had uitgezwaaid tot de taxi uit het zicht was verdwenen, ging ze weer naar binnen. Het was een beetje griezelig om hier in haar eentje te zijn. Even overwoog ze naar haar ouders te gaan, maar ze besloot het niet te doen.

In de keuken maakte ze een eenvoudige maaltijd van soep met brood voor zichzelf klaar. Toen ze die ophad, zag ze op de klok dat het half zeven was. Een hele avond alleen.

In de woonkamer verwonderde ze zich er voor de zoveelste keer over dat Rose het vervallen huis had weten om te toveren tot een comfortabel en knus toevluchtsoord.

Ze ging op een van de diepe banken zitten en zette de televisie aan. Een tijdlang zapte ze van kanaal naar kanaal, maar toen niets haar aandacht kon vasthouden zette ze de televisie weer uit.

Op de salontafel lag een stapel tijdschriften. Ze nam ze op schoot en begon erin te bladeren zonder dat de inhoud echt tot haar doordrong.

Tien voor zeven.

Leah vond het schrikbarend, hoe slecht ze alleen kon zijn. Toen ze nog jong was had ze zich uren in haar eentje kunnen vermaken en de dagen die ze alleen in Anthony's huis had doorgebracht waren volgens een strakke routine verlopen. Het grootste deel van de tijd was ze zo druk bezig geweest met denken aan baby's, of het verlies daarvan, dat ze verder amper ergens oog voor had gehad.

Opeens drong het tot haar door dat ze geen idee meer had wie ze eigenlijk was.

Haar leven was een puinhoop en dat verstandige, evenwichtige meisje dat ze vroeger was geweest was haar ongemerkt door de vingers geglipt.

Hoe zat het met haar droom om iets goeds te doen met haar geld, om de wereld te verbeteren? Die had ze laten varen zodra ze het zelf moeilijk had gekregen.

Ze kwam van de bank en liep aarzelend naar de goedgevulde drankenkast. Daar pakte ze een fles gin en staarde er bedachtzaam naar.

Het stond haar vrij om te doen wat ze wilde, en op dit moment had ze behoefte aan een borrel. Ze schonk op de gok wat gin in een glas en voegde een beetje tonic toe.

De bittere smaak benam haar de adem en ze proestte het uit. Nadat ze er nog wat meer tonic in had gedaan, ging ze weer zitten.

Mannen.

Die hadden sinds haar vijftiende haar leven bepaald. Eerst Brett, toen Carlo, en later Anthony. Ondanks haar succesvolle carrière had haar hele leven om haar privéperikelen gedraaid.

Terwijl ze gulzig van haar drankje dronk, dacht ze terug aan de gelukkigste tijd die ze zich kon herinneren, samen met Jenny in het appartement in New York. Ze miste de nachten waarin ze waren opgebleven tot het weer licht werd, elkaar verhalen hadden verteld en de draak hadden gestoken met de bizarre wereld waarin ze terecht waren gekomen.

Door al dat gepieker van haar had ze haar vruchtbaarheidsproblemen enorm opgeblazen.

Ze stond op en schonk nog een glas gin in.

Al die tijd had ze gedacht dat ze zelf de touwtjes stevig in handen had, maar ze had zich net zo laten manipuleren als haar overleden vriendin. Ze begon te huilen omdat de wereld zo ingewikkeld, mooi, wreed en heerlijk tegelijk was en omdat ze vanavond voor het eerst alles zo helder zag.

Hoewel ze de halve fles gin naar binnen werkte, voelde ze zich niet dronken. Al die nieuwe inzichten over haar leven zouden de kater meer dan waard zijn. Ze besefte dat ze voortaan haar eigen beslissingen zou moeten nemen en haar eigen welzijn voorop zou moeten stellen.

Ze hield zielsveel van Brett. Ook al had hun pad de nodige hobbels gekend, bij hem voelde ze zich veilig. Maar wilde ze wel met hem in Parijs gaan wonen? Eerlijk gezegd was ze daar niet van overtuigd, en bij een eventuele terugkeer naar de modellenwereld had ze al helemaal haar vraagtekens. Nu ze vanavond aan Jenny had teruggedacht, vroeg ze zich af of ze die opdrachten in Parijs wel zou aankunnen.

In feite was het simpel. Ze zou haar zorgen gewoon met Brett moeten delen. Als het ware liefde was, konden ze toch ook wel af en toe heen en weer vliegen? Als hij het daar niet mee eens was, zou hij moeten bedenken of hij wel een toekomst met haar wilde. Hoe dan ook zou ze van nu af aan goed voor zichzelf gaan zorgen.

Haar gedachten dwaalden naar haar ouders en wat zij hiervan zouden vinden. De stem van haar vader echode door haar hoofd.

Het belangrijkste is dat jij gelukkig bent. Ben je dat, liefje?

'Ik weet zeker dat ik gelukkig kan worden, pa. Daar kies ik nu voor,' fluisterde ze.

Ze nam zich heilig voor om voortaan zelf te bepalen welke kant haar leven opging. Daar had niemand anders iets over te zeggen.

Die nachtmerries die ze telkens had, waren gewoon een signaal dat ze haar zaakjes niet op orde had. Ja, dacht ze opgelucht. Dat moest het zijn.

Nog hooguit vijf dagen, dan zouden Miranda en Chloe terugkomen. Vijf dagen zonder Brett, vijf dagen om orde op zaken te stellen. Een welkome afwisseling die haar vast met een reden was gegund.

Toen ze later die avond naar boven ging, wist ze dat ze zich de volgende dag in lichamelijk opzicht ellendig zou voelen, maar ze genoot van het gevoel dat haar geest eindelijk was bevrijd.

Ze was ervan overtuigd dat de antwoorden zich nu vanzelf zouden aandienen.

Voor het eerst sinds maanden voelde ze zich rustig toen ze de slaapkamer in ging. Ze kroop onder het dekbed en zonk weg in een droomloze slaap.

Hij zag het licht uitgaan.

Ergens in de schuur klonk de roep van een uil.

Nee, vanavond niet. Dat was te riskant. De anderen waren nu een dag of tien weg, maar Brett zou misschien nog terugkomen.

Dit was niet het juiste moment.

Hij zou nog wat langer wachten.

21

Anthony's lunch werd verstoord door het aanhoudende gerinkel van een deurbel. Wie had hem in vredesnaam zo dringend nodig op een zondag?

'Ja, ja, ik kom al.' Op weg naar de voordeur kwam hij de huishoudster tegen. 'Laat maar, Betty. Ik doe zelf wel open.'

Ze haalde haar schouders op en maakte rechtsomkeert.

Door het kijkgaatje zag hij het bekende uniform van een politieagent. Naast hem stond een man in burger. De man hield een legitimatiebewijs voor het spionnetje.

Anthony knikte, schakelde het alarmsysteem uit en deed open. 'Kan ik u helpen?'

'*Special agent* Cunningham, FBI. Het spijt me dat we u storen, maar is mevrouw Van Schiele misschien thuis?'

'Nee, die is helaas, eh...' Hij kreeg de woorden niet over zijn lippen. 'Ze is op vakantie.'

'Waarnaartoe precies, als ik vragen mag?'

'Engeland. Yorkshire, om precies te zijn. Op bezoek bij haar ouders.'

In het voorhoofd van Cunningham verscheen een bezorgde frons. 'In dat geval denk ik dat we beter even kunnen binnenkomen.'

'Alles is toch wel in orde met haar?'

'Voor zover we weten wel.'

Anthony ging hun voor naar de woonkamer. 'Waar willen jullie het precies over hebben met mijn vrouw?'

'Hierover, meneer.' De FBI-agent haalde een dikke envelop uit zijn aktetas en gaf hem aan Anthony.

Die nam de envelop aan en bekeek de inhoud: oude exemplaren van de Amerikaanse *Vogue* en *Vanity Fair* en een paar Britse uitgaven van *Harper's Bazaar* en *Queen*. Verward keek hij de FBI-agent aan. 'Ik begrijp het niet.'

'Zullen we even gaan zitten, meneer Van Schiele?' Cunningham gebaarde dat Anthony naast hem op de bank moest plaatsnemen en de politieman koos voor een stoel ertegenover. 'Heeft uw vrouw de laatste tijd nog meer vreemde post ontvangen?'

Anthony schudde zijn hoofd, maar dacht meteen aan de stapel ongeopende post die in de gang op haar lag te wachten. 'Volgens mij niet, al heb ik niets meer opengemaakt sinds ze vertrokken is. Per slot van rekening zit Carlo Porselli in afwachting van het proces in een Italiaanse cel.'

Cunningham knikte. 'Dat is het probleem juist. We geloven niet dat meneer Porselli uw vrouw die foto's heeft toegestuurd.' Hij wapperde met de tijdschriften. 'Deze hebben we in het kader van een ander onderzoek gevonden, naast nog wat andere dingen.'

'Ik... Neem me niet kwalijk, ik begrijp er niets van. Kunt u wat meer uitleg geven?'

'Natuurlijk. Een paar dagen geleden is de politie naar een appartement in New York uitgerukt. De benedenburen klaagden over een vreselijke stank die uit de woning boven hen kwam. De politie heeft de deur opengebroken en het rottende lichaam van een jonge vrouw onder de vloerplanken aangetroffen. Naar onze inschatting lag ze er al een hele tijd. Ik werd gevraagd naar de plaats delict te komen. In een kamer in het appartement hebben we honderden foto's van uw vrouw gevonden die met punaises aan de muren waren geprikt. Ze waren stuk voor stuk met een mes bewerkt of beklad. Er was ook een houtskooltekening van uw vrouw toen ze nog jonger was, helemaal aan flarden gescheurd. Daarnaast hebben we deze gevonden.' Cunningham pakte een van de tijdschriften op en sloeg het op een van tevoren gemarkeerde pagina open. 'Uit elk van deze vier bladen ontbreekt een pagina. Eerst zochten we daar niet veel achter, maar nadat de uitgeverijen ons op verzoek de complete exemplaren hadden toegestuurd, werd het verband duidelijk. Op al die uitgescheurde bladzijden stond een foto van uw vrouw, meneer Van Schiele. Toen we die vergeleken met de foto's die u maanden geleden als bewijsmateriaal hebt overhandigd, bleken dat de ontbrekende pagina's te zijn.'

Cunningham zweeg even om Anthony's bleke gezicht te bestuderen. 'Er is geen twijfel mogelijk over het feit dat deze man die foto's naar uw vrouw heeft gestuurd. Ook zijn we er inmiddels vrijwel zeker van dat de verkeerde man vastzit voor de moord op Maria Malgasa. De jonge vrouw die we onder de vloerplanken hebben aangetroffen was op dezelfde manier om het leven gebracht als zij. Volgens de technische recherche zijn er nog meer ongeïdentificeerde vingerafdrukken gevonden in de Milanese hotelkamer waar ze vermoord is. Die komen niet alleen overeen met de afdrukken op de bezittingen van het slachtoffer in New York, maar ook met vingerafdrukken die zijn gevonden in het kader van een onderzoek naar een andere onopgeloste identieke moord op een prostituee in Groot-Brittannië, drie jaar geleden.'

Vol afgrijzen keek Anthony hem aan.

'Er is nog een verband. Van de huurder van het appartement in New York waar we het stoffelijk overschot hebben aangetroffen, is bekend dat hij ten tijde van de moord op Malgasa in Milaan verbleef. Sterker nog, hij was de fotograaf tijdens de shoot.'

Anthony kon de spanning niet langer verdragen. 'Wie is het dan?'

'Miles Delancey, de modefotograaf. Jammer genoeg is hij spoorloos verdwenen. Hij is sinds zijn verblijf in Milaan voor die fotoshoot met Maria Malgasa niet meer teruggekeerd naar zijn appartement in New York. We denken dat hij regelrecht naar Groot-Brittannië is gevlogen en we zijn er vrijwel zeker van dat hij uw vrouw als zijn volgende slachtoffer heeft uitgekozen.'

22

'De telefoon ging een tijdje geleden, lieverd. Ik was in slaap gesukkeld en was te laat met opnemen. Toen er weer werd gebeld, kreeg ik de hoorn niet te pakken met die klauw van me.' Hij wees naar de hoorn, die naast zijn rolstoel op de vloer lag en een monotoon gepiep liet horen.

Zijn vrouw legde hem weer op de haak en trok haar wenkbrauwen op. 'Wie kan dat nou geweest zijn? Ik heb Leah net nog op de boerderij gezien en de telefoon daar doet het al een paar dagen niet, dus zij kan het niet zijn geweest. Ach, als het dringend is, bellen ze vast wel terug.'

Meneer Thompson knikte, een beetje beschaamd over zijn eigen zwakheid.

'Ik ga koken, schat. Je lievelingskostje: Yorkshire puddings en runderstoofschotel.' Glimlachend liep ze de keuken in.

Hij werd wakker van het gebrom van een auto in de verte.

Met zijn oren gespitst wachtte hij af tot het geluid wegstierf. Hij had geen idee hoelang hij geslapen had, maar het was pikdonker in de schuur. Met zijn zaklamp scheen hij op zijn horloge. Tien voor tien.

Hij had over haar gedroomd.

Dit hield hij echt niet langer vol.

Vannacht moest het gebeuren. Hij hield het huis al vier dagen in de gaten, en behalve haar moeder was er niemand op bezoek gekomen. Het was tijd om toe te slaan, voordat de anderen terug zouden komen.

Over een uur zou hij naar haar toe gaan.

Bij de gedachte aan wat hij met haar zou doen begon hij zichzelf langzaam te strelen.

Vroeger had hij van haar gehouden, haar aanbeden. Ze was zo volmaakt, te volmaakt om door een man te worden aangeraakt.

Tot ze hem zonder pardon uit haar appartement had gezet, hem op straat had gegooid. Ze had hem bedreigd en als oud vuil behandeld.

En drie weken geleden had hij ook nog eens gezien dat ze zich op de heide had laten nemen door die schoft van een Brett.

Op dat moment had hij zeker geweten dat ze geen haar beter was dan de rest.

Ze was van hem. Dat was ze altijd al geweest.

Eindelijk was het zover.

Hij liep de schuur uit en gluurde eromheen. Boven waren alle lampen uit.

Inbreken was niet nodig. Per slot van rekening was dit zijn ouderlijk huis en had hij nog altijd een sleutel.

Er was geen buitenverlichting en hij sloop zo geruisloos mogelijk langs de buitenkant van de schuur. Terwijl hij naar de voordeur rende, werd zijn silhouet door de halve maan afgetekend tegen de horizon. Hij stak de sleutel in het slot en deed langzaam de deur open.

De hal was volledig in het duister gehuld. Hij deed de deur dicht en bleef even staan om zijn ogen aan het donker te laten wennen. Even later zag hij een gestalte in een lange badjas de trap af komen. Hij trok zich terug in de schaduwen en glimlachte onwillekeurig.

Ze kwam zelf naar hem toe.

Zijn hele lichaam pulseerde toen hij haar de trap zag afdalen, met dat lange donkere haar dat over haar schouders viel.

Toen ze beneden kwam en naar de andere kant van de hal wilde lopen, sloeg hij toe. Met zijn hand voor haar mond geslagen sleepte hij haar door de gang mee naar de woonkamer. Hoewel ze tegenstribbelde, kon ze niet op tegen zijn brute kracht. Met haar gezicht omlaag smeet hij haar op de grond. 'Je weet wie ik ben. En je wist al dat ik je te grazen zou komen nemen, of niet soms?'

'Miles...'

'Hou je bek! Nog één kik, en ik maak je af.'

Het was van het grootste belang dat ze niet zou praten, dat ze het moment waarop hij zo lang had gewacht niet zou verpesten. Hij bukte zich en trok de badjas van haar af. Ja, hij zou haar ter plekke nemen.

Terwijl hij woest op haar inbeukte ontsnapten haar zachte, katachtige geluidjes, maar die hoorde hij al niet meer. Al snel gleden zijn handen naar haar ranke hals en sloten zich eromheen. Hij kneep en leunde met zijn volle gewicht op haar. 'Vuil kreng! Dit wilde je al toen je nog maar een klein meisje was. Je bent altijd van mij geweest, altijd. En ik maar denken dat je zo perfect was, zo puur… terwijl je je al die tijd door die schoft liet nemen!' Hij kneep nog harder, tot hij het leven uit zijn trofee weg voelde vloeien.

Daarna stond hij snel op. Nog even, dan zou het schuldgevoel komen, zoals altijd. Hij moest hier zo snel mogelijk weg. De Range Rover van Rose kon prima als vluchtauto dienen. De sleutels lagen altijd in de schrijftafel bij de deur van de woonkamer.

'Mama!'

Met een ruk draaide hij zich om naar de deuropening waar hij Leah doorheen had gesleept.

Daar zag hij het silhouet van een klein meisje staan. Een hand reikte naar de lichtschakelaar naast de deur.

Miles knipperde met zijn ogen.

Het kind keek langs hem heen naar het roerloze lichaam op de vloer en slaakte een kreet. 'Mama!' De blauwe ogen keken naar hem op. 'Wat heb je met mijn mama gedaan?'

23

Het meisje rende langs hem heen en ging op haar knieën naast het lichaam op de vloer zitten. Ze schudde haar door elkaar en toen er geen reactie kwam, zette ze het op een krijsen.

Als aan de grond genageld bleef Miles staan. Hij begreep het niet, hij...

'Chloe, wat zullen we nou krijgen?'

Toen hij zich met een ruk omdraaide, zag hij Leah in de deuropening staan. Ze sloeg een hand voor haar mond en staarde hem in de ogen. Daarna viel haar blik op het tafereel op de grond.

Miles schudde zijn hoofd en probeerde wijs te worden uit de situatie. Hij had het meisje dat nu in de deuropening stond net nog genomen. Waarom lag ze niet dood op de vloer?

'Kom maar bij tante Leah, Chloe. Kom maar. Met mama komt het wel goed. Kom maar bij mij.'

Het haar van Miles was lang geworden en zag er vettig en onverzorgd uit. Zijn gezicht was smerig en hij stonk. Toch schrok ze vooral van zijn donkere ogen, waarin pure waanzin te lezen stond.

Hij leek in de war. Hij was voor haar gekomen, precies zoals ze had gedroomd. In plaats van haar had hij echter zijn zus gegrepen, die eerder dan verwacht was teruggekomen uit Amerika.

Haar enige gedachte was dat ze Chloe hier weg moest zien te krijgen, zo ver mogelijk bij hem vandaan. Voor Miranda kon ze nu niets doen, en ze moest in actie komen voordat hij weer bij zinnen kwam.

'Kom maar, lieverd.' Ze wenkte het kind, niet in staat om naar het naakte lichaam op de vloer en naar het donkere haar dat voor haar gezicht was gevallen te kijken. 'Kom maar mee naar de keuken, dan gaan we iets drinken.' Haar blik liet die van Miles geen moment los.

Heel langzaam loodste ze Chloe de kamer uit en daarna draaide ze zich om en liep naar de keuken. Ze deed de deur met een klap achter hen dicht en op slot. Er zat niets anders op dan te vluchten. De telefoon deed het al een paar dagen niet, dus kon ze onmogelijk het alarmnummer bellen. Ze bukte zich om het hysterische meisje toe te spreken. 'Oké, Chloe. Ik wil dat je heel dapper bent en precies doet wat ik zeg. We moeten zo snel we kunnen naar het dorp rennen om hulp te halen voor mama. Begrijp je dat?'

Chloe knikte.

Snel kwam Leah weer overeind en trok ze Chloe mee naar de achterdeur. Met trillende vingers deed ze die van het slot, pakte ze de hand van het meisje beet en vluchtte het donker in.

Miles bleef roerloos naar het lichaam op de grond staren. Na een tijdje liep hij naar haar toe en liet zich op zijn knieën zakken. Met wild bonkend hart streek hij het dikke haar uit het gezicht en draaide haar om.

De intens blauwe ogen staarden hem levenloos aan.

Met een dierlijke kreet drukte hij haar tegen zijn borst. 'Nee! Nee, alsjeblieft!'

Niet Miranda.

Zij had hem begrepen, ze had hem vanaf hun vroege kindertijd bij haar in bed genomen en hem getroost als hij weer eens zo'n vreselijke nachtmerrie had gehad.

Hij wiegde haar roerloze lichaam in zijn armen, streelde het donkere haar dat hem ertoe had gebracht haar te vermoorden. De tranen stroomden over zijn wangen. In een wanhopige poging haar weer tot leven te wekken kuste hij haar.

Op dat moment werd zijn aandacht getrokken door een beweging buiten. Hij kwam overeind en liet Miranda's lichaam op de vloer vallen.

Twee gestalten vluchtten de heuvel af.

Meteen werd hij vervuld van haat. Dit was haar schuld. Zij had Miranda's dood op haar geweten en daar zou ze voor moeten boeten.

Hij stond op en rende naar de voordeur.

'Kom op, lieverd. Je kunt het. Gewoon blijven rennen.' Leah was buiten adem en sleepte Chloe met zich mee.

'Alsjeblieft, tante Leah, kunnen we even stoppen? Ik kan niet meer.'

'Het moet, Chloe, het moet voor mama.'

Leah probeerde een plan te bedenken. Het belangrijkste was nu om bij Miles uit de buurt te komen. Hij was ertoe in staat om hen allebei te vermoorden. Ze zou naar het huis van haar ouders rennen en daar de hulpdiensten bellen.

'Au!' Chloe gilde het uit toen ze een van haar pantoffels verloor en het scherpe grind in haar tere huid sneed. Toen ze stilhield en terug rende om de pantoffel te halen, doemden er bovenaan de heuvel twee koplampen op, die angstaanjagend snel op hen afkwamen.

'Vlug, de heide op!' Leah rende naar links, het gras op. Ze zou een andere route naar het dorp moeten nemen, langs het stuwmeer. Daar zou hij hen niet kunnen volgen.

Ze hoorde de auto vaart minderen en vervolgens loeide de motor omdat die op het heidelandschap harder moest werken.

'O nee, o nee!'

Inmiddels schreeuwde Chloe het uit.

Leah kon alleen maar denken aan het feit dat ze naar haar ouders toe moest, waar het veilig was. Dat ze hulp moest halen.

Zorg alstublieft dat hij ons niet te pakken krijgt. Alstublieft, God, help ons!

Ze trok Chloe mee in de richting van het stuwmeer. De auto kwam steeds dichterbij en ze voelde het witte licht van de koplampen bijna in haar rug priemen.

Er was geen ontkomen aan en Chloes beentjes konden de hare niet bijhouden.

Opeens kreeg Leah een idee. Hij had het niet op het meisje gemunt, maar op háár.

Ze keek achterom. De auto was hooguit nog vijfhonderd meter bij hen vandaan. Ontsnappen was onmogelijk. Als hij hen te pakken kreeg, zou hij hen allebei om het leven brengen.

Het minste wat ze kon doen, was Chloe een kans geven.

Met een kracht waarvan ze niet had geweten dat haar vermoeide lichaam die in zich had, duwde ze Chloe bij zich vandaan in een greppel, biddend dat ze goed terecht zou komen. Over haar schouder zag ze dat Miles niet stopte, maar achter zijn prooi aan bleef gaan.

Daarna holde ze verder. Ze vluchtte over de heide, rennend voor haar leven, zoals ze in haar droom al zo vaak had gedaan. Tweehonderd meter verderop zag ze een laag muurtje en voor het eerst kreeg ze een sprankje hoop. Om haar daar te volgen zou hij moeten uitstappen.

Haar ademhaling zwoegde en ze smeekte haar benen om nog sneller te gaan. Inmiddels was hij zo dichtbij dat ze niet meer om durfde te kijken.

Ze kwam bij het muurtje aan en klauterde erop. Onderaan de steile helling schitterde het stuwmeer in het maanlicht en aan de overkant fonkelden de lichtjes van Oxenhope.

Ze sprong van het muurtje, landde met haar volle gewicht op haar enkel en hoorde een misselijkmakend gekraak waardoor ze het uitschreeuwde van de pijn.

Nee, alsjeblieft, niet flauwvallen nu, dat wordt mijn dood.

Ze hees zichzelf overeind, maar de pijn in haar enkel was zo erg dat ze er duizelig en misselijk van werd.

Doorgaan, doorgaan.

De tranen stroomden over haar wangen toen de auto met gierende remmen achter haar tot stilstand kwam. Daarna hoorde ze een portier opengaan.

Terwijl ze zo snel mogelijk verder strompelde en haar pijn verbeet, zag ze dat er zich blauwe zwaailichten tegen de hemel aftekenden.

'Het heeft geen zin, Leah. Ik krijg je toch wel te pakken. Ik ben vlak bij je. Geef het nou maar gewoon op.'

'Nee! Nee!'

Ze struikelde en smakte zo hard tegen de grond dat de lucht uit haar longen werd geslagen. Hoewel ze wanhopig probeerde in beweging te blijven, ging het gewoonweg niet meer.

Dus kon ze niets anders doen dan blijven liggen en afwachten.

Er was geen ontkomen meer aan.

Achter haar hoorde ze hem ademen. Ze kneep haar ogen dicht en deed in stilte een gebedje terwijl ze het ruwe gras hoorde ritselen omdat hij achter haar knielde.

Twee handen gleden om haar hals en begonnen te knijpen. Ze kon zich er niet langer tegen verzetten.

Dit was het noodlot.

Ze voelde dat ze steeds minder lucht kreeg.

Toen klonk er een schot.

De druk om haar hals viel meteen weg. Leah wist dat ze moest proberen in beweging te komen, maar slaagde daar niet in.

'Opstaan, handen omhoog, dan overkomt je niets.'

Versuft als ze was door het zuurstofgebrek dacht ze dat ze droomde toen ze de mannenstem over de heide hoorde schallen.

Miles richtte zich op zijn knieën op en staarde naar de lucht.

'Geef je over, dan blijf je ongedeerd,' herhaalde de stem. 'Ga weg bij dat meisje.'

Toen er een schijnwerper werd aangezet waardoor de heide plotseling in het licht baadde, knipperde Miles verwoed met zijn ogen. 'Nee, nooit. Ze is van mij.'

De handen gleden weer om haar hals.

O god, nee. Alsjeblieft niet!

Het volgende moment klonk er opnieuw een schot. Miles' lichaam schokte en hij slaakte een gepijnigde kreet. Hij rolde van Leah af en ging met zijn handen om zijn been geklemd op de grond liggen. 'Kom op, opstaan!' schreeuwde hij tegen zichzelf. Ondanks het bloed dat uit de wond op zijn scheenbeen gutste stond hij op en trok hij Leah overeind. Hij sloeg zijn armen om haar borst en sleepte haar mee naar het muurtje.

'Laat het meisje gaan, Miles.'

'Ze schieten toch niet zolang ik jou als bescherming heb, denk je wel?' Zijn stinkende adem drong haar neusgaten binnen.

Eenmaal bij het muurtje aangekomen hees hij hen er allebei op en ze rolden er aan de andere kant weer af. 'We stappen in de auto en jij gaat rijden.'

'Dat… dat kan ik niet. Mijn enkel.'

Hij sleepte haar mee naar de auto, deed het portier aan de bestuurderskant open en zette haar achter het stuur. Daarna kroop hij achter haar langs en ging ineengedoken op de passagiersstoel zitten. 'Rijden!'

Met trillende hand reikte ze naar de sleutel in het contact. Voorzichtig zette ze haar voet op de koppeling en startte de auto, maar ze schreeuwde het uit door de druk op haar enkel.

'Bek dicht, kreng! Rijden! Naar beneden. Weg bij die klootzakken!'

Ze trapte het gaspedaal in en de auto schoot naar voren.

Ondertussen probeerde hij zijn broekspijp op te rollen om te kijken of hij de bloeding kon stelpen.

'We rijden recht op het stuwmeer af, Miles. We moeten terug naar de weg.' Angstig keek ze naar de steile helling die uitkwam bij het water.

'Nee! Gewoon doorrijden, dan rijden we langs het stuwmeer verder over de heide.'

'Maar Miles, het is te steil, we zullen...'

'Doe het nou maar!' brulde hij.

'Oké, oké.'

In de achteruitkijkspiegel zag ze dat er koplampen achter hen aan de heuvel af kwamen.

'Sneller, sneller! Ze halen ons in!'

'Dat kan niet! Dan verongelukken we.'

'Godallemachtig!' Hij trok haar voet van het gaspedaal en zette zijn eigen voet erop. Zijn handen omklemden het stuur.

'Nee, alsjeblieft! Hou op! Straks rijden we het meer in!'

Hij wilde niet luisteren. De auto denderde in volle vaart de heuvel af en het water kwam alsmaar dichterbij.

Leah wist dat ze het daarbeneden niet zouden overleven.

'O god!' riep ze huilend. Ze haalde haar voeten weg bij de pedalen en leunde met haar volle gewicht tegen het portier aan. Er zat nog maar één ding op. Ze graaide achter zich en vond de portierhendel.

Uit alle macht trok ze eraan, tot hij openging.

Het volgende moment tuimelde ze de auto uit en kwam ze met een smak op de grond terecht.

Enkele meters bij haar vandaan klonk een harde knal, omdat een van de schutters een band van de Range Rover had geraakt.

Toen ze erin slaagde haar hoofd op te tillen, zag ze de auto keer op keer over de kop slaan, veranderen in een oranje vuurbol en in het water beneden storten.

Daarna verloor ze het bewustzijn.

24

Met een asgrauw gezicht keek Rose naar de kist die in de grond zakte. Haar ogen waren rood van het huilen.

Van Miles was weinig over geweest om te begraven.

En dan nog, welke geestelijke zou willen voorgaan in een mis voor een man die niet alleen zijn zus, maar ook nog andere mensen had vermoord?

Rose voelde zich licht in het hoofd toen de dominee de zegen over Miranda's ziel uitsprak.

De andere mensen om haar heen legden bloemenkransen naast het graf en maakten aanstalten om te vertrekken.

'Kom, het is tijd om te gaan.' Brett sloeg een arm om haar schouders.

'Nee, ik blijf nog even. Wil jij de gasten in de boerderij opvangen tot ik terug ben?'

'Natuurlijk.' Opgelaten haalde hij zijn schouders op. 'Blijf je niet te lang weg?'

'Nee.'

Toen de anderen waren verdwenen, het gebrom van de auto's was weggestorven en de zwoele septembermiddag alleen nog gepaard ging met het gekwetter van de vogels in de bomen, ging ze op haar knieën naast het graf zitten. 'Miranda, lieverd. Ik weet niet of je me kunt horen, maar als je dat wel kunt, wil je dan alsjeblieft luisteren naar wat ik je te vertellen heb? Ik moet het aan iemand kwijt, ik moet uitleggen waarom het mijn schuld is dat je daar ligt. Ik kan alleen maar bidden dat je het zult begrijpen en het me kunt vergeven.'

Met een diepe zucht veegde ze de tranen van haar wangen.

25

Londen, oktober 1946

David en Rosa brachten hun eerste nacht in Londen dicht tegen elkaar aan gekropen onder een struik in Hyde Park door.

Nog nooit had David zich zo wanhopig gevoeld. Hoe had hij zich nou kunnen laten wijsmaken dat ze eindelijk een veilig heenkomen hadden gevonden?

Zelf was hij nog het meest verbaasd geweest toen de medewerker van het Rode Kruis hem had verteld over de brief van zijn grootmoeder, Victoria. Naarmate de dagen waren overgegaan in weken en de weken in maanden, was hij gaan denken dat er geen reactie zou komen. Uiteindelijk was hij echter toch door een medewerker naar de barak van het Rode Kruis geroepen en had hij te horen gekregen dat zijn grootmoeder had geschreven dat ze hun graag onderdak zou bieden wanneer ze in Londen aankwamen. Ze had wat geld bijgesloten zodat ze zo snel mogelijk een overtocht op een schip konden boeken.

Het enige jammere vond hij dat hij de kleine Tonia in het kamp moest achterlaten. Ze was geen familie en zelfs als ze met hen mee had kunnen reizen naar Engeland had hij moeilijk van zijn grootouders kunnen verlangen dat ze haar ook in huis namen. De medewerker van het Rode Kruis had hem ervan verzekerd dat er goed voor Tonia gezorgd zou worden en dat ze zo snel mogelijk een geschikt adoptiegezin voor haar zouden zoeken.

Nadat ze in de haven van Tilbury waren aangekomen, waren ze op een bus naar King's Cross gezet. Daar werden ze opgewacht door een kleine, prachtig uitgedoste vrouw en een lange, imposante man in een pak die zwaar geïrriteerd naar de twee uitgemergelde tieners keek. Dat was Robert, Lord Brown, hun grootvader van moederskant.

Terwijl Victoria net als de rest van de Britse bevolking vol afgrijzen had geluisterd naar de nieuwsberichten over de gruwelen die de Duitsers de Joden hadden aangedaan, had haar echtgenoot er onaangedaan bij gezeten.

Hij was antisemiet, anti-Duitser, anti-alles-wat-niet-Brits-was. Zijn jaren in India hadden hem veranderd in een patriot van het ergste soort en hij had een bekrompen, arrogante kijk op de wereld.

Toen Beatrice hun vanuit Parijs had laten weten dat Adele verdwenen was en het vervolgens duidelijk was geworden dat ze nooit meer terug zou komen, had hij zijn dochter volledig uit zijn hoofd en uit zijn leven gebannen. Hij had al zijn vrienden verteld dat ze was omgekomen bij een tragisch auto-ongeluk in de buurt van de Arc de Triomphe en had er zelfs op gestaan dat ze samen naar hun huis in Somerset zouden gaan in de week dat de uitvaart zogenaamd zou plaatsvinden.

Victoria had hem gesmeekt haar te helpen bij de zoektocht naar hun dochter, maar hij had haar in niet mis te verstane bewoordingen te kennen gegeven dat Adeles naam in zijn huis nooit meer genoemd mocht worden. Wat hem betrof was ze dood.

Zijn gezicht had dan ook op onweer gestaan toen hij de brief van het Rode Kruis had gelezen, en hij was zowat ontploft door de ontdekking dat zijn dochter met een Jood was getrouwd. Hij had de brief in de haard gesmeten en tegen zijn vrouw gezegd dat ze er nooit meer over mocht beginnen. Het antwoord was luid en duidelijk nee. 'Laat ze maar wegrotten, net als hun moeder,' had hij gegrauwd.

'Dat meen je toch niet, Robert! In 's hemelsnaam, dit zijn je kleinkinderen, je familie!' Handenwringend keek Victoria hem aan.

Haar zwaargebouwde, kalende man liet zijn handen op de schoorsteenmantel rusten en schudde zijn hoofd.

Moedeloos liet ze zich op een stoel zakken. 'Wat wil je nu dat ik doe? Als we weigeren hen in huis te nemen, worden ze afgevoerd naar een vluchtelingenkamp in Polen. Ze hebben al zo veel voor hun kiezen gehad. Ik kan gewoon niet geloven dat je dat iemand zou toewensen, laat staan je eigen vlees en bloed.'

'Zij zijn mijn vlees en bloed niet! Mijn dochter is al twintig jaar dood. Dit is duidelijk een stel bedriegers.'

Terwijl Victoria hem zo tekeer hoorde gaan, proefde ze gal in haar keel. Hij was gestoord en wreed, maar het ergste vond ze nog wel hoe hypocriet hij was. Op Remembrance Sunday was hij altijd bij het oorlogsmonument te vinden om de Britse oorlogsslachtoffers te herdenken, maar zijn eigen kleinkinderen zou hij gerust de deur wijzen en op straat laten rondzwerven, puur omdat ze voor de helft Joods waren.

Tegen zijn wensen in schreef ze naar het Rode Kruis dat Robert en zij de kinderen een gelukkig thuis zouden bieden. Barst maar, dacht ze. Als het erop aankwam, zou ze samen met de kinderen bij hem weggaan. Haar plan viel pas in duigen toen hij de brief onderschepte waarin stond hoe laat de Delanski's op het station zouden aankomen. Hij werd razend en dreigde de kinderen te laten deporteren en zijn vrouw zonder ook maar een cent op straat te zetten.

Na urenlang smeken en aandringen sprak ze met hem af dat de kinderen in Engeland konden blijven, op voorwaarde dat Robert hun duidelijk zou maken dat ze nooit meer contact met hem of zijn vrouw mochten opnemen.

Op het station was Victoria's hart in een miljoen stukjes gebroken toen haar echtgenoot glashard tegen David en Rosa had gezegd dat ze zijn kleinkinderen niet waren.

David had het aanbod om in Engeland te komen wonen al te mooi gevonden om waar te zijn.

Merkwaardig genoeg was hij Lord Brown dankbaar voor het feit dat hij hen niet het land uit had laten zetten. Het risico dat ze in Polen weer onder helse omstandigheden in een kamp zouden worden opgesloten was hem veel te groot. Misschien zou Rosa de terugreis niet eens overleven. Hij keek naar zijn slapende zusje, dat dicht tegen hem aan was gekropen om beschutting te zoeken tegen de bittere kou.

Tot nu toe had ze een vreselijk leven gehad en had ze veel meer meegemaakt dan wie dan ook te verduren zou mogen krijgen. Ze had zulk vreselijk leed gekend dat ze zich niet meer kon herinneren hoe troost, liefde en geborgenheid aanvoelden.

Haar aanblik gaf hem weer een beetje kracht. Hij had aan zijn moeder beloofd dat hij voor Rosa zou zorgen, en dat zou hij ook doen. Op de een of andere manier zou hij een nieuw leven voor hen moeten opbouwen. Inmiddels wist hij één ding zeker: dat hij alleen op zichzelf kon vertrouwen.

Met vingers die bijna gevoelloos waren van de kou maakte hij zijn vioolkoffer open. Hij tastte onder de voering en haalde de overgebleven munten tevoorschijn.

Nog vier munten, een paar Duitse en een paar Poolse. Die kon hij hier niet gebruiken; dat zou te veel argwaan wekken.

Dan moest hij zijn viool maar verkopen. Er zat niets anders op. De Stradivarius was enorm veel geld waard en als hij er een goede prijs voor kon bedingen, zouden ze daarvan voedsel en onderdak kunnen bekostigen en in elk geval een kans hebben.

Nadat hij het instrument zo lang bij zich had weten te houden, voelde hij zich schuldig omdat het nu nog zijn enige redmiddel was.

Bij het krieken van de dag maakte hij Rosa wakker en staken ze een grote rotonde over naar een straat die Oxford Street heette.

'Ik heb zo'n honger. Hebben we geld om iets te eten te kopen?'

Hij schudde zijn hoofd. 'Nee, maar rond het middaguur wel.'

'Hoe kan dat?'

'Maak jij je daar maar geen zorgen over. Kom, hier naar beneden. Daar is het vast warmer.'

Ze liepen de trappen af naar het metrostation Oxford Circus. David voerde haar mee naar een bankje in de hoek en ging zitten.

'Wat gaan we doen, David? Stel nou dat de politie achter ons aan komt?'

'Dan zorgen we ervoor dat ze ons niet kunnen vinden.' Op de klok aan de andere kant van het station zag hij dat het tien voor acht was. Hij stond op en liep naar het kaartjesloket. 'Neem me niet kwalijk,' sprak hij de slaperige lokettist aan. 'Kunt u me vertellen hoe ik bij Suddeby's kan komen? Als ik me niet vergis, is dat een antiekwinkel in Bomb Street.'

De lokettist grinnikte. 'Volgens mij bedoel je Sotheby's in New Bond Street. Dat is een zijstraat van deze straat.'

David prentte de routebeschrijving in zijn geheugen en bedankte de man. Daarna ging hij weer naar Rosa toe en stak zijn hand uit. 'Kom mee, we gaan op zoek naar een ontbijtje.'

‘Kom toch binnen.’ De man nam David en Rosa mee naar een klein vertrek dat vol stond met prachtige kostbaarheden. ‘Ik ben meneer Slamon. Volgens mijn assistent heb je een zeldzaam object dat je graag wilt verkopen. Mag ik het eens zien?’

David knikte en legde zijn vioolkoffer op het bureau van de man. Nadat hij het instrument eruit had gehaald, reikte hij het hem aan.

Slamons ogen lichtten op toen hij het tere sparrenhout aan de voorzijde van het instrument beroerde. Hij draaide het om en bestudeerde de ongemerkte esdoornhouten achterkant. Dit was een sterk staaltje vakmanschap. Bij het zien van het merkteken aan de binnenkant begon zijn hart sneller te slaan. ‘Mooi, heel mooi. Hoe kom je eraan?’

‘Mijn ouders hebben hem gekocht voor mijn tiende verjaardag, toen we nog in Warschau woonden.’

‘Je boft maar met ouders die zo’n kostbaar stuk voor je hebben gekocht. Hebben ze je misschien verteld of de viool een naam heeft?’

‘Ja, de Ludwig.’

Slamon bekeek de jongeman tegenover hem aandachtig. Als hij de viool had gestolen, zou hij waarschijnlijk niet weten hoe hij heette. ‘Natuurlijk moeten we wel nagaan of het geen imitatie is. Daar gaan een paar dagen overheen.’

‘Nee!’ riep David uit. ‘Ik wil hem meteen verkopen.’

Slamon kuchte even. ‘Ik begrijp het. Eh… kun je aantonen dat het instrument van jou is? Zoals je vast wel begrijpt, kan Sotheby’s zich niet inlaten met de handel in gestolen goederen.’

Woedend rukte David de viool uit Slamons handen. ‘Als u er zo over denkt, ga ik wel ergens anders naartoe.’

‘Rustig maar. Vergeef me, maar sinds de oorlog komen hier allerlei mensen naartoe om waren te verkopen die onmogelijk van hen kunnen zijn.’

‘Speel dan iets, David,’ spoorde Rosa hem aan. ‘Dat zal hem wel overtuigen.’

Hoewel David zich gekrenkt voelde omdat hij moest bewijzen dat hij geen dief was, knikte hij bij het zien van de hongerige blik in de ogen van zijn zusje. ‘Goed dan.’ Hij vlijde de viool tegen zijn kin en begon met zijn ogen dicht te spelen.

Daardoor ging Slamon inderdaad overstag. De vertrouwdheid

waarmee de jongen met zijn instrument omging was niet in woorden uit te drukken. Zoiets ontstond alleen na jarenlang gebruik. Hij speelde prachtig en het geluid dat hij aan het instrument ontlokte was dat van een prachtige, zeldzame viool die door de meester zelf was vervaardigd.

'Dank je, dat was heel mooi. Het spijt me dat ik aan je twijfelde. Uiteraard zal ik mijn collega nog wel naar zijn mening moeten vragen, maar nu ik je heb horen spelen, ben ik ervan overtuigd dat de viool echt is. Mag ik het instrument even meenemen?'

Behoedzaam gaf David het aan hem.

'Als je wilt mogen jullie met me meelopen, of ik kan aan mijn assistent vragen of hij jullie wat thee en biscuitjes brengt voor tijdens het wachten.'

Rosa's gezicht klaarde op.

'We wachten hier wel,' zei David met tegenzin.

Een half uur later kwam Slamon glimlachend terug. 'Mijn collega is het met me eens. Het is inderdaad de Ludwig, door Stradivarius vervaardigd in 1730.' Hij nam achter zijn bureau plaats. 'Goed, onze veilingen zijn altijd op woensdag en tien procent van de opbrengst gaat naar ons. Ik denk dat een instrument als dit zeker...'

'Alstublieft, meneer. Zoals ik al zei, heb ik het geld vandaag nog nodig.'

'Ik begrijp het. We zouden je een voorschot kunnen geven, totdat we een koper hebben gevonden. Trouwens, er is een man van wie ik weet dat hij hier zeker belangstelling voor zal hebben. Wat zeg je van een voorschot van tweehonderd pond, met een kwitantie waarop staat dat het restantbedrag volgt zodra we de viool hebben verkocht?'

'Hoeveel denkt u ervoor te kunnen krijgen?'

Slamon tikte met zijn vingers op het bureau. 'Eens even denken. Ik denk dat we een ophoudprijs van twaalfhonderd pond hanteren. Dat is het bedrag dat je minimaal zult ontvangen, met aftrek van onze vergoeding. Omdat dit stuk zo zeldzaam is, kan het bedrag echter wel twee tot drie keer zo hoog uitvallen.'

'Neem me niet kwalijk, maar hoeveel is dat in Poolse zloty's?'

'Dat weet ik niet uit mijn hoofd. Als ik het omreken naar Franse francs, weet jij dan hoeveel, eh... zloty dat is?'

David knikte.

Daarop rekende Slamon het een en ander uit en legde de uitkomst aan hem voor.

In gedachten maakte David snel een rekensommetje. Zijn ogen lichtten op. Het ging om een fortuin, genoeg om samen met Rosa jarenlang van te kunnen leven. 'Goed, ik neem die tweehonderd pond aan, maar dan wil ik wel dat u het instrument zo snel mogelijk verkoopt.'

'Prima. Op welke naam kan ik de cheque uitschrijven?'

David schudde zijn hoofd. 'Contant, graag.'

'Goed dan.' Slamon haalde zijn schouders op. 'Dat duurt alleen wel iets langer. Willen jullie nog thee?'

Een uur later stapten ze het waterige oktoberzonnetje weer in.

Hij omhelsde Rosa stevig en draaide haar in het rond. 'Zie je wel? Ik zei toch dat ik het zou regelen? Kom, dan gaan we op zoek naar een restaurant en krijg je het uitgebreidste ontbijt dat je ooit gezien hebt!'

De twee daaropvolgende nachten brachten ze door in een klein hotel in een zijstraat van Bayswater Road. David kocht een net pak voor zichzelf en ging naar verhuurbedrijven om een flat te zoeken.

Op het eerste kantoor dat hij bezocht werd hem gevraagd een formulier in te vullen.

Bovenaan moest hij zijn naam schrijven.

Snel dacht hij na. Hij wilde niet zijn echte naam opgeven, want misschien was de politie wel naar hem op zoek. Hoe had die man in het restaurant politieagenten ook alweer genoemd? Co... Coo... Coopers! Dat was het.

Hij noteerde zijn nieuwe naam op de daarvoor bestemde regel en glimlachte. David Cooper. Dat klonk goed en heel erg Engels. Vanaf nu waren David en Rosa Delanski verleden tijd.

Tegen de secretaresse van het verhuurbedrijf zei hij dat hij op zoek was naar een kleine flat voor zichzelf en zijn vrouw, want hij dacht dat een broer en zus die woonruimte zochten misschien argwaan zouden wekken.

Ze gaf hem het adres van twee woningen en hij kocht een plattegrond van Londen en stapte in een rode bus. De eerste flat bevond zich in Notting Hill, was erg klein en benauwd, en de hospita was een nieuwsgierig type.

Het tweede appartement, op een steenworp afstand van hun hotelletje in Bayswater, was een stuk aangenamer.

Het enige nadeel was dat de flat slechts één slaapkamer met een groot tweepersoonsbed telde.

Niet onoverkomelijk, vond David. Hij kon gewoon op de bank slapen.

De flat bevond zich op de bovenste verdieping en de huisbaas woonde zelf niet in het pand. Het was er klein, maar smetteloos schoon en het was een prima plek om te beginnen.

David zei dat hij het appartement wilde en meteen kon verhuizen. Het probleem dat hij referenties moest opgeven omzeilde hij door de huur een half jaar vooruit te betalen. Door de na de oorlog ontstane recessie was iedereen voor zo veel geld bereid een oogje dicht te knijpen.

Rosa vond het er heerlijk en danste dolblij door de flat.

Later die avond gingen ze op pad om hun avondmaal bij elkaar te scharrelen. Aangezien het voedsel nog steeds op de bon was, moesten ze een flinke som geld neertellen voor de waren die onder de toonbank verkocht werden.

Dat was het echter meer dan waard toen ze Rosa's heerlijke maaltijd van kipgehakt en *kopytka* proefden, een smakelijk aardappelgerecht dat hun moeder vroeger altijd maakte. Ze spoelden het weg met een fles wijn die hun direct naar het hoofd steeg.

'Proost, op de Coopers! Trouwens, ik heb eens nagedacht. Misschien kunnen we je voornaam beter een beetje aanpassen. David valt niet op, maar Rosa is wat minder gebruikelijk. Wat zou je ervan vinden om Rose Cooper te worden?'

Nadat ze daar even over had nagedacht, hief ze haar glas. 'Ik vind het mooi. Het klinkt heel... Engels.'

26

David en Rose brachten bijna twee gelukkige jaren door in de flat. De Ludwig had tweeënhalfduizend pond opgebracht, dus geldzorgen hadden ze niet. David was nog nooit zo blij geweest. Hoewel ze geen vrienden hadden en verder niemand kenden in de stad, miste David dat niet. Hij had Rose. Zijn vertrouwelinge, zijn zusje, zijn genie. Ze waren dag en nacht samen, genoten ervan om Londen te verkennen en voelden zich veilig in hun flatje. Na al die angst, verdriet en onzekerheid werden de woning en hun onderlinge band hun rots in de branding.

David lag vaak tevreden op de bank te kijken naar Rose, die bij de ezel stond die hij voor haar had gekocht en schilderijen maakte van hem en alles wat ze maar kon vinden.

Geleidelijk aan begonnen haar schilderijen te veranderen en week ze steeds meer af van de waarheidsgetrouwe weergaven die ze vroeger had gemaakt.

Soms smeet ze haar penseel neer en liet ze zich gefrustreerd op haar bed neerploffen. 'Ik heb iets in mijn hoofd, maar ik krijg het maar niet op het doek,' zei ze dan.

Hij nam haar mee naar zo veel galerieën en tentoonstellingen als hij kon vinden. Ze gingen naar The National Gallery en het Tate en slenterden door Cork Street om de Miserere-reeks van Georges Rouault in The Redfern Gallery te bestuderen. Vooral het werk van Graham Sutherland in The Hanover Gallery maakte diepe indruk op haar.

'Het is zo… meedogenloos,' zei ze tegen David. 'Ik wil naar huis om te schilderen.'

Later die week keek hij naar een schilderij waar ze net de laatste hand aan had gelegd. Het donkere, sombere werk bezorgde hem de rillingen. Vervormde gezichten, ogen die hem vanuit vreemde hoeken aanstaarden vanachter tralies. 'Hoe heet dit schilderij?' vroeg hij.

'*Treblinka*,' antwoordde ze luchtig.

David wist dat het tijd werd dat ze verderging. Haar talent moest verder ontwikkeld worden. Dat maakte hem bang: de gedachte dat zijn zusje andere mensen zou leren kennen, dat ze hem urenlang alleen zou laten terwijl zij aan de kunstacademie studeerde. Al zou hij binnenkort toch op zoek moeten naar een baan, zeker als hij haar studie moest bekostigen.

Die avond hadden ze het er tijdens het eten over.

'Denk je echt dat ze me zullen aannemen op het Royal College?'

'Vast wel, als ze je werk eenmaal gezien hebben.'

De volgende dag hield hij een taxi aan en stapelde hij vier van Rose' doeken op de achterbank. 'Naar Exhibition Road, alstublieft.'

De taxi kwam voor de indrukwekkende entree van het Royal College of Art tot stilstand en David sjouwde de schilderijen naar binnen.

'Goh, meneer Cooper, dit is niet de gebruikelijke gang van zaken,' zei de receptioniste even later verbaasd. 'U moet een aanmeldingsformulier invullen en...'

'Zou u alstublieft iemand kunnen vragen om hiernaar te kijken en contact met ons op te nemen als hij vindt dat mijn zus talent heeft?' Hij schreef zijn naam en adres op een velletje papier. 'Een prettige dag nog.' Met een knikje naar de vrouw liep hij het gebouw weer uit, in de volste overtuiging dat iemand net als hij zou zien hoe briljant zijn zus was.

Daar kreeg hij gelijk in.

Tien dagen later ontving Rose een brief waarin haar werd verzocht de maandag daarop naar de academie te komen. Daar zou ze twee dagen lang figuurtekeningen moeten maken en talloze intakegesprekken moeten voeren.

De avond tevoren was ze bloednerveus.

'Je zult het geweldig doen, neem dat maar van mij aan.' David omhelsde haar stevig.

Drie maanden later, in september 1948, begon Rose aan haar studie aan het Royal College of Art. Hoewel ze pas zeventien was, had de universiteit haar talent op waarde weten te schatten en haar aangenomen.

De eerste dag zonder haar was ondraaglijk. David hing maar wat in de lege, stille flat rond en er kwam niets uit zijn handen.

Ondanks zijn eenzaamheid wist hij echter dat hij dingen te doen had, plannen moest maken. Het werd tijd dat hij over zijn eigen toekomst ging nadenken. Momenteel hadden ze nog genoeg geld om het een paar jaar te kunnen uitzingen, maar het collegegeld van Rose was een flinke aanslag op hun budget.

Hij pakte potlood en papier en ging aan de keukentafel zitten om een lijst te maken van banen waarvan hij dacht dat hij er misschien geschikt voor zou zijn. Daarna streepte hij alles weer door.

Niets op de lijst sprak hem ook maar enigszins aan. Hij wilde zelfstandig zijn en een eigen bedrijf oprichten waarmee hij alle kanten op kon. Doordat hij zo anders was dan zijn leeftijdgenoten, wist hij dat hij in een gewone kantoorbaan nooit zijn draai zou kunnen vinden.

Met zijn handen in zijn zakken begon hij door de flat te lopen om na te denken.

Om half vier gaf hij het op. Net toen hij een kop thee had gezet, werd er aangebeld. David deed open en zag dat het zijn huisbaas was. 'Kom verder, meneer Chesney. De huur ligt al voor u klaar.'

'Bedankt. Ik vind het altijd fijn als mijn huurders op tijd betalen.'

'Hebt u veel huurders?' vroeg David terwijl hij hem de envelop aanreikte.

'Jazeker, een stuk of vijfentwintig. Ik bezit zeven huizen. Die heb ik na de oorlog voor een prikkie gekocht en ik heb er appartementen van gemaakt. Mijn beste beslissing ooit. Dag, meneer Cooper.' Chesney tikte even tegen zijn pet en ging weer naar beneden.

Nadat David de deur had dichtgedaan, ging hij aan de tafel zitten om zijn thee op te drinken. Zijn huisbaas had hem op een idee gebracht.

De volgende dag ging hij bij een aantal makelaars langs. Het verbaasde hem hoe goedkoop een gemiddeld rijtjeshuis was. Hij nam de gegevens over een aantal panden mee naar huis en sloeg aan het rekenen.

Na afloop moest hij zijn berekeningen een paar keer controleren om zeker te weten dat hij geen fout had gemaakt. Dat was niet zo. Als hij hierin durfde te investeren, kon hij er heel veel geld aan verdienen. Hij vermoedde dat steeds meer jonge mensen het huis uit zouden willen en op zoek zouden gaan naar een eigen plekje. De meeste mensen konden het zich weliswaar niet veroorloven om een huis te kopen of huren, maar een flat was een stuk betaalbaarder.

David werkte zijn aantekeningen verder uit en maakte een begroting. Daarna ging hij naar het zakelijke district in Londen om een bank te zoeken die zijn project mede zou willen financieren.

Overal kreeg hij nul op het rekest.

Toen hij thuiskwam, voelde hij zich ontmoedigd, maar hij was nog niet klaar om het bijltje erbij neer te gooien. Hij wist dat hij een besluit zou moeten nemen. Dit kon hij alleen tot een goed einde brengen als hij de rest van de opbrengst van de Stradivarius gebruikte en slechts genoeg overhield om samen met Rose een half jaar van te kunnen leven. Van dat bedrag zou hij twee kleine huizen of één groot huis kunnen kopen en in appartementen kunnen opdelen.

Die vrijdag kwam hij thuis met een fles champagne en maakte hij er een feestelijke avond van met Rose, die in jubelstemming verkeerde door haar eerste week op de kunstacademie. Hij vertelde haar niet over de gok die hij ging nemen.

'Op ons.' Hij hief zijn glas. 'Op de vastgoedtycoon en de beste kunstschilderes van de tweede helft van de eeuw.'

27

In de drie jaar daarna beleefde Davids bedrijf het ene na het andere hoogtepunt. Aan het begin van de jaren vijftig werd de vraag zelfs groter dan het aanbod. Inmiddels stond hij erom bekend dat hij kwaliteitsappartementen aanbood tegen een zeer schappelijke huurprijs. Zijn huurders waren tevreden en door de mond-tot-mondreclame bleef zijn bedrijf groeien.

In 1951 bezat hij vijftien huizen in Londen en ging hij op zoek naar stukken grond in het zakelijke district die door de bombardementen waren getroffen en die hij goedkoop kon krijgen om kantoorgebouwen te laten bouwen. De banken stonden intussen te trappelen om hem geld te lenen.

Alles liep op rolletjes. Op één ding na.

Rose.

Tijdens haar eerste jaar op de universiteit was er weinig veranderd. Overdag had David hard gewerkt en de avonden hadden ze als vanouds samen doorgebracht. In het tweede jaar was ze echter steeds vaker 's avonds op stap gegaan. Dan kwam ze pas na middernacht thuis, vol verhalen over The Colony Room in Dean Street, waar zij en de andere studenten iets hadden gedronken met de uitbaatster Muriel, en kunstenaars als Bacon en Freud.

Net als een aantal van haar studiegenoten ging ze ook een avondcursus volgen aan Borough Polytechnic.

'Bomberg heeft zo'n bijzondere techniek. Hij zet zich af tegen alles wat kunstmatig is. Ik leer zo veel van hem.'

David hoorde het geduldig aan en knikte en glimlachte wanneer dat van hem verwacht werd. Hij was blij dat ze haar talent verder ontwikkelde en probeerde zich er niet aan te storen dat ze nog maar weinig tijd of energie voor hem overhad.

Gedurende haar derde jaar zag hij haar echter amper. Volgens haar kwam dat door de zware studielast en moest ze vaak tot laat blijven om haar schilderijen af te maken, maar haar adem rook regelmatig naar alcohol en soms kwam ze pas in de kleine uurtjes thuis.

In het laatste semester kwam het zelfs vaak voor dat ze helemaal niet naar huis kwam.

David vroeg zich af of er een man in haar leven was.

Ze was nog jong. Ze verdiende een normaal leven en daar mocht hij niet tussen komen.

Op de avond van haar afstuderen nam hij haar mee uit eten. Ze had net te horen gekregen dat ze haar werk voor het eerst mocht exposeren in The Redfern Gallery en bruiste van opwinding. 'Niet te geloven, toch? Ik, een eigen expositie! En dat allemaal dankzij jou.'

'Nee, Rose. Je hebt het aan je eigen talent te danken. Hier, om het te vieren.' Hij reikte haar een envelop aan.

'Mag ik hem openmaken?' vroeg ze opgetogen.

David knikte. Hij wist hoe dol ze was op verrassingen.

Toen ze het document las, betrok haar gezicht.

'Wat is er?'

'O, David, het spijt me zo.'

Ongerust keek hij haar aan. 'Wat spijt je? Ik dacht dat je het geweldig zou vinden om naar een nieuw appartement in Chelsea te verhuizen. Het is van mij, Rose. We hebben straks een eigen huis.'

Vanaf de andere kant van de tafel keek ze hem even aan, voordat ze haar ogen neersloeg. 'Ik... ik wil al een tijdje iets met je bespreken.'

'Wat dan? Zeg het gewoon, Rose.'

'Het lijkt me beter als we niet langer bij elkaar blijven wonen. Ik heb iemand leren kennen.' Ze ging ongemakkelijk verzitten op haar stoel.

David knikte. Hier was hij al op voorbereid geweest. 'Het geeft niet, ik begrijp het best.'

Ze sloeg haar handen voor haar gezicht. 'Nee... ik ben bang van niet.'

Grinnikend zei hij: 'Wie het ook is, zolang hij maar goed voor je zorgt en zijn persoonlijke hygiëne op orde heeft, wil ik hem graag leren kennen.'

'Je weet niet...'

'Hoe heet hij?' Hij nam een slok van zijn wijn. 'Is hij Engels?'

Ze schudde haar hoofd. 'Nee.'

'O. Pools?'

'Duits,' fluisterde ze.

Hoewel hij merkte dat hij verstarde, wilde hij haar duidelijk maken dat hij geen wrok meer koesterde. 'Maak je daar maar geen zorgen om. Heb je hem op het Royal College leren kennen?'

Haar gezicht was inmiddels bleek geworden. 'Zoiets, ja. Hij was een bewonderaar van mijn werk en heeft een van mijn schilderijen gekocht.'

'Is dat zo? Rose, je hoeft echt niet zo nerveus te zijn.' Troostend legde hij zijn hand op de hare. 'Ik ben blij voor je.'

Ze kneep haar ogen dicht. 'Dit vergeef je me nooit.'

Met gefronst voorhoofd keek hij haar aan. 'Waarom zou ik je moeten vergeven? Je hebt nog steeds niet gezegd hoe hij heet.'

Ze haalde diep adem. 'Hij heet Frank.'

'En wat doet hij?'

Haar blik schoot alle kanten op. 'Hij is een zakenman en reist de hele wereld rond voor zijn werk. Het heeft iets met beveiliging te maken.'

'Aha, dus hij is al wat ouder?' Opeens begreep hij waarom ze zo terughoudend was.

'Ja.'

'Ach, zolang hij je goed behandelt, heb ik daar geen problemen mee.'

Ze sloeg een hand voor haar mond en tot zijn schrik kreeg ze tranen in haar ogen.

'Hij behandelt je toch wel goed?'

'Hij is veranderd, dat zweer ik.'

Verward keek hij haar aan. '"Veranderd"? Dus het is iemand die je van vroeger kent?'

'Ja,' zei ze met een benepen stemmetje. Ze zag eruit alsof ze elk moment over haar nek kon gaan.

'Wat wil je nou zeggen, Rose?'

'Hij zegt dat hij altijd heeft geprobeerd me te beschermen...'

Het voelde alsof zijn bloed in ijs veranderde. '"Beschermen"?'

'Tegen de gruwelen van Treblinka.'

Even kon hij geen woord uitbrengen.

'Hij zegt dat hij zich die laatste jaren had voorgenomen om over mij te waken. Dat hij nog nooit zo veel om iemand heeft gegeven als om mij.'

'Rose...' Met grote ogen van angst keek hij haar aan. 'Je hebt toch niet...'

De tranen rolden nu over haar wangen. 'Ik weet dat jij het onmogelijk zult kunnen begrijpen, maar ik hou van hem.'

Haar woorden sneden dwars door zijn ziel.

'Franzen? Kurt Franzen?'

Zijn zusje knikte ernstig.

'Het monster dat onze vader heeft vermoord?'

'Dat wilde hij niet, David. Hij had geen andere keus. Als hij zijn macht niet had doen gelden, had hij het zelf niet overleefd.'

David had het gevoel dat hij in een nachtmerrie was beland waaruit hij maar niet kon ontwaken. 'Dat geloof je toch niet echt, Rose? Hij was een van de hoogst geplaatste officieren in het kamp!'

'Iedereen moest wel aan iemand verantwoording afleggen.'

'Maar hij heeft je misbruikt!'

'Omdat hij van me hield. Daar heeft hij al talloze keren zijn excuses voor aangeboden. Hij weet dat het verkeerd was, omdat ik nog zo jong was.'

'Rose! Ben je gek geworden? Ik... ik...' Het begon hem te duizelen.

'Het spijt me echt.'

'Hoe is hij hier terechtgekomen?'

'Hij heeft invloedrijke vrienden die hem helpen een frisse start te maken. Dat is alles wat hij wil. Dat is alles wat ík wil.'

'Ik... ik ga de politie bellen. Hij mag niet zomaar...' Toen hij wilde opstaan, merkte hij dat zijn knikkende knieën hem niet konden dragen.

'Ik weet het, ik weet het. Ik kan het zelf ook niet uitleggen, maar volgens mij kan ik niet meer zonder hem. Hij...'

'Hij heeft je gewoon opgespoord! Opgejaagd! Zie je dat dan niet?'

'Dat bewijst alleen maar hoeveel hij om me geeft. Hij heeft alles op het spel gezet door contact met mij op te nemen nadat hij dat schilderij had gekocht.'

'Dit kun je toch niet menen, Rose! Hij heeft duizenden mensen vermoord. Onder wie onze... onze...' Hij was buiten adem. 'Je bent ziek.

Dit is een ziekte, dat moet wel. Daar kunnen we iets aan doen.'

Langzaam schudde ze haar hoofd. 'Ik vond het heel eng om het je te vertellen, maar je hebt het recht om het te weten. Ik ga nu.' Huilend stond ze op.

Hij raapte zijn laatste restje kracht bijeen om haar hand vast te pakken. 'Je houdt niet echt van hem. Hij heeft je erin geluisd, Rose. Hij gebruikt je! Begrijp dat dan toch.'

'Nee, David, alsjeblieft. Dit wil ik niet horen. Het spijt me echt.' Na dat gezegd te hebben, rende ze het restaurant uit.

Hij was niet in staat om achter haar aan te gaan.

Die avond kwam ze niet naar huis, de nacht daarop ook niet. Zijn pogingen om contact met haar op te nemen liepen op niets uit. Niemand uit haar vriendenkring wilde zeggen waar ze was. Natuurlijk ging hij naar de politie, maar hij kon maar weinig informatie geven. Het was belangrijk dat ze niet te veel onderzoek zouden doen naar hem of zijn zus. Aangezien hun grootouders hen niet hadden willen adopteren, hadden ze strikt genomen immers het recht niet om in Groot-Brittannië te blijven.

Na twee weken drong het tot hem door dat Rose nooit meer terug zou komen.

28

Londen, 1950

Kurt Franzen stond op de Victoria Embankment naar de Theems te staren en nam een stevige trek van zijn sigaret. Het was een smerige rivier, die dwars door het hart van deze reusachtige stad stroomde. Wat een treffende metafoor voor zo'n hypocriet land. Onder het mom van fatsoen en democratie hadden ze de handen ineengeslagen met andere landen tegen de Duitse oorlogsmachine, terwijl niemand zo veel grondgebied had veroverd en mensen tot slaaf had gemaakt als de Britten zelf.

Misschien kon hij zijn nederlaag daarom zo slecht verkroppen.

Hij had zichzelf ervan overtuigd dat het allemaal was begonnen met die rat, David Delanski. Zijn ontsnapping uit Treblinka had niet alleen Franzens trots gekrenkt, hij had er ook anderen mee geïnspireerd. Vanaf dat moment hadden de gevangenen geweten dat ze een kans maakten.

Op 2 augustus 1943 was er een opstand uitgebroken in het kamp. De samenzweerders slaagden erin de wapenkamer van Treblinka te openen met een gekopieerde sleutel en dertig geweren, twintig handgranaten en meerdere pistolen en blikken benzine buit te maken. Een deel van hen had gebouwen in brand gestoken, terwijl een groep gewapende Joden de hoofdpoort onder vuur had genomen zodat weer anderen over het hek konden klimmen. Die dag ontsnapten er tweehonderd gevangenen, van wie minder dan de helft opnieuw gevangen werd genomen.

Voor Franzen was dat het begin van het einde geweest. Hij had geweten wat de gevolgen zouden zijn. Na zijn nederlaag zou hij door het Oberkommando der Wehrmacht naar het front worden gestuurd om uit de weg geruimd te worden. Natuurlijk zou hij het niet zover laten komen. Hij had al een ontsnappingsplan klaarliggen voor het geval dat ooit nodig zou zijn. De ondercommandant wachtte de komst van zijn meerderen niet af en ontvluchtte Treblinka nog diezelfde nacht.

Hij wist dat meerdere katholieke leiders de nazi's steunden, uit angst voor hun gezamenlijke vijand, het bolsjewisme. Daarom twijfelde hij er niet aan dat hij een bisschop ervan zou kunnen overtuigen dat hij tot zondebok was gemaakt, dat hij een slachtoffer was dat zou worden vervolgd voor iets wat nooit zijn bedoeling was geweest.

Franzen had een aantal van de katholieke Oekraïners horen praten over een vluchtroute vanuit Genua naar Zuid-Amerika. Hij was maandenlang bezig geweest om de route uit te stippelen die hij in geval van nood door Hongarije en Joegoslavië zou nemen. Met behulp van valse papieren die hij al had klaarliggen zette hij koers naar Italië. En ja hoor, daar hielp een oude dwaas hem aan een Argentijns visum en een vals noodpaspoort van het Rode Kruis.

Hij had allang de benen genomen voordat anderen tegen het einde van de oorlog deze routes, de zogenaamde 'rattenlijnen', waren gaan gebruiken. Door die voorsprong van twee jaar had hij de gelegenheid gehad om een nieuw leven op te bouwen in Buenos Aires en tegen de tijd dat de jacht op ontsnapte nazi's losbarstte, was bijna iedereen hem al vergeten. Door het gebrek aan bureaucratie en nieuwsgierige blikken had hij in Argentinië vrij spel. Met behulp van zijn charme en intelligentie smeedde hij vertrouwensbanden, kreeg hij er connecties bij en breidde hij zijn bedrijf uit. Als iemand al vragen stelde over zijn identiteit, was diegene geen lang leven beschoren.

Frank Santos, zoals hij nu heette, had de verdenkingen van zich afgeschud en reisde inmiddels als vrij burger van Argentinië de wereld rond.

Zelfs hiernaartoe. Had hij het spannend gevonden om naar het Verenigd Koninkrijk te gaan, een van de landen die Duitsland op zijn knieën hadden gedwongen?

Een beetje misschien. Maar hij wist dat zijn wraak zoet zou zijn.

Natuurlijk zou hij David Delanski gewoon kunnen vermoorden, maar dat leek zo… stijlloos. Nee, hij wilde dat die knul zich net zo vernederd zou voelen als hijzelf.

En hij wist precies hoe hij dat kon bereiken.

Dankzij zijn netwerk en rijkdom was het relatief eenvoudig geweest om hen op het spoor te komen. Nu was het tijd voor het ingewikkeldere gedeelte van zijn plan.

Nadat hij het schilderij van Rosa had gekocht, of van Rose Cooper, zoals ze tegenwoordig door het leven ging, had hij haar geschreven. Over de brief was zorgvuldig nagedacht. Daarin had hij haar overladen met complimenten over haar artistieke vaardigheden en haar gave een geschenk van God genoemd. Hij had het adres van zijn huurflat in Londen erbij gezet en er was een correspondentie tussen hen op gang gekomen. Franzen was altijd al prat gegaan op zijn rake formuleringen en genoot intens van dit manipulatieve spelletje. Hij had tegen Rose gezegd dat hij weliswaar een internationaal zakenman was, maar dat hij een passie voor kunst had en dat haar werk iets in hem had losgemaakt waarvan hij het bestaan niet had vermoed. Hij was zo eenzaam... Zij was zo bijzonder...

Franzen was zich er sterk van bewust hoe kwetsbaar deze jonge vrouw was en greep elke gelegenheid aan om daar misbruik van te maken. Met elke brief die hij haar stuurde, stelde ze haar hart verder voor hem open, precies zoals zijn bedoeling was geweest.

Na wat ze in haar korte leven had meegemaakt, ging hij ervan uit dat ze snakte naar geborgenheid. Daar speelde hij dan ook gretig op in. In zijn laatste brief had hij zich opgeworpen als weldoener en aangeboden haar financieel te steunen zodat zij zich op haar kunst kon concentreren.

Zoals verwacht had ze daarna voorgesteld om elkaar eens in het echt te zien.

Glimlachend bedacht hij dat zijn strategie vruchten afwierp: ze voelde zich geliefd en gesteund.

De afspraak stond gepland voor volgende week, in The River Restaurant in het Savoy. Die locatie had hij met zorg uitgekozen. Hoewel hij niet verwachtte dat ze een scène zou schoppen, zou ze dat zeker niet doen te midden van de mensen uit de hogere kringen die ze graag tot haar klanten zou rekenen.

Toen Rose binnenkwam, herkende hij haar direct. Haar dikke roodbruine haar en ogen als de maan voerden hem terug naar het verleden. Ze was nog net zo mooi als in zijn herinnering. Dit zou geen straf worden, dacht hij terwijl hij opstond en zijn hand opstak.

Zodra ze hem in het oog kreeg, brak er een stralende glimlach op haar gezicht door. Het was duidelijk dat ze hem niet herkende, precies zoals hij al had gehoopt. Om voor de hand liggende redenen had hij zich een ander kapsel aangemeten en gebruikte hij make-up om zijn kenmerkende moedervlekken en oneffenheden te verbloemen.

Tegenwoordig draaide alles om bescheidenheid en gulheid. Gedurende de eerste twee gangen hield hij het gesprek dan ook soepel op gang en verstevigde hij zijn web van complimenten en geruststelling, voordat hij over geld begon. 'Nogmaals, ik wil je graag financieel ondersteunen tijdens de rest van je studie en daarna.'

'Maar Frank, je bent al zo gul geweest. Ik zou nooit van je verlangen...'

Dat wuifde hij weg. 'Denk je eens in wat Monet had kunnen bereiken als hij zich niet om de rekeningen had hoeven bekommeren!' Toen ze giechelde, vulde hij haar glas champagne bij. 'Trouwens, ik heb geld als water en niemand aan wie ik het kan uitgeven.' Bij het zien van de meelevende blik in haar ogen wist hij dat hij beethad.

'Nou, ik...'

'Je hoeft voor het dessert nog niet te beslissen. Vertel eens wat meer over je liefde voor Van Gogh. Ik vind het heerlijk om je zo enthousiast te horen praten.'

Tegen het einde van de lunch had hij haar precies waar hij haar hebben wilde. Nadat hij de enorme rekening had betaald, wachtte hij zijn moment af. Toen ze naar haar glas water reikte, legde hij gladjes zijn hand op de hare. Tot zijn verrukking trok ze zich niet terug, maar hield ze hem stevig vast. 'Ik vond het heel fijn om je in het echt te zien.'

Ze bloosde. 'Dat geldt ook voor mij, Frank. Bedankt voor de lunch.'

'Geen dank. Zijn we het erover eens dat ik je onkosten zal vergoeden zodat jij je op het schilderen kunt richten?'

'Hoe zou ik dat nou kunnen weigeren? Bedankt.'

Nadat ze elkaar nog een tijdje hadden aangestaard, boog hij zich over de tafel naar haar toe om haar voorzichtig op haar mond te zoenen.

Daarna sloeg ze met een brede glimlach haar ogen neer.

'Het spijt me, ik kon de verleiding niet weerstaan. Hopelijk ben je niet beledigd.'

'Nee, helemaal niet!'

Dat was een goed teken. Vanaf nu zou hij zijn rol met verve moeten spelen. Hij ademde diep in en liet een beladen stilte vallen. 'Ik ben blij dat je nu eindelijk mijn ware aard hebt kunnen zien.'

'Pardon?'

Hij legde zijn gezicht in zijn handen en prikte subtiel met zijn vingers in zijn ogen zodat ze begonnen te tranen.

'Frank? Gaat het wel?'

'Nee, lieverd, eerlijk gezegd niet. Ik was zo bang dat je meteen op de vlucht zou slaan als je me herkende.'

Bezorgd keek ze hem aan. 'Waar heb je het over?'

Langzaam trok hij zijn handen weg, en hij keek haar aan met een ingestudeerde mengeling van spijt en verdriet. 'Volgens mij weet jij diep in je hart ook wel dat dit niet onze eerste kennismaking is.' Hij pakte haar hand weer vast en keek haar doordringend aan. 'Ik had geen keus, dat moet je begrijpen. Het was moorden, of vermoord worden. Dat maakt wat ik heb gedaan niet goed, maar… O, lieve help!' Het lukte hem er een paar snikken uit te persen.

'Ik begrijp het niet.'

'Ik heb zo mijn best gedaan om je te beschermen. Het was me altijd al duidelijk dat jij bijzonder was. Net als je broer natuurlijk.'

De uitdrukking op haar gezicht veranderde. 'Mijn broer?'

'Ja. Daarom heb ik hem een plaatsje in het orkest gegeven. Ik wist dat hem dan niets zou overkomen.'

'Wat…'

'De waarheid is dat ik van je hield. Ik wist zeker dat je iets bijzonders van je leven zou maken. Daarom…' Dit moest het meest overtuigende deel van zijn leugen worden. '… daarom heb ik Anya die dag de lucifers gegeven. Als ze die niet had gehad, had David geen brand kunnen stichten en hadden jullie nooit kunnen ontsnappen. Ik was van het hele plan op de hoogte. Ik heb jullie geholpen.' Hij was maar wat trots op zijn eigen verzinsels.

Bij Rose sprongen de tranen in haar ogen. 'Franzen?'

'Nee! Alsjeblieft, noem me nooit meer zo. Kurt Franzen was een personage, een giftige, walgelijke, hatelijke uitwas van het naziregime.' Zo oprecht mogelijk vervolgde hij: 'Dat was ik niet.'

Als verstijfd bleef ze zitten. 'Ik...'

'Je wéét dat ik zo niet ben. Ik heb juist geprobeerd je te beschermen. Mijn bijzondere kunstenares. Mijn Rosa.'

Haastig stond ze op.

Dat gaf niet, daar was geen ontkomen aan. Hij pakte haar hand beet. 'Ik begrijp dat je nu weg wilt, lieverd. Maar alsjeblieft, probeer eraan te denken dat ik ervoor gezorgd heb dat jij het overleefd hebt, terwijl veel anderen het niet meer kunnen navertellen.' Toen ze weg wilde lopen, pakte hij haar nog steviger vast. 'Denk nog eens aan me terug. Aan de echte ik, niet aan Kurt Franzen. Je hebt mijn adres. Maar denk erom dat je moet uitkijken aan wie je dit vertelt.' Hij zette een zielig gezicht op. 'Het kan me niet schelen wat er met mij gebeurt, alleen weet ik dat je broer en jij onder valse voorwendselen in dit land verblijven.' Hoofdschuddend vervolgde hij: 'Ik zou niet willen dat jullie nog meer narigheid overkomt vanwege mij.' Nadat hij haar nog één keer doordringend had aangekeken, liet hij haar hand los en keek hij haar na toen ze snel het restaurant uit liep.

Dit was zelfs nog beter gegaan dan hij had gehoopt. Hij leunde achterover op zijn stoel en klokte de overgebleven champagne naar binnen. Als hij iets wist, was het wel hoe hij mensen kon breken. En hij voelde dat Rose haar breekpunt nabij was.

Het verbaasde hem dan ook niet dat hij nog geen twee weken later een brief van haar ontving.

Tijdens hun volgende ontmoeting hield hij vol wat hij eerder had beweerd: Treblinka was een hel geweest en hij had als beschermengel van de Delanski's opgetreden. Dat hij haar vader had doodgeschoten was een daad van barmhartigheid geweest, waarmee hij hem uit zijn lijden had verlost. Franzen was een goed mens, een slachtoffer van het kwaadaardige regime van zijn land. Het enige wat hij wilde was een kans om zich aan haar te bewijzen.

Na een paar weken begon hij geld op haar bankrekening te storten. De weken werden maanden en door hem gingen er steeds meer deuren voor haar open. Zo bracht hij haar in contact met rijke kunsthandelaren en potentiële cliënten.

Langzaam maar zeker werd ze steeds beroemder, en ze kon niet ontkennen dat haar 'beschermer' haar daarbij geholpen had. Het duurde zes maanden voordat ze opnieuw met elkaar zoenden. Hij deed alsof dat hem ontroerde en drukte haar op het hart dat ze het alleen moest doen als ze het echt wilde.

Dit was een spel van de lange adem.

Na nog eens drie maanden deelden ze voor het eerst het bed met elkaar. Franzen was intens tevreden. Dit was zijn ultieme doel geweest. En zodra zijn taak volbracht was, zou hij haar voorgoed in de steek laten.

In de zomer van 1951 kwam Rose overstuur aan in Franzens appartement en zei dat ze haar broer tijdens het diner had verteld over hun relatie. Zoals altijd was hij goed voorbereid. Hij troostte haar en zei dat hij het begreep, dat alles goed zou komen.

'Dit vergeeft hij me nooit,' zei ze snikkend.

'Natuurlijk wel. Geef hem gewoon wat tijd,' loog Franzen.

Dit was voor hem het teken dat hij de stad uit moest. Hun zogenaamde relatie was stabiel genoeg om regelmatig op bezoek te komen, maar hij kon hier niet permanent blijven en het risico nemen dat haar broer hem op het spoor zou komen.

Franzen deed er alles aan om haar belangstelling vast te houden. Hij bleef haar financieel steunen en maakte een ster van haar. Hij stelde voor dat ze haar naam zou veranderen in Delancey. Dat was een subtiele manier om haar van David af te pakken, maar het ergste moest nog komen. Om de paar maanden vloog hij naar Londen om haar op te zoeken en zo nu en dan liet hij haar overkomen naar Buenos Aires. Als het weer eens zover was, zorgde hij ervoor dat ze vaak het bed met elkaar deelden.

Het duurde langer dan hij had verwacht en hij begon zich al af te vragen of er bij haar iets aan scheelde...

Maar toen, tijdens een etentje in The River Restaurant, kreeg hij het nieuws waar hij op gewacht had. Het had hem bijna vier jaar van zijn leven gekost, maar zijn taak was volbracht.

'Hoelang ben je al zwanger?' vroeg hij.

'Het is nu drie maanden geleden dat we voor het laatst...'

Franzen betaalde voor het eten, vertrok en liet nooit meer iets van zich horen.

Zijn werk zat erop.

29

David zette het op een zuipen. Bij elke fles die hij in handen kreeg kwam al snel de bodem in zicht. Toen hij inzag dat hij zijn zorgen wel kon verdrinken, maar dat ze daarmee niet verdwenen, richtte hij zich op het opsporen van Franzen. Hij gaf een fortuin uit aan privédetectives, maar geen van allen kwamen ze met meer dan geruchten en theorieën op de proppen. Natuurlijk vonden ze Rose, die bij haar vriend Roddy was ingetrokken. Zijn pogingen om contact te zoeken liepen echter op niets uit. Of hij nou een brief stuurde, belde of voor de deur stond, zijn zusje wilde hem niet onder ogen komen.

Hoewel hij haar al vier jaar niet had gezien, had hij haar schreden op het pad naar de roem wel degelijk gevolgd. Elke krant die hij opensloeg stond vol met berichten over het werk van de jonge 'Rose Delancey'. De subtiele verwijzing naar hun oude achternaam ontging hem niet.

In 1955 behoorde zijn vierentwintigjarige zus tot de crème de la crème van Londen. De kunstcritici omarmden haar krachtige stijl, John Russell van *The Sunday Times* vergeleek haar werk met dat van Bacon. De ondertoon van haar leven in oorlogstijd was in al haar schilderijen aanwezig. Columnisten waren dol op haar. Schoonheid, talent, intelligentie en een in nevelen gehuld verleden. Ze had het allemaal.

David had een keer een foto van haar met een onherkenbare man in Regent's Park gezien. Hij droeg een hoed en zijn gezicht was naar haar toe gedraaid. Misschien was het Franzen, misschien ook niet.

In de artikelen ging het altijd alleen over 'een mysterieuze man'.

Was die hele toestand een soort koortsdroom geweest?

Zoals gewoonlijk stopte hij al zijn emoties in zijn bedrijf, waarmee hij hard op weg was om op papier miljonair te worden.

Op een avond ging de telefoon.

'David Cooper.'

'Hallo, David. Met Rose.'

Zijn adem stokte. Alleen bij het horen van haar stem werd hij al week. 'Hallo.'

'Ik... ik vroeg me af of ik vanavond misschien bij je langs kan komen. Heb je het druk?'

Hij keek naar de stapel papierwerk voor zich en zei: 'Nee, helemaal niet. Kom maar langs.'

'Ik ben er over een half uur.'

Haar stralende voorkomen benam hem zoals altijd de adem. Hij begreep best waarom de roddelbladen zo in haar geïnteresseerd waren.

Ze haalde een sigaret en een houder uit haar tasje, maar borg ze even later weer op en ging bij het raam staan om het uitzicht vanuit zijn appartement te bewonderen.

Het viel David op hoe elegant ze eruitzag. 'Wil je een borrel?'

'Doe mij maar water.'

'Juist. Heb je er bezwaar tegen als ik...'

'Nee, ga je gang.'

In de keuken nam hij een grote slok uit de fles, waarna hij de wijn in een glas schonk en met de twee drankjes terugliep naar de woonkamer.

'Dank je.' Ze nam het glas water aan.

'Waarom wilde je me zien?'

'Ik wilde je mijn excuses aanbieden omdat ik zo lang niets van me heb laten horen. Dat... kon ik gewoon niet.' Met een gekwelde blik keek ze hem aan. 'Begrijp je dat?'

De sfeer tussen hen was beladen.

'Nee.'

Ze haalde diep adem. 'Voordat ik verderga, moet je weten dat Frank... dat Franzen en ik niet meer bij elkaar zijn.'

Zijn hart begon wild te bonken. 'Waar heeft hij de afgelopen jaren uitgehangen? Hij leek wel van de aardbodem verdwenen.'

Ze nipte van haar water. 'In Buenos Aires, voornamelijk. Maar hij is vaak op reis.'

De daaropvolgende stilte was niet te harden.

'Het spijt me zo, David. Sinds de vorige keer is me veel duidelijk geworden.'

'Oké.' Meer kon hij niet uitbrengen nu hij zijn tranen moest verbijten.

'Ik heb geprobeerd om een verklaring te vinden en ik heb er met mensen over gepraat. Psychologen, artsen.'

Zo rustig mogelijk vroeg hij: 'Wat zeiden die?'

'Er bestaat een theorie over een bepaalde aandoening. Als iemand in een gewelddadige relatie belandt waarin er sprake is van een scheve machtsverhouding, kan er soms een emotionele band ontstaan.' Ze vertelde het heel nuchter en afstandelijk.

'Aha.'

'Natuurlijk is die band totaal irrationeel. Het medeleven dat het slachtoffer voor de misbruiker voelt, is het tegenovergestelde van wat een geestelijk gezond mens zou ervaren.'

Hij zag dat het haar moeite kostte om dit te zeggen.

'Het patroon is vooral moeilijk te doorbreken als de relatie al begint wanneer het slachtoffer nog een kind is.'

Langzaam knikte hij. 'Daar kan ik in komen.'

'In het begin deed hij heel aardig. Hij bood zijn excuses aan voor vroeger en beloofde me gouden bergen.' Ze slikte moeizaam.

David pakte een exemplaar van *The Sunday Times* van de salontafel en hield het haar voor. 'Je bent beroemd geworden.'

'Ja. Hij was altijd al een liefhebber van mijn werk en heeft me voorgesteld aan kunsthandelaren en rijke verzamelaars. Mijn schilderijen hebben veel opgebracht.'

'Dat weet ik. Ik lees vaak over je.'

'Ja, ik...' Kennelijk wist ze niet goed wat ze daarop moest zeggen.

Hij sloeg zijn wijn achterover en balde zijn handen tot vuisten. Opeens kon hij zich niet langer beheersen. 'Wat bezielde je in vredesnaam, Rose?'

Zijn zus sloeg haar ogen neer. 'Je had gelijk, ik was ziek.' Daarna keek ze hem weer aan. 'Maar inmiddels ben ik beter, dat zweer ik. Het spijt me zo.'

'Het spijt je? En ik moet je gewoon maar vergeven?'

'Natuurlijk niet, maar ik hoopte dat je het misschien zou begrijpen.'

'Wat valt er te begrijpen? Dat mijn zus verliefd is geworden op de man die onze vader heeft vermoord? De man die duizenden mensen van ons eigen volk heeft uitgeroeid?'

'Ik dacht dat hij...'

'Je dacht dat hij je beschermde, dat weet ik nog wel. Maar dat was niet zo, Rose. Ik heb je beschermd!' Hij smeet de krant op de vloer.

'Het was verkeerd van me,' verzuchtte ze. 'Dat besef ik pas nu ik ouder ben. Ik kon gewoon niet meer helder nadenken. In Treblinka was ik zo van hem afhankelijk. Ik begrijp hoe het heeft kunnen gebeuren, maar dat maakt het niet goed.'

'Natuurlijk niet! Wat zouden papa en mama hier wel niet van zeggen?' tierde hij.

'David...'

'Nee! Vier jaar, Rose. Vier jaar lang heb ik me er maar bij neer moeten leggen dat jij dat stuk vuil boven mij verkoos. Ik heb mama bezworen dat ik voor je zou zorgen. Ik heb mijn leven voor je gewaagd, en dit is mijn dank. Je hebt onze familie te kakken gezet. Hoe kon je dat doen? Hoe dúrf je?'

'Ik... Het...' Ze kon geen woord meer uitbrengen, liet haar glas vallen en sloeg snikkend haar handen voor haar ogen.

Hij haalde diep adem en probeerde zijn woede van zich af te zetten. Ondanks alles riep de aanblik van zijn onbeheersbaar bevende zusje een automatische reactie bij hem op. Even waande hij zich weer terug in hun sneue bestaan in Warschau, toen ze nog een bang, hongerig kind was geweest.

Wat er ook gebeurd was, hij hield van niemand op deze wereld zo veel als van Rose. Zijn ergste razernij ebde weg en hij liep naar haar toe om zijn armen om haar heen te slaan.

'Het spijt me zo, David... Het spijt me zo.'

Hij bleef haar een hele poos vasthouden, tot ze alleen nog een beetje snifte.

Tijdens de lange avond die volgde, vertelde ze haar broer alles over haar relatie met Franzen. Tegen het eind van haar relaas was hij ervan overtuigd dat ze het slachtoffer was geworden van haar eigen gruwelijke verleden. Nadat haar familie haar op een onmenselijke manier was ontnomen, was Franzen gedurende haar verblijf in Treblinka de enige constante factor geweest en was ze hem als een soort beschermer gaan beschouwen. Dat had Franzen geweten, en net als een dodelijk roofdier had hij geweigerd zijn prooi af te staan.

David en Rose waren aan hem ontsnapt, ze hadden hem te schande gemaakt.

Daarom had hij wraak willen nemen.

'Waar is hij nu?' vroeg David zacht.

'In Argentinië, neem ik aan. Maar hij bezit onroerend goed in heel Zuid-Amerika, dus het zou me niets verbazen als hij verhuisd is.'

'Kunnen we hem op de een of andere manier te pakken krijgen? Via de autoriteiten, bedoel ik.'

Ze schudde haar hoofd. 'Dat betwijfel ik. Hij heeft zo veel connecties en dat deel van de wereld is zo corrupt… O jee, dit wil je vast niet horen.'

'Het is al goed. Hier ben je veilig.' Hij pakte haar bij haar schouders. 'Maar Rosa Delanski, je moet zweren dat de nachtmerrie nu voorbij is. Dat je nooit meer met Franzen zult omgaan. Ik wil zelfs zijn naam nooit meer horen.'

In haar ogen blonk oprechte angst. 'Dat zweer ik.'

Hij stond op, hielp haar overeind en drukte haar tegen zich aan. Het viel hem op dat ze automatisch haar rug kromde om haar buik af te schermen. Hij deed een stap naar achteren en bekeek haar eens goed. Opeens kwam er een vreselijke gedachte bij hem op. 'Weet je zeker dat je geen wijntje wilt?'

Ze schudde haar hoofd. 'Nee, dank je.'

'Is er een bepaalde reden waarom je momenteel niet drinkt?'

Haar gezicht werd rood. 'Nee, ik heb gewoon geen zin in alcohol.'

Hij staarde naar de lichte bolling van haar buik, die ze achter haar handen probeerde te verbergen. 'O, Rose.'

'Wat?'

Hij had het gevoel alsof iemand hem in zijn gezicht had geslagen. Alsof hij verdronk, alsof hij geen adem meer kreeg. Maar dat mocht hij niet aan haar laten blijken.

'Ik bedenk net dat ik volgende week voor een half jaar naar Amerika vertrek. Ik denk erover om mijn bedrijf uit te breiden in de Verenigde Staten.' Hij was trots omdat hij zich zo wist te beheersen. Als ze nou maar snel wegging, zou hij zijn verdriet de vrije loop kunnen laten.

'O. Nou, hopelijk zie ik je dan als je weer terug bent.'

'Ja.' Hoewel hij het niet zei, wist hij zeker dat ze elkaar hierna nooit meer zouden zien. 'Ik zal je werk in de gaten blijven houden als ik in het buitenland ben.'

Ze zuchtte. 'Dank je, maar eerlijk gezegd voel ik me behoorlijk door de mangel gehaald, alsof ik aan de lopende band schilderijen moet afleveren. Ik zou er best even tussenuit willen.'

Ze zag er inderdaad uitgeput uit. 'Tja, je hebt het de afgelopen jaren ook erg druk gehad. Nogmaals gefeliciteerd met je succes.'

'Dank je, al heb ik het allemaal aan papa en zijn gave te danken.' Ze keek naar de muur. 'Je hebt *Treblinka*. Wat een rotschilderij vind ik dat. Waarom heb je het aan de muur hangen?'

Hij had kunnen zeggen dat het hem deed denken aan die heerlijke periode dat ze nog samen in hun eigen coconnetje hadden gewoond, de gelukkigste tijd van zijn leven. In plaats daarvan haalde hij zijn schouders op. 'Ik vind het gewoon mooi.'

Nerveus keek ze op haar horloge. 'Ik moet ervandoor, ik heb om half negen met Roddy afgesproken. Het was fijn om je weer te zien.'

Samen liepen ze naar de deur.

Met haar hand op de deurklink bleef ze staan. 'Dag, David.' Ze gaf hem een kus op zijn wang.

Terwijl David de deur achter zijn zusje dichtdeed, vergaf hij haar, maar nam hij zich tegelijkertijd heilig voor om haar en haar kind nooit meer te zien.

In de hal slaagde Rose er nog maar net in om haar tranen te bedwingen. Hoewel David er niets over had gezegd, wist ze dat hij doorhad dat ze zwanger was. Er was geen ontkomen aan. Ze had niet de gelegenheid gekregen om te liegen over wie de vader zou kunnen zijn. En zelfs als ze dat had kunnen doen, had hij haar nooit geloofd.

Ze had het gevoel dat ze stikte en kon niet wachten om de stad uit te gaan.

'Vaarwel, David,' fluisterde ze. 'Het spijt me.'

30

Yorkshire, augustus 1984

Toen Rose besefte dat het al donker begon te worden, keek ze op haar horloge. Ze zat al meer dan twee uur bij Miranda's graf. Met de rug van haar hand veegde ze haar tranen weg. 'Dus Miranda, nu snap je waarom David me niet meer wilde zien. Het was te pijnlijk voor hem. Een week later vertrok hij naar Amerika. God, wat was ik uitgeput en in de war door de jaren daarvoor. Daarom besloot ik naar Yorkshire te gaan. De media waren gek geworden als ik in Londen was gebleven en een kind op de wereld had gezet. Dat had ik niet aangekund.'

Ze vervolgde: 'Ik moest alleen zijn. Ook al was ik nog maar vierentwintig, ik voelde me emotioneel en mentaal helemaal leeg. Ik wist dat ik David nooit meer zou zien, dat hij nooit zou kunnen accepteren dat ik een kind van die man had gekregen. Miles, de zoon van Kurt Franzen.'

Dat was de eerste keer dat ze het hardop uitsprak.

'Daarom lig jij hier nu, Miranda. Omdat ik zo zwak was dat ik verliefd werd op de man die me zo misbruikt had. Ik heb een kind op de wereld gezet dat van begin af aan verdoemd was. Ik bad dat het goed met hem zou komen en ik merkte weinig alarmerends aan hem. Miles was zo slim. Tegenover mij gedroeg hij zich altijd heel charmant. Ik was verblind door liefde en zag niet dat ik in werkelijkheid een monster had gecreëerd.' Ze fluisterde: 'Neem het Miles maar niet kwalijk. Dat hij zo geworden is, valt alleen mij te verwijten. Miranda, ik heb zo veel spijt van wat ik heb gedaan. Als je me kunt horen, vergeef me dan alsjeblieft.' Ze snikte.

Daarna keek ze op, omdat een groep vogels op een rijtje neerstreek in de boom boven Miranda's graf. De wind liet de bladeren ritselen en de vogels begonnen enthousiast kwetterend een ode aan het leven te brengen.

Het was bijna donker.
Ze glimlachte. 'Dank je wel, Miranda,' fluisterde ze. 'Nu is het voorbij, hè?'
'Nee, Rose. Het is nog maar net begonnen.'
De mannenstem liet haar schrikken.
Toen ze zich omdraaide, zag ze David achter zich staan. Voorzichtig pakte hij haar bij haar schouders en hielp haar overeind. 'Ga je mee?'
Ze keek op. 'Ja.'
Nadat hij haar stevig had omhelsd, liepen ze gearmd weg over het pad. Vanuit de bomen boven het graf keken de vogels hen na tot ze slechts nog twee stipjes aan de horizon waren.

EPILOOG

Parijs, 1992

'Dames en heren, ik wil u vanavond van harte welkom heten en vanuit de grond van mijn hart bedanken voor uw aanwezigheid bij de modeshow, hier in de grote balzaal van het Ritz. Met dank aan de manager van het hotel, die ons deze prachtige ruimte kosteloos ter beschikking heeft gesteld.

Zoals de meesten van u wel zullen weten, is de Delanski Foundation vier jaar geleden opgericht. Wat onze liefdadige instelling zo uniek maakt, is dat we ons inzetten tegen alle vormen van menselijk leed. Leed kent vele gezichten, of het nu om een jongeman gaat die stervende is aan aids, of om een oorlogsveteraan wiens pensioen tekortschiet om te kunnen voorzien in de eenvoudige gemakken die iedereen verdient.

De afgelopen vier jaar hebben we meer dan duizend projecten gesteund, uiteenlopend van landelijke natuurrampen tot één enkel persoon. Vanavond zijn we hier echter om de Holocaust Foundation te helpen hun goede werk voort te zetten. Deze groep mannen en vrouwen heeft er hun missie van gemaakt om te zorgen dat de moord op zes miljoen burgers niet vergeten zal worden en dat de geschiedenis zich nooit meer zal herhalen. Ook begeleiden ze slachtoffers en nabestaanden bij het verwerken van wat hun is overkomen.'

Het publiek begon luid te applaudisseren.

'Ik wil u graag voorstellen aan mijn schoonvader, David Cooper. U hebt vast al eens van hem gehoord, want hij is de voorzitter van de Holocaust Foundation. David, kom er maar bij.'

David kwam naast Leah op het podium staan. Nadat hij haar twee zoenen had gegeven, ging ze zitten om naar hem te luisteren.

'Goedenavond, dames en heren. Bedankt voor uw komst. Allereerst wil ik Leah graag een compliment maken. Ze heeft deze stichting opgericht vanuit een kamertje bij haar thuis en inmiddels is die onder haar briljante leiding uitgegroeid tot een organisatie die een complete verdieping van mijn kantoorgebouw in New York in beslag neemt. Haar kantoor is nog groter dan het mijne.'

Dat leverde hem gegniffel en nog meer applaus op.

Hij wachtte even tot de zaal weer stil was.

Toen David aan zijn speech begon, glipte Leah van het podium af en ging ze bij haar man staan. 'Is ze er?' vroeg ze gespannen.

Brett knikte. 'Ja, haar vlucht vanuit Moskou was vertraagd, dat is alles.'

De aanwezigen, onder wie zich veel bekende namen bevonden, boden bijna vijftigduizend pond voor de prachtige kleding uit Carlo's nieuwe collectie. Carlo zelf, die sinds zijn verblijf in de gevangenis een stuk bescheidener en aardiger was geworden, had Leah met een innige omhelzing begroet. Hij had lang geleden al zijn verontschuldigingen aangeboden voor zijn gedrag. Aangezien ze vond dat hij al genoeg was gestraft en ze zich medeverantwoordelijk voelde voor de tijd die hij ten onrechte achter de tralies had doorgebracht, had ze het hem direct vergeven.

Nu zaten Rose, David, Chloe, Brett en Leah rond de tafel te kletsen en van het heerlijke diner te genieten.

Terwijl Leah vrolijk om zich heen keek, bedacht ze hoe vreemd het was om alle mensen die zo veel invloed op haar leven hadden gehad weer bij elkaar te zien.

Na de rampzalige gebeurtenissen van acht jaar geleden was Rose uit Yorkshire vertrokken en naar New York gegaan om de vreselijke herinneringen die ze aan de boerderij bewaarde te ontvluchten. Ze was nooit meer teruggekeerd en woonde sindsdien bij David in zijn maisonnette. Vanavond viel het Leah op hoe tevreden broer en zus eruitzagen.

Chloe had ervoor gekozen om bij mevrouw Thompson in Yorkshire te blijven en de schoolvakanties bij Rose in Amerika door te brengen. Leah was blij dat haar ouders Chloe als gezelschap hadden. Door haar drukke werkschema kwam Leah er minder vaak aan toe om naar Yorkshire te gaan dan ze zou willen.

Die nacht op de heide was ze in Bretts armen weer bij bewustzijn gekomen. Nadat Anthony wanhopig had geprobeerd Leah en haar ouders in Yorkshire te bereiken, had hij de stoute schoenen aangetrokken en contact opgenomen met Brett in Parijs. Die was meteen naar Yorkshire teruggegaan in een privéjet. Een paar dagen na het incident waren ze teruggevlogen naar New York, nadat Rose was teruggekomen naar Yorkshire en Chloe bij mevrouw Thompson had ondergebracht. In New York hadden Leah en Brett hun toevlucht gezocht in zijn appartement.

Het had haar maanden gekost om de schok van wat er die noodlottige nacht was gebeurd te boven te komen, maar dankzij Bretts liefde en begrip was het haar gelukt. De afgelopen acht jaar was hun relatie alleen maar sterker geworden. Hij had haar twijfels over Parijs serieus genomen en zich in plaats daarvan ingeschreven op de School of Visual Arts in New York. Dankzij de begeleiding van Rose zat zijn carrière inmiddels behoorlijk in de lift, en ze was enorm trots op zijn toewijding. Een baby was er nog niet, maar ze waren bezig zich in adoptie te verdiepen. En wie weet, morgen kon alles anders zijn. Voorlopig had ze genoeg aan Brett en de stichting.

Vanavond waren haar werk en haar privéleven een huwelijk aangegaan.

Een jaar geleden had Brett zijn vrouw een verzoek voorgelegd. 'Ik heb de hulp van je organisatie nodig,' had hij gezegd, voordat hij zijn idee uit de doeken had gedaan.

Het had enorm veel moeite gekost. Telkens was het spoor doodgelopen of waren ze op een muur van bureaucratie gestuit.

Toch hadden ze haar gevonden, en nu was ze hier eindelijk.

Brett was door het dolle heen en legde zijn hand op die van Leah. 'Dank je wel, voor alles. Je moest eens weten hoeveel dit voor me betekent.'

Ze stond op. 'David, Rose, Chloe, kunnen jullie even met me meekomen? Er is hier iemand die jullie vast graag willen zien.'

De anderen liepen met een verwarde uitdrukking op hun gezicht achter haar aan door een zijdeur de balzaal uit.

Ze ging hun voor door de gang en klopte op de deur van een suite. Toen een zwakke stem riep dat ze binnen mocht komen, deed ze de deur open.

David liep achter haar aan naar binnen en staarde naar de broze dame in de leunstoel. Haar gezicht kwam hem heel bekend voor, maar hij kon het niet plaatsen.

Tot ze iets zei. 'Hallo, David.'

Met tranen in zijn ogen rende hij naar haar toe en overlaadde haar met kussen.

Rose sloot zich al snel bij hen aan, maar Chloe bleef gefascineerd staan toekijken.

'Anya... Anya... ik dacht dat je dood was.'

Leah deed zachtjes de deur dicht en liet hen alleen.

Buiten stond Brett op haar te wachten. Meteen zag hij hoe ontroerd ze was. 'Ik heb iets voor je.' Hij gaf haar een zwaar, in bruin papier verpakt vierkant pakje.

Ze scheurde het papier eraf en hapte naar adem toen ze het schilderij zag.

'Het is gebaseerd op de oorspronkelijke houtskooltekening die ik heb gemaakt toen je vijftien was. Zie het maar als een bedankje voor alles wat je hebt gedaan om Anya op te sporen. Het heet *De verborgen belofte*.'

'Dit verdien ik helemaal niet.'

'Jawel, lieverd. Er zijn hier vanavond een heleboel mensen die dat ook zullen vinden. Ik wilde Anya zo graag met mijn vader herenigen. Door het verleden met het heden samen te brengen zal hij eindelijk kunnen verwerken wat Rose en hem is overkomen. Ze hebben samen zo veel doorstaan en nu is voor hen alle drie de cirkel rond. Je hebt iets geweldigs gedaan door Anya weg te halen uit Rusland en hiernaartoe te laten komen. Ik hou van je, Leah.'

Hij hief haar gezicht op en drukte voorzichtig zijn lippen op de hare.

In de suite flitste een camera.

'Niet nu, Chloe. Neem straks maar foto's van je overgrootmoeder.'

Het mooie vijftienjarige meisje glimlachte naar Rose. 'Sorry, oma.'

Rose huiverde.

Die kille, afstandelijke blik had ze eerder gezien.

Lees ook *De geheimen van de kostschool*

Een moord. Een geheimzinnige foto.
Een hartverscheurend familiegeheim.

Op een kleine, exclusieve kostschool in Norfolk wordt een leerling dood aangetroffen. De schokkende gebeurtenis is volgens het schoolhoofd een tragisch ongeval, maar de politie is daar niet zo zeker van. Detective Jazz Hunter wordt op de zaak gezet en probeert door te dringen in de gesloten wereld van de kostschool. Maar al snel nemen de gebeurtenissen een verontrustende wending, en blijkt er veel meer aan de hand dan een noodlottig ongeval...